AF874407

La huella del mal

Manuel Ríos San Martín

La huella del mal

Planeta

PEFC Certificado

Este libro procede de bosques gestionados de forma sostenible

PEFC

PEFC/14-38-00305 www.pefc.es

La lectura abre horizontes, iguala oportunidades y construye una sociedad mejor.
La propiedad intelectual es clave en la creación de contenidos culturales porque sostiene el ecosistema de quienes escriben y de nuestras librerías.
Al comprar este libro estarás contribuyendo a mantener dicho ecosistema vivo y en crecimiento.
En **Grupo Planeta** agradecemos que nos ayudes a apoyar así la autonomía creativa de autoras y autores para que puedan seguir desempeñando su labor.
Dirígete a CEDRO (Centro Español de Derechos Reprográficos) si necesitas fotocopiar o escanear algún fragmento de esta obra. Puedes contactar con CEDRO a través de la web www.conlicencia.com o por teléfono en el 91 702 19 70 / 93 272 04 47

© Manuel Ríos San Martín, 2019
© Editorial Planeta, S. A., 2019
Avda. Diagonal, 662-664, 08034 Barcelona (España)
www.planetadelibros.com

Adaptación de la cubierta: Booket / Área Editorial Grupo Planeta
Fotografía de la cubierta: © Karin Bakker / Arcangel
Primera edición en esta presentación en Colección Booket: febrero de 2024

Depósito legal: B. 20.523-2023
ISBN: 978-84-08-28368-3
Impresión y encuadernación: CPI Black Print
Printed in Spain - Impreso en España

Biografía

Manuel Ríos San Martín (1965) es licenciado en Ciencias de la Información y ha trabajado como productor ejecutivo, director o guionista en distintas series de televisión, como *Médico de familia*, *Compañeros*, *Raphael* o *Sin identidad*. Su último trabajo ha sido como director argumental de *Operación Barrio Inglés* (TVE). Ha dirigido un largometraje, *No te fallaré*, y ha colaborado en la escritura de los guiones de *Amigos...* y *Maradona, la mano de Dios*. Ha coordinado y coescrito el libro *El guion para series de televisión*, publicado por el Instituto de RTVE. También es autor de las novelas *Círculos*, *La huella del mal* (se está adaptando a largometraje) y *Donde haya tinieblas* (a serie de televisión). *El olor del miedo* es su obra más reciente.

@mriossanmartin

@mriossanmartin

A Susana, Irene, Daniel y Pablo.
No podía ser de otra manera.
Y a mi madre.

La huella del mal transcurre fundamentalmente en la provincia de Burgos, en las excavaciones de Atapuerca y en los pueblos cercanos a dicho yacimiento. Los personajes y sus historias son completamente inventados, así como la localidad de Niebla, en la que viven varios de los protagonistas.

Pero el resto de los datos sobre la excavación, los homínidos allí encontrados, la Trinchera del Ferrocarril, el Centro de Arqueología Experimental (CAREX), el Museo de la Evolución y los demás parajes colindantes son reales.

PARTE I

—

EL ENTERRAMIENTO

La creencia en una fuente sobrenatural del mal no es necesaria, el hombre por sí mismo es muy capaz de cualquier maldad.

JOSEPH CONRAD, *El corazón de las tinieblas*

El instinto de la violencia se esconde dentro de nosotros, en lo más profundo, agazapado. En el ADN, en el alma. Cada uno puede llamarlo como quiera, pero la realidad es que está presente, que no se puede eliminar sin matar la esencia del ser humano. Es primitivo, atávico, esencial. Existe desde hace millones de años. Es el misterio que nos define.

Y tan solo debemos esperar a que la rabia o el dolor lo despierten. O la envidia. O el miedo. O la lujuria.

Y entonces…

UN NUEVO DESCUBRIMIENTO QUE PODRÍA CAMBIAR NUESTRA CONCEPCIÓN SOBRE EL SER HUMANO

Agencia EFE. Burgos, 17 de julio de 2018

Nuevos datos arrojan luz sobre el comportamiento de los homínidos prehistóricos y su vinculación con la conducta actual de nuestra especie.

El director de la excavación de Atapuerca, el profesor Samuel Henares, ha convocado una rueda de prensa mañana a las 12:00 horas en las instalaciones del Centro de Arqueología Experimental (CAREX) en la que se anunciará el resultado de los últimos estudios. Según ha declarado recientemente, «Nuestros ancestros nos envían mensajes desde el pasado y a nosotros nos toca interpretarlos. Entiendo que estas interpretaciones pueden resultar polémicas».

Ni la comunidad científica ni nadie del entorno de la excavación conocen todavía el alcance de los hallazgos. Hasta el momento se ha conseguido mantener las conclusiones de esta investigación en el más absoluto secreto.

UN NUEVO DESCUBRIMIENTO QUE PODRÍA CAMBIAR NUESTRA CONCEPCIÓN SOBRE EL SER HUMANO

1

Día 1

Diecisiete abrió los ojos más temprano de lo habitual. Tampoco había podido dormir tranquilo esa noche. Durante unos instantes permaneció inmóvil contemplando los primeros rayos de sol que se filtraban entre las ramas de los abedules bajo los que descansaba la tribu. Escuchó con atención. El bosque permanecía en silencio, pero le había parecido oír sonidos extraños provenientes de las cercanías y tenía que comprobar de qué se trataba. Se incorporó sin hacer ruido, tratando de no despertar al resto del clan, formado por tres hembras adultas, una anciana y más de diez crías de diversas edades. Los otros dos machos, algo mayores que él, habían salido de caza. Diecisiete era alto, de tronco fuerte y erguido, cejas prominentes y muy velludo. Apenas tenía veinte años y era capaz de recorrer kilómetros sin cansarse en busca de comida. El territorio donde se había asentado su tribu varias estaciones atrás era rico en frutos secos, setas, semillas y pequeños mamíferos. Pero llevaban unas jornadas de escaramuzas con otro grupo de homínidos instalado cada vez a menos distancia, y algunos miembros de su clan habían resultado heridos en los enfrentamientos. Las dos tribus se estaban tanteando.

Aquella mañana el sol otoñal empezaba a calentar el ambiente. El ruido de sus pies descalzos quedaba amortiguado por la alfombra de hojas, húmedas por el rocío, que caían de las ramas con un leve zumbido. Miró hacia las copas de los árboles.

No había pájaros. Los macacos, que a esas horas solían estar despiertos, guardaban un silencio que le puso en guardia. Avanzó unos metros y se detuvo cuando creyó percibir ruidos en una zona donde la arboleda se espesaba. Aguzó el oído. Quizá los provocase algún animal o podía tratarse de una trampa. Los miembros de la tribu enemiga tenían la habilidad de imitar el sonido de diferentes animales: el ronquido de los gamos, la risa de las hienas o los bramidos de los hipopótamos.

De repente, de entre los matorrales surgió un numeroso grupo de homínidos, parecidos a él y vestidos con pieles, que se lanzaron a perseguirlo desde todos los puntos cardinales. Lo habían rodeado sin darle tiempo a percatarse de la maniobra. Diecisiete echó a correr y consiguió esquivar a dos guerreros que intentaban detenerlo. Sabía que tenía que alejarlos y a la vez avisar a los suyos del peligro. Empleó toda la fuerza que le permitieron sus cuerdas vocales para lanzar el grito que anunciaba una amenaza al tiempo que otros tres le cortaban el paso. Chocó con el menos fornido y logró derribarlo, pero también él perdió pie y cayó rodando por un terraplén. Para cuando intentó levantarse ya estaba cercado por sus perseguidores.

Iban armados con palos, algunos tallados en forma de lanzas con piedras afiladas atadas en la punta. Diecisiete cogió un canto del suelo y golpeó al oponente que lo retenía. En cuanto este se derrumbó, el resto se le echó encima para atizarle brutalmente con los puños. Se resistió lo mejor que pudo, pero cada vez le llovían más golpes, hasta que lo forzaron a soltar la piedra, ya resbaladiza por la sangre rival. Volvió a caer al suelo tapizado de hojas mientras lo agarraban entre varios. Trató de zafarse lanzando patadas y mordiscos. No tuvo tiempo de ver venir la lanza que impactó contra su cráneo. Sintió un dolor agudo encima del ojo izquierdo y dejó de luchar. Su vista se nubló. El tiempo se detuvo.

Tan solo oía el goteo del agua que resbalaba por el musgo, el viento que recorría el bosque, el vuelo de las rapaces que surcaban las nubes... Su olfato se inundó de olor a sangre y a tierra mojada; su mente, de imágenes soleadas de su infancia en las llanuras cercanas.

El jefe de la tribu enemiga miró el efecto de su golpe sobre Diecisiete y, tras valorar brevemente la situación, descargó, obedeciendo al instinto primitivo de la muerte, otro golpe idéntico al primero en un punto muy cercano de la cabeza.

Diecisiete falleció en el acto, sin poder proteger a las mujeres y a los niños de su tribu, sin saber que serían asesinados y devorados en las siguientes horas.

—A este joven lo remataron. Se ensañaron con él. Dos impactos, claramente producidos por la misma arma, acabaron con su vida.

Inés Madrigal sostenía en sus manos una réplica de la calavera original encontrada en la Sima de los Huesos, mostrándosela al grupo que seguía su relato conteniendo la respiración. La joven arqueóloga paseaba sus ojos perspicaces por cada uno de los alumnos que habían venido de la capital, cuyos rostros apenas estaban iluminados por una hoguera en el interior de la cabaña en el Centro de Arqueología Experimental, también conocido como CAREX. En el exterior reinaba el silencio profundo de la sierra, pero allí dentro la jefa de aquella tribu narraba la historia al calor del fuego como se hacía milenios atrás.

—Se trata del primer asesinato constatado de la historia de los homínidos —añadió solemne—. Hace más de 400.000 años.

—Ya, ¿y eso cómo lo saben? —preguntó insolente un alumno que había permanecido de pie durante toda la explicación, inquieto y sin parar de mascar chicle.

Por su corpulencia parecía mayor que el resto, pero no debía de tener más de trece años. Inés le dedicó una sonrisa franca antes de responder:

—La historia que os he contado no tuvo por qué ocurrir exactamente así. Pero sí sabemos que el dueño del cráneo 17 fue asesinado por dos golpes contra su hueso frontal con el mismo objeto punzante. Un solo impacto podría ser por un accidente, pero el hecho de que sean dos golpes nos permite deducir que fue intencionado.

Los chicos sopesaron la conclusión sin decidirse a intervenir.

—Seguro que habéis visto *CSI* o *Bones*.

—Sí —respondieron varios a la vez que empezaban a comentar capítulos de esas series.

—Eh, por favor —les llamó la atención Inés tratando de centrarlos en su explicación—. Pues nosotros hemos realizado un estudio similar a los que hacen en *CSI* con los restos que encontramos en la Sima de los Huesos. Incluso hemos hecho una reconstrucción en 3D. Tuvimos que recomponer el cráneo a partir de cincuenta y dos fragmentos.

Un rumor cada vez más alto se extendía por la cabaña. Los visitantes se estaban distrayendo. Era difícil tenerlos retenidos en un espacio tanto tiempo. El chico que había hecho la pregunta apenas había escuchado las explicaciones de Inés y miraba sin disimulo junto a otros dos compañeros la pantalla de su móvil, seguramente algún vídeo viral de YouTube. Al poco estallaron en risas sin que nadie se atreviera a llamarles la atención. Cada vez había más chavales así, pensó Inés, y se preguntó si en la prehistoria también tendrían esa actitud. Cuando observaba un comportamiento actual no podía evitar cuestionarse en qué momento habría aparecido en el ser humano. ¿Los aguantaría la tribu dentro de una cueva angosta, sin poder salir durante horas? ¿Guardarían el silencio necesario en caso de tener que esconderse de algún depredador? ¿Supondría alguna ventaja evolutiva? ¿Serían inquietos y aventureros?

—¿Os suenan Caín y Abel? —La voz de Samuel Henares, el director del yacimiento de Atapuerca, retumbó en la cabaña aplacando el murmullo descontrolado de los estudiantes.

Había entrado sin que ninguno percibiera su presencia. Ya había cumplido los sesenta, pero se mantenía ágil y despierto. No tenía el aspecto de un hombre mayor, sino el de una persona curtida al aire libre. Su tez, morena por las campañas trabajando bajo las inclemencias del tiempo, desprendía sabiduría y equilibrio. Una barba con abundantes canas contribuía a darle un aire aún más respetable. Samuel dedujo por el gesto de los chavales que no todos sabían bien quiénes eran Caín y Abel.

—Es el primer asesinato del que se habla en la Biblia. Entre hermanos. Pues bien, este homicidio sería como el relato que les estaba contando la monitora…

—Oiga, ¿cuándo vamos a tirar con arco? —lo interrumpió un alumno.

Inés le hizo una señal al director de la excavación: no debían prolongar más la actividad. Era mejor pasar a la siguiente. Para esta generación del móvil y de la inmediatez, tanta explicación sobraba, querían más acción, pegarse por ser los primeros en disparar una flecha.

—Claro —reaccionó Inés—, vamos a disparar con arco. ¿Quién quiere ser el primero?

—¡¡Yooooo!!

Una veintena de manos se alzaron casi a la vez. La profesora encargada de la excursión trató de poner orden, pero el grupo salió de la cabaña a toda velocidad hacia su siguiente objetivo.

—¿Usted cree que es seguro que disparen? —preguntó la profesora.

Inés sonrió. Estaba acostumbrada, las visitas no eran tan distintas unas de otras, y a ella le divertían a pesar de todo; observaba su comportamiento y le hacían plantearse preguntas como si un niño de doce años fuese comparable a un chimpancé adulto. Le parecía evidente que en muchas cosas sí. Sobre todo, en pandilla.

Antes de que siguiese al grupo a la zona del tiro con arco, Samuel la detuvo.

—En una hora empezarán a llegar los periodistas. Debemos tener todo listo para la rueda de prensa.

—No te preocupes, Samuel, estos en veinte minutos están fuera.

Inés salió de la cabaña y el sol la deslumbró. Mientras guiñaba los ojos para evitar el exceso de luz, observó el conjunto arqueológico que tantas veces había explicado a los turistas que visitaban tanto el edificio como las reconstrucciones prehistóricas del exterior, y a los que enseñaba las innovaciones tecnológicas de los primeros homínidos: la talla lítica, el dominio del fuego, las técnicas de caza. Llevaba ya tres años formando parte de la coordinación del yacimiento y aún sentía ese pellizco de emoción por su trabajo. Desde muy joven frecuentó excavaciones arqueológicas en las que estudiantes bastante mayores que ella la adoptaban como protegida y le dejaban visitar lugares cerrados al público ante su insistencia. Ya entonces necesitaba entender el comportamiento del ser humano desde sus primeros pasos por la Tierra, cómo había evolucionado hasta ser la especie dominante.

La zona donde disparaban con los rudimentarios arcos estaba a pocos metros de la cabaña. Había unas dianas sujetas a una pared levantada con fardos de paja dispuesta de forma que evitase la dispersión de las flechas que no alcanzaran su objetivo. La puntería no solía ser el fuerte de los visitantes. Una habilidad que se había perdido en algún momento de la evolución humana. La cola era bastante caótica, con empujones e insultos. Inés debía de imponerles más que su profesora, porque con su llegada cesaron las peleas. Señaló a una chica entre el follón y le pasó un arco. La elegida se adelantó unos metros y escuchó la explicación técnica, que entendió enseguida. Su disparo alcanzó casi el centro de la diana, ante el asombro de sus compañeros, y ella lo celebró con un grito alegre. El chaval que había importunado a Inés en la cabaña hizo un gesto despectivo al tiempo que se escabullía del grupo, seguido por otros tres.

A unos cincuenta metros de las dianas estaba el área de las réplicas de los enterramientos. Los cuatro escindidos del grupo vagabundeaban por allí entre continuas risas y codazos, compartiendo un cigarro a escondidas. Al acercarse al nicho, algo llamó la atención del mayor. Entre la falsa roca horadada distinguió una mujer tumbada sobre el costado izquierdo rodeada de arena rojiza.

—¡Joder, sí que estaban buenas las prehistóricas esas!

El muñeco colocado en el enterramiento era el de una chica de unos veinte años y parecía tener una piel suave, tersa, y una figura bien moldeada. Al igual que los verdaderos restos de enterramientos hallados en la excavación, el cuerpo se encontraba desnudo, en posición fetal y con una serie de ofrendas a su lado: collares, vasijas y semillas. La imagen era sobrecogedora y había algo sensual en su postura.

—Está hecha de puta madre.

—Ya te digo —contestó uno de sus amigos.

El mayor miró a todas partes. No parecía que nadie se hubiera dado cuenta de su ausencia.

—Coge el móvil y hazme un vídeo como si me la estuviera zumbando.

Su pequeño clan se rio con la ocurrencia.

—¿Te vas a meter dentro? —le preguntó otro de sus colegas.

El mayor asintió y se quitó la camiseta para dar más realismo a su ingeniosa propuesta. Los otros tres prepararon los móviles.

—Deja, yo lo grabo —dijo uno mientras sus dedos volaban por la pantalla de su *smartphone* de última generación.

—Venga, que voy.

El grupo escolar estaba arrojando lanzas mediante propulsores cuando escucharon un grito que provenía de la zona de los enterramientos. Todos miraron, pero Inés reaccionó con rapidez y se encaminó hacia allí seguida a distancia por la profesora, que no tenía ni salud ni piernas para correr.

La monitora se encontró a los chicos aterrorizados. Tanto que les costaba explicarse. Inés se fijó en que el mayor no llevaba la camiseta puesta y estaba lívido.

—¿Qué ha pasado?

Por fin, el que tenía el móvil en la mano habló:

—¿Es... de verdad? —preguntó señalando al muñeco en el suelo.

Inés siguió su mirada hasta el círculo de piedras. Allí dentro no estaba el muñeco habitual, aquella reproducción tan costosa que habían encargado hacía cuatro años, cuando desarrollaron esa parte de la visita. Se acercó, tocó con cuidado el cuerpo depositado en el enterramiento y miró a la profesora, que llegaba jadeando.

—Llévate a los niños.

—Pero ¿qué ha pasado?

—Llévatelos.

La profesora seguía sin entender y sin obedecerla.

—No es un muñeco, es una chica de verdad. Y está muerta.

2

Otra noche más sin dormir.

La misma pesadilla, que llevaba repitiéndose semanas, en la que se veía a sí misma al fondo de una cueva intentando escalar hacia la salida, hacia una luz cenital que cada vez parecía más lejana, mientras se estrechaba el conducto hasta terminar por aprisionarla. Después, solo oscuridad. En ese punto, se despertaba angustiada y no podía volver a conciliar el sueño. Llevaba ya varias madrugadas en las que las horas se sucedían indolentes en el reloj de la mesilla. Al principio intentaba darse media vuelta, ponerse los tapones y alejar de su mente cualquier pensamiento que no fuese positivo. Pero le costaba. Y cuando conseguía adormecerse, su córtex auditivo se despertaba antes que ella. ¿Sería por un inconsciente estado de vigilancia? ¿Tendría miedo de que sucediera algo grave? Lo oía todo: una ambulancia que cruzaba a lo lejos, una discusión de dos borrachos en la calle, el despertador del vecino que madrugaba demasiado. Tras comprender que no iba a dormir más y que no podría leer su novela porque la luz despertaría a Juan, cogía su móvil y navegaba por Internet buscando las noticias del día intentando no hacer ruido.

Pero él también se había levantado pronto esa mañana para preparar una reunión importante en la sucursal bancaria que dirigía. Juan se había duchado y paseaba desnudo por el dormitorio en penumbra buscando la camisa que había dejado planchada la noche anterior. Silvia dejó el móvil a un lado y lo miró. Estaba de espaldas, a contraluz, y los primeros rayos del amanecer se filtraban entre las persianas. Se había abandonado un poco, pero seguía siendo un hombre cálido y tranquilo que le daba mucha estabilidad. Quiso abrazarlo, pero no lo hizo, sin saber bien por qué. Llevaban cuatro años juntos, tres de convivencia. En algún momento habían hablado de casarse e incluso, ¿por qué no?, de tener hijos. Sin concretar. Era el siguiente paso lógico en la relación, pero ambos desempeñaban trabajos exigentes y a Silvia le costaba imaginar un pequeño ser corriendo por el piso, interponiéndose entre ellos aún más de lo que ya lo hacía la rutina, el estrés y la falta de tiempo. Pensó en la última vez que habían hecho el amor y no pudo precisarlo. ¿Dos semanas? Tal vez tres. Había sido un domingo al volver de casa de sus suegros. No había estado mal, pero tampoco se acordaba de los detalles. ¿Eso era preocupante? Una canción de Joaquín Sabina le vino a la mente mientras miraba cómo se empezaba a vestir su pareja: *Yo no quiero comerme una manzana dos veces por semana, sin ganas de comer.*

A Rodrigo Ajuria le gustaba llegar pronto a la sede de la UDEV en Madrid porque así le daba tiempo a ponerse al corriente de las investigaciones que llevaba su sección. Estaba convencido de que, si seguía trabajando duro, se presentaría la oportunidad que esperaba desde que salió de la Academia de Ávila, donde ya destacaba entre sus compañeros de promoción. Experto en soportes tecnológicos y dotado de una gran capacidad de deducción, era consciente de que el comisario Mendoza esperaba mucho de él, aunque todavía no le había asignado ningún caso importante. Su experiencia en la Unidad de Delincuencia Especializada y Violenta se había limitado a robos, solo uno con armas de fuego. Su contribución al esclarecimiento de este último le había dado confianza. El comisario repetía mucho que los novatos no sabían desenvolverse a pie de calle. ¿Cómo respondería él? Le daba algo de vértigo, aunque estaba deseando comprobarlo. Necesitaba ya esa oportunidad.

La temperatura era agradable para ser julio y apenas había tráfico. Justo cuando estaba a punto de rebasar la garita de seguridad de la Dirección General de la Policía vio acercarse a Silvia por la calle. También a ella le gustaba llegar con tiempo y muchas mañanas se tomaban un primer café juntos. Aunque Rodrigo era su subordinado y diez años más joven, la inspectora Guzmán siempre se había mostrado cercana y comprensiva con él. A Rodrigo le fascinaba su autoconfianza y ese punto irónico capaz de arrancarle una sonrisa en los momentos más tensos. Tenía una mezcla de fragilidad y de dureza que lo descolocaba y atraía. Recordaba perfectamente su primer encuentro el día que había ido a darles una charla en la Academia. Entonces no era todavía jefa de grupo. Llegó en vaqueros, informal, con una cola de caballo y una camiseta. Les habló de los interrogatorios, pero no de una manera academicista, desgranando las distintas teorías. Ellos ya habían estudiado el método REID en nueve pasos, desde la confrontación positiva hasta llegar a la declaración firmada, o el método PEACE, más garantista con el sospechoso. Ella les transmitió su propia experiencia, con ejemplos de las investigaciones que había llevado, de los casos que había resuelto y hasta de alguno que seguía pendiente. Había respondido con paciencia y franqueza a todas las preguntas con las que la bombardearon los cadetes, excepto las referidas a un caso en particular del que no quiso comentar nada más. Rodrigo percibió por primera vez en ese instante una brecha en su coraza de mujer fuerte y decidida, un atisbo de una tristeza profunda cuyo origen era un misterio.

Decidió esperarla antes de la barrera de acceso. Mientras se acercaba, Silvia le sonrió. Todavía parecía que iba a ser una mañana más.

3

—Ha llamado el juez Vázquez de Mella.

El comisario Mendoza provocó un silencio incómodo cuando irrumpió en la sala de reuniones donde los inspectores discutían acaloradamente sobre el caso de las escuchas del Casino, que ya había dejado un muerto. El ambiente estaba cargado, y la mesa, repleta de vasos de plástico con restos de café a pesar de ser tan solo media mañana. Aún no habían tomado la decisión sobre cómo afrontar ese caso. Llevaban muchos meses detrás de la red de extorsionadores y no querían precipitarse y arruinar sus avances en la investigación. Ante el anuncio del comisario, Silvia Guzmán supo que algo grave había sucedido: ni Mendoza los interrumpía así habitualmente ni ese juez llamaba tan a menudo.

—Guzmán y Ajuria, a mi despacho —ordenó Mendoza al tiempo que se recolocaba la sobria corbata en su traje perfectamente planchado.

Su porte delgado y elegante destacaba aún más en aquella pequeña habitación atestada de policías tensos y malhumorados. Aunque ya rondaba los sesenta, siempre había sido un hombre de acción, hasta el último ascenso, que lo había obligado a adaptarse a su nueva labor de coordinar equipos y tratar con políticos, jueces y fiscales.

Los demás miraron a los seleccionados y volvieron a su agria discusión como si nada hubiese pasado. La pareja salió en silencio y sin mirar atrás. Rodrigo escudriñó el rostro de su jefa y tomó nota de su gesto de preocupación.

Ya en el pasillo, Silvia trató de alcanzar al comisario Mendoza, que caminaba con paso decidido, pero él con un gesto le dejó claro que no iba a decir nada hasta llegar a su despacho. Una vez allí, les mostró en la pantalla del ordenador una foto de un pueblo en lo alto de un cortado de roca caliza. Las casas, que flanqueaban la única calle de la parte antigua, presidida por la iglesia gótica, parecían brotar de la piedra apoyadas unas sobre otras, rodeadas de bruma. Era un enclave impresionante, como sacado de un cuento medieval.

—¿Les suena?

—Es Niebla —contestó Silvia con seguridad ante la sorpresa del comisario y el inspector—. Estuve en una visita al yacimiento que está cerca.

—He pedido un helicóptero.

Esa excepción confirmó las sospechas de Silvia, pues durante sus catorce años de carrera no habían sido más de dos las veces que se solicitara un helicóptero para el traslado al lugar de los hechos.

—No tenemos tiempo de pasar por casa, ¿verdad?

—No. Que les envíen lo que necesiten.

Rodrigo seguía la conversación sin intervenir y sin entender lo que estaba sucediendo.

—Quiero que dirija la investigación y que se desplace a Burgos junto con el inspector Ajuria.

Ambos asintieron bajo el peso de la responsabilidad.

—Usted estuvo en la investigación de la cueva de El Sidrón hace años —le dijo el comisario a la inspectora.

—Sí, en Asturias —admitió con un escalofrío, intentando liberarse de los recuerdos que brotaban de un lugar oscuro de su memoria—. No conseguimos detener al culpable. Tuvimos un sospechoso que desapareció, Carlos Béjar. Un taxidermista. Y también lo llevaba el juez Vázquez de Mella.

—Me han mandado algunas fotos —añadió Mendoza mientras las cogía de la impresora—. Se trata de algo similar: una chica muerta en posición fetal.

Silvia las miró temiendo que no fuese una mera coincidencia. Cerró los ojos deseando que aquello no estuviese sucediendo de nuevo. Los volvió a abrir y observó a la joven, tan frágil, abandonada.

—La han descubierto unos niños hace hora y media —siguió explicando Mendoza—. Ya hemos hablado con el juez local para pedirle que no levante el cadáver hasta que lleguemos. Aunque la competencia debería ser territorial, Vázquez de Mella pretende asumir la instrucción por las similitudes con el de entonces. Lo normal es que el magistrado de la zona se lo ceda. No suelen querer conflictos con Madrid, pero nunca se sabe. Yo también voy en el helicóptero.

—¿Sabemos quién es la víctima? —se atrevió a intervenir Rodrigo tratando de que su voz sonara firme.

El comisario lo miró como si de pronto hubiese reparado en su presencia y señaló una carpeta con tapas oscuras sobre su mesa.

—Parece que era una chica del pueblo. Eva Santos. Está todo ahí.

—¿Cree que se trata del mismo asesino, comisario? —preguntó Silvia.

—Yo ni creo ni dejo de creer nada. —El comisario esquivó la pregunta y comprobó la hora en su reloj de pulsera—. Démonos prisa. Repasaremos los detalles de camino en el helicóptero.

La inspectora Guzmán trató de ordenar sus recuerdos: aquel verano de hacía seis años, un yacimiento más pequeño, el cadáver de aquella joven, su investigación fallida por culpa de una irracional historia de amor que nunca debió suceder. Y, tras aquel error, la depresión. Le había costado salir, y desde entonces no había sido la misma persona. Las horas de entrenamiento le habían servido más que la terapia para alejar sus demonios. Había cambiado su manera de ver la vida, de relacionarse, sin afrontar riesgos ni desafiar las normas. Cuando ya iba a salir del despacho, el comisario remató:

—Su señoría ha preguntado por Daniel Velarde.

Y las conexiones cerebrales de Silvia se dispararon. Daniel.

El corazón se le aceleró hasta que el bombeo de sangre le oprimió el hueso frontal de la cabeza. Consiguió que no se le notase el mareo. Hacía seis años que en la comisaría no se hablaba de Daniel Velarde, a pesar de que había sido una especie de leyenda en la UDEV tras solucionar el robo de las obras de arte del marqués de Monteagudo, un caso que había sido portada en todos los diarios. Tuvo tal repercusión que a Daniel le llovieron tentadoras ofertas en la seguridad privada, que él siempre rechazaba, hasta que ese verano, al volver de Asturias, decidió cambiar la Policía por el puesto de director de Seguridad Corporativa en una multinacional del petróleo; un sueldo justito por otro con muchos ceros, trajes de lujo, aviones privados y viajes por todo el globo. También cambió la legalidad absoluta por otra más laxa, más de conveniencia, como si fuera un soldado de fortuna del siglo XXI. Eso decían. Silvia y él no se habían vuelto a ver.

—El juez quiere a Daniel en la investigación —insistió Mendoza.

—Pero… eso es imposible. No sabemos ni dónde está.

4

Le había costado mucho aprender árabe, pero desde que cambió de vida le motivaba afrontar nuevos retos, manejar asuntos para los que no sabía de antemano si estaba preparado, vivir experiencias intensas sin atarse a nadie y, por qué no decirlo, ganar más dinero. Trabajar en una empresa petrolera era algo que jamás había pensado cuando salió de la Academia de Policía. El mundo había cambiado mucho desde principios de los 90, tras la primera guerra del Golfo, y la inversión en seguridad crecía cada año desde entonces. Se había acostumbrado a vestir bien, a beber buen vino y a acostarse con chicas preciosas. Ocasionalmente tonteaba con las drogas si era necesario, pero cuidaba su alimentación. El estrés y el haber pasado los cuarenta no habían mermado su atractivo. Cuando se lo permitían los viajes, dedicaba una hora y media diaria al gimnasio, nadaba dos días a la semana y trataba de jugar al pádel con sus nuevos contactos. Aparte de sus libros sobre homínidos y comportamiento animal, eso era lo único que le divertía.

Hacía ya tiempo que Daniel no se planteaba el trasfondo ético de sus actos. Había enterrado la filosofía que le habían inculcado en la Policía Nacional: obediencia a los superiores, integridad, imparcialidad y dignidad. Lo que más le había dolido fue abandonar la investigación. Pero ahora era un magnífico profesional de la seguridad privada. Ese era el motivo de que siguiera contratado y por el que se había desplazado a Libia.

Llevaba más de tres días sin gimnasio, sin natación y sin pádel. Libia continuaba siendo un avispero. Enterrada en las noticias por la situación de Siria, Irán, los territorios kurdos o Turquía, para quienes trabajaban en la zona no había sitio seguro. Su empresa se movía bien sobre el terreno: había previsto a tiempo la última revuelta en el oeste del país y sacado a su personal más cualificado en los primeros aviones, sin mayores percances gracias a las líneas de evacuación que preparó con tiempo. Pero Daniel había tenido que volver. ¿A quién se le había ocurrido montar una excursión de motocross por las dunas cercanas a la ciudad tuareg de Gadamés? Eso solo lo hacen los niñatos caprichosos. ¿No les bastaba la sierra de Madrid o los desiertos de Fuerteventura? Él mismo sabía la respuesta: no, no bastaba. Tampoco a él le habría bastado.

El avión privado los estaba esperando en el aeropuerto situado a catorce kilómetros del centro de Gadamés, con todos los permisos en regla y prioridad para despegar. Las compañías petrolíferas negociaban bien con los gobiernos y mejor con las aerolíneas, por motivos evidentes.

Pero los jóvenes, hijos de importantes empresarios de la construcción, no llegaban al punto de extracción y cada vez un grupo más numeroso de árabes los observaba sin entender qué hacían en su barrio esos dos coches blindados conducidos por occidentales. Allí habían quedado, hasta allí los iba a llevar su contacto en el oeste de Libia, en la frontera con Argelia y Túnez. A Daniel, perfectamente entrenado para este tipo de acciones, no le gustaba esperar en ese enclave, la ciudad era un laberinto de calles estrechas y abovedadas que incluso se convertían en túneles por debajo de los pequeños edificios de adobe.

Sonó su teléfono. Le extrañó, poca gente lo tenía. Lo primero que pensó era que algo había fallado en la operación; instintivamente, se tocó el arma de la sobaquera mientras cogía la llamada. Sus escoltas lo miraron preocupados. Daniel no entendió bien a su interlocutora: una mujer española le decía que le iba a pasar con alguien.

—Ahora no puedo hablar…

Cuando ya iba a colgar, una voz conocida lo disuadió:

—Inspector Velarde… —Hacía años que nadie usaba con él su antiguo cargo policial—. Soy el comisario Mendoza.

Su segundo en el operativo le dio un codazo. Los demás se empezaron a movilizar tal y como habían practicado. Al fondo, llegaba un cuatro por cuatro que podría ser el que esperaban, pero también uno bien distinto avisado por la guerrilla local ante la presencia de aquellos occidentales por su zona.

Daniel, seguido por sus hombres, se parapetó tras los coches mientras los vecinos desaparecían de las ventanas. El vehículo se acercaba más despacio y unos brazos salieron por ambos lados del cuatro por cuatro. Parecía una señal de paz. En cualquier caso, los mercenarios permanecieron con las pistolas preparadas, escondidas en el lateral de sus piernas. Una señal de ráfagas hecha con los faros delanteros los tranquilizó. Esa era la contraseña pactada con su hombre sobre el terreno. Daniel había soltado el teléfono, pero su cabeza no conseguía centrarse en esa calle polvorienta del barrio antiguo de Gadamés.

Del vehículo se bajaron tres chavales asustados vestidos de Coronel Tapioca y gritando que no dispararan. Daniel les hizo un gesto para que se acercaran mientras sus hombres se preparaban para sacarlos de ahí. Observó que, en los tejados, algunos individuos empezaban a tomar posiciones. La llamada de teléfono desapareció por fin de su mente. Dio varias instrucciones muy concisas y su gente cogió a los recién llegados por los brazos y los metieron sin perder ni un segundo en el coche situado delante, cerrando las puertas lo más rápidamente posible. Su contacto reculó por la misma calle al volante del cuatro por cuatro y desapareció a gran velocidad.

Daniel fue el último en entrar en su vehículo, sin perder de vista las azoteas, y la comitiva arrancó antes de que sus vigilantes pudieran reaccionar. Un disparo lejano, que no acertó al convoy, fue lo último que pudo oír Daniel mientras observaba por el retrovisor cómo desaparecían las últimas casas blancas engullidas por una cortina de arena. Entonces se acordó de su llamada. El comisario seguía ahí, escuchando lo que había sucedido sin conocer los detalles.

—¿Mendoza? No le oigo bien.

—¿Cuánto tardaría en llegar a Burgos?

5

El comisario Mendoza, sentado en una de las ventanillas traseras, colgó el teléfono tras la breve conversación, que no le dejó satisfecho. El ruido del motor del EC120 no había ayudado a tener una comunicación fluida. Y él no estaba seguro de que su antiguo inspector fuese a ir a Burgos lo antes posible. Silvia, situada en la ventanilla contraria, no se atrevió a preguntar, pero lo hizo por ella Rodrigo. El comisario se volvió con dificultad en la estrecha cabina y les dio una explicación:

—Está en Libia —dijo levantando la voz.

¿Libia? No era exactamente lo que Silvia habría imaginado. Había leído en la prensa que la zona resultaba peligrosa en las últimas semanas. De nuevo los pensamientos negativos comenzaron a aflorar y se concentró en mantenerlos a raya. Pensar en Daniel era un estrés innecesario. A no ser que él aceptase la petición de Mendoza para presentarse en la excavación de Atapuerca.

—Ustedes dos llevaron la investigación hace seis años. Sería conveniente volver a tenerlos juntos.

—No veo la necesidad, comisario. El inspector Ajuria y yo asumiremos el caso. Además, creo que Velarde está en excedencia. No va a querer volver.

—Sí, eso podría resultar complicado. Siempre podría regresar como asesor.

Silvia prefirió no añadir nada y perder su mirada por la ventanilla del helicóptero. Estaban sobrevolando ya las cercanías del parque natural de las Hoces del río Riaza. Le parecieron impactantes las caprichosas formas dibujadas por el agua entre los acantilados. Se sintió aturdida por la altura y le pareció que la imagen de Daniel se reflejaba en el cristal.

—He traído parte de la documentación de entonces —informó el comisario.

—La tengo presente. —¿Cómo olvidar su primer fracaso como policía, su primer homicidio sin resolver?—. Pero, entonces, ¿el juez piensa que puede haber relación entre ambos casos?

—Es pronto, pero si Vázquez de Mella pretende asumirlo es porque no cree mucho en las casualidades —tuvo que admitir el comisario—. Dos cuerpos en un enterramiento arqueológico, al parecer depositados en la misma posición…

—El caso anterior fue a mediados de septiembre, eso complicó mucho nuestras investigaciones.

Rodrigo miró interrogativo a su superiora.

—Los yacimientos contratan a estudiantes en prácticas de todo el mundo para los meses de verano —explicó Silvia—. En Asturias había unos veinte. Y cuando acabó la temporada todos volvieron a sus países, no pudimos retenerlos. Habría que cruzar datos por si alguno ha repetido —concluyó tomando nota en el móvil.

—Bueno, eso quiere decir que ahora tenemos casi tres meses por delante.

—Menos, Ajuria —aclaró el comisario—. Por lo visto, en Atapuerca solo se excava mes y medio. Y ya llevan treinta días. Me han mandado los datos: durante la campaña pueden llegar a ser ciento cincuenta personas, entre estudiantes y personal fijo. De veinticinco nacionalidades.

—¿Cuántos habitantes tiene el pueblo más cercano?

—¿Niebla? No llega a cuatrocientos, creo.

—Es habitual que surjan ciertas desavenencias entre ambos grupos. —Silvia creyó necesario completar las explicaciones—. Según comprobamos en Asturias, los estudiantes van a divertirse al pueblo, ya se sabe, son jóvenes, beben, siempre se producen enfrentamientos.

—Incluso tuvimos un intento de violación en grupo a una chica danesa —añadió el comisario.

—Al menos a esos sí logramos que se los condenara. Lo habían grabado en vídeo y lo subieron a Tuenti.

Estaban llegando a las inmediaciones de Burgos y ya podían ver cómo la nacional I giraba hacia la derecha para circunvalar la ciudad, la cartuja de Miraflores en primer término y de fondo los pináculos de la catedral gótica. Una vez sorteado el aeropuerto, que prácticamente no tenía vuelos por esas fechas, el helicóptero se dirigió hacia la sierra donde estaba enclavada la localidad de Niebla. Silvia mantenía la mirada perdida por la ventanilla. El ruido de los rotores le atronaba en los oídos. Quince días, estudiantes de veinticinco nacionalidades, los monitores, la gente del pueblo… «Es lo que hay», pensó la inspectora incapaz de disfrutar de las vistas.

Y Daniel.

6

Desde el helicóptero divisaban ya la escarpada roca de caliza de más de setenta metros de altura sobre la que estaba construida la pequeña localidad de Niebla, con la iglesia de un primitivo estilo gótico coronando la punta más elevada. Todavía conservaba su estructura medieval claramente defensiva. Los peñascos dibujaban caprichosos relieves en el barranco, entre los que luchaban por subsistir algunos arbustos. El pueblo era estrecho y largo, con una única calle en el centro y dos hileras de casas construidas con toba y madera que daban a ambas caras del riscal, fusionándose con él. En la ladera se extendían un buen número de viviendas que formaban la parte más moderna. A pesar de conocer el lugar, a Silvia le estremeció verlo desde el cielo. Cuando pasó tres días allí con Juan, disfrutando de su gastronomía, las visitas al yacimiento y la paz de sus entornos naturales, no podía imaginarse que volvería en estas circunstancias. Necesitaba aterrizar y ponerse manos a la obra lo antes posible. La actividad la iba a ayudar a centrar sus pensamientos en algo práctico.

El piloto les había anunciado que tomarían tierra en un par de minutos en una explanada cercana a la excavación. El ruido del EC120 sobrevolando la zona de las cabañas a baja altura ensordeció al pueblo al completo. Todos los vecinos que se encontraban en las inmediaciones del CAREX levantaron la vista hacia el aparato de la Policía Nacional. Su llegada no contribuía a generar tranquilidad. El sol seguía igual de potente, quemando sueños y esperanzas.

Aterrizaron en el llano por el que solía transcurrir el Cross de Atapuerca, rodeado de campos de cultivo. Silvia fue la primera en bajarse. El comisario rehusó su ayuda con un gesto. Las aspas levantaban una gran polvareda alrededor y ambos se alejaron del epicentro mientras Rodrigo sacaba el escaso material que habían tenido tiempo de coger. A pie de pista los estaba esperando un oficial de la Guardia Civil con cara de pocos amigos.

—Soy el comisario Mendoza.

—¿Comisario? No esperábamos tanto. Teniente García Castañón —saludó, y le tendió la mano.

Mendoza presentó a sus acompañantes.

—¿Podemos ir a ver el cadáver? —preguntó Silvia poniendo fin al protocolo.

El teniente les señaló un Jeep que estaba aparcado cerca, y el grupo se dirigió a él. Hasta ese momento, Silvia no había pensado en las circunstancias del crimen, en lo que podría significar para la gente de Niebla, ni en cómo afectó a muchas familias el asesinato de hacía seis años en Asturias. Solo esperaba que esta vez fuese diferente, que pudieran resolverlo y entregar al culpable a la Justicia. Ofrecerles la paz necesaria que no fue posible entonces.

Al grupo de recién llegados le costó cruzar la entrada. Se toparon con casi cien personas que acudían hambrientas de información al paso del vehículo. Entre ellos estaban los padres de la víctima, que todavía no tenían confirmación de lo sucedido. Silvia creyó distinguir al menos dos cámaras de televisión que enfocaban el Jeep y a varios periodistas que andaban preguntando a los vecinos. Los números de la Guardia Civil contenían a duras penas a la gente. La tensión había aumentado desde que habían visto pasar un coche fúnebre.

—¿Ya tienen aquí a la prensa? —preguntó molesto el comisario.

—Desde antes de encontrar el cuerpo —contestó el teniente chasqueando la lengua—. Había programada una rueda de prensa para esta mañana en la excavación. Y cuando ha trascendido la aparición del cadáver no han parado de llegar más periodistas. Si no tenemos cuidado, puede ser difícil de manejar.

El Jeep se detuvo en el aparcamiento, tomado por la Guardia Civil. Tuvieron que caminar cien metros por un camino de gravilla dejando a un lado el moderno edificio del CAREX hasta llegar al parque arqueológico, donde habían sido reproducidas unas cabañas a imagen de las prehistóricas, hogares para hacer fuego y falsas paredes para que los turistas realizasen en ellas pinturas rupestres como si fuesen homínidos de hace milenios. Silvia recordaba que a ella y a Juan les gustó impregnarse de pintura las manos y ponerlas sobre la piedra. Pensó en que debía avisarle de que ya habían aterrizado, pero no le dio tiempo, ya que el teniente les estaba indicando que girasen hacia la izquierda, entre dos muros de rocas que habían construido los arqueólogos. Tampoco ahí se detuvieron, sino que levantaron la cinta policial, tras la que distinguieron a los de Criminalística ya de retirada. El comisario cruzó una mirada de preocupación con Silvia. Llegaban tarde. Aceleraron la marcha buscando el pasillo sucio acotado por los agentes para acercarse a la zona donde había aparecido el cadáver. No la veía bien todavía, ya que un muro tapaba el lugar exacto. Cuando llegaron, comprobaron con sorpresa que ya no estaba el cuerpo.

—¡¿Y el cadáver?! —preguntó el comisario a punto de perder los nervios.

El juez local salió a su encuentro.

—Donde debe estar, camino del Instituto de Medicina Legal —respondió con aplomo.

—Pero habíamos pedido desde Madrid…

—¿Desde Madrid? Nadie me ha comunicado nada —dijo intentando eludir la queja.

—¡El juez Vázquez de Mella es quien va a llevar el caso!

—¡Eso tendré que decidirlo yo! Y ahora, si me perdonan…

El magistrado se fue hacia su coche oficial con una mueca de hartazgo dejando a los policías indignados. Ya no había cadáver en la escena original. Mendoza, una vez recompuesto, decidió seguir al juez para explicarle la importancia de que se inhibiese del caso.

—Rodrigo, toma nota de lo que necesito —ordenó Silvia

mientras buscaba cómo acercarse más al lugar donde habían encontrado el cuerpo—: lista de los testigos, aunque sean los alumnos de la excursión, su procedencia, el personal con acceso a esta área, la vigilancia nocturna, cámaras de seguridad aquí y en las carreteras próximas y gasolineras.

El inspector iba apuntándolo en su teléfono. El pasillo sucio no llegaba hasta la escena del crimen, por lo que Silvia, una vez terminadas sus peticiones, buscó otra opción para acceder a la recreación del enterramiento prehistórico. Una vez se hubo acercado lo suficiente, comprobó que la forense que había analizado *in situ* el cadáver estaba a punto de marcharse.

—Disculpe, soy la inspectora Guzmán, de la UDEV. Veo que ya se han llevado a la chica.

La forense era una mujer atractiva, de mediana edad y con una seguridad en sus gestos que a Silvia le agradó de inmediato. Solía tener cierta intuición con las personas, y aquella doctora parecía habituada a casos desagradables y a lidiar con policías y guardiaciviles.

—Ha llegado tarde y le gustaría conocer los detalles —afirmó adivinando sus intenciones.

Silvia no pudo evitar sonreír al sentirse descubierta. A la forense pareció gustarle su naturalidad.

—Era mujer, efectivamente —especificó la doctora—. La Guardia Civil dice que tenía veintidós años. Buen aspecto físico, dentadura perfecta, parece claro que se cuidaba. Sin rasgos de violencia ni indicios de que se haya defendido. Puede tratarse de una intoxicación, ya que los labios estaban azulados.

—¿Envenenada? —preguntó Silvia temiendo que la forense lo confirmara.

—Lo dirá la autopsia.

—¿Puede calcular la hora de la muerte?

—Debido a las livideces no demasiado oscuras, la frialdad evidente al tacto y la pérdida de la transparencia corneal, cuando yo llegué, la joven debía de llevar muerta entre siete y diez horas. La hora del deceso se situaría entre las tres y las seis de la madrugada. Probablemente más cerca de las cuatro.

—¿Murió aquí?

—No. Fue depositada en este enterramiento —dijo sin dudar mientras señalaba el lugar exacto— poco después del óbito. La concentración de sangre en sus puntos de apoyo contra el suelo así lo demuestra. Sin embargo, presentaba livideces paradójicas en distintas partes del cuerpo.

—Eso quiere decir que fue transportada hasta aquí después de morir —dedujo la inspectora.

—Así es. La escena del crimen fue otra.

—Gracias, doctora.

—Es mi deber.

Cuando ya había dado varios pasos por el pasillo delimitado por la Guardia Civil, la forense recordó un nuevo detalle.

—Hay otra cosa —dijo—, en torno al cuerpo habían esparcido polvo rojo y varios objetos.

A Silvia le sobrecogió ese dato, pero prefirió no comentarlo y guardárselo para ella.

—Y ahora, si me disculpa, debo ocuparme de mis gemelos —explicó la forense—. Mi madre debe de estar ya de los nervios.

Silvia agradeció esa muestra de confianza y se despidió con un gesto. Ya sola, observó el círculo de piedras en el que habían encontrado a la víctima. Igual que en la cueva de El Sidrón. La misma posición, una edad parecida, el polvo rojo alrededor... El mismo asesino, el que se les escapó. Y un sentimiento de culpa que lo llenaba todo.

Pero no servía de nada pensar en eso. Había mucho por hacer antes de que anocheciera: recoger datos, analizarlos, interpretarlos. La inspectora sacó su teléfono, tomó aire y eligió un encuadre para empezar a grabar un vídeo: primero, de los restos depositados en la arena rojiza, entre las piedras que formaban el círculo; después, de la zona colindante, con algunas pisadas, unos ligeros surcos que podrían ser de arrastrar los pies, tal vez con el peso de trasladar un cuerpo inerte. Dejó de grabar para tomar notas: «Averiguar el peso de la víctima. ¿Quién podría haber arrastrado el cadáver hasta aquí?».

7

El sol empezaba a dibujar sombras alargadas sobre el yacimiento como queriendo demostrar que el día ya había sido demasiado largo. Silvia lo miró entrecerrando los ojos, tratando de captar ese instante tan bello. La luz amarilleando los contornos de los árboles, de sus compañeros y, al fondo, el barranco sobre el que se erguía el pueblo. Percibió la energía del enclave, los gritos y sollozos de todos los humanos que lo habían habitado durante milenios. Y se mareó un poco. El excesivo calor y el no haber comido desde por la mañana le estaban pasando factura. Cerró los párpados, respiró profundo y se sintió mejor. Los últimos rayos del sol se escurrían silenciosos por el sendero, cada vez menos transitado, mientras se empezaban a encender los focos del edificio del CAREX, que no alcanzaban a iluminar el resto del parque arqueológico. Dio por terminado el momento mágico y también sus notas para valorar cuál debería ser el siguiente paso: buscar a la familia, al novio de la víctima, si lo tuviera, hablar con la profesora que había descubierto el cuerpo o comparar los vídeos que acababa de hacer con los originales que había grabado la Guardia Civil con el cadáver aún presente.

Al encaminarse hacia la salida vio cómo la Benemérita terminaba de tomar declaración a los trabajadores del parque y a los colegiales de la visita, mientras que el comisario y Rodrigo hablaban con los guardas de seguridad. Iba a unirse a ellos cuando se sintió observada por una joven apartada del resto. De pelo castaño corto y figura ágil, vestida con una camiseta del parque. Silvia se acercó a ella.

—Soy la coordinadora de los estudiantes del yacimiento

—explicó Inés, que llevaba un rato observando las idas y venidas de la inspectora—. Estaba atendiendo a ese grupo y no me di cuenta de que cuatro chicos se habían ido por su cuenta. Por lo visto, uno se fue a meter entre las piedras para hacerse una foto… poco respetuosa con la chica, ya me entiende.

—¿Como si fuese a tener relaciones con ella?

—Pues algo así. Ya se puede imaginar cómo son los chicos a estas edades. Hemos de tener mil ojos con ellos.

—Pero estos se os despistaron.

—Estábamos con las flechas… —se justificó la chica.

—¿Sabe si llegó a tocarla?

—Sí, seguro, se debió de tender a su lado y tocarla por detrás, ahí se dio cuenta de que era de carne y hueso.

—Se asustó, claro.

—Mucho, estaba temblando cuando yo llegué. Se creen muy valientes, pero no son más que niños.

—¿Lo estaban grabando?

—Sí, con el móvil de otro.

—Vale —asumió Silvia mientras apuntaba que tenían que conseguir ese móvil antes de que lo borrasen, o lo que podría ser peor, antes de que lo empezasen a mandar por WhatsApp.

Ahora todavía estaban impresionados, pero nadie podía asegurar que, a la mañana siguiente, más envalentonados y entre risas, no intentasen alejar el miedo que habían sentido subiéndolo a alguna red social.

—No me has dicho cómo te llamas —dijo tuteándola por primera vez.

—Inés Madrigal.

—Gracias, Inés. Yo soy la inspectora Silvia Guzmán.

La coordinadora bajó la cabeza con un gesto que mezclaba agradecimiento y alivio y se dio media vuelta para marcharse.

—¿Y tú cómo estás? —añadió Silvia de manera inesperada.

La joven se mostró sorprendida por la pregunta. El día había sido muy largo para todos, y seguro que ella tampoco había tenido tiempo de digerir lo sucedido.

—Pues… ¿yo? Impactada. También la toqué para comprobar si estaba viva. Quizá no debería haberlo hecho, pero… estaba muerta.

—No pasa nada, Inés —la tranquilizó la inspectora—, pero es bueno que lo sepamos todo. Te tomaremos las huellas de esos zapatos que llevas.

—Estarán por todas partes del CAREX.

—Claro, es lógico si tú eres la que lo enseñas.

—Habrá pisadas de muchísima gente —añadió abrumada.

—Tú no te preocupes. Es cosa nuestra. Y gracias por tu colaboración.

Inés se despidió tímidamente alejándose por el camino de tierra que llevaba al aparcamiento a la vez que Rodrigo llegaba hasta Silvia por el sendero que conducía a las cabañas.

—Los chavales estaban grabando un vídeo. Consíguemelo —le ordenó Silvia.

El comisario los interrumpió con nuevos datos:

—Me dicen que no hay vigilancia permanente por la noche. Tan solo una ronda a cargo de la Guardia Civil. Y una cámara en la entrada —añadió señalando la gran caja de hormigón recubierta por una malla metálica que le daba un aspecto imponente—, pero no cubre esta zona.

—¿Nunca se habían producido incidentes? ¿Robos o vandalismo?

—Parece que no.

A Silvia le sorprendió un grito proveniente de la entrada del parque arqueológico. Dirigió su mirada hacia allí y observó a un hombre y a una mujer que discutían con el teniente de la Benemérita.

—¿Son los padres de Eva Santos? —preguntó la inspectora haciendo ademán de ir a su encuentro.

Mendoza la detuvo con un gesto de autoridad.

—No podemos hablar con ellos. Vázquez de Mella ha dicho que nos mantengamos al margen hasta ver qué decisión toma el juez local —explicó enojado.

Silvia aceptó a regañadientes. Observó cómo un guardia trataba de contener a la madre, que gritaba enfurecida, y la invitaba pacientemente a subir a un coche patrulla para llevarlos a casa. El padre lloraba en silencio.

—¿Ve similitudes con el caso anterior? —preguntó Mendoza.

—Sin duda.

—Bien. Cenamos en Burgos. —Miró el reloj con cara de preocupación—. Y les cuento lo que tenemos que hacer.

Silvia seguía pendiente del forcejeo en la entrada y por un momento sus ojos se cruzaron con los de la madre de Eva. Adivinó un destello de dureza en su rostro iluminado por el último rayo de sol, antes de que desapareciese tras las ventanillas tintadas del coche de la Guardia Civil. Esperó hasta ver que se ponía en marcha y desaparecía por el horizonte de la carretera, engullido por las sombras que comenzaban a cubrir aquella tierra de falsas sepulturas que se habían convertido en reales.

8

Distrito de Gadamés, 43 ºC, soleado. Salida del sol: 06:33. Probabilidad de lluvia: 0 %.

Caracas, 26 ºC, parcialmente nublado. Salida del sol: 06:15.

Distrito autónomo de Janti-Mansi, 19 ºC, parcialmente nublado. Salida del sol: 03:24.

Culiacán, Sinaloa, 34 ºC. Seco. Salida del sol: 06:32.

A Daniel le gustaba mantener en su móvil las temperaturas de los sitios que visitaba habitualmente por trabajo: Venezuela, Siberia occidental, México… Ahora Gadamés.

—¿Un café solo sin azúcar, como siempre, señor Velarde? —preguntó una azafata que llevaba ya cuatro años atendiendo el avión privado de la compañía.

Daniel se lo agradeció con un gesto y se puso cómodo en su asiento. Había disfrutado al contemplar los ojos aterrorizados de aquellos niños ricos al subir al avión en Libia; en las dos horas y media de vuelo hasta Madrid esa expresión fue cambiando: el miedo se convirtió en ansia por irse de juerga y a follar. Habían bebido durante el trayecto, al principio en silencio, tratando de olvidar lo que había pasado, y al final de forma patética, ligando con la azafata. El que parecía el líder del grupo, respaldado por las risas de sus compañeros, la cogió por la muñeca mientras le ofrecía cantidades insultantes de dinero para que se metiera en el servicio con él. Daniel los observaba desde el otro extremo del avión. Había sido advertido por su presidente para que el trato hacia esos jóvenes, cuyos padres tenían una gran influencia en el consejo de la petrolera, fuera exquisito.

—Gracias, señor, pero la respuesta es no. Le ruego que me suelte y me permita continuar con mi trabajo —respondió la azafata sin perder la sonrisa, zafándose suavemente.

Tenía experiencia manejando a impertinentes mucho más complicados. Pero el chaval no se dio por satisfecho con la respuesta y la atrajo de un tirón hacia él, haciendo que la chica perdiese el equilibrio y cayese en su regazo. Los demás reían sin parar mientras aquel estúpido frustraba sus esfuerzos por liberarse.

Daniel saltó como si tuviera un resorte en el asiento, ayudó a la azafata a levantarse, cogió al chico por la pechera y lo alzó un palmo ante el asombro de sus amigos.

—La señorita te ha dicho que no —bramó.

Y mientras lo depositaba de nuevo en su asiento le susurró al oído una velada amenaza que bastó para que se quedase con el rabo entre las piernas, bien quietito durante el resto del vuelo. La azafata, que había recuperado la compostura, le agradeció a Daniel su intervención con una sonrisa sincera.

Cuando se bajaron en el aeropuerto de Torrejón, los jóvenes rescatados volvían a creerse los dueños del mundo. Es posible que lo llegaran a ser algún día, pero para eso todavía tenían que matar a sus padres y luchar por el poder con sus hermanos. Como Caín y Abel. Y Daniel no creía que muchos fueran capaces de hacerlo. Eso exige mancharse las manos.

En Madrid era de noche y hacía 32 grados. Amanecería a las 07:00. Daniel cerró la puerta de su apartamento a medio reformar. Tenía una estructura antigua, pero habían tirado todos los tabiques consiguiendo un espacio diáfano con tres ventanales a la calle y vigas a la vista. Tampoco estaba terminado de amueblar. Libros y Blue Rays se amontonaban en una esquina esperando a ser colocados en la estantería recién montada, todavía sin pintar.

Encendió el aire acondicionado. El calor de Libia se le había metido por los poros. Se quitó la ropa quedándose tan solo con el bóxer. Estaba agotado, pero todavía le duraba el subidón de adrenalina que experimentaba tras cada procedimiento peligroso. Los chavales rescatados no habían dicho nada sobre el incidente con la azafata, y el presidente de la compañía estaba impresionado de lo bien que había manejado Daniel una situación tan compleja, le había dado las gracias de manera personal y permiso para que se tomara una semana libre: «Aprovecha para relajarte. Nos espera un septiembre muy intenso». No tuvo más remedio que aceptar.

Puso la televisión. No había nada interesante. En verano sería mejor cerrar las cadenas hasta septiembre. Por suerte, sintonizaba varios canales en inglés. Mientras empezaba a hacer estiramientos para desentumecer los músculos después de tantas horas de coche y avión, encontró un documental de animales. Se quedó en él. Subió primero la pierna derecha en la mesa del escritorio para estirar el bíceps femoral forzando lo justo. Contó mentalmente hasta sesenta. Aguantó las ganas de pasar antes de tiempo al ejercicio siguiente. Sabía que era impaciente y por eso el control era parte importante de su entrenamiento. Cincuenta y ocho, cincuenta y nueve y sesenta. En ese punto, y no antes, bajó la pierna y subió la izquierda. Los músculos tensos, la mirada fija en la pantalla.

El sudor que le recorría el cuerpo brillaba con los reflejos de un guepardo persiguiendo a una cebra. Desde niño, siempre se había sentido atraído por el comportamiento animal y había leído todo lo que había caído en sus manos. Incluso había llegado a plantearse estudiar Etología antes de decidir que su verdadera vocación era la investigación criminal. En el documental, las cebras huían desordenadas por la sabana. Daniel recordó una conferencia a la que había asistido hacía años en la que un zoólogo explicó que las rayas les sirven para despistar a los depredadores en la persecución, ya que les impiden a estos distinguir bien unos ejemplares de otros. Su adaptación biológica no le sirvió en este caso. El guepardo la alcanzó en los cuartos traseros y con un hábil giro de su garra la volteó. En menos de un segundo ya le había mordido en el cuello para cortarle el aliento.

Daniel comenzó a estirar la espalda a la vez que el depredador abría el vientre de su presa y lamía la sangre con tranquilidad. Una muerte más en la sabana. Una entre casi ciento cincuenta mil cebras. Sin que se diera cuenta el felino, un grupo de hienas lo había rodeado y comenzaban a enseñarle los dientes. El guepardo sabía que no era rival para un enemigo como ese. Corriendo no le ganaba ningún animal, pero las hienas son mucho más fuertes y actúan en grupo. «Como nosotros —pensó Daniel—. Las especies que conviven en grupos sociales complejos son más inteligentes y se sitúan en la parte superior de la cadena trófica. La especie *Homo sapiens* lo empezó a practicar hace milenios y ha conseguido desbancar al resto de las especies competidoras en todos los hábitats.»

Estiró los gemelos usando el travesaño de una silla mientras veía cómo dos leones machos se acercaban también a la presa. Las hienas intentaron plantarles cara, eran más, pero los leones dominan la sabana. La lucha duró poco y los depredadores moteados huyeron, como lo había hecho antes el guepardo. «Así es el mundo: el trofeo se lo queda el último en llegar, solo que, si llega demasiado tarde, puede ser escaso.» Esto lo había aprendido bien durante el tiempo que llevaba trabajando para la industria petrolífera. Y mucho antes, cuando apenas tenía uso de razón, había constatado que a los débiles, a las presas, les aguarda una vida llena de sufrimiento. Con seis años recién cumplidos se juró ser todavía más duro, más fuerte, se juró no doblegarse, no dar la razón a nadie, no relajarse ante un mundo agresivo que lo había atacado y en el que ya no podría confiar nunca más.

También en su etapa de policía, cuando analizaba un asesinato, lo intentaba ver desde ese punto de vista: un depredador se había cobrado una presa. Le asombraba escuchar a quienes decían, entre ellos Silvia, que los animales solo matan cuando necesitan comer. Nada más lejos de la realidad. Daniel llevaba mucho tiempo documentándose sobre etología. Matan por muchos motivos, algunos incomprensibles; matan a las crías de otros machos para provocar el celo en las hembras; matan para impedir que crezcan los competidores: los elefantes matan cachorros de león, los leones de guepardos, las hienas de ambos. Los animales matan por jugar, por aprender, por mostrar su dominio. Como hacen los simios aliándose unos con otros, matan por el poder, matan a veces por puro frenesí, como las hienas pardas de Namibia, capaces de exterminar a una generación de crías de lobos marinos en pocos minutos, sin llegar a devorarlas, abandonándolas sin vida en las playas cercanas a cabo Cross. Incluso los simpáticos delfines raptan y violan en grupo a las hembras, sin que sus familias puedan impedirlo. Cazar o ser cazado.

Inspiró profundamente a la vez que levantaba los brazos para estirar los músculos de la espalda y dejó salir el aire lentamente hasta vaciarse por completo. Apagó la televisión y fue al baño a por una toalla para secarse el sudor.

Una semana de vacaciones. Miró su móvil y buscó el tiempo que hacía en Burgos. Treinta y tres grados a pesar de ser de noche. Estaba siendo un verano muy caluroso en todo el planeta.

Amanecería a las 06:55.

9

«Hotel de tres estrellas y menú de diez euros para cenar», ese cartel fue suficiente para que Silvia eligiese el lugar donde iban a pasar la primera noche en Burgos. No disponía de aire acondicionado, pero Rodrigo tenía la esperanza de que refrescase un poco. El comisario Mendoza, a punto de volverse a Madrid, les contó en la recepción las últimas novedades. Era casi la medianoche de un día demasiado largo.

—El juez local se ha retirado, Vázquez de Mella llevará el caso y nosotros lo ayudaremos en la instrucción.

—Pero no hemos visto el cuerpo en el lugar donde apareció. Y eso podría ser esencial para la investigación —protestó Silvia.

—Sobre eso ya no podemos hacer nada. La Guardia Civil colaborará en todo y podemos usar sus instalaciones en el pueblo. Tendremos acceso a los vídeos, a las declaraciones que han tomado sobre el terreno y a los datos de su equipo de Criminalística. Mañana ordenaré que vengan los nuestros a rastrear la escena del crimen por si se les hubiera escapado algo.

—Tenemos las imágenes que grabó uno de los alumnos con el móvil.

—Mándelas a Madrid. No quiero que nos vuelva a pasar como la otra vez. Ahora hemos llegado a tiempo de no cometer errores.

—No los cometeremos —aseguró la inspectora Guzmán.

—No hace falta que les diga lo mediático que puede ser este caso y la importancia que le van a dar desde el ministerio. Nos estamos jugando el buen nombre del cuerpo.

—Mucho más que eso, comisario —respondió Silvia.

Ambos eran conscientes de la trascendencia que tenía esta investigación para ella. Miles de imágenes cruzaron la mente de la inspectora, desordenadas y dolorosas.

—Manténganme informado de cualquier avance —concluyó Mendoza—. A cualquier hora.

Un coche oficial de la Policía lo esperaba en la puerta del hotel.

—¿No vuelve en el helicóptero? —preguntó Rodrigo.

—Por lo visto, tenían que escoltar el despegue del avión de un ministro. Ante los políticos, poco importan nuestras investigaciones, ya te acostumbrarás —contestó la inspectora.

Ya sin el comisario, Silvia sintió cierto desasosiego que intentó que Rodrigo no notase. No tenía claro si se alegraba de que les hubieran cedido la investigación. Por una parte, necesitaba terminar lo que había dejado abierto hacía seis años, pero por otra le daba miedo lo que pudiera descubrir dentro de ella misma al remover los sucesos que ocurrieron en Asturias. Rodrigo, ajeno a sus cavilaciones, le señaló la modesta cafetería de suelo de granito e iluminación industrial. No era exactamente esto lo que se imaginó cuando se apuntó a la Academia de Policía.

Frente a un revuelto de morcilla y a una ensalada de tomate y ventresca donde esta brillaba por su ausencia, Rodrigo y Silvia empezaron a repasar el caso.

—Prefiero que mañana busquemos otro alojamiento más cerca de Niebla —rompió el hielo la inspectora—. No me gusta tener que desplazarme en coche a diario. Quiero patearme bien el pueblo, respirar lo que respiran ellos veinticuatro horas al día.

—Vaya, echaré de menos este revuelto —bromeó Rodrigo a la vez que paseaba con su tenedor los trozos de morcilla de un lado a otro del plato.

Silvia no pudo evitar sonreír. Rodrigo le caía bien, le gustaba su humor, lo notaba ávido de aprender y tenía un agudizado sentido común. Por esto último lo había elegido el comisario.

—Hemos tenido mala suerte. Con lo bien que se come en Burgos.

—¿Y cómo va esto de las dietas?

—¿Es la primera vez que sales de Madrid?

—Por trabajo, sí —respondió divertido.

—Treinta y siete euros de manutención y sesenta y cinco para hotel —precisó su superiora.

—¿Y para vicios no hay nada?

—Claro, la imaginación.

Rodrigo sonrió. Probablemente lo que pensó él no era lo mismo que lo que había querido decir su jefa, pero, aun así, le provocó una sonrisa.

—Averíguame lo antes posible el peso de la víctima —le pidió Silvia.

—Un guardia me dijo que era pequeña, no más de cincuenta kilos.

—Entonces, casi cualquiera la pudo mover.

—Sí. ¿Por dónde empezamos mañana?

—Por su círculo más íntimo: primero la familia —afirmó la inspectora sin dudar—. Lo normal es que el asesino conozca a la víctima. La otra vez llegamos al caso cuando ya había pasado más de un mes; la gente ha tenido tiempo de elaborar una teoría sobre lo que ha sucedido, mienten con más facilidad, ocultan datos o simplemente no se acuerdan de los detalles.

—Eso nos lo contaste en la Academia.

—¿Te di yo esa charla? —preguntó sorprendida.

—No me recuerdas —afirmó Rodrigo aparentando sentirse ofendido.

—Bueno, es normal que no te recuerde, entre tanta gente…

—No, si no me molesta. Éramos muchos.

Silvia se sintió incómoda: por no recordar a Rodrigo de aquella charla y por su actitud complaciente incluso con un subordinado. Hacía apenas unas horas que se habían convertido en la pareja asignada al caso y no sabía muy bien qué esperar de esa nueva relación. Trató de poner en orden sus emociones, aunque Daniel siempre decía que las emociones son inútiles para un policía, que lo importante son los datos. Otra vez Daniel en su cabeza. Había conseguido apartarlo desde que aterrizaron. Dicen que es bueno olvidar, que solo recordamos lo que traemos a la memoria de una manera continuada. Ella no pensaba en Daniel desde hacía mucho tiempo, y ahora recordaba con absoluta claridad la última vez que habían hecho el amor. ¿Cómo se borra eso? Su terapeuta de hacía años, la doctora Castiñeira, le decía que los recuerdos unidos a emociones permanecen más tiempo en la memoria. «Putas emociones.»

Como leyéndole los pensamientos, Rodrigo rompió el silencio:

—¿Qué pasa con Daniel Velarde, jefa?

—¿Qué quieres saber? —suspiró Silvia. Sabía que no podía zafarse de la curiosidad del joven.

—En el caso de los cuadros del marqués de Monteagudo que salió en toda la prensa..., ¿los trescientos millones del maletín eran de verdad?

—Anda, olvida eso ahora y centrémonos en el caso. —Hizo una seña al camarero para que les trajese la cuenta—. Un par de cosas más: tenemos que hablar con el juez para que nos autorice a pedir a la compañía los datos del teléfono de la víctima. Y ver si todavía está operativo.

Rodrigo apartó su plato y tomó nota en su móvil. El camarero les trajo la nota impaciente. Había pasado media hora de la habitual de cierre y no veía el momento de marcharse a su casa.

—Vamos a acostarnos, que mañana habrá que levantarse pronto —dijo Silvia al dejar el dinero más un euro de propina—. Acuérdate de coger los recibos de todos los gastos hasta que nos lleguen las dietas.

—Pues yo tendré que comprarme unos calzoncillos o algo mañana.

—Si te doy mi talla, ¿me compras a mí bragas y sujetadores?

Silvia consiguió sonrojar a su subordinado y le dio pena haberle puesto en esa tesitura. Cuando ya se encaminaban hacia el único ascensor, Rodrigo pensó que debería decirle lo que sabía.

—Antes te lo preguntaba porque creo que, al final, Daniel Velarde viene mañana.

10

Podría ser por el calor y la falta de aire acondicionado, o al menos eso quería creer, pero repasar una y otra vez el vídeo en el que se veía a Eva Santos muerta le estaba provocando un fuerte mareo. Rebobinó por tercera vez y contempló de nuevo cómo el chico, ya sin camiseta y entre risas, se metía en la falsa tumba para acostarse al lado de la supuesta figura prehistórica y la tocaba. Cuando su mano se posaba sobre el cuerpo, al sentir que el tacto no era como el de un muñeco, sino la piel de una chica de verdad, la retiraba bruscamente para después huir del plano aterrorizado. La grabación seguía unos segundos, pero ya solo se veía el suelo y se oían los gritos de los alumnos llamando a su profesora.

Rebobinó una vez más el vídeo y lo pausó en el plano del cuerpo de Eva Santos: igual que Teresa Yaner en las fotos tomadas por la Guardia Civil en la cueva de El Sidrón. Un escalofrío le recorrió el cuerpo. La situación se repetía: el mismo asesinato y la amenaza de la presencia de Daniel. Decidió esconderse de sus recuerdos en el cuarto de baño. Se mojó la nuca, las muñecas y los tobillos para intentar calmarse.

No lo consiguió.

Volvía a suceder.

Igual que hacía seis años.

11

Día 2

La luz tenía definitivamente algo de mágico en Burgos. Silvia contempló, con las manos enfundadas en su chaqueta de verano, el primer rayo de sol que iluminó la fachada este de la catedral. Los capiteles góticos resplandecieron con un baño de oro mientras la ciudad permanecía dormida, impávida ante lo que había sucedido el día anterior a escasos kilómetros en el pueblo de Niebla. El rosetón de la fachada Sarmental dibujaba caprichosos reflejos mientras que una nube tímida intentaba retrasar el amanecer sin conseguirlo.

Silvia había dormido mal, por lo que había decidido salir a pasear temprano por las calles. Necesitaba que su organismo estuviera activo y concentrado para lo que preveía en las próximas horas. Se detuvo en la calle de Fernán González, al lado de la catedral. Un quiosco que abría justo en ese momento llamó su atención. En la portada del *Diario de Burgos* estaba la foto de la chica asesinada con un titular que no le gustó: «Aparece el cadáver de una joven en Niebla que recuerda al caso del asesino del yacimiento».

Qué rápido había relacionado la prensa ambos casos. Compró el periódico para comprobar qué sabían realmente, pero prefirió dejarlo para cuando estuviese de mejor humor y se encaminó hacia San Nicolás de Bari. Unos años atrás una amiga del cuerpo se casó allí, en una ceremonia preciosa en esa pequeña iglesia que, como comprobó con cierta decepción, aún estaba cerrada. Le hubiera gustado volver a ver el retablo labrado en piedra caliza de Hontoria, tan puro, con un ligero dorado en algunos elementos, uno de los más originales que recordaba.

«Dicen que la escena de la chimenea y las monedas de oro inspiraron la creación de Santa Claus», le había explicado un Daniel siete años más joven al verla admirar el relieve una vez acabada la ceremonia.

A Silvia le había impresionado que supiera ese dato y la seguridad con la que hablaba Daniel, al que por entonces solo conocía de vista en la comisaría. Los compañeros que habían trabajado con él comentaban que era un tipo un poco pagado de sí mismo, pero a la vez reconocían con cierta admiración mal disimulada que Daniel destacaba siempre en sus investigaciones, además de ser un tipo noble en el que se podía confiar. Por la noche disfrutaron de una cena en el Landa que corría a cargo de la adinerada familia del novio. Lo pasaron muy bien los dos, se rieron, se contaron sus respectivas vidas, bebieron un poco de más y se besaron por primera vez. Solo un beso, se quedó ahí, con la excusa del alcohol: «Somos compañeros; esto no, ¿verdad?». Verdad. Pero a Silvia le dio un vuelco el corazón como si fuera una adolescente. No se esperaba ese beso. Eran tan diferentes que jamás se hubiese imaginado que pudieran atraerse. Daniel despertaba un rasgo de su carácter que no creía tener: mucho más atrevida, más imprevisible, y que ahora no estaba segura de que le gustase. Pero ese beso…

Una llamada desde el móvil de Rodrigo la obligó a dejar de mirar dentro de sí.

—Jefa, ¿dónde estás?, no creo que haya abierto todavía Woman's Secret, ¿no? —preguntó con gracia Rodrigo, siempre en el límite del respeto a la autoridad.

Silvia se alegró de la interrupción y del buen humor con que se levantaba su compañero. No era lo más habitual en un policía.

—Nos vemos en el desayuno en quince minutos —le ordenó—. Tenemos que ir a ver a los padres de la víctima.

12

When the day is long and the night, the night is yours alone
When you're sure you've had enough of this life, well hang on
Don't let yourself go, everybody cries and everybody hurts sometimes.

La función aleatoria del iPhone de Daniel había elegido una canción de REM mientras él conducía a más de 140 kilómetros por hora por la autovía. Sin detenerse a pensar en su significado, decidió pasarla, había dormido poco y necesitaba un tema un poco más cañero. Tuvo suerte y AC/DC saltó en el reproductor. Le vino a la mente ese estadio lleno de gente coreando *Highway to hell* en el vídeo que tantas veces había visto. Comenzó a cantar al tiempo que la voz de Brian Johnson salía por los altavoces Daimler.

Living easy, living free
Season ticket on a one-way ride

No podía negarles ni al comisario ni al juez la petición que le habían hecho. Ya en la petrolera muchas veces había tenido que recurrir a sus antiguos contactos en la Policía, en el Ministerio del Interior o en el CNI para que le facilitasen información esencial para proteger a altos cargos en sus viajes al extranjero. Le debía un favor a Mendoza por ponerle en contacto con un informador que fue clave para sacar a los directivos de Argentina tras la crisis de la expropiación.

Cerca de su destino, Daniel decidió parar a tomar algo al ver el desvío a un área de descanso. Había estado conduciendo desde antes de que amaneciera y no había comido nada. Pidió un café y una tostada con aceite. Sacó su iPhone X del bolsillo y lo desbloqueó mediante el reconocimiento facial. Mientras bebía el primer sorbo aprovechó para consultar los últimos *emails*. Los despachó rápido y después abrió Safari para mirar entre las pestañas abiertas de la aplicación aquella que tenía varias entradas para una búsqueda: «Carlos Béjar».

En Asturias había sucedido algo extraño. Todas las pistas los llevaban a un taxidermista de la zona, Carlos Béjar, pero cuando ya creían que tenían al culpable de lo ocurrido, este se esfumó ante sus ojos. Le constaba que en estos casi seis años seguía en paradero desconocido. Daniel había olvidado muchos aspectos de su labor como investigador, salvo esta desaparición. Todavía hacía búsquedas en Internet sobre el taxidermista. Con el paso de los meses, los asesinos a veces se relajan, abren un perfil en redes sociales, hacen movimientos equivocados pensando que ya nadie los busca.

En el último mes había encontrado una cuenta de Facebook que le había llamado la atención. No había querido darle demasiada importancia, no era el mismo nombre, pero subía fotos de animales disecados y del Museo de la Evolución. Podía dar la impresión incluso de que trabajaba allí. Ahora que había sucedido otra vez, y precisamente en Burgos, tendría que investigar si pertenecía a ese sospechoso al que parecía que se lo había tragado la tierra. Daniel abrió Facebook, navegó por las opciones de la aplicación hasta dar con la función «Amigos cerca» y la activó. Después envió una solicitud de amistad a la cuenta sospechosa. Quizá el dueño de aquel perfil aceptase su petición y, si tenía activado el servicio para compartir su ubicación, podría descubrir dónde se encontraba. Pero no podía ser tan fácil. Niebla era un pueblo pequeño, la excavación algo más grande, sí, pero manejable. No era lógico que se hubiese acercado a ese yacimiento con sus antecedentes ni siquiera usando otro nombre. Pero, si se le había ocurrido, allí estaría Daniel Velarde para terminar su investigación incompleta.

De nuevo al volante, terminó de sonar AC/DC y empezó Metallica. Todavía mantenía sus viejas canciones de juventud en el teléfono. Las usaba para las sesiones de entrenamiento más duras. Y para mantenerse despierto cuando tenía que conducir sin haber dormido apenas.

Salida 242 dirección Vitoria. Poco después, desde la autopista enfiló con facilidad su Aston Martin blanco de dos plazas por la carretera que lo llevaría a Niebla.

Apretó el volante con fuerza. Acordarse del asesinato de Teresa Yaner lo llenaba de rabia.

Una semana, ese era el tiempo que tenía para comprobar si este caso tenía algo que ver con el anterior.

Y para volver a ver a Silvia.

13

Concejo de Piloña. Cercanías de Infiesto (Asturias)
Seis años antes (2012)

Teresa Yaner parecía una joven culta, alegre y llena de vida hasta que fue encontrada muerta en el interior de la cueva de El Sidrón por unos estudiantes de Arqueología, desnuda y encogida sobre sí misma como un feto dentro del vientre de su madre. El equipo de la Guardia Civil a cargo de la investigación llegó a un callejón sin salida, y el caso pasó, por orden del juez Vázquez de Mella y debido a la presión mediática, a la UDEV un mes más tarde. Un detenido, pero ni una prueba fiable. Demasiado para un magistrado muy expuesto a la prensa y con ambición de hacer carrera deprisa. El comisario Mendoza eligió a Daniel Velarde porque tenía conocimientos sobre arqueología y él, a su vez, pidió que la inspectora Guzmán lo acompañase.

Estaba siendo un septiembre muy caluroso en toda España. Daniel y Silvia discutieron, como siempre, para ver quién conducía el viejo Renault Clio camuflado. Le tocó a él, y eso implicaba también elegir la música, que en ese trayecto fue la de REM. La amenazante cercanía de los cuarenta años le motivaba para mantener un talante juvenil. A su lado, la inspectora le fue leyendo párrafos del informe. Aunque él quería los hechos, ella prefirió situarlo en el yacimiento asturiano.

—Descubierta en 1994, en la cueva de El Sidrón se han encontrado hasta trece individuos de la especie neandertal, de 50.000

años de antigüedad: siete adultos, tres adolescentes, dos jóvenes y un niño, todos ellos descarnados, lo que apuntaría a la antropofagia —aclaró lanzando una mirada a su compañero para comprobar si le afectaba ese dato. Daniel no movió un músculo y siguió conduciendo—. Sin embargo, he leído por ahí que en sus dientes no había vestigio de que comieran carne.

—O sea, que me entere yo, podría ser que fueran vegetarianos y se los comieron unos caníbales. Increíble. Neandertales e ingenuos —dijo Daniel con ironía.

—Veo que tu sensibilidad está a flor de piel —replicó Silvia—. Pero después he encontrado que el dato no es cierto, que sí comían carne.

—Me dejas más tranquilo —dijo con una sonrisa—. El canibalismo es un tema tabú que, sin embargo, parece habitual en la prehistoria. No solo en la prehistoria, mira el dictador de Uganda Idi Amín.

—¿Te interesas por el canibalismo?

—Veo muchos documentales. También sale en los manuales de la Academia. Ha habido otros asesinos famosos que se comían a sus víctimas.

—Sí —aceptó la inspectora—, el carnicero de Rostov, el vampiro de Brooklyn… Me resulta increíble que una persona pueda comerse a otra, a no ser que esté desesperada.

—¿No te genera ni la más mínima curiosidad saber qué se siente al comer carne humana? —preguntó Daniel en un tono provocador.

—No lo dirás en serio, ¿no?

—No todos son asesinos. Mira los que sobrevivieron al accidente de avión en los Andes en los años setenta.

—Nando Parrado y todo el equipo de rugby. Estuve en una conferencia suya hace tiempo. Fue mera supervivencia. Eso es completamente distinto.

—Bueno, muy bien la introducción gastronómica, ¿y la chica qué? —preguntó Daniel impaciente.

Silvia agradeció dejar la antropofagia y centrarse en los datos de la investigación. Con un movimiento ágil se dobló para coger el resto de los documentos del asiento de atrás.

—Posición fetal, sobre el lado izquierdo, mirando hacia el norte —respondió cotejando el informe—. Envenenada, desnuda, con un pigmento rojizo alrededor del cadáver.

—¿Cómo la envenenaron?

—Con tejo.

—¿Tejo?

—Una planta muy tóxica para humanos y animales que se usaba ya en la prehistoria para untar las flechas. Son árboles comunes en Asturias.

—Bien, datos de la víctima.

—Tenía veintitrés años, estaba de vacaciones, vida aparentemente tranquila, sin novio conocido, recién terminados sus estudios de Magisterio, daba clases en un colegio de educación infantil. Estuvo dos días desaparecida hasta que la encontraron en la cueva.

—Un crimen ritual.

—Podría ser —admitió la inspectora—. No murió allí, la dejaron *post mortem.*

—¿Ha habido otros casos iguales por la zona?

—No, ni en toda España hay ninguno registrado que sea similar. Alguna desaparición esotérica como la de Girona, pero más relacionada con los supuestos ángeles que con excavaciones prehistóricas.

—Ahí se condenó al culpable, ¿no?

—Eso dice la Policía —dijo Silvia con una sonrisa.

—¿Trabaja mucha gente en el yacimiento?

—No demasiada. Unos veinticinco. Y de manera temporal, al acabar septiembre se van.

—¿Y en el pueblo?

—El más cercano, Vallobal, no llega a treinta habitantes. La capital del concejo se llama Infiesto y tiene poco más de dos mil vecinos.

La cueva ya había sido reabierta para los trabajadores hacía cinco días. Nada de lo que encontrasen allí iba a ser relevante, así que primero irían a ver qué tenían que contarles en la Guardia Civil.

Antes de ir a la reunión con la Benemérita, buscaron un hostal en Infiesto. Tuvieron suerte en un hotelito que se había quedado a media ocupación, con toda probabilidad por el hallazgo del cadáver. Dudaron. ¿Una habitación o dos? Dos mejor, había que mantener las formas. Y por cuarenta y tres euros la noche tampoco iban a volverse pobres, sobre todo después de que Daniel hubiera rechazado el sueldo desorbitado que le había ofrecido el marqués de Monteagudo para que se ocupase de la seguridad de sus empresas.

Los dos estuvieron meses detrás de las diecisiete obras de arte robadas, valoradas en cientos de millones de euros. Hicieron un seguimiento imposible en Ibiza, que culminó con la compra de los cuadros por parte de un supuesto marchante americano que no fue otro que Daniel, que se jugó la vida en la falsa transacción. Él fue el encargado de llevar un millón y medio de euros en un maletín atado a su muñeca para realizar el intercambio, pero ella había coordinado desde fuera todo el operativo que posibilitó la detención de los culpables en el garaje de un hotel de Madrid cuando hallaron en el maletero de su coche el Goya y el Brueghel desaparecidos. Y más tarde, el resto de las obras debajo de una cama de un conocido burdel decorado al estilo de un motel de Estados Unidos en los años 50.

Las habían recuperado juntos, pero la oferta de trabajo del marqués solo había sido para él. Cuando Silvia se enteró, estuvo molesta con Daniel durante varios días. Él no acababa de entender el motivo. Si era por trabajo, creía que él había liderado la operación, y si era un asunto personal, tampoco eran pareja, ni siquiera se habían acostado, tan solo se habían besado una vez. En cualquier caso, ni se había pensado la oferta; estaba bien así, recién ascendido, con una nueva medalla no pensionada, viajando con Silvia, ambos bien considerados por sus jefes, con casos que desafiaban a su inteligencia y su capacidad de acción.

Una vez que hubo rechazado la oferta, nada se interpuso entre ellos, ni siquiera el que ella tuviera pareja. Habían pasado tres meses desde entonces, pero ni habían perdido la euforia de los primeros encuentros ni se distraían de las investigaciones. O eso creían.

Dos habitaciones contiguas. Habían quedado en media hora en el cuartel. Tenían tiempo. Se desnudaron con la misma pasión que cuando solo se acostaban ocasionalmente, cuando no podían evitarlo. Daniel se dejaba hacer. Era algo que le sorprendía, en sus relaciones anteriores no había sido así, y suponía que tampoco en las de Silvia, con un novio durante más de diez años hasta hacía unas semanas; sexo en la cama, no aburrido, pero tampoco especial. En las parejas formales de mucho tiempo es fácil saber dónde tocar para alcanzar con cierta facilidad el orgasmo, pero los polvos son demasiado parecidos entre sí y se olvidan rápido.

Ya en la habitación del hotel, Silvia le hizo darse la vuelta. Daniel sentía que ella era una persona diferente cuando estaba con él, más auténtica, más libre. Desde atrás, le quitó la cazadora de cuero y le bajó los pantalones vaqueros. Tuvo algo más de dificultad con la ropa interior. El pene de Daniel opuso cierta resistencia. Se rieron. Consiguió doblegarlo y el bóxer cayó también. Sus manos se posaron en su cintura, disfrutando de los abdominales de su compañero, que ya había empezado a sudar con el calor que hacía en la habitación. Sus palmas resbalaban sobre la piel, descendiendo hacia el sexo. Él quiso darse la vuelta, estaba muy excitado, pero ella se lo impidió. Lo empujó contra el espejo y la huella de su sudor quedó impresa en él. Ambos se miraron en el reflejo, que les devolvió sus caras enrojecidas por la alta temperatura y el bombeo de la sangre. Daniel aceptó quedarse así mientras ella se desnudaba a su espalda y pegaba su cuerpo al de él, sincronizando las respiraciones, cada vez más agitadas. Sintió la carne de su pareja sobre la suya propia, los músculos de Daniel unidos a su figura más frágil. Lo olió, le besó la espalda. Puro instinto. Lo separó ligeramente, le cogió el miembro y empezó a masturbarlo sin que él opusiera resistencia. Cada vez más deprisa.

Llegaron quince minutos tarde a la reunión. Como viajaban desde Madrid a nadie le sorprendió ese pequeño retraso. Pero Daniel, por primera vez en su vida, fue incapaz de concentrarse en aquellos datos, reviviendo una y otra vez el momento en que por fin se dio la vuelta, tumbó a Silvia sobre la cama del hotel a cuarenta y tres euros la noche e hicieron el amor.

14

No es fácil llamar a la puerta de una casa donde sabes que acaban de perder a una hija y ni siquiera han podido verla. Encontrarse con esas miradas de angustia, de negación, de todo lo que no le dije, todo lo que no la quise, todo lo que ya no la voy a poder querer. Durante su carrera, Silvia había tenido que pasar seis veces por una situación similar. Para Rodrigo era la primera. Él llamó al timbre de la pequeña casa de dos pisos situada en la salida de la carretera comarcal, rodeada por un jardín con plantas creciendo desatendidas y objetos inservibles apoyados en arbustos que parecían pelearse por un poco más de oxígeno.

Se abrió la puerta. Se encontraron con los ojos de Julia, la madre, a la que habían visto de lejos la tarde anterior en el CAREX. Unos ojos agresivos, a la defensiva, sin reflejar el duelo que Silvia habría esperado. Eso le hizo acelerar las presentaciones.

—Soy la inspectora Guzmán, Silvia Guzmán, y este es el inspector Rodrigo Ajuria.

—Ya hablamos ayer con la Guardia Civil —respondió cortante la madre mientras se ceñía el cinturón de la bata de casa con la que iba vestida.

—Lo sé, pero al final vamos a ser nosotros los que llevemos el caso.

—Pero ustedes no son de aquí, no conocían a mi hija.

—Eso no tiene por qué ser un problema, créame.

—¿Van a venir de fuera y saber lo que ha pasado?

—Para eso llevamos preparándonos muchos años. ¿Podemos pasar?

El padre apareció por detrás de su mujer. Él sí tenía ojos de duelo, de pérdida, de soledad.

—Que pasen, ¿no? —dijo Aurelio.

—Gracias —respondió Silvia aliviada.

—¿Cuándo vamos a poder ver el cuerpo de nuestra hija? —Ya dentro de la casa y sin darles opción a sentarse, Julia continuó hablando de manera hostil.

—Eso lo decide el juez —se defendió Silvia, conocedora de lo complicada que es la burocracia ante una muerte violenta—. A su hija hay que practicarle la autopsia, es muy importante para la investigación. Pueden pasar unos días hasta que se la entreguen.

—Pero podremos ir a verla —afirmó la madre.

—Les pedirán que vayan a identificar el cadáver, no se preocupen. —Silvia se sintió absurda diciendo que no se preocupasen a unos padres que acababan de perder a su hija.

—¿*La* habían hecho algo a la niña?

—No quiero saberlo, Julia —protestó Aurelio.

—Pues yo sí. Eva era una chica estupenda. Y muy guapa, y si hay un malnacido que se ha aprovechado de ella, yo tengo que saberlo.

—Lo sabrá, señora, pero todavía es pronto. Créame, lo resolveremos. —Silvia buscó un lugar donde sentarse e hizo amago de pasar al pequeño salón, pero la madre le cortó el paso.

—Los periodistas dicen que se parece a otro caso anterior.

—Es mejor que no hablen con la prensa.

—Ese asesinato no se resolvió —apuntó Julia con un tono airado.

—No, de momento no —tuvo que admitir la inspectora, que se sentía incómoda de pie en medio del recibidor.

—¿De momento? ¡Si fue hace años!

—Entonces no pudimos resolverlo…

—O sea, ¡que son ustedes los mismos!

—¿Podemos ver la habitación de su hija?

La mirada de Julia se tensó, pero con un gesto accedió a la petición.

El padre los guio hasta el piso de arriba por las viejas escaleras de madera y les abrió la puerta del cuarto de Eva. La decoración, más moderna, contrastaba con el resto de la casa. La cama, vestida con una colcha malva a juego con la estantería, estaba cubierta de cojines y un enorme conejo de peluche. La persiana entreabierta dejaba pasar la luz natural. No había polvo ni olía a cerrado. Estaba ordenado. Eso fue lo primero que le chocó a Silvia. Joven de veintipocos años con el cuarto ordenado. Algo no cuadraba. El padre los dejó solos.

—No les hemos preguntado ni con quién salió ni a qué hora —apuntó preocupado Rodrigo.

—Después, el ambiente estaba demasiado tenso. Era mejor cortar. Miramos por aquí y después volvemos con ellos.

Al joven inspector le pareció buena idea. «No siempre hay que seguir los manuales de Criminalística de manera tan estricta», pensó.

—¿Qué buscamos?

—Me temo que esta habitación ha sido ordenada. No sé bien por qué, puede ser que intenten esconder algo.

—Pero también por las apariencias. Sabían que iban a venir muchas personas a casa. Mi madre la habría ordenado —concluyó Rodrigo al tiempo que abría los cajones del escritorio.

—Es posible. Las reacciones ante la muerte de un ser querido no siempre son iguales. Mira a los padres, no cumplen el estereotipo: la madre no parece muy sensible, ni el padre es el más agresivo.

—Ya lo he pensado, la madre es más dura.

—Y eso que intenta contenerse. Tiene las uñas mordidas, los dedos fatal. Es ansiosa y no se cuida. Contrasta con la hija, mira las fotos.

—Era muy guapa.

—Lo era —aceptó Silvia repasando las fotos pegadas en la pared. Una de ellas con un chico, otras con amigas de su edad, felices, despreocupadas, llenas de vida—. Nos las llevamos. Y el ordenador. Habrá que mandarlo a la central.

El joven policía asintió mientras revisaba los cajones del armario. Silvia se fijó en los libros de la estantería: *¡Viven! La tragedia de los Andes* de Piers Paul Read, *Sexo en piedra* de Javier Angulo y Marcos García, *Nublares* y *La canción del bisonte* de Antonio Pérez Henares, *En el principio era el sexo* de Christopher Ryan y Cacilda Jethá, *La cadera de Eva* de José Enrique Campillo. Reparó en una pila de hojas impresas, perfectamente alineada junto a los libros, y la cogió con delicadeza. Eran varios artículos sobre la reproducción, la herencia genética y el incesto en el Paleolítico. Los hojeó, había algunas notas y subrayados. Metida entre las páginas encontró una lámina del dibujante de cómics italiano Milo Manara. Era explícita, muy bien dibujada. El relato gráfico de una pelea por una chica prehistórica, una violación y un embarazo. Entre los libros también había un DVD antiguo de la película *En busca del fuego* y un CD con una impactante portada de un hombre defendiéndose de un mamut: *Far Cry Primal*. Rodrigo se fijó en que la inspectora lo miraba curiosa.

—Es un videojuego —le explicó—. Se supone que transcurre en la Edad de Piedra y tienes que cazar mamuts y defenderte de los tigres dientes de sable. ¡Bestial!

Silvia le agradeció la aclaración y el entusiasmo, y decidió que sería útil llevarse el material para estudiarlo con más detenimiento. Casi todo estaba relacionado con el sexo y la prehistoria. Rodrigo continuaba abriendo los cajones también pintados de malva y encontró la ropa interior de la víctima. Dudó qué hacer. Silvia se dio cuenta y no pudo reprimir la ternura que le producía su falta de experiencia sobre el terreno, por mucho que hubiese sido el número uno de la Academia.

—Puedes mirar en sus cajones. Debes mirarlos.

Rodrigo los registró. Se sintió incómodo entrando, incluso de manera legal, en la intimidad de una persona, aunque estuviera muerta. No había pensado que eso también era ser policía: descubrir lo que cada uno tiene oculto, sus anhelos, sus pasiones, aquello que podía haber motivado su asesinato. ¿Había sido este por casualidad, por algo que ella hizo, que dijo, que sintió…, que deseó? Eva tenía una gran variedad de ropa interior. Le sorprendió en ese entorno, con esa familia, en una casa un tanto abandonada. Fue dejando el contenido del cajón sobre la cama: tangas de todos los colores, bragas con puntilla, otras más deportivas, todas de buenas marcas, Calvin Klein, La Perla. Al levantar un top, cayó al suelo una cajita de condones de sabor a melocotón. Rodrigo los cogió y se los mostró a su jefa.

—Los preservativos de sabores son una declaración de intenciones, ¿no crees? —comentó ella—. Mira a ver si están todos.

Rodrigo lo comprobó. Faltaban dos. Una sombra cruzó el pasillo a toda velocidad. El inspector la vio gracias a que la puerta estaba entreabierta. Miró a Silvia, que también había oído un ruido, y ambos se pusieron en tensión, aunque la inspectora le hizo una señal para que no sacase el arma. Salieron al pasillo y se dirigían hacia las escaleras cuando sonó la puerta de la calle y se encontraron con la madre, que subía.

—Alguien ha salido de la casa precipitadamente —anunció la inspectora.

—¿Alguien? —contestó Julia con un punto de desprecio—. Era Gabriel, mi hijo.

—Sí, figura en el informe —confirmó Rodrigo—. Veinticuatro años, en paro…

—No está en paro. Trabaja en Burgos. En una tienda de informática —aclaró cortante.

—Nos ha parecido que salía huyendo —insistió Silvia—. Tenemos que hablar también con él. Lo antes posible.

15

Habían pasado veinticuatro horas desde que el cuerpo sin vida de Eva había sido encontrado. Desde ese momento, el pueblo de Niebla y sus inmediaciones habían quedado situados en el mapa por algo más que por las excavaciones arqueológicas y el recientemente creado safari prehistórico. El CAREX permanecía vigilado día y noche por la Guardia Civil. Las visitas habían sido suspendidas, y la rueda de prensa del equipo de investigadores pospuesta *sine die*. No se sabía cuándo autorizaría el juez que se abriesen las instalaciones de nuevo, lo que suponía un quebranto para el turismo de la zona.

El Aston Martin había quedado aparcado en la entrada del recinto. Para Daniel, visitar esta excavación era una oportunidad especial. Hacía tiempo que quería hacerlo, pero no había encontrado el momento. En los últimos años había aprovechado algunos viajes con la petrolera para visitar las cuevas de Denísova en Siberia, donde se había encontrado un grupo humano ancestral y enigmático, y en Irak, el yacimiento de Shanidar, uno de los más importantes con restos neandertales, que había inspirado a la escritora Jean Marie Auel para escribir *El clan del oso cavernario*.

Tras una llamada de Vázquez de Mella le había sido autorizada la entrada para analizar *in situ* la escena del crimen bajo la atenta mirada de uno de los guardias.

—Los de la Científica están a punto de llegar —explicó este—. Van a tomar más fotos y muestras a petición de su jefe —dijo refiriéndose al comisario Mendoza.

—Bueno, la verdad es que el comisario no es exactamente mi jefe —respondió Daniel comprendiendo lo chocante que resultaba su presencia allí, y se dirigió al lugar donde había aparecido el cadáver.

Según recorría el sendero de tierra que llevaba hasta la recreación del enterramiento, iban viniendo a su mente las imágenes del asesinato anterior. Teresa tenía más o menos la misma edad que Eva, aunque el color de pelo diferente. Tendría que ver este cuerpo para comprobar si anatómicamente eran similares. Teresa tenía el pecho grande, cintura delgada y piernas fuertes. Era atractiva. Pudieron ver muchas fotos y varios vídeos familiares. También alguno que grabó con sus amigas. No era una chica atrevida, podría ser sexi pero no iba de tal, no se exhibía en redes sociales, no tenía un gran número de seguidores en Instagram ni subía fotos provocativas. Ni siquiera tenía una en bikini. Desde luego, el asesino no podía haberse obsesionado por su exposición pública.

Tendría que analizar este aspecto de la nueva víctima. Bucear en sus redes sociales, que permanecerían abiertas, quizá de forma indefinida. Es terrible cómo muchas cuentas de gente que ha muerto quedan activas sin que nadie pueda borrarlas, ya que ni los padres ni los amigos tienen las claves de acceso. Estos perfiles resultan una especie de homenaje macabro al fallecido. Por lo que había tenido tiempo de ojear diría que Eva Santos tenía menos pecho y era más pequeña. Estas diferencias podían significar una ruptura del patrón. O tal vez no. Con solo dos casos es complicado definir un modelo.

Cuando ya llegaba al falso enterramiento, se fijó en un hombre que observaba pensativo, a distancia, el lugar de los hechos.

—Es Samuel Henares, ¿verdad? —preguntó Daniel al guardia, que lo acompañaba en silencio.

—Sí, el director de la excavación.

Daniel recordaba haber leído varios artículos suyos sobre el yacimiento, sobre todo a raíz de la investigación de Asturias, pero no se lo había imaginado así, como un hombre de campo, camisa de cuadros, pantalones cortos color caqui y botas a pesar de ser verano. Su barba canosa, sin embargo, le confería cierta elegancia en contraste con su indumentaria.

—Señor Henares... —dijo Daniel acercándose al director y sin hacer caso a la mueca de desaprobación del guardia—. ¿Usted cree en las casualidades?

—No especialmente —respondió sorprendido por lo abrupto de la pregunta.

—¿Y qué me dice de todo su trabajo?

—No le entiendo.

—Si no hubiese sido porque unos ingleses hace más de un siglo abrieron el paso en la montaña para que circulase el ferrocarril, no existiría este yacimiento.

—¿Y usted es...?

—Daniel Velarde..., asesor de la Policía —aclaró—. Perdone, es que siempre pienso esto cuando leo sobre los hallazgos de Atapuerca y necesitaba preguntárselo.

—Es verdad que contribuyó la casualidad —argumentó con serenidad el director de la excavación sin pedir más aclaraciones—, pero mírelo desde otro punto de vista: para los ingleses este fue un lugar de paso de carbón y de hierro hacia Vizcaya. También fue un lugar de cruce para los romanos, que construyeron una calzada. Lo mismo que hace 10.000, 50.000, 600.000 o dos millones de años. Por aquí se desplazaron no solo trenes ingleses, sino muchas de las especies que atravesaban la Península. Este es un paso natural entre las cuencas del Duero y el Ebro.

—Impresionante, pero reconozca que abrir ese corte...

—No se lo niego, resultó un desastre económico en su día, pero una oportunidad para nosotros —lo interrumpió sin perder la cortesía—, es probable que ahora no nos hubiesen dejado excavar así la montaña, pero desde hace mucho ya se sabía que aquí había restos, solo teníamos que obtener el apoyo necesario para sacarlos.

—Lo mismo que nosotros, ¿ve? También necesitamos un poco de apoyo para buscar al que lo hizo.

—Señor Velarde, no tenemos ningún problema en colaborar. Pueden venir a vernos cuando quieran. De hecho, designaremos a alguien para que les ayude en todo lo que necesiten.

—¿No será usted? —preguntó desilusionado. Le habría gustado tenerlo de interlocutor. No siempre se cruzaba con un científico fascinante para compartir tertulia. Algo para lo que, últimamente, ya no tenía tiempo.

—Creo que será más práctico que traten las cuestiones cotidianas con alguno de nuestros coordinadores.

—¿Y las más filosóficas?

—Esas las podemos comentar siempre que quiera.

—¿Qué iba a anunciar en la rueda de prensa? —preguntó el expolicía con curiosidad.

—Comprenderá que no se lo puedo decir a usted antes que a toda la comunidad científica. No creo que tenga nada que ver con el asesinato.

—¿Y cuándo se hará el anuncio?

—De momento, preferimos esperar. Si todos estos huesos llevan miles de años enterrados aquí, no pasará nada por posponer la rueda de prensa hasta el final del verano.

—Pero los periodistas…

—Los periodistas ahora están muy ocupados en hacer la biografía de la chica.

—Seguro que sí.

Se dieron la mano dando por concluida la conversación. Cuando ya se iba a marchar, Daniel se volvió para hacerle una última pregunta:

—Perdone, ¿qué es lo que más le gusta de su trabajo? Es simple curiosidad personal.

—El porqué —respondió Samuel sin dudar.

—¿El porqué?

—Sí, vivo centrado en datos, Resonancia Paramagnética Electrónica —dijo recalcando el concepto, que Daniel no entendió—, identificación y clasificación de huesos, conservación, pero lo que realmente me motiva es algo que tal vez sea imposible de conocer. Los porqués. —El director de la excavación hizo una pausa. Daniel notó que ese tema era trascendente para él—. Qué motivó lo que sucedió, cuándo despertó la mente, por qué, qué consecuencias tuvo. Por qué encontramos tanta violencia en los huesos.

—¿Piensa como yo que la crueldad es el precio que hemos pagado por la inteligencia?

—¿Y por qué no el sentido del humor?

La respuesta sorprendió a Daniel. No se la esperaba de un hombre de ciencia aparentemente tan formal.

—Bueno, en ocasiones es lo mismo, ¿no cree?

—La crueldad y el sentido del humor son la mezcla del instinto con la inteligencia —sentenció Samuel—. Algo revolucionario en la evolución.

16

Caminar por unas calles tan estrechas y umbrías como las de Niebla podía llegar a ser agobiante si no se estaba acostumbrado. Las casas medievales parecían observar a cualquiera que se adentrase por ellas. Silvia y Rodrigo se sentían apesadumbrados cuando enfilaron la calle que atravesaba la parte antigua como una espina dorsal hacia el cuartel de la Guardia Civil, donde les habían dejado una sala para sus reuniones. Allí podían visionar las imágenes que habían grabado los de Criminalística antes de retirar el cadáver y las cámaras de seguridad de las gasolineras, consultar abundante información sobre los vecinos, los comercios, los bares que podría frecuentar Eva. Les costaba imaginar cómo era el pueblo tan solo veinticuatro horas antes, cuando todavía no se había producido la muerte de la chica. Las tiendas estaban abiertas, en los restaurantes comían los clientes, la ropa seguía colgada en los balcones, pero era seguro que algo habría cambiado para siempre. Hasta ayer, lo único distinto en este verano burgalés era el calor que estaba haciendo.

Los dos policías habían salido desconcertados de la conversación con la familia Santos.

—No ha sido como esperabas, ¿verdad? Tienes que acostumbrarte a que las familias no siempre responden a los tópicos. —Silvia se esforzó en sacar conclusiones de la entrevista.

—Tienes razón —admitió Rodrigo todavía descolocado—. Probablemente sea por puro convencionalismo, pero me esperaba otro tipo de madre, más doliente.

—Y, sin embargo, ha estado antipática, desagradable —añadió Silvia, que no había conseguido sentir empatía por ella—. En los ojos del padre sí que había sufrimiento.

—Lo que ha quedado claro es que no confían en nosotros.

—El que no resolviéramos el caso anterior no ayuda.

Los policías caminaron en silencio valorando esa realidad. Si se trataba del mismo asesino, era una losa que pendía sobre ellos, pero también hacía que no partiesen de cero en esta nueva investigación.

—¿Y qué me dices del hermano huyendo?

—Sí, y la madre cortándonos el paso para que no lo siguiéramos. Entérate de dónde trabaja.

Rodrigo tomó nota de la orden de su superiora. Llevaba pocas horas en el caso y ya tenía la sensación de que había aprendido más que en todo su periodo de formación.

—Según nos han dicho —inició Rodrigo la recopilación consultando los apuntes en su teléfono—, Eva salió sobre las 19:00 con su novio, un tal Adrián Laguna. Iba vestida de manera informal, con unos vaqueros y una camiseta. Por supuesto, se había llevado el móvil, que no ha aparecido junto al cuerpo. Tampoco la ropa.

—Llevaba más de un año con ese chico, que según dijo el padre es formal y acaba de terminar Técnico Superior en Gemología en Valladolid. De una familia de joyeros de la zona que ha abierto una nueva tienda mucho más grande en Lerma —completó Silvia de memoria la información.

—Yo creo que a la madre no le gustaba mucho su futuro yerno, a pesar de que ha dicho varias veces que son de buena posición. La familia de Eva no parece tener mucho dinero, es evidente viendo la casa, a pesar de la ropa interior de lujo que hemos encontrado en los cajones de la chica. Y luego está el asunto de los preservativos de melocotón… —recordó azorado Rodrigo.

—Investigar la vida de otras personas puede tener algo de morboso. Por eso es tan importante ser profesionales —señaló Silvia—. Alrededor de un crimen solemos encontrar lo peor del ser humano, como es lógico. No hay que tener vergüenza para plantearse todo tipo de opciones. ¿Es necesario usar preservativo para practicar sexo oral con una pareja estable? ¿Es simplemente un juego?

Al cruzar la plaza observaron cómo estaban terminando de desmontar un escenario bastante grande y algunas luces de verbena.

—Ha habido fiestas —constató Rodrigo con cierta sorpresa mirando el cartel que anunciaba la programación—. Y la noche que murió Eva tocó Siniestro Total. Nos enteraremos si vino al concierto.

—Más gente de fuera, más sospechosos —dijo Silvia disgustada.

—Pero a lo mejor no es tan malo que haya habido un concierto —dijo Rodrigo deseoso de aportar sus conocimientos.

Silvia lo miró sin entender.

—Hay una aplicación en la que introduces una ubicación y una hora y te busca las imágenes, vídeos o fotos, que haya subido cualquier persona a las redes sociales.

—¿Cruza los datos entre el lugar y la hora? —preguntó sorprendida la inspectora.

—Eso es. Seguro que mucha gente durante el concierto subió sus fotos a Instagram o a Facebook. Esta noche puedo mirarlas.

—Dime qué aplicación es y ya busco yo las fotos.

—Echosec. Te pasaré mi contraseña. La parte más interesante es de pago.

—Podría ser que en esas fotos estuviese Eva —pensó en alto la inspectora.

—O incluso su asesino.

17

El teniente de la Guardia Civil que los había recibido el día anterior a su llegada en helicóptero se mostró colaborativo. No le había parecido correcto que relevasen a la Benemérita en la investigación, pero tenía claro que el objetivo era descubrir al culpable. Les indicó que entrasen en su despacho. Silvia se fijó en que era sobrio, algo desangelado, y estaba muy limpio. Tan solo contaba con un objeto personal: la foto de su familia de cuatro hijos. Una vez se hubieron sentado en unas viejas sillas de oficina, les pasó las declaraciones que habían tomado. Habían interrogado a los alumnos de la visita, a su profesora y al personal de la excavación. Continuó por los indicios que habían conseguido los agentes con el cadáver todavía presente y las imágenes que grabaron. La posición de la víctima era muy similar a la de hace seis años, desnuda, apoyada sobre el lado izquierdo y rodeada de tierra rojiza.

—La autopsia tardará unos días, pero ya podemos situar la hora del deceso entre las tres y las seis de la madrugada —explicó el teniente García Castañón.

—Sí, gracias, ayer pude hablar con la forense antes de que se fuera —aclaró Silvia.

—Ah, no lo sabía.

—Me contó que la víctima había sido colocada allí poco tiempo después de su muerte.

—Así se deduce de las primeras observaciones sobre el terreno.

—Gracias por su colaboración —dijo Silvia levantándose y

cogiendo las carpetas y los archivos que le estaba ofreciendo García Castañón—. Hace un rato hemos hablado con la familia —añadió cambiando de tema, ya que quería saber la opinión del teniente sobre ellos. Tal vez los conociera.

—Los Santos.

—Me han sorprendido.

—Nunca han dado problemas, pero no es una familia muy integrada en el pueblo.

—Esa madre…

El teniente miró a Silvia entendiendo lo que quería decir.

—No me gusta dar mi opinión sobre la gente —explicó—. En las investigaciones tan solo me fijo en los hechos. En el informe que les entrego está todo lo que sabemos.

Silvia no pudo evitar pensar en Daniel. Él también hablaba solo de los hechos. ¿Dónde quedaba la intuición, el escuchar cómo respira una persona mientras es interrogada, cómo mira, cómo se mueve incómoda en la silla? ¿Esos no son también hechos?

—Cualquier cosa que precisen, aquí estamos. Y pueden usar la sala que les hemos dejado mientras quieran.

—Gracias, teniente —dijo la inspectora levantándose.

—La prensa nos está agobiando con este caso —señaló García Castañón antes de abrirles la puerta.

—Me temo que va a ser un caso muy mediático —reconoció Silvia—. Una chica tan joven…

—Y con esas similitudes con el asesinato de hace seis años en Asturias.

—Todavía es pronto para pronunciarse, pero está claro que hay coincidencias. Por cierto —añadió Silvia—, me dijo la forense que había algunos objetos personales alrededor del cadáver.

—Sí, lo tienen en el informe. Creo recordar que había un espejito…, un collar, dos pulseras y varias flores. Ah, y un preservativo sin utilizar.

—¿De sabor a melocotón? —preguntó Silvia, que sintió cómo la desazón volvía a adueñarse de su estado de ánimo.

—¿Cómo lo sabe?

18

El final de la mañana se preveía muy movido. En quince minutos tenían que encontrarse con Adrián, el novio de Eva Santos. Ya no se atrevían a esperar nada de la entrevista después de conocer a los padres. Habían recogido nuevos datos sobre el joven: tenía un coche a su nombre matriculado en 2016 y tan solo cuenta en Facebook. Ni Twitter ni Instagram. ¿Eso quería decir que no veía las fotos que colgaba su chica en esas aplicaciones? ¿Tendría una cuenta con pseudónimo?

Al salir del cuartel vieron un deportivo blanco aparcado al otro lado de la placita empedrada. A Silvia no le cupo duda de quién era el dueño. Daniel Velarde estaba de pie en la terraza de un bar cercano hablando con una chica mucho más joven.

—¿Es él? —preguntó Rodrigo.

Silvia no se lo podía creer. Con un deportivo, un buen traje y algunas canas en la barba, allí estaba Daniel. Si querían pasar lo más desapercibidos posible durante la investigación, aquella entrada no era la más conveniente.

—Sí —respondió con una mueca de desagrado que captó Rodrigo—. ¿A dónde va con ese coche en un pueblo en el que hay que circular a veinte por hora?

—Tenía ganas de conocerlo.

—Ya, un mito en el cuerpo, ¿no? Todos los jóvenes queréis acabar así: un gran caso, una oferta millonaria y a tontear con jovencitas.

—Bueno, yo no soy muy de tontear cuando de verdad me

gusta alguien —dijo Rodrigo—. Y no me gustan los deportivos. Si tienes un accidente, es complicado salir de ellos.

Daniel se quitó las gafas y les sonrió de manera natural. Se volvió hacia la chica con la que hablaba y terminó de apuntar su teléfono. Luego cruzó la plaza para salir a su encuentro.

—Silvia… —dijo sin amagar un beso ni otro tipo de saludo.

—Veo que al final has venido.

—Me llamó el comisario en pleno viaje a Libia, y después el juez Vázquez de Mella cuando volvía en el avión…, como para negarme.

—Yo soy Rodrigo —interrumpió el inspector extendiendo la mano.

—Encantado.

—Lo mismo digo. He oído hablar mucho de usted.

—Bueno, eso casi me preocupa —dijo Daniel sin perder la sonrisa—. Pero no me trates de usted.

—¿Qué tal están las cosas por Libia? —se interesó Rodrigo.

—Complicadas —respondió sin entrar en más detalles, y cruzó una mirada con Silvia—. ¿Piensas que se puede tratar del mismo asesino?

—Es un poco pronto para decirlo.

—Pero el juez debe de pensar que sí. Si no, no me habría llamado. ¿Habéis podido localizar a nuestro sospechoso de hace seis años?

—No.

—¿Y a alguien de su perfil? —preguntó sin dar tregua el expolicía.

—Llevamos aquí tan solo unas horas —le aclaró Silvia abrumada—. Todavía no sabemos nada.

—Llegamos ayer por la tarde. La instrucción le correspondía a otro juzgado y ha habido que hacer papeleo. Estamos empezando —especificó Rodrigo.

—Vale —aceptó Daniel dándose cuenta de que había entrado con demasiado ímpetu—. ¿Y habéis visto que antes de anoche tocó Siniestro Total?

—Sí.

—Me habría gustado verlos.

—Veo que sigues con los mismos gustos musicales —apuntó Silvia.

—Para qué cambiar lo que funciona. Por cierto, hay una aplicación que cruza los datos de todas las fotos que se han hecho en un mismo lugar… —apuntó Daniel.

—Echosec —le cortó la inspectora ante la sonrisa disimulada de Rodrigo—. Ya lo íbamos a mirar nosotros.

Y arrancó a andar para que no se le notara que estaba enfadada. Ella podía solucionar este caso sin su ayuda. Daniel solo iba a ser una distracción para la investigación, aunque eso era algo que no podría argumentar ante el comisario. Si sus jefes se enteraban de que estuvieron liados hacía seis años, tal vez les echasen en cara que aquello supusiera una complicación a la hora de resolver el caso de la cueva de El Sidrón.

—¿Y cuál es tu cargo en todo esto? —preguntó al ver que la seguía.

—Asesor, dice Mendoza.

—Estupendo, íbamos a ver al novio. La casa está aquí al lado, no hace falta ir en coche —apostilló Silvia al ver que Daniel se encaminaba a su vehículo.

—Mejor —terció Rodrigo con su habitual sentido del humor—, porque en el deportivo solo habríamos cabido dos.

19

Concejo de Piloña. Infiesto (Asturias)
Seis años antes (2012)

Cuando llegaron a Infiesto, la Guardia Civil tenía ya «su sospechoso»: Guillermo Garrido, uno de los coordinadores de la excavación. Silvia y Daniel vieron que iba a ser complicado hacerles cambiar de opinión a pesar de que el juez no estaba convencido de su implicación en el crimen.

Teresa Yaner había sido encontrada en el interior de la cueva de El Sidrón. El informe del forense señalaba que tenía algunas laceraciones en rodillas y manos, además de un golpe en la pierna derecha a la altura del muslo. Este último, producido después de la muerte. El acceso a la cueva no era fácil, por lo que el asesino podría haber golpeado el cadáver al introducirlo por la boca de tierra. También tenía marcas debajo de los brazos, como si le hubieran atado una cuerda para bajarla. Y en la frente, una pequeña herida limpiada con esmero. Habían lavado el cuerpo en su totalidad. No se podía afirmar que hubiese luchado por defenderse, pero sí había indicios de que al menos se había caído al suelo y había tenido que apoyar las manos y las rodillas. Huyendo, tal vez. O eso creían los investigadores de la Guardia Civil.

Les contaron que había estado desaparecida unas cuarenta y ocho horas antes de la muerte, y así lo había denunciado una amiga suya. Por lo visto, una noche tras salir de fiesta, no llegó a dormir a la casa que tenía alquilada la madre en el pueblo. Teresa Yaner solía pasar los veranos en Asturias con ella.. Según los amigos y vecinos de la capital, era una chica sin problemas de trato, amable y simpática con todo el mundo. Les pasaron el perfil de la víctima, tanto el psicológico como el físico: peso, medidas, altura, edad. Por las fotos de sus redes sociales, tenía intereses muy variados, parecía preocupada por la cultura, le gustaban el teatro, las exposiciones.

Una vez de vuelta en la habitación del hotel y frente a varias carpetas muy ordenadas —en eso sí se habían esmerado los investigadores anteriores—, Daniel y Silvia intentaron asimilar toda la información.

—Demasiado fácil, ¿no? —comentó Daniel con cierta ironía—. El de los antecedentes penales.

—Sí, aunque tampoco es descartable. El maltrato por el que se le condenó no era el del típico machista, sino algo más elaborado. Podría indicar una psicopatía.

—No tenemos suficientes datos para afirmarlo, pero lo interrogaremos.

Daniel sacó de una carpeta las fotos de la cueva y las extendió por la cama en la que unas horas antes habían hecho el amor.

—Evidentemente la escena del crimen ha sido manipulada por el asesino y el cadáver fue depositado allí. ¿Cómo crees que puede ser el autor?

—Lo primero: ¿crimen sexual o ritual? El motivo puede ser sexual a pesar de no haber sido violada —añadió Silvia cogiendo una foto del cuerpo de la víctima.

—Conocer esa respuesta nos llevaría a familias muy diferentes. A ver... Las familias de las víctimas por motivos sexuales suelen ser: madre sobreprotectora y padre distante o inexistente.

—Eso dicen los manuales, sí.

—¿Y si es ritual? —preguntó Daniel.

—Esos crímenes son más extraños. En España no hay muchos.

—¿Y cómo son esas familias? —insistió Daniel jugando el papel de profesor.

Silvia aceptó su supuesta condición de alumna en el juego.

—Los padres también suelen tener un perfil *ritualístico.* De moral rígida, tal vez excesivamente religiosos, o con creencias esotéricas.

—¿Y la familia de Teresa Yaner es…?

Silvia se tomó un tiempo para consultar la documentación que tenía en sus manos.

—No hay padre. Podría encajar con un crimen sexual. Veremos cómo es la madre. ¿No te sorprende que clasifiquemos a las víctimas según su propia familia? —preguntó Silvia reflexionando sobre la cuestión—. Me parece injusto, es como si las chicas o sus familias tuviesen la culpa de sus muertes.

—No es justo o injusto, Silvia. Son estadísticas.

20

Estaba destrozado. Más que los padres de Eva Santos. O esa impresión daba. Sentado en un salón mucho más elegante y actual que el de la casa de su novia, Adrián parecía sincero cuando decía que la quería, que no sabía si iba a poder vivir sin ella. Que era tan alegre, tan divertida, que nunca se podría haber imaginado que le ocurriese algo así. No, no a ella, que era muy joven, que no tenía enemigos, que este era un pueblo pequeño, que todo el mundo la quería, que tenía buenas amigas, que los padres eran un poco callados pero gente muy honrada. Solo le faltó mencionar al hermano. Cuando le preguntaron por él dijo que no lo veía a menudo. Le insistieron y añadió que era un poco raro. Le enseñaron la foto del sospechoso del crimen de Asturias, Carlos Béjar. No lo había visto nunca. Ni siquiera preguntó por qué se la enseñaban. Y volvió a hablar de su novia, del tiempo que llevaban juntos, de su pérdida. La conversación fue breve, y un tanto tópica, anotaron dónde pasó la noche de autos ya que no fue al concierto, lo que hizo la mañana siguiente… Daba la impresión de ser un chico frágil, perdido. Tierno.

Cuando ya se quedaron solos fuera de la casa, situada en la parte moderna del pueblo, Daniel apuntó que a lo mejor estaba tan destrozado porque tenía algo que ver con el crimen.

—¿Implicado en su muerte? —preguntó Silvia en claro desacuerdo—. No nos olvidemos de que lo más probable es que estemos buscando a un asesino en serie que ha cometido al menos dos crímenes similares.

—Bueno, para llegar a un asesinato tienen que ocurrir muchas cosas antes.

—¿Estás insinuando que Adrián podría haber colaborado con el asesino?

—No insinúo nada, solo digo que no lo descartemos tan pronto. Lo has interrogado como si creyeses que es inocente.

—¿Perdona? —preguntó sorprendida la inspectora.

—Sí, se nota que te ha caído bien desde el principio.

—No me ha caído ni bien ni mal, solo he sido correcta con él.

Daniel prefirió no entrar en una discusión a las primeras de cambio. Los tres avanzaron en silencio por las calles de Niebla hasta que el expolicía habló de nuevo:

—¿Habéis hecho una lista con las personas relacionadas con el yacimiento para compararlas con el de Asturias por si alguna concuerda?

—Ya lo hemos pedido —aclaró Silvia—. En la excavación van a nombrar a una persona para coordinarse con nosotros.

—Sí, ya me lo ha dicho Samuel Henares, el director.

—¿Cuándo has estado con él? —preguntó descolocada.

—Antes de venir aquí estuve viendo el lugar donde apareció el cadáver.

—Pues sí que te has dado prisa.

Daniel la miró. Silvia seguía teniendo algunas pecas en la cara apenas perceptibles y, probablemente, esa sonrisa limpia como la que saltaba en su rostro cuando se abrazaban tras hacer el amor. O tal vez esa sonrisa ya no estuviera. Puede que se hubiese perdido para siempre. Quizá por su culpa.

—Silvia. —Quiso agarrarla por los hombros para retener su mirada, pero no se atrevió—. Si estoy aquí es porque me importa encontrar a quién asesinó a Eva Santos. No lo dudes.

—Ya.

Daniel no tenía claro si quería estar en Niebla; de hecho, todavía tenía la cabeza ocupada en organizar las vacaciones de su presidente y la seguridad del yate, en investigar al nuevo personal que habían contratado... Decidió que lo mejor era centrarse en la investigación. Rápido, una semana.

—Era un día de fiestas —recordó Daniel—, pero salió pronto de su casa vestida de manera bastante sencilla, lo que contrasta con sus fotos habituales en redes, donde se ve que le gustaba arreglarse.

—Y según Adrián, se separó de él antes de las 21 horas.

—El concierto empezaba a las 21:30.

—Si lo que nos ha contado Adrián es cierto, es muy probable que se fuese a buscar a sus amigas. Las de estas fotos —dijo Silvia mostrando las que habían cogido de la pared del cuarto de la fallecida y que había escaneado con su móvil—. En casi todas aparece con estas tres.

—Yo tengo el teléfono de la pelirroja —anunció Daniel señalándola en la pantalla.

Los dos policías lo miraron sorprendidos.

—¿Quién os creías que era la chica con la que estaba hablando en la plaza?

Era evidente lo que habían pensado; estaba acostumbrado a levantar prejuicios de ese tipo.

—Trabaja en el bar enfrente del puesto de la Guardia Civil —aclaró.

—Ya..., lo cuenta en su Facebook —afirmó Silvia con un punto de ironía.

—Exacto.

—¿Cómo investigabais antes de que hubiera redes sociales y móviles? —quiso saber Rodrigo.

—Todo era más visceral —le respondió Daniel—. Pero no podemos despreciar los instrumentos que nos da ahora la tecnología. Si lo piensas, durante toda la existencia de la humanidad ha sido así. ¿No viajaban los hombres prehistóricos con sus hachas o con sus sílex para encender fuego? El hombre lleva milenios dependiendo del dominio de la tecnología. Solo nos hemos ido adaptando según las épocas.

—Muy filosófico, gracias. Lo tendremos en cuenta —concluyó Silvia, que no había podido reprimir la ironía mientras miraba el reloj—. Nos da tiempo a hablar con las amigas, y con eso ya podremos empezar a hacer el cronograma de antes de anoche.

—Me ha dado la sensación de que la pelirroja se ponía nerviosa. Le he dicho que nos pasaríamos a verla en cuanto pudiésemos.

—Pues vamos.

—¿Apostamos a que no está?

21

Clara de la Fuente, la amiga pelirroja de Eva, no estaba en el bar en el que trabajaba. El dueño, un señor orondo y excesivamente amable, les aseguró que había tenido que salir para Burgos porque tenía una cita.

—O eso me dijo —aclaró intranquilo—. Les doy su teléfono.

—Gracias, ya lo tenemos —respondió Silvia con cortesía.

—Pues si quieren un día venir a tomarse unas chuletitas...

En su breve experiencia, Rodrigo se estaba dando cuenta de que al hablar con la Policía todos se mostraban nerviosos al principio, pero si ellos tenían la perspicacia suficiente siempre acababan por revelar algo. Silvia y Daniel lo sabían de sobra, así que le agradecieron su hospitalidad y cuando ya se iban a marchar, el dueño los detuvo y les dio un dato que le pareció significativo:

—A Clara, sus amigas, la llamaban Khaleesi. No sé por qué, a lo mejor porque le gusta esa serie de sexo y guerras.

El móvil de Khaleesi estaba desconectado. Silvia le pidió a Rodrigo que llamase a la central y que solicitaran permiso al juez para saber cuándo y dónde lo había apagado, y consultar sus últimas llamadas y mensajes. Tenían que hacer una lista de los móviles de todas las personas cercanas a Eva e intentar que Vázquez de Mella autorizase el seguimiento.

—Los jueces no suelen ser muy proclives a dar esas autorizaciones. Necesitan algo más que indicios —explicó Silvia a Rodrigo mientras se encaminaban a la casa en la que estaban reunidas las otras dos amigas de Eva.

Daniel aprovechó el trayecto para contarles su conversación

con la pelirroja: le había explicado que era amiga de Eva desde la infancia, que habían ido juntas al colegio y que estaba destrozada. El antiguo inspector creía que era verdad que estuviera afectada, pero que aparentaba ser una chica con personalidad, capaz de hablar sin demostrar sus sentimientos reales.

—¿Y crees que tenía una cita en Burgos? —preguntó Silvia.

—No —respondió tajante Daniel.

Las otras dos amigas, Andrea y Marga, sí contestaron a la llamada de Rodrigo. Estaban juntas en casa de la primera, sin padres, y no tuvieron problema en hablar con los investigadores bajo el cañizo que daba sombra al porche. Cuando llegaron los tres, las vieron asustadas.

—Es imposible que Adrián le haya hecho daño, siempre se portaba bien con ella —sollozó Marga sentada en un banquito de madera en el que no parecía muy cómoda.

Andrea, a su lado, le cogió el brazo como para insuflarle fuerza.

Silvia, sentada enfrente de ellas y cerca de Rodrigo, tomó nota del comentario y les aclaró que este parecía un caso diferente, que se habían tomado demasiadas molestias. No les dio los datos de cómo apareció su amiga, tan solo lo que habían recogido los periódicos: la postura fetal, el falso enterramiento. Nada sobre los objetos.

Al ser preguntadas sobre la noche del concierto, Andrea aseguró que habían estado juntas. Silvia le recordó en qué condiciones había salido Eva de su casa, sin maquillarse siquiera. A su amiga le sorprendió ese dato, y aunque no dijo nada, resultó evidente su silencio.

—Entonces, ¿iba vestida como para ir a un concierto o no? —preguntó desconfiada la inspectora.

—Bueno, no sé, depende…

Las amigas se miraron y bajaron la vista.

—¿Cómo iba? Parece como si nos estuvierais escondiendo algo —afirmó con dureza Daniel, que había permanecido de pie detrás de las jóvenes intimidándolas.

—No, no, no —se apresuró a responder Marga sin atreverse

a mirar al expolicía y a punto de soltar una lagrimita—. Perdonen, esto nos supera. Queremos colaborar en todo.

Marga se volvió a su amiga, que sacó el móvil y les mostró una foto en la que se las veía juntas a las tres.

—Cuando nos encontramos para ir al concierto Eva llevaba una faldita corta de vuelo y una camiseta de tirantes. Y, desde luego, iba maquillada.

La imagen que les mostró Marga estaba oscura, así que no se pusieron de acuerdo sobre si la falda tenía un estampado de flores o eran puntitos. Pero estaba claro que se había cambiado.

Rodrigo tomaba notas y les pidió que le enviaran esa foto, hecha a las 21:43, y cualquier otra que tuvieran de esa noche. Lo lógico es que se hubiese vestido en su casa, y no en la de Adrián porque no dejaba ropa allí, según sus amigas. Los padres de Eva no habían hablado de que hubiera vuelto a casa para nada. Podían no haber estado ellos en ese momento o podían habérselo ocultado a la Policía. Pero, si habían ordenado el cuarto, ¿no habrían visto esos vaqueros tirados con prisa en alguna esquina?

Tendrían que volver a hablar con la familia. Y seguía pendiente el hermano, Gabriel Santos. Silvia notó que a Marga, la más bajita, el hermano de Eva no le gustaba. Le daba cierto temor incluso hablar de él. Andrea intentó quitarle importancia.

—Está un poco metido en sí mismo, eso es todo. Este pueblo es pequeño, es el típico chaval que no se integró en el colegio.

—¿Y le encantaba diseccionar ranas vivas? —preguntó con ironía Daniel.

—¿El qué? —respondió Andrea sin captarla—. Pues no sé, nunca estuve en su clase de Biología. Es un par de años mayor que nosotras.

—Ya.

—Y Adrián, su novio, ¿no fue al concierto? —quiso saber Silvia.

—No, no le gusta Siniestro Total. Él es más tranqui.

—¿Y no le importaba que ella fuese?

Las chicas respondieron al unísono contradiciéndose. Se miraron como pilladas en falta. No eran unas grandes mentirosas.

—¿Sí o no, chicas? —presionó ligeramente la inspectora.

—Bueno, ¿yo qué sé? Un poco.

—Andrea, tía, es la Policía, a lo mejor no es nada, ya sabes que a mí Adrián me cae bien, pero habían discutido.

—Lo normal en una pareja.

—¿Qué es lo normal para ti, Andrea? —preguntó Silvia inquisitiva.

—Bueno, Eva era más lanzada que él, más divertida —aclaró Andrea.

—¿Tonteaba con drogas?

Ante la pregunta de Daniel, las amigas bajaron nuevamente la cabeza sin contestar.

—¿Tomaba drogas? —repitió.

—A ver…, tomaba, tomaba —se explicó Andrea—, ¿usted no se ha fumado alguna vez un porro?

—¿Me estás preguntando si yo consumo drogas?

—A ver, no…, era una forma de hablar.

—Ya, os fumabais un porro de vez en cuando, creo que entiendo lo que quieres decir —concluyó Silvia salvando la situación. Prefería ganarse su confianza que presionarlas demasiado.

—Pues eso. Lo normal —respiró aliviada la chica.

—¿Nada más?

Las dos negaron con la cabeza.

—¿Y cuándo os separasteis? —preguntó la inspectora retomando ella el interrogatorio.

—Sobre las doce. Dijo que se iba a casa.

—¿No os extrañó?

—Bueno, no sé, había acabado el concierto.

—¿Alguien la llevó a casa?

No lo sabían, se habían despedido en mitad del follón y no la habían vuelto a ver. Tampoco reconocieron al sospechoso del crimen anterior cuando les mostraron su fotografía. Ni le dieron importancia a que su amiga Clara de la Fuente, Khaleesi, se hubiera ido a Burgos, «Estará visitando a su madre, que es mayor».

A Marga se le cayeron las lágrimas al final, se había estado conteniendo durante toda la conversación. Daniel notó que era el eslabón más sensible del grupo de amigas. Era bueno tenerlo en cuenta para más adelante. Tampoco podían dejar de investigar por qué el novio no había siquiera mencionado la discusión, aunque era posible que fuese un asunto puntual.

Ya en la calle, Silvia se acercó a Daniel ante la mirada preocupada de Rodrigo.

—Tengo que dirigir yo los interrogatorios. Ya no eres policía, hay que tener cuidado con eso —razonó con firmeza, pero moderando su tono.

—No hay problema —asumió Daniel abriendo los brazos en señal de aceptación.

—Bien —zanjó Silvia.

Ambos cruzaron las miradas sin hablar.

—¿Creéis que hay algo oportunista en el crimen, que el asesino podría haber escogido a cualquiera de ellas o habría estado siguiendo a Eva durante varios días? —preguntó Rodrigo rompiendo el silencio.

—Es pronto para saberlo —contestó Silvia tratando de no mojarse mientras echaba a andar hacia el centro del pueblo.

—La semejanza con el crimen de Asturias es evidente —apuntó Daniel—, las dos eran chicas de una edad parecida, aunque con el pelo y la complexión diferentes. Pero eso no quiere decir que se trate de una ruptura del patrón. Pesa más la posición fetal de los cadáveres en ambos yacimientos prehistóricos, la pintura roja...

—Tendremos que esperar a la autopsia para confirmar definitivamente que la causa es la misma.

—Evidentemente, pero todo apunta a que esta chica también ha podido ser envenenada.

—No lo sabemos al cien por cien.

—Sin signos de violencia externa, ni tan siquiera defensivos. Labios azulados, típicos de una intoxicación... Se trata del mismo asesino. Estoy seguro —sentenció Daniel.

22

Por fin el calor daba un poco de tregua. En la acogedora terraza del bar que estaba en el extremo más elevado de Niebla soplaba una brisa que hacía esfuerzos por refrescar la tarde mientras el sol bajaba a la altura del cortado produciendo reflejos naranjas en la cristalera. El informe de la forense no iba a llegar hasta dentro de dos o tres días, como era habitual. Si en una primera impresión había datado la muerte cerca de las cuatro de la mañana, se enfrentaban a rellenar un hueco de unas cuatro horas sobre las que no sabían nada. Tendrían que preguntar por el pueblo si alguien la había visto subirse al coche de un vecino, amigo o desconocido. Eva tenía carné de conducir, pero no coche a su nombre.

A pesar de que se habían sentado en una esquina de la terraza, Daniel sintió que los parroquianos los observaban y propuso ir a cenar a otra parte. No había muchas opciones en Niebla y en todos les sucedería lo mismo, pero él había oído hablar de un restaurante de una localidad próxima que daba una carne estupenda. A Rodrigo le apetecía, pero Silvia no estaba por la labor.

—No estamos aquí en viaje de placer.

—Vamos, Silvia, no seas sosa, yo invito. Por los viejos tiempos.

La inspectora resopló.

—No me apetece cenar carne.

—No te habrás vuelto vegana.

—No, pero tú sí que te has vuelto gilipollas —dijo Silvia explotando y arrepintiéndose al instante de haber perdido los nervios.

—Eso ya lo era cuando me fui.

La rápida respuesta de Daniel admitiendo parte de su culpa descolocó a Silvia. ¿A qué se refería exactamente? No quería darle más vueltas, así que optó por marcharse al baño enfadada consigo misma por haber estallado en público.

—Vosotros haced lo que queráis. Yo me quedo en Niebla.

Rodrigo se sintió incómodo. Más cuando Daniel lo miró como si fuera la primera vez que se percatara de su presencia. ¿Lo estaría evaluando de alguna forma? Era evidente que su jefa pensaba que Daniel sobraba allí, y que Daniel pensaba que quien sobraba era el joven inspector. Rodrigo quería conocer detalles sobre él, sobre su trabajo, sobre el crimen de Asturias. No le iba a dar tiempo de preguntar tanto durante la visita al baño de Silvia.

—¿Qué tal la vida en la empresa privada? —acertó a decir en el momento en el que a Daniel le sonaba el móvil.

—Perdona…

—Claro.

Daniel se levantó para contestar el teléfono. No lo había hecho en toda la tarde y sus ayudantes estaban inquietos. Se alejó hacia la esquina que daba al barranco de más de setenta metros de altura. Desde allí vio cómo empezaba a anochecer al fondo de la sierra y en el cortado de la montaña donde estaba la excavación. Daniel se dejó llevar por el impactante paisaje mientras atendía de forma distraída las preguntas de su ayudante.

Esa roca elevada sobre la historia de la humanidad, sus avances, sus crímenes, tal vez sus amores. ¿Habrían sido capaces de sentir algo similar al amor actual los homínidos de hace un millón de años? ¿Y los de hace 50.000? Un torrente de preguntas para las que no tenía respuestas se le agolpaban en la cabeza. Desde niño, conocer las respuestas le tranquilizaba, aunque no resolviese el problema. Había algo muy dentro de él que lo empujaba a desentrañar los motivos ocultos de la gente. Qué lleva a una persona a actuar de una manera u otra. De dónde nace la maldad de un niño que humilla a otro sin piedad. Cómo una madre cariñosa puede convertirse de la noche a la mañana en una extraña para su propio hijo. Qué motivos tendría un padre para abandonar a su familia. Para esfumarse sin más, sin dar explicaciones. Por qué alguien querría asesinar a unas pobres chicas y hacer de sus cuerpos una macabra representación prehistórica. Necesitaba saber. Aunque ese era un camino solitario. Y nunca le había importado, hasta que se cruzó con Silvia. Ella le aportaba luz, sabía reírse de él, y él, por primera vez en su vida, lo aceptaba. La inspectora era capaz de mantenerse en el punto medio entre la dulzura y la ironía. Por eso se fijó en ella, por eso no pudo evitar lo que sucedió.

El ayudante de Daniel necesitaba saber cosas más prosaicas y notó que su jefe no le aclaraba sus cuestiones sobre la vigilancia del yate del presidente de la petrolera y sobre cómo evitar cualquier grabación que se quisiera efectuar durante el verano, cuando varios políticos importantes pasarían por allí. Había que coordinarlo bien con el equipo de seguridad cibernética. Daniel, por fin, entendió que debía centrarse en su trabajo real, aunque estuviera oficialmente de vacaciones, y dar instrucciones más precisas sobre las medidas de contravigilancia que deberían ser indetectables, según insistió el expolicía.

No sabía cuánto tiempo llevaba sentada sobre la tapa del inodoro del diminuto baño tratando de calmarse. El cabreo no le dejaba razonar con claridad. No bastaba con el crimen, sino que ahora aparecía su excompañero tan tranquilo, opinando a la ligera y ofreciéndose a invitarlos a un restaurante prohibitivo. Para Silvia resolver este caso era un asunto primordial, y la llegada de Daniel podía distraerla de su objetivo. Mientras se refrescaba la cara en el lavabo se repetía que esta vez no iba a conseguir desestabilizarla, solo había sufrido el impacto inicial. Dormiría un poco y al día siguiente estaría centrada de nuevo en el caso. Lo importante no era su extinta relación, sino descubrir quién había asesinado a Eva Santos, y la inspectora estaba convencida de que esta vez no iba a fallar.

Volvió del servicio habiendo recuperado parte de su confianza. No vio a Daniel en la mesa. Supuso que se habría ido a cenar por su cuenta. Cuando Rodrigo señaló con la cabeza hacia dónde estaba el expolicía, a ella la invadió una pereza inmensa.

—Si quieres irte con él, por mi parte no hay problema.

—Vamos, jefa, sabes que ni yendo al Cobo Vintage.

La inspectora lo miró sin entender.

—Yo he hecho mi trabajo de campo. Una estrella Michelín en 2016. El mejor cordero de la zona, dicen. Cuando resolvamos el crimen, vamos —propuso.

—Ya —intentó sonreír—. Es que no entiendo al juez. Es un error que le haya pedido que venga.

—Perdona que te lo diga, jefa, no sé qué pasó entre vosotros, pero la realidad es que está aquí y que no se va a marchar. Al menos en una semana.

El pragmatismo de Rodrigo la enojó, aunque reconocía que tenía razón.

—Mañana a primera hora —dijo cortando la conversación— hemos quedado en ir al yacimiento para hablar con el director y que nos dé la lista de los estudiantes que trabajan allí. Veremos si alguno coincide con los del yacimiento de Asturias.

Rodrigo asintió al tiempo que Daniel terminaba de hablar con su segundo en la petrolera y volvía a la mesa. Silvia pensó que se iba a marchar a cenar, pero el nuevo asesor de la Policía respiró el aire caliente del anochecer de Niebla y volvió a sentarse en la terraza. Silvia no se pudo contener.

—¿Era la voz de su amo?

Daniel se forzó a no responder.

—¿Te deja cenar con nosotros por diez euros? —añadió la inspectora.

—Si tu trabajo no está valorado, Silvia, no te enfades porque el mío sí lo esté.

23

El sol se había ocultado en Niebla a las 21:45. Una justificación perfecta para que cada uno se metiera en su habitación y no volvieran a verse hasta la mañana siguiente. Había tarea: Silvia, gracias a la aplicación Echosec, iba a intentar conseguir y clasificar las fotos que se habían subido a redes sociales por la zona la noche del asesinato, a ver si de ellas se desprendía alguna pista sobre qué había hecho Eva durante el concierto o con quién había estado; Rodrigo tenía pendiente hablar con la central. Le habían asegurado que ya le podían pasar algunos datos interesantes sobre el ordenador de la víctima. Daniel creyó que lo más conveniente sería acostarse temprano ya que no había dormido prácticamente nada la noche anterior.

Silvia, cuando ya se separaban, a modo de tregua, le había dicho que podía trabajar en el posible perfil del asesino comparándolo con el sospechoso de la cueva de El Sidrón.

—Si quieres, te ayudo con la aplicación —propuso el expolicía en un torpe intento de acercamiento.

—Gracias, pero la manejo de sobra —mintió.

Y se habían ido cada uno a su dormitorio. Pequeños, con unas colchas bonitas. En eso residía el encanto.

A Silvia, algo más calmada, vestida con la camiseta más fina que tenía y sentada en el escritorio de su habitación, no le llevó mucho tiempo descargar la aplicación en su portátil y entender sus posibilidades. Cuando esta empezaba a buscar archivos relacionados con el lugar y la hora que ella le había pedido, sonó el teléfono sobre la mesilla. Era Juan. Sabía que habría tenido que llamarlo ella antes, cuando le llegó su envío de ropa y objetos personales, entre los que se encontraba la novela que estaba leyendo. No lo había hecho. Le solía pasar cuando viajaba por un caso. No había tiempo para nada más. ¿Tampoco para pensar en Daniel? Se levantó y respondió mientras la aplicación continuaba buscando las fotos y los vídeos.

—Te he enviado algo de ropa, un básico como para una semana, tu portátil, artículos de aseo... Lo habitual —explicó Juan, acostumbrado a sus desplazamientos improvisados.

—Gracias. Estaba todo en la recepción cuando he llegado.

Silvia, paseando inquieta por la habitación y sin perder de vista la pantalla del portátil, no fue capaz de bromear sobre las bragas que había tenido que comprar en Burgos junto a los calzoncillos de su subordinado. No fue capaz, ya no le hacía gracia. Había perdido el sentido del humor y puede que su chico notase que estaba distante. Lo achacaría al nuevo caso. Silvia no le contaba de qué iban las investigaciones, pero con un asesinato como este salían muchas noticias en los periódicos y en los programas matinales de televisión. Juan fue discreto, no le preguntó por los detalles morbosos, solo quería saber qué tal estaba. Ella le mintió sin mucha convicción, con el piloto automático puesto: «Bien, bien. Con mucho lío, claro». El ordenador iba localizando archivos. Llevaba ya treinta y cuatro. Y seguía buscando.

—Si quieres, voy el próximo fin de semana a verte, aunque sé que estarás liada, pero comemos juntos, charlamos un rato...

Silvia no escuchó la propuesta. Los archivos multimedia ya iban por sesenta y seis. Juan se la repitió. Ahora sí le llegó la información al cerebro.

—No, gracias, es mejor que no vengas, todavía estamos en las primeras fases. Necesito estar centrada.

—¿Con quién te han mandado esta vez?

—No los conoces.

—¿Has ido con varios? Normalmente soléis desplazaros dos.

—Bueno, este caso es especial —respondió sin añadir ni nombres ni datos que pudieran explicar la presencia de Daniel, de quien Juan había oído hablar en el pasado, aunque no tuviera del todo claro cuál había sido su relación.

Para Silvia no nombrarlo era similar a aceptar su no existencia. Cuando consiguió despedirse de Juan sin demostrar urgencia, se sentó de nuevo frente al ordenador. Había terminado la búsqueda: noventa y tres archivos subidos a Internet en los alrededores de Niebla la noche del asesinato de Eva.

Daniel no podía dormir. Había intentado resolver algunas cuestiones de su trabajo en la compañía, sin mucho éxito. No acostumbraba a usar la conexión wifi de los hoteles, demasiado fácil de clonar para acceder a los datos de los clientes. En estos años trabajando en la empresa privada había visto cosas sorprendentes, como montar una falsa entrega de publicidad en la calle regalando memorias USB sobre viajes exóticos que cuando se metían en el ordenador robaban los datos.

Pero su conexión VPN con el servidor seguro de su empresa no funcionaba bien, así que lo intentó con 4G. Después con 3G, y al final terminó por aceptar que no iba a poder adelantar nada del viaje del presidente de la próxima semana. Niebla estaba entre dos valles en una zona de sombra de cobertura.

Dio vueltas en la cama. Era pequeña y se le salían los pies. Se preguntó qué necesidad tenía de estar ahí, de emplear así su semana de descanso, de volver a ver a Silvia para que le echase en cara de manera poco explícita su deserción de hace años, de sentirse el único culpable de su ruptura, de conocer a ese joven inspector lleno de pájaros en la cabeza sobre lo que debería hacer un buen policía, de malcomer en un restaurante con un menú a nueve euros noventa. Cuando decidió venir a Burgos, ¿en qué estaba pensando? Una parte de él quería volver a ver a Silvia, tal vez por morbo, por saber cómo había pasado la vida por ella, si seguía siendo una mujer interesante o si, por el contrario, el trabajo cotidiano en la Policía había terminado por convertirla en una inspectora vulgar, harta de su empleo, como tantos otros compañeros. Fuese el motivo que fuese el que le había impulsado a venir, ahora le daba la sensación de que se había equivocado.

Dio más vueltas en la cama, se quitó la almohada, la volvió a poner. Se incorporó y miró el libro que se había traído y del que sobresalían unas notas que acostumbraba a hacer a modo de fichas. *El primer antepasado del hombre* de Donald Johanson y Maitland Edey. Lo abrió, pero no tenía la cabeza para ponerse a leer un libro científico. Lo devolvió a la mesilla. No era tarde. Pensó que el pueblo estaría animado, era verano, había habido fiestas los últimos días. Seguro que estaría abierto algún garito. Había mucha gente joven por las inmediaciones. Se vistió de una manera lo más informal que pudo y salió al calor de la roca caliza de Niebla a buscar un poco de distracción.

—¿Tú te crees que estas son horas de llamar, Rodrigo?

—Me has cogido el teléfono, ¿no? Será que no tienes nada mejor que hacer —argumentó el inspector sentado en la cama e iluminado tan solo por la pantalla del portátil.

Una protesta en forma de bufido sonó al otro extremo de la línea. Lo había emitido Sara, su contacto en la UDEV, una policía joven que había coincidido con él en la Academia y desde entonces se entendían bien. Este asesinato era una prioridad y por eso trabajaba hasta tan tarde. Sara le contó que habían estado analizando el ordenador de la víctima, en el que habían aislado hasta trece huellas diferentes. Lo más probable es que la mayoría fueran de la propia Eva, de sus dedos sobre el teclado y en la tapa. Pero Eva no tenía trece dedos, por lo que al menos tres debían pertenecer a otras personas. Tampoco es que eso resultase sospechoso en sí mismo, probablemente los padres recogiesen a veces el ordenador del salón, incluso puede que el hermano también lo utilizase. El novio, las amigas. Tendrían que verificarlo. Sara sí le dio un dato valioso respecto a los archivos. Le habían confirmado que habían sido borrados varios documentos la mañana siguiente a la muerte de Eva.

—Evidentemente, eso no lo pudo haber hecho ella —concluyó su compañera al teléfono.

—Si alguien se ha tomado la molestia de borrar esos archivos probablemente sea porque se imaginaba que la Policía iba a revisar el portátil —dijo Rodrigo.

—Y no quería que los viésemos —añadió Sara.

Ambos se quedaron un momento en silencio valorando la trascendencia de lo que habían descubierto.

—Lo más probable —retomó la conversación Rodrigo— es que alguna de las huellas del ordenador pertenezcan al que ha borrado los archivos.

—O no, dependiendo de las precauciones que tomara.

—En cualquier caso, esto se convierte en nuestra prioridad. ¿Habéis conseguido recuperar esos archivos borrados?

—Los archivos sí, pero están encriptados y les están dando problemas a los de Informática.

—Enviadme una copia a ver si puedo yo. Era mi especialidad en la Academia.

—Ahora mismo los pido.

—Gracias, Sara, me pongo a ello en cuanto los reciba.

Colgaron, y Rodrigo empezó a preparar su *virtual box,* un disco duro externo desde el que entrar en la Dark Web sin dejar rastro y evitando que su ordenador se contagiase de virus. Era posible que el contenido de los archivos borrados fuese el motivo del crimen. Si conseguían recuperarlos, podrían estar más cerca de resolver el caso.

La noche prometía ser larga.

Cuando parecía que empezaba a refrescar, el viento cambió de dirección y la temperatura volvió a subir. Silvia no sabía si cerrar la ventana o mantenerla abierta. Decidió cerrarla. Su habitación daba a la fachada frontal y pudo ver cómo Daniel pisaba decidido la calle y se montaba en su ridículo deportivo. No le dio la sensación de que saliese a pasear. Pensó que tal vez tuviera suerte y el expolicía se estuviese marchando a Madrid. Esa llamada en la terraza: quizá su petrolera se lo exigía. Eso ponía fin a sus problemas. O puede que no, pero ayudaba. Se alegró de no haberle dicho nada a Juan, ¿para qué preocuparlo? ¿O acaso tenía motivos si al final Daniel no se estuviese marchando? Apartó los pensamientos ajenos a su investigación, volvió al ordenador y continuó revisando las fotos de la noche de autos hasta que encontró en una de las imágenes a Eva Santos.

De fondo, detrás de una pareja que levantaba los brazos extasiada, se encontraba la víctima, con la faldita probablemente de flores. Con ella había alguien con un brazo tatuado al que no se podía identificar por estar medio tapado por la pareja. Eran las 00:24. Eso quería decir que no se había ido a casa a las doce en punto como decían sus amigas. ¿Mentían, o ella las había engañado? ¿Se estaría marchando cuando se había encontrado con alguien? ¿Con esa media figura que apenas se veía en la foto? Por ese brazo, Silvia pensó que se trataba de un hombre. Continuó viendo imágenes para comprobar si aparecía en más.

Rodrigo tenía ya instalado el disco duro externo, había recibido los archivos desde la central de Madrid y tecleaba en el portátil intentando encontrar el mejor camino para descifrarlos. No era tarea fácil, si no ya lo habrían conseguido sus colegas. Podría haber usado varios algoritmos anidados, lo que complicaría mucho el proceso. Decidió usar su perfil oculto y entrar en el Internet oscuro buscando el mejor programa para leerlos. Tenía experiencia, pero siempre que entraba en la Dark Web sentía un subidón de adrenalina. Los motores de búsqueda no eran los convencionales. Era un ámbito en el que circulaba información que los usuarios no querían que se conociese. Formaba parte del entorno más amplio de la Deep Web, que usaban los pederastas, los terroristas que buscaban armas o explosivos y, en general, todo aquel que quería permanecer oculto en la red. Las arañas inteligentes que escudriñaban datos en

Internet no podían acceder a estas páginas protegidas por contraseñas.

Entró en el foro 4Chan, en el que estaba permitida cualquier interacción salvo las relacionadas con la pedofilia, y encontró propuestas de todo tipo, desde personas que querían comprar títulos universitarios con copia notarial por tres *bitcoins* hasta activistas que se ofrecían para hackear webs de potencias enemigas. No se distrajo con las variopintas ofertas, y en pocos minutos localizó un programa que le convencía y subió los archivos. Sabía que podría ser peligroso, que alguien podría ver lo que estaba haciendo y abrir esos documentos, pero consideró que el riesgo merecía la pena.

La Bóveda, un oscuro pub cuya arquitectura hacía honor a su nombre, era el sitio de moda de los jóvenes de Niebla que no querían que llegase la mañana sin que ellos hubiesen tenido una experiencia intensa. A Daniel le sorprendió que estuviese tan animado y con tan buena música. Claro que, si Siniestro Total había tocado allí, tal vez fuese lo normal que un pueblo pequeño como este tuviese marcha nocturna en verano.

Aunque le apetecía divertirse, no pudo desconectar su mente de investigador. Antes de que le trajesen el botellín de cerveza, acodado en la barra, ya había detectado dos grupos en el local, más un puñado de parroquianos que permanecían ajenos a ambos sectores. No fue difícil identificar cuál era el de los extranjeros y españoles venidos de otras provincias a trabajar en la excavación. Tres rubios alemanes y uno nórdico, un par de italianas, más algunas francesas delataban a ese equipo: hablaban en inglés, estaban más alegres, se diría que bastante bebidos. En la zona del billar, y casi doblándoles en número, los chicos y las chicas del pueblo, cabizbajos, bebiendo sin pasárselo bien, con la muerte de Eva presente en sus conversaciones. No es que los extranjeros no estuviesen impactados por lo ocurrido, pero para ellos era una anécdota que contar a su vuelta a casa.

Daniel se alejó de los dos grupitos y los observó mientras daba un sorbo a la cerveza. Percibió que había rencillas entre ambos sectores, algún comentario cruzado con mala leche que los europeos no entendían en todo su significado. Hasta que una francesa se dirigió al baño cruzando a través del grupo de los lugareños y empezó a crecer la tensión. Uno del pueblo la empujó al ver que se estaba riendo. Su ligue alemán de ese verano reaccionó mal, con excesivo ímpetu. A Daniel le asaltó la imagen de un neandertal intentando demostrar cuál es su territorio a un *sapiens;* eran dos especies obligadas a convivir en un mismo ecosistema, pero sintiéndose diferentes, desconfiando la una de la otra. El rubio empujó al español que había sido descortés y se desató la furia. El alcohol contribuyó a tomar decisiones equivocadas. No es que fuese una pelea en toda regla, sino más bien una sucesión de empujones con insultos en varios idiomas. Hasta que un chico reventó una botella y la cosa se puso seria. El alemán cogió una silla y la rompió sobre la espalda del tipo que tenía más cerca. Daniel se preparó para intervenir. Antes de que pudiera hacerlo, una de las chicas que permanecía en tierra de nadie se lanzó intentando parar la pelea. También lo hizo el dueño del bar, que salía de la trastienda acarreando un bidón de cerveza. La chica se echó encima del muchacho de la botella rota y esta desapareció entre sus ropas. Daniel se temió lo peor y saltó como un resorte volteando al joven e inmovilizándolo contra el suelo en menos de un segundo. Su entrada terminó por separar a los dos grupos, ayudado por las amenazas del dueño de llamar a la Policía. Los ánimos se tranquilizaron lo suficiente como para que Daniel soltase al agresor y lo empujase hacia su rincón.

—Bien, la noche terminó por hoy para los de la excavación, por favor... —ordenó el dueño de La Bóveda.

Los futuros arqueólogos aceptaron que era mejor que se marcharan ellos antes para no continuar con el altercado en la calle. Fue entonces cuando Daniel pudo mirar a la chica herida, que se llevaba la mano al costado. Se preocupó. Pensó que le habían clavado el cristal roto en el estómago.

—Espera —dijo acercándose a ella.

La joven estaba temblando. El expolicía le subió la camiseta y comprobó que tan solo tenía un rasguño en el vientre. Parecía asustada.

—No ha sido nada, pero salgamos de aquí a que te dé un poco de aire —le propuso.

Luego se volvió hacia los españoles y tendió su mano. El agresor comprendió lo que le estaba pidiendo y le entregó la botella.

—Lo siento…

Daniel la cogió y se la dio al dueño del local para que la tirara.

—Esperad diez minutos y después os vais a casa. —Daniel se volvió hacia la chica—. Vamos.

Rodrigo, tras conseguir atacar la aplicación con la que habían efectuado el cifrado, desencriptó un primer archivo: se trataba de una foto. No era fácil de explicar lo que había en ella, pero, desde luego, era Eva. Una imagen prehistórica con un toque de estética actual: iba maquillada como una joven de una tribu primitiva, vestida con pieles, dejando al descubierto su pecho izquierdo. Llevaba una lanza de punta de sílex en una mano. En la otra, una calavera. A su lado, un gran lobo gris mostraba sus dientes. La foto impactaba por su fuerza y realismo. Era muy oscura, con una luz que entraba desde un lateral acrecentando el dramatismo de la escena. Rodrigo no podría decir que fuese bonita o que le gustase, pero sobrecogía. Sobre todo, por la expresión de Eva, completamente metida en su papel. En el fondo apenas apreció unas tablas viejas. No era sencillo ubicar dónde podría estar hecha. Una foto con aspecto profesional, muy bien retocada.

Rodrigo se detuvo a mirar al lobo. Dudó de si podía ser real o disecado. No le pareció que pudiera ser un animal de verdad, pero, en cualquier caso, el trabajo había sido magnífico. Revisó los demás archivos. Quedaban dos por descifrarse. Le produjo una enorme inquietud pensar qué podría encontrar en ellos.

Dos fotos más en el Echosec en las que se veía a Eva: una era de las 22:34 y estaba con sus amigas. Era la misma que le había enseñado antes Andrea, pero con un efecto de esos que ponen orejitas y morro de conejo. La había colgado en Instagram. La otra era de las 23:55 y ya no estaba con ellas. Era una foto extraña: en primer término, una pareja se besaba con pasión mientras se hacía un selfi. No habían apuntado bien y se escoraba hacia la izquierda, donde se podía ver a Eva mirando hacia fuera del encuadre. Su mirada era expresiva, producía desasosiego, como si estuviese contemplando algo que le llamara mucho la atención. Y que le preocupara.

Silvia trató de buscar otras fotos de esa misma hora que pudiesen mostrarle el fuera de campo para descubrir qué estaba mirando. Encontró dos que le parecieron que podían casar. Las guardó en «Favoritos». En una, un tipo con rastas y pinta agresiva miraba hacia ¿Eva? Era una conjetura bastante aventurada. En la otra, se veía a su amiga Khaleesi bailando a lo loco.

Silvia las seleccionó y pensó en que tendría que enseñárselas a Rodrigo por la mañana. Era casi medianoche. Abrió la ventana con la esperanza de que corriese un poco de brisa. Miró hacia la calle de manera instintiva, como si Daniel fuese a volver. No había nadie. De fondo se escuchaban algunas risas. Los estudiantes de la excavación estaban regresando hacia su campamento. El calor, el asesinato de Eva Santos, las excavaciones prehistóricas, el propio pueblo de Niebla le hicieron sentirse incómoda. Era como si toda la zona desprendiese una energía que le impidiese respirar con normalidad. Como si se palpase en el ambiente la violencia de siglos.

El calor que entraba era agobiante, así que volvió a cerrar la ventana, bajó las persianas y se acostó.

Daniel caminaba por las calles estrechas de Niebla siguiendo a la joven de pelo castaño. Ella quería alejarse del bar lo antes posible. Los tacones, a pesar de ser bajos, sonaban con eco sobre el empedrado produciendo un repiqueteo incómodo que delataba su presencia. Se paró y se quitó el calzado. Daniel la observó sin decir nada. La notaba inquieta. El incidente de La Bóveda demostraba que los nervios estaban a flor de piel en el pueblo. La aparición del cadáver de Eva habría removido la desconfianza entre los vecinos, y seguramente habría exacerbado la mala relación entre los jóvenes de ambos bandos.

—¿Estás bien? —preguntó con amabilidad.

—Ahora mejor —contestó la joven deteniéndose a tomar aire—. Aunque a veces estoy harta de este pueblo. Siempre la misma gente, las mismas historias.

—Tengo mi coche aquí al lado. ¿Quieres que te lleve al hospital?

—No hace falta. Tan solo necesito despejarme un poco. Tengo ganas de salir de aquí —añadió con un suspiro.

—Has sido muy valiente metiéndote en medio.

—Tú, que lo has reducido en un momento —dijo ella con admiración.

—Era solo un patoso —explicó Daniel tratando de quitar importancia a su acción. No quería que descubriese que había sido policía.

Oyeron cómo algunos jóvenes se acercaban. Daniel echó un vistazo hacia el callejón por el que habían venido valorando el nivel de peligrosidad.

—No quiero encontrarme con ellos.

A Daniel le pareció una buena opción alejarse.

—Si quieres, te acompaño hasta tu casa para que vayas tranquila —propuso sin ninguna intención. Señaló el deportivo aparcado en la calle de enfrente y vio el gesto de sorpresa en el rostro de la joven.

—La verdad… es que prefiero que vayamos a dar una vuelta. Estoy aburrida de hablar siempre de lo mismo con los mismos. Si no conoces esto, te puedo indicar cómo llegar al sitio con mejores vistas de la sierra. Te lo has ganado por salvarme la vida —dijo intentando recobrar el buen humor.

—Me vendrá bien, no podía dormir —explicó Daniel abriendo las puertas del coche y ayudándola a subir.

Ella tiró sus zapatos al interior antes de entrar.

—No te había visto por el pueblo. No eres de aquí, ¿verdad?

—No. Estoy de visita.

—¿Cómo te llamas? —quiso saber con una sonrisa.

Daniel pensó por un instante en mentir, pero no le pareció que tuviese un motivo para hacerlo.

—Daniel. ¿Y tú? —preguntó mientras hacía sonar el motor de su coche al arrancarlo.

—Hola, Daniel. Yo soy Inés, encantada —dijo divertida tratando de hacer una especie de reverencia muy teatral—. Gracias por salvarme.

—De nada —siguió el juego Daniel—. Ha sido un placer. Pero no sabía que estabais todos tan locos en este pueblo.

—Bueno, te habrás enterado de lo que pasó antes de ayer —comentó ella algo sombría.

—Algo he leído en la prensa —contestó como si apenas lo supiese.

—Normalmente ya hay tensiones entre los estudiantes de la excavación y los del pueblo, y con esto la cosa se ha complicado.

—¿Y por qué son esas tensiones? —quiso investigar Daniel mientras metía primera y maldecía las cuestas de Niebla.

—Uf, no me apetece hablar de eso ahora. Ya he tenido bastante. Gira por ahí —le indicó.

Daniel la miró mientras seguía la dirección que le había señalado. No se imaginó al salir de su habitación que acabaría huyendo del pueblo con una joven atractiva, cansada de su vida en una localidad pequeña, que le iba a enseñar las mejores vistas de la comarca. Después de todo, no tenía por qué ser una mala noche. Cualquier cosa era mejor que volver a su pequeño cuarto de cama de uno ochenta de largo en la que le colgaban los pies.

Varias curvas cerradas a izquierda y derecha ascendían hacia el mirador. Daniel conducía con seguridad montaña arriba siguiendo las indicaciones de Inés hasta que entró en un camino de tierra. Se tensó, no porque tuviera miedo, sino porque no controlaba la situación, no sabía cómo era su acompañante ni qué pretendía. Antes de que dijese nada, Inés señaló con la cabeza hacia el acantilado cercano. A la derecha, Niebla se erguía sobre el promontorio de caliza con media luna detrás, iluminando el paisaje. A la izquierda, el cortado donde estaba situada la excavación. Efectivamente, ese era un lugar privilegiado para observar la zona. Daniel estaba seguro de que Inés lo sabía y sospechaba que quería impresionarle. Y estaba claro que su intervención en la pelea del bar la había cautivado. A él también le había parecido atractiva desde que se puso en medio de los dos chavales en el bar.

Inés se volvió para mirarlo. La luna también le iluminaba a él el semblante y hacía que las incipientes canas de su barba de tres días brillaran con más intensidad. Inés sonrió. Al intentar moverse dentro del coche para contemplarlo mejor, la pequeña herida del costado rozó contra la guantera, lo que le provocó una mueca de dolor.

—¿Estás bien?

—Sí..., sí.

—¿Me dejas? —preguntó con caballerosidad.

Inés alejó sus manos y dejó que él levantase su camiseta para ver la herida. Era un rasponazo con un hilito de sangre.

—Has tenido suerte.

—Sí.

—Quizá deberías ponerte la antitetánica.

—No te preocupes, la tengo puesta.

Se miraron. Los dos eran adultos, estaban solos esa noche y se gustaban. El sitio era perfecto, la noche cálida. Daniel se dejó llevar. La chica le parecía natural, tierna en todos los sentidos. Nada que ver con las mujeres con las que salía en los últimos tiempos, que buscaban influencia, poder. Daniel ya casi no se acordaba de cómo era una relación limpia, sin pretensiones. Sin tanto maquillaje. La besó. Muchos días de viajes complicados sin tiempo para nada, menos aún para una relación como esta. Le levantó la camiseta del todo dejando sus pechos al aire, unos pechos bonitos, jóvenes y firmes que no pudo por menos que besar. Un escalofrío de placer subió por la nuca de Inés. Su corazón latía con fuerza, un desconocido en un lugar apartado. Se le secó la boca a pesar del beso. Sintió miedo. Por un instante pensó que iba a arrepentirse, pero la mano hábil de Daniel buscó en su pantalón y de manera suave comenzó a acariciarle el sexo mientras le hablaba suave al oído. Inés comprendió que no iba a poder parar, que prefería cerrar los ojos y abandonarse.

Daniel se quitó la camiseta, le bajó los pantalones y la recostó sobre el asiento. Le separó un poco las piernas. Ella se dejó hacer. Él le quitó la ropa interior con delicadeza y se inclinó sobre ella, que cerró los ojos intentando solo sentir. La besó en el vientre y fue bajando hasta los muslos, rodeando su sexo sin llegar a tocarlo. Ella gimió pidiendo que continuara, y él, tras hacerse desear unos instantes que a Inés se le hicieron eternos, accedió a su petición y su lengua se juntó con el sexo lamiéndolo con inmensa suavidad, lubricándolo, con un ritmo lento pero firme. El pecho de ella latía desbocado, subía y bajaba sin control, dominado por una necesidad urgente de oxígeno. Su respiración se entrecortó, se sintió perdida por un instante, sin habla, estallando en un orgasmo único como no había sentido jamás.

Y se desmayó.

En la habitación del hostal que permanecía en penumbra, el sistema había conseguido *renderizar* dos de los archivos que le habían mandado a Rodrigo desde Madrid. Cuando abrió el primero se quedó paralizado. Lo que contempló le hizo estremecerse: una foto de Eva con una estética similar a la anterior, pero desnuda, sin las pieles. Y estaba tumbada dentro de una bañera antigua y blanca.

En posición fetal.

Como muerta.

PARTE II

—

DRAGONES

... se abrirán vuestros ojos y seréis como dioses, conocedores del bien y del mal.

Génesis 3, 5

Es flipante sentir que la mente se separa del cuerpo y sobrevuela todas mis pasiones, mis recuerdos, mis miedos, mis emociones…, mi vida y mi muerte. Libre.

Mis sentidos se abren como una amapola en primavera. Percibo el universo, el cosmos, domino el bien y el mal, la verdad y la mentira, el paraíso y el infierno. Soy mi propio dios, señor de mí mismo, sin que puedan detenerme, sin necesitar de nada ni de nadie.

Dios volando en solitario.

Pero Dios…

24

Día 3

Se despertó sobresaltada.

Con los ojos aún cerrados trató de retener las imágenes como si le fuese la vida en ello, pero no tenían ningún sentido: iba conduciendo un coche sin neumáticos lleno de gente por un túnel interminable que se iba cerrando a su paso. El coche avanzaba solo sobre las llantas y el ruido metálico chirriaba en sus oídos. Juraría que todavía podía oírlo. ¿Quién iba dentro? Estaba el novio de la chica asesinada, también la madre..., ¿estaba Daniel? Le pareció que sí, pero luego se convertía en la víctima, en Eva. O al revés. Solo entonces fue consciente de que estaba despierta y de que no identificaba el lugar donde se encontraba. No era su casa. Parpadeó con esfuerzo. A pesar de que la oscuridad reinaba en la habitación, alcanzó a ver un aparador que no reconocía. Tampoco la orientación de la cama le resultó familiar. Fue consciente de que su nivel de vigilia no era el suficiente como para analizar la situación y se esforzó por espabilarse. Una ventana, la persiana bajada, unos hilillos tenues de luz que trepaban por las rendijas. Podrían ser de la primera claridad del amanecer. Un cuadro, un armario. Claro, eso era: estaba en un hotel. Por fin.

Estaba en Niebla.

Sudaba por el cuello. Tanto que había mojado la funda de la almohada. Dio media vuelta en la cama alejándose de su inquietante pesadilla y de la humedad de las sábanas, y encontró el móvil en la mesilla de noche. Estaba cargándose. Cien por cien de batería. Lo cogió para ver la hora: 06:43. Tenía un wasap de Rodrigo de la 01:23: «Estás despierta?». Se preocupó por no haberlo visto antes. Aunque sus dedos estaban todavía entumecidos, trató de contestar. Gracias al predictivo fue capaz de escribir: «Sí. Y tú?». Se dejó caer esperando la respuesta. Tenía la boca pastosa, y la camiseta, también húmeda, le produjo una sensación desagradable. La ventana seguía cerrada desde anoche. El WhatsApp pitó casi inmediatamente. «Sí. Voy a tu habitación. Tengo algo.» Silvia no pudo contestar al mensaje y escuchó cómo se movía alguien en el cuarto contiguo. Intentó reaccionar, pero su cuerpo no le respondía. Estaba en bragas y con una camiseta de tirantes mojada por el sudor. No podía recibir así a su subordinado. Su corazón latía más deprisa de lo normal intentando que el resto del cuerpo reaccionara.

Por fin consiguió incorporarse y se quitó la parte de arriba dejando su torso al desnudo, empeorando la situación. Oyó pasos que se acercaban. Era incapaz de tomar decisiones coherentes. En su cabeza adormilada todo tenía una trascendencia agobiante. No consiguió encontrar el interruptor de la luz, así que tuvo que tantear en la maleta abierta en los pies de la cama eligiendo cualquier cosa al azar. Llamaron a la puerta cuando ella se ponía una camiseta limpia.

—Voy… Un momento —acertó a contestar.

Entró en el baño y se lavó la cara. Sus ojos se cruzaron un segundo con su reflejo. Tenía un aspecto horrible.

—¿Silvia? Soy Rodrigo. He descubierto algo —explicó el inspector desde el pasillo sin levantar en exceso la voz por lo temprano de la hora.

A Silvia no le quedó más remedio que abrir la puerta sin estar plenamente despierta ni ser dueña de sus actos. El sueño la mantenía entumecida: el coche sin ruedas, el túnel… Eva, la chica muerta. ¿El comisario también iba?

Rodrigo entró con prisa, con el ordenador en la mano, y daba la impresión de que había encontrado una pista importante. Sintió el golpe de calor de la habitación. Olía a cerrado.

—¡Qué calor tienes aquí! —dijo reparando en su jefa a medio vestir—. ¿Estás bien?

—Sí… Sí…, solo que estaba muy dormida. Una pesadilla.

—Te levanto un poco la persiana. Ha refrescado.

Rodrigo esperó la confirmación de su superiora, pero, como ella no reaccionaba, abrió la ventana y subió la persiana. Un golpe de aire fresco y el resplandor del cercano amanecer ayudaron a Silvia a respirar con normalidad.

—Jefa…, tienes un aspecto horrible.

Silvia se miró: una camiseta, por suerte larga, le tapaba los muslos. Iba descalza, con el pelo revuelto, y notó que olía a sudor húmedo.

—Espera que me vista.

—No. —Rodrigo sonó imperativo—. Perdona, jefa, es que tienes que ver esto.

Le hizo una señal para que ambos se sentasen en el borde de la cama. A Silvia la situación le resultaba cada vez más absurda: ella a medio vestir, con aspecto de borracha a pesar de no haber probado el alcohol, incapaz de infundir el respeto que se supone que una inspectora debe imponer. Su subordinado no parecía darle demasiada importancia a su apariencia mientras seleccionaba el archivo que quería mostrarle. Lo encontró y giró el ordenador hacia ella. La primera foto era de Eva Santos junto al lobo vestida como una mujer prehistórica, de pie, con el pecho al descubierto. La inspectora la miró sin entender bien por qué era tan importante.

—¿Es… Eva?

—Sí. Y ahora mira esta —dijo con seriedad a la vez que pasaba la foto con el cursor del portátil, apareciendo ante sus ojos la segunda imagen: Eva desnuda en la bañera y tumbada en posición fetal.

Como muerta.

A las siete y veinticinco de la mañana ya estaban hablando frente a dos zumos de naranja y dos cafés en la zona de desayuno del hotelito. Por suerte, los extranjeros que compartían alojamiento acostumbraban a madrugar y desde esa hora ya había posibilidad de tomar algo en el Elizalde. Silvia estaba por fin despierta y arreglada. Iba correctamente vestida y limpia, con el pelo oliendo a su champú habitual gracias a que Juan también se lo había mandado en su envío. Sentirse cómoda la ayudaba a pensar mejor. Tenían el ordenador delante aún *rendeando* para ver si conseguía descifrar el otro archivo. Llevaba un 23 por ciento.

—Es mucho más pesado, podría tratarse de un vídeo —aventuró Rodrigo dejándose llevar por la emoción.

Tendrían que dejarlo todo el día trabajando, con la esperanza de que el proceso no fallase en algún punto y hubiese que volver a reiniciarlo. Había mandado el archivo de Eva en la bañera al móvil de Silvia. En cuanto fuese una hora prudente, ella se lo enviaría al comisario. Esa foto podría significar un gran avance en la investigación. La compararon con la que les había pasado la Guardia Civil de Eva Santos en el CAREX, también desnuda y, en esa ocasión, muerta. Eran casi idénticas, la postura, la desnudez... El archivo tenía fecha de una semana antes. Eso no quería decir que fuese el día en el que se hizo la foto, sino cuando ella la grabó en su disco duro. A veces era posible conseguir algunos metadatos más, le explicó Rodrigo, como por ejemplo el lugar donde estaba tomada la imagen, la cámara con la que estaba hecha y la hora exacta.

—Sería muy importante conseguir la geolocalización —añadió.

—Al sospechoso de hace seis años también le interesaba la fotografía.

—Era taxidermista, ¿no?

—Sí, Carlos Béjar —afirmó Silvia—. Le gustaba hacer fotos extrañas de los animales que disecaba. Esa podría ser una similitud más entre ambos casos.

Rodrigo sintió la emoción de estar cerca de esclarecer lo que podría haberle sucedido a Eva. No podía ser casualidad. La foto era morbosa, respondía al perfil de un asesino de ese tipo. Silvia lo veía de otra manera. Aunque la pista era impactante, de momento no aportaba nada en concreto, ni sospechosos ni un lugar donde iniciar la búsqueda. Tendrían que encontrar a alguien capaz de disparar una foto de esa calidad. No era la de un aficionado. Debían buscar en Internet archivos similares, preguntar quién hacía las fotos en el yacimiento de Atapuerca.

Una hora más tarde los habían citado en la Trinchera del Ferrocarril para pasarles la información sobre el personal. Aprovecharían para comentar lo del fotógrafo.

—Subo a lavarme los dientes y en veinte minutos salimos para la excavación.

—¿Y Daniel? —preguntó Rodrigo.

—Anoche lo vi salir del hostal —dijo Silvia, y se arrepintió casi de inmediato—. Al ir a cerrar la ventana vi que se marchaba. Yo creo que esto no es para él.

Rodrigo asintió. Miró por el ventanal de la cafetería. Su coche no estaba.

—Si no está aquí en media hora, nos vamos.

25

El coche avanzaba por la pista de tierra flanqueada por matojos secos y algunas amapolas que enrojecían el borde del camino. Los neumáticos producían un ruido monótono al deslizarse sobre la grava. Según se iban acercando a la excavación, el terreno llano iba cambiando y los laterales del camino se elevaban formando dos pequeños promontorios que centraban la vista en el cada vez más estrecho horizonte. Silvia conducía despacio mientras su mente vagaba recordando la última vez que había visitado el yacimiento con Juan. Visitarlo ahora, en estas circunstancias, con una chica asesinada, hacía que se sintiese sobrecogida. Era como iniciar un viaje por el túnel del tiempo de la humanidad.

Al llegar a la excavación se encontraron con que el vehículo de Daniel estaba allí, en el pequeño aparcamiento de tierra. El deportivo contrastaba con la entrada rústica y el entorno natural de la Trinchera del Ferrocarril. A la mente de Silvia volvió la pesadilla de esa noche, y sin pretenderlo recuperó una imagen: Eva, la chica muerta, se convertía en Daniel. Eso era. Sintió una punzada en el estómago. Notó cómo la inseguridad iba tomando el control de sus reacciones y eso no podía permitirlo. Se había convencido a sí misma de que sus caminos nunca volverían a cruzarse, y la vuelta de Daniel la había pillado por sorpresa. Llevaban menos de veinticuatro horas juntos y ya sentía que la desbordaba la situación. Dormir no le había servido de nada.

Caminaron hasta el acceso del yacimiento, techado con una inmensa cubierta de uralita y unos paneles solares que daban energía a la pequeña oficina pintada de rojo, de la que salió una chica joven de tez morena con una camiseta de la Fundación Atapuerca que los estaba esperando. Les entregó sendos cascos para que pudiesen entrar en el recinto. Rodrigo parecía fascinado. A la inspectora aquellos quinientos metros que había desde el deportivo hasta la Sima del Elefante se le hicieron eternos. Guiados por la estudiante, los policías avanzaron por el Camino del Pajarillo entre las paredes del cortado que había abierto la empresa inglesa The Sierra Company Limited a finales del siglo XIX, según les iba explicando la chica a modo de guía turística. El aspecto de la trinchera era sobrecogedor. Un tajo en la montaña de roca caliza de un kilómetro de largo, con más de veinte metros de alto, por unos cinco o seis de ancho dependiendo de la zona.

—En este pequeño hábitat está contenida una gran parte de la historia de los homínidos durante más de un millón de años. Las muertes, pero también las vidas, los sentimientos y las frustraciones de que fuesen capaces según su grado de inteligencia —explicó con cierto dramatismo.

Pero eso era algo que no pasaría a la historia. Solo los huesos, los instrumentos que usaron, el periodo geológico en el que fueron enterrados. Del sufrimiento que pasaron o de lo que los hizo felices no quedaba rastro. ¿En qué época el hombre comenzó a hablar de felicidad? ¿En qué punto de la evolución empezó a existir ese concepto?

Los dos policías cada vez veían más cerca la estructura que daba sombra a la Sima del Elefante, una cueva abierta en la montaña de veinticinco metros de altura y quince de anchura en la que se había recuperado la mandíbula de un homínido de 1.200.000 años de antigüedad, vinculada de manera provisional a la especie *Homo antecessor*. Un supuesto hueso de elefante, que en realidad había sido confundido en su día con el de un rinoceronte, daba nombre al yacimiento.

De pie, enfrente de la cueva, vieron dos figuras que se hicieron cada vez más cercanas. Una era la de Daniel, sin duda: traje elegante de verano, sin corbata. La otra, más informal, la de

Samuel Henares, el director de la excavación. Hablaban como si se conociesen de toda la vida, bajo el andamio que sujetaba un techo también de uralita para facilitar el trabajo de los arqueólogos sometidos a las inclemencias del tiempo durante muchas horas al día.

—En esta excavación hemos encontrado claras evidencias del ejemplo más antiguo de lo que llamamos *caza comunal*.

—¿Y eso hace cuántos años fue? —preguntó interesado Daniel.

—400.000, en la Gran Dolina —dijo Samuel señalando el fondo del cortado—. Por estas tierras hubo numerosas manadas de bisontes. Hemos catalogado hasta 23.000 huesos.

—¿Me está diciendo que esos homínidos ya eran capaces de organizarse para conducir a los animales hasta este lugar? —volvió a preguntar asombrado el expolicía.

—Y allí mismo los acorralaban, los mataban y procesaban su carne.

—Ya estábamos entre los grandes depredadores en esa época.

—No todos los expertos están de acuerdo, pero yo creo que *Homo antecessor* era temible. Eran perfectamente capaces de coordinarse. Y eso implicaba que después tendrían que compartir la carne de una manera satisfactoria para todos los miembros de la tribu. Depredación y a la vez colaboración. Una sociedad mucho más elaborada que la de los leones o la de los lobos. De una gran complejidad social.

—Eso los hizo imbatibles.

—No tanto. Sus descendientes, los neandertales, acabaron por extinguirse.

—Cierto. ¿Por nuestra culpa?

La llegada de Silvia y Rodrigo, acompañados por la estudiante, dejó la pregunta sin respuesta. Daniel se adelantó e hizo las presentaciones necesarias sin referirse a él mismo. Era obvio que Samuel ya se había hecho una perfecta idea de quién era.

—El señor Henares —dijo Daniel— nos va a facilitar la lista de los estudiantes y colaboradores de todo tipo de los últimos seis años. Nos ha parecido suficiente.

«¿Nos ha parecido suficiente?» Silvia prefirió no contestar para no dar la imagen de que había fisuras en el equipo de la Policía, pero era evidente que Daniel no tenía claro cuál era su lugar en la investigación. Sonrió lo menos forzadamente que pudo.

—No solo tienen ustedes ahí los nombres, también un breve currículum de cada uno. Lo que nos entregaron en su día para que les diéramos la beca o los contratáramos. Encontrarán también los teléfonos móviles y las direcciones. Hemos incluido al personal de seguridad de la excavación, claro está. Hay más de quinientas fichas.

Silvia torció el gesto. Era mucha gente.

—¿Tienen fotógrafo?

La pregunta de Rodrigo sorprendió tanto a Daniel como al director de la excavación.

—Bueno, de vez en cuando viene alguien de la Junta. Les podemos buscar el contacto. Pero normalmente las fotos las hacemos nosotros mismos. Es más práctico.

—Perfecto. Necesitaremos saber dónde estaba cada uno de ustedes esa noche.

—Lo habíamos supuesto. Se lo hemos adjuntado también en el documento. La mayoría de los chicos estaban en el concierto que hubo en el pueblo. Pero tendrán que ser ustedes quienes lo corroboren uno a uno.

—Claro, gracias —dijo Silvia.

—¿Y a usted no le gusta Siniestro Total? —preguntó irónico Daniel provocando una sonora carcajada del director.

—Yo no fui al concierto, como se imaginarán. Trabajé hasta tarde y después me fui a casa. Teníamos una rueda de prensa importante al día siguiente.

—Lo sabemos. ¿Conoce a este hombre? —dijo Silvia malhumorada enseñándole una foto de Carlos Béjar, el sospechoso del crimen de la cueva de El Sidrón.

Samuel la miró y se la devolvió.

—Creo que no. Pero tiene un cráneo peculiar. Una frente alta, una leve hendidura en las sienes, una cara asimétrica.

—¿Eso podría significar algo? —preguntó la inspectora con interés.

—Hay muchas teorías sobre ello —apuntó Daniel—. Hay quien dice que los psicópatas tienen unos rasgos determinados.

—Es muy aventurado opinar sobre una persona tan solo por una foto —concluyó el director de la excavación.

—Eso creo yo —afirmó tajante Silvia mirando a su excompañero—. ¿Sabe si la víctima tenía una relación especial con alguien del yacimiento? ¿Salía con los estudiantes?

—Yo no tengo mucho trato con los chavales fuera de aquí. Pero me resulta difícil pensar que haya sido alguno de ellos.

—A la vista de todo lo que ha descubierto sobre el comportamiento de los homínidos durante la prehistoria, ¿de verdad le cuesta creer que haya podido ser cualquiera de los chicos? —preguntó Daniel incisivo.

El director valoró su respuesta antes de abrir la boca.

—Es difícil ser tajante en un tema como este. Como bien puede imaginar, he visto demasiada violencia en los huesos que he ido desenterrando durante mi carrera. Asesinatos, depredación, canibalismo. Pero, en una sociedad como la nuestra, ¿es posible que cualquiera pueda llegar a eso?

—¿No nos lo impediría nuestra socialización? —preguntó Silvia interrumpiendo la disertación de Samuel Henares.

—Confiamos en que la educación sirva para eso. Y sin embargo, no estamos seguros de que alguno de estos chicos, que proceden de familias normales, con todas sus necesidades cubiertas y sanos mentalmente, al menos en apariencia, no haya podido hacer algo así. ¿Qué le sucede al ser humano?

La pregunta quedó en el aire porque el director observó que alguien se acercaba por el camino de tierra entre las paredes del cortado.

—Les voy a presentar ahora a nuestra especialista en Biología y coordinadora de los estudiantes del yacimiento para que puedan estar en contacto permanente con ella —afirmó cambiando de tema—. Es más joven y seguro que puede ayudarles con los estudiantes. No les quepa duda de que somos los primeros que queremos que se resuelva este terrible suceso. —Samuel miró por encima del hombro de los inspectores—. Ahí viene... Inés Madrigal.

Al volverse para recibirla, a Daniel le dio un vuelco el corazón. Era la chica que se había desmayado en sus brazos la noche anterior. Se sintió más incómodo que cuando había visto a Silvia después de seis años. Ese encuentro lo tenía previsto, pero este no. En el pub no se le ocurrió que Inés fuese del personal del yacimiento, dado que la vio separada del grupo de los estudiantes internacionales. Ella también se quedó muda al verlo. La noche anterior todo había sucedido demasiado deprisa, la pelea en el bar, la breve relación sexual, el desmayo. Apenas habían hablado cuando ella recobró el conocimiento y se topó con los ojos del expolicía mirándola con esa sonrisa encantadora.

«Creo que te has desmayado», le dijo entonces.

«Me has... tapado», dijo Inés aferrándose a la chaqueta que Daniel le había colocado encima.

Aunque intentaba mostrarse segura, estaba más desconcertada de lo que aparentaba. No sabía el tiempo que había estado inconsciente y qué había sucedido durante ese lapso.

«Sí. Me pareció lo correcto.»

«¿He estado mucho tiempo así?»

«Menos de cinco minutos. Tus constantes vitales parecían estables, por eso no me pareció necesario acudir al hospital.»

«¿Eres médico?»

«No. Si quieres, te llevo a un hospital.»

«Mejor me dejas en el pueblo y me voy a casa», concluyó nerviosa mientras comenzaba a vestirse en una postura incómoda.

La situación era embarazosa para ambos, por lo que Daniel decidió salir del vehículo dejándole un poco de intimidad.

«¿Seguro que estás bien?»

«Claro», dijo la joven haciendo un esfuerzo por incorporarse para ponerse los pantalones.

Al hacerlo de manera brusca, se mareó. Daniel se dio cuenta.

«¿Seguro?»

«Seguro», respondió tajante.

«Como quieras.»

El regreso por la carretera de curvas resultó embarazoso: dos personas que apenas se conocían, que habían estado a punto de acostarse y que no habían terminado de la mejor manera. Mientras él conducía silencioso ya por las estrechas calles de Niebla, Inés no dejaba de darle vueltas a lo especialmente molesto que le resultaba que la hubiese contemplado desnuda y desmayada. Lo veía como una confianza mayor que el que le hubiera practicado sexo oral. Eso había sido consentido, pero tras el desvanecimiento había quedado a su merced, sin poder oponer resistencia a los impulsos de un hombre al que apenas conocía. Se sintió indefensa.

Al dejarla en la plaza del pueblo, «Aquí está bien, gracias», era evidente que Inés se sintió aliviada, rodeada de las casas conocidas. La luna, en cuarto creciente, iluminaba el barranco sobre el que se elevaba Niebla. La noche estaba tranquila.

«No estoy muy segura, pero creo que te debo una, ¿no?» Al recuperar la confianza se permitió bromear.

Daniel sonrió.

«No me debes nada. Ha sido un placer», contestó galante.

Inés le devolvió la sonrisa, salió del coche y se encaminó hacia la residencia en la que dormían los estudiantes. Daniel la vio alejarse. Era bien entrada la noche y el calor empezaba a dar un respiro.

26

Inés Madrigal, sentada en la oficina cercana a la Trinchera, fue capaz de reponerse de la sorpresa del reencuentro con Daniel y, frente a unas tazas de té verde que el expolicía ni probó, entregó a los investigadores la lista y los datos de todo el personal vinculado a la excavación en los últimos seis años. El Proyecto Atapuerca podía llegar a contar con setenta investigadores y unos ciento cincuenta estudiantes durante el verano. Por la mañana realizaban el trabajo de campo y por la tarde se dedicaban a limpieza de restos en el laboratorio y también en el río, donde lavaban las muestras obtenidas. La mayoría de los estudiantes vivían en una residencia universitaria en Burgos, pero otro grupo se alojaba en la granja escuela de Niebla, en la que Daniel había dejado a Inés la noche anterior tras su accidentado encuentro.

—¿Te llevas bien con los estudiantes? —preguntó Silvia tras dar un sorbo a su taza—. ¿Tenéis relación más allá del trabajo?

—Sí. De hecho, estuve con varios la noche del concierto. Esto es un mundo bastante cerrado. Hay muchas caras que se repiten año tras año.

—Entonces, algunos no es la primera vez que trabajan en la excavación —concluyó la inspectora.

—No, unos pocos repiten. Por ejemplo, Galder ya estuvo el año pasado en Burgos y ahora forma parte del equipo estable de la excavación desde mayo. Además, Galder también estuvo en el yacimiento de la cueva en Asturias hace seis años.

Silvia sintió que el corazón se le aceleraba. Podían estar ante una coincidencia significativa. Repasó los documentos que Inés les acababa de entregar: Galder Vinter, veinticuatro años, noruego. Daniel se dio cuenta de lo que estaba pensando su excompañera y ambos cruzaron una mirada.

—¿Estás segura de eso? —preguntó impaciente.

—Así figura en su currículum. Tampoco lo conozco mucho, pero tiene una novia de por aquí, Paloma Medina, y por eso viene a España todos los veranos.

—¿Dónde está? Deberíamos hablar con él.

—Ha tenido que acercarse al Museo de la Evolución para llevar unas muestras, pero me ha dicho que lo llamaran cuando quisiesen. Habla bastante bien español.

Silvia le agradeció el trabajo que había hecho.

—Si hay algo más, Inés, no dudes en decírnoslo —le pidió—. Si alguno de los estudiantes se ha estado comportando de forma extraña estos días, o si alguien de fuera tiene un interés desmesurado por los enterramientos prehistóricos. Cualquier cosa.

—Bueno, aquí todos somos un poco frikis. Esos huesos enterrados son nuestra vida —afirmó la coordinadora—. Y Samuel es el alma de este yacimiento. Sin él, no habríamos logrado lo que hoy en día sabemos. Todos estamos aquí por él.

Durante esa reunión, Daniel había permanecido más callado de lo habitual. No paraba de darle vueltas a si debía contarles el incidente del bar de la noche anterior, ni cómo hacerlo sin mencionar su encuentro con Inés. Según se acercaban al aparcamiento, ya sin la coordinadora presente, se decidió:

—Escucha, Silvia. Anoche no podía dormir y salí a dar una vuelta. Entré en un bar y no sé cómo me vi envuelto en una pelea...

Silvia lo interrumpió:

—No hace falta que nos lo cuentes. Nosotros estuvimos trabajando.

—Encontramos algo en el ordenador de Eva —especificó Rodrigo.

Su superiora le hizo un gesto para evitar que siguiera.

—Tengo que saber lo que está ocurriendo. Para eso he venido —reclamó Daniel.

La inspectora le mantuvo la mirada sin decir nada.

—Mira, Silvia, creo que tenemos que hablar sobre esto. ¿Nos dejas un momento, por favor...? —preguntó sin encontrar el nombre adecuado en su memoria.

—Rodrigo, se llama Rodrigo y puede escuchar cualquier cosa que tengas que decirme. Esto es un tema estrictamente policial.

—Como quieras. Rodrigo, mira, Silvia y yo tuvimos una..., iba a decir *relación*. ¿Fue una relación, Silvia? ¿O simplemente *nos liamos,* como me dijiste cuando dejé la Policía?

—No te voy a contestar a nada personal, Daniel. Dime lo que me tengas que decir con respecto a la investigación —dijo manteniendo la calma.

—Como comprenderás, no tengo ningún interés en estar aquí, tengo un trabajo absorbente que ocupa todo mi tiempo. Pero Mendoza y Vázquez de Mella insistieron en que me hiciera cargo y me coincidió con unos días libres. Por eso he venido.

Y por Teresa. Pero eso se lo guardó.

—Lo entiendo perfectamente, no tienes especial interés en saber quién ha matado a esta chica ni en quién mató a la anterior en la cueva de El Sidrón. Pero no te preocupes, vete cuando quieras, que yo les diré que nos has servido de gran ayuda.

Las palabras de Silvia sonaron frías y contundentes, sin ningún atisbo de emoción. Eso descolocó a Daniel.

—No he querido decir eso —replicó.

—Pues es lo que has dicho. Y ya que Rodrigo se está enterando de todo, no viene mal que sepa que hace seis años, cuando nos liamos, éramos tan gilipollas que probablemente no tuvimos en cuenta alguna pista importante y por eso se nos escapó el sospechoso cuando estábamos cerca. Y te aseguro que ahora no me va a pasar lo mismo —sentenció en el tono más profesional que pudo.

Silvia se sintió mejor. Llevaba mucho tiempo reconcomida por la culpa y necesitaba escuchárselo decir a sí misma en alto. ¿Y a quién mejor que a su excompañero?

—Ahora, Rodrigo, vuelve con él en el deportivo y le vas poniendo al día para que el juez esté contento —concluyó la inspectora dejándolos plantados y encaminándose irritada hacia su coche para regresar al cuartel de la Guardia Civil.

Le parecía que Daniel seguía pensando que ella era la misma inexperta que actuó en Asturias y que él iba a poder tomar las riendas de la investigación imponiendo su manera de hacer las cosas.

—Ya no eres mi superior —susurró para sí—. En nada.

Rodrigo esperó prudentemente a que Silvia desapareciera respetando ese momento de silencio que Daniel necesitaba para asumir la conversación. Primero le pareció que estaba furioso, inmóvil frente a la entrada del yacimiento, pero después no habría sabido cómo calificar sus emociones. Tenía un punto de tristeza, tal vez. ¿Se arrepentía? ¿De lo que pasó, de no haber solucionado aquel caso, de haber dejado la Policía? ¿De no haber seguido con Silvia?

Ya subidos en el Aston Martin, Rodrigo le contó su descubrimiento sobre los archivos borrados y su dificultad para obtener los metadatos. En su relato fue incapaz de ocultar la emoción de haber dado con algo que parecía importante. Cuando terminó, Rodrigo miró a Daniel con una expresión que a este le pareció la de un niño que ansía que su padre esté orgulloso de él.

—Yo podría averiguar dónde se hizo esa foto —afirmó Daniel recuperando la seguridad con la que había llegado el día anterior a Niebla—. En mi empresa tenemos más equipos que vosotros y personal más experto.

—En la Sección Técnica de la UIT tienen contacto con empresas que también nos pueden ayudar —rebatió molesto; la Brigada Informática de la Policía estaba muy actualizada.

—Pero eso tiene que autorizarlo el juez, y puede tardar. No te digo que no intentes ese camino, pero pásame el archivo y, si podemos, te decimos dónde y cuándo se hizo esa foto. Incluso la cámara que se usó.

—Pero... no es legal.

Daniel desvió los ojos del volante para observar al inspector. Este entendió perfectamente lo que quería decir esa mirada: nadie se tenía que enterar de esa oferta.

—Te aseguro que no busco hacerme el héroe. No lo necesito.

—A Silvia no le va a hacer gracia —respondió Rodrigo agobiado.

—¿Quieres solucionar tu primer caso de asesinato? ¿Qué más te da de dónde venga la información?

—Déjame que me lo piense.

—No tardes en decidirte. Por experiencia te digo que cada hora cuenta —concluyó Daniel dejando pensativo a su interlocutor.

27

Era la primera vez que Silvia levantaba la voz a un superior en toda su carrera. Sus quejas retumbaban en el despacho que les había cedido la Guardia Civil mientras hablaba por teléfono. El comisario Mendoza le tuvo que parar los pies. Su relación era buena, pero no iba a permitirle un desacato. La inspectora reculó e intentó argumentar que Daniel no tenía interés real en el caso, que no iba a ser de ayuda, que estaba fuera de sitio, con la mente en su trabajo en el ámbito privado.

—Un policía siempre es un policía —afirmó Mendoza—. Eso no es fácil de cambiar.

Silvia se mordió la lengua impotente. Y, además, el juez quería que estuviese. El comisario entendía que no era sencillo tener un asesor que creyese que sabía más que ella.

—Pero tienes que aceptarlo. Trabajasteis muy bien juntos en el pasado, y estoy seguro de que podréis volver a hacerlo. ¿O es que hay algo personal que te lo impida?

Silvia se preocupó. Tal vez su relación no pasó tan desapercibida como ella había pensado, y comprendió que no iba a tener más opción que aceptar la presencia de Daniel. Al menos, le pidió al comisario que le dijese que ella estaba al mando y tomaba las decisiones. Mendoza lo aceptó.

—Tú eres la responsable del caso, ya lo sabes, pero él tiene hilo directo con el juez, que tampoco se te olvide.

Con la inspectora más calmada, el comisario aprovechó la conversación para facilitarle algunos datos: las cámaras de seguridad no aportaban nada sustancial; el móvil de Eva Santos se había apagado a la 01:00 fuera de Niebla, y doce de las huellas dactilares del ordenador coincidían con las de la madre, el hermano y el novio. Faltaba por identificar una que no sabían de quién podría ser. Ni del padre ni de las amigas. Ni tampoco de Clara de la Fuente, Khaleesi, a la que todavía no habían encontrado.

Cuando llegaron Rodrigo y Daniel, Silvia los puso al corriente sin mencionar su acalorada discusión. Sobre la pizarra en blanco y tratando de superar el mal ambiente, escribieron los hechos comprobables que conocían y el cronograma con el itinerario de Eva Santos.

19:00 Eva sale de casa.
19:30-21:00 con Adrián. DISCUSIÓN.
21:30-22:00 Eva se cambia de ropa (¿en casa?).
22:00-24:00 Concierto con amigas (Fotos Echosec).
00:24 Foto en la fiesta con... ¿brazo tatuado? ¿Mienten las amigas?
01:00 Se apaga el móvil fuera de Niebla (comprobar dónde).
HORA DE LA MUERTE 04:00 ??
10:30 Encuentran el cadáver (escolares).

Tras repasar las actuaciones pendientes, decidieron que la coincidencia del noruego era prioritaria.

—¿Lo recuerdas de Asturias? —preguntó Silvia a su excompañero.

A Rodrigo le pareció que su jefa había abierto una tregua. Daniel se quedó pensativo escudriñando su memoria de esos días.

—Sí, vagamente —dijo al fin—. Un tipo larguirucho, con el pelo pajizo. Poca cosa.

—Bueno, Eva Santos pesaba poco, no necesitaría mucha fuerza para moverla.

En cuanto regresase de Burgos lo interrogarían. Preferían no hacerlo por teléfono. También estuvieron de acuerdo en que había que hablar con el hermano y comprobar si era verdad que Eva había vuelto a casa a cambiarse de ropa en la noche de autos.

Al levantarse para volver a casa de los Santos, Silvia se dirigió a Rodrigo:

—Es mejor separarse para cubrir más frentes. Necesito que vayas al lugar donde se desconectó el teléfono y lo examines para ver si encuentras alguna pista.

Al inspector no le gustó esa decisión y se quedó rumiando la orden. Le pareció que su superiora quería quitárselo de en medio, que estaba tan obsesionada con la presencia del asesor, con tenerlo controlado, que ahora lo apartaba también a él del centro de la investigación. No era justo. Al fin y al cabo, él había aportado la pista más valiosa hasta el momento.

—Muy bien. Cuando termines, continúa con los metadatos del archivo a ver si puedes desencriptarlo.

—Pero si ya lo están haciendo en la central —protestó Rodrigo.

—¡Pues lo intentas tú también! —ordenó Silvia levantando innecesariamente la voz. Su subordinado se quedó callado. Era la primera vez que lo trataba así—. La informática era tu especialidad en la Academia. Y ese dato puede solucionarlo todo.

Rodrigo y Daniel se miraron. La propuesta de Daniel para ayudarlo de manera extraoficial seguía sobre la mesa.

Cuando ya salían del cuartel se encontraron con Marga, la amiga más tímida de Eva, preguntando por ellos a un guardiacivil.

—La he llamado yo para que viniera —explicó Daniel.

Silvia lo miró abriendo los brazos como para pedirle una explicación.

—Me pareció que sabía más de lo que nos contaba, pero no quería hablar delante de su amiga.

Antes de que la inspectora pudiera reprocharle nada, Marga los vio y los saludó de manera torpe.

De nuevo en el despacho cedido, Silvia le indicó a la chica que tomase asiento en una silla de plástico mientras Rodrigo le servía un vaso de agua. Daniel, recostado sobre la pared, observaba la escena forzándose a no intervenir. Marga estaba acongojada y no era capaz de disimularlo, los tres investigadores le imponían excesivo respeto. Silvia, frente a ella y sentada a su misma altura, la miraba directamente a los ojos esperando a que rompiese a hablar.

—Quiero ayudar a encontrar al que le hizo *eso* a Eva, pero no quiero que mis amigas se enfaden conmigo por contarlo.

Los policías no entendían a qué se estaba refiriendo, pero sí que Marga no quería inculpar a nadie y menos ofender la memoria de su amiga. Bebió un sorbito de agua dándose tiempo para encontrar las palabras adecuadas.

—Es que… esa noche iba a comprar droga —reconoció por fin.

Esa revelación completaba un vacío del cronograma.

—¿En el concierto? —preguntó Silvia.

—Cuando se marchó a medianoche. Discutimos. Una cosa es fumarse un porro de vez en cuando, como les dijimos ayer…

—Y otra meterse algo más fuerte, ¿no?

—¿Eva lo hacía? —indagó Daniel.

Marga apartó los ojos del expolicía y asintió levemente. Silvia continuó con el interrogatorio:

—¿A menudo?

—No estoy segura, pero creo que más de lo que nos decía.

—¿Y vosotras no?

—Yo no.

—¿Las demás?

—No estoy segura.

—¿Las demás? —repitió la pregunta Daniel más impositivo.

—Clara… —empezó a decir Marga.

—¿Khaleesi?

—No me gusta que la llamen así.

—Es por *Juego de tronos,* ¿no?

Marga no dijo nada. De su silencio se deducía que el motivo era otro.

—Bueno…, por lo de los dragones —reconoció por fin.

Silvia cruzó con Daniel una mirada de incomprensión. Rodrigo intuyó a lo que se estaba refiriendo.

—¿Dragonfly?

La cara de Marga lo dijo todo.

—Es un alucinógeno muy potente —explicó el inspector—. Una droga extremadamente adictiva. Parecida al Special K o al Kit Kat.

—Ya. Muy ingenioso el nombre de Khaleesi. ¿La consumían habitualmente? —preguntó Daniel.

—La habían probado solo una vez. Eso me dijeron. Y a Clara le dio un mal viaje. Por eso, para reírse de ella, la empezaron a llamar así.

—¿A ti te dio miedo probarla?

Marga asintió ante la pregunta de Silvia, que la miraba ahora con benevolencia. La inspectora se acercó a ella y posó una mano sobre su hombro. La joven no pudo reprimir un sollozo muy bajito, como si ese gesto hubiese roto algo dentro de ella.

—Entonces, crees que se marchó a comprar —interrumpió Daniel—. ¿Aquí quién vende eso?

—Aquí nadie, pero eran fiestas, por lo visto había venido alguien de fuera —respondió recuperando un poco la compostura.

Silvia sacó su móvil y buscó una fotografía.

—¿Te suena este tatuaje? —preguntó Silvia mientras le mostraba la imagen del brazo tatuado que había seleccionado la noche anterior al mirar Echosec.

—No. A mí no me cuentan nada de esto, saben que no me gusta. Últimamente ellas iban más a su rollo —dijo con tristeza—. Somos buenas chicas, nos divertíamos mucho cuando éramos niñas, no nos hacía falta eso.

—Estoy segura, Marga. Lo habrás pasado fatal —dijo Silvia con suavidad y mirando a Daniel para que no insistiera.

—Sí. Estoy destrozada.

—Has hecho muy bien en contárnoslo. Encontraremos al que le hizo daño a Eva.

—Gracias.

—¿Quieres decirnos algo más?

—No. Solamente que no lo comenten con mis amigas.

—Estate tranquila —prometió Silvia—. Manejaremos esa búsqueda con discreción.

Marga salió como había entrado, sin hacer ruido, dejándoles su información nueva y valiosa, como un regalo cuyo valor aún no podían conocer.

Tras pedir a la Guardia Civil que les hiciera una lista de posibles camellos de la zona, se separaron. Rodrigo se quedó con el coche oficial camuflado para ir al lugar donde se apagó el móvil de Eva Santos. Silvia accedió a montarse con Daniel en el Aston Martin.

—¿Has llamado a Marga sin decirnos nada?

—No vas a poder cumplir la promesa que le has hecho —le dijo con dureza el asesor.

—Lo manejaremos con cuidado.

—Nuestro deber no es tener cuidado ni evitar ofender a los testigos, sino encontrar al que lo hizo.

—¿Nuestro deber? —preguntó Silvia con insolencia—, ¿llevas aquí unas horas y ya te sientes policía otra vez?

Esa pregunta consiguió callar a Daniel. A él mismo le sorprendía haberlo dicho. Desde que dejó la Policía, había cortado toda comunicación con los compañeros, tal vez para preservar su decisión sin que apareciesen fisuras, pero esta investigación le hacía volver a pensar en un conflicto que creía enterrado: «¿Te sientes policía otra vez?». En silencio, llegaron hasta el deportivo aparcado fuera de la plaza del pueblo y Daniel le tiró a Silvia las llaves como hacía en el pasado.

—Si quieres llevarlo tú…

—No, gracias —contestó la inspectora devolviéndole el llavero en mano.

Se subieron. Daniel se había prometido conducir despacio. Lo último que pretendía era provocar una nueva discusión por culpa del Aston Martin.

—La próxima vez que decidas llamar a una testigo coméntamelo antes —dijo la inspectora torciendo el gesto por el rugido del motor.

Daniel aceleró fuerte. La señora del bar de la esquina los miró y levantó las manos en señal de protesta.

28

El aire acondicionado del deportivo hacía parecer que el día era más fresco que los anteriores. El termostato interior marcaba veintidós grados. El exterior, treinta y cuatro. Y tan solo eran las once de la mañana. Silvia miraba distraída por la ventanilla cómo pasaban las casas del pueblo, y Daniel aprovechó para contemplarla sin que se diera cuenta. Su pelo cobrizo brillaba y su piel resplandecía tan tersa como seis años atrás, adornada por sus casi imperceptibles pecas. En su perfil intuía sus labios carnosos y tiernos, aunque ya nunca podría sentir aquello que entonces le removía al besarlos. Solo ella había conseguido sacar esa parte de él tan íntima que tanto se había esforzado por mantener oculta, la misma que, después de su traición, había enterrado para siempre. Sepultada bajo las exigencias de su trabajo absorbente, olvidada entre las piernas de chicas de todo tipo, modelos, *strippers*, empresarias, más altas, más guapas, más morenas, más blancas, más amarillas, más salvajes, que se movían mejor en la cama, pero ninguna con esos ojos que ahora escrutaban el paisaje de las afueras de Niebla y que una vez habían visto en él algo que nadie más había sido capaz de percibir.

—El novio sí estuvo en el concierto —dijo Daniel carraspeando, para volver a la realidad cuando enfilaban la casa de los Santos, ya fuera del núcleo urbano.

—Él nos dijo que no, ¿cómo lo sabes?

—Miré el Echosec.

—Yo también.

—Pero tú buscabas a Eva. Había casi cien fotos —dijo intentando disculparla y acercar posturas.

—¿Estaba Adrián en las fotos? —preguntó Silvia sin terminar de creérselo.

—Sí. En dos.

Daniel soltó una mano del volante y cogió su móvil.

—No me multe por usar el teléfono, inspectora.

Lo manejó con habilidad mientras conducía y le mostró las imágenes elegidas. Adrián aparecía solo, apartado del resto, y buscando algo o a alguien con la mirada. ¿Sería a Eva? ¿Sabría lo de las drogas? ¿Le habría dicho que no iba a ir pero luego se había puesto celoso? ¿Desconfiaba de su novia? ¿O solo se había arrepentido y se había animado a ver qué tal sonaba Siniestro Total en directo? Era imposible deducirlo viendo solo aquellas imágenes, pero debían averiguar por qué había preferido no contarles la verdad.

Eso siempre resulta sospechoso.

—Ya sabes la teoría: se codicia lo que se conoce —afirmó Daniel—. Y yo creo que el asesino la conocía y controlaba el lugar, se sentía seguro. Sabía el tiempo que tenía. Un animal que domina el sitio donde caza tiene ventaja.

—No empieces con tus teorías sobre los depredadores.

—Si fuese el novio, no sería el mismo asesino de hace seis años.

—Puede ser un imitador. Es evidente que entre las distintas excavaciones todos se conocen, y ese crimen estuvo muy presente en la prensa y en la televisión. También pudiera ser que nos equivocásemos de sospechoso en Asturias. No tengo tan claro que fuese el taxidermista.

—Y entonces, ¿por qué desapareció? —preguntó Daniel sorprendido.

—No lo sé —admitió Silvia—. Llevo seis años preguntándomelo. ¿Y tú?

29

Concejo de Piloña. Cueva de El Sidrón (Asturias)
Seis años antes (2012)

La cueva de El Sidrón se encuentra a unos dos kilómetros de la localidad de Cadanes, un pueblito asturiano de no más de sesenta habitantes en el concejo de Piloña. Daniel y Silvia dejaron el coche al lado de la carretera porque el camino que bajaba por los prados era de tierra y piedras. A pesar de seguir el cartel que indicaba la cueva, al cabo de un rato se habían perdido en la reserva natural. Tras volver sobre sus pasos, se cruzaron con una estudiante que trabajaba en el yacimiento. Se presentaron y ella los condujo hasta uno de los diez orificios que daban acceso a la excavación. Una cruz marcaba el lugar.

—Es de una mujer que mataron durante la Guerra Civil, Olvido Otero —les explicó.

La entrada, llamada la de la Tumba, era pequeña y estaba entre árboles y hierba alta, de manera que no la habían visto al pasar. Fue algo complicado descender por el agujero agarrándose a las rocas húmedas. Una vez abajo y sin percances, la estudiante les indicó que a partir de ahí ya no había pérdida. Los policías caminaron entre las paredes estrechas del roquedo calizo, en el que convivían diferentes especies de murciélagos con pinturas rupestres del Paleolítico.

Atravesando las galerías llegaron hasta una reja cuadrada que impedía el acceso a ladrones y curiosos, ajenos al trabajo encargado por el Principado de Asturias, a las maravillas allí depositadas desde el Paleolítico Medio. En esta ocasión, la puerta estaba abierta y cuando iban a traspasarla, Felipe Zarzalejos, el director de la excavación, salió a recibirlos. Le habían anunciado su visita, pero se había despistado. El tiempo transcurre de manera diferente cuando lo pasas enterrado en una cueva sin luz natural buscando huesos de homínidos. Su trabajo le tenía absorbido. Les contó que en esa cueva habían hallado restos de trece neandertales de hacía 49.000 años, de los que habían conseguido extraer ADN mitocondrial.

Zarzalejos era un hombre de algo más de cincuenta años baqueteado en yacimientos de todo tipo y que por fin había conseguido dirigir uno de gran relevancia. Tras intercambiar con él unas pocas frases, Daniel pudo deducir que se trataba de alguien práctico y ordenado. El asesinato de la joven Teresa Yaner más de treinta días atrás había caído como un jarro de agua fría sobre su equipo. Además del impacto personal, retrasaba los plazos a los que se habían comprometido, empezando por los objetivos del mes. Resultaba más grave que hubieran detenido a uno de los coordinadores que él había contratado.

—No me cabe en la imaginación que Guillermo pueda ser la persona a la que buscan. Es un gran profesional —afirmó con rotundidad.

—La Guardia Civil dice lo contrario —respondió Daniel desmarcándose de la detención.

—Lo sé, y no quiero interferir en su trabajo, claro está, pero conozco a Guillermo desde hace un par de campañas y no le he visto nunca un comportamiento fuera de lo normal.

Silvia abrió la boca, pero Daniel se adelantó:

—¿Es una persona útil para la excavación? —preguntó.

—Pues sí, él coordina a todo el grupo de chicos. Ahora tenemos un problema.

—¿Y no será que lo defiende usted por eso?

—A ver, una cosa es que nos cree un problema su ausencia y otra que esté dispuesto a dejar a un asesino suelto por ese motivo. No se confunda, inspector —argumentó el director de la excavación.

—Ya. Nos dice la Guardia Civil que la chica estuvo desaparecida durante algo más de dos días. ¿Dónde estuvo Guillermo en ese tiempo?

—Lo sabe usted igual que yo: tenía días libres por asuntos propios.

—Es mucha casualidad.

—Mírelo de otra manera: ¿quién es el culpable? El que no vino esos días a trabajar.

Silvia miró a Daniel para que le permitiese intervenir. El director argumentaba con criterio y le pareció necesario introducir datos que tal vez él desconociera.

—Perdone, pero no es solo eso, señor Zarzalejos. ¿Conoce los antecedentes de Guillermo Garrido?

—No, ¿qué antecedentes?

—Por maltrato.

Enseguida vieron que Felipe Zarzalejos no se esperaba que el coordinador estuviese metido en un asunto como ese.

—No, no lo sabía —respondió alarmado.

—Tuvo una condena hace casi veinte años. Es verdad que ha pasado mucho tiempo y tampoco eso implica que haya sido él —admitió la inspectora—, pero es un dato a tener en cuenta.

—Consiguió ocultárnoslo durante el proceso de selección —se excusó.

—Y fue condenado por un tipo de maltrato un poco más sofisticado de lo habitual —añadió Daniel—: tuvo atada y desnuda a su pareja durante todo un fin de semana. Un vecino lo denunció.

—No sé qué decir ante eso, tan solo que su comportamiento aquí con las mujeres ha sido siempre exquisito. Puede preguntar a las estudiantes.

—Lo haremos, señor Zarzalejos. Y, en cualquier caso, miraremos con lupa toda la investigación anterior, por eso no se preocupe —concluyó el policía.

—Deberían buscar un sitio donde se pueda retener a una chica durante dos días. Es bastante tiempo. Tiene que estar alejado para que nadie la escuche gritar...

—Veo que ha pensado usted mucho en este asunto —lo interrumpió Daniel.

—Claro que he pensado, inspector. Fui yo quien contrató a Guillermo Garrido. Es normal que me sienta de alguna manera responsable.

30

El portazo hizo temblar los cristales del coche oficial. Rodrigo arrojó con rabia la copia del informe sobre el salpicadero del copiloto y estuvo a punto de partir la llave al meterla en el contacto. Se había sentido ninguneado por Silvia. Su superiora había cambiado con la llegada del expolicía. Antes podría estar preocupada, pero se mostraba cercana, valoraba su opinión, y él llegó a creer que podrían formar un buen equipo. Después de cómo lo había apartado, no sabía qué pensar. Y luego estaba Daniel, al que tanto había admirado antes de conocerlo, que lo trataba como si estuviese todavía en la Academia. Se había ofrecido a ayudarlo con el asunto de la foto, y eso le hacía dudar. Sabía que no debía aceptarla, pero sentía que ese ofrecimiento los acercaba. Y estar a buenas con él podía ser conveniente para la investigación.

Había leído mucho sobre Daniel Velarde. No solo había estudiado los casos que llevó cuando estuvo en el cuerpo, sino que, sobre todo, había buscado información de su trabajo actual en la petrolera. Unas actividades sobre las que no era fácil encontrar documentación. A pesar de eso, Rodrigo había conseguido fotos de Daniel en diversas partes del mundo. Varias en Trípoli, en Monterrey, en Argentina coincidiendo con la crisis por las expropiaciones de empresas energéticas españolas. También había visto una en Venezuela. No se imaginaba en qué consistía exactamente su trabajo ni en cómo se prepara una entrevista con Maduro, o cómo se puede diseñar la seguridad de un encuentro en Cuba con Raúl Castro, o las negociaciones con

Putin. En la Policía se comentaba que los que daban más miedo eran los rusos, sin ninguna duda. Se lo tenía que preguntar a Daniel si lo veía de buen humor.

Decidió aparcar lejos del punto en el que se había apagado el móvil de la víctima para no contaminar la posible escena con las rodadas de su vehículo, y se bajó. Al verse en ese paraje solo, se olvidó del desplante de la inspectora. Tomó aire y se sintió policía por primera vez.

Un rastro de neumáticos llamó su atención. Iban de la carretera comarcal hasta el borde del acantilado. Había al menos dos o tres huellas diferentes en la tierra endurecida por el sol. Sacó su móvil y les hizo fotos. Las colocó en una carpeta que nombró como «Niebla» y siguió caminando hasta donde lo llevaban los surcos, que se separaban en un punto. La triangulación de un móvil, y más en un paraje solitario, no daba un lugar exacto, sino una zona aproximada. Decidió seguir las rodadas que iban hacia su derecha, semiocultas entre los árboles. Le pareció que los otros rastros serían de gente que iba a contemplar el paisaje, no a comprar o vender droga. O a asesinar. Las huellas se detenían en un claro no muy extenso. Lo recorrió sin saber bien qué debería buscar hasta que llamó su atención un objeto que brillaba al sol. Era un plástico.

Un preservativo usado.

Lo cogió con guantes y con enorme asco se lo acercó a la nariz. Todavía quedaban trazas de olor a melocotón.

31

Al abrirse la puerta de la casa de Eva Santos, se asomó un chico gordote, desgarbado, de algo más de veinte años, que se sorprendió ante aquellas dos personas a las que no conocía. Silvia tomó la iniciativa, no quería que Daniel llevase la conversación y lo asustase.

—Buenos días. Soy la inspectora Guzmán.

El chico no dijo nada. Se veía que tenía ganas de volver a cerrar la puerta.

—Y tú debes de ser Gabriel, si no me equivoco —dijo con amabilidad para romper el silencio de su interlocutor.

—Soy Gabriel.

—Queríamos charlar contigo. El otro día estuve aquí y hablé con tu madre.

—Me contó que querían verme —respondió inquieto el hermano de Eva Santos sin quitar ojo a Daniel.

—Él es Daniel Velarde, asesor de la Policía. ¿Podemos pasar? Será solo un momento.

Gabriel los miró con ojos grandes e indolentes, después echó un vistazo a la calle, como si comprobase si alguien los estaba observando, y les franqueó el paso. Sus movimientos eran lentos, como si estuviera entumecido. Los acompañó al saloncito, no demasiado amplio y desordenado, lo que contrastaba con lo organizado que había visto Silvia el cuarto de la víctima.

—No esperábamos a nadie.

—No te preocupes, Gabriel, nos hacemos cargo —respondió la inspectora fijándose en que iba un poco sucio, incluso con manchas en la camiseta.

Era evidente que llevaba unos días sin ducharse. Tenía los dedos de la mano derecha amarillos por el tabaco. Daniel pareció notarlo también, pero no dijo nada; se metió las manos en los bolsillos y se paseó de forma distraída fingiendo observar la decoración.

—No está mi madre —explicó el hermano de Eva recogiendo unos platos con migas que estaban sobre el sofá y una botella de Coca-Cola de dos litros vacía—. Estaba aquí, tranquilo, a mi bola. Como ella ha salido... Pero volverá a mediodía —dijo con una sensación repentina de agobio mirando hacia la puerta.

—¿Y te llevas bien con ella? —preguntó Silvia con amabilidad.

—¿Con mi madre? Ella dice que quiere proteger a su familia. Que todo lo hace por eso.

—¿Y de qué tiene que protegeros? —preguntó la inspectora intentando ver a dónde lo llevaba ese razonamiento.

—Dice que de todo, de la gente, de nosotros mismos.

—¿También te protegía de Eva?

La mención de su hermana impactó en el ánimo de Gabriel, que se volvió más sombrío.

—¿Estás bien, Gabriel? —preguntó la inspectora recogiendo velas. Pensó que quizá había ido un poco rápida y temía que su interlocutor se encerrara—. Entiendo que te duela que hablemos de ella, pero es necesario si queremos encontrar al que le hizo daño.

—Mi hermana… se ha ido —dijo con los ojos extraviados.

—Lo sentimos mucho. Era muy joven.

—Sí.

—¿Cómo era vuestra relación?

—¿Qué quiere decir? —preguntó inquieto Gabriel.

—Si era buena, si os contabais cosas, si os queríais… —aclaró Silvia sin presionar demasiado.

—Tenía dos años menos, pero se ocupaba de mí desde niño. Yo la quería mucho.

—¿Demasiado? —inquirió Daniel interviniendo por primera vez en la conversación.

Silvia lo miró para advertirle que no siguiera de una manera tan brusca. Se empezaba a arrepentir de haberle dejado acompañarla.

—El otro día yo no estaba cuando vinieron porque estoy trabajando en Burgos —explicó el chico saltando a otro tema.

Sí estaba y Silvia lo sabía, pero prefirió no delatarlo.

—En una tienda de informática, ¿no?

—Voy de apoyo un par de días a la semana. Me dejan a mi bola. No me vigilan todo el rato.

—¿Hay alguien que sí te vigila? —dijo Silvia retomando el protagonismo.

—A veces... Hay gente.

—¿Tu madre te vigila? —Intentó no resultar agresiva, pero la pregunta puso nervioso a su interlocutor.

—No —dijo con la boca seca.

—¿Te deja también a tu bola? —quiso saber Silvia.

Gabriel no contestó. Tenía los ojos abiertos y los miraba sin pestañear siquiera. A Daniel le irritaba esa actitud que no sabía bien cómo calificar.

—¿Y nos puedes contar algo más de tu hermana? —le interpeló intentando desatascar la conversación—. Por ejemplo, si le gustaba hacerse fotos un poco especiales.

—¿Especiales?

—Sí, no me refiero a que se hiciera selfis y esas cosas, como todas las chicas jóvenes, sino como modelo profesional.

—Era muy guapa. Sensible.

Gabriel buscó unas gafas de sol que tenía encima de la mesa y se las puso a pesar de que había poca luz en el saloncito. Daniel susurró a su compañera: «Vuelve a las fotos». A Silvia no le hizo gracia que le dirigiese el interrogatorio, pero le parecía que debían sonsacarle si sabía algo al respecto.

—Gabriel, nosotros estamos aquí para intentar ayudaros. Sabemos lo mal que lo estáis pasando. Por eso necesitamos saber si tu hermana te enseñó alguna vez fotos de ella posando disfrazada. Podría ser importante.

—¿Como de Halloween?

—No, más bien de mujer prehistórica —aclaró la inspectora.

—No, que yo sepa no era modelo. Hace mucho calor estos días, ¿se han dado cuenta?

—¿No has visto fotos de Eva disfrazada? —repitió Silvia.

—No. No se hacía fotos.

—Ya. ¿Sabes con quién había quedado esa noche?

—Había quedado conmigo. —Gabriel miró detrás de él como si alguien que no fueran ellos dos le hubiese dicho algo.

—¿Saliste de casa con ella? ¿Fuiste al concierto?

—No. Se fue sola.

—A ver, Gabriel, ya sabemos que estuvo en las fiestas del pueblo —continuó la inspectora con paciencia—, pero cuando salió de casa no iba vestida como para ir a un concierto.

—¿No volvió después a cambiarse? —preguntó Daniel intentando presionarlo.

—Nunca volvió —sentenció con amargura—. Esta vez no.

Se le veía afectado. Buscó nervioso un pitillo y lo encendió dando una calada profunda. La llama se reflejó en los cristales de sus gafas de sol. Silvia entendió que no iban a sacarle más.

—¿Podríamos ver tu habitación? —pidió Daniel para terminar con un interrogatorio tan absurdo.

Gabriel hizo una mueca de desagrado, pero no le quedó más remedio que asentir. Subieron detrás del chico por las escaleras. Le costaba moverse. En su habitación había muy pocos objetos personales a la vista y se notaba que había quitado algunos cuadros o pósteres por las improntas que habían quedado en la pared.

—¿Aquí qué había? —preguntó la inspectora.

En ese momento sonó su móvil, y tras mirar la pantalla Silvia salió hacia el pasillo para contestar. Daniel supo que podía tratarse de noticias importantes, si no no habría cogido la llamada en mitad de la conversación con Gabriel. Decidió que no debía aflojar el interrogatorio, así que le repitió la pregunta:

—¿Qué tenías colgado ahí en la pared, Gabriel? Yo diría que lo que hubiera lo has quitado hace poco.

Gabriel se distrajo mirando hacia la puerta, preocupado también por la ausencia de la inspectora.

—A lo mejor es mi madre.

—No es tu madre. Hazme caso a mí, chico.

—Unos pósteres. Ya no me gustaban.

—¿Y de qué eran?

Antes de que pudiera contestar, Silvia regresó al dormitorio. Su expresión revelaba la trascendencia de la llamada. Hizo un gesto a su excompañero para que saliese con ella. Gabriel se percató de que él había dejado de ser el foco de atención. Respiró liberado.

Ya en el pasillo, Silvia habló lo más bajo que pudo:

—Se ha encendido el móvil de Eva. Esto tiene prioridad absoluta.

Daniel quedó impactado, era una pista tan inesperada como capaz de cambiar el curso de la investigación.

—En Salamanca —añadió Silvia—. Han mandado un grupo de Intervención. He pedido que me esperen, pero me temo que voy a tardar unas dos horas y media en llegar.

—Te llevo.

Silvia lo miró con firmeza, sin aceptarlo.

—Si vamos en mi coche, estaremos ahí en menos de hora y media —prometió Daniel—. Y luego me ayudas para que me quiten las multas —añadió sonriendo.

La inspectora asintió intentando apartar sus sentimientos. ¿Hora y media juntos en el coche? ¿De verdad esa era la mejor opción? No pudo evitar que le saltara una sonrisa irónica, riéndose de sí misma, que Daniel no supo interpretar.

Ambos salieron casi sin despedirse de Gabriel, «Gracias, ya volveremos», que, ya solo, se sentó en la cama de su habitación y miró el vacío que habían dejado los pósteres en la pared.

—No me vais a acosar vosotros también —dijo susurrando.

Juntó las manos, sopló y las abrió, como dejando que algo que tenía encerrado saliera volando.

Y sintió ganas de llorar.

32

A la altura de Venta de Baños, Silvia llamó a Rodrigo, que se quedó tan sorprendido con la información que le dieron como ellos mismos media hora antes. El móvil encendido en el barrio salmantino de Tejares podía implicar que el asesino de Eva Santos estaba localizado. El inspector se ofreció a recogerlos con el coche oficial, creyendo que aún estaban en Niebla, pero Silvia le aclaró que había decidido salir ya para el punto que le había geolocalizado la Unidad de Intervención de la Policía Nacional.

—¿Con Daniel? —preguntó.

La inspectora miró al expolicía, que conducía a más de 170 por la A-62, y contestó con una escueta afirmación. Esto terminó de exasperar a Rodrigo. Se estaba quedando fuera de los pasos esenciales de la investigación. No sabía si era porque Silvia estaba cambiando de opinión respecto al expolicía, o si este, con su experiencia, estaba siendo capaz de atraer su atención sin que ella fuese muy consciente de su cambio. Lo único que estaba claro era que él se iba a quedar en las inmediaciones de Niebla mientras ellos acudían a detener al presunto culpable.

—Yo he encontrado un preservativo de melocotón usado en la zona donde se apagó el móvil. Podría ser uno de los que faltan en la cajita de Eva —dijo haciéndose valer.

—Que lo analicen lo antes posible —ordenó Silvia.

Rodrigo colgó sin despedirse y lanzó con furia el móvil al asiento vacío del copiloto. Había pensado que su hallazgo iba a impresionar a su jefa: ese preservativo, esas huellas de neumáticos. Sabía que su obligación era esperar a los de la Científica para indicarles dónde deberían buscar nuevas pistas. Pero, si sus compañeros ya tenían localizado el móvil, tal vez el lugar donde se apagó perdiera interés. No tenía muchas opciones. Le tocaba quedarse allí. Bajó del coche y volvió caminando al acantilado. Se asomó al borde y contempló una vez más la sierra. Iba a tener paciencia y a esperar su momento.

«Radar fijo a quinientos metros», anunció el avisador ilegal que tenía instalado Daniel.

No redujo la velocidad y un pequeño *flash* saltó a su paso por la cámara de Tráfico. Silvia no pudo evitar el reflejo de pisar el freno con su pie derecho desde el asiento del acompañante. A ella le costaba saltarse las normas incluso cuando estaba justificado por una investigación. Daniel siempre había sido más laxo, pero no en temas fundamentales. Nunca había falsificado una prueba para esclarecer un caso. Había sido un policía íntegro durante toda su carrera. Salvo en Asturias.

Silvia imaginaba que, en la petrolera, a Daniel le exigirían gestiones no del todo legales. Que ahora estaba en el otro lado. En el de la gente con pasta que quiere resultados a cualquier precio y que consideraría estúpidos a sus antiguos compañeros por seguir trabajando por un sueldo modesto. «¿Y yo? —se preguntó Silvia mientras veía pasar la autovía a toda velocidad—, ¿hasta dónde me permitiría llegar para cerrar este caso?»

—¿De verdad crees que era necesario que discutiéramos delante de Rodrigo? Por charlar de algo, digo. Nos queda un buen rato hasta Salamanca —dijo por fin el expolicía.

—¿Era necesario que vinieras a Burgos? También por charlar de algo. Y no me repitas que te lo pidió el juez.

La contundencia de Silvia dejó sin argumentos preestablecidos a Daniel. Tuvo que calibrar si debía decir la verdad. O pensar, más bien, si en realidad sabía por qué había venido. Por su cabeza pasaron imágenes descontroladas que no supo ordenar. El calor asfixiante de Gadamés, la soledad de su apartamento a medio amueblar, aquel guepardo devorando a la indefensa cebra. El no poder conciliar el sueño, las fotos sexis de Eva Santos en su Instagram, los enormes ojos de Teresa en la fotografía del informe policial suplicando justicia. La risa desinhibida de una Silvia seis años más joven bajo las sábanas.

—No sé por qué he venido —reconoció tratando de detener la deriva que estaban tomando sus pensamientos.

Tampoco Silvia se esperaba ese ataque de sinceridad y se quedó desarmada. No se atrevió a explorar qué podría haber detrás de esa duda, de esa aparente inseguridad, y se quedó abstraída en el salpicadero futurista del Aston Martin, lleno de pantallas y de botones con incrustaciones de cuero rojo a los lados.

Ciento ochenta kilómetros por hora. El paisaje cruzaba a toda velocidad por las ventanillas del deportivo, cuyo interior permanecía a veintidós grados. Ni a esa velocidad podían quedarse atrás tantas emociones como las que acumulaban ambos. Recuerdos de años trabajando juntos, de cientos de discusiones sobre los casos que investigaron, de innumerables esperas en el coche. De encuentros sexuales apasionados. De sentimientos de culpa.

Circunvalación de Valladolid. A este ritmo estarían en su destino antes de una hora. Daniel aceleró todavía más. Era posible que después de ese día, si todo salía bien, él no tuviera motivo para quedarse más tiempo a su lado. Si detenían al culpable del asesinato de Eva Santos, ya no habría motivo ni excusa para seguir viéndose. Silvia no sabía si era eso lo que quería.

Y Daniel tampoco.

33

La casa en la cual se había encendido el móvil de la víctima estaba situada en el barrio de Tejares, «cuna del Lazarillo», como apuntó Daniel, donde todavía podían verse algunos antiguos molinos en la ribera del Tormes. Estaba muy próxima al de Buenos Aires, una zona conflictiva, famosa por el tráfico de drogas. El Ayuntamiento y los constructores llevaban tiempo intentando modernizar el distrito y así elevar los precios de los pisos mientras que los vecinos de toda la vida agradecían el intento de erradicar la delincuencia, pero protestaban por la pérdida de identidad de sus calles. Una convivencia nada fácil cuyo resultado saltaba a la vista en el contraste de casas bajas antiguas y mal conservadas, muchas de ellas en venta, con nuevas edificaciones dotadas de piscina y pistas deportivas.

Silvia y Daniel llegaron al punto de encuentro antes de lo que había previsto el grupo de intervención. Mientras el equipo se pertrechaba, atendían a las indicaciones del superior al mando del operativo. No era una buena zona para un despliegue policial, por lo que convenía no entretenerse demasiado. Se encontraban a menos de un kilómetro de la casa que habían localizado como la posible fuente de la señal. El móvil solo había estado encendido seis minutos, suficiente como para que las antenas lo detectasen. Dentro del casco urbano la precisión era mayor. Dos patrullas de la Policía Local tenían cortada la calle con la excusa de una reparación, para que nadie pusiera en peligro el operativo. Mientras la unidad se aproximaba a una casita de dos pisos con aspecto de llevar tiempo abandonada, Silvia, colocándose el chaleco antibalas, le dijo a Daniel que él tenía que quedarse al margen de la acción. El expolicía sabía que no iba a poder convencerla. Cuando el equipo estuvo lejos, volvió al coche y abrió el maletero, del que sacó un revólver pequeño del 38. Se lo colocó en la parte de atrás del cinturón y se quedó a una distancia prudencial.

El grupo estaba formado por seis agentes, además de Silvia, y la intervención había sido autorizada por el juez. El jefe de operaciones, sin necesidad de hablar, dio órdenes al resto para que rodeasen la casa. Se trataba de un bloque antiguo de viviendas semiadosadas que formaban una pequeña manzana, por lo que no podían cubrir todo el perímetro. Habían visto en Google Maps que todas las casas tenían un jardín trasero que a su vez daba a otras viviendas. Silvia, tras los pasos del jefe de la unidad, se dirigió a la puerta principal.

Daniel contemplaba el despliegue valorando la posición que estaban tomando los agentes. Un vecino se asomó a la ventana. El asesor de la Policía lo miró y pensó en Gadamés. Nada que ver con Libia, a pesar de no ser el mejor barrio de la ciudad. Le hizo un gesto para que se metiese dentro y el hombre obedeció. Entonces decidió apostarse en la parte trasera de la vivienda con la que compartía pared la del sospechoso, un pequeño descampado que no había quedado cubierto por el operativo.

Silvia llamó al timbre, como era preceptivo, avisando de que se trataba de la Policía. Nadie contestó, aunque les pareció oír movimientos en su interior. La inspectora miró al jefe de grupo, que ordenó a dos de sus hombres que derribasen la puerta con un ariete. Pero la madera se negó a ceder. El chalé podía estar abandonado, pero la puerta era blindada. A la tercera saltaron los goznes y la unidad pudo entrar y recorrer las habitaciones. «Vacío», «vacío», «vacío», ante los ojos de los policías se sucedían los distintos espacios de la vivienda. Por dentro, no parecía estar abandonada, sino más bien todo lo contrario.

—Aquí vive gente —dijo Silvia señalando los aparatos tecnológicos, que eran modernos y caros.

También los muebles eran actuales y estaban bien conservados. El jefe del operativo encontró una portezuela que daba acceso al sótano y mandó que la abriesen y bajasen a inspeccionarlo. Dos agentes iluminaron con el frontal de sus cascos la escalera. Los haces de luz se posaron sobre mesas corridas con tarros, bolsas de polvos, bandejas de líquido. Era un pequeño laboratorio, probablemente montado para la fabricación de droga. No había nadie. Entonces a Silvia le pareció oír un ruido en la parte trasera de la vivienda y fue hacia allí, mientras el resto subía al segundo piso. Un agente fue tras ella. Frente a una ventana que daba a un pequeño jardín, la inspectora vio una figura que lo cruzaba a todo correr.

—¡Ahí! Ha saltado la valla al otro chalé.

Silvia rompió la ventana y ambos salieron por ella. Corrieron hacia la valla del fondo y la saltaron. Cayeron en el jardín del vecino, que estaba quieto, vacío. Miraron a su alrededor buscando el lugar por el que podría haber huido el sospechoso. Eran demasiadas opciones, pero la inspectora señaló una dirección al agente y ella cubrió otra.

Desde la calle opuesta a la fachada, Daniel intentaba vislumbrar el registro del chalé cuando se fijó en una sombra que trepaba a contraluz por un seto y se dejaba caer a unos metros de él. Era un tipo calvo, fuerte, con barba y sin camiseta, con el cuerpo lleno de tatuajes. Cuando empezó a correr, se dio de bruces con el expolicía, que sacó su arma y le apuntó. El sospechoso también iba armado, pero no tuvo tiempo de echar mano a su pistola. Al verse encañonado por aquel tipo que no iba uniformado, valoró sus opciones. Daniel captó su vacilación y levantó con firmeza el revólver.

—No lo hagas. O te mato.

La afirmación sonó tan contundente que el sospechoso levantó las manos.

—Tira el arma.

El calvo le obedeció.

—Al suelo, despacio. Boca abajo y con las manos en la nuca.

Cuando ya lo tenía tumbado en la acera, Daniel oyó pasos y la voz de Silvia. El sospechoso no podía verlo desde su posición y Daniel optó por devolver su revólver a su cinturón y taparlo con la camisa. Cuando Silvia dobló la esquina del callejón se encontró con el fugitivo tendido en el suelo y con su excompañero a pocos metros esperando. Se quedó desconcertada. El otro policía llegaba a su vez a la misma calle desde el lado contrario.

—¿Y esto? —preguntó la inspectora al tiempo que esposaba al sospechoso.

—Ya ves, apareció corriendo y al verme se tiró al suelo.

—¿Vas armado? —preguntó Silvia acercándose.

—No.

—No te creo.

—Cachéame —la incitó sonriente. Y levantó los brazos como para dejarse registrar.

—Gilipollas.

34

Domingo Sánchez, alias Keta, estaba fichado por tráfico de drogas y había cumplido una condena de cuatro años por ese motivo y otra por malos tratos a su pareja. Un tipo peligroso, seco y agresivo. También había tenido varias denuncias por acoso sexual y una por violación, aunque las víctimas retiraron los cargos antes del juicio. Cuando le ofrecieron vestirse, optó por una camiseta sin mangas, de modo que sus músculos y los tatuajes de sus brazos y hombros seguían al descubierto. Su cabeza rapada brillaba bajo el fluorescente de la sala de interrogatorios de la comisaría de la calle Jardines en Salamanca.

Su abogado, de aspecto hosco a pesar del traje y la corbata, no tardó en llegar. Silvia dedujo que ya lo habría defendido en otras ocasiones. Se sentó en la incómoda silla de plástico y no protestó por la avanzada hora de la tarde; sabía a lo que iba y estaba dispuesto a hacer su trabajo.

Silvia entró en la sala tras el abogado. Era espaciosa y desangelada, con una mesa en el centro y otra auxiliar en una esquina. No había espejo para seguir desde fuera el interrogatorio, que estaba a punto de ser grabado. Un policía nacional se quedó apostado en la entrada. La inspectora conocía a los delincuentes como Keta, sabía que no le iba a servir ni dorarle la píldora ni ningún otro truco policial. Su mirada despiadada e inteligente reflejaba que tenía el culo pelado en situaciones como esta. Antes de hablar, Silvia se fijó en el tatuaje del brazo derecho. Podía corresponderse con la foto obtenida por el Echosec. Y Keta, con esa media figura que aparecía junto a la víctima y que no habían podido identificar porque su cara quedaba tapada.

—¿Sabes por qué estás aquí? —preguntó Silvia para valorar el grado de respuesta que podría obtener del traficante de drogas.

—No —respondió seco. Sin tonterías, sin juegos, sin hacerse el colega.

—El registro de tu casa ha sido muy revelador, pero eso ya te lo imaginabas, ¿no? ¿Qué te puede caer por tener un laboratorio de drogas montado en el sótano? —preguntó Silvia al detenido. Tras esperar una respuesta que no llegó, decidió continuar—: Ya veo, no lo sabes. ¿Abogado?

El defensor de Domingo Sánchez sabía perfectamente que la condena podría ser muy alta, pero entendió que era una pregunta retórica y tampoco respondió.

—Además de alguna que otra sustancia aparentemente ilegal —continuó la inspectora—, en el registro hemos encontrado un móvil que no te pertenecía. ¿De dónde lo sacaste?

—No tiene por qué contestar a eso —intervino el abogado—. No creo que estemos aquí por un teléfono, ¿no?

—Pues sí estamos por eso, abogado. Gracias por ahorrarme toda la introducción. Ese móvil pertenecía a una persona muerta.

Esa información no se la esperaban ninguno de los dos. Silvia notó el desconcierto de sus interlocutores y aumentó la presión.

—O tal vez debería haber dicho una persona asesinada.

El sospechoso miró a su abogado. Ambos trataron de no expresar nada, pero sabían de sobra que ese dato podía agravar la acusación del fiscal.

—Tú tienes el móvil de Eva Santos, que apareció muerta hace dos días —prosiguió Silvia—. Y nosotros tenemos algunas fotos que te sitúan en el pueblo donde sucedió. ¿Qué hacías allí?

Keta no contestó y la inspectora se dirigió al abogado:

—No creo que necesite aclararle que estamos a punto de acusar a su cliente de asesinato.

—Me gustaba el grupo —saltó Keta desafiante.

—Eso está bien. A uno de mis compañeros también le gusta Siniestro Total. Al que te ha detenido en el callejón. Me ha dicho que te cagaste al verlo y que te tiraste al suelo tú solito.

Esas palabras enfadaron al sospechoso, que empezaba a estar tenso.

—¿No irías a Niebla, por casualidad —añadió con retintín la inspectora—, a vender droga aprovechando las fiestas?

—No vendo droga.

—No vendes droga ni la cortas, no sabes nada del móvil que estaba en tu casa..., pero huyes como un conejo.

El abogado tocó con la pierna la de su defendido para que no reaccionase.

—No hace falta que le dé toques por debajo de la mesa, abogado. Los doce años ya le van a caer fijo. Lo malo es que le caigan también los veinte por asesinato.

El sospechoso la miró enfurecido. Silvia se aproximó a él y puso la cara a la altura de la suya.

—¿Eres violento, Keta? ¿Quieres pegarme, como a tu exnovia?

El abogado volvió a tocarlo, ahora más claramente por encima de la mesa. Keta se zafó de su mano, pero no hizo nada. Comprendió que debía contenerse, que su situación era complicada. Silvia le mantuvo la mirada desafiante.

—Tenías su móvil y tenemos el lugar donde se apagó —prosiguió sin piedad—. Hemos sacado las huellas de los neumáticos de tu coche. Algo me dice que coincidirán con las rodadas que hemos encontrado en el bosque donde se desconectó el teléfono.

—Vamos, inspectora, sabe que todo eso es circunstancial —afirmó el abogado intentando recuperar la iniciativa.

—Mientras venía hacia Salamanca, me han comunicado que también tenemos un preservativo encontrado en esa zona que sabemos que pertenecía a la víctima —aventuró la inspectora— y la autorización del juez para hacerte una prueba de ADN. ¿Te imaginas que concuerde todo eso?

Silvia sacó de su bolsillo trasero del pantalón un papel cuidadosamente doblado en tres que entregó al abogado. Mientras este leía la autorización, la inspectora se acercó a la mesita auxiliar para coger un kit. Le quitó el precinto y volvió junto al sospechoso.

—Abre la boca, por favor.

Keta miró al abogado, que asintió preocupado. La inspectora le pasó el hisopo por la boca, pero Keta perdió los nervios: lo mordió arrancándoselo de entre los dedos y escupiéndolo al suelo. Trató de levantarse. Silvia, manteniendo la calma, lo volvió a sentar de un empujón. El policía nacional apostado en la puerta se puso también en guardia, pero la inspectora lo detuvo con un gesto.

—Nos conviene colaborar, Domingo —intervino el abogado tratando de que el enfrentamiento no fuese a mayores.

La inspectora y Keta se miraron.

—¿Te parece bien si lo repetimos? —propuso ella inquebrantable, pero con aparente amabilidad, controlando la situación.

Sin esperar respuesta, volvió a la mesa a por otro kit. En esta ocasión, el detenido abrió la boca sin protestar. Silvia se entretuvo más de lo necesario para recoger la muestra, dejando claro quién mandaba en esa sala.

—Gracias por tu colaboración, Domingo. Hoy dormirás en comisaría y estoy segura de que mañana, cuando todas las pruebas te señalen, estarás más hablador, ¿verdad, abogado?

Silvia salió dejando solo al letrado junto con su defendido, que, rabioso, dio una patada a la mesa.

35

En la comisaría de la calle Jardines todos los policías estaban inquietos por el interrogatorio. Les habían pedido máxima discreción. Daniel había aceptado el café que le ofrecieron y les había distraído charlando con ellos y contestando a sus preguntas sobre el caso de los cuadros del marqués y sobre su paso a la empresa privada.

Cuando Silvia salió de la sala, se encontró con que el nuevo asesor reía flanqueado por un grupo de agentes desocupados. Esquivó el encuentro y buscó un lugar apartado donde poder llamar al comisario Mendoza para ponerle al corriente. Sabía que el interrogatorio había estado bien y que una noche dando vueltas a la conversación podría ablandar al detenido. Entonces vio a Rodrigo, que salía a su encuentro con dos vasos de café en la mano. El inspector había llegado hacía más de media hora.

—¿Habéis mandado el preservativo a analizar?

—Sí, con urgencia, como dijiste —respondió solícito—. Lo tendrán mañana a primera hora.

—¿Lo encontraste en el lugar donde se apagó el móvil?

—Cerca de las rodadas. También les hice fotos para ver a qué modelo de coche pertenecen.

Silvia deseó que el preservativo fuera de una relación entre Eva Santos y el traficante. Aunque le repugnó, no pudo impedir que le viniera a la mente la imagen de ambos teniendo sexo.

—¿Se puso tenso cuando se lo comentaste? —preguntó ansioso el inspector.

—No adelantemos, Rodrigo. Esperemos a mañana.

Con la inspectora ya en la zona común, Daniel se despidió de su pequeño club de fans y se aproximó a ellos.

—Como veo que no me vas a dejar entrar en el interrogatorio, me vuelvo a Burgos y mañana me contáis.

—Será lo mejor —aceptó Silvia malhumorada mientras le sonaba el móvil. Lo miró. Era Juan—. Ahora no puedo hablar —contestó a su pareja con la menor emoción posible. Y colgó.

Daniel no se había ido. Se produjo un momento de silencio que a ella le generó mucha incomodidad. No sabía por qué su excompañero la miraba así.

—Silvia —dijo Daniel al final—, te puedes quedar con el chaval en el coche oficial.

—Claro. Con el inspector Ajuria —especificó—. Nos vemos.

Daniel asintió a la vez que recogía sus cosas para marcharse. Cuando ya salía, a Silvia le volvió a sonar el móvil. Contestó enfadada, con mal tono.

—Silvia, enhorabuena por esa detención —la felicitó con sinceridad Mendoza.

—Gracias, comisario.

—¿Creéis que puede tratarse del culpable? Me gustaría poder darle una buena noticia al subsecretario de Interior. Estos crímenes tan mediáticos es mejor resolverlos lo antes posible.

—Es demasiado pronto —contestó Silvia rebajando las expectativas—, pero creo que el sospechoso estuvo con ella y que le quitó el móvil. Si conseguimos situarlo en el bosque donde se apagó el teléfono, aumentarán las probabilidades.

—En cualquier caso, es una buena noticia —afirmó Mendoza—. He hablado con Vázquez de Mella para que nos autorice a examinar el móvil, aunque no será fácil acceder a su contenido sin el PIN.

—Mañana tendremos la autopsia. ¿Podría adelantarme algo?

—Ya sabe que no me gusta dar datos que no estén suficientemente contrastados.

—¿Se ha establecido la hora de la muerte?

—Creo que sobre las cuatro de la madrugada, pero no se lo puedo decir con total seguridad.

—¿Fue envenenada?

—Sí —respondió el comisario tras dudar un momento—. Están analizando con qué sustancia.

—Será tejo —adelantó Silvia sintiendo una desagradable premonición—. Como la vez anterior.

—Mañana lo confirmaremos. ¿Qué tal Daniel? —preguntó interesado Mendoza cambiando de tema—. Creo que participó en el operativo.

—Bueno, no exactamente.

—Lo importante es que ustedes colaboren como lo están haciendo. Buen trabajo.

—Claro, gracias, comisario.

Ya en el coche y con la música a todo volumen, Daniel se sintió vacío. Pisó más el acelerador. Hasta el fondo. En una curva los neumáticos patinaron y tuvo que dar un volantazo. Cuando consiguió recuperar el control del vehículo, soltó el pie del acelerador y dejó que el deportivo fuese desacelerando hasta pararse en el arcén. Allí sentado, rodeado por la oscuridad y con una canción de Bowie sonando por los altavoces, observó el reflejo que el retrovisor le devolvía. ¿En quién demonios se había convertido? Conducir a 170 de noche no le provocaba el suficiente subidón de adrenalina. Su vida era una huida hacia delante desde que dejó la Policía.

Iba a arrancar de nuevo cuando reparó en que sobre el salpicadero seguía la copia del informe sobre el personal de la excavación. Buscó el contacto de Inés Madrigal y la llamó.

—¿Dónde estás? —preguntó ella a modo de saludo.

—Fuera, pero llego en poco más de una hora a Niebla.

—Creo que deberíamos hablar —dijo un tanto nerviosa.

—Pero no en el pueblo. Quedamos mejor en Burgos. ¿Te parece en el Landa?

—No seas previsible —señaló Inés intentando sonar atrevida. Y añadió resuelta—: Te mando una localización: El Palacete del Obispo.

36

El Palacete del Obispo era un hotelito de piedra con restaurante situado en la localidad de Quintanilla San García a una media hora de Niebla. Una población tranquila de no más de noventa vecinos. Antiguamente fue uno de los pasos del Camino de Santiago y ya los romanos lo situaron en el mapa colocando en las inmediaciones un importante cruce de caminos, como había podido saber Daniel gracias a su búsqueda en Google. La posada tenía aspecto de casa solariega antigua, pero con todas las comodidades de un establecimiento moderno. Habían restaurado los sillares de las paredes, colocado un suelo de madera noble y muebles de diseño actual que no resultaban estridentes con el entorno. Era un sitio discreto, fuera del recorrido habitual de la gente de la excavación. Tal vez los homínidos de hacía milenios sí que transitaron por allí.

Cuando aparcó su coche en la puerta lateral, Inés ya lo estaba esperando sentada en el patio trasero, desde el que se veía el campanario de la iglesia cercana. Era acogedor y estaba tranquilo, solo había otra pareja cenando. La coordinadora se levantó y no supo bien cómo saludar al recién llegado, por lo que él tomó la iniciativa y le dio un beso rápido en la mejilla casi sin llegar a tocarse. Inés olía bien. Se había perfumado y llevaba un sencillo vestido de tirantes con un estampado de flores, de una tela tan fina que parte de su ropa interior se transparentaba.

—Me pareció que debíamos hablar —dijo Daniel con aplomo mientras se sentaba en la antigua silla de hierro pintada de blanco.

—Sí, yo también lo creo. No sabía quién eras cuando…, bueno, ya me entiendes —se intentó justificar jugueteando inquieta con su collar étnico.

—No pasa nada, Inés. Yo tampoco sabía que trabajaras en la excavación. Somos dos adultos, se dieron unas circunstancias especiales. Y no tienes por qué preocuparte, ya no soy policía.

—Asesor o algo así, ¿no?

—Algo así, pero solo durante unos días. Después volveré a mi trabajo.

—Ya… Solo unos días.

Daniel no supo cómo interpretar esas palabras de Inés. ¿Pudiera ser que sintiera que se tuviera que marchar tan pronto?

—Bueno, no sé cuánto tiempo. Mientras dure la investigación —aclaró.

—Perdona que esté nerviosa, pero han pasado muchas cosas, el proyecto tiene que cumplir unos plazos y ahora el ambiente de trabajo en la excavación no es el más apropiado, como imaginarás, con todo lo de la chica…

—Eva Santos.

—Sí, Eva… Estoy un poco superada —reconoció soltando por fin el collar.

—Es normal. Además, tú la encontraste. ¿La conocías mucho?

—No.

—¿Y Eva tenía trato con la gente de la excavación?

—Una vez la vi en La Bóveda hablando con alguno de los estudiantes.

—¿Y con el noruego…, Galder Vinter, el que estuvo ya en la excavación de Asturias?

—Nunca los vi juntos —negó Inés con seguridad—. Creía que ibais a hablar hoy con él. Me ha dicho que no lo habíais llamado.

—Bueno, han surgido cosas —dijo Daniel intentando no dar explicaciones—. ¿Pudo haber una relación entre ese chico y Eva?

—No tengo ni idea, aunque Galder es un tío atractivo.

—¿En serio? —preguntó extrañado.

—Sí... ¿Te acuerdas de él del..., del caso anterior?

—Lo recuerdo vagamente, era un chavalito rubio, alto, pero poca cosa.

—Tendrías que verlo ahora.

Daniel la miró con interés.

—Por lo que dices, ha cambiado bastante, créeme —afirmó Inés buscando en su teléfono.

Movió los dedos con precisión y encontró lo que quería. Giró el móvil hacia el expolicía y le mostró el aspecto actual del noruego. Impactaba: casi dos metros de altura, mandíbula cuadrada, ojos azules, musculoso, con la melena rubia; una fuerza de la naturaleza. Podría haber interpretado a Thor en el cine. Inés dio *play* a un vídeo donde se le veía peleando medio en broma medio en serio con un par de jóvenes de su edad mientras se bañaban en el río. Resultaba primitivo. Y más violento de lo que debía ser solo un juego. Daniel lo contempló en silencio hasta que hubo terminado. Levantó la vista hacia Inés.

—¿Es siempre así de agresivo?

—¿Me has llamado para interrogarme? —dijo un poco molesta.

—No, claro que no, perdona. Dicen que cuando uno es policía no deja de serlo nunca. ¿Pedimos? —propuso Daniel mostrando su mejor sonrisa para relajar la conversación y llamando la atención del *maître.*

Daniel miraba a Inés mientras ella comía unas chuletitas de cordero con los dedos. Esos mismos que habían volado minutos antes por el teclado de su móvil buscando la foto del noruego. Carne y tecnología. No sabía si era su propia obsesión por el tema o que en realidad no hemos cambiado tanto los homínidos, pero verla así, con las manos manchadas mientras degustaba el cordero asado en horno de leña hizo que le viniera la imagen de los humanos prehistóricos: había algo primitivo en comer con las manos la carne que se ha cocinado en el fuego. Lejos de desagradarle, le excitó verla con hambre, con ganas de disfrutar de un buen plato de comida casera. La siguió observando mientras se limpiaba con la servilleta y sonreía. Tenía un aspecto más juvenil que la primera noche, y también la encontró más atractiva. No pudo evitar pensar en ellos dos en el interior del coche; ella tumbada, medio desnuda, deseándolo.

—En realidad, son unos críos —dijo Inés al terminar de masticar, sacándole de sus pensamientos—. No es que yo sea mucho mayor, la verdad, pero quizá veo las cosas de manera diferente porque llevo varias campañas en la excavación y ellos van rotando cada verano. Es que se pasan la vida pensando en el sexo, obsesionados por cómo follaban los prehistóricos.

—¿Y cómo follaban? —preguntó desenfadado Daniel.

—Bueno, no lo sabemos con detalle, claro —admitió sonriendo Inés—, pero hay varios estudios que lo intentan analizar examinando a los simios actuales. Nos separamos de ellos hace siete millones de años y tan solo nos diferenciamos en el uno por ciento del ADN.

—Sorprendente, desde luego. El uno por ciento que separa a un mono de Einstein.

—O de Jack el Destripador —dijo ella riéndose de su ocurrencia.

—O de Jack el Destripador —repitió Daniel aceptando ese dato.

—Hay muchas teorías sobre nuestro comportamiento sexual en el pasado. Si nos basamos en el dimorfismo sexual...

—¿Las diferencias entre machos y hembras?

—Eso es. Más tamaño de los machos, más músculos, dientes más grandes... Por los restos encontrados en la Sima de los Huesos podemos afirmar que en esa época los hombres y las mujeres no tenían más diferencias que en la actualidad: un diez por ciento. Los australopitecos de hace tres o cuatro millones de años, sin embargo, eran muy diferentes entre sí, como lo son hoy en día los chimpancés.

—¿Y eso qué quiere decir?

—Mayor igualdad en el género *Homo.* Menos machos alfa. Y si te fijas en los chimpancés, tienen pene pequeño y testículos grandes. Todos tienen relaciones sexuales con las mismas hembras y quienes compiten son los espermatozoides. Los humanos…

—Tenemos el pene más grande —dedujo Daniel.

—Y los huevos más pequeños —especificó con un mohín divertido Inés—. Mejor para llevar vaqueros apretados, sin duda.

A Daniel esa conversación mitad científica mitad provocadora le estaba cautivando.

—Eso quiere decir que las hembras humanas valoramos más el placer que nos podáis producir.

—Entiendo. Pero he leído que también entre los chimpancés y los bonobos hay diferencias, ¿no?

—Sí. Hay científicos que defienden que nuestros antepasados se parecían a los bonobos, más amables, utilizan el sexo para evitar conflictos… O a los chimpancés.

—Ya, mucho más violentos. Y muchos más en número hoy en día —recalcó él.

—Eso es, aunque por nuestra posición bípeda probablemente en esa época ya hacíamos el amor mirándonos a la cara. Y eso une —añadió ella con media sonrisa.

Daniel se descubrió pensando que Inés empezaba a gustarle más de lo que habría supuesto tras su accidentado encuentro en el bar de Niebla. Parecía culta, inteligente, con cierta picardía juvenil a pesar de su inocencia.

—Se hizo una exposición en la Fundación Atapuerca sobre esto —dijo Inés—. La coordinaba el propio Samuel.

—¿El director? —preguntó sorprendido el expolicía.

—Sí. No he visto a nadie que sepa más que él. Tienes que escucharlo hablar sobre la prehistoria y los primeros humanos. De cómo vivían, cómo sentían. Resulta fascinante.

—¿Y qué había en la exposición?

—De todo… Penes labrados en piedra, bastones en forma fálica…

—¿Y no representaban a las mujeres?

—Están las venus, como la de Willendorf, más relacionadas con la fertilidad. Y también se han encontrado dibujos de vulvas aprovechando los recovecos del relieve de las cuevas. Esos dibujos son muy curiosos. Consiguen un realismo *sugestivo* —matizó con un gesto explícito—. Podríamos decir que hace 40.000 años el ser humano ya concebía el sexo más allá de la procreación y veía la vulva como una fuerza digna de ser adorada. Tenemos mucho que aprender de ellos, ¿no crees? La sociedad actual todavía considera que la vagina es la ausencia de pene y el varón es la medida de las cosas.

—Una pena no haber visto la exposición, pero se podrá consultar algo de documentación sobre el tema...

—Sí, hay un par de tesis doctorales, varios libros y alguna película incluso, *En busca del fuego*. ¿La conoces?

—La he visto.

Ese era el DVD que habían encontrado en la casa de la víctima. Daniel lo había leído en el informe de Rodrigo.

Parecía que no solo Eva Santos andaba obsesionada con el sexo en la prehistoria.

37

Quince minutos después de terminar de cenar, Inés y Daniel entraban en una de las habitaciones del hotel desnudándose uno a otro.

Desde la llamada de teléfono del expolicía, ambos sabían cómo iba a terminar la noche. No habían podido apartar de sus cabezas el intenso y frustrado encuentro sexual del coche.

Inés lo desnudaba con calma, admirando su cuerpo, que era tal y como se había imaginado, fuerte y trabajado. Recorrió con los dedos su ancha espalda de arriba abajo, jugueteando a la vez con la lengua. No habían tenido tiempo ni de encender la luz. El cabecero rojo teñía de excitación el reflejo de los cuerpos que, entre sombras, cayeron sobre la cama tras arrancarse mutuamente la ropa interior. Con pasión, pero sin precipitarse. Ella se dejó llevar mientras él la besaba y, cuando Daniel hizo el amago de descender hacia su sexo, lo detuvo.

—Hoy me toca a mí —dijo provocativa.

Inés fue bajando su boca con parsimonia por el pecho de Daniel, por el vientre, entreteniéndose en besar cada poro. No encontró vello en el pubis ni en el pene, tan solo piel cálida. Lo rodeó con su mano, le pareció suave y firme. Cerró los ojos, abrió los labios y lo succionó despacio, con movimientos cortos y delicados, llenos de saliva y deseo. Él invirtió su postura hasta alcanzar con los labios su vulva, tan parecida a la que habían adorado los seres humanos durante miles de años desde las cavernas hasta Gustave Courbet. Le separó con suavidad las piernas y se encontró con el tesoro que anhelaba. Se besaron en su zona más íntima extasiados de placer.

Silvia sentía que Daniel la había tratado como si fuera estúpida. Era evidente que, durante la detención del *dealer*, llevaba un arma escondida en el cinturón y eso era realmente grave. Ella debería habérsela quitado, pero en ese momento valoró que era mejor no llamar la atención delante del equipo. Estaba jodida por aparentar debilidad delante de él. Con un poco de suerte, si Keta era el culpable, mañana todo habría acabado. También Daniel. Antes de veinticuatro horas.

La una de la madrugada. No había llamado a Juan y ya no iba a hacerlo. Y a pesar de que en Salamanca la temperatura era más agradable, Silvia no podía dormir. Un nuevo hotel y una nueva habitación. Tres diferentes en tres días. Los veía todos iguales. Se había dejado sus objetos personales en Niebla, no tenía su champú, ni su pijama ni su desodorante. Tendida bocarriba, resopló y alargó la mano hasta la mesilla de noche para coger la novela que le había enviado Juan, pero estaba junto al resto de sus cosas en Burgos. No tenía nada para distraerse de sus preocupaciones. A pesar de que el día había sido productivo, su humor no había mejorado. Se obligó a reflexionar objetivamente para no caer en un bucle de pensamientos nocivos. Podían estar frente al asesino de la chica. Tan solo tenían que esperar a que las pruebas de ADN lo confirmasen.

Había rechazado la oferta de cenar con Rodrigo y los policías de la comisaría de la calle Jardines, donde permanecía detenido el sospechoso. Había preferido pedir un sándwich en el bar del hotel y subírselo a la habitación. Sola. Rodrigo se había acercado mientras se lo estaban preparando y se habían puesto al día.

—Si el preservativo es de la caja que encontramos en su dormitorio y tiene fluidos de ambos, la conexión estaría hecha. Y sería difícil que se nos escape —aventuró Rodrigo.

Aunque ella estaba con la cabeza en otra cosa, trató de seguir la conversación. Se había percatado de que el inspector parecía molesto por haberse quedado apartado de la detención. Tuvo que reprimir las ganas de pedirle disculpas. En compensación, le dijo que al día siguiente podría entrar con ella en el interrogatorio. A Rodrigo le cambió la cara.

—Gracias. —Inconscientemente puso una mano sobre la suya.

La inspectora asintió con la cabeza y apartó la mano con delicadeza y cierta congoja. Él notó su incomodidad y se sonrojó un poco.

Silvia lo miró alejarse y se acordó de ella misma a su edad, cuando todo estaba por venir. Lo bueno y lo malo.

Y la excavación de Asturias.

38

Concejo de Piloña. Cueva de El Sidrón (Asturias)
Seis años antes (2012)

Felipe Zarzalejos, el director del yacimiento de El Sidrón, los acompañó hasta el lugar donde descansaban los estudiantes que estaban trabajando en septiembre, el único mes en el que se excavaba. Los encontraron tumbados sobre la hierba; una joven de un pueblo cercano les había traído bocadillos y bebidas que estaba repartiendo entre risas. Silvia observó a los chicos: relajados, charlando y tonteando. No se podría decir que estuvieran afectados por el terrible hallazgo en la cueva unas semanas atrás. Había pasado casi un mes y la víctima no pertenecía a su círculo próximo. Silvia había visto muchas situaciones como esta, pero no se acostumbraba a lo pronto que las personas pasan página cuando una tragedia no les afecta directamente. Hizo una seña a Daniel para llamarle la atención sobre el comportamiento de los jóvenes, pero él se encogió de hombros. Así eran las cosas.

Él había tenido que aprender muy joven que el dolor intenso es solitario, y que de nada sirve la ayuda de los que están a tu alrededor. El día en que su padre los abandonó cuando era niño, dejó de comer y de dormir, tratando de descubrir qué era lo que había hecho mal para que él se fuera. Su madre dejó de sonreír e incluso de mirarlo. Y sus amigos del colegio, tras dejarse meter un par de goles para que se animara, al poco rato ya se divertían y jugaban como siempre, ajenos a su sufrimiento. Mera supervivencia. Nacemos y morimos solos. Eso pensó entonces y eso pensaba ahora. Miró a su compañera y se fijó en cómo su pelo brillaba bajo el sol de mediodía, en su forma de caminar tan resuelta, y un sentimiento que no era capaz de definir se removió en su pecho. Quizá Silvia estaba empezando a poner en duda alguna de sus certezas más arraigadas.

—Él es el inspector Daniel Velarde y yo la inspectora Silvia Guzmán. Perdonad que interrumpamos vuestro momento de descanso, pero nos gustaría haceros algunas preguntas sobre la chica que apareció muerta en la cueva.

El ambiente jovial desapareció. Todos se quedaron en silencio, inquietos, esperando las preguntas. ¿Cuánto les duraría el desconsuelo esta vez? ¿Hasta que los policías hubieran terminado el interrogatorio? ¿Unos minutos más? ¿Hasta la noche?

No se podría decir que el momento fuera propicio para revelar intimidades, pero los inspectores no quisieron dejar pasar la oportunidad de hablar con todos juntos, aunque interrogarían después en privado a varios de ellos. La Guardia Civil les había marcado como prioritarios a dos estudiantes, mayores que el resto y españoles. En su día, les habían llamado la atención sus respuestas un tanto machistas.

—¿Qué quiere saber, inspectora? —dijo levantándose un chaval que Daniel enseguida identificó como Íñigo Barroso, uno de los que la Guardia Civil les había señalado. Parecía ser el portavoz del grupo.

—¿Quién encontró el cuerpo?

Íñigo señaló a una de las chicas más jóvenes. Al sentirse observada por todos, se puso roja y revivió el momento en el que encontró a Teresa Yaner tendida en el suelo, como acurrucada. A ella le había resultado imposible olvidarlo, aunque lo disimulase ante el resto.

—¿Cómo te llamas? —preguntó Silvia con voz suave.

—Laura. Laura Cuadrado —respondió poniéndose de pie como si se lo hubiesen ordenado.

—Ya sé que has hablado con la Guardia Civil, pero nos gustaría corroborar lo que viste —le requirió Silvia con amabilidad.

La chica asintió solícita, deseosa de conseguir la aprobación de la Policía. Silvia trató de tranquilizarla.

—No te preocupes, es solo rutina —dijo, y, ante la mirada más calmada de su interlocutora, consultó sus notas y empezó a leerlas—. Si no me equivoco, la víctima apareció tumbada, en posición fetal, en dirección norte…

—En dirección este —la interrumpió tímida.

Silvia se extrañó ante esa afirmación y consultó los datos de su informe.

—En el informe pone «norte».

—Bueno, puede ser difícil de precisar dentro de una cueva —explicó el director de la excavación—. Pero era orientación este. Seguro.

—¿Y por qué le parece eso tan importante? —preguntó con interés Daniel.

—A ver —dijo dirigiéndose a los estudiantes—, ¿qué habéis aprendido sobre enterramientos?

—No pierde usted ocasión de dar una clase —dijo Daniel con ironía.

—La orientación este tiene relación con el nacimiento del día, probablemente indique esperanza en una vida posterior —afirmó Íñigo Barroso encantado de saberse la respuesta.

—¿Y si fuese oeste?

—Es donde se oculta el sol, la morada de los muertos —respondió de nuevo el líder del grupo.

—Ya veo —concluyó Daniel—. O sea, que depositarla mirando al este significa que el asesino podría creer en una vida tras la vida.

—No me atrevo a aventurarlo —aclaró Felipe Zarzalejos—, pero desde luego imitó lo que hacían los hombres hace milenios. Y se aplicó mucho en que así fuese.

—¿Para él sería importante? —preguntó la inspectora Guzmán.

—Podría ser —admitió el director.

—Hay otra opción de enterramiento —interrumpió otro estudiante en un mal español, un noruego de no más de dieciocho años, según calculó Silvia.

—Es cierto —señaló el director—. ¿Y cuál es?

—Cabeza —dijo el chico haciendo un gesto explícito de cortarla— y luego separar cuerpo.

—¿Y eso? —preguntó Silvia sorprendida.

—Hoy en día estamos mal acostumbrados y todo lo miramos con nuestros ojos modernos. Los enterramientos no tienen por qué ser por amor —retomó la explicación Zarzalejos—. Se han encontrado cadáveres enterrados atados de pies y manos y con la cabeza cortada, como dice Galder. Suponemos que era para evitar que se levantasen después de muertos. Les debía aterrorizar esa idea. Incluso a veces los colocaban bocabajo. Y así, si intentaban ponerse de pie, se hundirían más en la tierra.

Los detalles le sonaron macabros a la inspectora, que escuchó atenta sin comentarlos.

—La muerte les suscitaría muchos interrogantes a esos primeros homínidos —continuó el director—, probablemente les sobrecogiera y les hiciera plantearse preguntas angustiosas para su inteligencia. Aunque, en realidad, esas cuestiones siguen siendo igual de terribles para nosotros ahora. El miedo a la muerte y a los muertos no es exclusivo del hombre prehistórico.

Daniel se quedó observando pensativo al estudiante que había intervenido.

—Muy interesante, ¿y tu nombre es…?

—Galder, *sir*. Galder Vinter.

39

Día 4

El primer resplandor de la mañana.

Una figura a contraluz mirando por la ventana. Un pecho pequeño y bien delineado, unas caderas juveniles y unas piernas ágiles y esbeltas. De aspecto grácil, casi adolescente.

Daniel había abierto los ojos y observaba en silencio a Inés Madrigal, sin moverse de la cama y sin dar muestras de estar despierto. Cuando la silueta se puso en movimiento, él la siguió con la mirada. La joven recogió con inquietud su ropa esparcida por la habitación y se fue al cuarto de baño a vestirse. Era preciosa. Frágil. Cerró los ojos. Prefirió no darle más vueltas. Aunque no fuese un investigador oficial de la Policía, no debería estar acostándose con la persona que había encontrado el cadáver del caso en el que asesoraba. Hace seis años no lo habría hecho. Era verdad que le había sacado información sobre los estudiantes, pero no sabía cómo iba a compartirla con Silvia sin descubrir su relación con la coordinadora del yacimiento. Ya se ocuparía de eso más adelante.

La puerta del baño se abrió con cautela, e Inés salió vestida tratando de no despertar a su casi desconocido amante. Nada más escuchar cómo se cerraba la puerta de la habitación, Daniel se incorporó. La imagen del noruego pegándose con los otros dos tipos en el río le vino a la mente.

Tenían que hablar con él cuanto antes.

40

La comisaría de la calle Jardines estaba casi vacía. Era temprano y no había terminado el turno de noche. Esa madrugada no había habido incidentes serios, un par de estudiantes borrachos y poco más. Silvia avanzaba por el pasillo con las pruebas de ADN en la mano. Habían llegado muy temprano del laboratorio. Rodrigo se esforzaba por seguir el paso de la inspectora. Doblaron la última esquina y llegaron a la sala donde estaba esperándolos Domingo Sánchez, alias Keta. Silvia se detuvo ante la puerta cerrada para repasar mentalmente el esquema del interrogatorio. Le gustaba llevar una estrategia preparada, aunque con la experiencia había aprendido a variarla según las respuestas del detenido o de su abogado. Rodrigo fue a decir algo, pero la inspectora Guzmán, con un gesto, le hizo entender que no quería distracciones.

Abrió la puerta con decisión y tanto el sospechoso como su abogado defensor la miraron delatando su impaciencia. En esa sala sin luz natural no pasaba el tiempo. Silvia se sentó en la silla sin decir nada mientras Rodrigo se situaba en una esquina, apartado. La inspectora sacó ceremoniosamente los datos del sobre del laboratorio. Se hizo de rogar. Los releyó en silencio una vez más.

—Con un 99 por ciento de probabilidad, el semen que contenía el preservativo encontrado en el lugar donde se apagó el móvil se corresponde con el de su cliente —dijo mirando al abogado. Sus interlocutores intentaron no reflejar preocupación en sus rostros. Se esperaban esa noticia—. Y en la parte externa del preservativo había restos de saliva que se corresponden con el ADN de la víctima. No creo que sea necesario que explique lo que sucedió entre ellos.

La inspectora entregó el informe al abogado, que lo cogió sin mirarlo.

—Mi defendido está dispuesto a llegar a un acuerdo.

—Eso quiere decir que reconoces que tú la mataste —sentenció Guzmán dirigiéndose a Keta.

—No la maté.

—No la mató —intervino el letrado tratando de centrar en él la atención de la inspectora—, pero estamos dispuestos a colaborar si el juez lo tiene en cuenta a la hora de presentar cargos por… —se detuvo buscando la mejor manera de decirlo—, por lo que pudiera haber encontrado la Policía en el registro de la casa de mi defendido.

—No creo que estés en condiciones de negociar —explicó dirigiéndose de nuevo al detenido—. Ni sobre lo que ha encontrado la Policía en tu casa, un laboratorio bastante completo, ni sobre la muerte de Eva Santos. Tú tenías el móvil, nosotros tenemos el ADN…

—Estuve con ella, sí —reconoció al fin el sospechoso—, pero eso no quiere decir que la matase. Era demasiado guapa. Y sabía hacer locuras con la boca.

El comentario fuera de lugar molestó a Silvia.

—Cuando la dejé estaba perfecta —continuó desafiante Keta—. Vino a comprar droga. Quería Kit Kat, pero le faltaba dinero.

—Y por eso se lo cobraste de otra forma.

—Me hizo una mamada. Y ya. Somos mayores, ¿no? Una pena que quisiera usar el preservativo. Se habría ido bien cenada —añadió Keta intentando irritar a su interlocutora.

—Seguramente disfrutó mucho con tu polla en su boca. A todas las tías nos encanta meternos el rabo de un desconocido —dijo Silvia sin cortarse—. ¿Y qué pasó entonces? Después de que disfrutase tanto, como dices, ¿la mataste?

El abogado hizo un gesto a su defendido para que no perdiese más las formas.

—Ambos teníamos lo que queríamos, así que la acerqué al pueblo. Y me fui.

—¿Te vio alguien?

—La dejé en las afueras. Serían como las dos de la mañana y la estaba esperando una chica.

Ese dato interesó a Silvia, aunque no lo iba a dar por cierto sin comprobarlo.

—¿Sabes quién era? —preguntó.

Keta negó con la cabeza y la inspectora le hizo un gesto a Rodrigo para que le acercase una carpeta. Buscó entre los papeles y sacó una foto de las tres amigas de Eva Santos.

—¿Era alguna de estas?

El traficante examinó la foto y levantó la vista.

—Muy guapas. Podría ser la pelirroja.

—¿Y por qué tendría que creerte?

—Porque es la verdad. Le vendí la droga para consumo personal y me lo agradeció. El móvil se le debió de caer en el coche mientras me la chupaba. Yo lo encontré a la mañana siguiente ya sin batería. Eso es todo. Chimpón —añadió intentando ser ingenioso.

—¿No tienes nada más que contarnos?

El detenido negó.

—Inspectora, espero que el juez sí tenga en cuenta la colaboración de mi defendido. —La advertencia del abogado sonó un tanto osada.

—El juez ordenará su ingreso en prisión por fabricación y tráfico de drogas y ya veremos si también por el asesinato de Eva Santos —sentenció despectiva, y se levantó para salir.

Rodrigo se acercó a la puerta, y cuando ya la estaba abriendo, Keta volvió a hablar con su acento macarra:

—Hay una cosa que se me ha olvidado decirle, inspectora.

Silvia esperaba una última impertinencia. Tal vez sobre su culo. Estaba acostumbrada a ese tipo de desprecios por parte de algunos sospechosos.

—Eché gasolina a la vuelta, cerca de aquí, de Salamanca. A

eso de las tres y pico de la mañana. Me parece que la gorda que estaba en la estación de servicio se acordará de mí. Pero no creo que vaya a presentar cargos —dijo con una sonrisa chulesca—. ¿A qué hora fue el crimen?

Silvia no le contestó y salió seguida de Rodrigo. Nada más entrar en el pasillo notó que le vibraba el teléfono y comprobó de quién se trataba. Daniel. «Estupendo —pensó—, qué oportuno eres.» Le tiró el móvil al inspector Ajuria, que la miraba sin saber bien qué hacer.

—Ponle al día. Y después busca cámaras de seguridad en todo el trayecto de Niebla a Salamanca. También el paso por el peaje en la AP-1 y en las gasolineras. ¡Y a ver si encontramos a Khaleesi de una puta vez!

Y se alejó.

41

Daniel terminó de hablar por teléfono con Rodrigo, que le había puesto al tanto de la declaración del detenido y de la urgencia por localizar a Khaleesi. Él, por su parte, no le dijo al inspector que estaba llegando al Museo de la Evolución Humana en Burgos. Había quedado allí con Samuel Henares. Quería enseñarle al director de Atapuerca las imágenes que había rastreado en Facebook de un tipo que parecía trabajar en el museo y que subía fotos de animales disecados. Ya que no podía estar en los interrogatorios, había preferido seguir investigando por su cuenta.

Tras colgar, miró el edificio desde la rampa de acceso, ajardinada con vegetación autóctona. Su mente recuperó sin ningún esfuerzo datos que en algún momento habría leído sobre aquel lugar y los comparó con la realidad imponente del edificio que tenía ante sí: 15.000 metros cuadrados de hormigón, acero, aluminio y cristal, con un voladizo rojo de sesenta metros de largo que cubría toda la entrada. Diseñado por Juan Navarro Baldeweg, estaba concebido como un invernadero gigante, con una suave luz cenital. Un intento de reproducir la sierra de Atapuerca en el centro de la ciudad.

Estaban abriendo cuando entró por la puerta principal, en el piso menos uno, y dio su nombre en la taquilla. Lo esperaban en la Galería de los Homínidos y aseguró que no era necesario que lo acompañaran. Se dirigió él solo hacia las escaleras. Sin visitantes, el espacio impresionaba todavía más. Al pasar por los cuatro parterres inclinados y decorados con diferentes ecosistemas de la zona se detuvo a mirarlos. Semejaban desfiladeros que podían recordar a la Trinchera del Ferrocarril. A pesar de que le habría gustado, no se acercó a contemplar el cráneo 5, conocido como Miguelón, en homenaje al ciclista Miguel Induráin, el único cráneo de *heidelbergensis* completo y bien conservado del Pleistoceno Medio mundial; ni la cadera Elvis, capaz de explicar por sí sola la manera de caminar de esos homínidos. Prefirió no hacer esperar a su interlocutor, aunque pensó en que debería venir a visitar el museo con más tiempo antes de regresar a su trabajo en la petrolera.

Ya en el piso cero vio la enorme recreación del cerebro diseñada por Canogar y se fijó en un panel informativo en el que se leía: «¿Qué nos hace humanos? ¿Qué nos hace diferentes al resto de los primates?». Dejó a un lado el espacio dedicado a Ramón y Cajal para acceder a la Galería de los Homínidos. Había oído hablar de ella, pero era la primera vez que entraba en la sala circular.

El ambiente invitaba al recogimiento. El suelo era oscuro, la luz tenue y tan solo estaban iluminados los diez cilindros que contenían las reproducciones hiperrealistas de las diferentes especies que nos habían ido acercando a lo que ahora somos. No era habitual en él, pero sintió una inesperada emoción al contemplar la evolución del ser humano en tan poco espacio. Tanta muerte. Tanta desaparición. Se preguntó si el esfuerzo evolutivo había merecido la pena. No vio a Samuel en la galería, por lo que la recorrió despacio: *Australopitecus afarensis* y *africanus, Paranthropus, Homo habilis, Homo ergaster, Homo antecessor, Homo georgicus, Homo heidelbergensis, Homo neanderthalensis* y *Homo rhodesiensis.* Algunas figuras eran cercanas a los simios, y las más recientes, increíblemente similares al hombre actual. Se paró delante de la réplica de un pequeño homínido que tenía mucho vello. Se trataba de una hembra y estaba en cuclillas, con una piedra tallada entre las manos. Le pareció frágil. Como Inés.

—Vivió hace más de dos millones de años en África y ya caminaba en posición bípeda, aunque todavía utilizaba los árboles para dormir y para esconderse.

Daniel se volvió. Samuel Henares estaba a su espalda y señalaba la figura de la urna iluminada cenitalmente.

—¿Y quién les hace todas estas reproducciones de hombres y mujeres prehistóricos?

—¿Es curiosidad o parte de la investigación? —preguntó el director del yacimiento.

—¿Eso cambiaría su respuesta?

Samuel Henares sonrió. A él también le caía bien el asesor de la Policía.

—Élisabeth Daynès.

—¿Una mujer?

—¿Le sorprende?

—No. Pero encajaría mejor si fuese un hombre —afirmó denotando cierta desilusión. Por un momento había sopesado la posibilidad de que fuese el mismísimo Carlos Béjar quien estuviese detrás de las reproducciones.

—Trabaja con el doctor Jean-Noël Vignal —añadió Samuel—. Es un antropólogo forense que ha desarrollado una técnica increíble para lograr el grosor de los tejidos. Ambos viven en Francia.

—La verdad es que algunas de las figuras son impactantes. Yo pensé que a lo mejor las hacía algún taxidermista —dijo tanteando a su interlocutor.

—Bueno, no son figuras disecadas, como comprenderá —explicó Samuel sin poder evitar otra sonrisa—. Pero en ocasiones también hemos trabajado con taxidermistas. Algunos animales, algunas exposiciones temporales...

—¿Le suena este hombre de algo? —preguntó Daniel enseñándole en el móvil las fotos del perfil de Facebook que había encontrado recientemente.

—La verdad es que no. ¿Debería?

—Pensé que podía trabajar aquí. Sería útil tener los nombres de los que hayan colaborado con el museo en los últimos años.

—No hay problema. Se lo diré a Inés Madrigal, la coordinadora, ¿se acuerda?

—Claro —afirmó Daniel fingiendo no darle mayor importancia. Todavía su olor permanecía en su piel. ¿Sería capaz Samuel Henares de notarlo?

—*Homo habilis* —dijo Samuel señalando de nuevo la figura que estaba en el cilindro de cristal que tenían a su lado—, encontrado por primera vez en 1959, aunque se tardaron varios años en clasificarlo. Apareció en la garganta de Olduvai, Tanzania. Dicen que Mary Leakey salió a pasear con sus dálmatas después de un día de lluvia y algunos restos habían quedado desenterrados en una ladera. Unos días después encontraron un cráneo casi completo.

—¿Representa a Lucy? —curioseó Daniel.

—No, Lucy está ahí —respondió el científico señalando una figura igual de peluda, pero que estaba de pie y sin herramientas en las manos—. *Australopithecus afarensis*. La descubrió su gran rival científico, Donald Johanson. Encontró un esqueleto casi completo de hace 3.200.000 años. Fue atribuido a una hembra, y la llamaron así por la canción de los Beatles *Lucy in the sky with diamonds*.

—¿Tiene algún significado que esta figura tenga una piedra en la mano y la otra no? —preguntó Daniel fijándose en ese detalle.

—Efectivamente. No está demostrado que Lucy las utilizase, mientras que *Homo habilis* podría haber sido el primer homínido en tallar las piedras, aunque no tenía un cráneo mayor que el de los chimpancés.

—Entonces, ¿ya eran humanos?

—¿Quién puede contestar a eso? El paleontólogo Bernard Wood le diría que no, pero ¿qué hace falta para que sean considerados como tales?

—No sé. Llevaba un rato pensándolo. Iba a decir el alma, pero yo no creo que tengamos alma nosotros tampoco. ¿Que se reconocieran a sí mismos? —aventuró el expolicía.

—Se han hecho múltiples experimentos con un espejo. La Teoría de la Mente. Los elefantes se reconocen al ver su propia imagen reflejada. Los delfines también, y los chimpancés. Incluso las urracas.

—Pero ninguno fabrica utensilios —replicó sorprendido porque las urracas también pasasen la prueba.

—Distintos monos en la actualidad utilizan piedras para abrir frutos secos. Pero no las tallan, eso es cierto. Sin embargo, los cuervos son capaces de doblar alambres para sacar comida de un tubo y después esconden sus herramientas para que no se las quiten otros miembros de su especie. Los pulpos abren tapones de rosca, las cacatúas descifran complicados engranajes mejor que los niños de seis años. ¿Eso las hace humanas?

—Espero que no —respondió con sorna.

—Ninguna de esas especies es capaz de socializar las herramientas de manera universal. De momento.

Daniel sonrió con la precisión final. Le gustaba la ironía. No había venido para hablar de eso, pero los conocimientos del director de la excavación le fascinaban.

—Viendo la capacidad cerebral de estos homínidos, me preguntaba por la comparación del tamaño con el de los animales superiores.

—El tamaño no lo es todo —dijo Samuel sin ninguna intención—. Es más importante lo que llamamos *encefalización*, que es la relación entre el tamaño del cuerpo y el del cerebro.

—Y según eso, ¿qué animales son los más inteligentes?

—Los gorilas tienen un gran cerebro, por ejemplo, pero pequeño en relación con su tamaño. Los más cercanos al hombre serían algunos delfines, las orcas, los monos capuchinos o los babuinos, que están por encima de los chimpancés y de los elefantes. Todos muy lejos de nosotros. Los humanos modernos tenemos los huesos parietales del cráneo y los lóbulos parietales del cerebro mucho más grandes que cualquier homínido extinto, incluso que los neandertales. Pero hablábamos de *Homo habilis*—recordó señalando la figura contenida en el cilindro—. Esos homínidos tuvieron una capacidad craneal entre 500 y 750 centímetros cúbicos, y un índice de encefalización de 1,67. No más que un coyote actual. Curioso, ¿no cree?

Daniel se quedó desconcertado ante ese dato. No le encajaba.

—Pero es que el índice de encefalización tampoco lo explica todo —aclaró el director de la excavación ante la mirada interrogativa de su interlocutor—. En 1973 Harry J. Jerison obtuvo una ecuación que tenía en cuenta otros datos más complejos. Según esa teoría, *Homo habilis* tendría un cociente de 4,31 y un chimpancé de poco más de tres.

—¿Y nosotros?

—Ocho. El doble. Pero ¿sabe lo que yo creo que nos hace humanos?

—No, pero estoy deseando que me lo diga.

—El descubrimiento de nuestra propia muerte —sentenció Samuel.

42

Aldeanueva de Figueroa, kilómetro 214 de la A-62. A diecinueve minutos de Salamanca, Rodrigo aparcó el coche al lado de varios camiones en una estación de servicio pintada en azul marino y blanco con una pequeña cafetería en el lateral. Había un cuatro por cuatro, que llevaba un carrito con dos motos de cross, echando gasolina y una diminuta terraza con dos tristes sillas en la puerta trasera de la tienda. La gasolinera estaba rodeada de tierras de cultivo agostadas en esa época del año. El inspector había hablado por teléfono con una empleada que creía recordar a Domingo Sánchez, alias Keta, de la noche del asesinato de Eva Santos, y le iban a buscar las imágenes de la cámara de vigilancia de ese día.

Una chica joven, regordeta y algo sonrojada salió a su encuentro. Rodrigo la vio nerviosa, pero a la vez con ganas de explicarse. Tras saludarla de manera oficial, le enseñó la foto del sospechoso. A la empleada, que decía llamarse Ángela, «pero puede llamarme Geli, si quiere», le cambió la expresión. No había ninguna duda de que había visto a Keta con anterioridad.

—La otra noche —se explicó asustada—, serían las tres y media de la madrugada o así. Esta gasolinera es tranquila, todo lo más se acercan algunos estudiantes de la ciudad a comprar alcohol, pero no suelen crear problemas. Recuerdo al tipo ese de la foto; vino, echó gasolina y me dio un billete de quinientos euros. Claro, yo le dije que no tenía cambio y le enseñé ese cartel, ¿lo ve ahí?, lo pone bien claro, a partir de las veintidós horas no se da cambio de billetes superiores a cincuenta euros. El tío cerdo me acorraló. Yo pensé que iba a violarme o así, porque se puso a jugar con mi camiseta, levantándomela. Pero al final me empujó al suelo y me pisó.

—¿Qué hizo después?

—Él mismo abrió la caja y se llevó el cambio. No lo denuncié, prefiero no tener problemas con la gente, pero ahora, cuando me ha llamado la Policía…

—Hace bien en colaborar, Geli. Estamos muy agradecidos a los ciudadanos como usted.

Ella pareció algo reconfortada.

—Y no se preocupe, porque ese individuo ahora está detenido. No le va a volver a molestar. ¿Tiene las imágenes de las cámaras de seguridad?

—Eh, sí, claro. Están en el despacho.

Cruzaron el local entre los expositores de chocolatinas y patatas fritas, que le recordaron a Rodrigo que era media mañana y que todavía no había desayunado. En el despacho lo recibió el encargado de la gasolinera, que lo saludó de manera ceremoniosa y le hizo entrega de una memoria USB patrocinada por la empresa dueña de la concesión con las imágenes de esa noche. La fecha escrita con rotulador coincidía con la del asesinato de Eva Santos. Rodrigo les volvió a agradecer su colaboración y salió en busca de su coche.

Tenía que hablar con Silvia lo antes posible. No le iban a gustar las noticias que le llevaba.

Era tal cual se lo había contado la chica de la estación de servicio cercana a Salamanca. Dos cámaras de vigilancia, una dentro y otra fuera. El coche se había parado junto a un surtidor, y cuando terminó de repostar, Keta entró a pagar. Se veía en las imágenes cómo se acercaba al mostrador y le daba un billete a Ángela, cómo esta señalaba el cartel sobre el cambio y cómo el traficante saltaba el mostrador y la empujaba contra la pared, le levantaba la camiseta varias veces manoseándole los pechos y dándole tortas en la cara hasta que ella caía al suelo. Entonces le daba una patada fuera de plano, cogía el cambio de la caja registradora y se marchaba llevándose también algo de comer.

Silvia, que contemplaba la grabación hacía un rato, solo podía fijarse en el contador de tiempo de la esquina superior: 03:34 al llegar el vehículo, 03:36 al terminar de echar gasolina, 03:38 cuando el detenido empujaba a la chica y 03:39 cuando se iba. Rodrigo era consciente de que era mejor no hablar. A expensas de lo que dijera la autopsia definitiva sobre la hora de la muerte, parecía imposible que le diera tiempo al sospechoso a volver a Niebla para matar a Eva Santos media hora después. Cuando hubo terminado el vídeo por segunda vez, Silvia le pidió que saliese y que se preparase para volver a Burgos en quince minutos.

A solas en el pequeño despacho de la comisaría de la calle Jardines y con la imagen de Keta congelada en el viejo monitor de tubo, se le vino el mundo encima. Había puesto demasiadas esperanzas en que la investigación acabase ya. Esperanzas por la familia de Eva, y también por la de Teresa, a la que no consiguió dar consuelo; pero también por ella misma, por dejar de sentirse culpable del fracaso; por no enfrentarse a Daniel y a los sentimientos cruzados de odio y añoranza que se le despertaban, a sus inseguridades como policía y como mujer, a enfrentar su realidad con Juan, al que no echaba de menos cuando estaba lejos, y casi era un alivio no tener que verse a diario, no tener que hacer el amor cada dos o tres semanas. Pensó en cuando su vida era diferente. En hace algo más de seis años. Cuando era feliz investigando. En los meses de sexo increíble y en cómo creía haber logrado una conexión profunda, especial, con aquel investigador guapo y brillante al que admiraba y deseaba a partes iguales. Pensó en cómo había creído descifrarlo, romper su coraza y acceder a la parte más auténtica y también más oscura de su amante. Pensó en cómo ella también le había abierto su corazón, sin prever que él iba a rompérselo tan dolorosamente. Se descubrió deseando que ojalá no hubiesen acabado de aquella manera. Ojalá no hubieran fallado en el caso de la cueva de El Sidrón y él no hubiera insinuado que había sido culpa de ella, por haberle descentrado. Ojalá nunca se hubiese marchado. No le quedó más remedio que aceptar que no lo tenía superado. Los años de terapia al menos le habían enseñado que no sirve de nada engañarse. Una canción de Serrat le vino a la mente: *Nunca es triste la verdad, lo que no tiene es remedio.*

No vertió ni una lágrima. Recogió sus cosas del despacho en el que no llevaba ni veinticuatro horas, el pincho con las imágenes, su dignidad recompuesta por la sinceridad con ella misma y el teléfono móvil. Solo le quedaba llamar al comisario Mendoza antes de salir de vuelta para Niebla, donde probablemente seguiría estando Daniel.

La investigación no había terminado.

43

Rasgando la oscuridad de la sala dedicada a la Sima de los Huesos, un haz de luz cenital impactaba sobre el cráneo 5 de *Homo heidelbergensis,* que parecía levitar entre las sombras. El efecto conseguido era sobrecogedor: el color y la textura de los huesos resaltaban dentro de la vitrina prácticamente invisible en la sala diseñada por Empty-Sono. Daniel lo observaba desasosegado, con un sentimiento de voyerismo, contemplando algo tan íntimo como el cráneo de un ¿hombre? muerto hace miles de años. Tal vez el silencio absoluto y la presencia de Samuel le hacían recuperar una sensibilidad que creía perdida.

—Usted y yo tenemos más en común de lo que podría parecer, ¿no cree? —dijo el director de Atapuerca rompiendo el momento.

—¿A qué se refiere? —preguntó Daniel hablando bajo, como si estuviese en un lugar sagrado.

—Ambos tenemos una mente científica, y nuestro trabajo versa sobre alguien que ha muerto, aunque en mi profesión resulte menos dramático —afirmó señalando el cráneo que tenían delante.

—Visto así…

—Los dos hemos contemplado mucha violencia en los cadáveres, usted en los del presente y yo en los enterrados hace miles de años.

—Sí, eso es verdad.

—El otro día, cuando nos conocimos en el CAREX, hablamos de la violencia y la crueldad. ¿Cuál diría usted que es su origen?

La pregunta tan directa del director de la excavación desconcertó a Daniel, que por un momento se sintió como un simple policía; sí, un policía. Desde niño, había leído todo lo que caía en sus manos, memorizando cada dato. Había terminado estudiando Derecho a la vez que cursaba en la Academia, aunque nunca había dejado de interesarse por la etología. Podía responder con cualquiera de las teorías de los grandes filósofos sobre la cuestión planteada, pero se sentía incapaz de dar su propia opinión.

—Como comprenderá, yo he leído a Kant, a san Agustín, a Leibniz, a Descartes, a los maniqueístas…, pero me falta experiencia sobre el terreno. Solo leo y veo huesos, no interrogo a los culpables. Me gustaría conocer su experiencia.

Daniel miró las vitrinas que los rodeaban, también llenas de restos óseos: la llamada *cadera de Elvis*, el *cráneo de Agamenón*…, sopesando lo que iba a responder sin acabar de decidirse, por lo que Samuel prosiguió hablando:

—En Occidente, básicamente, hay dos grandes corrientes de opinión al respecto. *Homo homini lupus* —recitó en latín manteniendo el tono íntimo de toda la conversación.

—El hombre es un lobo para el hombre, dijo Hobbes.

—No, Hobbes lo popularizó —puntualizó Samuel—. La frase original es mucho más antigua, de doscientos años antes de Cristo; de Plauto. El hombre es un lobo que necesita que la sociedad le ponga freno con leyes y normas. La otra teoría es la contraria: el hombre es bueno por naturaleza…

—Rousseau —apuntó Daniel—. A no ser que también alguien lo dijese antes.

—Seguro que sí, señor Velarde, pero me refería a Rousseau. Y en este caso, es la sociedad la que lo corrompe.

—No soy muy partidario de esa teoría, me suena un poco ingenua. He visto tantas cosas…, asesinatos por pura violencia, por venganza, por drogas, por dinero, por celos. La influencia de la sociedad puede ser importante, pero no basta, tiene que haber algo perverso en la naturaleza del ser humano.

—¿Usted cree?

—Sin duda. ¿Ha visto con qué violencia defienden los niños sus juguetes?

—¿Y hay algún factor común entre los criminales?

Daniel pensó en sus antiguos debates con Silvia durante las horas metidos en el coche para realizar algún seguimiento.

—Mi compañera solía decir que el rasgo común es la ausencia de empatía, no ser capaz de ponerse en el lugar del otro.

—Ese es un elemento esencial. Cada vez hay más estudios sobre ello. En el siglo XIX se limitaron a la observación de los individuos. En los años setenta, el FBI empezó a interesarse por la psicología criminalística, y hoy ya se hacen escáneres cerebrales y se estudia el ADN de los asesinos.

—Es cierto —corroboró Daniel—, aunque últimamente ando un poco alejado de esto, parece que existen rasgos comunes entre los asesinos. Muchos tienen el cromosoma XYY, conocido como el *cromosoma del superhombre*. Incluso hay quien cree que puede reflejarse en rasgos faciales, ya lo comentamos el otro día.

—Sí, aunque su compañera no creía mucho en esa teoría.

—Silvia... es más idealista. O lo era —se corrigió.

—Yo también he leído esos estudios, pero piense en el pueblo alemán durante la Segunda Guerra Mundial. No todo el mundo tendría los genes defectuosos o una menor activación del córtex prefrontal.

—Seguramente no —aceptó Daniel.

—Luego, no estaban condicionados genéticamente y casi exterminaron a los judíos y a media Europa. ¿El contexto social también es importante o un cromosoma ya te obliga a matar? ¿Tenemos libertad de elección? ¿Qué pasa con el libre albedrío? —preguntó Samuel.

—Normalmente es una combinación: un elemento perverso y algún factor que desencadene la agresividad. Tal vez el maltrato siendo niño. O de los padres o del entorno.

—Eso afirma Jim Fallon, un neurólogo que ha estudiado el cerebro de setenta asesinos en serie.

—Sabe usted más que yo, profesor Henares.

—Pero usted los ha visto cara a cara.

—No sé qué decirle, la verdad. Yo los detengo, no sé si los analizo tanto —respondió Daniel metido en una conversación inesperada y sin entender bien qué motivaba a su interlocutor.

—Hay cosas que se pueden deducir de los huesos que encontramos, señor Velarde, o de las tribus primitivas que todavía quedan. Y también vemos casos de gente que tiene empatía con sus seres queridos y no con el resto.

—¿A qué se refiere?

—Los neandertales ya cuidaban de los suyos, por ejemplo cuando se rompían una pierna. Lo sabemos porque hemos encontrado huesos con heridas graves que han cicatrizado. Eso significa que la tribu se ocupaba de sus enfermos, los protegía, aunque durante un tiempo fuesen una carga para la comunidad. Pero esa misma tribu que cuidaba a los suyos practicaba el canibalismo y devoraba niños. Cosa que también hacen los chimpancés con las crías de los grupos con los que compiten por los recursos. Y en España tenemos ejemplos de eso en la cueva de El Sidrón.

—Conozco esa cueva —respondió Daniel sin poder evitar que le asaltase el recuerdo de Teresa.

—El mismo ser humano es capaz de lo mejor y de lo peor. Y eso es lo que más me impresiona.

Las palabras de Samuel sonaron excesivamente personales. Daniel comprendió que esa contradicción martilleaba el cerebro de su interlocutor: lo mejor y lo peor.

—El yin y el yang. ¿Aquellos homínidos serían como los estudiantes que vienen a trabajar en la excavación? Con esa fuerza, esa juventud, esa vehemencia. Deseosos de aprender, de vivir intensamente. De no estar atados a las normas. Cuando les hablo del pasado remoto del hombre, escuchan como queriendo vivir cada detalle que les cuento. Experimentar —añadió el director de la excavación, y se quedó en silencio, con la mirada perdida en la oscuridad de la sala.

—Le prometo que pensaré en el tema cuando atrapemos al que asesinó a Eva Santos.

—Ojalá sea pronto.

Ambos hombres se miraron valorando las últimas palabras, se dieron la mano y se despidieron.

Al bajar por la zona ajardinada del museo, Daniel volvió a escuchar en su cabeza la reflexión del director del yacimiento: somos capaces de lo mejor y de lo peor. Pero ahora no pensó en Samuel Henares, sino en él mismo.

¿Esa frase servía para definirlo también a él?

44

Dos horas después, cuando ya estaban a menos de cuarenta minutos de Niebla, Silvia abrió la boca por primera vez. Había necesitado ese tiempo para asumir la realidad y dejar de pelearse contra lo que no tenía remedio.

—Llama a Daniel, a ver dónde está —pidió a Rodrigo—. Infórmale de lo que ha sucedido en Salamanca con el sospechoso. Y ponlo en el altavoz.

Quería oír lo que decía ahora que no iba a poder volver a la petrolera tan pronto como pensaba, pero prefería no hablar aún con él, iba a verlo dentro de un rato.

Cuando descolgó, Daniel ya conocía todos los datos del interrogatorio de la mañana y había visto las imágenes de la gasolinera. «El comisario Mendoza», explicó. Además, tenía bastantes asuntos que contarles, no se había estado quieto. Por una vez Silvia no se sorprendió, el Daniel que ella había conocido era así, un perro de presa, que jugaba de parte de «los buenos», como comentaban con sorna. ¿Cómo sería en su trabajo en la empresa privada? ¿Allí quiénes serían los buenos?

—He conseguido el nombre de una persona que hace figuras de homínidos y de un taxidermista, ambos relacionados con el Museo de la Evolución —les anunció Daniel—. Creo que deberíamos hablar con ellos. Pero quizá lo más urgente es que acabo de localizar a Khaleesi.

—¿A Khaleesi? ¿Dónde está? —preguntó Silvia con precipitación.

—¿Me estabas escuchando tú también, Silvia? —dijo sorprendido.

—Estás en altavoz —aclaró Rodrigo.

—Eso se avisa siempre, menos mal que no he dicho nada inconveniente —comentó burlón—. Khaleesi está en un pueblo cercano, Ibeas de Juarros, creo que en casa de una tía suya.

—Espera a que lleguemos nosotros —le ordenó la inspectora Guzmán—, estamos como a media hora.

—No hay problema, os mando un localizador.

Oyeron a Daniel trastear en su móvil mientras hablaban para mandarles las coordenadas.

—¿Cómo la has encontrado? —preguntó Silvia—. Aunque no sé si quiero saberlo.

—Se puede contar, nada ilegal, tranquila.

—Dime.

—Me acordé de Marga, la amiga de Eva. Acabo de ir a verla.

—¿Para qué? Ya habíamos hablado con ella dos veces.

—Si me dejas, te lo explico.

—Explícamelo —aceptó con impaciencia la inspectora.

—Le he pedido que activara en su Facebook la función de «Buscar amigos» y ha aparecido Clara de la Fuente. Su perfil es público y su teléfono estaba encendido con localizador. Nada muy complicado. Hoy en día no necesitamos la autorización del juez teniendo redes sociales.

—¡Qué cabrón! —dijo Silvia para sí ante los ojos de admiración de Rodrigo—. Muy bien —añadió en alto—, en media hora en esa casa.

Daniel ya estaba allí, aparcado a una distancia suficiente como para que no lo vieran desde dentro. Se acomodó en el coche y puso música. Un poco de Lenny Kravitz le haría más amena la espera. Tendría que llamar a su segundo en la petrolera para hablar de varios temas pendientes, pero le dio pereza. En vez de eso, sacó su tableta y tomó notas de la información recabada para que no se le olvidase nada, incluyendo lo que le había contado Inés durante la cena.

Era lo último que esperaba al abrir la puerta. Clara de la Fuente, alias Khaleesi a su pesar, vestía un chándal usado y una camiseta de tirantes vieja. No se había duchado todavía y tenía su bonito pelo rojizo sujeto con un moño a medio armar. Miró a Silvia atónita, sin saber bien de quién se trataba. Al lado de la inspectora estaba Rodrigo, y en el coche, al fondo, Daniel trataba de no llamar la atención. La inspectora Guzmán le mostró la placa de policía. Clara se sintió atrapada, culpable de todo y de nada, perdida, triste, sucia y fuera de sitio. Ya no era la chica atrevida de la fiesta de tres días atrás, ni la de su perfil de Facebook por el que la habían localizado, provocadora, joven y feliz, ni siquiera la que habló con Daniel en la puerta del bar en el que trabajaba poco antes de huir de su pueblo. Había tenido tiempo de pensar, de agobiarse, de llorar por su amiga y por ella, de pasar miedo y de no poder conciliar desde entonces un sueño reparador.

—¿Puedo vestirme? —pidió, tal vez por la costumbre de haberlo visto en tantas películas.

—No te estamos deteniendo, Clara. ¿Deberíamos?

Estuvieron más de media hora en la puerta montando guardia. Como en los viejos tiempos. Esperando juntos. Aunque en esta ocasión llevar a la chica a declarar no parecía que fuese a resultar peligroso. No iba a ser necesario el revólver escondido de Daniel, ni Silvia iba a tener que hacer como si no se hubiese dado cuenta de que él se estaba saltando las normas.

Tampoco creían que fuese a destruir pruebas. Al menos, esa era la opinión de Silvia. La chica tan solo necesitaba un tiempo para admitir lo que estaba pasando, para vestirse correctamente, oler a limpio, sujetarse el pelo de una manera cómoda y tratar de dar una excusa a su tía de por qué iba a salir con esos señores que habían llamado a la puerta.

Apareció cuarenta minutos después de que Silvia le enseñara la placa. Podría parecer otra por el aspecto, más aliñado, con mejor color en sus mejillas, pero era la misma chiquita asustada, pillada en algo que se le hacía muy grave. Daba la sensación de que lo que les había dicho Keta en el interrogatorio era cierto, que ella había sido la última en ver con vida a Eva Santos después de que su amiga comprara la droga.

Cuando salió con paso dubitativo y mirada huidiza, Rodrigo le abrió con amabilidad la puerta trasera y ella entró sin decir nada. Silvia se puso en el lugar del conductor y Daniel los siguió en su deportivo. Nadie habló en todo el trayecto de escasos quince minutos hasta el cuartel de la Guardia Civil de Niebla.

A Clara se le hicieron eternos y dolorosos.

45

Nunca había estado detenida, ni siquiera la habían parado para pedirle el carné de identidad de manera rutinaria, por lo que estar sentada en una pequeña mesa del cuartel de la Guardia Civil, con un vasito de agua a medio llenar, frente a tres agentes de la autoridad, le imponía demasiado. Silvia había permitido que Daniel estuviese presente. Se lo había ganado por localizar a la chica en el momento en el que ellos estaban de bajón a causa de la coartada de Domingo Sánchez, Keta para sus clientes.

Khaleesi se chascaba los dedos produciendo un ruido molesto mientras Silvia consultaba sin prisa sus notas sobre los hechos y las horas. Intencionadamente, jugando el momento. No sabía qué había hecho la chica ni por qué se sentía culpable, pero no dar pistas de lo que sabían o desconocían era una buena táctica.

—Tus amigas dicen que vieron por última vez a Eva Santos a las doce de la noche —explicó por fin Silvia—. ¿Tú sabes qué hizo después?

—No..., no sé, dijo que iba a ver a alguien.

—¿A Domingo Sánchez?

—¿A quién?

—Un traficante de drogas. De Salamanca.

—Ni idea...

—Le fue a comprar ketamina, por lo visto, pero como no tenía suficiente dinero tuvo que practicar sexo oral con él. ¿Acostumbráis a hacer esas cosas, Clara?

—No.

Khaleesi volvió a chasquear los dedos. Silvia le tocó las manos con delicadeza para que parara. La chica la miró y una lágrima brotó de sus ojos.

—Vamos, Clara, cuéntanoslo y descansa. Ya lo sabemos todo, pero queremos escucharlo de tu voz —apostó la inspectora—. ¿La volviste a ver esa noche?

—Yo..., ¿quién os lo ha contado?

—La volviste a ver esa noche —dijo Silvia con aplomo.

—Serían eso de las dos y cuarto —admitió por fin Clara, a la que cada vez costaba más aguantar el llanto—. Tuve que esperarla un rato, se retrasó. Pensé que había pasado algo porque el móvil me daba apagado. Me dijo que lo había perdido.

—¿Y qué pasó después?

—¿No debería tener un abogado?

—Eso dínoslo tú, Clara, tú sabrás lo que has hecho. Si quieres un abogado, paramos y lo llamamos, pero no estás detenida.

Clara valoró qué era mejor. Estaba cansada. Su cerebro no razonaba bien, tan solo repetía las imágenes de esa noche, confusas pero reales. Decidió seguir hablando. Necesitaba contarlo de una vez, sacarlo fuera. Vomitarlo.

—Había comprado Kit Kat —explicó con la mirada perdida—. Nos lo tomamos, entre risas, era una noche guay, lo estábamos pasando bestial... No queríamos que acabase, nos habíamos prometido probar cosas nuevas, no sabíamos lo que iba a suceder...

Clara empezó a llorar. Silvia volvió a cogerle las manos, ahora con más firmeza.

—Comprendo que esto es duro para ti, Clara...

La inspectora le dejó un momento para que se tranquilizara y le acercó el vaso de agua. La chica bebió un sorbo pequeño.

—¿Qué hicisteis después?

—Fuimos al CAREX.

Silvia miró a Rodrigo inquieta. Incluso Daniel se puso nervioso, estaban cerca de lograr una confesión.

—Eva me dijo que ella ya lo había hecho otras veces —continuó la joven asustada—, que sabía cómo entrar, que no habría vigilancia y que la Guardia Civil del pueblo estaría en las fiestas. Fuimos y entramos sin problemas…

—¿A qué fuisteis?

—Pues...

—Sé que estás destrozada por la muerte de tu amiga, pero es importante que sepamos todo lo que sucedió.

—Entramos en la cabaña de madera, esa en la que hacen fuego, y Eva encendió una hoguera con un mechero.

—¿Y después? —dijo con suavidad Silvia para que no perdiese el hilo.

—Nos tomamos la droga… y nos empezamos a desnudar.

Esas declaraciones sorprendieron a los interrogadores. No era eso lo que esperaban, pero trataron de disimularlo. La dejaron seguir hablando sin interrumpirla.

—Eva estaba obsesionada con la prehistoria y con los primeros humanos. Quería sentir lo que ellos sintieron. El frío, el calor, el miedo, el sexo… Por eso me llevó allí. Habíamos quedado con alguien más, no sé quién era. Me lo propuso ella, íbamos a hacer un trío. Me dijo que lo había hecho al menos dos veces más.

—¿Sabes con quién?

—No me lo quiso decir. Mientras esperábamos, imaginé que sería con su novio, pero no, es un tipo soso, siempre está preocupado, de mal humor. No creo que fuese él.

—¿Eva lo engañaba?

—Tenían una relación libre, al menos ella. Pero luego me dijo que la persona me iba a sorprender.

—¿Y qué pasó entonces?

—Tonteamos entre nosotras mientras nos quitábamos la ropa, habíamos bebido bastante. No somos lesbianas ni nada —quiso aclarar—, pero probamos a besarnos, por jugar. Y nos tocamos. A mí nunca me había tocado otra chica y me sentí rara, pero estaba excitada, la droga me estaba haciendo efecto muy deprisa. Eva parecía que sí quería que pasase algo más entre nosotras. Me acariciaba. Me dijo que así estaríamos calientes para cuando llegase el otro. Entonces me empezó a masturbar, y yo me sentí un poco incómoda y de repente pensé en su hermano.

—¿En Gabriel?

—Sí, es raro, y ellos tienen una relación rara…

—¿Cómo de rara?

—No sé, él estaba obsesionado con ella. Pero ahí me empecé a marear, la droga me sentó fatal. La verdad es que no sé por qué tomo nada, siempre me da un mal viaje.

—¿Y después?

—No sé…, no sé.

—¿No sabes? —repitió Silvia invitándola a seguir.

—¡De verdad que no lo sé! —aseguró Khaleesi angustiada—. El mareo fue cada vez mayor, se me nubló la vista y le pedí que parara.

—¿Y lo hizo?

—Al principio no, me seguía tocando, pero después creo que llegó alguien, oí voces.

—¿No viste quién era?

—No, estaba completamente aturdida, tumbada. Perdí la noción del tiempo. Noté cómo me seguían manoseando, sentía su calor, su piel, pero no veía, solo escuchaba gemidos como con eco, como si estuviesen en el interior de mi cerebro, hasta que me desmayé.

La respiración se le entrecortaba con sollozos y no controlaba las manos. Estaba ofuscada, perdida. La inspectora miró a Daniel, que le pidió con un gesto que no lo dejase ahora, que no le diese tregua.

—¿Y qué pasó entonces, Clara? Termina de contarnos —le pidió la inspectora.

—No lo sé —dijo una vez más.

—Lo que recuerdes, Clara.

—Me… desperté desnuda, sucia, y con un dolor horrible de cabeza. No había nadie más, y la hoguera se había apagado. Había humo en la cabaña, yo tosía —recitó del tirón, como queriendo liberarse de esa última imagen de la noche—. Conseguí levantarme. Busqué mi ropa y me vestí deprisa. Me sentía absurda, avergonzada. Eva y el chico ya se habían ido, no estaban allí, ni sus ropas, nada. Así que me fui.

—Cuando te despertaste, lo más probable es que tu amiga ya estuviese muerta.

Clara asintió con la cabeza sin saber aún lo que había pasado mientras había durado su desmayo.

—¿Y no viste el cadáver de tu amiga? —preguntó Silvia.

—No —dijo con un suspiro que le dolió en el alma—. La salida era por el otro lado de donde apareció... el cuerpo. Me marché corriendo, me sentía fatal. Era de noche, pero ya se veía un poco de claridad al fondo. No sé, serían las seis y pico. Salí por donde había entrado y allí estaba mi coche. Cuando llegué a casa ya era de día, pero nadie se despertó. Me metí en la cama y me quedé dormida otra vez, agotada —dijo tomando aire para afrontar la última parte de su relato—. A la mañana siguiente me desperté sobre la una, me sonó el móvil. Era Marga, para decirme que venía a casa, que se comentaba en el pueblo que había un cadáver en el CAREX. Al principio no me lo podía creer, pero luego pensé en Eva, en la otra persona. Tuve la sensación de que algo grave le había pasado a mi amiga. —Clara detuvo su relato para coger fuerzas—. Lo de después ya se lo pueden imaginar, cuando me dijeron que se trataba de ella.

No pudo decir más. Ni dejar de llorar.

Silvia, Daniel y Rodrigo habían salido de la sala de interrogatorios dejando sola a la testigo. La inspectora le había dicho que, tras firmar su declaración, podía marcharse a su casa cuando quisiera, que no estaba detenida, pero ella había preferido quedarse un rato a solas intentando serenarse, recomponer su desconsuelo.

—Dice la verdad —sentenció Silvia.

Rodrigo y Daniel asintieron pensativos. Este testimonio centraba la investigación. Creían poder asegurar que ese tercer miembro del trío era el asesino de Eva Santos. Se trataba de una pista trascendental, pero no definitiva. Si de verdad Clara no se acordaba de nada más, su testimonio no señalaba a un culpable, pero sí un camino por el que avanzar. ¿Podría haber sido el novio por celos? ¿Por morbo? ¿El hermano de la víctima? ¿Qué relación había entre los hermanos? ¿Cuál era el papel de esa madre tan extraña? ¿Habría habido una relación sexual entre ellos? No debían descartar nada. Rodrigo recordó el artículo que encontraron en el cuarto de Eva sobre el incesto en la prehistoria. Y también cabía la posibilidad de que esa tercera persona pudiera ser un completo extraño, alguien de la fiesta o de la excavación.

—Quizá el noruego —apuntó Daniel.

—¿Por qué el noruego? —preguntó sorprendida Silvia.

—No sé —dijo el asesor intentando ocultar su fuente de información—. Por buscar una conexión con el asesinato de hace seis años —aventuró—. Creo que deberíamos ir a verlo.

—Lo teníamos pendiente, pero con todo lo que ha ido pasando… —dijo la inspectora—. A ver qué dice la autopsia del veneno. Podría ser el mismo de la cueva de El Sidrón. Tenemos que cruzar estos nuevos datos con los que ya tenemos: las fotos prehistóricas de la víctima, el taxidermista que nos has comentado… —añadió mirando a Daniel.

Entonces sonó su teléfono. Silvia vio que tenía cinco llamadas perdidas del comisario Mendoza. Le enseñó la pantalla a Rodrigo. Algo había sucedido. Descolgó ante la mirada atenta del resto.

—Perdone, estábamos interrogando a una testigo —se excusó—. Sí, ¿cómo?

Daniel y Rodrigo seguían la conversación con interés.

—Es el comisario Mendoza —les dijo Silvia tapando el auricular—. Tiene la autopsia —añadió alejándose para hablar con más tranquilidad.

Daniel iba a seguirla en el momento en que Clara de la Fuente salió de la sala, ya más calmada, y preguntó si podía irse. Rodrigo se ofreció con amabilidad a acompañarla a la salida.

—Me acaba de llegar el informe de la forense —le dijo el comisario a Silvia—, no he podido mirarlo hasta ahora. De todas maneras, mañana podéis acercaros a Burgos para que os lo completen.

—¿Qué dice?

Mendoza empezó a pasar las páginas mientras seguía hablando con ella.

—Lo que imaginábamos: la chica no se defendió… A ver: había tomado drogas, ketamina, por lo visto.

Silvia se sintió aliviada de que coincidiera con la versión de Khaleesi.

—El cadáver fue trasladado en los momentos posteriores a la muerte, parece que pudo ser penetrada porque había algunas laceraciones no excesivamente graves en las paredes de la vagina, pero no restos de semen —dijo el comisario tratando de resumir—. Se han encontrado trazas de aromatizante de melocotón en sus labios.

—Eso es por el preservativo que utilizó con el traficante de drogas. ¿Cómo murió?

—Según la forense, envenenada.

—¿Con qué veneno? —preguntó ansiosa la inspectora.

—Espere a ver... ¿Cuál era el veneno anterior?

—Tejo.

—No. No coincide.

Daniel se había ido acercando a ella, de modo que cuando Silvia se volvió para buscarlo se lo encontró a su espalda. Los ojos de la inspectora expresaban desilusión.

—¿Está seguro, comisario?

Daniel comprendió lo que significaba esa mirada y se adelantó a su conclusión en cuanto se despidió de Mendoza:

—No es el mismo asesino de hace seis años, ¿verdad?

PARTE III

—

LA CABAÑA

Los monos son demasiado buenos para que el hombre pueda descender de ellos.

FRIEDRICH WILHELM NIETZSCHE

Tres personas. Tres sexos, tres mentiras. ¿Cómo se puede conjugar eso? ¿Cómo puede acabar bien? ¿Son los celos la realidad de la existencia? ¿La posesión? ¿Podrías soportar que alguien tuviera poder sobre ti? ¿Que sepa algo tan íntimo que pudiera destrozarte? Siempre habrá un eslabón débil en la cadena, alguien que no ha calculado bien las consecuencias de sus actos, que no te importaría que desapareciese de tu vida.

De la vida.

Para siempre.

46

Día 5

INFORME DE AUTOPSIA DEFINITIVO EVA SANTOS

Se trata del cadáver identificado por la Policía Judicial como perteneciente a D.ª Eva Santos García. El cuerpo corresponde a una mujer de raza blanca, de veintidós años, un metro sesenta de estatura y 50 kilos de peso. Bien nutrida, normocoloreada, perfundida e hidratada. Con buen aspecto higiénico. Sin marcas de cicatrices ni tatuajes. Presenta livideces en planos posteriores izquierdos en hombro, glúteo, cadera y muslo. Presenta, además, livideces más claras en otras zonas del cuerpo, por lo que deducimos que el cadáver fue trasladado *post mortem*.

Durante la realización de la necropsia se obtuvieron muestras de todas las uñas de las manos. Tras el pertinente análisis realizado por el servicio de Criminalística no se hallaron restos epiteliales ni ADN de una tercera persona, sin embargo y sorprendentemente, el servicio de Toxicología sí halló restos significativos de ácido bórico en ellas.

ANÁLISIS SOLICITADO:

En las muestras analizadas se han detectado mediante el método de cromatografía de gases: dosis detectables y significativas de alcohol etílico y ketamina. Ambas en nivel no letal. Se detectan restos de *Nerium oleander* (adelfa) en contenido estomacal. Y restos de oleandrina (sustancia con efectos digitálicos) en sangre y orina en dosis letales (5,2 ng/dl.). La dosis tóxica se estima en una ingesta superior a 0,05 mg/kg, siendo tóxica la digoxinemia ≥ 2,4 ng/dl.

CONSIDERACIONES MÉDICO-FORENSES:

Se trata de una planta muy venenosa con acciones muy fuertes sobre el corazón en dosis pequeñas.

En España la venta de esta planta al público, así como la de sus preparados, está prohibida por razón de su toxicidad, y su uso y comercialización se restringe a la elaboración de especialidades farmacéuticas, cepas homeopáticas y a la investigación.

Las raíces y las hojas son ricas en sustancias digitálicas de mayor actividad que en la dedalera *(Digitalis purpurea)*. Una de las sustancias más tóxicas presentes en la adelfa es la oleandrina, tóxico cardíaco muy potente que a dosis pequeñas puede ser letal.

La intoxicación por adelfa es parecida a la intoxicación digitálica: a dosis letales produce una parada cardiorrespiratoria entre 4 y 12 horas desde la ingesta. La elevada dosis muy por encima de la dosis tóxica y su interacción con los otros tóxicos habrían podido acelerar los efectos cardíacos a menos de dos horas, produciendo la parada cardiorrespiratoria en minutos.

CONCLUSIONES:

A la vista de todos los datos recogidos durante el levantamiento del cadáver y de los signos hallados durante la práctica de la necropsia, así como de los resultados toxicológicos, se puede llegar a las siguientes conclusiones:

Primera.- Se trata de una muerte violenta.

Segunda.- Muerte de etiología médico-legal más probable homicida. Ingestión de tóxicos (*Nerium oleander*, adelfa) con intención de envenenamiento.

Tercera.- Causa fundamental de la muerte: intoxicación digitálica por *Nerium oleander* (adelfa).

Cuarta.- Causa inmediata de la muerte: parada cardiorrespiratoria.

Quinta.- Data de la muerte: aproximadamente las 04:00 horas del día 18 de julio de 2018.

47

Rodrigo irrumpió a primera hora de la mañana en el despacho que les había habilitado la Guardia Civil con un café y una rosquilla típica de la zona en la mano. Silvia y Daniel parecían llevar un buen rato reunidos, y Rodrigo se preguntó si no habrían pasado allí la noche. Los encontró debatiendo frente a la pizarra en la que habían completado el cronograma con los últimos datos. Rodrigo dejó su desayuno, del que apenas había probado bocado, sobre la mesa y se acercó a la pizarra.

19:00 Eva sale de casa.
19:30-21:00 con Adrián. DISCUSIÓN.
21:30-22:00 Eva se cambia de ropa (¿en casa?).
22:00-24:00 Concierto con amigas (Fotos Echosec).
00:24 Foto en la fiesta con... ¿brazo tatuado? ¿Mienten las amigas? (Se queda hasta 00:30). Encuentro con Keta.
01:00 Se apaga el móvil en el bosque y sexo con Keta (oral/preservativo).
02:15 Keta deja a Eva con Khaleesi en el pueblo.
02:30 CAREX. Cabaña madera. Drogas (Khaleesi).
03:00 Trío con ¿? (Khaleesi).
03:34 Keta en gasolinera Salamanca.
HORA DE LA MUERTE 04:00 (veneno adelfa no coincide).
06:30 Khaleesi despierta. Ya no hay nadie.
10:30 Encuentran el cadáver (escolares).

—En mi opinión —afirmó Silvia—, lo que tenemos en la pizarra podemos darlo por bueno, aunque nos falten algunos detalles, como dónde se cambió de ropa.

—Estoy de acuerdo —respondió Daniel ante el asombro de Rodrigo, a quien no le pareció que estuvieran echándose cosas en cara como las otras veces, sino que estaban centrados en los datos—. Damos por válida la hora de la fiesta, el encuentro con el *dealer*, la vuelta al pueblo, la llegada al CAREX sobre las dos y media de la madrugada y la hora de la muerte sobre las cuatro más o menos.

Rodrigo se quedó quieto intentando no llamar la atención.

—Supongamos que el tercero del trío tardó en llegar media hora como mucho. Siendo así, tendríamos poco más de una hora para el episodio de sexo y para la muerte.

—Bueno, y para colocar el cadáver. Tampoco sobra tiempo —aclaró el asesor.

—No sobra, no —concedió Silvia—. La muerte por envenenamiento pudo tardar veinte o treinta minutos, mezclada con la ketamina que había tomado. El asesino hizo todo rápido. Lo tenía preparado.

—Sin duda —asumió Daniel—, la citó allí para ponérselo fácil. No tendría que trasladar el cadáver más que unos metros. Pero ¿sabía que iba a estar Khaleesi? Porque eso era una complicación para el asesino. A lo mejor solo había quedado con Eva y fue a Eva a la que se le ocurrió invitar a su amiga.

—Podría ser. Y que le sentara mal la droga facilitó su labor. Si no hubiera sido así, ¿habría desistido?

—O habría matado a las dos.

—Lo tuvo que planificar con tiempo. Conseguir el veneno, la situación propicia... Y el día, que fueran las fiestas del pueblo alejaría la atención sobre cualquier otro lugar de la zona.

—Tampoco puede haber mucha variación sobre la hora en la que se despertó Khaleesi, siempre que nos diga la verdad. El amanecer marca el límite horario.

—Yo creo que no se trata del mismo asesino —afirmó Silvia de manera categórica mientras señalaba la nota sobre el veneno en la pizarra.

—Yo no lo tengo tan claro —replicó Daniel.

—Aquí la situación fue rápida. En Asturias la desaparición duró dos días, el veneno no coincide. La vez anterior fue tejo y ahora adelfa.

—Pero el resto es similar.

—Por eso creo que es un imitador —recalcó Silvia—. Hace seis años no salió en la prensa el veneno que se utilizó, se llegó a comentar que tenía connotaciones prehistóricas o algo así, pero no se dijo que fuera tejo.

—Con solo dos casos no se puede hablar de un patrón. O si lo hay, puede ser «venenos prehistóricos» —dijo el asesor exagerando la entonación—, no *el mismo veneno prehistórico*. Para mí es suficiente coincidencia.

—No lo veo.

—No quieres que se trate del mismo asesino.

Esa acusación hizo reaccionar a Silvia, que lo miró con desagrado. Rodrigo suspiró muy bajito: el tema se había vuelto personal, otra vez.

—No digas cosas sin sentido —dijo Silvia molesta.

—Yo creo que lo tiene. Si es un imitador, ¿qué hago yo aquí?

—Supéralo, Daniel —sugirió la inspectora con un punto ofensivo—. Me molestó que vinieras, es verdad; pero ya estás aquí, y has sido útil en varios momentos..., a pesar de todo. Si quieres quedarte, por mi parte está aceptado, pero no volvamos a darle vueltas a este tema, ¿de acuerdo? No perdamos el tiempo en eso.

Sus palabras habían sonado cabales y maduras. Por una vez, Daniel se arrepintió de su comentario. No estaba acostumbrado a que nadie de su equipo en la empresa privada le llevase la contraria. Decidió que lo mejor sería comerse su orgullo ante la mirada inquieta de Rodrigo.

—Superado —aceptó por fin, no sin cierta ironía.

La inspectora cogió aire. Empezaba el quinto día de la investigación y quedaba mucho por hacer.

—¿Podemos pensar que el asesino tenía conocimientos de medicina, jefa? —se atrevió a interrumpirlos Rodrigo.

—Puede ser —aceptó su superiora—, pero hoy en día por Internet se encuentra casi de todo. Y aunque la adelfa, por lo visto, ya se utilizaba en la prehistoria, no deja de ser una planta muy común. Rodrigo, que en Madrid investiguen si es complicado extraer veneno de las hojas.

—Muy bien, jefa —recalcó Daniel entre sincero y sarcástico—. ¿Qué deberíamos hacer ahora?

—Tenemos muchos frentes abiertos. Tras lo que nos comentó ayer Clara, los de la Científica estarán ya buscando ADN en la cabaña del CAREX.

—Será difícil que encuentren algo que sea válido —opinó Daniel—. Por ahí pasan decenas de personas cada día.

—Sí, pero no creo que haya muchas que vayan para tener sexo —apuntó Silvia—. Tal vez queden restos biológicos. Desde el día del asesinato ha permanecido cerrada al público.

—Es básico descifrar los archivos del ordenador —apuntó Daniel.

—Me ha fallado el *render* del vídeo que quedaba en el ordenador de Eva Santos —aceptó Rodrigo derrotado—. Lo volveré a intentar, pero no soy muy optimista.

—¿Has hablado con la central?

—Los de la Sección Técnica de la UIT siguen en ello, pero no saben lo que tardarán. Tampoco han podido acceder al móvil de la víctima. Nadie parece saber el PIN y en Apple se niegan a hackearlo para nosotros.

—Siempre igual —respondió la inspectora—. Si no lo consiguen, habrá que hacer un informe para que el juez nos permita colaborar con alguna agencia extranjera que pudiera ayudarnos —explicó Silvia.

—Ya sabes que están los israelíes, aunque su ayuda resulta carísima.

—Por eso creo que deberíamos abrir otra vía —dijo Silvia con seguridad—. Tenemos que descubrir quién disecó el lobo. Las fotos tienen mucha definición. Te voy a pedir que vayas a Madrid... Esto es prioritario, Rodrigo. He hablado con el director del Museo de Ciencias Naturales. Ahí tienen muchos animales disecados y nos podrían orientar.

—¿Y cuándo quieres que salga? —preguntó asumiendo que se alejaría del foco principal de la investigación.

—Cuanto antes.

El inspector asintió comprendiendo que iba a ser inútil rebatir a su jefa.

—Puedes llevarte el coche. Y vete contándonos.

Rodrigo salió del despacho. Silvia y Daniel se quedaron de nuevo solos. La inspectora rompió el silencio antes de que se hiciera incómodo:

—Tenemos que hablar de una vez con el noruego.

—Si, como dices, el asesino es un imitador, eso aumenta las posibilidades de que sea alguien próximo al primer crimen. Si ese tal Galder Vinter estuvo en la excavación de Asturias, pudo quedarse impresionado por lo que sucedió, o haber participado de algún modo.

—Hablaremos con él.

—Y después tenemos el entierro —recordó Daniel.

—Siempre es interesante observar las reacciones que se producen en una situación así.

Un mensaje de Telegram sonó en el teléfono del expolicía. Daniel lo miró sin demostrar ninguna reacción. Era de Rodrigo.

—Perdona, es de mi gente en la petrolera —mintió con aplomo—. Si me disculpas un momento...

—Claro, salimos en cinco minutos. Voy a llamar a la coordinadora del yacimiento.

Daniel entró a la zona común, donde había varios guardiaciviles trabajando sin fijarse en su presencia. Abrió el mensaje que le acababa de llegar:

«No le digas nada a Silvia. Te envío los archivos para desencriptarlos.»

Estaba claro: la presión había podido con el inspector.

«No te preocupes, nos ponemos a ello y te cuento solo a ti», le contestó Daniel también por Telegram.

Ambos mensajes desaparecerían en menos de un minuto.

Se descargó el contenido multimedia y lo reenvió a su gente advirtiéndolos de que era material sensible y que solo hablaran de ese tema con él. Cuando terminó, vio que Silvia se dirigía hacia la salida buscándolo con la mirada.

«Lo conseguiremos», escribió a Rodrigo, y salió al encuentro de la inspectora como si no hubiese pasado nada relacionado con el caso. Su móvil volvió a pitar, avisándole de que acababa de entrar una nueva notificación de Facebook: «Rodrigo Ajuria te ha enviado una solicitud de amistad». Daniel no pudo evitar esbozar media sonrisa mientras pulsaba el botón de «Confirmar». Guardó el teléfono y se encontró con la mirada inquisitiva de Silvia.

—Nos vamos —ordenó ella—. Galder nos espera.

48

Silvia se sintió de nuevo ridícula montada en el deportivo de Daniel, pero debía aceptar que era el único medio de locomoción a su alcance. Hablaría con Mendoza de la posibilidad de disponer de otro coche oficial cuando Rodrigo y ella tuvieran que separarse, aunque no creía que la petición le hiciese mucha gracia al comisario. Su excompañero había decidido que ella eligiera la música, por lo que hacía un rato que iban escuchando a Amy Winehouse, a pesar de que a Daniel todas las canciones le sonaban similares. Hasta que llegó *Tears dry on their own* y el equipo de música empezó a reproducir en la boca de la malograda artista que somos historia, que tu sombra me cubre desde arriba en el cielo y que hay una llamarada que solo ven los que se aman. El cuerpo de Silvia se tensó. Esta era la canción que había puesto una y otra vez en los meses posteriores a la separación y que se había prohibido volver a escuchar, al menos hasta que aquello estuviese superado. Ahora habían pasado años y no se había vuelto a acordar de su promesa. Se enfadó consigo misma por elegir a Amy Winehouse y por no poder soportar tanto tiempo después la historia que contaba. Fue a apagar la radio, pero se equivocó de botón y la puso a todo volumen. Daniel comprendió lo que había intentado hacer y la silenció con un comando de voz que la molestó todavía más. Daniel no sabía qué había sucedido en la mente de Silvia, pero la letra era lo suficientemente significativa como para deducirlo, por lo que decidió que sería mejor iniciar una conversación y así evitar que el ambiente se volviese demasiado íntimo.

—¿Prefieres que hablemos? Del caso, me refiero —aclaró rápidamente.

—Sí, mejor.

—Vale, una pregunta: ¿con quién fue el trío? ¿Con el novio, con un estudiante de la excavación, con otro desconocido?

Silvia se esforzó por concentrarse en la incógnita y dejar atrás todos esos recuerdos soliviantados por la voz de Amy.

—Imposible de saber. Pero te advierto que tampoco me quito de la cabeza al hermano desde el otro día. Reconozco que me tiene descolocada —dijo—. Esa relación me resulta enfermiza.

—Es verdad, pero ¿tanto como para mantener relaciones?

—Deberíamos pedir un informe psicológico. Yo diría que el chaval tiene algún tipo de esquizofrenia, muy posiblemente esquizofrenia paranoide.

—¿Con solo verlo una vez? —preguntó incrédulo Daniel.

—¿No te fijaste cómo miraba atrás de vez en cuando, como si escuchase algo a su espalda?

—A lo mejor es que oyó un ruido...

—No fue por eso, Daniel. Ese físico, esa lentitud de movimientos. Los dedos amarillos de fumar mucho. Se le ha debido de agravar su enfermedad con la muerte de la hermana y está angustiado. Y lo que nos contó de la madre, se sentía perseguido. Observado.

—¿Y desde cuándo sabes tanto?

—En estos años he estudiado Psicología. Me quedan un par de asignaturas.

—No sabía —admitió sorprendido.

—Hay muchas cosas que no sabes.

Daniel se quedó en silencio. Silvia comprendió que no debía seguir por ahí, dando la sensación de que le quería echar en cara su ausencia. Decidió que no merecía la pena recordarle sus palabras de entonces: «No te va a servir de una mierda». Para ella era importante entender las emociones que llevaban a cometer un delito. Si podía haberse evitado el sufrimiento…

—Pues muy bien —aceptó Daniel—. Cuéntame tu teoría.

Se miraron durante unos segundos. Se produjo una extraña cercanía que no se había dado desde que habían vuelto a encontrarse. Que no había sucedido desde hacía seis años.

—Nos vamos a chocar —dijo con tranquilidad la inspectora interrumpiendo el momento.

Daniel tuvo que dar un volantazo para esquivar la furgoneta que venía de frente y que hizo sonar su claxon hasta que desapareció en el horizonte. Tras un derrape, que tocó la gravilla del arcén, consiguió hacerse con el coche.

—Cuéntame —volvió a decir como si nada hubiera pasado.

—Bueno, se tiene una visión de estos enfermos muy negativa y no suele ser justa —explicó Silvia—. Casi nunca se dan esas situaciones de agresividad hacia otras personas. Es rarísimo que, si escuchan voces, les influyan para atacar a alguien. Eso es de las películas americanas. Lo normal es que se perjudiquen más a sí mismos.

—Apasionante —apostilló Daniel, no sin cierta ironía.

—Y aunque llegara a pasar algo entre los hermanos, que no creo, pienso que Gabriel sería incapaz de ser el asesino. Incapaz de hacerle daño a Eva.

—Pues no sé yo, la verdad. Mi instinto no me dice eso… Mi instinto contra tus cursos.

—¿Y por qué no el novio? —propuso Silvia sin entrar al trapo.

—Podría ser. A ver cómo reaccionan todos ellos en el entierro. ¿Nos dará tiempo a llegar después de ver al noruego?

—Sí. Es a la una. Y ya llegamos a la reunión con Galder.

Félix Montesdeoca, el veterinario de Paleolítico Vivo, que era la denominación que había recibido el proyecto de recuperación de animales prehistóricos situado en Salgüero de Juarros, salió de la cabaña de madera que hacía de centro de recepción de visitantes en una diminuta placita de la localidad, rodeada por casas bajas de piedra. Era un hombre de piel morena y con una gran experiencia.

—Veníais a hablar con Galder, ¿verdad? —preguntó tras saludar a los investigadores—. Está en la dehesa con un grupo de turistas.

—¿Tardará?

—Sí, se han ido hace poco.

—Gracias, ¿nos podría indicar cómo llegar? —pidió Daniel.

Félix Montesdeoca rio con ganas. Iba vestido como un hombre de granja, y no especialmente limpio, se veía que había estado trabajando con animales. Su aspecto contrastaba con el coche deportivo de Daniel.

—Vamos, no pensarán llegar con eso —dijo refiriéndose al Aston Martin—. No ha visto usted una dehesa en su vida, ¿verdad?

Silvia tampoco pudo contener la risa. Le había caído bien el veterinario. Daniel miró a ambos molesto, pero asumió que no era buena idea utilizar su vehículo.

—Vengan conmigo. Yo los llevaré —propuso Félix rebosante de energía mientras se acercaba a un cuatro por cuatro, con una pegatina de Paleolítico Vivo en la puerta, que estaba aparcado a pocos metros—. Esto es enorme, más de 1000 hectáreas.

Daniel lo siguió, pero Silvia le hizo un gesto para que se retrasase y así hablar sin ser escuchados.

—¿No tienes la sensación de que el noruego trata de esquivarnos?

49

El cuatro por cuatro conducido por Félix Montesdeoca avanzaba a toda velocidad por la vaguada del río Arlanzón a los pies de la sierra de la Demanda en busca del grupo de turistas que guiaba Galder Vinter. El veterinario conducía rápido, se notaba que conocía perfectamente los caminos. Se cruzaron con una manada de caballos robustos, de patas cortas y pelo marrón claro corto y fuerte, que pastaban tranquilos cerca del robledal.

—¿Son przewalski? —preguntó admirado Daniel.

—¿Por qué sabes eso? —se sorprendió Silvia.

—Me interesan los animales, ya lo sabes.

—Efectivamente —confirmó Montesdeoca—. Los przewalski casi se extinguieron a mediados del siglo xx, pero un grupo de naturalistas consiguió evitarlo. No quedan más de mil ejemplares en el mundo. Diez en España, donde vivieron en el pasado y fueron pintados por el hombre prehistórico.

Los caballos levantaron la cabeza por el ruido del motor, pero no se asustaron, acostumbrados a la presencia humana. Entre ellos retozaban un par de potrillos.

—Han nacido hace poco —dijo el veterinario sin aminorar la marcha.

—La verdad es que resulta emocionante que hayan sido capaces de recuperar estas especies.

—Hay tres más en la reserva: los caballos tarpán, el uro y, la estrella, nuestros bisontes, que también han tenido una cría a finales de mayo. La hemos bautizado África. Es la primera que nace en la península ibérica desde hace por lo menos 10.000 años. Impresionante, ¿no les parece?

—Pues sí —respondió Silvia contenta.

—Debe de ser caro mantener todo esto —apuntó Daniel.

—Ya lo creo, estamos intentando autofinanciarnos.

—¿Con el turismo?

—No solo, también vendemos de vez en cuando carne de uro a los restaurantes de la zona. Tiene un sabor y una textura diferente. Y muy poca grasa.

—Me encantaría probarla —dijo el expolicía.

Silvia se horrorizó por el comentario de su compañero mientras los uros pastaban en las cercanías sin enterarse de nada relacionado con su futuro. Daniel se dio cuenta de su reacción.

—Creía que habías dicho que no eras vegetariana —dijo provocador.

—Ya..., pero viéndolos ahí, no sé, me dan pena.

—Bueno, inspectora —trató de justificarse el veterinario—, aquí estamos en contacto con la naturaleza y estas cosas nos parecen normales. Los neandertales que vivieron en esta zona seguro que también cazaban todas estas especies.

Al fondo, en una impresionante vaguada flanqueada por robles centenarios apareció el grupo de visitantes. Iban montados en un Jeep de safari de cuatro filas y trece plazas, abierto por los lados y con un techo de lona. Estaban alimentando a los bisontes, que se acercaban sin temor alguno, salvo la madre y su recién nacida, que permanecían alejadas bajo una sombra.

—¿El macho es peligroso? —preguntó Silvia.

—No, a no ser que se sienta atacado. Entonces puede ser brutal. ¿Les gustaría darles de comer?

—En otro momento, gracias —rehusó la inspectora mirando con cierta emoción a la cría, lanuda y de patas desgarbadas, que parecía tan frágil al lado de su madre.

—Claro, se me olvida que ustedes vienen por otra cosa.

Daniel llevaba un rato observando al grupo que estaba en el pastizal frente a los bóvidos. Un tipo de pelo rubio largo y complexión atlética se había bajado y acariciaba a uno de ellos. Daniel le reconoció del vídeo que le había enseñado Inés.

—Ese es Galder, ¿verdad? —dijo señalándolo.

—¿Ese? No puede ser, no se parece al chico que recuerdo de hace seis años en Asturias —negó Silvia—. ¿Cómo lo sabes?

—Soy buen fisonomista —dijo sin más.

—¡Galder! —le llamó Félix Montesdeoca.

El noruego se volvió hacia ellos y sonrió. Daniel se percató de que Inés estaba entre los visitantes y también miraba hacia ellos. Estaba seria. Había un tercer guía en el vehículo. Mientras se acercaban, los investigadores vieron cómo hablaban entre los tres y cómo el *tour* continuaba sin dos de sus guías, Galder e Inés, que se quedaron a esperarlos. Tras saludarse y hacer las convenientes presentaciones, el veterinario se alejó con la excusa de supervisar las pezuñas de los animales. Cuando Silvia iba a tomar la palabra, Galder se adelantó:

—Me acuerdo de ustedes de la cueva de El Sidrón, son los mismos, ¿no es cierto? —preguntó en un más que correcto castellano—. Estuvimos hablando mientras nosotros nos tomábamos un bocata.

—Sí, así es. Pero tú has cambiado bastante —afirmó Silvia mirando el potente físico de su interlocutor.

—Bueno, entonces era un crío. Tenía dieciocho recién cumplidos —aclaró encantado de conocerse.

Daniel observaba a Inés, que sintió que debía explicar su presencia:

—Perdón... Samuel Henares me ha pedido que esté presente en la conversación como coordinadora, pero si prefieren que sea de otra manera...

—No, está bien, puedes quedarte. Es una charla informal —explicó Silvia tuteándola.

—Claro, ¿qué iba a ser si no? —dijo el noruego, y desplegó su habitual sonrisa.

—Si no has matado a nadie ni ahora ni hace seis años, será solo una charla amistosa, efectivamente —dijo también sonriendo Daniel.

El noruego soltó una carcajada por el comentario.

—¿Conocías a la víctima? —preguntó Silvia sin compartir la broma y tratando de centrar la conversación.

—¿A Eva Santos?

—Sí.

—Claro —reconoció Galder.

—¿La conocías? —le interpeló sorprendida Inés. Después miró a los investigadores—. Perdón, es que no lo sabía.

—Sí, bueno, la conocía…, no mucho, pero hizo un Perdidos con nosotros hace un par de meses.

—Un Perdidos, ¿qué es eso? —indagó la inspectora.

—Nosotros lo llamamos así —respondió Galder.

—Es una actividad organizada que dura cuatro días —explicó Inés solícita—. Es una inmersión total en la prehistoria a la que no se pueden llevar móviles, ni siquiera reloj. A los que vienen les enseñamos a construir sus propias herramientas, a encender fuego, a curtir pieles, rastrear piezas.

—Es bestial, se respira naturaleza por los poros —explicó entusiasmado Galder—. No hay nada en el mundo como permanecer solo en el bosque. De noche. Lleno de sonidos que no eres capaz de identificar. Es algo primitivo, atávico…, como el miedo. Entiendes perfectamente por qué los homínidos salieron a las llanuras en cuanto pudieron. No hay nada más terrorífico que un bosque por la noche. Se te aparecen todos tus fantasmas.

Las palabras de Galder sonaron graves a pesar de su pasión. «O tal vez por eso mismo», pensó Daniel.

—Intentamos recuperar valores del pasado olvidados en nuestra sociedad —le interrumpió Inés intentando quitar hierro a la intervención de su compañero—, el trabajo en equipo, la lucha por conseguir objetivos…

—Pero una lucha física, primitiva —añadió el noruego—, construimos un campamento, nos bañamos desnudos en el río, cazamos…

—¿Cazáis de verdad? —preguntó Silvia extrañada.

—No —contestó Inés un tanto azorada—. Tan solo enseñamos el uso de las armas.

—Bueno, algún conejo cae —admitió Galder—. Vamos, Inés, no irás a regañarnos por eso.

—Ya hablaremos luego. Y no nos bañamos desnudos... —añadió Inés mirando a los investigadores.

Galder levantó las manos como excusando el comportamiento pueril de su coordinadora, a la que le irritó el gesto.

—¿Y les enseñáis a identificar plantas también? —preguntó Daniel.

—Sí. ¿Por?

—Por saber.

—Algunas son buenas para el insomnio —explicó Galder—, otras para las picaduras de insectos, las quemaduras del sol. Los participantes deben aguzar los sentidos, desarrollar el olfato, el oído.

—¿Y les enseñáis a envenenar las flechas, por ejemplo? —preguntó Daniel como quien no quiere la cosa.

—Eso no, pero estaría bien.

—No sabía que Eva Santos había participado en un Perdidos —dijo Inés mirando a su compañero.

—Vino con un grupo de chavales de veintipocos años.

—¿Tenía curiosidad por muchas cosas prehistóricas? —preguntó Silvia.

—Es lógico, aquí se respira en el ambiente.

—¿Y también tenía curiosidad por el sexo prehistórico? —quiso saber Daniel. Y su pregunta sonó afirmativa.

—¿Por el sexo prehistórico? —repitió el noruego.

—Sí, según dice el informe policial, en su habitación tenía varios libros relacionados con esa materia —explicó Daniel mirando a Inés.

—La verdad es que, ahora que lo dice, sí, preguntaba bastante —aceptó Galder.

Los tres lo miraron expectantes. Galder jugó con ese tiempo, haciéndose desear. Los bisontes se habían ido acercando al grupito curiosos, pero manteniéndose a una distancia prudencial. La cría permanecía escondida detrás de su madre.

—¿Algo que contar sobre eso, Galder? —inquirió Daniel.

—¿Que si me la follé?

—Ahora que lo dices… —dijo el expolicía mirándolo directamente a los ojos—. ¿Te la follaste?

—Las noches mirando las estrellas son muy románticas, somos jóvenes…

—¿Te acostaste con ella? —preguntó Silvia, que estaba empezando a hartarse de la arrogancia del noruego.

—Era muy guapa. Pero no.

50

A las doce del mediodía el sol caía a plomo sobre el modesto cementerio de Niebla. Situado en la parte baja de la localidad, se llegaba a él por una pista de tierra. La comitiva que llevaba el féretro de Eva Santos entraba por la puerta enrejada dejando atrás el murete que circundaba el camposanto y se encaminaba, bajo la escasa sombra de los dos únicos cipreses, hacia la tumba familiar en la que ya descansaban los abuelos y un tío de la víctima. El padre, el novio, el hermano, con los ojos rojos y húmedos, y tres amigos portaban el ataúd sobre sus hombros. La madre iba detrás, digna, vestida de luto, sin mostrar aflicción. Silvia y Daniel se habían quedado fuera del recinto, sin llamar la atención. No había más de una veintena de personas, entre las que estaban todas las amigas de Eva salvo Khaleesi. Nadie de la excavación se había acercado al sepelio. La familia Santos había pedido que fuera íntimo y la Guardia Civil había recibido orden de cortar los accesos. Aun así, varios cámaras de televisión se habían aproximado lo suficiente como para sacar algunos planos de los asistentes. Las televisiones matinales le estaban dando un espacio considerable al *asesino del yacimiento*, como lo llamaban en antena. La presencia de los medios acrecentaba la tensión sobre el pueblo y los mandos policiales de Madrid.

Entre las tumbas crecían algunas amapolas contrastando con el verde de la hierba. La sepultura esperaba abierta cuando llegó la comitiva. Los operarios tan solo tenían que hacer descender el ataúd y devolver aquel cuerpo a la tierra donde lo esperaban sus familiares ya difuntos. Un ritual de enterramiento.

Uno más de los muchos que hemos realizado los humanos durante miles de años desde que desarrollamos lo suficiente el neocórtex, en un intento de dar sentido a la muerte, al dolor, o de aplacar la ira de los dioses.

Durante el breve responso del párroco, Daniel se fijó en Adrián. Con gafas oscuras, traje y corbata, el novio de Eva aguantaba el tipo a pesar del calor. Se le acercó un señor de unos sesenta años y le dijo algo al oído que no le gustó. ¿Podría ser su padre? Tenían un cierto parecido físico, daba la sensación de que le decía que se fueran ya. El novio de la víctima no se movió y el hombre optó por irse solo. No parecía muy cómodo rodeado de la que pudo ser su familia política. Adrián no le quitaba ojo al hermano de Eva, que lloraba sin grandes aspavientos.

—Si te fijas en los Santos —dijo Silvia cuando ya echaban las últimas paletadas de tierra sobre el féretro—, está claro que no son una familia unida.

Gabriel parecía mareado por el calor, sudoroso. Julia, sin embargo, estaba hierática, seca, supervisando que todo se hiciese correctamente. Y Aurelio se mantenía separado del resto, unos metros por detrás, y parecía mucho más afectado.

—Menuda familia —sentenció Daniel—. Cada uno a su aire.

—El hermano tiene aspecto de estar medicado —comentó Silvia.

—Y lo más lejos posible de la madre —apuntó el expolicía—. A lo mejor es cierto que la rehúye, como dijiste.

—Mira el novio ahí plantado, como si fuese el centro de atención. Tenemos que volver a hablar con él.

—Esta tarde hay un funeral en la iglesia —recordó Daniel—. A lo mejor estaría bien acercarse.

Unas nubes de tormenta asomaron por el horizonte. Todavía estaban lejanas, pero prometían cierto alivio del calor insoportable. Los asistentes empezaron a disolverse con cierta premura, como si les quemase el suelo. Ellos también se prepararon para irse, no había mucho más que hacer allí. Nada de lo que habían contemplado les daba una mínima pista. Se unieron al regreso de la comitiva, que se iba dispersando por el camino de tierra, rodeado de campos de cultivo, cuando les pareció escuchar un improperio a su espalda. Solo Julia giró la cabeza, pero decidió que no merecía la pena detenerse y se alejó para siempre de su hija muerta y enterrada. Silvia y Daniel siguieron la mirada de la madre y pudieron ver cómo, todavía dentro del pequeño cementerio, el novio y el hermano de la víctima se habían quedado retrasados y discutían intentando controlar el volumen de sus voces. Distinguieron cómo Adrián empujaba al hermano, que trataba de huir, pero el otro lo cogía y lo ponía contra un árbol, ya fuera de la vista de los asistentes, que no de los investigadores. Silvia hizo ademán de intervenir, pero Daniel la detuvo.

—Espera, a ver qué hacen.

No podían oír con claridad lo que decían, pero sí que el novio achacaba al hermano la culpa de algo, de ser quien lo había estropeado todo. Gabriel no contestaba a las acusaciones de Adrián, y la presión de este era cada vez más contundente. Silvia entendió que era bueno para la investigación dejar que los dos jóvenes interactuasen, aunque fuera con agresividad. «Tú no la querías como yo», escucharon de boca del hermano de Eva mientras braceaba intentando desasirse de su oponente. Adrián parecía más violento de lo que les mostró en la entrevista.

—Te aprovechaste de ella, ¡eres un cerdo! —dijo el novio levantando la voz.

—Déjame, ya tengo mi castigo —lloriqueó el hermano.

—¡Ojalá acabes igual! —sentenció Adrián elevando la amenaza al tiempo que se percataba de la presencia de los investigadores.

Soltó las solapas de Gabriel y lo dejó marcharse con una mirada de odio que no pasó desapercibida para Silvia y Daniel. El hermano salió del cementerio dando tumbos. Adrián intentó calmarse controlando su respiración e hizo ademán de arrodillarse ante la tumba de su novia. Ellos se aproximaron antes de que se postrara. Fue Silvia la que procuró no dejarle ni un respiro.

—Nos mentiste.

—¿El qué? Ah, perdonen —dijo Adrián haciéndose el sorprendido—, no los había visto. Pero, como comprenderán, ahora no tengo ganas de hablar. Acabo de enterrar a mi novia.

—Y de pegar a su hermano —respondió Daniel.

—Solo hemos discutido un poco.

—¿De qué, si puede saberse?

—Cosas de familia.

—También discutiste con Eva la noche de su asesinato —afirmó Silvia.

—No discutí. No entiendo esta conversación —protestó Adrián.

—Sus amigas dicen que discutisteis. Y sabemos que estuviste en el concierto, aunque nos dijiste que no —explicó la inspectora—. Tenemos fotos de esa noche y se te ve en la plaza del pueblo pasadas las veintitrés horas. ¿Fuiste para hablar con ella?

—No, bueno, quería ver al grupo. Tenía curiosidad, pero no estuve con ella.

—¿La viste?

—No.

—¿Sabías que iba a comprar droga esa noche?

—No —respondió alarmado.

—¿Consumíais drogas habitualmente?

—Yo no tomo nada.

—¿Y Eva?

—Que yo sepa, tampoco. ¡Yo no sé nada!

Daniel retomó el interrogatorio para no dejar que su interlocutor recordase las respuestas que pudiera tener preparadas.

—¿Eva estaba obsesionada con la prehistoria?

—Le interesaba, pero aquí es normal. Vivimos rodeados de todo esto.

—¿Te comentó alguna vez que le gustaría tener sexo en las excavaciones?

—¡No!

—¿Quedaste con Eva después del concierto en el CAREX?

—¡No quedé con ella, no la vi, me fui a casa! Es verdad que estábamos cabreados. A mí no me gustaba que tomase nada, ni que fuese a las fiestas, desfasaba mucho —respondió enfadado ante el acoso.

—O sea, que iba a comprar droga.

—No lo sé.

—¿Eva se liaba con otros? —dijo Daniel volviendo a la carga.

—No. No se liaba con nadie. ¡¿Por qué me pregunta eso?!

—¿Estás seguro de que no te engañaba?

Por su silencio, Daniel entendió que Adrián no estaba seguro, pero tampoco lo iba a admitir.

—En las fiestas bebía y no me gustaba cuando se ponía así, no era ella —dijo al fin.

—¿Y cómo era ella?

—Normalmente era una chica cariñosa, lista, trabajadora, pero a veces…, no sé. Bueno, a veces era más distante. Quería su espacio.

—Ya. Y si no fue contigo al CAREX, y suponiendo que ahora dices la verdad, ¿sabes con quién pudo quedar esa noche?

Adrián negó con la cabeza a la vez que seguía con la mirada a Gabriel, que se alejaba del cementerio.

—¿Qué relación tenía Eva con su hermano? —preguntó la inspectora.

—¡Ese tío está enfermo! ¡Pregúntele a él qué quería de mi chica!

—Lo hemos hecho —afirmó contundente Silvia.

—¿Y… qué les ha dicho? —preguntó temeroso.

—Comprenderás que no podemos comentarlo contigo.

—¡Pues pregúntele dónde estaba esa noche! —dijo Adrián perdiendo los nervios—. ¡¿Él no sale en sus fotos?! Porque en su casa les aseguro que no estaba. Fui como a la una a ver a Eva. Estábamos mal, es verdad, y quería que hiciésemos las paces. Trepé por la ventana y comprobé que Eva no estaba ni tampoco Gabriel.

—Y después, ¿qué hiciste?

—Me fui a mi casa.

—¿Alguien puede corroborarlo?

—No. Vivo solo.

—Muchas gracias por tu colaboración —dijo Silvia satisfecha—. Esperamos poder resolver este caso lo más pronto posible, Adrián.

—¿Puedo irme?

—Claro.

—Detengan al que lo hizo, sea quien sea —dijo, y se alejó. Salió atropelladamente del cementerio sin echar una última mirada a la tumba en la que yacía su chica.

—Tiene prisa —constató Daniel.

—¿Tú le crees esta vez?

—No sé cuál de los dos me resulta más culpable, èl hermano o él.

51

Alejandro Estévez, el restaurador del Museo de Ciencias Naturales de Madrid, un hombre encorbatado y serio, lo estaba esperando en la entrada junto al elefante disecado.

—¿Le gusta?

—Antes no me habría llamado tanto la atención —respondió el inspector Ajuria—, pero estamos con una investigación que me ha hecho pensar mucho en los animales y su entorno.

—Me dijeron por teléfono que quiere ver los mamíferos disecados que tenemos en la colección.

—Especialmente los lobos.

Atravesaron la sala principal del museo con vitrinas a ambos lados: el árbol de la vida, una jirafa tan solo vestida con la piel de la cabeza, cebras, diversos esqueletos de animales que Rodrigo no supo identificar, hasta que sortearon un enorme cartel que preguntaba cómo funciona la evolución, en el que se detuvo un instante.

—Ahora han cambiado mucho este tipo de museos, antes ver un animal disecado lo era todo —explicó Estévez ante su interés—. Imagínese cuando lo creó Carlos III, en el siglo XVIII nadie había visto nunca una cebra, no digamos un león.

—Ya, hoy en día con la televisión o Internet…

—Y la gente viaja, los ve en su hábitat. Antes se trabajaban mucho los dioramas.

—¿Los dioramas?

—Se creaba un pequeño entorno natural donde colocar al animal disecado —explicó Estévez—. Llegamos a los lobos.

Una gran vitrina contenía una familia en la que el macho alfa estaba subido a una roca, con la hembra debajo y un cachorro tumbado en el suelo.

Estaban muy bien naturalizados y podían recordar al que habían visto en la fotografía junto a Eva Santos disfrazada, aunque estos resultaban menos agresivos. Rodrigo sacó su móvil.

—¿Le importa que haga unas fotografías?

—Sin *flash,* por favor. Los hicieron los hermanos Benedito, que trabajaron muchos años para el museo. Creo recordar que son de 1917, porque hace poco celebramos el centenario. Luis se dedicó a los mamíferos y su hermano a las aves. Tenía un gran talento como escultor, algo esencial para conseguir el realismo y la estructura de las figuras.

—Por las fechas que me da, los Benedito están muertos.

—Me temo que sí. Dicen que hasta el rey Alfonso XIII iba habitualmente al taller a ver su trabajo y conversar sobre caza, imagínese.

—¿Y ahora quién puede hacer este tipo de naturalizaciones?

—Quedan pocos expertos. Cada vez menos.

Rodrigo buscó en su móvil la fotografía del lobo disecado, recortada para no mostrar a la víctima, y se la enseñó a Alejandro Estévez ampliándola con los dedos.

—Está muy bien, de eso no hay duda.

—¿Tiene idea de quién podría ser hoy el autor de un trabajo como este?

—Es muy peculiar la expresión. Los ojos, la posición del cuerpo, las orejas, la manera de colocar la dentadura. Hay una empresa en Lozoya... —dijo el restaurador—, también de dos hermanos. Le daré el contacto. Y si fueron ellos, les gustará ver lo que han hecho con su creación.

—No estaría yo tan seguro —sentenció Rodrigo.

52

—Hay otra concordancia con el caso anterior que hemos pasado por alto.

Silvia miró a Daniel, que se bajó del coche recién aparcado frente al hostal donde se alojaban. Se había hecho tarde y todavía no habían tenido tiempo de comer. La inspectora salió detrás de él con precipitación. Quería saber a qué se estaba refiriendo.

—¿Comemos? —dijo Daniel señalando un asador tradicional en una casa de piedra de dos pisos.

—¿A qué concordancia te refieres?

—Al boro. Estaba presente en el cadáver de Teresa Yaner y también en el de Eva Santos. Fue una de las pistas que nos llevaron al taxidermista porque se utiliza para disecar animales.

—Me acuerdo perfectamente.

—Lo que indica que ahora también podría estar implicado un taxidermista. Insisto, quizá sea el mismo asesino.

Daniel entró en el restaurante. Silvia se quedó pensando en que se le había pasado esa coincidencia y después lo siguió hacia el interior. Se lo encontró sentándose en una mesa al fondo y haciendo una señal al camarero para que lo atendiese.

—Lleguemos a un acuerdo —propuso Daniel ante la llegada de su compañera.

—¿Qué tipo de acuerdo? —respondió ella preocupada por la negociación.

—Comemos aquí, pero no pedimos el menú de diez euros.

Silvia aceptó la propuesta con una sonrisa y volvió a centrar la conversación:

—También averiguamos que el boro se podía utilizar en muchas otras actividades.

—¿Para cortar la droga? —aventuró Daniel a la vez que llegaba el camarero, que lo miró inquieto por el comentario.

—¿Quieren el menú?

—La carta, por favor —respondió Daniel sin mirarlo.

Silvia esperó a que se alejara.

—Sí, y también en joyería.

—¿El novio? —preguntó Daniel.

—Su familia tiene una joyería. Pero también se usa para algo más.

—Sorpréndeme.

—Leí en su día que es un metaloide que aumenta la estimulación sexual.

—Una maravilla eso del boro. ¿Sabes si es muy caro? —bromeó Daniel—. ¿Lo pudieron haber utilizado para el trío?

—Pero ¿con quién? ¿Con el novio joyero, con el taxidermista desaparecido?

—Al menos hemos descartado al traficante. ¿Salió en la prensa lo del boro hace seis años? —preguntó Daniel intentando recordar.

—Sí —respondió ella.

—Eso lo contamina todo.

—Aun así, no podemos descartarlo —concluyó Silvia, que llevaba un rato notando que algo le sucedía a Daniel porque levantaba continuamente la mirada—. ¿Qué pasa? —preguntó molesta por la falta de atención.

—Creo que alguien te busca —dijo Daniel señalando la puerta.

Silvia se volvió sin imaginarse quién podría ser cuando se encontró con que Juan la observaba desde la entrada del comedor. Daniel lo había visto buscarla con la mirada, pero nada más localizarla se había quedado paralizado.

—Sí..., es... mi pareja —aceptó ella ruborizándose como si hubiese sido pillada en un renuncio adolescente, y miró el móvil a ver si tenía alguna llamada perdida. No había nada. ¿Qué hacía su chico en Burgos? ¿Habría pasado algo?

Juan, vestido de manera informal, la saludó antes de acercarse. Ella se levantó haciendo mucho ruido con la silla.

—Hola, Silvia.

—Hola —respondió seca—. No sabía que ibas a venir.

—Lo he decidido esta mañana.

—Vale —aceptó ella desviando la mirada hacia Daniel y los presentó.

Daniel se levantó y le tendió la mano al recién llegado.

—¿Daniel Velarde? —preguntó sorprendido.

—Sí. ¿Nos conocemos?

—No. Pero he oído hablar de ti.

—No te creas ni la mitad de lo que te cuenten —dijo Daniel con una amplia sonrisa intentando distender el momento.

Parecía claro que Juan debía conocer su papel en la antigua vida de su novia y lo veía confundido por su presencia. Igual que Silvia por la visita sorpresa.

—Íbamos a comer… —acertó a decir ella—, pero si quieres vamos a otro lado.

—Sí —atajó Daniel la conversación antes de que se volviese más incómoda—, por mí no os preocupéis. Luego nos vemos. Tenemos el funeral a eso de las ocho. Hay tiempo.

Silvia asintió y salió seguida por su pareja. Daniel los miró alejarse por el ventanal. Antes de que se volviese a sentar, el camarero llegó con dos cartas.

—La cocina está a punto de cerrar, es muy tarde.

—Creo que comeré yo solo. ¿Tienen carne de uro?

—No, lo siento.

—Está bien —dijo desilusionado—, tráigame un entrecot poco hecho. Con eso me vale.

Todavía alcanzaba a ver cómo la inspectora entraba en el hostal seguida por Juan. Cuando desaparecieron de su vista sacó los papeles que tenía en una carpeta y comprobó lo que habían estado comentando sobre el boro en la autopsia. Allí estaba la referencia.

Igual que hacía seis años en Asturias.

53

Concejo de Piloña. Cercanías de Infiesto (Asturias)
Seis años antes (2012)

Llegaron hasta el taxidermista por un informe que había elaborado la Guardia Civil sobre el boro encontrado en las uñas de la víctima y sus diferentes usos. Nada más ver las imágenes colgadas en su página web, supieron que debían hablar con él. Aquellos animales disecados eran inquietantes, y muchos de ellos parecían muertos cuando el efecto buscado al naturalizar un animal es que parezca que está vivo.

Carlos Béjar tenía casi cuarenta años, era obeso, sudoroso. Con una cara asimétrica, una frente alta y una leve hendidura en las sienes. Llevaba una perilla pasada de moda de la que nacía una papada que le unía el mentón con el pecho. Intentaba tapar su flácida tripa con camisetas de series de televisión, pero no había forma de contenerla. Pesaría más de cien kilos. Pero se movía con notable agilidad por su taller, abarrotado de materiales de trabajo. El desorden hacía complicado fijarse en los objetos esparcidos. Aun así, Silvia intentó realizar un inventario mental: en el rincón de la entrada tenía apiñados cráneos de corzo y pezuñas de diversos animales; al fondo, una pared entera cubierta de estantes alabeados de madera repletos de cajitas con alicates de corte, distintos barnices para cada animal, botes de pegamento, catalizadores de resina, hilo de alpaca, mascarillas, silicona para moldes, betún de Judea, insecticida en polvo, champú para pieles, bórax en polvo, un aerógrafo y todo tipo de bisturís.

En una estantería más moderna, y un poco más ordenados, identificó tornillos de diverso tipo, alfileres de taxidermista, ojos falsos, orejas de herbívoros, pieles de cabra, de perro… Un torno y un ordenador viejo y sucio con una moderna impresora de color, algunas fotos del propio Carlos Béjar haciendo senderismo y un calendario cutre del año anterior de una marca de neumáticos completaban la decoración del taller. Había solo un par de pequeños huecos en las paredes que daban al exterior, cerrados por contraventanas.

—La luz solar no es buena para la conservación de los animales —les explicó el taxidermista.

Para quienes lo conocían en el pueblo, Carlos era un hombre callado, tenía un trabajo solitario y sabía mucho de química y de biología. En ocasiones había mezclado venenos para terminar con algunas comadrejas que rapiñaban las gallinas de los vecinos. Vivía a las afueras de Infiesto y ocasionalmente había tenido relación con los estudiantes del yacimiento, a los que les había explicado sus métodos de trabajo.

—Me pareció que a los chicos no les gustó demasiado mi oficio, pero ya les aclaré que yo no los mato, tan solo los conservo. Y la mayoría son mascotas cuyos propietarios quieren que les sigan haciendo compañía.

Daniel miró los ejemplares disecados que tenía en el taller. Y dedujo que aceptaba más trabajos de cazadores de los que reconocía.

—¿Y no tendrá una relación de los productos que utiliza? —preguntó Silvia intentando no dar importancia a su petición.

—Pues no —negó Carlos—. Pero ya ven ustedes lo que hay. Pueden hacer fotos o lo que necesiten.

—La Guardia Civil no vino a interrogarle por lo de la chica, ¿verdad? —preguntó Daniel tomando las riendas de la conversación. A diferencia de su compañera, él prefería ponerlo un poco nervioso.

—No. Pero ya tenían al culpable, creo.

—Bueno, nosotros estamos revisando el caso.

—Ah, pues muy bien —dijo el taxidermista sin demostrar interés.

—¿Vive solo?

—Sí, en el piso de arriba. Tengo un apartamento pequeño.

—¿Para qué usa esa sala? —preguntó Silvia refiriéndose a la pieza contigua, donde había enormes pucheros sobre un suelo de baldosa con un sumidero en el centro, y con una manguera colgada de la pared.

—Para desollar a los animales. Normalmente los traen a las pocas horas de ser monteados y hay que quitarles la piel lo antes posible. Luego se cuecen los cráneos en esas ollas...

—¿Se produce mucha sangre? —preguntó el policía.

—No tanta como podría parecer. Al desollarlos, los capilares se coagulan pronto.

—Y el día en que apareció el cadáver de la chica, ¿se acuerda dónde estaba?

—Uf, hace mucho de eso, pero suelo quedarme trabajando hasta tarde —explicó mientras consultaba en el ordenador—. ¿Qué día fue?

—Ya que mira, dígame qué hizo el 11 y el 12 de este mes.

—A ver... —contestó tecleando—, mire, el día 11 me entró un encargo de varias cabezas de venado.

—¿No decía que sobre todo hacía mascotas?

—Depende de la época.

—No soy una experta —afirmó Silvia—, pero me parece recordar que la temporada de caza mayor no empieza hasta octubre.

—No lo sé. Ya les digo que yo no cazo. Este encargo me llevó bastante faena. Ese día estuve todo el tiempo aquí. El cliente se quedó bastante rato viendo cómo trabajaba. ¿Quiere que le dé su teléfono para corroborarlo?

—Claro —aceptó Daniel aparentemente encantador.

—Y así le preguntan cuándo los monteó.

Carlos Béjar lo apuntó en un papel sucio. Silvia se fijó en sus dedos, gordezuelos pero ágiles. Le costó pensar que pudieran pertenecer a un taxidermista tan hábil con las pieles y los tejidos.

—Aquí lo tiene.

—Gracias —contestó Silvia—. En su web hemos visto que también naturaliza animales de cuerpo entero.

—Es todo un arte. Disfruto horrores moldeando los cuerpos con tiempo, colocándolos en posturas realistas, cubriéndolos con las pieles…

—Suena apasionante.

—Lo es.

—¿Y esas piezas las vende?

—No, esas me gusta conservarlas.

Una vez en el coche y con las puertas cerradas, ambos policías se miraron y se preguntaron por qué la Guardia Civil no lo había interrogado antes. Carlos Béjar era un tipo difícil de clasificar. A pesar de haberse mostrado amable y colaborador, sus ojos eran inexpresivos. A Silvia le recordaron a los que tenía almacenados en cajas para colocarlos en las cavidades oculares de los animales disecados. Daniel se rio con la comparación, pero estuvo de acuerdo: tenía unos ojos inquietantes. El policía miró a su compañera. Ella tenía unos ojos vivos y seductores. Estaba muy guapa con el sol del atardecer iluminando sus cabellos castaños. Y sintió unas ganas irrefrenables de besarla. Silvia lo disuadió. Algún dato no terminaba de encajar en su mente de investigadora.

—Si, tal y como dice —empezó a argumentar para fastidio de Daniel—, diseca piezas grandes para él y no están en el taller, ¿dónde las tiene? No parece que la parte de arriba de esa casa sea muy grande.

—¿Qué quieres decir?

—Tal vez tenga otro lugar para almacenarlas. Vamos a buscar si tiene otras propiedades a su nombre por la zona.

—Especialmente si están apartadas del pueblo, ¿verdad? —añadió Daniel comprendiendo la sospecha de Silvia.

54

No esperaba tener una conversación así, mucho menos en un pequeño pueblo de la sierra burgalesa. No se había podido imaginar que, después de cuatro años juntos, su pareja fuese a cortar la relación en una habitación de hostal con encanto, donde hacía demasiado calor porque por la mañana ella había salido sin acordarse de dejar un poco abierta la ventana. Silvia tuvo que escuchar los reproches sobre su falta de interés en la pareja, sobre su obsesión por el trabajo, por los casos que nunca compartía a pesar de las emociones que le provocaban. Juan no le pedía detalles de las investigaciones, pero quería ser parte de su vida, saber cómo se sentía ante esos horrores cotidianos.

—No me has devuelto ninguna de mis llamadas —prosiguió Juan con tristeza—. Llevo varios días intentando contarte que mi hermana se ha quedado embarazada por segunda vez.

Silvia no consiguió sentirse emocionada por la noticia. Juan lo notó. Intercambiaron una mirada gélida que los alejó aún más.

—¿Sabes? Yo quería tener hijos, Silvia. Todavía quiero. Pero no contigo. Ya no —añadió con la voz temblorosa—. Entiendo que creas que no estás preparada, pero la realidad es que no tienes mucho tiempo para tomar esa decisión, y yo ya no quiero esperarte más. Quiero ser padre, no abuelo.

Silvia lo escuchó sin reaccionar, llorando por dentro sin saber bien por qué, si por falta de amor, por orgullo, por sentirse humillada porque Daniel hubiese entrevisto que algo grave sucedía con su relación. No podía creer que esto estuviese pasando en ese preciso momento. Qué más daba esperar si estaban separados por doscientos kilómetros. No había tensión en el día a día. Esta conversación iba a desequilibrarla. El caso era importante, la chica asesinada no se merecía que no tuviese la atención centrada en su muerte, en los posibles culpables. No podía volver a pasarle lo mismo que en Asturias.

—Te dejo, cuando vuelvas a casa ya no estaré. No hay otra mujer. Es solo que creo que esto no funciona.

Trató de abrazarla, pero ella se zafó.

—Estoy bien, no te preocupes por mí.

Salió el orgullo. Y el silencio, sin lágrimas. Después, frases que parecían prestadas: «Creo que es mejor que me vaya». «¿Estás bien para conducir hasta Madrid?», terminó preguntando ella sin poder evitar que saltara la preocupación por el que había sido su pareja durante cuatro años. Era tarde para eso, tras la separación ya no hay derecho a preocuparse. Él se lo dijo: «Ya no».

Y salió por la puerta cerrándola tras de sí. Para siempre. Terminando con una relación que a Silvia le había dado paz y seguridad en tiempos difíciles, que le había aportado ternura y cariño. Y paciencia. Y apoyo para que se desarrollara como policía. Que le había permitido sacar tiempo para estudiar. Le costó reaccionar, no había comido y estaba desorientada. El calor volvía a afectarla demasiado. Abrió la ventana, pero solo consiguió que una oleada de agobio entrase en la habitación. A pocos kilómetros, seguía formándose la tormenta que no terminaba de llegar y que solo contribuía a desplazar el aire abrasador con más velocidad hacia el pueblo. Sintió que se mareaba, que le costaba respirar. Se desnudó y se metió bajo la ducha fresca. Sintió alivio por primera vez desde que había llegado a Niebla, se había aflojado la tensión con la que vivía desde hacía meses. No sabía si esto era lo que quería, pero se sintió triste y relajada a la vez.

Lloró, las lágrimas se confundieron con las gotas de la ducha y se perdieron en el sumidero, igual que sus esperanzas en que esa relación hubiese funcionado.

En el dormitorio el móvil estaba apagado por lo que la llamada de Rodrigo saltó directamente al buzón de voz.

55

Daniel no supo nada de Silvia en toda la tarde, de modo que aprovechó para coordinar el dispositivo de seguridad del presidente de su compañía. Este era el cuarto día de su semana de vacaciones, por lo que no tenía por qué justificar su ausencia. Aun así, quería estar al tanto de nuevas medidas de seguridad que se iban a implementar en las refinerías y de la planificación de los viajes que lo esperaban a la vuelta del verano. Le confirmaron que estaban siguiendo las directrices que él había diseñado.

—Una cosa más —añadió su interlocutor al otro lado de la línea—, hemos logrado abrir el archivo que nos enviaste esta mañana. Lo que no tenemos son los metadatos. Se nos están resistiendo, pero creo que te podremos decir algo en las próximas horas.

—Mándamelo al móvil lo antes posible.

Daniel le felicitó por la eficacia y le recordó la confidencialidad, sabía que tal vez hubiera corrido algún riesgo sacando material sensible fuera del ámbito policial. Al poco de colgar le llegó el vídeo desencriptado. Tenía que rebotarlo al teléfono de Rodrigo para que fuera él quien se lo comunicara a Silvia, como si hubiera sido un logro suyo. Antes, le dio al *play*. La imagen no era muy buena, más bien oscura. Pero se apreciaba el parecido con la de la fotografía de Eva Santos vestida como una mujer prehistórica. Mismo sitio, iluminación similar. Distinguió unas maderas oscuras al fondo, tal vez de un establo o de un cobertizo. Daniel intentaba escrutar qué podía ser exactamente cuando la cara de Eva Santos apareció en primer plano, sonriente.

No dejaba ver cómo iba vestida, tan solo sus labios cerca del objetivo, rojos, sensuales y seductores. Húmedos.

—¿Estás grabando?

Tras unos instantes de silencio, la chica se volvió y se alejó unos pasos. La cámara la siguió entre las sombras.

—Sé que te encantaría follarme —dijo suavecito, despreocupada, mirando de nuevo al objetivo—, poner tu pequeño pene en mi boca hasta reventármela, ¿a que sí? Pero tienes que conformarte con fotografiarme desnuda, sin tocarme. Ese es el pacto.

Y lanzó un beso al tiempo que se volvía a alejar. Daniel estaba impactado por la aparición tan explícita de la joven. Ahora mostró el torso tapado con una camiseta de tirantes blanca que le quedaba grande. Según se movía, uno de sus pechos asomaba por el escote. La cámara temblaba, el plano no era firme. El operador intentó acercarse a ella, pero Eva negó con un dedo.

—Quédate ahí. Solo graba.

La cámara se quedó fija y ella se separó un poco más. Ya la podía ver de cuerpo entero. Llevaba unas braguitas blancas diminutas. Eva bajó una mano por su vientre hasta buscar su sexo a través de la tela y comenzó a tocarse. El operador bajó el plano para enfocar lo que estaba haciendo, pero Eva, con un gesto de sus dedos, le ordenó que subiera. La cámara la obedeció. Cuando ya enfocaba de nuevo la cara, ella se quitó la camiseta sin perder la sonrisa y la tiró hacia la persona que grababa. El plano se movió para esquivar la prenda y se le vieron los pies. Eran los zapatos de un hombre, no cabía duda. Enseguida recompuso la toma y volvió a enfocarla a ella, que ahora enseñaba el pecho, sin pudor.

Daniel estaba excitado, era como si la chica asesinada hacía cuatro días lo estuviese seduciendo a él, desnudándose para él. Notó que su sexo crecía ante la mirada virtual de la joven. No podía distanciarse como investigador de lo que estaba sucediendo ante sus ojos. Eva Santos parecía saberlo y metió de nuevo los dedos por la cinturilla de las braguitas, jugando con ellas, subiéndolas y bajándolas hasta que por fin le mostró el vello del pubis. Un vello de adolescente. Volvió a sonreír.

—¿Quieres fotografiarme? —preguntó.

—Sí —se escuchó detrás de la cámara.

Había sido un suspiro casi inaudible. Iba a resultar muy complicado precisar de quién se trataba. Eva se acercó hasta él saliendo de plano. Se oía cómo se rozaban los cuerpos al besarse. Después volvió a entrar en cuadro acercándose a la bañera en la que la habían visto en las fotos de su ordenador. Tenía la piel blanca y la melena más rubia y ondulada que nunca. Parecería un ángel si no estuviese haciendo lo que estaba haciendo. Se quitó la ropa interior, la tiró hacia una esquina sin dejar de mirar al que la grababa y se metió en la bañera desapareciendo del plano. El cámara avanzó hacia ella y asomó el objetivo para enfocarla, ya tumbada, desnuda, en posición fetal.

—¿Así era como querías tenerme? —dijo Eva Santos sonriente, y después giró la cadera, por última vez hacia la cámara, mostrando la vulva. Se la tocó con dos dedos, abrió un poco los labios, jugueteó con ellos y deslizó sus yemas hacia el clítoris.

—Dime… ¿Qué te gustaría hacerme?

Ahí se terminó lo que había grabado. Cuando la imagen se quedó congelada en la pantalla, Daniel estaba turbado. Tenía la respiración alterada, su corazón se había disparado y le palpitaban las sienes. En ocasiones, la diferencia entre ser policía o culpable es muy endeble. El asesino de Eva, fuese quien fuese, habría sentido algo muy similar a lo que él estaba experimentando en esos momentos. Y era posible que esas imágenes tuvieran que ver con el motivo del crimen. Se iluminó la pantalla expulsándolo de sus pensamientos de manera abrupta. Tardó en contestar para intentar recomponerse. Pero le pareció que su voz todavía temblaba cuando saludó:

—Rodrigo, ¿qué quieres? —Carraspeó.

—No doy con Silvia —contestó impaciente el inspector.

—Ha venido a verla su novio y nos hemos dado la tarde libre. Yo, en un rato, iré al funeral de Eva Santos —explicó recuperando su tono habitual. Sin embargo, al pronunciar el nombre de la víctima le volvió la imagen de ella en la bañera, su sexo abierto, su pubis con escaso vello y su actitud provocadora.

—Estoy yendo a Lozoya. Tengo una buena pista para encontrar al que disecó el lobo. Me han dado un nombre en el Museo de Ciencias Naturales y he quedado mañana a primera hora con él. Poca gente realiza ese trabajo con esa calidad en España. Si se acuerda de quién se lo encargó, estaremos más cerca de resolver el crimen.

—Claro. A mí me ha llegado el archivo borrado. Era un vídeo.

—¿Lo habéis podido abrir?

—Sí. Ahora te lo mando. Es potente.

—Vale, lo miro —respondió con ansiedad el joven policía.

—Envíaselo tú a Silvia. Yo no digo nada hasta que ella me lo comente. Lo que no tengo todavía son los metadatos, pero creo que los vamos a conseguir pronto.

—Genial, seguimos en contacto. Muchas gracias, Daniel.

El agradecimiento de Rodrigo sonó culpable. Colgaron los dos el teléfono sin añadir nada más. Daniel no se resistió a la tentación de visionar el vídeo por segunda vez antes de enviárselo a Rodrigo.

Eva Santos tenía un gran poder.

Y lo jugaba.

Pero estaba muerta.

56

Rodrigo había detenido el coche en el arcén con las luces de emergencia encendidas. Había visto el vídeo que le había mandado Daniel y no conseguía reaccionar. Se sentía culpable por la sensación que le había causado, tal y como le había ocurrido al expolicía unos minutos antes. Le vino a la mente cuando tuvo que husmear en los cajones entre la ropa interior de la víctima. Él había tenido esas braguitas en las manos. No sabía si, en su trabajo, quería ver imágenes como esas. Cuando se hizo inspector no pensó que se expondría a lo peor del ser humano. A sus depravaciones. Para eso no te preparaban en la Academia de Policía, por más que te enseñaran fotos de cuerpos descuartizados o paredes y suelos impregnados de sangre. Ya desde las primeras clases trataban de impresionarte, pero una cosa era ver las imágenes de las vísceras o los cadáveres y otra más tremenda observar de cerca la maldad de la que somos capaces como especie. Identificarse, aunque fuera por un instante, con la pulsión del asesino. El inspector Ajuria no pudo evitar volver a mirar los planos de la chica desnudándose, y se sintió sucio por hacerlo. No solo es que fuera guapa, es que tenía algo magnético y perverso. Despertaba el más oculto de los instintos esenciales. Era como si conociese la debilidad de los hombres y jugase con ella, consiguiendo que estuviesen a su merced. Se preguntó si se acostumbraría con los años a tratar con esas situaciones sin que le influyeran. ¿Qué hacían los compañeros que tenían que investigar, por ejemplo, a los pederastas? ¿Qué sentirían al ver las imágenes terribles de los abusos? ¿Se despertaría algo en su interior que ni siquiera sospechaban? ¿Solo asco? ¿Ganas de vomitar? ¿Excitación por lo prohibido? ¿Morbo? Había que ser muy profesional, como le había indicado Silvia al inicio de la investigación. Por eso pensó, equivocadamente, que Daniel lo tendría superado.

Una sirena sonó detrás de él y, en un acto reflejo, tiró el teléfono al suelo. Se sintió descubierto. Había estado tan centrado en sus pensamientos que no había notado cómo un coche patrulla de la Guardia Civil se había detenido tras su vehículo. El agente ya se había bajado y observó el movimiento sospechoso de esconder algo mientras se acercaba. Se llevó la mano a la pistola sin llegar a sacarla y miró a su compañero, que entendió la petición de ayuda y se bajó también, aproximándose por el otro lado.

—¿Qué tiene ahí? —preguntó al alcanzar la ventanilla de Rodrigo.

—Disculpe, agente —dijo Rodrigo consiguiendo parecer sereno. Fue a sacar la placa que lo identificaba como policía nacional.

—Quieto —ordenó el guardiacivil levantando la mano.

—Soy policía —explicó Rodrigo.

—De acuerdo. Enséñeme la documentación sin hacer movimientos bruscos.

El inspector asintió y buscó la placa en el bolsillo. La enseñó primero a uno de los agentes y después al de la ventanilla contraria para que no hubiese ninguna duda.

—¿Qué hace aquí parado?

—Disculpe, me han mandado una prueba importante para un caso y tenía que responder.

—¿Necesita ayuda?

—No. Muchas gracias.

—Si se detiene, acuérdese de poner el triángulo de señalización —aconsejó el guardia, cuadrándose como gesto de despedida.

—Perdone, agente. Tiene razón. Así lo haré.

57

Cerca de las ocho de la tarde Daniel ya estaba listo para ir al funeral en memoria de Eva Santos. Pensó que debía vestirse más elegante de lo habitual, y se puso un traje negro y una corbata fina del mismo color. No había tenido noticias de Silvia, por lo que decidió enviarle un mensaje antes de salir: «¿Nos vemos en la iglesia?». Esperó unos minutos mientras se ajustaba el nudo de la corbata y se ataba los cordones de los zapatos de suela de cuero. Tenía la tableta encima de la cama reproduciendo con cierta dificultad *Making a murderer*, un complejo documental sobre el asesinato de Teresa Halbach por el que fueron imputados Stephen Avery y su sobrino.

Al no obtener respuesta al mensaje, salió de su habitación, recorrió el pasillo que lo separaba del dormitorio de la inspectora y probó a tocar con los nudillos en su puerta. Nadie respondió. Pegó la oreja a la madera. Nada. Ni una respiración ni un leve movimiento. Decidió ir a la iglesia a ver si ella se le había adelantado.

La tormenta estaba prácticamente encima del acantilado coronado por el pueblo. Se adentró por las calles estrechas esperando que le diese tiempo a llegar a la iglesia protogótica del siglo XIII antes de que rompiera a llover. El cielo estaba cada vez más oscuro, como si fuera a anochecer a pesar de ser las ocho de la tarde del mes de julio. No se divisaba el sol entre los nubarrones que rodeaban la sierra de la Demanda. Según avanzaba, cada vez se encontraba con más parroquianos que seguían su mismo camino. Por cómo iban vestidos, también iban al funeral.

Unos se acercarían por curiosidad, otros por dolor sincero. La ceremonia religiosa iba a ser un acontecimiento en Niebla.

Daniel inclinó la cabeza a modo de saludo al cruzarse con varios vecinos que se quedaron mirándolo con curiosidad. Era imposible pasar desapercibido entre la gente del pueblo, para quienes resultaba evidente que no era uno de ellos, quien más, quien menos, lo habían visto bajarse de su deportivo en alguna ocasión. Al doblar una esquina, vislumbró al final de la calle los sillares de piedra de la sencilla torre que se erguía sobre las casas en la parte más elevada del cortado. Le vibró el reloj de pulsera, conectado con sus cuentas de correo y de WhatsApp. Sacó el móvil del bolsillo y lo miró. Se trataba de un correo electrónico, así que se retiró unos metros hacia la calle aledaña. No podía arriesgarse a abrir en medio de la gente un archivo similar al que le habían hecho llegar una hora antes. Se acercó el iPhone a la cara y el identificador del rostro desbloqueó el dispositivo. Se trataba de los metadatos que estaba esperando. Una marca de cámara, Canon EOS 6D, y unas coordenadas. Pulsó a ver dónde era. El móvil eligió una aplicación y mostró un punto en el mapa. Estaba muy cerca del pueblo, a orillas del río Arlanzón, entre un bosque de árboles imposibles de identificar desde la foto del satélite. No se veía con claridad, pero podría tratarse de una pequeña construcción de madera escondida entre la vegetación. Sabía que de momento no podía acercarse, como le habría gustado. Tenía que esperar a que Rodrigo le comunicase a Silvia que él había desencriptado el archivo que encontraron borrado en el ordenador de Eva Santos, así que reenvió el *email* al inspector pidiéndole que se lo comunicara lo antes posible a su jefa.

Puso el móvil en modo avión y entró en la iglesia, donde ya había empezado el funeral. Se fijó en la enorme asistencia, y trató de identificar quién había acudido y quién no. Pudo ver en el primer banco a la familia de la víctima. Adrián estaba al otro lado del pasillo, también en primera fila, pero separado de la familia de su novia. No vio al hermano por ninguna parte. Tal vez le había parecido demasiado doloroso exponerse ante todo el pueblo si, como decía Silvia, padecía una enfermedad mental grave. O a lo mejor tenía miedo de Adrián. Después del incidente del entierro tampoco era descartable. Recorrió con la vista el resto del templo y encontró a varios miembros del personal de la excavación. Estaba el noruego, cerca de Inés, y algunos estudiantes más en la parte trasera de la iglesia. Decidió avanzar por un lateral para observar sin llamar la atención.

Entonces reparó en quién presidía el funeral junto a otros dos sacerdotes: Samuel Henares, vestido con una casulla morada propia de estas ocasiones, con unos dibujos góticos en forma de cruz que descendían del cuello hasta casi tocar el suelo, bordados en hilo dorado. Le costó creérselo. ¿El director de la excavación era sacerdote? No se lo habría esperado tras sus conversaciones sobre los homínidos y la evolución.

Samuel se acercó al atril que estaba situado en la izquierda del altar, dejando tras de sí el retablo barroco bruñido con pan de oro. Tomó la palabra y comenzó a explicar el pasaje del Génesis que había leído uno de los feligreses hacía unos minutos.

—La serpiente dijo a Eva: «¡No moriréis! Lo que pasa es que Dios sabe que en el momento en que comáis de ese árbol se os abrirán los ojos y seréis como Dios, conocedores del bien y del mal» —citó de memoria, poniendo una enorme pasión en sus palabras—. Este texto que hemos leído hoy lo hemos oído cientos de veces, pero no lo hemos escuchado. Adán y Eva, el árbol del bien y del mal. El fruto prohibido, la serpiente. Nos quedamos en lo obvio, en la anécdota y no en lo simbólico que tiene el relato. El pueblo judío estaba acostumbrado a que se le transmitiese el conocimiento de manera alegórica. Y sabía interpretarlo. Pero nosotros lo escuchamos hoy en día, ¿qué nos quiere decir la escritura? ¿Qué nos prohíbe realmente, comer ciertos frutos? —preguntó con ironía—. ¿Hacer caso a las mujeres? Eva le ofrece el fruto a Adán, lo seduce para que se lo coma. ¿La culpa es entonces de ellas? ¿Los hombres no tenemos responsabilidad por nuestros actos si somos seducidos?

El comentario produjo incomodidad entre los asistentes.

Daniel miró hacia el banco en el que estaba Inés para ver el efecto que le habían causado las palabras del sacerdote y ya no vio al noruego a su lado. ¿Habría salido?

—¿De verdad no tenemos responsabilidad? —retomó Samuel el discurso dando intensidad a su pregunta mientras miraba a Adrián, que se incomodó en su asiento—. Si no somos responsables de nuestros actos, si basta con sentir un impulso para que actuemos, ¿qué nos separa de las bestias?

Daniel comprobó cómo el director de Atapuerca había dado la vuelta al razonamiento alejando toda responsabilidad del comportamiento femenino. Ese Samuel se empezaba a parecer al que él había tratado en el yacimiento.

—Desde que el hombre es hombre —prosiguió—, ¿quién impone lo que está bien y lo que está mal? ¿Quién tiene ese conocimiento? ¿Es algo exclusivo de Dios o lo debemos decidir nosotros? ¿Quién se arroga ese poder? ¿Existe una ley natural o divina por encima del ser humano? ¿Desde cuándo?

Samuel Henares miró a toda la comunidad reunida en torno al altar. Nadie movía un músculo. Todos seguían la homilía sin perder detalle, como si fuese a explicarles lo que realmente sucedió con Eva Santos y por qué. Daniel también escuchaba fascinado las palabras del sacerdote, pero se forzó a observar a los posibles sospechosos del crimen. El padre lloraba, Inés estaba a punto de hacerlo, pero la madre y el novio no. Serios, atentos, impasibles.

—¿Dios castigó a los hombres por querer saber? ¿Ese es nuestro pecado original? El texto nos dice que solo él es quien puede dictaminar lo que está bien y lo que está mal. Solo Dios. No los hombres y las mujeres. Y por eso dicta primero los diez mandamientos, válidos hasta que llega Jesús y los reduce a dos: amar a Dios y al prójimo —dijo Samuel dirigiéndose ahora a la familia de la víctima—. Es muy difícil aceptar la pérdida de una hija tan joven, tan llena de vida. Y si respetásemos la ley de Dios y amásemos al prójimo por encima de nuestras pasiones, esto no habría sucedido. Y Eva seguiría viva entre nosotros —concluyó.

58

Hacía tres horas que Silvia había apagado el teléfono cuando Juan salió de su habitación del hostal de la plaza de Niebla. Se echó a la calle a pasear sin rumbo, saliendo del pueblo hacia el bosque cercano. Cuando se había querido dar cuenta, la tormenta estaba encima de ella y los truenos retumbaban a lo largo y ancho de la sierra, cada vez más cercanos, hasta que rompió a llover sobre su cabeza y decidió guarecerse debajo de un frondoso sauce a ver si pasaba rápido el chaparrón. No había avisado a Daniel de su escapada, y ya debería haber acudido al funeral de Eva Santos. Las gotas que se colaban por entre las hojas le salpicaban la cara. Agradecía esa leve filtración que golpeaba su tristeza, que la aliviaba por fin del calor del verano burgalés. Apoyada en el tronco, con la mirada perdida entre la vegetación de álamos y salgueros que la rodeaba, repasó su vida con Juan: cómo se conocieron en una fiesta de amigos que nada tenían que ver con su trabajo en la Policía; la primera vez que cenaron juntos en un restaurante que pronto se convirtió en su favorito; el primer beso, que no fue como el que le dio a Daniel. El de Juan no estaba prohibido, no había engaño de por medio. Fue cálido, agradable, atento. La primera noche juntos. Su primer orgasmo desde la separación anterior. Al terminar, lloró. No pudo evitarlo. Tiempo después, la doctora Castiñeira le explicó que la oxitocina le generó un estado de hipersensibilidad que desembocó en el llanto. Así funciona la mente. Pero Juan, ante esa situación, no insistió en saber por qué. Fue respetuoso. Habían pasado dos años desde Daniel. Silvia se acordó de cuando su nuevo chico empezó a dejar ropa en su apartamento; estaba más céntrico y a ambos les gustaba más; cuando alquilaron el piso de Juan porque, total, ya no iba nunca y les vendría bien un poco más de dinero; la primera conversación sobre tener hijos a raíz del embarazo de la hermana de él; el primer cambio de pañales de su sobrino. Una sensación extraña para alguien más acostumbrado a tratar con la muerte que con la vida, con las situaciones duras y no con las frágiles. Silvia no consiguió acabar la tarea, le parecía que el bebé se le iba a romper, que no iba a poder hacerlo bien, que ella no se merecía manipular tanta debilidad con sus manos. Su cuñada llegó y terminó de cambiar el pañal con naturalidad. Parecía tan sencillo y tan difícil a la vez.

Se preguntó si era culpa suya el que los hombres la dejaran. Primero Daniel y ahora Juan. ¿Sería ella la responsable? Sabía que ese planteamiento era injusto y que le hacía daño, pero no pudo evitar que cruzase por su mente. Sabía que debía fijarse en lo positivo, en lo que hacía bien. En estos últimos años, en esa lista de aciertos ponía su relación con Juan, aunque en el fondo le quedaban dudas de si era tan beneficiosa para ambos. Pero lo que nunca se imaginó es que él se adelantase, que tuviera tan claro que por ese camino no iban a ninguna parte, que era una relación monótona y herida de muerte. ¿Qué pondría a partir de ahora en la lista de lo positivo? Lo pensó mientras la lluvia no cesaba de caer, rebotando en las hojas del suelo, formando charcos de barro a su alrededor. El ascenso en la Policía, ahora jefa de grupo, y la confianza del juez Vázquez de Mella y del comisario Mendoza para ponerla al frente del caso de Eva Santos. Eso podía estar en la lista. También el haber estudiado una carrera de la que tan solo le faltaban un par de asignaturas, a las que no se iba a poder presentar en esta convocatoria a causa de la investigación. Estudiar le había abierto la mente y devuelto la confianza en sus capacidades. Y recordó la instrucción de su terapeuta el día en que le dio el alta: «Cuídate».

Tenía que dejar de compadecerse. Ni Daniel ni Juan podían desequilibrarla esta vez. Tomó la decisión de cuidarse. En cuanto pudiera, en cuanto acabase la investigación, se dedicaría a sí misma el tiempo que necesitase.

Tomó todo el aire, por fin fresco, del que fueron capaces sus pulmones y decidió centrarse en el trabajo a pesar de las dificultades y de la lluvia torrencial que la aislaba del resto del mundo. Buscó su móvil en el bolsillo de atrás de los vaqueros, cada vez más húmedos, y lo encendió. Empezaron a pitarle mensajes. Llamadas perdidas de Rodrigo, el wasap de Daniel anunciándole que se iba al funeral y el correo electrónico del inspector con el vídeo desencriptado de Eva Santos y las coordenadas de las fotos. Mucha información. Decidió priorizarla. Lo primero que hizo fue abrir el vídeo y reproducirlo. La situación era turbadora: Eva Santos, ya muerta, tan viva en esa grabación, tan sexual, tan segura de sí misma. Silvia sintió tristeza por la chica. ¿De verdad ese era el dominio que quiso escoger como mujer? De todas las opciones que la vida ofrece, ¿esa fue la que decidió explorar? ¿Pensó que le daría más poder el sexo que estudiar, que desarrollar una carrera profesional, que viajar y conocer mundo? Y si de verdad le hubiese dado más poder, ¿por qué estaba muerta?

Silvia necesitaba averiguar quién la había asesinado. Porque su poder era ese: ser capaz de investigar los crímenes que comete el ser humano. Y llevaba más de media vida preparándose para ello.

El frescor gris anaranjado del atardecer la ayudó a desprenderse de esa visión desesperanzada. Cerró el archivo y miró las coordenadas del punto en el que se hicieron las fotos. No estaban lejos de donde se encontraba. Dudó sobre qué hacer. Llamó a Daniel, pero le saltó el buzón. «Estará todavía en el funeral», pensó.

Decidió acudir sola al lugar que le indicaba el móvil.

59

El funeral había terminado, y los asistentes se estaban acercando en procesión a dar el pésame a la familia de la víctima. Unos los abrazaban, los más se limitaban a darles la mano y, como mucho, una palmada en el hombro. No daba la sensación de que los padres fuesen cercanos a sus vecinos. También iban pasando todos por el banco donde estaba Adrián, al lado de sus progenitores. No tenía hermanos, la familia la formaban solo ellos tres. Adrián se mostraba más expresivo, pero sus padres no parecían estar apenados por el fallecimiento de su futura nuera. Inés Madrigal se acercó a dar sus condolencias. No así el resto de los miembros del yacimiento, que se marcharon incluso antes de la bendición final. Salvo Galder, el chico noruego, que había desaparecido en mitad de la homilía.

Fuera continuaba lloviendo torrencialmente.

Samuel Henares salió de la sacristía, ya vestido de calle, y se dirigió, sin llamar la atención, hacia la salida. Daniel lo vio y le salió al paso.

—No sabía que fuera usted sacerdote —dijo al llegar a su lado.

—Ah, hola, señor Velarde —saludó el director de la excavación—. ¿Y eso le ha sorprendido?

—La verdad es que sí.

—En la vida hay que elegir nuestro camino, que nos acerca a determinados valores y nos reprime de otras tentaciones más mundanas.

—Pero su trabajo en la excavación…

—¿Le extraña que un hombre de ciencia pueda tener fe?

—Y más después de lo que ha dicho en el funeral. Lo del conocimiento del bien y del mal…

—Sí. Nos confundimos al considerar que todo es blanco o negro. Deberíamos utilizar más la *y* y menos la *o*. La ciencia y la fe —dijo recalcando la copulativa—, los conocimientos y el misterio, la verdad y lo indemostrable.

—El bien y el mal —completó Daniel.

—Tan unidos siempre.

—¿Y celebra misa habitualmente? —quiso saber el asesor de la Policía.

—Aquí, en el pueblo, los domingos. Misa de nueve de la noche. ¿Le gustaría venir?

—Hace mucho que no estaba en una —reconoció—. Me he dado cuenta de que incluso han cambiado el Padrenuestro.

—Pues sí que hacía tiempo que no venía, sí —dijo Samuel con sentido del humor.

—¿Conocía usted a la familia Santos? —preguntó Daniel cambiando de tema.

—No, pero al aparecer la chica en la excavación consideré que era mi deber estar hoy aquí. Lo hablé con el párroco y con la madre, y les pareció bien.

—¿Y qué impresión le dio a usted la madre?

—Atormentada.

—Sí, buena definición. ¿Usted cree que podría esconder algún secreto?

—El hermano no ha venido —afirmó el sacerdote señalando a la familia, que terminaba de recibir el pésame de sus vecinos.

—Lo había notado.

—Pude verlo un momento cuando visité la casa. Me dio la sensación de que se escondía. —El sacerdote torció el gesto con preocupación.

—Creemos que puede ser esquizofrénico paranoico —dijo Daniel utilizando el diagnóstico de Silvia.

—Podría ser. En otros tiempos se habría dicho que era un castigo divino —respondió Samuel con ironía.

El grupo de estudiantes lo esperaba ya en la puerta. Entre ellos, impaciente, Inés.

—Si me perdona, señor Velarde..., me están esperando.

—Sí, sí, claro. Tan solo una cosa más.

—Dígame.

—¿Desde cuándo cree el hombre en el castigo divino? ¿Desde cuándo cree en Dios?

Samuel Henares guardó silencio. Parecía tratar de recopilar los datos que tenía en la cabeza, mezclar los meramente científicos con los relacionados con el misterio y la fe.

—Es difícil de precisar —dijo al fin—. Por ejemplo, podemos hablar de arte paleolítico desde el 30.000 antes de Cristo, aproximadamente. Hay quien se remonta a hace más de 100.000 años con los neandertales, en el Paleolítico Medio. Pero es más evidente con la llegada del *sapiens*.

—¿Arte y religión van unidos?

—Si la especie es autoconsciente y eleva esa conciencia a arte, la religión está muy cerca. El cerebro estaría preparado para dar ese salto. Pero las religiones más desarrolladas no surgirían hasta hace 9000 años, en el Neolítico, con el asentamiento en un territorio y el crecimiento demográfico. Más gente conviviendo, más normas de conducta. Tiene lógica.

—Ya. Pero volviendo al Paleolítico, no creo que las pinturas de las cuevas fueran meramente estéticas —afirmó Daniel.

—Esos hombres utilizaban las cavernas como santuarios, en ocasiones pintaban muy lejos de la entrada, en lugares de difícil acceso. Y teniendo en cuenta lo complejo de la vida del hombre prehistórico, no resulta lógico que empleasen tanto tiempo en pintar si no le vieran un fundamento mayor, si no creyesen que los podría ayudar en la siguiente cacería, por ejemplo.

—¿Respondería a un pensamiento mágico?

—En Atapuerca hemos encontrado un bifaz tallado hace 400.000 años, precioso, que no se llegó a utilizar nunca.

—He oído hablar de él. Excalibur —apuntó Daniel.

—Eso es. ¿Por qué no fue utilizado? ¿Tenía un sentido especial para los homínidos que lo tallaron y por eso no querían mellarlo?

—Nunca lo podremos saber con seguridad.

—Las creencias no fosilizan —afirmó con una sonrisa lacónica el cura y director del yacimiento—, pero parece evidente que la caza, la reproducción y, sobre todo, la muerte tienen un valor ritual para los homínidos desde hace miles de años. Encontramos ofrendas junto a las sepulturas, adornos, herramientas. Creemos que pintaban los cadáveres, incluso que los bañaban en sustancias colorantes. El rojo es la sangre, la energía vital, un poder mayor para la nueva vida. Aunque no podamos estar seguros de los motivos por los que lo hacían.

—Algo he leído sobre eso —comentó Daniel—, si están orientados al este se relaciona con el nacimiento del día. A occidente…

—… con la morada de los muertos —completó la frase el director del yacimiento—. Más tenebroso, sin duda. Menos esperanzador.

—Eva Santos estaba orientada hacia el oeste. ¿Su asesino creía en el más allá?

—Si la orientó hacia el ocaso, quizá fuera más bien porque no quería que volviese a la vida nunca más.

—Por odio —afirmó Daniel.

—O por temor.

60

La aplicación del móvil guiaba a Silvia a través de los sauces y de los álamos con bastante precisión hacia el punto que le señalaban los metadatos enviados por Rodrigo. Los pies de la inspectora caminaban con determinación entre los charcos de barro que se habían formado en las inmediaciones del río Arlanzón. Estaba completamente empapada. Recordó las palabras de Galder sobre el bosque de noche. Un lugar terrorífico, lleno de sonidos que no eres capaz de identificar. Primitivo, atávico..., como el miedo. De pronto, la oscuridad inevitable cayó sobre los árboles. Silvia pensó en volver al hostal y regresar mejor preparada.

Cuando vislumbró la cabaña entre los árboles, supo que ya no podría detenerse. Instintivamente, se tocó la pistola que llevaba en la parte trasera del pantalón y continuó acercándose. De los muchos sonidos, solo era capaz de identificar el de las gotas cayendo con fuerza sobre el bosque y el de las ranas que croaban en las orillas del río.

Llegó hasta el cobertizo. Probó a empujar el portón de madera y cedió. Entró a un espacio bastante más grande de lo que parecía desde fuera, escasamente iluminado por pequeñas velas. Lo primero que llamó su atención fue que las velas estuvieran encendidas. Eso quería decir que alguien había estado ahí hacía muy poco. O que seguía estando. Las goteras habían producido charcos. Intentó no pisarlos para no hacer ruido mientras avanzaba hasta el centro. Desde allí miró hacia el fondo y se le congeló la sangre. Aunque casi a oscuras, supo que se trataba del mismo lugar de las fotos, no cabía duda. El mismo ventanal, ahora iluminado por un rayo, las maderas de las paredes y la bañera antigua en la que había posado Eva Santos unas semanas antes de morir envenenada. Se escuchó el trueno correspondiente. La tormenta estaba encima de la ribera. Un golpe de viento apagó algunas velas, sumiendo el espacio en una penumbra mayor que le hacía chocar con los objetos tirados por el suelo. Tanteando con los pies, se aproximó a la bañera blanca, que reflejaba la luz de las escasas velas que continuaban encendidas. No había nadie en el cobertizo. Se detuvo a escuchar.

Nada.

Se concentró.

Los sonidos del bosque. De nuevo, solo identificó el de las ranas a lo lejos y la lluvia en el tejado. Una respiración, ¿quizá? No podía ser la suya. En ese momento, entre las sombras, le pareció vislumbrar la figura de un animal grande. Podía tratarse de un perro pastor. O de un lobo. Sintió cómo se le erizaba el vello. Nunca había sentido nada así: terror. Un rayo iluminó el interior del cobertizo y vio claramente la figura del depredador, que estaba quieto, inerte. De las tinieblas surgió una figura a su espalda. Silvia intentó volverse al ver la sombra proyectada por el rayo en la pared, pero no le dio tiempo. Un objeto metálico la golpeó en la frente y cayó redonda al suelo. Al chocar con las maderas del piso todavía no había perdido la consciencia. Le pareció ver la silueta de unos pies acercándose. Pensó que podían ser de un hombre. Esa sombra la volteó, inmovilizándola de cara al suelo. No se podía mover y estaba calada hasta los huesos. Oyó el repiquetear de las gotas en el techo, el viento que movía las ramas de los sauces como gritos sordos de auxilio... Sus últimos pensamientos no fueron ni para Juan ni para Daniel. Pensó en ella, en que necesitaba sobrevivir a esa noche, en que quería decidir por sí misma si debería seguir dando su vida por este trabajo... «¿Merece la pena tanto esfuerzo, tanto sufrimiento?»

Después, silencio y oscuridad.

Daniel conectó el móvil nada más salir de la iglesia. Ya no quedaba casi nadie en los alrededores y vio cómo Samuel se montaba en el mismo coche que Inés y ambos se alejaban. El móvil le anunció que tenía varios mensajes. Primero, uno de Rodrigo confirmando que le había mandado los datos a su jefa, pero que no le había respondido. El segundo era la llamada perdida de Silvia. Comprobó que le había dejado un mensaje. Le decía que iba a acercarse al lugar donde se habían disparado las fotografías de Eva Santos. Miró la hora. Era de hacía quince minutos. Daniel había dejado grabada la localización que le indicaban los metadatos en su teléfono y la aplicación le marcaba que andando tardaría diez minutos en llegar. Decidió apretar el paso. Llamó a Rodrigo, a ver si él había sabido algo de Silvia tras su mensaje. Respondió enseguida. Se le notaba intranquilo.

—No sé nada de ella, pero le he mandado hace un rato las coordenadas de donde se hicieron las fotos.

—Estoy cerca del lugar —dijo adelantándose Daniel—. Voy para allá y te llamo.

Daniel colgó y corrió lo más rápido que le permitieron sus zapatos de suela de cuero y el suelo empapado y resbaladizo de Niebla.

61

Concejo de Piloña. Infiesto (Asturias)
Seis años antes (2012)

Sin ropa. En la cama. Después de hacer el amor.

Sonaba *Tears dry on their own* de Amy Winehouse en un pequeño altavoz conectado por *bluethooth* con el móvil de Silvia. Daniel se levantó para ponerse una camiseta. La inspectora admiró su espalda desnuda. Le gustaba su cuerpo y la relación que tenían, aunque le preocupaba que empezara a haber rumores en torno a ellos en la comisaría. No era fácil ser mujer y policía. Pero esto ya lo sabía cuando entró en el cuerpo. Y si se había liado con él no había sido buscando un ascenso, como insinuaban algunas voces maledicentes. Había sucedido a pesar de todo, a pesar de tener pareja, de su decisión de no mezclar trabajo con relaciones sentimentales, de que su cabeza le dijera que no cayese, que solo podía traerle problemas.

Silvia temía que peligrase su carrera dentro de la Policía Nacional, donde empezaba a estar considerada. Había acompañado a Daniel en los últimos casos importantes y se podría decir que formaban una pareja de élite dentro de su sección de la UDEV. Aunque él se llevase la gloria. No es que no se la mereciera; era buen policía, intenso, listo, con gran capacidad de deducción; pero ella también aportaba método y disciplina, era intuitiva, aunque a los compañeros —y a ella misma— les costase reconocer sus virtudes.

Daniel se terminó de poner la camiseta ante la mirada de desaprobación de ella.

—Te prefería desnudo.

—Así no te distraes —dijo con gracia a la vez que le señalaba los informes redactados por la Guardia Civil y los recortes de prensa de esos días ordenadamente esparcidos por el suelo.

Llevaban una semana en las inmediaciones de la excavación y ya empezaban a elaborar una teoría sobre lo que había sucedido un mes antes, cuando asesinaron a Teresa Yaner. Estaban de acuerdo en lo básico: la habían raptado por la fuerza y la habían tenido retenida unas cuarenta y ocho horas en algún lugar apartado, pero no demasiado lejos de la cueva en la que habían encontrado el cadáver. Para entonces, la chica llevaba muerta unas diez horas. Había sido depositada *post mortem*, por lo que había un margen desde el fallecimiento hasta que la colocaron en posición fetal en la cueva. Ese margen ampliaba el círculo en el que deberían buscar. Aun así, creían que el asesino podía ser de la zona. La elección del lugar para abandonarla no podía ser casual. La entrada no era fácil de localizar, y tampoco lo era introducir el cadáver por la apertura de esta. Si lo había hecho así el asesino era porque significaba algo para él.

Por eso no era descabellada la opción elegida por la Guardia Civil, después de todo. Un coordinador del campamento con un pasado delictivo que había estado en paradero desconocido durante esos días y que no tenía una coartada solvente. Pero, en opinión de Daniel, la Benemérita se había precipitado en la detención de Guillermo Garrido.

—Tenemos que centrarnos en esto —dijo Silvia señalando de nuevo los informes—. Llevamos aquí una semana y todavía no hemos hecho un balance de lo que llevamos investigado.

—Muy bien, inspectora. ¿Perfil del asesino? —preguntó su compañero tratando de provocar la reflexión.

—No es impulsivo, está claro. Eso nos descarta los perfiles de gente inestable y negligente —dijo Silvia mientras se ponía también una camiseta—. Para que no te distraigas tampoco tú.

—¿Podría tener creencias..., digamos, *extrañas*? ¿Incapacidad para el vínculo o el apego?

—Desde luego, el asesino parece obsesivo y minucioso —apuntó la inspectora—. Ha retenido a la víctima dos días, ha limpiado el cadáver, lo ha trasladado, lo ha colocado en una posición determinada. El crimen tiene un aspecto ritual, pero no sabemos si hubo sexo de algún tipo. No hay penetración, pero pudo haber tocamientos o masturbación. Sin rastros de semen.

—Me cuesta creer que, si tienes a una víctima desnuda y atada, no haya un componente sexual. Es como si un león cazase a una gacela y después no se la comiese.

—Estás proyectando, Daniel.

—¿Qué quieres decir? —preguntó sorprendido por el comentario.

—Que no lo comprendes porque tú no dejarías pasar una oportunidad como esa —respondió Silvia convencida.

—No te entiendo —contestó él algo irritado.

—Ponte en esa situación, imagina que eres tú el asesino —le propuso la inspectora—. Como tú dices, has cazado a una chica atractiva y la tienes desnuda e indefensa ante ti, ¿no harías nada?

A Daniel le perturbó la reflexión y la descartó de su mente.

—Es que yo no llegaría a estar en esa situación. No forzaría a ninguna chica.

—Lo sé, Daniel, claro que no —aceptó Silva quitándole hierro al supuesto—. Pero tenemos que entender a los criminales, meternos en su cabeza, en sus emociones.

—En su cabeza, vale. Pero en sus emociones, ¡no sé para qué sirve eso! Nos estamos yendo por las ramas.

—A mí me parece necesario saber lo que sienten.

—Ya estamos. ¿Y si nos fijamos en la víctima? —propuso el policía zanjando el tema.

Silvia asumió que Daniel no quería explorarse a sí mismo. Cuando tocamos el mal, es fácil verlo en las demás personas, en los que calificamos como criminales, pero complicado ver qué hay dentro de cada uno de nosotros.

—Era atractiva, ¿no? —dijo descartando sus pensamientos.

—Sí —respondió Daniel ya más cómodo.

—Vale. Joven y atractiva. Dos opciones: el asesino toma el objeto de su deseo, satisface alguna necesidad sexual, como tú propones, y la mata de manera ritual.

—Según eso, nuestro criminal pertenecería a una familia donde la madre probablemente sería sobreprotectora y consentidora. Eso dicen las estadísticas, ¿no?

—Eso dicen, sí. Aunque no sé si es tan fácil de determinar —dijo la inspectora poniendo en duda las enseñanzas de la Academia—. Y la otra opción: si la víctima es inespecífica y el crimen, sin relación con el sexo. Puramente ritual.

—Entonces tendría una madre fría y rígida.

—Y padre ausente en ambos casos —concluyó Silvia—. Acojonante la falta de responsabilidad de muchos hombres en la educación. Si vieran el perfil de los asesinos, a lo mejor se tomarían más en serio su paternidad.

—Bueno, un padre ausente no implica que el hijo sea un asesino —protestó Daniel. Su cuerpo se tensó y se levantó con brusquedad de la cama.

—Evidentemente, pero es un problema para el hijo, lo mires como lo mires. Hay muchos estudios sobre el tema, hace poco leí una tesis sobre cómo influye el vínculo paterno sobre los rasgos de personalidad de los hijos y…

—No creo que esa circunstancia sea tan determinante.

A Silvia le sorprendió la vehemencia de su compañero. ¿Le afectaría de manera personal?

—Pues a mí me encantaría tener tiempo para estudiar Psicología, creo que me ayudaría en este tipo de investigaciones —añadió ella.

—No creo que te sirva de mucho —contestó Daniel tajante mientras se ponía unos vaqueros—. Sé práctica. Céntrate en la experiencia.

Silvia prefirió no contestar, sabía que no iba a poder convencerlo y no se sentía con fuerzas para intentarlo.

—No nos despistemos ahora —propuso él—. Veamos nuestros sospechosos.

—El coordinador no acaba de encajar con la imagen que yo me he hecho del asesino —apuntó Silvia—. Por lo que dicen, es extrovertido, buen relaciones públicas. Aunque podría entrar en la categoría de psicópata.

—Pero no hay heridas, no sería un psicópata habitual —apuntó Daniel—. No se ensaña, no disfruta con la sangre. La ha cuidado. ¿Un padre?

—Si es así, será más difícil de pillar, dejará menos evidencias. Y suele ser más mayor. No es sádico. Más bien sexual —aceptó Silvia.

—¿Y el taxidermista? ¿Demasiado gordo?

—Cuando estuvimos con él se movía con agilidad por su taller.

—¿Sí?, no me fijé —reconoció Daniel.

—Y tenía fotos haciendo senderismo. Está gordo, pero no lo descartemos solo por eso. Es ágil y fuerte. Solitario. Y esa sala en la que desuella a los animales…

—¿En la central han encontrado por los alrededores alguna propiedad a su nombre? Si tuviese un lugar apartado donde cometer el crimen sin ser molestado…

—De momento siguen buscando —explicó Silvia.

—Y la pregunta definitiva: si ha matado una vez, ¿volverá a hacerlo?

62

La tormenta estaba remitiendo cuando Daniel llegó a la orilla del río Arlanzón buscando la cabaña en la que se suponía que se habían hecho las fotos de Eva Santos junto al lobo. Todavía caían goterones de manera intermitente, más por el agua que se acumulaba en las hojas de los sauces que por la lluvia. El asesor de la Policía estaba calado hasta los huesos y había destrozado sus zapatos en el barro del bosque. Se había resbalado en un par de ocasiones, por lo que su traje no estaba mucho mejor, pero había llegado al punto indicado en cuatro minutos menos de lo que preveía su teléfono móvil.

La luna había desistido de iluminar la noche y el bosque estaba oscuro como los ojos de una hiena. El tenue resplandor del pueblo reflejado en las nubes bajas bastó para que la mirada atenta de Daniel descubriera la cabaña entre las sombras de las ramas. Resultaba un lugar misterioso en mitad de la arboleda, apartado del camino. Un escondite perfecto para cualquier depredador. Ni rastro de Silvia.

Según se acercaba, pudo comprobar que la portezuela estaba entornada. Pensó que seguramente porque la inspectora había entrado unos minutos antes. Su primer impulso fue llamarla. No supo bien el motivo por el que no lo hizo, quizá tan solo por no delatar su presencia, tal vez por puro instinto. A pesar de intentar avanzar en silencio, no era fácil evitar partir ramitas y pisar charcos. Daniel estaba curtido en situaciones más peligrosas que esta, pero la cabaña, el bosque, el asesinato de Eva Santos, la noche desapacible y una inquietud que no supo clasificar le aceleraron el corazón más de lo que hubiera sido normal. Empujó la puerta para terminar de abrirla. Chirrió.

Una vez dentro, vio que había alguna vela encendida. Se quedó quieto dejando que sus ojos se acostumbrasen a la oscuridad. No había llevado su arma, no esperaba que, tras el funeral, la noche acabase así, por lo que prefirió ser prudente. Sus ojos empezaron a distinguir objetos a pesar de la escasa luz del cobertizo y pudo comprobar que la bañera blanca, la de las fotos de Eva, estaba a unos siete u ocho metros, al fondo. Se concentró y le pareció escuchar una respiración muy débil, aunque no estaba seguro. Podía ser incluso la de algún animal. Esperó unos segundos y le dio la sensación de que el leve ruido se desvanecía. Decidió acercarse a la bañera, despacio, con sigilo, hasta que pudo alcanzar su objetivo y mirar en su interior. Había un cuerpo tendido. Pero no distinguía ningún detalle, solo el bulto. Sacó su móvil y conectó la linterna.

«¡Silvia!»

Tumbada desnuda en posición fetal. Un hilo de sangre que provenía de su cabeza tintaba el esmalte blanco y dibujaba caprichosos regueros. Le pareció que estaba muerta. Aún no había reaccionado cuando oyó un fuerte ruido a su espalda. Se volvió de inmediato y barrió con la linterna el cobertizo. Una silueta se escapaba por la puerta y la atrancó desde fuera. Echó a correr hacia ella, pero tropezó y se golpeó contra una butaca haciéndose daño en el hombro izquierdo. Se levantó y trató de abrir la puerta. Le dio una patada, pero no cedió. Hasta la tercera. Cuando pudo salir al bosque, no vio a nadie en las inmediaciones. Trató de escuchar. Las ramas de los árboles batidas por el viento y las ranas a lo lejos. Y su propia respiración agitada. Dudo por un momento, pero decidió que lo mejor era auxiliar a su compañera.

Volvió a entrar mientras marcaba el 112 para pedir asistencia. Tocó con dos dedos a Silvia en la carótida y comprobó que, aunque lento, aún tenía pulso. Cuando le contestaron, dio las órdenes precisas para que llegasen cuanto antes, advirtiendo que se trataba de una oficial de Policía herida grave. Les envió las coordenadas del cobertizo y miró a Silvia. La imagen era bella, las luces y sombras parpadeantes de las velas, el fondo blanco y, sobre él, el cuerpo desnudo. Se sintió culpable por estar observándola y no pudo evitar pensar en Inés tres días atrás, cuando también la había tenido desnuda a su lado y también desmayada, aunque los motivos fueran diferentes. En el coche, había estado tentado de tocarla. Estaba muy excitado cuando la chica perdió la consciencia, y su belleza le había sobrecogido. Pero no lo había hecho. Muchas veces había escuchado que la diferencia entre pensar en hacer algo y hacerlo era la diferencia entre ser un asesino y no serlo. «Todos tenemos pensamientos de los que avergonzarnos, pero no tantas acciones terribles de las que arrepentirnos», le había dicho en una ocasión Silvia.

Ahora miraba a Silvia, pero lo que sentía por ella no tenía nada que ver con lo que le había despertado Inés, y mucho menos Eva cuando había visionado el vídeo. Sabía que no debía moverla hasta que llegase la ayuda, pero no soportó verla sola y frágil, desnuda. Se quitó la camisa, que no estaba tan mojada como la chaqueta.

La tapó y esperó.

63

La entrada en el moderno Hospital Universitario de Burgos resultó precipitada. A pesar de estar todavía mojado el suelo, la UVI móvil, seguida por un vehículo de la Guardia Civil, giró a gran velocidad en la rotonda de acceso al recinto y subió la pequeña cuesta hasta pasar por debajo del cartel de urgencias y detenerse en la puerta. Daniel le había sujetado la mano a Silvia durante el trayecto. Cuando nos enfrentamos a la muerte nada que no sea trascendente importa. Daniel no pudo evitar pensar si habría sido igual en la prehistoria. Si las condiciones de supervivencia eran tan difíciles, era probable que esos homínidos no tuvieran tiempo para las rencillas. Una vez que domesticaron el fuego y las noches se hicieron más largas, al calor de la lumbre, seguro que habían surgido los primeros cotilleos y las primeras inquinas. Los monos, a su manera, las tenían. Sus alianzas y sus enemistades. El ofrecimiento de comida entre ellos, la desparasitación. Pero eso también se habría vuelto insignificante ante el ataque de un león de trescientos kilos, como los que había en Atapuerca en un pasado no tan remoto.

Una frenada brusca sacó a Daniel de sus cavilaciones. Los técnicos de transporte abrieron de golpe las puertas de la ambulancia y tiraron de la camilla en la que estaba la inspectora, desplegando las patas con ruedas, que produjeron al abrirse un chasquido metálico. Daniel se bajó detrás de ellos y el grupo avanzó con rapidez por los pasillos. Una médica, que ya había sido avisada por teléfono, salió a su encuentro.

—¿Qué tenemos? —preguntó con tono profesional.

—Un traumatismo craneoencefálico producido con un objeto plano —respondió el médico responsable de la ambulancia.

—¿Ha necesitado reanimación?

—No. Ha estado hemodinámicamente estable en todo momento. En la ambulancia ha recuperado por unos segundos el conocimiento y estaba desorientada.

—Pero sabía quién era y qué hacía en el lugar donde la he encontrado —apuntó Daniel, que avanzaba a su altura.

—Cuando se ha despertado, ¿movía bien los miembros?

—Sí —afirmó el médico de la UVI móvil—. No ha tenido convulsiones ni vómitos.

—¿Qué tiempo ha transcurrido desde el trauma?

Ambos miraron a Daniel, que calculó mentalmente.

—Algo más de media hora. No más de cuarenta minutos —dijo con seguridad.

—Nosotros llegamos hace quince —añadió el médico de la ambulancia.

—De acuerdo —asumió la doctora de urgencias torciendo el gesto. Le parecía demasiado tiempo.

Llegaron a la zona donde los camilleros debían dejar a los pacientes trasladados. Silvia estaba agitada y tenía cierto nivel de consciencia. Daniel la miró apretándole la mano.

—Todo va a ir bien —dijo por si podía entenderlo.

—Tenemos que hacerle un TAC —explicó la médica.

—En cuanto pueda, dígame algo, por favor —pidió Daniel agobiado.

—Claro —respondió a la vez que dos celadores del centro cogían la camilla y la dirigían hacia la zona de Radiología.

La pareja de la Guardia Civil que los había escoltado se habían despedido preocupados por la inspectora. Daniel les agradeció la colaboración, gracias a ellos habían ganado tiempo para llegar a urgencias. Daniel se quedó solo y con la ropa mojada de Silvia en la mano. No debería haberla cogido del lugar del incidente. Podía tener restos biológicos del atacante. Pero no lo pensó.

Salió para que le diera el aire. Estaba agotado por la tensión. Tenía los zapatos manchados de barro, al igual que el pantalón del traje. No llevaba camisa, porque se había quedado en el cobertizo, y la americana apenas le cubría el cuerpo. Su aspecto era tan deplorable como su estado de ánimo.

Un hombre abatido.

Había parado de llover. La temperatura era agradable y soplaba una ligera brisa tras la tormenta. La humedad del suelo comenzaba a evaporarse, pero todavía observó en los charcos el reflejo del centro hospitalario formando imágenes suaves y brillantes. Daniel las contempló intentando dejar su mente en blanco a la espera de noticias. Sonó un móvil que no pudo identificar. Algo le vibraba en la mano, entre la ropa de Silvia que todavía llevaba. Era el teléfono de la inspectora. Rebuscó entre sus pertenencias y lo cogió para evitar que siguiera sonando tan alto.

—¿Rodrigo? —dijo al descolgar.

—¿Qué ha pasado? ¿Por qué tienes el teléfono de Silvia? —preguntó intuyendo que algo grave había sucedido.

—Estoy en el hospital con ella.

—¿Está bien?

—Ha recibido un fuerte golpe en la cabeza. Le están haciendo pruebas.

Rodrigo se quedó consternado, en silencio, intentando asumir los detalles que Daniel le iba desgranando.

—Fue a las coordenadas que le mandaste. Eran de un cobertizo en mitad de un bosque. La encontré sin conocimiento…

—¿Crees que ha sido el asesino de Eva Santos?

—Seguramente.

—¿Estaba allí?, ¿lo viste?

—Huyó, iba a perseguirlo… —Daniel tomó una bocanada de aire—. Pero decidí volver con Silvia.

—Hiciste bien —dijo Rodrigo convencido.

Tal vez podría haber alcanzado al agresor, aunque no habría sido fácil. La noche era oscura y el desconocido le sacaba mucha ventaja y dominaba el terreno. Daniel había optado por socorrer a Silvia y eso aún podía salvarle la vida.

Eso esperaba. Al otro lado de la línea oyó un suspiro.

—Me siento fatal —se sinceró el inspector—. No teníamos que haberlo hecho así.

—Vamos, Rodrigo, ha sido una sucesión de casualidades, no se podía prever. No tienes la culpa.

—Joder, joder —se lamentó superado por las circunstancias.

—Yo creo que se va a poner bien, ya sabes que es una mujer muy fuerte.

—Sí, eso es verdad —respondió Rodrigo con voz temblorosa—. Me vuelvo a Burgos.

—No, ¿qué dices? Aquí no haces nada.

—Pero quiero estar al lado de Silvia…

—No hay peros, Rodrigo —le cortó tajante Daniel—, has quedado mañana con el tipo ese que diseca animales, ¿no?

—Sí, a las nueve.

—Pues eso es lo esencial ahora mismo. Si te da un nombre, cerraremos el círculo y tendremos al que hizo las fotos a Eva, y probablemente al que la mató. Y al que ha golpeado esta noche a Silvia.

—Tienes razón —dijo con respeto ante la autoridad que para él tenía el expolicía—. Llámame con noticias a la hora que sea.

—Claro.

Ambos colgaron con Silvia en la mente. Sabían que no iban a poder conciliar el sueño esa noche. Dos hombres, separados por la edad y por la experiencia, iban a velar a su manera a la inspectora deseando que se recuperase.

El asesino del yacimiento podría esperar.

64

Durante la noche habló dos veces con el comisario Mendoza. Había repasado de nuevo toda la documentación del caso tratando de encontrar algo que quizá se les hubiera pasado por alto. En la primera llamada, Daniel quiso confirmar que el móvil de la víctima era un iPhone X, como constaba en el informe. Mendoza le dijo que así era y que seguían sin poder acceder a sus datos. Apple no colaboraba y nadie de su entorno conocía el PIN.

—Yo tengo el mismo modelo de teléfono, y tal vez haya una manera de entrar en su contenido.

—Eso sería esencial para la investigación —dijo el comisario con un rayo de esperanza.

—Habría que desenterrar el cuerpo de la chica.

Escuchar eso no le gustó tanto a Mendoza.

—Siento no haberlo pensado antes. Es posible que Eva Santos abriera su teléfono a través del reconocimiento facial —explicó Daniel—. Han pasado seis días desde su muerte, pero el cadáver ha estado bien conservado y el aparato reconocería la estructura del rostro, la distancia entre los ojos, la nariz...

—Para eso habría que pedir una autorización al juez —apuntó preocupado el comisario.

Era una petición un tanto morbosa, sacar el cuerpo de la víctima para ponerle delante su propio teléfono a ver si así se desbloqueaba. Daniel prefirió no insistir y Mendoza quedó en pensárselo con más calma.

La segunda llamada del comisario, un par de horas más tarde, fue tan solo para interesarse por la evolución de la inspectora. Mendoza había estado mucho tiempo en un destino de calle y respetaba el trabajo de sus agentes porque lo conocía de primera mano. A Daniel le sorprendió que tuviese tan buena opinión de la inspectora Guzmán, «uno de mis mejores agentes». Entonces se dio cuenta de lo imbécil que había sido con Silvia. Trató de recordar las veces que él le había felicitado por su trabajo durante el tiempo en que fueron compañeros: ninguna. Quizá fuese por su habitual nivel de exigencia, o por culpa de sus prejuicios o de su propio ego mal gestionado. O de las ganas de culparla por no haber sido capaces de resolver su último caso juntos. Pero lo cierto era que él siempre había pensado que Silvia, pese a su ingenuidad y ganas de confiar en la gente, era una gran policía con dotes innatas para la investigación, metódica y a la vez instintiva. Aunque nunca se lo hiciese saber. ¿Quizá había sido él el culpable de que ella jamás hubiese destacado ante sus superiores durante el tiempo que trabajaron juntos? Esa posibilidad le hizo de pronto sentirse mezquino. Tal y como él veía a su madre tras el abandono de su padre, cuando la exigencia ahogó cualquier otro sentimiento. Por mucho que se esforzase solo obtenía silencio y una mirada de desprecio ante cualquier logro infantil. Esa severidad lo había marcado más de lo que era consciente. Ahora Silvia había cambiado. Era más madura, más fuerte en todos los sentidos, e incluso más inteligente. Había sacado tiempo para estudiar. Hacía falta motivación para combinar un trabajo de horarios inciertos con la disciplina que exigía una carrera universitaria.

Durante el resto de la noche, mientras esperaba a que la doctora le diera un nuevo parte, pensó en lo que había hecho él en los últimos seis años. Cuando los intereses de su empresa lo habían exigido, él se había alejado de la ley, desobedeciendo el juramento a la Constitución que hizo al graduarse, sin que le hubiera temblado el pulso. Había conocido a personalidades importantes y de dudosa moral organizando encuentros al más alto nivel. Había ayudado a hacer negocios en países donde claramente reinaba la ley del más fuerte. Hasta esta noche larga y densa, no se había planteado si había hecho bien o mal. «Bien o mal», se repitió; o más bien, bien *y* mal, como le había dicho Samuel Henares a la salida del funeral. «Hay que usar más la *y*», recordó. Estaba convencido de que había sido bueno y eficaz en su trabajo. Pero...

Una puerta se abrió al final del largo pasillo y Daniel vio cómo la médica se acercaba. Oyó sus zuecos resonando en la noche desde la sala de espera, en la que apenas quedaban tres o cuatro personas. Miró la cara de la doctora sin poder adivinar los resultados de las pruebas que le habían hecho a Silvia. El recorrido se le hizo eterno.

—¿Qué tal? —preguntó adelantándose unos pasos.

—La paciente ha sufrido un traumatismo craneoencefálico moderado. Mantiene una conversación orientada, obedece órdenes, sabe dónde está y qué día es. Tenía un hematoma subcutáneo, pero no hay fractura, y hemos podido drenarlo.

—Eso quiere decir que se pondrá bien —aventuró Daniel.

—Está en la UCI en observación. Las próximas seis horas son importantes, pero pensamos que no ha sufrido daños graves.

—Gracias. ¿Podría entrar a verla?

—Solo un momento. Si todo va bien, por la mañana la subiremos a planta.

Daniel asintió más tranquilo y le dio la mano a la doctora.

Silvia estaba tumbada en la cama, tras la cristalera de un box individual de la UCI completamente blanco y aséptico. No estaba intubada, como él había esperado. Eso era también una buena señal. Respiraba por sí misma, y tan solo llevaba puesto un gotero con suero salino y analgésicos. Antes de entrar, el cristal le devolvió el reflejo de su propia imagen. Tenía mal aspecto, sin camisa, solo con la chaqueta, el pelo mojado y ensortijado. Lo que le llamó la atención fue su semblante desencajado por la preocupación. Cerró los ojos y trató de controlar la respiración para alejar las imágenes de Silvia tumbada, como muerta, en el cobertizo del bosque. Trató de alejar la sensación de que, si ella muriera, el mundo sería un lugar peor, como él mismo había comprobado en estos años de ausencia. Cuando logró calmarse, entró en el box. Le pareció que estaba dormida. Se acercó, le cogió la mano y la acarició. Una sensación olvidada se despertó en su interior con el contacto de la piel de Silvia. Tal vez su pasada relación no había sido solo un rollo, como ella dijo. Tal vez en el tiempo que había transcurrido desde su separación él había enterrado con excesiva facilidad unos sentimientos que ahora, con tan solo ese leve contacto, afloraban. Silvia notó que alguien la tocaba y abrió los ojos.

—Daniel —susurró agotada.

—Sí —contestó soltándole involuntariamente la mano.

—¿Lo hemos cogido?

—¿Te acuerdas de lo que ha ocurrido? —preguntó esperanzado.

—Vagamente. Él estaba dentro, ¿verdad?

—No hables si estás cansada.

—No lo vi. Solo una sombra. Yo diría que era un hombre por la corpulencia, pero estaba oscuro —explicó con esfuerzo.

—Yo tampoco lo vi, se me escapó.

—Me golpeó, ¿verdad?

—Sí, en la cabeza.

—Pero llegaste a tiempo —afirmó Silvia, y una fatigosa sonrisa se desplegó por su rostro.

—Sí.

—Tengo alguna imagen confusa... ¿Qué pasó cuando me desmayé?

—Nada, ya está todo bien.

—Daniel, quiero saber qué sucedió. No me protejas —le reclamó la inspectora con determinación.

Daniel no sabía si en esa situación era aconsejable contarle con detalle la agresión.

—La verdad —dijo ella intuyendo sus dudas—. Estoy bien.

El asesor de la Policía asintió cogiéndole de nuevo la mano.

—Después de que te golpease —empezó a relatar con precaución—, te desnudó… y te metió en la bañera que había en el cobertizo. Yo te encontré tumbada.

—¿En posición fetal? —preguntó Silvia amedrentada.

Daniel asintió de manera imperceptible.

¿Qué hubiera pasado si hubiese tardado solo unos minutos más en encontrarla?

Él pareció adivinar sus pensamientos y le apretó la mano.

—Me salvaste la vida.

—Tal vez —reconoció Daniel azorado.

—Gracias…

Silvia cerró los ojos. Estaba terriblemente cansada y a la vez alegre por haber sobrevivido. Recordó cada vez con más detalle, como sacados de una espesa bruma, sus últimos pensamientos en el cobertizo. Se prometió que al terminar la investigación se tomaría un tiempo para decidir sobre su vida.

—Tienes que dormir —dijo Daniel con una ternura que a él mismo le sorprendió.

Silvia asintió apretando la mano de su examante.

—Lo siento —escuchó decir a Daniel, y se dejó invadir por un profundo sueño.

65

Día 6

A las nueve de la mañana Rodrigo ya había aparcado en la pequeña plaza de Lozoya, frente a los dos caños de la fuente. Al bajarse del coche, sus ojos se encontraron con un cartel que señalaba la dirección del yacimiento del Valle de los Neandertales a pocos kilómetros. Se asombró ante la casualidad. No tenía ni idea de que por la zona hubiese una excavación importante, pero no era el momento de detenerse a comprobarlo. Subió acelerado los escalones de piedra que daban al restaurante de la plaza para preguntar por el taller del taxidermista. En la terraza, que estaba todavía sin montar, se encontró con un viejito que le indicó el camino: estaba a pocos metros, tan solo doblando la esquina. Rodrigo no pudo evitar ponerse nervioso y sentirse policía a la vez.

Tras avanzar unos pasos, un cartel le sacó de toda duda: «Taxidermia Montesquinza», en letras enormes, presidía la fachada de un edificio de piedra de tres plantas. Al entrar en el taller le llegó un fuerte olor a resina y se encontró de bruces con un león albino maravillosamente disecado. Daba respeto pasar a su lado. Parecía que te seguía con la mirada.

—¿Le gusta? —dijo una voz a su espalda.

Rodrigo se volvió hacia un hombre de unos cuarenta y cinco años, de aspecto afable. Lo saludó.

—Usted debe de ser José Ángel Montesquinza.

—Y usted el inspector Ajuria.

—Así es. La verdad es que impresiona verlo tan cerca y tan real —dijo refiriéndose al león y tratando de causar buena impresión a su interlocutor, tal y como Silvia le había enseñado.

—Gracias.

—¿Qué puede costar uno como este? —preguntó con curiosidad.

—Cerca de 3000 euros. Si solo es la cabeza, 650. Pero usted quería ver un lobo, ¿no es así?

Rodrigo asintió con la esperanza de ver un ejemplar parecido al de la fotografía que habían encontrado en el ordenador de la víctima.

—Lo tenemos arriba.

El taxidermista atravesó el taller, en el que trabajaban cinco operarios muy concentrados. El inspector echó a andar detrás de él y sus pies chocaron con una extraña peana.

—¿Y esto?

—Un taburete hecho con una pata de elefante.

El policía lo observó extrañado.

—¿Y no le da pena? —preguntó sin poder evitarlo.

—Bueno, es un trabajo. Pero que un elefante acabe de taburete o de cenicero no deja de ser…

—¿Triste? —terminó la frase Rodrigo.

José Ángel se quedó un momento en silencio junto a la pata del mayor animal terrestre.

—Subamos por estas escaleras —le indicó.

Arriba se encontraron con una especie de cementerio de esculturas amarillentas de diversos mamíferos: leonas, hienas, zorros y toda clase de herbívoros.

—¿Para qué se usan? —preguntó Rodrigo, que se estaba abriendo a un mundo desconocido.

—Son los cuerpos, los esculpimos nosotros con resina.

—Ah, ¿las figuras no llevan el cuerpo real debajo?

—¿Cómo si fuese una momia? No, por dios —respondió con una sonrisa ante la ignorancia del inspector—. En este oficio no se aprovecha todo el animal, normalmente tan solo la piel; los cuernos, por supuesto; a veces la dentadura o el cráneo. Se quita la piel, se curte y se crea esta estructura adaptada al tamaño de cada uno. Ahí al fondo está el lobo.

Rodrigo miró hacia la sala contigua sin llegar a verlo todavía. Los nervios lo atenazaban, por lo que prefirió seguir hablando:

—¿Y se pueden cazar lobos en España?

—Sí. Se subastan precintos por terrenos de caza. Ayúdeme con esto —añadió apartando algunos moldes que dificultaban el paso.

—¿Precintos? —preguntó sin entender el concepto mientras le echaba una mano.

—Licencias. En una determinada zona pueden dar dos o tres al año, como mucho. Ahora hay bastantes lobos en España. Más de tres mil. Hay quien dice que hasta siete mil.

—¿Usted ha cazado lobos?

José Ángel dejó lo que estaba haciendo y miró al policía, que no supo cómo interpretar esa mirada.

—Uno —respondió con solemnidad—. En la sierra de la Culebra, en Zamora. Le tienes que poner un cebo para que se acerque, pero no puede ser ganado de la zona para que no se acostumbre a comer ni vacas ni ovejas. Normalmente se va acompañado, pero yo fui solo, era la tercera noche que salía a ver si lo encontraba. Recuerdo que hacía un frío terrible, era a finales del mes de enero.

Rodrigo escuchaba el relato fascinado.

—Construí una pequeña cabaña con ramas para calentarme un poco y esperar. Es una experiencia estar en el bosque de noche. Hay multitud de sonidos: ratones, jabalíes, pájaros que cantan, aunque no haya sol, grillos… Pero de pronto, todo se calló. Fue impresionante. Ya me lo habían comentado, cuando aparece el lobo todos los demás animales permanecen en absoluto silencio. Con tan solo su presencia. Yo sabía que estaba allí, a pocos metros y, probablemente, él podía olerme. Aun así, se acercó a la presa que le había colocado y empezó a devorarla. Podía escuchar sus dentelladas. Estaba en el sitio perfecto para mi escopeta cuando levantó la cabeza y me miró. Fue un instante antes de que yo disparase, pero sentí algo difícil de explicar, el frío, el monte en silencio, esos ojos...

José Ángel se interrumpió sin dar más explicaciones. Rodrigo pensó que se iba a emocionar.

—Este es ese lobo. No he vuelto a cazar otro desde entonces.

Rodrigo lo contempló. En la sala en la que acababan de entrar, el sol irrumpía por la ventana iluminando a contraluz al animal. Se sobrecogió. Era precioso; un macho grande, de pelo grisáceo y aspecto imponente. Tardó en reaccionar, hasta que recordó el motivo de su visita. Entonces sacó el móvil para buscar la foto del lobo que había aparecido en el ordenador de Eva Santos y se la mostró a José Ángel, que nada más verla esbozó una sonrisa.

—Lo hice yo. Un animal magnífico, incluso un poco más grande que este.

—¿Se acuerda de quién se lo encargó?

—Claro, fue un cazador de Madrid que nunca me lo pagó.

Esa información no se la esperaba Rodrigo.

—¿Entonces? ¿Se lo robaron? —aventuró.

—No, qué va. Lo tenía puesto en mi página web y hace como un año me llamaron interesándose por él. Lo vendí.

—¿Y se acuerda a quién?

José Ángel se le quedó mirando sin contestar. El policía notó la duda en su interlocutor.

—No es tan solo curiosidad, ¿verdad?

—No, no lo es —se sinceró el policía—. ¿Se acuerda?

—Algo así es imposible de olvidar.

66

Silvia había dormido toda la noche del tirón, como hacía muchos meses que no lo lograba. Sin imágenes en la mente de difícil interpretación, sin tensiones, sin sueños agobiantes de cuevas angostas cuyas salidas se cerraban según se acercaba a ellas. Los analgésicos habían conseguido que relajara los músculos y que se olvidara por unas horas de todo lo que sucedía en su vida y en la investigación. Cuando se despertó eran casi las nueve y media de la mañana y seguía en la UCI. Los médicos habían decidido dejarla dormir todo lo que necesitase. Cuando entró el especialista comprobó que los parámetros eran correctos: estaba lúcida, contestaba a las preguntas de manera coherente, respondía a las órdenes. A la inspectora le parecía absurdo tener que tocarse la nariz con el dedo, aunque no protestó. Quería recuperar su teléfono y hablar con Daniel y con Rodrigo cuanto antes para que la pusieran al tanto de los últimos acontecimientos.

Le dijeron que lo más conveniente era que subiese a planta y que se quedara en observación al menos hasta mediodía. Aunque no quería, aceptó. No tenía ni su ropa ni su móvil, prefirió ir despacio y no precipitarse en sus decisiones. A pesar de que se encontraba bien, todavía estaba un poco entumecida y le dolía la cabeza. Mientras la subían en la camilla, en el ascensor solo para pacientes, su cerebro no paraba de hacer elucubraciones. ¿Cómo habría conseguido Rodrigo desencriptar los metadatos del archivo del ordenador de Eva Santos? ¿Por qué Daniel la había encontrado en el cobertizo? ¿La estaba siguiendo? Recordaba vagamente la conversación de madrugada con él. Al principio le pareció casi un sueño, pero poco a poco fue recordando los detalles y el contacto de la mano de su examante en la suya. Le pareció que la acariciaba con ternura. Daniel, ¿tierno? Silvia dudó de si podía fiarse de su memoria. Sonrió.

Ya en la habitación preguntó por sus cosas. Le trajeron una bolsa con lo que su compañero les había entregado. Contenía su ropa, que todavía estaba húmeda y con abundantes manchas de barro. Y también su teléfono móvil. Sin batería. Estuvo a punto de perder los nervios por culpa de la ansiedad. No podía llamar a nadie. Consiguió tranquilizarse y decidió que lo mejor era vestirse y salir del hospital cuanto antes. Cuando ya iba a quitarse el pijama, Daniel entró en la habitación.

—¿Silvia? —dijo abriendo la puerta—. Me han dicho que estabas aquí.

Volvió a colocarse la bata hospitalaria para mantener la imagen más digna posible, dentro de lo complicado que resulta ir vestida solo con una tela verde abierta por la espalda.

—Ya ves, no me dejan salir —respondió con tono irónico.

—Pero ¿estás bien? —preguntó Daniel.

—Sí, me toco de puta madre la nariz con el dedo índice. Mira. —Silvia lo hizo con una precisión indudable y Daniel rio aliviado—. ¿Qué más ha pasado esta noche?

—Los de la Científica están tomando muestras del cobertizo…

—¿Y qué sabéis del que me golpeó? —lo interrumpió impaciente la inspectora.

—Vamos por partes. Rodrigo ha localizado al taxidermista que naturalizó al lobo. Ha estado con él a primera hora…

—¿Y consiguió que le diera un nombre?

—Gabriel Santos.

—El hermano —se asombró Silvia.

—El taxidermista le vendió el lobo disecado. Lo deben de estar deteniendo en estos momentos. El comisario está viniendo a Burgos.

—El hermano —repitió la inspectora para sí—. No lo tengo claro.

—Todo apunta a que es él, Silvia. Esa obsesión por su hermana, la compra del lobo para las fotos… Seguro que fue él quien te golpeó y te puso en la bañera como a su anterior víctima.

Silvia tuvo que admitir con un gesto que era posible, aunque no le acababa de cuadrar.

—Si los de la Científica encuentran restos de ADN en el cobertizo, el caso estará resuelto. De momento, parece que hay bastantes objetos personales. Entre ellos, el lobo disecado. Seguro que algo más concuerda con Gabriel.

—Voy a pedir el alta.

—Han dicho hasta mediodía... —Daniel estaba convencido de que era inútil argumentar en contra de su decisión—. Ya me lo imaginaba. Te he traído ropa limpia.

—Gracias —dijo ella.

—Te acerco a donde quieras.

—¿Qué vas a hacer tú?

—No sé. Ya casi se me acaba la semana que tenía libre —dijo Daniel.

—Ya.

—Bueno, te dejo para que te cambies —concluyó intentando no pensar en qué significaba que la semana se terminase y que ya hubiese un posible culpable del asesinato de Eva Santos.

Todo parecía precipitarse. Daniel salió de la habitación del hospital.

Silvia pensó que debería llamar a Juan para contarle lo que había pasado, pero inmediatamente desechó la idea. Tenía prisa. Quería ser ella la que interrogase al hermano de la víctima antes que nadie.

67

Una sala aséptica, moderna, en tonos casi blancos. Una mesa sencilla, tres sillas y una cámara dispuesta para grabar.

Gabriel estaba esperando a que llegara el agente que lo iba a interrogar. No había querido abogado. Tan solo negó cuando le preguntaron si tenía alguno conocido o si prefería que llamasen a uno de oficio.

Una hora antes, cuando entraron los agentes en la casa de los Santos, el chico estaba en su cuarto encerrado. Su madre no había querido presenciar la detención y había preguntado a los policías si podía ausentarse. Los agentes no pusieron ninguna objeción a que Julia se marchara. El padre se mantuvo a un lado, aguantando las lágrimas, durante el proceso en el que los policías tuvieron que forzar la puerta del dormitorio de Gabriel, que permanecía agazapado en una esquina con una cámara de fotos en la mano. Una Canon EOS 6D. Aurelio Santos contempló cómo se lo llevaban detenido al día siguiente de haber enterrado a su hija asesinada. No intervino, dejó hacer a los miembros del cuerpo, aunque, al ver a Gabriel asustado y con las esposas puestas, lo besó en la frente, y tan solo pudo decir con palabras trémulas «No ha sido él. La quería».

Se abrió la puerta de la sala de interrogatorios y Gabriel desvió la mirada hacia el ruido que produjeron las bisagras. Se sobresaltó. Estaba a gusto esperando en silencio, dejando pasar el tiempo. Aislado en las dependencias policiales, daba la imagen de ser un muchacho desvalido.

Silvia entró con paso firme, como si no le doliese el golpe

propinado en el cobertizo. Rodrigo la acompañaba. La había recibido con una sonrisa en la comisaría cuando la había visto entrar con el mismo aplomo del día anterior, sin mostrar ningún tipo de debilidad. Reprimió las ganas de abrazarla, se conformó con un apretón de manos que a él mismo le resultó forzado. Silvia le felicitó por el trabajo que había hecho en el Museo de Ciencias Naturales, que había terminado por conectar a Gabriel con las fotos y con el cobertizo gracias al lobo disecado que había comprado meses atrás.

—Hola, Gabriel —dijo la inspectora dejando pasar al inspector y cerrando la puerta.

El detenido respondió con un leve movimiento de cabeza a modo de saludo. Se le veía temeroso. Se encogió de hombros y bajó la cabeza, pero sin perder de vista los movimientos de la inspectora.

—Lo siento —musitó.

Silvia se sorprendió por esas primeras palabras y miró al chico antes de sentarse. Este reculó, como temiendo que ella fuese a pegarle.

—No te voy a hacer nada, Gabriel —le aseguró Silvia notando su recelo.

El chico asintió respirando más tranquilo.

—Es usted muy guapa.

—Gracias..., supongo —respondió Silvia—. ¿Por eso me golpeaste?

El hermano de la víctima negó con la cabeza varias veces. No era por eso.

—Porque fuiste tú el que me golpeó, ¿verdad?

—Entró en mi cabaña. No debió hacerlo. Nadie sabía que estaba allí —argumentó con lentitud.

—Nosotros sí sabíamos que estabas allí, Gabriel —dijo la inspectora mirándolo a los ojos.

—Todos quieren entrar y espiarme.

—¿Otros entraron en tu cabaña?

—No, no la encontraron.

—Ya… Yo no quería espiarte, es que había visto las fotos que le hiciste a tu hermana. Son bonitas. ¿Por eso me desnudaste? ¿Querías hacer otras fotos iguales?

Gabriel negó de nuevo con la cabeza. Pero en esta ocasión fue porque no quería contestar a esa pregunta.

—Me has pedido perdón, y eso está muy bien —dijo Silvia cambiando de estrategia—. Así que creo que tengo derecho a saber qué ibas a hacer conmigo, ¿no te parece?

El chico valoró las palabras de la inspectora y decidió explicarse.

—Pensé… que se iba a morir. Quería captar ese momento.

—¿Y no pensaste en llamar a una ambulancia, mejor?

Gabriel entendió que había hecho mal y se golpeó la cabeza con la mano, como reprendiéndose por su comportamiento.

—Entonces, ¿no me ibas a matar?

—No —negó taciturno—, solo tenía que hacer esas fotos. Había que hacerlas.

—¿Y por qué había que hacerlas, Gabriel?

—¡Me dijeron que tenía que hacerlas! —gritó por primera vez.

—¿Quiénes? —preguntó sorprendida la inspectora.

Rodrigo seguía el interrogatorio concentrado en la actitud tan extraña del hermano de Eva. En su postura corporal, en sus movimientos lentos y cansinos, en cómo se rascaba las falanges con las uñas, en cómo no perdía de vista ni por un instante los movimientos de la mujer que lo estaba interrogando.

—¿Puedo fumar? —preguntó.

—No, hasta que no terminemos, no —respondió Silvia ofreciéndole ese cebo si colaboraba—. Hablábamos de las fotos. Unas fotos como las que hiciste a tu hermana.

—Sí. Como las de Eva —dijo evocador.

—Con el lobo disecado que compraste al taxidermista de Lozoya.

Gabriel asintió.

—¿Disfrutabas haciendo esas fotos a tu hermana?

Gabriel asintió avergonzado.

—Hemos visto un vídeo en el que ella se desnudaba… para ti.

—Le dije que no podíamos hacerlo —respondió Gabriel con una angustia evidente—, que nos habían visto haciendo cosas.

—¿Quién? —preguntó Silvia.

—¿Tu madre? —se atrevió a insinuar Rodrigo.

Silvia lo miró agradeciendo el apunte.

—No. Mi madre no. Nos habían visto y por eso tenía que hacer las fotos.

—¿Os habían visto juntos?

—Juntos —reconoció Gabriel.

—¿En la cama? ¿Os habíais acostado?

—No, acostado no… Me tocó. Una vez.

Esa confesión no impactó menos en Silvia porque se la esperase. Así que era cierto lo que habían supuesto, que los hermanos, de alguna manera, habían mantenido contactos sexuales, ¿y Gabriel lo confesaba ahora porque no podía soportar la culpa?

—¿Os hicieron chantaje por eso? —preguntó la inspectora.

—Me llamaron. Me amenazaron si no lo hacía.

—En esas fotos que le hiciste a tu hermana…, ella está en la misma postura que el muñeco que había en la excavación, ¿verdad?

—Como en la excavación, sí —aceptó.

—¿Lo habías visto?

—Sí.

—¿El que os amenazó era de ahí? —preguntó la inspectora invitándole a contar todo lo que supiera—. ¿De la excavación?

—Puede ser. No sé. «La postura fetal, desnuda, como muerta», dijo.

Y se quedó en silencio. Desnuda, la postura fetal, como Eva, como la reproducción del antiguo humano del CAREX, como la propia Silvia la noche anterior. Como miles de enterramientos durante cientos de miles de años a lo largo y ancho de la Tierra.

—Las fotos que le hiciste a tu hermana me parecieron muy bonitas —prosiguió la inspectora—. También tristes.

—Son tristes.

—Pero tú le hiciste daño.

Gabriel se quedó en silencio. Por primera vez perdió el contacto visual con ella y se centró en sí mismo durante unos segundos. Algo cruzó por su mente que le dolió y volvió a levantar la vista.

—Nunca le habría hecho daño a Eva. Nunca. Yo la quería.

68

—¿Tú crees que la mató? —preguntó Rodrigo mientras recorrían los pasillos de la comisaría de Burgos, un edificio gris formado por cubos de hormigón con ventanales de gran tamaño situado cerca de la N-627.

Silvia, un paso por delante, caminaba abstraída y no respondió.

—Lo que nos ha contado Gabriel podría llevarnos al personal de la excavación —añadió tratando de llamar la atención de su jefa.

—No nos podemos creer textualmente todo lo que nos ha dicho —respondió al fin.

—¿Crees que podría habernos mentido?

—Tal vez no intencionadamente —matizó Silvia—. Hay que hacerle una valoración clínica, pero Gabriel podría sufrir esquizofrenia paranoide.

Rodrigo la miró sin entender en toda su magnitud el diagnóstico.

—Si es así —explicó la inspectora—, él puede creer que está diciendo la verdad y, sin embargo, lo más probable sea que nadie le esté espiando ni dándole órdenes.

—¿Entonces?

—Este perfil de enfermos, en ocasiones, pueden llegar a escuchar voces interiores. Tenemos que buscar informes sobre él. Es posible que en algún momento de su vida haya estado ingresado o en tratamiento psiquiátrico.

Rodrigo anotó la orden en su móvil para llevarla a cabo en cuanto le fuera posible.

—Entonces, ¿todo podría ser una alucinación por su enfermedad? —preguntó.

—No hay que descartarlo. Pero tampoco podemos concluir que no haya sido él, que esas voces no le hayan dicho que mate a su hermana y que, efectivamente, haya sido capaz de hacerlo, ni tampoco que no haya intervenido alguna persona del yacimiento que conociese su trastorno y que haya sabido aprovecharlo.

—¿Alguien de la excavación tenía alguna relación con Eva? —preguntó Rodrigo.

—Hay que mirarlo también. Sabemos que Galder Vinter, el noruego, la conocía. Mientras estabas en Madrid, nosotros fuimos a verlo, y reconoció que había tenido cierto trato con ella un par de meses atrás.

Rodrigo iba asimilando la información cuando se acordó de Daniel, y se extrañó por no verlo en la comisaría. Preguntó por él.

—No lo sé. En un par de días se le termina la semana de vacaciones y todo apunta a que hemos detenido al asesino del yacimiento.

—¿Y tú qué piensas?

En ese momento, entraban en la sala central y el comisario Mendoza había llegado hacía unos minutos desde la central de la UDEV en Madrid. Al ver a Silvia, se apresuró a acercarse y, aunque no llegó a abrazarla, la tomó por los hombros con firmeza y la miró con el afecto de un tutor a una discípula.

—¿Cómo te encuentras? —preguntó intranquilo.

—Bien, gracias, comisario. Muy bien —mintió con convicción.

El dolor de cabeza no había cesado, aunque lo mantenía bajo control. Por momentos, le daba la sensación de que para alejarlo le bastaba con un ejercicio de voluntad. Las manos de Mendoza le apretaron los hombros, y ella sintió el afecto sincero de su superior. Le pareció que valoraba su trabajo, que no la había elegido al azar para esa investigación. Eso, sumado a la tensión de las últimas horas, la cercanía de la muerte, la mano de Daniel en su mano y la decisión de ser ella la que se plantease el futuro a partir de ahora, sin esperar la aprobación de sus jefes ni de sus compañeros sentimentales, estuvieron a punto de provocar que las lágrimas escapasen de sus ojos, aunque consiguió controlar esas emociones y sonreír.

—Me alegro —asumió Mendoza más tranquilo—. Tienes que saber que en el registro de la casa del detenido hemos encontrado cerca de 300.000 euros escondidos en su cuarto.

—¿300.000 euros? —repitió desconcertada la inspectora—. Es una cantidad muy elevada.

—Sí, desde luego no la ha podido ganar trabajando en la tienda de informática —apuntó Rodrigo atreviéndose a intervenir.

—Tenemos también la cámara con la que se dispararon las fotos del cobertizo —añadió Mendoza—. Gracias a los metadatos que consiguió el inspector Ajuria, sabemos que se trata de la misma. Buen trabajo —dijo dirigiéndose a Rodrigo.

—Gracias —respondió el inspector sintiéndose culpable por ocultar a sus superiores que los datos los había conseguido el equipo de Daniel Velarde de manera ilegal.

El comisario Mendoza quería conocer la opinión de Silvia sobre el sospechoso. Muchas pruebas diferentes, unas que se sucedían a otras, variando cada pocas horas la dirección de las pesquisas, el novio, el traficante de drogas, Khaleesi, Galder, el hermano…

—Inspectora Guzmán, entonces, ¿tenemos al asesino de Eva Santos?

Su silencio no le gustó a Mendoza.

—Comisario —dijo por fin—, deme cuarenta y ocho horas antes de anunciarlo a la prensa. Tengo dudas. Creo que el hermano ha podido tener algo que ver, pero no puedo afirmar que sea el culpable.

La premonición del comisario se hizo real en las palabras de la inspectora. No estaba segura. Si él la había puesto al frente del caso, debería respetar su opinión, pero la prensa y la televisión lo acosaban todos los días, y también el Ministerio del Interior: querían una resolución inmediata y la detención del asesino del yacimiento. La mirada de Silvia le hizo replantearse lo que traía pensado desde Madrid.

—Vamos a hacer una cosa —propuso con determinación—. El juez ha accedido a desenterrar el cadáver de la chica, a pesar de la oposición de la familia.

—¿A desenterrarlo? ¿Para qué? —Silvia no estaba al tanto de la conversación del comisario con Daniel sobre la forma de desbloquear el móvil de la víctima.

Mendoza se lo explicó y Silvia asumió que en los últimos mensajes de Eva podía estar la pista definitiva para incriminar a su asesino.

—La prensa nos va a crujir —adelantó Mendoza—, pero es nuestra obligación obtener todos los datos. Desbloquearemos el móvil y accederemos a su contenido. Tienes veinticuatro horas antes de que anunciemos oficialmente la resolución del caso.

Veinticuatro horas.

69

Daniel marcó el teléfono de Inés. Ella descolgó y su saludo sonó alegre al escuchar al expolicía:

—¡Hola!

—¿Te gustaría que nos viésemos por última vez?

PARTE IV

—

BISONTES

Mas lo que sale de la boca, del mismo corazón sale; y contamina al hombre. Porque del corazón salen los malos pensamientos, homicidios, adulterios, fornicaciones, hurtos, falsos testimonios, blasfemias…

Mateo 15, 8-19

Nunca debí contarte aquello. No debí abrirte mi corazón. ¿En quién confiar si no se puede confiar en nadie? ¿A quién se puede desear si no puedes entregarte plenamente, si no puedes abandonarte en sus brazos? ¿Con quién compartir la soledad sin que te apuñalen por la espalda? La soledad debe ser absoluta. Demencial. Necesaria.

No hay nadie en la oscuridad. Está vacía, hueca, tenebrosa.

¿En quién confiar?

En nadie.

Soy nadie.

70

Día 7

El corazón le latía a más de ciento treinta pulsaciones por minuto mientras corría. Los pulmones desalojaban casi siete litros de aire en cada bocanada. El paso largo, preciso, concentrado, evitando los desniveles del terreno. La lanza en la mano derecha, los compañeros corriendo unos metros por detrás, todos chillando, agresivos. Coordinados. El bisonte, confundido por la persecución, galopaba sin saber hacia dónde dirigirse. A pesar de ser mucho más veloz que sus perseguidores, estos parecían incansables y llevaban ya muchos minutos detrás sin darle tregua atravesando los bosques de robles melojos y las praderas de encinas dispersas. Sus robustas patas no parecían ser suficientes para dejar atrás a los cazadores.

El suelo de la sierra retumbaba a su paso. El ojo del bóvido, desesperado, trataba de buscar el camino de la salvación, pero los humanos, con sus gritos, eran capaces de desviarlo de sus intenciones para guiarlo al lugar preciso que previamente habían elegido. Ciento cuarenta pulsaciones y aumentando. El corazón parecía que se les iba a salir por la boca y, sin embargo, todo el grupo mantuvo la carrera firme, constante, sin desfallecer. También las hembras. Estaban preparadas para cazar. Para terminar con la vida del herbívoro más preciado de la dehesa. Dos metros de altura en cruz, casi mil kilos de puro músculo y rabia. Y ahora también de pánico. Durante la carrera solo podían pensar en el momento en el que lo derribasen, en que podrían comer de su abundante carne, utilizar los huesos para cuencos y la piel para cubrirse en las noches de frío.

Por fin consiguieron acorralarlo en el pequeño desfiladero por el que no sería capaz de trepar. El bisonte se golpeó contra una roca sin poder detener su carrera a tiempo, y se quedó atontado lo suficiente como para que el clan llegase a su altura. Se sentían eufóricos, invencibles. Ciento sesenta pulsaciones, la adrenalina viajaba disparada a través de la sangre consiguiendo que los músculos mantuviesen su máximo rendimiento y aumentando el nivel de oxígeno que procesaban sus pulmones. Las pupilas dilatadas, mejorando la visión, ayudándolos a percibir el detalle de todo lo que sucedía a su alrededor.

Hasta este punto, la velocidad había sido el elemento esencial de la cacería, pero ahora se hacía necesaria la precisión, controlar la respiración y las emociones. Había llegado el momento clave y debían tener la suficiente claridad mental como para acertar en el lanzamiento, sin cometer un error que pudiera costarles la vida. La primera lanza, hecha con madera de fresno y con un bifaz de sílex con la punta tallada, a pesar de estar perfectamente equilibrada en el tercio anterior, rebotó en la dura piel del bisonte. El animal sintió el golpe y se revolvió contra sus atacantes. Uno de los miembros de la tribu cruzó por delante de su testuz haciéndolo girar sobre sí mismo, como hacen los leones al cazar a los búfalos, perdiendo al resto de los humanos de su campo visual. En ese preciso instante, con coordinación ensayada, una segunda lanza lo golpeó en el costillar traspasando primero la densa capa de lana y después la piel para terminar clavándose en uno de sus pulmones. El animal perdió pie, pero continuó con vida. Otras tres lanzas se clavaron entonces en el costado, pero esta vez desde mucho más cerca. El animal mugía desesperado a la vez que sus atacantes lo pinchaban en distintas partes, intentando infligirle el mayor daño posible. Empezó a manar sangre en abundancia. Aun así, todavía trataba de levantarse para encarar a sus enemigos, que no cejaban en su acometida, hasta que ya no pudo más y se derrumbó sobre la tierra.

Un último golpe que lo alcanzó en el corazón terminó con su vida.

71

Los operarios de la funeraria no entendían qué estaban haciendo desenterrando el cadáver de Eva Santos apenas veinticuatro horas después de haberle dado sepultura. El juez Vázquez de Mella quiso estar presente para dar autoridad a tan desagradable acontecimiento. Se sentía responsable de la decisión, y así se lo había explicado a los padres de la víctima, que no habían querido escucharlo. Especialmente Julia. Habían contestado que no acudirían a la exhumación y que presentarían un recurso contra el procedimiento. Pero el juez había decidido que lo mejor sería llevarlo a cabo lo antes posible, mientras el rostro de la víctima fuese reconocible por el dispositivo de Apple. Se había determinado que el cuerpo sería llevado al Instituto de Medicina Legal de Burgos y que allí se efectuarían las pruebas pertinentes para ver si era posible desbloquear el teléfono móvil. El comisario Mendoza permanecía a su lado en todo momento, mientras que la inspectora Guzmán, no muy conforme con cómo se habían hecho las cosas, estaba unos metros por detrás, acompañando a Rodrigo en el proceso.

—¿No se nos podía haber ocurrido antes?

—Pues… tal vez sí —aceptó el inspector con un gesto sombrío—, pero, que yo sepa, no se había hecho nunca. La tecnología está en constante evolución y tenemos que ir adaptándonos lo más rápidamente posible.

Silvia frunció los labios en señal de reprobación ante la idea que había promovido Daniel, pero en cuya ejecución estaba ausente.

La tierra, blanda debido a la lluvia de la noche anterior, permitía que las palas entrasen en ella con facilidad. Por fin empezó a asomar el féretro, y el juez deseó que se acabara pronto la penosa tarea de extraerlo de la fosa. El comisario hizo un gesto al inspector Ajuria para que se acercara.

—¿De verdad es posible acceder al móvil con la cara de su dueño, aunque haya muerto hace una semana? —preguntó asegurándose de que el juez no lo escuchase.

—Desde Apple dicen que el móvil lleva una prueba de vida que es capaz de sentir la sangre fluyendo en el rostro —explicó Rodrigo.

Esa afirmación terminó de horrorizar a su superior.

—Pero se han hecho experimentos —continuó su subordinado— en los que se ha engañado al sistema con una máscara en la que se había pegado la foto de los ojos, la nariz y la boca del propietario en 3D, y el dispositivo se liberó.

—Espero que sea usted capaz de desbloquearlo. Si todo esto ha sido para nada, sería… terrible.

—Lo haremos —afirmó tratando de generar confianza a su superior.

Silvia pensó en la familia Santos, en el dolor que habrían sentido ante la llamada de Vázquez de Mella, pero también en que lo único que podría ofrecerles algo de consuelo sería encontrar al que había asesinado a su hija, y ella quería creer que no había sido el hermano. Mientras levantaban la caja para meterla en el coche funerario, la inspectora observó que una persona permanecía fuera del cementerio muy atenta a cuanto acontecía en él. Silvia se movió unos pasos a su derecha sin llamar la atención para evitar las ramas de los árboles que ocultaban la figura. Podía tratarse del padre de Eva, por lo que le dijo al comisario que se adelantasen ellos, que ella los seguiría en cuanto pudiera. Su superior asintió sin preguntar y se centró en el traslado de los restos. El juez dio por concluida la extracción del féretro y miró a Mendoza con preocupación.

—Espero que esto funcione. Tenemos a la prensa encima.

A Inés le había gustado la idea de que se vieran una última vez antes de que Daniel se fuera de Burgos, pero le había pedido que fuera diferente, que le permitiese cumplir con una de sus fantasías.

No le fue difícil hacerse con la llave de la verja del Portalón de la Cueva Mayor sin que nadie se diera cuenta. En ese conjunto de cuevas fue donde se encontraron los restos del cráneo de *Homo heidelbergensis* al que llamaron Miguelón. Una vez traspasada la verja, caminaron hasta llegar a una oquedad estrecha, de unos tres metros, por la que apenas cabían. Se deslizaron como si de un tobogán se tratase hasta caer con delicadeza en la Galería del Sílex. Iban nerviosos, precipitados. Sin hablar. Tan solo iluminando el camino con los frontales de sus cascos. La galería era larga, de quinientos metros de longitud por unos diez de ancho y con una altura máxima de quince metros. Con estalactitas caprichosas, algunas de las cuales colgaban como dientes de dragón amenazantes, mientras otras se habían unido a las estalagmitas y entre ambas conectaban el suelo con el techo de la cavidad mediante columnas espectaculares. Se detuvieron en el lugar escogido por Inés sin prestar atención a su riqueza arqueológica.

—Aquí —solo acertó a decir Inés echándose en brazos de Daniel y besándolo con atrevimiento.

Los cascos de ambos cayeron al suelo iluminando con sus haces las paredes de la cueva, pero dejando en penumbra sus cuerpos. Hacía un poco de frío, pero ninguno de los dos lo notaba. Inés se quitó la camiseta y Daniel liberó los pechos del sujetador que ella había tardado tanto tiempo en elegir y en el que él apenas se fijó. Los acarició con impaciencia. Inés sintió una punzada de dolor por la embestida de su amante y eso la excitó todavía más. Su cerebro liberó oxitocina. Necesitaba emociones fuertes, nada de sábanas de seda en habitaciones con encanto. Quería que fuera sucio, primitivo, bestial. Lo había pensado muchas veces, y esa era la ocasión perfecta: no había compromiso, solo la emoción del momento. Cogió con fuerza la cabeza de Daniel y la levantó, obligándolo a erguirse y a ponerse a su altura para juntar los labios con urgencia. Llevaba desde la noche anterior pensando en este momento, imaginándolo, soñando con él.

Y ahora por fin se hacía real.

Daniel empezó a quitarse la chaqueta, lo que aprovechó Inés para arrodillarse y arrancarle el cinturón tirando con fuerza de la hebilla. Desabotonó después el pantalón cuando él se desprendía también de la camisa, y se lo bajó de un tirón junto a los calzoncillos, liberando su sexo, que ya estaba firme desde antes de entrar en la galería. Miró el miembro, que le quedaba a la altura de los ojos, y le bajó la piel dejando al descubierto el glande. Estaba rojo por la sangre que fluía por los cuerpos cavernosos. Parecía a punto de estallar. Se lo llevó a la boca húmeda con delicadeza. Lo acarició con la lengua hasta que Daniel no pudo más y la levantó de un tirón, poniéndola a su altura y besándola de nuevo.

—Creí que querías correrte —dijo Inés con una sonrisa juguetona.

—Todavía no —balbuceó él, y se agachó para despojarla a ella también de los pantalones.

Inés levantó un pie para sacarse la pernera y después el otro, pero al hacerlo se resbaló y rodó hacia la completa oscuridad por un pequeño desnivel en el que no habían reparado debido a su excitación. Daniel la perdió de vista en un segundo. Los frontales iluminaban hacia el lado contrario. No sabía bien qué había sucedido. Tan solo oyó un grito de dolor y un cuerpo que resbalaba por la roca húmeda.

—Inés, ¿estás bien? —preguntó impaciente.

Ella contestó con un pequeño gemido que lo decidió a bajar hacia su compañera de juegos amorosos, a pesar de que casi no se veía nada en esa parte de la cueva. Según descendía, sus ojos empezaron a acostumbrarse a una oscuridad mayor. Por fin encontró a la chica, tendida sobre el suelo, consciente. Se acercó.

—Sí..., solo ha sido un pequeño golpe en la frente.

—Estás sangrando —afirmó Daniel mientras trataba de comprobar la envergadura del corte.

—No me importa —respondió Inés todavía excitada—. ¿Ya ti?

Daniel se quedó desconcertado. No parecía grave, pero las heridas en las cejas son aparatosas, y tal vez necesitase un par de puntos de sutura.

—¿Te duele? —preguntó él.

Inés se llevó la mano a la cara por donde brotaba la sangre y se manchó intencionadamente los dedos. Los miró; estaban teñidos de rojo oscuro, el color del hierro en la noche, el del tinte con el que se ungían los cuerpos en la prehistoria, como el que había aparecido rodeando el cuerpo de Eva Santos. El color de la vida y de la muerte, de la energía vital. Posó los dedos en el pecho de su amante dejando una huella como la de los primitivos en las rocas, y sonrió. Se mojó de nuevo la mano en la sangre que seguía manando y empezó a teñir el cuerpo de Daniel con ella. Él se excitó, comprendiendo que eso era lo que ella deseaba, olvidarse del dolor que sentía.

—La sangre es la vida..., energía... —dijo Inés.

Notó cómo el sexo de Daniel crecía aún más y empezó a masturbarlo.

—No pienses —continuó con voz trémula—. Solo reacciona a tus impulsos, como hacen los animales.

Daniel cerró los ojos y sintió, como ella le había pedido. La respiración entrecortada, la tensión muscular en aumento... El córtex visual mandó un mensaje al hipotálamo para que aumentase la erección al tiempo que otras zonas cerebrales se paralizaron para evitar distracciones. Los centros de alerta y de peligro quedaron apagados mientras se activaba la zona cerebral de placer intenso y la de inhibición del dolor.

—¿Quieres que siga? —dijo ella de manera morbosa.

A Inés le gustaba la sensación de poder que tenía sobre Daniel, sobre su deseo. Cada vez movía más rápido la mano, con más fuerza, incluso provocándole un dolor que no hacía otra cosa que segregar más oxitocina y más placer, hasta que Daniel no pudo más y alcanzó con furia el orgasmo eyaculando sobre el suelo de aquel lugar apartado de la civilización.

72

Silvia esperó a que la comitiva del juzgado se alejase para acercarse a Aurelio Santos, que también miraba cómo se perdían los coches oficiales que transportaban una vez más el cuerpo de su hija. Le dio unos segundos para que asumiese el trance. El padre cerró los ojos y trató de respirar el aire de la sierra. Los pulmones de Aurelio no parecía que pudiesen contener por más tiempo el oxígeno, y los párpados era como si no quisiesen abrirse nunca más. Pero la vida se impuso, y el padre de Eva volvió a respirar sin que su cerebro diese la orden consciente. Fue en ese momento cuando la inspectora se acercó.

—Señor Santos… —dijo con delicadeza.

Aurelio se giró para mirarla. No pareció sorprenderse por su presencia.

—Siento lo que ha habido que hacer.

—Esto no podía terminar de otra manera —sentenció convencido.

—¿A qué se refiere?

El padre de Eva se quedó pensando. No tenía un lenguaje fluido, era un hombre de campo, y se sentía mayor. Su capacidad de raciocinio había empeorado en los últimos días.

—Usted lo que quiere es saber si mi hijo lo hizo, ¿verdad?

—Es mi obligación como policía.

—¿Y qué es lo que cree usted?

—No puedo contestarle a eso.

—Pero lo han detenido.

—Me atacó en el cobertizo.

—Es verdad. Y le pido perdón por eso. ¿Está usted bien?

—Sí —afirmó la inspectora. Todavía le dolía la cabeza hasta tal punto que le parecía que le iba a estallar si no fuese por el ibuprofeno que tomaba cuatro veces al día.

—Mi hijo no debió golpearla, pero es que se lía. Se nubla… Ya habrá visto usted que no razona muy bien.

—¿Está diagnosticado?

—Nos dijeron que era esquizofrénico…

—… paranoico —completó ella.

—Sí. Como se imaginará, nosotros no teníamos ni idea de qué significaba, pero nos sonó muy grave.

—Tiene tratamiento.

—Estuvo ingresado un par de meses hace unos años —explicó Aurelio—. Le dieron unas pastillas para que tomase y parecía que estaba más estable.

—¿Y ahora qué le ha pasado?

—Su hermana lo descentraba.

—Es una pregunta difícil de hacer a un padre, pero…

—Quiere saber si mis hijos tenían relaciones, ¿verdad? —se adelantó a la inspectora.

Aurelio no era un hombre de cultura, ni de razonamientos complejos, pero conocía a las personas. E intuía sus lados oscuros.

—Sí —aceptó Silvia empatizando con el sufrimiento del padre.

—No entiendo la relación que tenían mis hijos —explicó apesadumbrado—. Nosotros los educamos como sabíamos. Mi mujer es más dura, le gusta estar encima de todo, y yo trabajaba mucho en el campo y llegaba agotado a casa.

—Lo que tiene Gabriel es una enfermedad de la que ustedes no tienen ninguna culpa.

—Eso nos dijeron en su día, pero mi mujer no lo creyó. Nos castigó a todos: a mí por no estar en casa; a mi hijo lo agobiaba todo el rato, y a Eva la mandó un par de años a estudiar fuera.

—¿Y cuándo volvió? —preguntó la inspectora, que desconocía ese dato.

—Hace un año o así. Gabriel había estado mejor durante ese tiempo, pero, nada más verla, se encerró de nuevo en su cuarto, se puso fatal —dijo Aurelio, y miró directamente a los ojos de su interlocutora para sincerarse—. Mi hija no era una buena persona, inspectora. No sé qué hacía, a dónde iba, qué pasaba en los viajes con ese novio que tenía, pero no era una buena persona.

Silvia guardó un respetuoso silencio ante esa difícil confesión.

—Pero Gabriel… —añadió el padre—, Gabriel es un buen chico. Hable con él. No lo hizo, pero seguro que puede contarle muchas cosas.

—¿También sobre su hermana?

—Estoy seguro de que ella lo provocaba. Desde niña provocaba a todo el mundo, nunca obedecía, nos llevaba al límite. No sé qué había en su cabeza.

—¿Ha visto usted las fotos que le hizo su hermano?

—Las fotos —repitió melancólico—. Un día se las vi en el ordenador ese que tenía. No las entendí, vestida con esas pieles, con el lobo, se *la* veía un pecho. Pero… eran bonitas. A su manera —añadió queriendo disculparse por si a la inspectora no le hubiesen parecido apropiadas—. Y Gabriel se sentía mejor cuando trabajaba con ellas en el programa que le compramos. Se le daba bien la informática. Cuando se ilusionaba con las fotos estaba tranquilo. Pero estos últimos meses cada vez estaba más triste. Cuando vi las imágenes de Eva desnuda, hecha un ovillo, sentí que algo malo estaba sucediendo en su cabeza.

Ambos se miraron. ¿Tan malo como para matarla? Esa era la pregunta que rondaba por la cabeza de Silvia.

¿Tanto como para matarla?

73

Manchados de sangre de Inés. Desnudos y recostados sobre las rocas de la Galería del Sílex.

Agotados.

La herida de la frente había dejado de sangrar gracias a la presión que había hecho Daniel con su mano sobre ella. Casi ni le dolía.

—¿Habías hecho esto antes? —quiso saber él.

—No. Es algo que jamás me habría atrevido a hacer con nadie del pueblo o de la excavación, pero contigo…, supongo que has aparecido en el momento justo de mi vida.

Ambos sonrieron por su atrevimiento.

—¿Nunca habías estado en una cueva? —preguntó ella.

—No así, desde luego —respondió Daniel—. Varias veces con otros turistas. Todos vestidos.

Inés rio con ganas.

—Es fascinante bajar sola. Ahora no nos dejan, puede ser peligroso entrar sin nadie, pero en ocasiones lo he hecho. Todos los que lo han vivido dicen lo mismo. Apagar la luz, quedarse totalmente inmóvil… El silencio y la oscuridad son absolutos. Estás solo contigo mismo, con lo que lleves dentro, con tus miedos, tus errores, tus decisiones acertadas o equivocadas. La tierra que te rodea, tu respiración, las gotas de agua que caen sin que puedas determinar exactamente de dónde.

—¿Y no te agobias?

—Bueno, no tengo claustrofobia. Si la tienes, no sería muy recomendable quedarse a oscuras, claro —dijo con una sonrisa traviesa que le saltó al imaginarse la angustia que podría tener una persona poco avezada al verse en una situación como la que había estado describiendo—. ¿Sabes que dicen que a Napoleón le cambió la vida entrar en la pirámide de Keops?

—Algo había oído, pero no conozco la historia —respondió invitándola a contársela.

—Dicen que estar en la Gran Pirámide fue uno de los motivos de su viaje a Egipto. Montó una expedición de más de un centenar de científicos a los que no les dijo a dónde iban ni el tiempo que iba a durar el viaje. Muchos de ellos murieron durante la campaña, la mayoría de peste. Imagínate, un viaje complicadísimo para tanto erudito.

Daniel nunca se hubiera imaginado que iba a pasar una mañana como esa, desnudo en una cueva, olvidándose de lo que ocurría en el exterior y escuchando una leyenda sobre Napoleón..

—Tras una batalla, algunos oficiales franceses visitaron las pirámides e incluso se subieron a la cima, según dicen las crónicas. Y ahí fue cuando Napoleón, que no debía de tener ni treinta años, pidió que lo llevaran hasta la Cámara del Rey, que en esa época era de difícil acceso. Había que ascender casi cien metros iluminados tan solo por antorchas, primero por pasadizos por los que había que caminar agachado, casi de rodillas, y después por la Gran Galería, ya mucho más alta. La Cámara del Rey es una sala pequeña, de apenas diez metros por cinco, de granito sin decorar, tan solo con un sarcófago vacío en su interior. Hay quien dice que la pirámide era un rito de iniciación para preparar el alma del faraón antes de su viaje al más allá. Una manera de entrenarse para superar una de las pruebas. Permanecer en la muerte y la oscuridad toda la noche para renacer a la vida y salir a la luz del sol, del dios Ra.

—¿Y se quedó solo toda la noche? —preguntó Daniel con interés.

—Eso cuentan. Siete horas. Por lo visto, estaba impresionado porque Alejandro Magno y Julio César también habían pasado una noche allí, debajo de esa enorme cantidad de piedras, enterrados en vida. Solos con sus pensamientos. Con sus demonios.

—¿Y qué pasó con Napoleón?

—Dicen que por la mañana salió pálido, con cara de estar realmente acojonado, y les dijo a sus acompañantes que, aunque les contara lo que había vivido, no lo iban a creer. Esa experiencia cambió su carácter para siempre. Volvió al poco tiempo a París, y ya se sabe el resto de la historia: se convirtió en emperador.

—¿Qué vería esa noche? ¿Fantasmas? —preguntó descreído Daniel.

—Hay quien dice que la estancia tiene una energía electromagnética muy potente debido al granito —explicó Inés—. Y que hay experimentos que han conseguido generar alucinaciones visuales mediante la estimulación electromagnética del cerebro. Figuras luminosas...

—Eso pudo ser lo que vio Napoleón.

—Pero yo prefiero creer que sintió algo de verdad —concluyó la joven—. Vale, pudo haber algunos efectos eléctricos, más la soledad, los insectos, la oscuridad, la falta de aire, el saber que ahí habían estado otros grandes hombres..., pero, fuera como fuese, tuvo una auténtica experiencia mística.

A Daniel le gustaba la historia y la manera en que la contaba Inés, aunque él fuera mucho más realista y nada creyente en ese tipo de filosofías esotéricas.

—Te estás riendo de mí —concluyó ella.

—No —negó con poca credibilidad.

—Ya...

—De verdad que no. Me encanta hablar contigo.

—Pero me has llamado para decirme que te vas de Niebla.

—Es posible que pronto.

—¿Y querrás volver a verme?

—Sí, no sé... No lo había pensado.

Daniel se sintió incómodo por los derroteros por los que parecía que se iba a desarrollar la conversación.

—¿Qué ha sido esto para ti? —quiso saber Inés.

—Era lo último que me imaginaba al venir aquí —dijo él con franqueza.

—¿Y exactamente a qué has venido? Porque tú ya no eras policía cuando llegaste.

—¿Lo has leído en la prensa?

—Los jóvenes también leemos los periódicos, ¿eh? No solo miramos Instagram.

—Ya, perdona, no pretendía decir eso.

—Durante este tiempo no te he querido preguntar qué hacías aquí si ya no eras policía.

—Bueno, llevé un caso parecido hace tiempo —reconoció Daniel.

—El de la cueva de El Sidrón —aclaró ella.

—Sí.

—No encontrasteis al que lo hizo.

—Todavía no.

—Me gusta tu optimismo. Y si ahora te vas, quiere decir que el asesinato de Eva Santos sí lo habéis resuelto. Me alegro.

—No te puedo responder a eso —contestó incómodo—. Había cogido vacaciones en mi actual trabajo para quedarme una semana.

—¿Que es...?

—¿Mi trabajo? Estoy en una petrolera.

—Menudo cambio.

—Sí. Temas de seguridad —aclaró escuetamente.

—¿Y te puedo llamar a partir de ahora?

—Viajo mucho.

—O sea que no.

—Bueno... No. No lo sé.

—No te preocupes, no te voy a perseguir. No soy la típica jovencita enamorada.

—Inés —Daniel pronunció con intensidad su nombre—. Me ha gustado mucho lo que ha pasado aquí entre nosotros. No me refiero a hoy, que también, claro. Estos días. Conocerte ha sido sorprendente. Hace años que no estaba con alguien... tan especial.

Una sonrisa juvenil e ilusionada surgió de los labios de la coordinadora de los estudiantes de la excavación. Daniel había sonado sincero y a ella le gustaba que un tipo adulto, que había vivido tanto, la valorase.

—Desde luego, especial es este sitio —aceptó ella mirando la cueva—. Pero hace bastante frío, la verdad. ¿Nos vestimos?

—Sí —respondió Daniel alegrándose de que se rompiese el extraño momento de intimidad.

—Vamos —propuso Inés incorporándose.

Treparon hasta donde habían caído sus ropas y se empezaron a vestir en silencio. Él se la quedó mirando: estaba preciosa desnuda, iluminada a contraluz tan solo por el rebote del frontal en las paredes de sílex. Inés se terminó de poner la camiseta y se acercó a donde estaban los cascos.

—Creo que nos tendremos que duchar —comentó Daniel mirando la sangre seca que manchaba algunas partes de su cuerpo.

Inés cogió los frontales y los apagó a la vez. Se quedaron en completa oscuridad.

Un escalofrío recorrió la columna vertebral de Daniel. A oscuras en una cueva que no conocía, como Napoleón hace doscientos años en la Gran Pirámide.

—¿Inés?

74

La sala de autopsias del Instituto de Medicina Legal de Burgos era un espacio aséptico, pero lleno de material. Sus vitrinas dejaban a la vista un espectrómetro de masa, un sistema de cromatografía, un analizador bioquímico, multitud de bisturís, fórceps, diferentes tipos de pinzas, radiales para abrir cráneos, costotomos para costillas, escalpelos, botes con aceite de inmersión... Bajo una gran lámpara quirúrgica, dos mesas de acero inoxidable con sus respectivos fregaderos, dotados de mangueras y grifos industriales y de un sistema de aspiración para limpiar la sangre y los restos orgánicos. Las paredes de baldosín blanco resplandecían entre tanto metal.

La inspectora Guzmán había llamado al comisario para explicarle que le parecía urgente hablar de nuevo con el hermano de la víctima y que no la necesitaban para desbloquear el móvil mediante el reconocimiento facial en la sala de autopsias, donde podía sustituirla el inspector Ajuria para acompañarlos al juez y a él. A Mendoza le sonó un poco a excusa, pero no dijo nada.

En una de las mesas los esperaba el cadáver desnudo de Eva Santos, al que tras la exhumación estaban preparando para optimizar la identificación. El equipo de tanatoestética le estaba dando los últimos retoques intentando que se pareciese más a un cuerpo con vida. Los primeros cinco días había estado en la cámara frigorífica del instituto, de modo que solo llevaba veinticuatro horas enterrado y su nivel de conservación era aceptable. Rodrigo había leído que los cadáveres cada vez mantienen un buen aspecto durante más tiempo debido a la cantidad de conservantes que lleva la comida que ingerimos. Tal vez un muerto prehistórico se pudriese antes. La idea le provocó un escalofrío.

—Como verá, presenta las suturas propias de una necropsia normal —le explicó la forense haciendo caso omiso de su palidez. Debía de estar acostumbrada a cuerpos tan cetrinos—. Hemos abierto el tórax con esta incisión en forma de U invertida, siguiendo la técnica Mata.

—¿Siempre usan hilo tan grueso? —preguntó el inspector.

Las suturas eran bastas, de punzadas amplias y cruzadas, incluso en el cuello, con dos hileras a ambos lados hasta el borde de la mandíbula.

—Lo importante es no tocar la cara. Al final, es lo único que se ve en los funerales —dijo la forense con cierta displicencia.

El rostro, en efecto, estaba intacto, porque la cicatriz de la cabeza no se apreciaba gracias al pelo. El equipo de tanatoestética dio por concluida su intervención y salió ante la mirada agradecida del resto.

—Pero no se crea que no ha tenido su trabajo. Hemos despegado toda la piel del rostro, hemos serrado el cráneo por aquí —dijo rozando apenas la bóveda craneal con el bisturí—. Luego extrajimos el cerebro, y lo recolocamos todo en su lugar original.

Rodrigo no hizo ningún comentario, igual que el juez y el comisario, que permanecían un poco retirados de la mesa metálica. Ahora comprendía por qué Eva, a pesar de tener la misma cara, estaba diferente. El semblante era inexpresivo, atemporal, como una figura de cera. Temió que el sistema de identificación del iPhone no funcionase. Habían sido demasiado atrevidos al desenterrarla.

—La chica parece…, no sé…, más pequeña.

—Sí, posiblemente se lo parezca porque ha mermado, en efecto. Ahora parece más una niña. O una muñeca, ¿verdad? No tenía tan buen aspecto antes del tratamiento que le hemos aplicado, eso sí se lo digo. Le hemos tenido que inyectar formaldehído al veinte por ciento por la cavidad bucal. Así hemos conseguido que tenga más volumen en las mejillas y en todo el rostro en general. Y yo decidí meterle además un conservante en los globos oculares, intentando que no aparezcan tan hundidos. Y le acabo de cerrar la boca con unos *clamps* para que no se le vean los dientes.

—Incluso la han peinado —murmuró Rodrigo.

—Así demostramos respeto a los muertos. Ya se acostumbrará.

El inspector pensó que no le iba a resultar tan fácil acostumbrarse, aunque tenía que reconocer que, gracias al tratamiento, el cuerpo de Eva Santos se parecía un poco más a la persona que fue en vida. Y aunque la estructura craneal era lo esencial, como decía la publicidad de la marca, ya que podías engordar o adelgazar y el sistema te detectaría igualmente, cualquier esfuerzo por facilitar la identificación le parecía oportuno.

Cuando el cadáver ya estuvo listo, el inspector se dirigió al juez y al comisario:

—Tendremos que manipular el cadáver para conseguir que se desbloquee el teléfono. Puede resultar un poco… vejatorio, pero tenemos que entender que Eva Santos ya no está ahí y que es necesario para la investigación.

—Proceda —respondió Vázquez de Mella asumiendo su responsabilidad.

Rodrigo había hablado previamente con la forense y habían llegado a un acuerdo sobre el procedimiento. Ella, con un ayudante, manipularía el cuerpo según le fuese indicando el inspector. Mientras se preparaban, este se sintió en la obligación de poner en antecedentes a sus superiores:

—Aunque en sus instrucciones Apple da una serie de datos sobre el reconocimiento facial, lo cierto es que entrando en foros en Internet la casuística es muy variada. En la mayoría de las ocasiones coinciden con lo que cuenta la marca, el móvil no se desbloquea con los ojos cerrados y tampoco si se abren de manera forzada. Esto es para evitar que el dispositivo se active mientras el usuario está dormido.

El juez carraspeó intentando que la conversación terminase lo antes posible y empezasen con la prueba, mientras que el comisario permanecía con los ojos clavados en Rodrigo y sacudía la cabeza.

—Hay dos opciones de seguridad en la configuración del aparato —prosiguió el inspector intimidado por la presión de sus interlocutores—, una más cerrada que la otra, en la que se pide la atención del usuario. Por eso, a partir de ahí empiezan las diferencias: a algunos se les ha desbloqueado con gafas de sol puestas, a otros no a pesar de tener los ojos abiertos; incluso un usuario aseguraba que se abría con gafas y ojos cerrados. Con esto les quiero decir que no sabemos qué puede pasar. Se habla también de que el Face ID lleva una prueba de vida que puede detectar el flujo de la sangre, como le dije antes —explicó mirando al comisario—, o los micromovimientos en la cara, pero lo cierto es que una empresa de seguridad vietnamita ha conseguido desbloquearlo con una máscara de silicona combinada con fotos en color de determinadas partes del rostro. También es posible que Apple haya reaccionado a este vídeo, que se hizo viral en la red, y haya introducido modificaciones en sus últimas actualizaciones. Tampoco sabemos si Eva Santos habría instalado estos cambios o no, ni cómo era su nivel de seguridad. En fin, como ven, puede pasar cualquier cosa...

—Estamos preparados —lo interrumpió la forense.

El inspector fue hasta una mesa supletoria y sacó de una funda de plástico el móvil de la víctima, encontrado en la casa del traficante de drogas en Salamanca. Nadie parpadeaba en la sala, tanto el juez como el comisario sabían que se estaban jugando su imagen.

—Primero vamos a intentar lo más sencillo, para no forzar la situación de manera innecesaria —dijo manipulando el móvil y colocándolo delante de la cara de la víctima al tiempo que hacía una indicación a la forense.

Esta movió ligeramente la cabeza de Eva Santos intentando que adoptara una postura lo más natural posible. El aparato leyó las características del rostro durante unos milisegundos y en la pantalla saltó la petición del código numérico.

—No ha funcionado —aclaró el inspector mostrando el mensaje del sistema.

—¿Cuantos intentos tiene? —preguntó el juez.

—Eso es lo bueno, no es como un PIN, que te da tres intentos. El desbloqueo se puede intentar cinco veces.

Eso tranquilizó en parte al magistrado y al comisario, que veían ya los titulares del día siguiente críticos con sus actuaciones.

—Vamos a probar otras opciones. Aunque también es posible que la chica no tuviese activado el reconocimiento facial y utilizase un código numérico. Pero vamos a seguir intentándolo —añadió el inspector.

Sacó unas gafas de sol de su mochila y se las puso al cadáver con cuidado. Hasta ese momento, el cuerpo de Eva Santos no había sido más que una herramienta de trabajo de la investigación, pero al ajustarle las patillas, Rodrigo sintió lo que estaba haciendo: tocar a una persona muerta. No solo muerta, sino asesinada, y sobre cuya vida ahora sabía muchas cosas: que su madre era extraña y antipática; su padre, callado y en el fondo tierno; su hermano estaba detenido como presunto culpable; su novio tenía un punto violento; ella había consumido drogas, había participado en un trío y engañaba a su chico. Rodrigo hubiera preferido no estar contemplándola desnuda, tumbada en aquella mesa metálica. No ver ese cuerpo frío que se había mostrado vivo y ardiente en el vídeo mientras seducía a su propio hermano de manera tan morbosa.

Apartando los pensamientos que le turbaban la mente, el inspector volvió a colocar el móvil frente a la cara sin vida y saltó de nuevo la petición del código numérico, a pesar de que le habían movido un poco la cabeza respecto al intento anterior. El comisario y el juez se miraron.

—Esperen. Vamos a apagar las luces —propuso el inspector.

—¿Con la luz apagada funciona? —preguntó extrañado el comisario.

—Sí, mediante luz infrarroja. El teléfono tiene una cámara TrueDepth con un sistema que capta hasta 30.000 puntos diferentes, aunque esté a oscuras.

Apagaron la lámpara quirúrgica y lo intentaron por tercera vez, pero tampoco se desbloqueó. La cara de decepción del juez fue evidente.

—¿Hay algo más que podamos hacer? —preguntó mientras el ayudante de la forense volvía a encender las luces.

—Sí. Intentar lo que hizo la empresa vietnamita con fotos del usuario.

—¿Y cómo vamos a hacer eso?

—Esta noche he sacado una foto de la víctima de su Facebook, que todavía sigue activo, y la he imprimido en color. No se puede poner simplemente la foto, porque el sistema capta el relieve del cuerpo, pero si los vietnamitas combinaron las fotos con la máscara, nosotros disponemos de la cara real.

Sacó una carpeta en la que traía recortadas diferentes partes de la foto. Eligió unos ojos impresos y los puso encima de los reales. En la imagen estaban abiertos y el color era más parecido al que habían tenido los de Eva Santos en vida. Los ajustó, y encima colocó las gafas de sol. No pudo impedir mirar a sus superiores y captar su tensión. Cogió el móvil, lo colocó frente al cadáver y la forense le movió otra vez la cabeza.

No funcionó.

—Nos queda un último intento —dijo desalentado el comisario.

—Apague las luces otra vez —ordenó el inspector al ayudante de la forense.

A oscuras, volvió a enfrentar el móvil a la cara de la víctima y empezó el proceso por quinta vez. Los infrarrojos, los 30.000 puntos, las gafas de sol, los ojos falsos… El sistema pareció que se lo pensaba durante más tiempo.

Saltó por quinta vez el requerimiento del código numérico. El dispositivo se bloqueó definitivamente.

El equipo de la forense empezó con los preparativos para

devolver el cuerpo de Eva Santos a la tierra de la que no debería haber salido. El comisario pidió disculpas con la mirada al juez, aunque este no lo consideró suficiente. El inspector prefirió no añadir nada. En unas horas había intentado empaparse de todos los detalles sobre el reconocimiento facial, pero esa no era su especialidad, Apple no daba información y no había nadie en la Policía que lo hubiese intentado antes.

Cuando ya estaban subiendo por las escaleras hacia la salida del Instituto de Medicina Legal, el inspector recibió una llamada.

—No ha funcionado —dijo sin preámbulos.

—¿Sabes por qué? —preguntó la inspectora Guzmán.

—No, me he leído todos los foros y hemos aplicado todas las opciones que proponían hasta agotar los cinco intentos.

—Era una pregunta retórica, Rodrigo. Pasadas cuarenta y ocho horas sin que se encienda el teléfono, el sistema se bloquea por seguridad. Ese móvil lleva desconectado seis días.

—¿Cómo te has enterado de eso? —preguntó él sin reparar en sus superiores y sintiéndose culpable por no haberlo descubierto él antes.

—Me lo ha dicho Gabriel. Todavía estoy con él. Ya sabes que se le da bien la tecnología. Y me ha contado algo más —añadió antes de hacer una brevísima pausa—. El PIN del móvil de su hermana.

A Rodrigo le cambió la cara y le dieron ganas de llorar de la emoción. Donde él había fracasado, una sencilla conversación de su jefa había bastado para solucionar el problema. Disimuló ante el resto y memorizó el código que le dictaba por teléfono. Miró al juez, que estaba a punto de abandonar el instituto tras ordenar que se enterrase definitivamente el cuerpo.

—Espere —dijo en un tono excesivamente impositivo.

Vázquez de Mella se volvió enojado por la desconsideración en el trato.

—¿Qué ocurre ahora? —dijo secamente.

—Perdone, señor. Tenemos el PIN.

La policía de la Sección Técnica de la UIT que acompañaba

al comisario sacó el teléfono de la funda de plástico y se lo entregó al inspector, que tecleó el código de seis cifras que le había dado su jefa. El móvil se desbloqueó y Rodrigo vio la cara de Eva Santos, sonriente, mirándolo desde la pantalla. Mirándolo desde el más allá. Parecía que ella también se alegraba de lo que acababan de conseguir.

Rodrigo se lo mostró a sus superiores, que respiraron aliviados.

—No hay por qué explicar cómo hemos conseguido desbloquearlo —dijo el magistrado antes de salir a la calle, donde la prensa esperaba.

75

—Gracias —dijo Silvia mirando a Gabriel mientras colgaba el teléfono.

—Me lo preguntó mi madre, pero le dije que no lo sabía —explicó a modo de excusa.

Silvia Guzmán se sintió satisfecha de haber seguido el consejo de Aurelio Santos en el cementerio y volver a interrogar a su hijo.

—¿Qué crees que vamos a encontrar en el móvil de tu hermana?

—Discutía mucho con su novio —respondió Gabriel mirándola de reojo, sin perder tampoco de vista la puerta por si entraba alguien, para que no lo pillara desprevenido.

—¿No lo dirás porque te llevas mal con Adrián?

El chaval bajó la cabeza ante esa acusación.

—Os vi discutir en el cementerio.

Ese comentario convenció aún más a Gabriel de que la gente lo espiaba y de que, aunque él tratase de estar atento, había ocasiones en las que no se daba cuenta de que era observado.

—Adrián se puso muy agresivo contigo. Estuve a punto de intervenir para detenerlo.

La inspectora lo ayudaba a recuperar algo de tranquilidad. Al menos ella lo seguía para protegerlo, y eso que él la había golpeado en la cabaña. No fue su intención, pero entró donde no debía: a su santuario. Y después creyó que estaba muerta, y que había que depositarla en la bañera, como le había enseñado su hermana. Como en los enterramientos prehistóricos.

—¿Por qué te empujaba Adrián en el cementerio? —insistió Silvia.

—Yo... creo que Eva le había contado cosas sobre nosotros, y desde entonces me vigilaba.

—¿Discutieron por ese motivo?

—No sé.

—¿Se llevaban bien?

—No sé. Al principio parecía que se llevaban bien, aunque Eva era más lista que él. Y Adrián nunca hacía nada sin consultárselo. Incluso cosas del trabajo.

—¿De la joyería?

—Eso decía.

—¿Tu hermana entendía de joyas? —preguntó Silvia.

—No sé.

—¿Te contaba cosas sobre ellos?

—A veces sí, aunque sabía que no me gustaba.

—Te hablaba de sus relaciones...

—¿De cómo follaban?

—Por ejemplo.

Gabriel asintió. La inspectora captó el dolor de sus ojos.

—Yo me ponía nervioso y no la escuchaba —dijo cruzándose de brazos.

Silvia notó que no le iba a sonsacar nada más sobre sexo.

—Y los días antes de su muerte... —Hizo una pausa para que sus palabras hicieran mella en su interlocutor—. ¿Estaba rara? ¿Algo le preocupaba fuera de lo normal?

Gabriel se puso triste al pensar en los últimos días de Eva.

—Son muchas preguntas —dijo tan solo.

—Perdona, tienes razón, pero queremos coger al que le hizo tanto daño.

—Estaba rara —aceptó Gabriel—. Llamaba mucho por teléfono, recibía mensajes todo el tiempo y fue varias veces a la excavación.

—¿Hablaba mucho sobre temas relacionados con la prehistoria?

—No sé —repitió una vez más.

Cuando se sentía acosado, siempre se defendía igual: negando. Silvia lo había notado, pero a veces no podía contener su ansiedad por saber. Llegado ese punto, comprendió que le tocaba a ella dar alguna información para relajarlo y obtener otra a cambio.

—Hizo un curso hace unos meses en el Paleolítico Vivo, ¿sabes lo que es?

Gabriel movió la cabeza afirmativamente.

—Por lo que cuentan, está muy bien eso del Perdidos, se convive con la naturaleza... ¿Sabes si conoció a alguien allí?

Asintió de nuevo.

—¿Te suena Galder? —aventuró Silvia—, un chico noruego.

—Vosotros tenéis mi cámara, ¿verdad? —preguntó el hermano de Eva.

—Sí.

—Mirad las fotos —sugirió.

—¿Qué vamos a encontrar?

—Mirad las fotos de la tarjeta —dijo tajante.

—Vale, lo haremos, gracias. Nos has sido de gran ayuda, Gabriel. ¿Hay algo más que crees que debamos saber?

—¿Me podré ir a casa? —preguntó ansioso—. Aquí me cuesta respirar.

—Todavía es un poco pronto para eso. Pero te prometo decirle al juez que estás colaborando.

Silvia no podía evitar sentir pena por él. No creía que hubiese podido hacerle daño a su hermana, pero temía no ser lo suficientemente objetiva. Saber que era un enfermo diagnosticado, sin tratamiento, que había terminado detenido, y verlo allí desvalido, con ganas de esconderse... Tal vez estuviese equivocada y no fuese tan inocente como se mostraba.

Cuando ya iba a salir, una frase de Gabriel la detuvo:

—Hicieron un viaje.

—¿Tu hermana con Adrián?

—Hace unos meses. No me lo quiso contar, pero vi en su ordenador que saltaban anuncios de Tailandia. Eso es porque había buscado vuelos para ir allí. Las *cookies* se quedan con tus datos y durante semanas te machacan con la publicidad.

—¿Entrabas en su ordenador?

—A veces.

—Te sabes todas las contraseñas —afirmó Silvia.

Gabriel no dijo nada. Era evidente.

—Tú borraste los vídeos.

—Sí.

—¿Por qué?

—Sabía que eso estaba mal. Las fotos.

—Ya. Gracias por el pin —dijo—, seguro que nos ayuda.

Gabriel asintió y siguió a la inspectora con la mirada hasta que salió de la sala.

76

Daniel tardó en moverse. El apagón de los frontales lo había pillado poniéndose la camisa y cerca de sus deportivas, pero de espaldas a Inés y lejos del pantalón y de la chaqueta. Aunque no había tenido tiempo de fijarse mucho en cómo era la cueva, sí había comprobado la existencia de un par de simas que parecían profundas. Una caída en cualquiera de ellas podía ser fatal. Tras el desconcierto inicial y gritar varias veces el nombre de su amante, decidió que lo mejor era tranquilizarse. Inés no había respondido, y no percibía señales de que siguiese cerca. Sintió una punzada de angustia, pero consiguió aplacarla controlando la respiración y pensando con rapidez: su salvación pasaba por encontrar sus pantalones, donde tenía el móvil. No podían estar a más de cinco o seis metros. Pero ¿en qué dirección? En la oscuridad era fácil desorientarse.

Daniel decidió que necesitaba un método. Se sentó en el suelo y tocó una de sus deportivas. La cogió. Recordó algo que había leído sobre los perros y cómo buscaban un rastro que hubieran perdido: empezaban a andar en círculos concéntricos cada vez más amplios hasta encontrar un olor reconocible. Por lo visto, su mundo tenía mapas de olores tan complejos como nuestro Google Maps. Pero ni él tenía ese olfato ni tampoco le iba a resultar sencillo trazar círculos en la oscuridad. Así que tomó una decisión diferente: avanzaría cinco o seis metros a cuatro patas, tanteando el suelo para no caer en una sima, y si no daba con su ropa, volvería al punto inicial, marcado por la zapatilla. Para estar seguro de que era esa y no la otra, que con toda probabilidad estaría cerca, le quitó los cordones. Una vez hubiera regresado a la casilla de salida, giraría un poco a la derecha y repetiría la operación: gatear hacia delante, buscar los pantalones con las manos y volver al punto inicial. Tenía un objetivo y un plan. Eso le llenaba la mente y le alejaba los miedos.

Se puso en marcha. Avanzó hasta diez pasos a gatas tanteando el suelo de la cueva. Nada. Dio dos más. Tampoco. Retrocedió hasta la deportiva sin cordones. La encontró sin problema. Eso le dio confianza. Se movió ligeramente a la derecha y lo intentó por segunda vez. Y por tercera. También una cuarta. Nada. En la quinta dio con una de las simas. No cayó en ella, pero se asustó. Se estaba jugando la vida. Volvió al punto inicial y decidió detenerse un momento.

Sabía que esa cueva no estaba siendo excavada, por lo que podían pasar semanas hasta que alguien entrase. Notaba el frío y la humedad. Se sintió un poco ridículo, medio desnudo y a cuatro patas, manchado con la sangre de la persona que lo había metido allí y abandonado. Se planteó por qué lo habría hecho Inés. ¿Por despecho? ¿Porque pensaba que se había aprovechado de ella? ¿Había sido demasiado duro? ¿De verdad había estado desagradable, o solo sorprendido por la velocidad con la que se habían desencadenado las emociones durante la semana que llevaba en Niebla? No encontrar un motivo evidente lo descentró.

Recordó su conversación con Samuel Henares y le pareció que tenía sentido que Silvia hubiese estudiado Psicología. ¿La ayudaría a entender la mente de las personas? ¿Su propia mente? Y pensó en lo que podía haber sucedido con ella en esos seis años si él no hubiese huido. En medio de aquella oscuridad legendaria, supo entonces que no se había marchado por el fracaso en la investigación de la cueva de El Sidrón, sino por miedo. Tal vez porque estaba sintiendo algo inevitable y profundo por su compañera. Algo que le hacía débil, con emociones que no podía controlar. Y Daniel no admitía la debilidad. No se la permitía a sí mismo desde niño, cuando necesitaba ser fuerte como su madre, que sabía que llorando o lamentándose no se arreglaba nada, no se pagaban las facturas ni la comida. Tampoco las deudas que les dejó su padre. Se volvió tan dura para sacarlos adelante que no había espacio para nada más. Ni para el amor. Y eso era el amor: debilidad, al menos en su cabeza. Y la debilidad lleva al fracaso, a ser la cebra devorada por los depredadores. Y entonces supo que se marchó porque estaba enamorado de Silvia.

Pensó también en Inés. ¿Sentía algo por ella? Hacía mucho que mantenía muy separadas sus emociones de sus apetencias sexuales. Sin duda, le causaba cierta admiración por ser una persona tan interesante aun siendo muy joven. A pesar su apariencia frívola y tierna, tenía un discurso bien argumentado y unas opiniones fundadas sobre la vida y las relaciones. Le había gustado Inés. Mucho. Al menos, hasta que apagó la luz en la Galería del Sílex, hacía ya ¿cuántos minutos? Debían de haber pasado más de treinta, seguro.

Escuchó el silencio. Lo que le había contado ella sobre la soledad, la falta de espacio y tiempo. Sintió el peso de la montaña, la humedad, el frío atávico y terrenal. «Sepultado en vida», dijo para sí. Atrapado bajo una tierra y unas rocas que llevaban ahí millones de años, y que seguirían otros tantos cuando él desapareciera, que habían conocido la historia de la humanidad, a la que habían servido de guarida, de lugar donde expresar su incipiente arte, de espacio donde morir y donde descuartizar animales para devorarlos. Pensó también en cómo sería la vida del ser humano antes del fuego, el miedo a la noche y a la soledad, la necesidad de vivir en tribu, de ayudarse unos a otros, de defenderse, de confiar. Su angustia se convirtió en una extraña satisfacción por encontrarse consigo mismo, por sentir la cueva, las rocas, la vida. Cerró los ojos, aunque no veía nada con ellos abiertos. Percibió el bombeo de la sangre, el calor de la circulación sanguínea, la respiración, los músculos, incluso los órganos internos. Su soledad.

Tras permanecer así un buen rato, se animó a retomar su método. Respiró hondo y se puso en marcha. Gateó diez pasos hacia delante, tanteó, y sus dedos consiguieron alcanzar una tela. Podían ser sus pantalones. Eso aceleró su respiración perdiendo la tranquilidad que había adquirido en el rato de meditación. Tiró de la pernera nervioso, Inés se podría haber llevado el teléfono aprovechando su desconcierto inicial y la falta de luz. Le pareció que el otro extremo del pantalón pesaba, podía ser a causa del móvil. Alcanzó el bolsillo, metió la mano y ahí estaba su iPhone X. Se alegró de la sorprendente evolución de la tecnología en los últimos años. Tocó la pantalla y esta se iluminó. La luz, a pesar de no ser demasiado intensa, lo cegó. Se fijó en la hora. Habían pasado más de noventa minutos desde que entraron en la galería. Movió los dedos por el cristal de Super Retina hasta conseguir encender la linterna. Respiró más tranquilo.

Y entonces oyó una voz a su espalda.

Era la de Inés. Se dio la vuelta hacia ella.

—¿Has estado ahí todo este tiempo? —la interrogó perplejo Daniel.

—¿Ya entiendes lo que significa la oscuridad para el ser humano? —preguntó con una sonrisa.

77

La rueda de prensa del comisario Mendoza seguía el orden previsto por el juez. El anuncio de que se había conseguido desbloquear el móvil de la víctima desató las preguntas de los periodistas. Sin embargo, el comisario continuó explicando otros detalles de la investigación desoyendo sus requerimientos. Ya había soltado la bomba. Ahora tocaba esperar a ver cómo reaccionaban los allegados de Eva Santos y comprobar si alguno se ponía nervioso o hacía un movimiento en falso.

—Comisario, ¿cree que los datos del teléfono podrían cambiar el curso de la investigación? —interrumpió un periodista.

La inspectora Guzmán miró a Rodrigo, y este interpretó acertadamente su deseo de largarse de allí sin escuchar la respuesta. Ellos no pintaban nada cerca de la prensa, debían analizar con urgencia los contenidos del móvil. El juez Vázquez de Mella había dispuesto que un equipo de la Sección Técnica se quedase de manera permanente en Burgos para darles apoyo y para que la información fluyera en tiempo real. Aunque se iban a ubicar en la capital, tras una breve charla con la inspectora Guzmán, decidieron acudir a su despacho en el cuartel de la Guardia Civil de Niebla para facilitarles inmediatamente los mensajes, las últimas fotos, los *emails*... El juez había permitido que se hiciera una copia del terminal de la víctima. Toda la información se había pasado a un archivo externo mediante un dispositivo UFED para preservar el valor de las pruebas que se pudieran encontrar. El móvil se mandaría a Madrid para seguir la cadena de custodia, pero en Burgos podrían trabajar con su contenido.

Ambos observaron al grupo de periodistas levantar las manos para formular preguntas al comisario. Querían detalles de la detención del hermano y de su posible implicación en el asesinato. Mendoza no estaba dispuesto a montar un circo. Solo iba a difundir los detalles que fuesen convenientes para la investigación. En eso era un profesional.

Una vez en el aparcamiento del Instituto de Medicina Legal y antes de subirse al coche que los devolvería a Niebla, Silvia llamó a Daniel por cuarta vez, pero su teléfono continuaba fuera de cobertura.

—¿Qué más te ha dicho Gabriel? —preguntó Rodrigo ansioso por conocer todos los detalles. Necesitaba alejar de su mente el fracaso con el identificador facial del iPhone X.

La pregunta le hizo recordar a Silvia lo que le había dicho el detenido sobre la cámara de fotos.

—Perdona, Rodrigo —dijo, y buscó a los compañeros de la Sección Técnica que iban hacia el coche con el que habían venido desde Madrid.

—¿Tenéis la cámara del hermano? —preguntó llegando a su altura—. La que se encontró en la casa.

—Debe de estar ya camino de la UDEV —respondió Lucía, la jefa de la sección destinada en Burgos mientras se subía a su vehículo.

Silvia se volvió hacia Rodrigo, que esperaba instrucciones.

—Hay que mirar esa cámara. Llama a Madrid a ver qué tiene, que nos manden las fotos. Gabriel no me ha querido decir más, pero seguro que hay algo que nos puede ser útil. Creo que la víctima tenía más relación de lo que podría parecer con los estudiantes de la excavación.

—¿Eso te ha dicho?

—Solo lo ha insinuado. Y a ver si también hay fotos del Perdidos donde Eva conoció al noruego. Otra cosa más: Gabriel me ha dicho que él creía que Eva y Adrián habían hecho un viaje a Tailandia hace un par de meses, y que allí debió de pasar algo porque a la vuelta estaban distanciados.

—Y no nos tenemos que olvidar del dinero que ha aparecido en su habitación. 300.000 euros son muchos euros —apuntó Rodrigo—. Más un par de cuentas que le hemos encontrado, donde tenía otros 30.000. Una cantidad elevada, sean de Gabriel o de Eva.

Los de la Sección Técnica detuvieron su vehículo al lado del de los inspectores y bajaron la ventanilla.

—Os seguimos hasta el pueblo —dijo Lucía.

—De acuerdo —aceptó Silvia.

—Y, por cierto —añadió la jefa de sección—, tenemos información sobre la cabaña del CAREX donde hicieron el trío.

—¿Algún resto biológico?

—Semen. Lo están analizando.

Silvia asintió mientras el coche conducido por Lucía reculaba para dejarlos pasar primero. Se puso al volante y miró a Rodrigo.

—Eso parece confirmar la declaración de Khaleesi. Hubo algún tipo de relación sexual en la cabaña.

—Y si identificamos de quién es el semen, tal vez tengamos al tercero en discordia. El que, según Khaleesi, mató a su amiga.

—Sí, según Khaleesi —repitió para sí la inspectora.

78

—¿Qué ha sido esto? ¿Un juego? —Daniel estaba furioso y descolocado a la vez—. ¿Una venganza? ¿Un simple desafío juvenil? ¿Una prueba?

Inés tardó en responder, parecía abrumada por no pensar en las consecuencias que habían podido tener sus actos.

—Cuando cruzas el océano en un barco de vela —empezó a decir por fin—, te hacen un bautismo de fuego…

Daniel la escuchaba todavía sin creerse el peligro real al que lo había sometido.

—Eso dicen, al menos, que te abandonan en mitad del mar, y el barco se va y da una vuelta completa hasta que te recogen en el mismo punto. Tú te quedas solo en el océano, con dos mil metros de oscuridad debajo de ti, una gran masa de agua que no puedes ver y en la que no sabes lo que hay, y permaneces así unos quince minutos hasta que el velero regresa. Es una experiencia iniciática.

Él no salía de su asombro. No era capaz de procesar el ejemplo.

—No sé —prosiguió Inés sin atreverse a mirarlo a los ojos—, después del sexo, de la conversación que hemos tenido…, de pronto me vino a la mente esta imagen y me pareció que debías sentir de verdad lo que estábamos hablando, que a cualquier persona le vendría bien. Yo lo hice la segunda vez que entré aquí; me quedé a oscuras no sé cuánto tiempo, pero más de una hora, seguro. Al principio me puse muy nerviosa, pero al cabo de un rato empecé a encontrarme a mí misma, a comprender muchas cosas que me afectaban, a ponerlas en su sitio, a entender lo que debía hacer con mi vida.

—¿Y por eso querías que yo pasase por lo mismo? —preguntó Daniel todavía enfadado.

—Sí, pero ahora sé que no debí hacerlo. Lo siento —concluyó, y entonces lo miró a los ojos. Los suyos eran grandes, inocentes, ávidos de experiencias y a la vez inexpertos.

—¿Cómo que lo sientes? Me podía haber caído por una de esas simas —le reprochó Daniel.

—Pero reaccionaste bien, pensaste un método para explorar la cueva. Me impresionó tu capacidad de adaptación.

—¿Cómo lo sabes? No se veía nada.

Inés se sintió descubierta. Giró el móvil que llevaba en la mano y le enseñó la carcasa. Era gris, con una serie de agujeros colocados de manera circular con respecto a un punto central similar a la lente de un objetivo pequeño.

—Tengo una funda de visión nocturna para el móvil. Aquí muchos la tenemos, puede ser útil si te pierdes en una cueva, si se te estropea el frontal.

Daniel cogió el teléfono intrigado. La carcasa le resultaba llamativa.

—Lleva una luz infrarroja que te permite ver a unos diez metros de distancia. Si hubieras estado en peligro, te habría avisado.

Daniel volvió a quedar desconcertado por la chica.

—Pareces la representante de la marca —dijo con ironía.

—Lo siento —dijo Inés por segunda vez acercándose a él—. De verdad.

Daniel Velarde era un hombre bregado en situaciones comprometidas y tenía que reconocer que esta experiencia le había sorprendido, y eso era algo que a estas alturas de su vida y de su carrera profesional le atraía. Tanto practicar sexo en un lugar ancestral y prohibido como el haber estado en silencio casi por primera vez en su vida durante más de treinta minutos.

La cueva estaba solo iluminada por las linternas de los móviles, que no enfocaban una dirección concreta, sino los laterales cubiertos de sílex. Inés le volvió a parecer frágil, entregada. Todavía no estaba vestida del todo y temblaba de frío. Daniel no pudo evitar abrazarla. Ella se sintió protegida y perdonada.

—Deberíamos salir ya —propuso Daniel, al que se le estaba haciendo larga la estancia y pensando en que ya podría haber noticias sobre el móvil de la víctima con el Face ID.

79

Silvia estaba deseando llegar a su despacho de Niebla para ponerse a analizar la cantidad casi inmanejable de contenidos del móvil de Eva Santos. Más de 20.000 fotografías y vídeos, decenas de grupos de WhatsApp, Snapchat, *emails*... Ya lejos del comisario y del juez, se sentía más libre para formular hipótesis. Volver a estar con Rodrigo, y acompañada de dos oficiales de la Sección Técnica de la UIT a los que conocía bien, la animaba. Había dejado cuatro llamadas perdidas en el móvil de Daniel, pero este no había respondido. ¿Se habría vuelto ya a Madrid? Quizá fuera lo mejor. Toda esta aventura le había servido para poner las cosas en su sitio. Ya no era un fantasma. Y su llegada *in extremis* le había salvado la vida en el cobertizo. Tal vez cualquier persona en su situación habría hecho lo mismo, pero eso los había acercado de una manera especial. Le estaba agradecida. Y también por acompañarla en la UCI durante esa noche. Eso no se le olvidaba. Y le hacía sentirse en paz.

Rodrigo interrumpió los pensamientos de la inspectora cuando ya llegaban al cuartel de la Benemérita señalando hacia el teniente Ridruejo. El oficial, que en todo momento se había mostrado colaborador con ellos a pesar de haber sido retirado del caso por el juez Vázquez de Mella, llamaba su atención desde la puerta.

—Inspectora, hay algo que me gustaría comentarles —dijo cuando llegaron a su altura.

Los policías de la UIT fueron a instalarse en el despacho que les habían prestado, mientras que Silvia y Rodrigo siguieron a Ridruejo, que les entregó una carpeta con fotos tomadas esa misma mañana. La inspectora las miró y se las fue pasando a su subordinado.

—¿Un bisonte muerto? —preguntó al verlas—. ¿Por qué nos enseña esto, teniente?

—Bueno, no se trata simplemente de un animal muerto, como puede suponer. Es uno de los bisontes del Paleolítico Vivo, la reserva de animales en Salgüero de Juarros.

—La conocemos. ¿Qué ha pasado? —preguntó Silvia más por cortesía que por interés profesional.

—Lo han descubierto hace una hora gracias al aviso que ha dado un monitor de actividades al aire libre. Cuando fue a darles de comer, lo encontró muerto, asaeteado por varias lanzas.

—¿Lanzas?

—Como lo oye —le confirmó el teniente—. Hemos hablado con el veterinario que dirige la reserva, Félix Montesdeoca, y dice que lo han cazado como lo habrían hecho hace 10.000 años.

—¿Esta misma mañana?

—No llevaba muerto más de tres horas.

Silvia recuperó las fotos de las manos de Rodrigo y examinó las heridas del costado y del vientre del bóvido. Miró al guardia civil impresionada.

—No lo puede haber hecho cualquiera. Se trata de un animal grande y fuerte —señaló la inspectora.

—Sí. Es un macho. Debe de pesar cerca de ochocientos kilos. Por las huellas que hemos encontrado, debieron de ser al menos cuatro o cinco personas las que lo abatieron. Y se lo cuento porque, según Montesdeoca, esta caza tiene algo de ritual. Si querían matar uno, podían haberle disparado. No hay muchos furtivos capaces de hacer algo así por aquí. Si alguien ha elegido este método con peligro de su propia vida, porque este animal no dude de que se defendió, es por una intención, digamos…, rara. Desviada. He pensado que podría tener alguna relación con el asesinato de Eva Santos. Dos muertes en siete días, aunque sean tan distintas y esta se trate de un animal. Misma zona, ambas relacionadas con la excavación…

—¿Se sabe algo de quién pudo hacerlo?

—Solo que sabían cómo cazarlo, acorralaron al animal y fueron certeros con sus lanzas. Montesdeoca dice que tuvo que ser terrible.

—Muchas gracias, teniente. Cuando tengan más datos me gustaría conocerlos.

—No lo dude —aceptó Ridruejo.

Todavía atónitos, Silvia y Rodrigo fueron a su despacho y la inspectora se quedó mirando la pizarra con el cronograma del caso. A pesar de que casi lo habían completado, no había servido para centrar las investigaciones. Podían afirmar que el último momento en el que Eva Santos estuvo con vida había sido en la cabaña del CAREX, a partir de las dos y media de la madrugada, con Khaleesi presente pero desmayada, y con una tercera persona con la que iban a tener sexo. Y ese sujeto, todavía anónimo, pero cuyo semen obraba en poder de la Policía, más que probablemente sería el culpable. Toda esa deducción sería cierta si la amiga les hubiera dicho la verdad. El juez estaba dudando si imputarla o no, lo mismo que a Gabriel Santos, que seguía retenido. Las pruebas contra él eran más circunstanciales que reales. Se le podía acusar de agresión a una inspectora de Policía, tal vez de homicidio en grado de tentativa, pero con su historial psiquiátrico no estaba clara la acusación. La actitud de Silvia, favorable a liberar al chico, también pesaba sobre el ánimo del juez a la hora de tomar la decisión de imputarlo.

Ella y Rodrigo se sentaron dispuestos a analizar con tranquilidad el móvil de la víctima. Abrieron el último wasap que le había llegado. Era de Adrián:

«Eres una hija de puta. No me hagas tomar decisiones más drásticas.»

80

El sol estaba en lo alto cuando por fin salieron de la cueva. Daniel se sintió liberado al respirar a pleno pulmón. Levantó la cara y disfrutó del calor sobre su piel. Se situó de nuevo en la realidad, se recompuso y buscó sus gafas de sol en la chaqueta. Pensó que podrían habérsele caído en la Galería del Sílex con tanto movimiento, pero ahí estaban. Con ellas puestas se sintió mejor, más protegido, a salvo de la mirada de Inés y de sus propios pensamientos. Igual que Napoleón había experimentado que volvía a la vida cuando emergió de la pirámide tras una noche encerrado a solas, a Daniel le alivió pisar un territorio que controlaba. Volvía a estar centrado en los asesinatos de Eva Santos y Teresa Yaner.

—¿Te importa si te pregunto algo sobre el caso? —dijo subiendo la rampa empinada hacia donde habían dejado el coche.

—No, si te puedo ayudar —respondió Inés solícita.

—Perdona si soy directo, pero hay una cosa que no tengo clara, igual tú también te fijaste: alrededor del cadáver había una especie de pintura rojiza.

—Es algo habitual en los enterramientos del Neolítico.

—Eso había oído.

—Pero, ahora que me preguntas, sí que me llamó la atención.

—¿El qué?

—En los enterramientos que se han encontrado en distintas partes del mundo aparecen los huesos, y a su alrededor el tinte rojo.

—Como en esta ocasión.

—No, eso es lo llamativo, el cuerpo de Eva no estaba pintado.

—No te estoy entendiendo.

—En los enterramientos arqueológicos encontramos tinte en el suelo porque no hay piel. El cuerpo se ha descompuesto hace miles de años. Pero creemos que lo que pintaban eran los cadáveres. Y el tinte cae al suelo al deshacerse la carne.

—¿No espolvoreaban la pintura alrededor? —preguntó confundido Daniel.

—No.

—Me estás queriendo decir que el que mató y depositó en posición fetal a Eva Santos no era un experto en yacimientos.

—Uf. No me atrevo a decir tanto.

—Pudo haber leído lo del tinte en algún artículo y tratar de imitarlo —continuó con su deducción el asesor de la Policía—, pero no lo hizo bien.

Inés se encogió de hombros.

—Samuel Henares ya me comentó que los prehistóricos tintaban los cadáveres, pero no le di importancia entonces —recordó Daniel.

Su móvil había entrado en cobertura mientras hablaban y saltaron un montón de mensajes. Habían estado en el interior de la Galería del Sílex más de dos horas, en las que habían sucedido muchos acontecimientos fuera. El asesor intentó desbloquearlo con el Face ID, pero no le funcionó, tal vez por llevar las gafas de sol puestas, así que tecleó el código numérico. Tenía cuatro llamadas perdidas de Silvia, dos del comisario y otra del juez. No había que ser policía para deducir algo grave. Daniel se dio cuenta de la presencia de Inés, se excusó y se apartó para llamar. Iba a pulsar el teléfono de Silvia mientras miraba de soslayo a su joven amante, y los dedos cambiaron de dirección en la pantalla y se fueron al registro del comisario. Pensó que le informaría igual de bien que ella y no le comprometía tanto como llamar al juez, que podría pedirle alguna explicación. Se retiró todavía más dando la espalda a Inés, que se percató de que algo ocurría.

—Comisario —dijo al oír su voz al otro lado—, tengo muchas llamadas perdidas.

—Te hemos estado intentando localizar toda la mañana —apuntó Mendoza en un tono recriminatorio.

—Estaba con otros asuntos —alegó Daniel sin sentir la necesidad de explicarse más.

—Hemos conseguido encender el móvil.

—¿Con el Face ID?

—No. Eso falló, pero Silvia consiguió el PIN.

—¿El PIN? ¿Cómo?

—Se lo dio el hermano. Se está mostrando muy colaborador. La inspectora Guzmán no cree que sea el asesino.

—Ya.

—No sé mucho más, Velarde, yo estoy volviendo a Madrid con Vázquez de Mella. Dos de la Sección Técnica se han quedado en Burgos y están analizando el teléfono. Espere, que le paso al juez —dijo ante el requerimiento de este.

—No hace falta...

—Señor Velarde, ¿se ha marchado usted ya de Burgos?

—Estaba a punto de hacerlo —contestó al magistrado echando una mirada a Inés, que lo esperaba apoyada en el coche con aire aburrido.

—Sería conveniente que se quedara un par de días más si es posible. Me gustaría saber su opinión cuando analicen el contenido del móvil.

—Pero ya tiene usted a Silvia —sondeó el expolicía.

—Me fío mucho de usted.

—La inspectora Guzmán está perfectamente cualificada para llevar esta investigación. Le aseguro que su criterio será acertado.

—No crea que no confío en ella, Velarde, pero quiero contar también con su parecer. Nos estamos jugando mucho. Cuatro ojos ven más que dos y siempre he apreciado cómo colaboraron ustedes en el caso de El Sidrón. Le pido dos días más —añadió ante el silencio del expolicía.

—De acuerdo, señor juez. Dos días —aceptó el investigador que todavía llevaba dentro.

—Gracias, Velarde —concluyó ceremonioso Vázquez de Mella.

—A usted, señor —respondió Daniel antes de colgar.

Toda la paz que había obtenido en esa extraña experiencia en la Galería del Sílex se disolvió en menos de tres segundos. Miró los campos de cereales, respiró profundo y una bocanada de aire cálido abrasó sus pulmones. Añoró la humedad y el frío de la cueva mientras iba hacia el coche donde estaba esperándolo su amante con una sonrisa despreocupada.

—No te vas de Burgos, ¿a que no?

81

Cuando Silvia vio entrar a Daniel en el cuartel de la Guardia Civil se sorprendió tanto como se alegró. Tras recuperarse de la agresión, pensó que había cerrado una etapa y estaba dispuesta a aceptar la situación con Daniel, fuese la que fuese. A Rodrigo, en cambio, el compartir un secreto de la investigación con él le inquietaba. Pero sabía que no le iban a preguntar su opinión sobre el regreso del expolicía.

Había pasado más de una hora desde que Daniel le pidiera a Inés que lo dejase en su coche a las afueras de Niebla para que nadie los viese llegar juntos.

—Deberías ir al hospital a que te curaran la ceja —le había dicho Daniel antes de separarse—, te está empezando a sangrar de nuevo.

Después había pasado por el hostal para recuperar su habitación con encanto antes de que se la dieran a otro cliente. Tuvo tiempo de ducharse para eliminar los rastros de sangre que todavía llevaba en diversas partes del cuerpo. Se vistió con ropa limpia y se fue caminando hasta el cuartel.

Cuando llegó se encontró con Silvia, Rodrigo y un par de policías de la Sección Técnica. El despacho se les había quedado pequeño para trabajar a gusto. Habían tenido que traer alargadores, sillas plegables, y añadir una mesa improvisada con un tablón y dos patas sobre la que había varios portátiles. Entre todos ya habían elaborado una primera teoría sobre la verdadera relación entre Eva Santos y su novio Adrián. El móvil de la víctima lo había cambiado todo.

—Entonces, ¿qué tenemos? ¿O qué creéis que tenemos? —corrigió Daniel su pregunta sobre la marcha.

—A ver, trabajamos sobre hipótesis —avisó la inspectora—. No podemos afirmar con rotundidad nada, pero creemos que el relato es coherente.

—Estoy deseando *ver* esa película.

Silvia sonrió, sabía que esa era la manera que tenía Daniel de retarla, de pedirle que fuera capaz de convencerlo, algo que no hubiera resultado nada sencillo en el pasado.

—Mira el último mensaje del teléfono de su novio.

Daniel miró la pantalla del ordenador que le mostraba Lucía: «Eres una hija de puta. No me hagas tomar decisiones más drásticas». A las 18:53 del día que asesinaron a Eva.

—No suena muy romántico. Eso está claro.

—Hace un rato, el hermano me contó que creía que la pareja había estado en Tailandia y que algo sucedió durante ese viaje —relató Silvia—. Eso ya no es solo una hipótesis, ya que hemos encontrado muchas fotos de su estancia allí. Bangkok, mercadillos, templos, lo típico. Fueron al parque nacional de Erawan, navegaron en un barco en el río Mekong, montaron en elefante en Chiang Mai… Y terminaron en la playa de Laem Tong. Según todas las webs, hicieron el típico viaje de turista. Hasta aquí todo normal. Te ahorro unos vídeos sexuales entre ambos.

—No me ahorres nada.

—Vale, mira este y nos dices. Él es un poco paradito, y ella, sin embargo…

La grabación empezó a reproducirse en el portátil. Estaba hecha desde el punto de vista de ella, lo que no era un impedimento para que se enfocase en ocasiones a sí misma. La calidad era muy buena, grabada en 4K con el iPhone X de la víctima, por lo que las imágenes resultaban extremadamente reales. Rodrigo se sintió incómodo una vez más. Un grupo de personas adultas, aunque fuesen policías, estaban en una habitación pequeña, con el ambiente cargado, volviendo a ver cómo practicaba el sexo una pareja, algo que debería permanecer en el ámbito privado. Si no hubiera muerto Eva, nadie habría visto esos vídeos, nadie sabría cómo les gustaba hacerlo, si ella prefería ponerse arriba o abajo, o si a él le excitaba que le hicieran determinadas cosas un tanto chocantes.

Rodrigo miró a Daniel, y en esta ocasión, sus ojos no demostraban morbo ni ningún otro interés que no fuese policial. El inspector pensó que sería por los años de ejercicio de la profesión, o tal vez porque estaba delante de una mujer y de unos nuevos compañeros. ¿En privado actuaría igual? El vídeo terminó y el grupo se quedó en silencio.

—Está claro que esta chica, a pesar de lo joven que era, dominaba las relaciones —comentó Daniel—. Tenía una capacidad increíble para embaucar a la gente. ¿Qué dice de esto la psicóloga? —preguntó burlón, pero a la vez con interés sincero.

—Yo diría que era una persona muy egocéntrica y que encontraba un goce sádico en dominar a los demás —respondió Silvia con seriedad—. Se veía en la grabación en la que seducía a su hermano, y también aquí con su novio. Siempre encima, dando placer, pero controlando hasta qué punto, deteniéndose en determinados momentos para que le suplicaran que siguiera.

Daniel se sorprendió de la explicación. Él había hecho algo similar con Inés la noche en que se conocieron. ¿Sería por su ego? ¿Por dominar a los demás?

—Suena creíble —aceptó tratando de alejar esos pensamientos—. ¿Y cuál es la teoría que habéis elaborado?

—Espera, Daniel. Hay más —dijo Silvia—. Tras el *tour* que podría considerarse turístico, se salieron de la zona habitual que frecuentan los viajeros y cruzaron a Birmania, donde pasaron dos días. Ya no aparece el vídeo sexual de todas las mañanas, ni selfis ni nada. Tan solo una foto un tanto extraña de un club de golf —explicó mientras se la mostraba.

—¿Y qué suponéis que pasó allí?

—Hemos hecho unas llamadas a la central de Madrid, a ver si tenían datos sobre la ciudad y sobre el club de golf en concreto donde se hizo esta foto. Se trata de la zona de Mogok.

—Lo hemos localizado por los metadatos del móvil —aclaró Rodrigo.

—Eso es —dijo Silvia aceptando la precisión—. Pensamos que esa zona es de venta ilegal de piedras preciosas, diamantes y rubíes sobre todo, controlada por un *holding* militar que posee un centenar de minas por todo el país.

—Y el club de golf es un buen lugar para cerrar un trato importante —añadió Rodrigo completando la deducción.

—Sí que os ha cundido la mañana —admitió boquiabierto Daniel.

—Creemos que compraron gemas de manera ilegal —prosiguió Silvia— y que las pasaron sin declarar por la aduana. No hay nada que lo pruebe, pero la ausencia de fotos nos hace pensar que allí sucedió algo diferente al resto del viaje.

—De los días anteriores hay más de seiscientas fotografías —especificó Rodrigo.

—Más los vídeos —apuntó Daniel para incomodar.

—Más los vídeos, por supuesto —aceptó la inspectora—. No quisieron documentar esta parte del recorrido.

—Entraron en España dos días después, por Barajas —explicó el inspector—. Y a la semana siguiente empezaron los mensajes…, que no sabría cómo calificar.

—Eran mensajes diferentes —aclaró Silvia—, ya no había cursiladas amorosas ni tampoco morbosas, como en los meses anteriores. Poco a poco se fueron volviendo secos y amenazantes, con veladas referencias a la *mercancía* que trajeron, hasta llegar a ese último wasap que has leído.

—Y los 300.000 euros aparecidos en la casa —apuntó Rodrigo.

—Estaban en la habitación del hermano, pero el chico asegura que no sabía nada de su procedencia.

—¿Y tú le crees? —preguntó Daniel mirando a Silvia.

—Sí, le creo.

—¿Chantaje? —aventuró como deducción el expolicía.

—A partir de aquí, todo es suposición. Ella trajo los rubíes escondidos en… ¿el estómago?

—En la vagina —propuso Daniel.

—Donde sea. Cuando consiguió sacarlos, no se los entregó a su chico, como habían quedado. ¿Le pidió dinero? Puede ser. De los mensajes intercambiados durante los quince días anteriores a su muerte podría deducirse que ella tenía algo que le pertenecía a él, y que los padres de Adrián estaban empezando a hartarse. Mira.

Silvia hizo una señal al policía de la Sección Técnica que manejaba el ordenador y este mostró varios mensajes: «No vas a conseguir lo que quieres. Ya lo habíamos hablado antes de salir». «Dime dónde los tienes!!» «No puedo retrasar más la entrega. Mi padre está cabreadísimo.»

—Ella no contestó a ninguno de estos wasaps y quitó el doble *check* azul para que él no viese si los había leído o no.

—Y ya no hay más vídeos sexuales, claro —aventuró Daniel.

—Uno más —puntualizó Silvia para sorpresa del expolicía—. Dos días antes de la muerte de Eva. Muy sórdido.

—Habrá que volver a interrogar a Adrián —concluyó Daniel.

—Ya lo hemos llamado.

—¿Y cuándo lo vemos?

—Mañana —concretó Silvia.

—Todavía es pronto —respondió el expolicía consultando su reloj.

—Por eso. Quiero que no pueda dormir esta noche pensando en por qué queremos volver a interrogarlo.

82

La noche se cernía sobre Niebla y los últimos rayos de sol luchaban por sobrevivir unos segundos más y bañar las laderas de caliza produciendo reflejos dorados. Desde la terraza del restaurante del pueblo, Daniel miró hacia el oeste, por donde estaba a punto de desaparecer la luz anaranjada, y recordó que Eva Santos había sido depositada en el suelo mirando hacia el ocaso. Una diferencia significativa con el crimen de la cueva de El Sidrón, o tal vez no. Era complicado aventurar una teoría.

Pero lo hizo.

—Yo creo que el asesino de Eva Santos no es de la excavación.

—¿Por qué dices eso? —respondió Silvia mirando la carta sin decidirse por ningún plato.

—He estado leyendo sobre enterramientos —mintió—. Los prehistóricos pintaban los cuerpos, no espolvoreaban el tinte alrededor.

Silvia y Rodrigo levantaron la vista del menú y lo miraron buscando una explicación más precisa.

—Un experto sabría eso, digo yo, y habría pintado el cuerpo de la víctima.

—¿Estás seguro de que pintaban el cuerpo?

—Todo lo seguro que se puede estar de algo que pasó hace miles de años —aclaró asumiendo las teorías de Inés.

—Tampoco lo hizo el asesino hace seis años —recordó Silvia—. Espolvoreó la pintura alrededor de la víctima. Eso podría indicar que se trata del mismo.

—Yo también lo he pensado. Pero en Asturias el cadáver miraba al este y aquí al oeste.

—Sí, eso es distinto —admitió la inspectora—, pero también hay que tener en cuenta que en Asturias fue dentro de una cueva. Según recuerdo, hasta la Guardia Civil se equivocó en su informe respecto a qué punto cardinal señalaba la cabeza. Y si además no era un experto, pudo confundirse.

Rodrigo interrumpió la disertación de ambos, más que nada por hacerse notar.

—Mañana tenemos el interrogatorio de Adrián. ¿Cómo lo vamos a afrontar?

—Me gustaría estar presente en esta ocasión, Silvia —dijo Daniel intentando emplear un tono prudente. No quería sonar impositivo y que eso hiciera que la inspectora le denegase el permiso.

—Me parece bien —respondió ella.

Rodrigo torció el gesto. Eso significaba que él no iba a caber en esa sala.

—Me voy a dormir, no tengo hambre —añadió—. Anoche no pegué ojo estudiando lo del Face ID. ¡Y para lo que ha servido!

—Hiciste lo que se podía —respondió Silvia—. Y al final tuvimos suerte.

Rodrigo se encogió de hombros y se alejó cabizbajo.

—Yo creo que deberíamos empezar por enseñarle el último mensaje que envió a Eva —afirmó Daniel cuando se quedaron solos. Pero reculó. No quería ser él quien marcase el interrogatorio—. O tal vez no. ¿A ti qué te parece?

Silvia agradeció el gesto de su excompañero, mucho menos autoritario de lo que habría sido en el pasado. ¿Daniel Velarde le había pedido opinión?

—Prefiero dejar que primero intente mentirnos —explicó Silvia.

—Me parece bien. Yo a veces soy demasiado directo.

La inspectora no salía de su asombro. ¿De verdad estaba siendo sincero o era tan solo una nueva táctica?

—Bueno, ser directo también forma parte de tu encanto —replicó Silvia.

—Puede ser.

Un silencio amable se instaló por primera vez entre ellos. Algo por lo que jamás habría apostado Silvia hacía una semana.

—¿Tu novio vino a cortar contigo? —preguntó Daniel a bocajarro.

Silvia se rio nerviosa. No se esperaba el comentario.

—Como has dicho que parte de mi encanto reside en ser directo…

—Ya, supongo que entonces me lo merezco —aceptó ella tras un breve silencio que aprovechó para colocar en su mente la ruptura—. Sí. Me ha dejado. Me pilló de sorpresa, la verdad.

—No me lo tienes que contar si no quieres.

—Si no quieres que te lo cuente, no preguntes —rebatió Silvia—. No creo que siendo como eres lo preguntes por quedar bien.

Muchos recuerdos cruzaron como un ángel por su mente. Muchas noches de seguimientos, algunas de sexo pasional, discusiones, agravios, pero Silvia desterró todo eso. No tenía sentido dar vueltas a lo que ya no tenía remedio. En esa terraza se sentía bien, el calor había disminuido, soplaba una ligera brisa en la cumbre en la que estaba encaramada Niebla, mantenía una conversación tranquila con un viejo amigo y no sentía excesivo dolor de cabeza, ni de corazón por el abandono de Juan.

—Estoy bien —dijo—. Lo pasé peor hace seis años. Pero no es un reproche. Solo me has preguntado y quería contártelo.

—¿Lo pasaste muy mal?

—Sí. Ya te lo reconocí el otro día.

Nuevo silencio. Pero no tan tenso como esperaba.

—Tú no habías vuelto a pensar en esto, ¿verdad? —preguntó Silvia segura de la respuesta—. Yo tantas horas de terapia, y tú ni cinco minutos.

—Bueno, no pensar es una manera de huir hacia delante.

Silvia constató que Daniel estaba distinto. No competía por ser más ingenioso, por imponer su criterio.

—Perdón —dijo por fin él.

La palabra cayó a plomo en la noche burgalesa. «Perdón.» Silvia se alegró de escucharlo. Y de escucharlo ahora que ya no lo necesitaba. Así sonaba más sincero. Si anhelas algo de alguien, eso te condiciona, hace que te arrastres para conseguirlo, pero cuando llega sin tener que pagar un precio, sabe mejor.

—Gracias —respondió Silvia.

—Ya sabes que no soy mucho de hablar de estas cosas, pero... te has convertido en una mujer maravillosa. Fuerte, lista. Guapa. O más bien creo que siempre lo fuiste. Siento no haberme dado cuenta antes.

A Silvia casi se le saltó una lágrima. No por los adjetivos en sí; daba lo mismo si de verdad era maravillosa, fuerte, lista y guapa. No porque necesitase el reconocimiento de Daniel, sino porque esta conversación significaba cerrar el círculo que había quedado abierto durante demasiado tiempo. Completar el proceso. Estar, por fin, en paz con el pasado.

—¿Nos vamos a poner sentimentales ahora? No jodas —dijo soltando una carcajada.

—No, ¿verdad? —respondió Daniel siguiéndole la broma. También él estaba emocionado.

Ambos rieron con ganas, relajados. Estaban tan absortos en su recién estrenada complicidad que se sobresaltaron al escuchar la voz de Rodrigo a sus espaldas:

—No le coges el teléfono al comisario.

Sus palabras sonaron acusadoras, no por el hecho en sí de no responder al móvil, sino por algo más profundo y confuso. Mientras se acercaba a la pareja para llevarles noticias de Mendoza, había observado a distancia su conexión, sus risas. Por un lado, se sentía desplazado del equipo, y por otro, aunque le avergonzara reconocerlo, celoso por no tener la atención de Silvia.

—Es verdad —reconoció su jefa buscando en su mochila—, lo tengo sin batería.

—Tenemos los datos sobre el semen encontrado en el CA-

REX. Han aplicado un método experimental. Y la muestra se corresponde con un varón de origen escandinavo.

Silvia y Daniel pensaron lo mismo: «Galder».

—Sé qué estáis especulando —se adelantó Rodrigo—, pero he revisado las fichas de los estudiantes y hay otros tres noruegos, un sueco y dos daneses. Y un alemán de madre noruega.

—Tendremos que volver a hablar con el personal de la excavación —propuso Silvia—. Tal vez la coordinadora nos pueda ampliar los datos sobre esos estudiantes.

Daniel intentó que su expresión no denotase lo que pasaba por su cabeza: Inés.

De nuevo, Inés.

—Otro asunto: el juez va a poner en libertad a Gabriel con medidas cautelares —prosiguió el inspector—. Mañana por la mañana estará en su casa, pero tendrá que presentarse en el juzgado todas las semanas. Además, se le va a someter a un análisis psiquiátrico para valorar un posible internamiento.

—Es una buena noticia —admitió Silvia.

—¿Tan segura estás de que él no asesinó a su hermana a pesar del vídeo que se hicieron y de que te agrediera?

—Te lo contesto mañana después de interrogar al novio —respondió la inspectora—. Pero nos vendrá bien que Adrián sepa que lo hemos liberado justo antes de que él entre a declarar, ¿no te parece?

Daniel mostró su acuerdo.

—Me gusta llevar al límite a los sospechosos —dijo Silvia—. Algo tenía que haber aprendido de ti.

Ambos sonrieron cómplices ante el asombro de Rodrigo.

83

Centro Penitenciario de Asturias (Villabona)
Seis años antes (2012)

—¿Has matado a Teresa Yaner? —preguntó Daniel nada más entrar en la sala de interrogatorios del Centro Penitenciario de Asturias en el que Guillermo Garrido llevaba más de un mes en prisión preventiva.

—No —respondió tajante el recluso.

Silvia se sentó en una silla de escay enfrente del sospechoso y de su abogado mientras Daniel permanecía de pie. La habitación, pulcra y austera, estaba pintada de un amarillo un tanto agresivo sin adornos en las paredes. A la inspectora le sorprendió el aspecto de Guillermo, muy diferente al de las fotos que les había mostrado la Guardia Civil, más tosco, más inquieto. Se veía que era una persona fuerte, de manos grandes y mirada penetrante.

—La tuviste dos días retenida —continuó Daniel—, en los que aprovechaste para hacer lo que se te pasó por la cabeza. Después la envenenaste y la depositaste en la cueva.

—No lo hice —replicó.

—La Guardia Civil dice que sí.

—Tendrán que demostrarlo.

El abogado hizo una señal a su cliente. El interrogatorio había empezado muy rápido y casi no había tenido tiempo de valorar lo que estaba respondiendo su defendido, pero Guillermo lo miró resuelto y dio una palmada sobre la mesa.

—Quiero hablar —dijo tan solo.

—Pues habla —contestó Daniel incitándolo.

—No lo hice, son ustedes los que deben demostrar que sí.

—Eso es cierto. Y estamos en ello. Estuviste tres días sin aparecer por la excavación, y coinciden con los de la muerte de la chica.

—Ya, me voy tres días, la mato y vuelvo —respondió con sarcasmo—. Y sin coartada, porque estuve solo en el monte. Soy tonto ¿o qué?

—Dímelo tú —le retó el policía.

—No, no soy tonto, y sé que tengo antecedentes.

—¿Quieres decir que si decidieses matar a alguien tendrías más precaución?

—¿Usted no, agente?

—Inspector —le corrigió Daniel—. Eso es lo que intentaste con tu novia hace años: tener más precaución, pero al final un vecino te oyó y llamó a la Policía.

—No deberíamos tener la conversación en estos términos —intervino el abogado, a quien no le estaba gustando nada que su cliente entrase en las provocaciones, aunque lo hiciera con ingenio.

—Para lo que me ha servido seguir tus consejos… —dijo Guillermo mirando a su defensor—. Llevo más de un mes en prisión preventiva. No quiero volver a pasar por esto, ya estuve casi tres años en la cárcel, hasta que empecé con los permisos.

—Y más que vas a estar ahora, me temo —replicó Daniel—. Teresa Yaner estuvo atada de pies y manos, eso lo sabemos por la forense.

—¿Y?

—Igual que tu novia.

—Ya pagué por aquello —respondió el sospechoso rascándose la cabeza con excesiva energía—. Era muy joven y se me fue la olla. Me había engañado con otro, y yo era muy celoso.

Silvia intervino por primera vez. No le había gustado la afirmación del sospechoso.

—¿Y eso crees que te da derecho a hacer lo que hiciste?

—Ahora sé que no. Han pasado casi dos décadas. Eran otros tiempos.

—Eso no me vale —aseguró ella.

—No he vuelto a dar un problema desde entonces. Trato con chicas jóvenes a diario y nunca ha habido una denuncia. Aprendí lo que no se puede hacer.

—Que te pillen —contestó Daniel.

—No me refería a eso, y lo sabe, inspector.

—¿Quieres decir que la gente cambia? ¿Seguro? —preguntó Daniel—. Un fumador siempre lo será, aunque lo haya dejado.

—Pero si es capaz de no probar el tabaco, ¿qué diferencia hay?

—O sea, que te apetecería volver a hacerlo, pero eres capaz de controlarte —afirmó atacando el policía.

—Mi cliente no ha pretendido decir eso y usted lo sabe —intervino el abogado tratando de tomar las riendas de la conversación—. Todas las pruebas son indiciarias. Nada lo sitúa con la víctima. No la conocía, no se le ha encontrado nada relacionado con el caso… Ni ADN. Nada.

—Pero nosotros acabamos de llegar a la investigación —especificó Daniel—. Así que eso puede estar a punto de cambiar.

Ya fuera de la penitenciaría y mientras cruzaban el aparcamiento hacia el coche, Daniel repasaba lo que habían hablado dentro, sus primeras impresiones del sospechoso.

—Joder, yo creo que este no es —afirmó—. Es verdad que todo lo que tiene la Guardia Civil es circunstancial. Y ya lo has visto. Es un tipo más bien tosco, inquieto, de movimientos imprecisos, se rasca… No lo veo lavando el cadáver con cuidado, procurando no dejar huellas. ¿Cómo hará con las piezas que se encuentre en la excavación? Que no se las dejen limpiar a este —añadió con sentido del humor.

A Daniel le pareció que Silvia estaba ausente pensando en otra cosa.

—Estás muy callada.

Silvia levantó la vista. Daniel esperaba alguna reflexión sobre Guillermo Garrido que aportase algún punto de vista diferente.

—Estoy embarazada —dijo. Y siguió andando.

84

Día 8

Se había decidido que el interrogatorio de Adrián fuera en Burgos, y Silvia se encargó de que, cuando entrase a declarar en la comisaría, Gabriel saliese por la puerta para que se produjera un encuentro con apariencia de fortuito.

Silvia, alejada de la puerta, observó el cruce entre ambos tratando de fotografiar mentalmente sus reacciones. El desconcierto fue para los dos. Gabriel, de una manera instintiva, desvió sus pasos intentando alejarse lo más posible de su rival, sin perderlo de vista ni cuando hubo superado la salida, donde lo esperaba su padre. Aunque Adrián tardó en reaccionar, su cara lo dijo todo: odiaba a ese chico. No era aventurado afirmar que en la cabeza de Adrián se instalara una suposición como «Por algo estarán liberando a este, mientras que a mí me obligan a venir a la capital con mi abogado. Han debido de encontrar nuevas pruebas». Le susurró algo a su abogado antes de presentarse al agente.

Tuvieron que aguardar más de media hora sentados en dos incómodas sillas en la sala común de la comisaría observando cómo gente cotidiana se acercaba a tramitar denuncias poco relevantes. No pudieron evitar que les llegasen fragmentos de conversaciones tan insulsas como «Me han robado el móvil» o «He perdido el carné de identidad». En dos ocasiones el abogado se levantó a preguntar cuándo los atenderían, pero se dio de bruces con la excusa de que los inspectores estaban ocupados.

—¿Ocupados? ¡¿En qué están ocupados?! —estalló cada vez más nervioso Adrián.

Su abogado se interpuso para evitar que la discusión llegara a mayores y excusó a su cliente. El policía con el que hablaban torció el gesto, pero enseguida se desentendió y siguió con el ciudadano al que le tocaba el turno y que venía a denunciar al perro de su vecino.

—Vamos, Adrián, no nos conviene esto —susurró el abogado señalando de nuevo las dos sillas—. No tienes ningún motivo para estar preocupado.

Al fin, el inspector Ajuria apareció en la zona común.

—Buenos días, si tienen la amabilidad de acompañarme.

Sin esperar respuesta, se dirigió a la sala donde se celebraría el interrogatorio. Adrián y su abogado lo siguieron, y allí estuvieron solos otros diez minutos.

El primero en llegar fue Daniel y preguntó por la inspectora Guzmán. Evidentemente, los convocados no sabían nada, pero Rodrigo entró para comentarle en voz baja, pero audible, que la inspectora estaba valorando una prueba que les acababa de llegar.

Ambos salieron con cierta premura y la pareja volvió a quedarse a solas durante un cuarto de hora más, que se les hizo eterno. Entonces apareció la inspectora pidiendo disculpas y mostrándose cordial con el chico.

—¿Cómo estás, Adrián?

—Bien —respondió seco.

—Siento lo que te hemos hecho esperar y lo que está pasando esta semana. Comprendo que es desagradable. Lo de ayer, exhumar el cadáver… —dijo apesadumbrada—. En fin, el procedimiento judicial en ocasiones es complejo.

—No pasa nada —aseguró el novio de Eva Santos.

—Bueno, aquí estamos —comentó sin un propósito claro la inspectora.

Adrián no supo qué responder. La situación le resultaba muy incómoda, que era justo lo que pretendían los policías. Sabían que Adrián no era como Gabriel. No iba a colaborar en nada.

Daniel entró en la sala por segunda vez y le tendió un papel a Silvia con los últimos mensajes que había recibido Eva. Ella se entretuvo en mirarlo sin que Adrián pudiese ver de qué se trataba a pesar de que intentó comprobar si se transparentaba el folio.

Silvia levantó la cabeza y descubrió los ojos de su interrogado escudriñando la información.

—¿Tienes algo que contarnos?

—¿Yo? —preguntó sintiéndose descubierto—. No.

—Era por si estos días has recordado algo que pudiera ayudarnos con el caso —le planteó la inspectora.

—No. Nada.

—¿Has recordado más detalles sobre tu discusión del último día con Eva?

—Ya les dije todo lo que sabía sobre esa noche.

—Bueno, pero nos mentiste un poco, ¿te acuerdas? Que si no habías estado en el concierto, pero luego sí… Es por si querías matizar algo sobre los motivos de vuestro enfado.

—No fue un enfado, tan solo que a mí no me gustaba ese grupo de música.

—Pues haces muy mal —dijo Daniel interrumpiendo la conversación—. Los Siniestro son cojonudos.

—¿Discutías más esos últimos días con ella? —preguntó Silvia sin darle un respiro.

—¡Que no discutíamos! —respondió Adrián levantando la voz.

Su abogado carraspeó para que se diera cuenta de que se había pasado.

—Vale, no discutías —repitió Silvia—. ¿Y tampoco viajaste hace dos meses con Eva a Tailandia? —preguntó de sopetón.

—¿El qué? —respondió sorprendido el chico.

—Estuvisteis en Tailandia, ¿verdad?

—Sí, de turismo. Estuvimos en la playa de Laem Tong, en Bangkok…

—¿Y en algún sitio más?

—En un parque natural, no recuerdo el nombre.

—Tus padres tienen una joyería, ¿no es así? —comentó Daniel.

—Sí, ¿por? —admitió el interrogado.

—¿Nos podrías decir para qué se utiliza el boro?

Adrián los miró desconcertado.

—¿Esto tiene relación con el caso? —cuestionó el abogado—, porque si no lo tiene y es por charlar…

—Conocemos nuestro oficio, no se preocupe —replicó Silvia.

—Te veo con la boca seca, Adrián, ¿quieres un poco de agua? —preguntó Daniel—. Esto no es del caso —aclaró al abogado.

Silvia sonrió en su interior. Recordó las cosas que le gustaban de Daniel. La ironía no había desaparecido. El novio de Eva negó con la cabeza, lo que quería era salir de allí cuanto antes. La luz fría del neón que colgaba del techo le estaba mareando.

—El boro —le recordó Silvia.

—Pues… se utiliza mezclado con agua para soldar la plata o el oro, por ejemplo.

Los investigadores se miraron, y Adrián se inquietó aún más.

—Y tú trabajas también con tus padres —prosiguió Silvia.

—Sí. Es normal, ¿no? Estudié Gemología.

—¿Y viajas para comprar piedras preciosas en el extranjero?

—No.

—Es curioso, porque hemos visto que teníais muchas fotos del viaje. De todos los días, salvo de los dos últimos.

—No sé, es posible. Era ella la que hacía las fotos.

—Y los vídeos —apuntó Daniel.

El abogado no entendió por qué su representado empezó a sudar al escuchar esa afirmación.

—¿Pasó algo en el viaje que consideres que podría ser reseñable?

—¿Qué quiere decir con eso, inspectora?

—¿Alguna desavenencia entre vosotros?

—No.

—Sabes por la prensa que tenemos el móvil de Eva, ¿verdad? Y que lo hemos conseguido desbloquear.

Adrián se iba poniendo pálido. Claro que había leído varios artículos sobre el teléfono, pero tenía la esperanza de que fuera un señuelo de la Policía para poner nervioso al culpable del asesinato. Se encogió de hombros.

—¿Tendrías inconveniente en enseñarnos las conversaciones de WhatsApp que tengas con tu novia? —le pidió Silvia con amabilidad.

—Las he borrado.

—¿Y eso por qué?

—No soportaba leer de nuevo los mensajes. Me ponía muy triste —explicó sin un gramo de emoción.

—No estoy entendiendo este interrogatorio —los interrumpió el abogado con tono profesional—. Si quieren decirnos algo, háganlo claramente.

Silvia se dirigió al abogado. Muy seria.

—Quizá es que usted no ha visto los chats de su representado con la víctima.

—¿Por qué iba a tener que verlos? Eso es privado entre ellos.

—Pero significativo en la investigación al haber aparecido ella asesinada, ¿no cree? —dijo enseñándole el último mensaje en el que Adrián amenazaba a su novia.

—Esto no prueba nada —respondió el letrado tras leerlo.

—No —admitió Silvia—, pero es un indicio. Un posible motivo. ¿Tienes ahora algo que contarnos, Adrián?

—¿No tenían ya al culpable? —dijo intentando cambiar el rumbo de la conversación.

Silvia y Daniel tan solo lo miraron.

—¿Por qué han soltado a Gabriel? —quiso saber el chico intentando contener su agresividad—. No sé si conocen la relación que tenían entre ellos.

—Lo sabemos todo —señaló Daniel—. También el tipo de

relación que teníais vosotros dos. Vuestras discusiones, vuestros gustos.

—Esto es inapropiado —enjuició el abogado de Adrián—. ¿Piensan detener a mi representado?

—No era nuestra intención, de momento —matizó Silvia.

—Siendo así, no tenemos más que decir.

El abogado se levantó y le hizo un gesto a Adrián para que lo siguiese.

—Están ustedes equivocados —aseguró el novio—. Eva no era la chica buenecita que está diciendo la prensa. No era solo lo del hermano. Ella hacía cosas…

—No hables más —lo interrumpió el letrado.

—Pregunten al noruego ese —dijo Adrián. Y después salió.

Dos veces en menos de veinticuatro horas una posible pista los llevaba a Galder Vinter.

85

Según salían del interrogatorio y todavía en la comisaría, Silvia iba colocando en orden toda la información que tenía en su cabeza. Con los dos policías de la Sección Técnica de la UIT, eran más en el equipo. Aun así, tenía que distribuir bien el trabajo para que pudieran abarcar los distintos ámbitos que estaban explorando. Los recién incorporados no conocían a los implicados ni los detalles de la investigación. De momento, debían cotejar los otros chats del WhatsApp por si completaban la información obtenida de los mensajes con Adrián o la contradecían. ¿Qué se habría escrito la víctima con las amigas, especialmente con Khaleesi, en las horas anteriores a su muerte? ¿Habría nombres concretos sobre esa noche y los miembros del trío? ¿Algún mensaje imprevisto del hermano, de la madre o del propio Galder?

—Llevamos ocho días aquí y tenemos demasiados frentes abiertos —dijo por fin cuando llegaban a la sala común de la comisaría y se dirigían a la máquina de cafés, donde los esperaba Rodrigo—. Hemos avanzado mucho, pero en distintas direcciones.

—¿Quieres que hagamos balance? —propuso Daniel mientras sacaba unas monedas—. A esto me dejaréis que os invite.

Silvia asintió a ambas propuestas y recapituló:

—¿Qué es lo que tenemos hasta ahora?

—El informe de la autopsia de Eva nos confirma el veneno como causante y sitúa la hora de la muerte a las cuatro de la madrugada.

—También que no la mataron allí mismo, sino que trasladaron el cuerpo —añadió Silvia—. Posiblemente desde la cabaña del CAREX. Si la historia de Khaleesi es cierta, podemos situar a ambas juntas esperando a una tercera persona.

—Bajo los efectos de las drogas que les proporcionó el traficante que tenía el teléfono de Eva —puntualizó Rodrigo.

—Y que nos hizo perder un tiempo precioso al obligarnos a ir a Salamanca a detenerlo —se lamentó Silvia mientras cogía su café solo de la máquina—. Tenemos también los interrogatorios de su círculo más íntimo, familia, novio, amigas... —prosiguió la inspectora—. Y las fotos prehistóricas de Eva, encontradas en su ordenador y hechas con la cámara del hermano.

—Que había tenido algún tipo de relación sexual con su hermana —completó Daniel ofreciéndole el siguiente café a Rodrigo, que se lo agradeció con la mirada—. Gracias a ti conseguimos los metadatos que lo relacionan con el cobertizo donde se tomaron las fotos y donde casi pierdes la vida —dijo mirando a Silvia—, y también a la persona que disecó el lobo y señala a Gabriel como el comprador...

—Y el dinero encontrado en su habitación —añadió Rodrigo—. ¿Del viaje a Tailandia?

—No hemos podido sacarle nada a Adrián. Hasta que no analicemos a fondo el móvil, no tenemos más con qué presionarlo.

—Vale, hasta aquí la implicación del hermano parece bastante evidente —aceptó Silvia encaminándose hacia la salida.

—Pero tú no lo tienes claro —concluyó Daniel abriéndoles la puerta.

Los tres salieron de la comisaría. A Silvia no le bastaban las evidencias que tenían contra el hermano de Eva Santos.

—Ahora tenemos el semen que se ha encontrado en esa cabaña —recordó Rodrigo.

—Que nos podría llevar a Galder —sugirió Daniel—. O a otro de los estudiantes del yacimiento, siempre que sea nórdico.

—Esperemos a que se hagan las pruebas pertinentes —dijo

Silvia ya en el aparcamiento—. Centrémonos en el móvil. Tantos miles de fotos y mensajes pueden cambiarlo todo. Ese viaje a Tailandia, la discusión entre ellos… Rodrigo, te quiero con los de la Técnica mirando hasta la última aplicación.

—Creo que aquí puedo ser más útil —objetó Rodrigo—. Cualquiera puede mirar los archivos de un teléfono.

Enseguida notó que se había excedido. Silvia guardó silencio antes de contestarle:

—Rodrigo, es tu primer caso importante. Y has aportado muchas cosas. Ya lo ha reconocido Daniel, gracias a ti obtuvimos los metadatos.

Involuntariamente, Rodrigo cruzó una mirada silenciosa con Daniel que ambos esquivaron al instante, tratando de no delatar lo que había ocurrido entre ellos. Silvia fingió no haber advertido el detalle, pero el gesto de ambos no le pasó desapercibido.

—Necesito que te ocupes del teléfono —concluyó.

El inspector asintió sin rechistar. La mirada dolorida que le lanzó a Daniel al despedirse hizo que este se fijase mejor en Rodrigo. Conocía bien esa sensación de resentimiento e impotencia. Esperó a que se alejase lo suficiente.

—Creo que está un poco desilusionado porque no cuentas con él.

Silvia se detuvo y lo miró con gravedad. ¿Daniel había tenido un rasgo de empatía con Rodrigo? Creyó saber por qué.

—¿Le conseguiste tú el programa para que desencriptase esos archivos?

—¿Yo? —preguntó Daniel, que se esperaba esa cuestión tarde o temprano—. Seguro que no. No sé mucho de informática.

—Vamos, no me tomes por tonta. No llevabas un arma en la detención del traficante, no entiendes de informática… ¿Has visto con qué cara te ha mirado? Tú o tu equipo.

El asesor puso cara de paciencia. La inspectora entendió que quería decir: «¿Para qué sacas el tema?».

—Debí sospecharlo —confirmó sus temores—. Lo que no

consiguieron en Madrid lo consigue Rodrigo en un día. Sabrá mucho de tecnología, pero me sonó raro.

—Yo no voy a decir nada.

—Pero se podría llegar a saber, es una irresponsabilidad. Podrían invalidar la prueba.

—Total, tú no crees que el hermano sea el asesino —dijo él con un punto de impertinencia.

—No es lo que yo crea, es la ley —sentenció ella antes de entrar en el coche que los llevaría a Atapuerca—. Y yo acostumbro a cumplirla.

Estuvieron un rato sin hablar y sin poner música. Las ruedas zumbaban suavemente sobre el asfalto y los campos rojos de amapolas se sucedían en los laterales de la carretera tiñendo de sangre el paisaje. Daniel revisaba su móvil. Tenía bastantes mensajes de trabajo. Al presidente no le había gustado que retrasara su vuelta un par de días. Su viaje a Ibiza era ineludible; las reuniones en el yate con políticos y empresarios de primera línea marcaban la agenda.

Silvia, a la que el pertinaz dolor de cabeza volvía a incordiar, iba pensando en los siguientes movimientos que debía tener en cuenta: agosto se acercaba y los estudiantes internacionales de la excavación volverían a sus países. Eso dificultaría la investigación. También estaba la posible implicación de Galder, el análisis psiquiátrico de Gabriel... Cuando ya estaban a mitad de camino, decidió que lo mejor era obviar la discusión anterior con Daniel y tomar decisiones jerarquizando su importancia.

—Llama, por favor, a la chiquita esa —ordenó sin dar más explicaciones.

El asesor sintió que algo había cambiado. Hasta ese momento la inspectora no le había pedido nada de una manera tan directa.

—¿A quién? —respondió sorprendido.

—A la coordinadora del yacimiento, Inés Madrigal.

Daniel se quedó un instante pensando no tanto en el tono de la orden como en el que tendría que adoptar para llamar a la joven con la que había tenido sexo hacía veinticuatro horas.

Cuando empezaba a ser significativa su falta de respuesta, se apresuró a preguntar:

—¿Para?

—Para verla ahora y saber a dónde tenemos que ir.

—¿Para qué quieres ver a esa chica?

—Joder, Daniel —contestó Silvia sin entender qué le pasaba—, para que nos diga dónde está Galder. No quiero llamarlo directamente a él, prefiero presentarme donde esté, así no tendrá tiempo de preparar nada.

—Ya —dijo—. ¿Tienes su teléfono?

—Lo tienes ahí, en mi móvil —respondió la inspectora señalando el salpicadero.

—Llamo con el tuyo si no te importa.

—¿Es que no te pagan la línea en la petrolera o qué? Solo la gasolina, claro —añadió recuperando la ironía.

Daniel esbozó una sonrisa que intentó que colase por auténtica y cogió el teléfono.

—No he cambiado el PIN.

—¿Desde hace seis años?

Silvia lo miró para que no siguiese por ahí. Daniel lo asumió y tecleó en la pantalla de manera automática. Para su sorpresa, no le costó recordar la combinación de cifras. El móvil se desbloqueó.

—Veo que lo recuerdas —dijo Silvia devolviéndole la pulla.

Daniel lo aceptó deportivamente y buscó el contacto de la coordinadora. Prefería que en la pantalla del móvil de Inés no apareciese su nombre. Si él estaba acompañado, también ella podía estar con alguien y no fuera conveniente que intuyese la relación que tenían. Pulsó el número de su amante como si no se lo supiera. No tardaron en contestar.

—¿Inés Madrigal? Soy Daniel Velarde, el asesor de la Policía para el caso de Eva Santos.

Daniel era consciente de la risa que le entró a ella al otro lado del teléfono. Le pareció que Silvia podía llegar a oírla, por lo que habló casi sin solución de continuidad:

—Estoy con la inspectora Guzmán de camino a Atapuerca, y nos gustaría volver a hablar con Galder Vinter.

—Ya veo que no puedes hablar —dijo la coordinadora.

—Así es —respondió lacónico Daniel.

—Vale —aceptó Inés divertida—, entonces mejor no comentamos nada de lo que hemos hecho en la cueva, ¿no?

—Tan solo quería saber dónde se encuentra el noruego —repitió él haciendo oídos sordos a su interlocutora.

—Me encantó estar contigo ayer. Fue... increíble, la verdad.

—Perdona, Inés... ¿Está Galder contigo?

—No lo sé —respondió aceptando por fin la conversación oficial—. Lo normal es que esté por aquí, ahora lo busco y le digo que queréis verlo.

—No. No le digas nada. Vamos para allá, primero hablamos contigo y después con él, ¿de acuerdo?

—Como quieras. Estamos en la Trinchera del Ferrocarril. Un beso —dijo Inés tras lanzar uno bien sonoro.

—Gracias a ti. Llegaremos en un cuarto de hora.

Daniel colgó.

—Cuánto te ha hablado, ¿no? —preguntó Silvia.

—Es que no sabía si estaba Galder en la excavación.

—¿Y está?

—Iba a buscarlo.

—¿Tú estás bien?

—Sí. Es que estaba pensando en temas de la empresa —explicó para quitarse el improvisado interrogatorio de encima.

—Vale —aceptó Silvia—. Yo estoy deseando preguntarle al noruego ese si ha tenido relaciones sexuales con Eva Santos en el CAREX unas horas antes de que ella apareciese asesinada. ¿Tú no?

86

Por segunda vez en pocos días avanzaban por la pista de tierra cubierta de gravilla que unía el Centro de Recepción de Visitantes con los enterramientos de Atapuerca. Silvia conducía por el Camino del Pajarillo con la cabeza centrada en conseguir un ibuprofeno. Los dos pequeños promontorios que ascendían a ambos lados del recorrido les anunciaban que la entrada de la Trinchera del Ferrocarril estaba próxima.

Aparcaron en la explanada al lado de la garita roja en la que se aburría un bedel. El día era tan tranquilo como otro cualquiera. Al verlos, reaccionó con ilusión por tener un cometido concreto, se les acercó y les anunció que Inés Madrigal los estaba esperando en frente de la Gran Dolina. Los investigadores cogieron los cascos que les ofrecía, cruzaron la verja amarilla que parecía recién pintada y entraron de nuevo en el túnel del tiempo enmarcado por el cortado de caliza de más de veinte metros de alto. Llegaron hasta la estructura de andamios bajo la que excavaban el nivel TD10 un numeroso grupo de estudiantes apoyados en tablones de madera que les permitían no pisar las joyas arqueológicas allí enterradas.

Daniel se fijó en la fina capa blanca a la que estaban a punto de llegar los arqueólogos. O eso le parecía a él, desconocedor de los tiempos necesarios para extraer con delicadeza tanto material prehistórico.

—¿Todo eso son huesos? —le preguntó a Silvia señalando el estrato.

La inspectora no tenía ni idea.

—De animales —respondió Inés a su espalda—. Si fuesen humanos sería increíble, ¿verdad? Pero probablemente la mayoría sean de animales. En este yacimiento se han documentado las mayores concentraciones de restos del Pleistoceno de la sierra de Atapuerca, con más de 100.000 fragmentos de huesos de ciervos y caballos sobre todo, y más de 30.000 piezas de utensilios líticos.

—Ya —dijo Daniel desilusionado.

—Lo más emocionante es encontrar huesos humanos, sin duda —comentó la coordinadora con una sonrisa. Estaba radiante.

—Solo si son de hace miles de años —aclaró Silvia tendiendo la mano.

Inés se la estrechó y después la de Daniel, que mantuvo entre sus dedos un segundo más de lo establecido por el protocolo.

—¿Qué te ha pasado? —preguntó él señalando el apósito que llevaba en la ceja.

—Bueno, ya sabes que insistimos en que siempre hay que llevar el casco —dijo respondiendo con agilidad—. Si no, mira lo que pasa.

Daniel asintió aparentemente interesado. No quería imaginarse cómo reaccionaría Silvia si se enterase de lo suyo con Inés.

—Como te ha dicho antes por teléfono nuestro asesor, nos gustaría volver a hablar con Galder Vinter —explicó Silvia.

—Pues…, es que no está —respondió con timidez la coordinadora.

—¿Qué significa que no está? —le replicó la inspectora.

La cara de Inés Madrigal denotaba que algo pasaba con relación al noruego.

—Inés…, ¿dónde está Galder? —la volvió a interpelar Silvia más seca.

—He ido a buscarlo y, por lo visto, lleva desde ayer sin aparecer.

—¿Cómo es posible?

—La verdad es que no me había dado cuenta. Ayer por la

mañana no estuve por aquí —dijo mirando a Daniel—. Me había pedido el día para asuntos personales. Y como a veces se encarga de hacer el *tour* del Paleolítico Vivo...

—¿Hay *tour* después de lo que ocurrió ayer? —preguntó la inspectora.

—¿Qué ocurrió? —quiso saber Daniel descolocado.

—Mataron a un bisonte —le aclaró Silvia.

—¿Mataron a un bisonte? —repitió asombrado.

—Sí —asintió Inés—. Fue terrible para el parque. Apareció muerto por la mañana. Le clavaron lanzas hasta matarlo.

—¿Se sabe quién ha sido? —la interrogó la inspectora.

—No. No tengo ni idea. Creo que está en manos de la Guardia Civil.

—Pero ¿qué pasó exactamente, Silvia?

—Luego te lo explico —le prometió la inspectora a Daniel, y volvió a dirigirse a la coordinadora, que la miraba con ojos grandes y desconcertados—. ¿Crees que la desaparición de Galder puede tener que ver con eso?

—La verdad es que no lo había pensado. También han faltado hoy otros dos: su novia y otro chico. Siempre iban con él a todas partes. ¿Les parece sospechoso?

—Si ha matado al bisonte, no es cosa nuestra —explicó Silvia—. De eso se encarga la Guardia Civil, como dices. ¿Sabes dónde pueden estar los tres?

—No, pero podría darles el contacto de otro estudiante que también va con ellos a veces y que hoy está en el río lavando las piezas.

—Perfecto. Y danos los nombres de la pareja de Galder y del otro chaval.

—Déjenme cinco minutos para resolver un par de asuntos aquí y los acompaño al río. Nos vemos en la entrada.

La coordinadora se alejó. Y Daniel miró a Silvia a la espera de una explicación sobre lo ocurrido en el Paleolítico Vivo.

Cuando se lo resumió, Daniel la miró asombrado.

—Pudo ser Galder, desde luego —afirmó—. Acuérdate cómo nos contó que cazaba conejos en la experiencia del Paleolítico Vivo.

—Sí, se notó que a Inés Madrigal no le gustó nada lo que nos contó —apuntó Silvia.

—Tal vez haya ido a más su obsesión por la prehistoria.

—Todo empieza a encajar: sexo prehistórico, caza prehistórica...

—¿Y asesinato prehistórico como el de Asturias? —completó Daniel.

87

Concejo de Piloña. Cercanías de Infiesto (Asturias)
Seis años antes (2012)

—¿Cómo te has podido quedar embarazada?

—No sé..., ¿porque nos hemos acostado? —respondió Silvia en el mismo tono hiriente usado por Daniel en la penumbra de la habitación que compartían en Vallobal.

—Ya, joder, pero siempre usamos protección —dijo el policía.

Silvia lo miró. Ambos sabían que eso no era cierto. Sus encuentros sexuales habían sido cualquier cosa menos planificados. La pasión no les había permitido pensar en lo que podría suceder, se habían dejado arrastrar por el creciente deseo que sentían el uno por el otro.

—¿Es seguro? —preguntó Daniel intentando contener el enfado.

—Sí, creo que sí —afirmó ella, también bajando el tono de la discusión—. Me he hecho la prueba dos veces.

Daniel se quedó en silencio. Era lo último que habría podido pensar en esos momentos de su vida, tan seguro como estaba de todo: de su trabajo, de su inteligencia, de su libertad. De sí mismo. Dejar embarazada a una chica era algo inimaginable, pero había sucedido.

Ella no estaba menos perpleja, a pesar de que había tenido más de veinticuatro horas para asumirlo antes de comunicárselo. Era ella la que lo llevaba en su interior.

El teléfono del inspector sonó repetidas veces sin que lo descolgase. Tampoco lo había cogido hacía cinco minutos, aunque se trataba de una llamada de la central.

—¿Y qué quieres hacer? —preguntó Daniel con cierto temor a la vez que silenciaba el timbre del aparato.

—No sé.

—¿No lo has pensado?

—Estoy en un momento profesional bueno, que no debería dejar pasar. Sé perfectamente que tú y yo no somos pareja...

Silvia dejó un silencio por si Daniel la contradecía. No lo hizo. Ese silencio no fue de más de tres o cuatro segundos, pero para ella pasó toda una vida llena de posibilidades o de ausencia de las mismas. Una vida que ella no había deseado, pero que tampoco tenía claro que no quisiera. Simplemente no lo había pensado hasta ese día, cuando su cabeza tendría que estar más centrada en la resolución del caso que en su vida personal.

—Voy a esperar a volver a Madrid —explicó—, estoy de muy pocas semanas, pero es evidente que ahora no puedo tenerlo.

Daniel respiró más tranquilo. Le aliviaba no haber sido él quien mencionara esa posibilidad.

—Como tú veas —dijo—. Si lo tienes, yo respondería económicamente como hiciera falta. No me voy a esconder.

Pero no hizo ninguna referencia al aspecto sentimental. ¿Eso quería decir que estaba dispuesto a ser un padre ausente que tan solo pasase los cheques a principio de mes? Quizá, a medida que el embarazo fuese progresando, él podría cambiar su actitud, sus ganas de implicarse..., pero no quería condicionarlo. No soportaría que siguiera con ella sin desear realmente ser su pareja. Su orgullo no se lo permitiría. Era casi la peor opción. Prefería que se portase como un cabrón y que la mandase a la mierda a que siguiese con ella por pena o por obligación. Eso sí que no.

Volvió a sonar el móvil. En esa ocasión, el de Silvia. No le apetecía contestar, aunque pensó que podía ser la manera de salir del círculo vicioso de pensamientos en el que estaba entrando.

—¿Sí?

Al otro lado estaba el comisario Mendoza irritado. Llevaba un buen rato intentando comunicar con ellos para contarles los últimos descubrimientos que afectaban a la investigación. Habían encontrado una casa en mitad del monte, a pocos kilómetros del concejo de Piloña, en una zona escarpada a la que se llegaba por una pista forestal muy poco frecuentada. Estaba a nombre de la abuela de Carlos Béjar, el taxidermista. La señora tenía más de noventa años y hacía mucho que estaba ingresada en una residencia en Oviedo.

—Id para allá en cuanto podáis —les ordenó—. En teoría, está abandonada. Además, me han informado de que en Infiesto alguien ha denunciado la desaparición de una chica de la localidad. La Guardia Civil cree que es posible que se haya marchado con su novio, pero mejor investigarlo todo cuanto antes. ¿Entendido?

Silvia le dijo que irían enseguida. Pero todavía tardaron un rato más en coger el coche y buscar esa casa cuya localización les habían enviado por SMS. Un rato más de reproches mutuos, de darle vueltas a lo inevitable, a las opciones que ninguno veía o que no querían afrontar.

Tardaron más de lo previsto en ponerse en marcha.

Demasiado.

88

Mientras esperaban a Inés bajo la gran sombra del techo de uralita en la entrada de la excavación, Silvia llamó a Madrid para intentar adelantarse a los posibles movimientos de Galder. Ordenó que dieran aviso a los aeropuertos por si intentaba salir del país y que se distribuyese su foto por las comisarías, de momento como testigo principal del asesinato del yacimiento de Atapuerca. Después marcó el número de Rodrigo para ponerle al corriente. Cuando le respondió, Samuel Henares entraba por la Trinchera del Ferrocarril. Daniel lo vio y le hizo una señal. El director de la excavación se detuvo y el asesor fue a su encuentro alejándose de Silvia.

—Me alegro de verle —lo saludó Samuel—. ¿Le pasaron ya el listado de los trabajadores del Museo que me pidió?

—Sí, gracias. Lo estamos revisando.

—¿Y ha tenido usted tiempo de pensar en lo que hablamos el otro día?

—¿Qué es lo que nos hace humanos? Le he estado dando una vuelta.

—¿Y a qué conclusión ha llegado? —preguntó el científico y sacerdote interesado en la reflexión.

—Estoy de acuerdo con lo que apuntó usted: la conciencia de la propia muerte es la diferencia.

Samuel sonrió.

—Ya sabe que a mí me gustan mucho los documentales de animales —comentó Daniel—. Las demás especies superiores, cuando ven que alguno de sus congéneres se muere, sienten algo, eso está claro. Podría ser tristeza. Los elefantes, por ejemplo, se pasan dos o tres días cerca del cadáver, como si se estuvieran despidiendo. O se detienen si encuentran unos huesos de otros elefantes por el camino y los huelen durante un rato largo.

—También los chimpancés rodean a los fallecidos formando un círculo durante unos minutos, las madres acarrean a sus crías muertas uno o dos días. Y en alguna ocasión se ha documentado que incluso limpian los dientes de los cadáveres con hierba, aunque no se sabe bien por qué, pero podría ser un ritual —completó la explicación Samuel.

—De alguna manera son conscientes de la muerte —aceptó el asesor de la Policía—. Pero ¿saben que ellos pueden ser los siguientes?

—Difícil de asegurarlo, ¿verdad?

—Yo creo que no lo intuyen. Que solo nosotros somos conscientes de nuestra propia muerte al ver la de los demás, y eso nos hace tan especiales. Eso hace que nos intentemos inmortalizar a través de la religión, del arte o de nuestras aportaciones a la humanidad en el campo de la ciencia...

—O en la investigación de crímenes —concluyó el director de la excavación.

—También —dijo sonriendo Daniel, a pesar de la cuestión que estaban tratando—. En otras ocasiones, esa propia conciencia nos hace ser temerosos, deprimirnos, no soportar la angustia.

—Pues imagínese cómo sería para estos primeros humanos ese miedo a la muerte, esa necesidad de buscar respuestas en un mundo que les resultaría misterioso.

Daniel asintió con gravedad.

—Pero ¿y quién no tiene miedo? —preguntó Samuel.

—¿Ni siquiera se libra usted, que es sacerdote?

—Hasta Jesús en la cruz invocó al Padre y le preguntó por qué lo había abandonado. Y hay un aspecto más del que usted, como policía que fue muchos años, no puede abstraerse...

Silvia, que había terminado de hablar por teléfono, vio que ambos charlaban y se acercó.

—Señor Henares —dijo extendiendo su mano.

—Me enteré de lo que le sucedió, inspectora —la saludó él estrechándosela—, ¿está bien?

—Sí, gracias —mintió.

—Me alegro. Le estaba comentando a su compañero que hay un aspecto más en torno a la conciencia de la muerte que tiene el ser humano.

—Vaya, los dejo solos un momento y se ponen filosóficos —comentó Silvia con amabilidad.

—Ya ve. Como decía, también es impresionante el poder que da decidir sobre la muerte de los demás.

Silvia, recién llegada, no se esperaba la trascendencia de la conversación.

—A algunos seres humanos —prosiguió Samuel, ahora al parecer imbuido de su condición de sacerdote— les encanta jugar a ser Dios. Y esos son los humanos más peligrosos.

89

Un montón de cubos de diversos tonos estaban colocados en grupos en las inmediaciones del río Arlanzón dando colorido a la orilla. Verdes, azules y naranjas. Los iban comprando según se estropeaban los anteriores sin que respondieran a ningún código. Estaban llenos de agua esperando a que, en su interior, se decantase la arcilla, liberando así los fósiles y los granos de cuarzo. Los estudiantes trabajaban debajo de un pequeño andamio amarillo en un tren de lavado para el que habían instalado un ingenioso sistema de bombeo de agua y unas mangueras que servían para limpiar mediante chorros a presión los restos arqueológicos encontrados en el yacimiento.

Inés, seguida por los dos investigadores, avanzaba entre los fresnos de la ribera mientras les explicaba el cometido que estaba realizando el grupo de estudiantes.

—Cuando se excava —recitaba casi de memoria, como si tratase de impresionar a Silvia con sus conocimientos—, es imposible ver los huesos más pequeños: ratones, murciélagos, pájaros. Y son muy importantes para nosotros porque nos proporcionan datos sobre la época y los cambios climáticos. Gracias a ellos, podemos llegar a determinar la temperatura y humedad de cada nivel geológico. Los sedimentos se sacan de la excavación y se meten en cubos con agua. Esos que veis ahí. En poco tiempo, la arcilla pierde la carga eléctrica que los une como si fueran imanes…

—Gracias, Inés —dijo Silvia interrumpiéndola. No tenían tiempo para eso—. ¿Nos puedes señalar quién es el amigo de Galder?

La coordinadora buscó entre los más de quince chicos que había en la orilla del Arlanzón hasta distinguir a Rubén, un gallego de veintipocos años que vestía un poncho amarillo para evitar empaparse con el chorro de agua que estaba manejando.

—Aquel —dijo señalándolo.

—Preferiríamos hablar a solas con él.

Silvia se dirigió hacia la cadena humana que lavaba la arcilla. Daniel miró a la coordinadora, y ambos supieron que era preferible no decir nada. Antes de que llegase al andamio, sonó el teléfono de la inspectora. Lo miró. Se trataba de Rodrigo, pero colgó la llamada y prosiguió hacia su objetivo.

—Hola, Rubén —lo saludó la inspectora al llegar a su lado.

El aludido se incorporó sorprendido de escuchar su nombre en un tono tan áspero, y al volverse mojó con el surtidor a la chica de al lado, que dio un grito en inglés aunque agradeciera la ducha. Era por la tarde, pero el calor seguía apretando. Hubo risas entre los que estaban a su alrededor, pero el semblante serio de la inspectora las cortó inmediatamente. Rubén cedió su manguera a la inglesa y se aproximó reticente a Silvia.

—Hola —susurró, y casi no fue capaz de pronunciar las siguientes palabras—. ¿Qué quiere?

—Soy la inspectora Guzmán y él —dijo señalándolo— es el asesor de la Policía Daniel Velarde. Queríamos hablar contigo.

El chaval se descompuso. A ellos no les cupo la menor duda de que temía que llegase este encuentro.

—¿Quieres que hablemos aquí o que nos acerquemos a comisaría? Lo que prefieras —propuso Silvia en un tono que a Rubén le resultó agresivo.

—Bueno, podemos hablar allí mismo —dijo mostrando un ensanchamiento de la playa fluvial.

—Perfecto.

Silvia se adelantó hacia el lugar convenido mientras que Daniel esperó a que Rubén comenzase a moverse para situarse detrás de él. El chico no sabía a dónde mirar. La situación lo sobrepasaba. Cuando el trío se hubo alejado lo suficiente del resto, Silvia volvió a la carga sin dejar ni un respiro a su interlocutor.

—Eres amigo de Galder Vinter —afirmó.

—Bueno, lo que se dice amigo, tampoco. Nos conocemos de aquí.

—Me comenta la coordinadora que se os ve mucho juntos —dijo Silvia pisando las palabras de Rubén.

—A veces —reconoció a duras penas el estudiante gallego.

—¿Y sabes dónde está ahora?

—No.

En ese momento, volvió a sonar un móvil, ahora el de Daniel. A Silvia le fastidió.

—Es Rodrigo —anunció el asesor como excusa para que no cargase contra él.

—Dile que ahora no puedo.

Daniel se alejó para averiguar qué quería el inspector. No era normal que hubiese vuelto a llamar tan rápido cuando Silvia le había colgado de manera tan evidente.

La inspectora continuó con el interrogatorio, ajena a lo que hablaban sus compañeros:

—Desde ayer no aparece Galder por la excavación. Y tampoco sus amigos. Un chico y una chica.

—No sé nada de ellos.

—A ver, Rubén… —explicó en un tono calmado, pero cargado de gravedad—, esto no es una charla de campamento. Me gustaría que lo entendieras. Han pasado cosas muy graves y no creo que quieras que pensemos que tú tienes algo que ver.

Rubén bajó la cabeza, comprendía su situación y no estaba dispuesto a ser un héroe. Antes de que hablase, Daniel regresó con el móvil en la mano y el semblante alterado.

—¡Ahora no puedo hablar, Daniel! —dijo la inspectora casi gritando.

Pero él le hizo un gesto evidente de que debía acercarse. Silvia lanzó una mirada a Rubén, que se quedó petrificado a la espera de su regreso.

—¿Qué coño pasa? —espetó llegando hasta el asesor.

—Gabriel.

—¿Qué pasa con Gabriel?

—Lo han encontrado muerto.

Silvia se quedó sin palabras ante aquella noticia inesperada.

—Joder… ¿Qué ha pasado? —preguntó alarmada.

—No sé, pero lo han colocado sobre la tumba de su hermana. Desnudo y en posición fetal.

PARTE V

—

PREHISTORIA

Quien con monstruos luche cuide de convertirse a su vez en monstruo. Cuando miras largo tiempo a un abismo, el abismo también mira dentro de ti.

FRIEDRICH NIETZSCHE

Lo tengo dentro, me martillea la cabeza. No todo el rato, pero cuando me viene no lo puedo parar. Es un impulso, un deseo, una necesidad, como tomar oxígeno después de bucear, como beber agua en esos días de calor bestial, como follar. Sobre todo, como follar. Sentirte moviéndote, con ritmo, sin parar. Sentir ese calor que me sube, esa pasión, ese deseo, cerrar los ojos, solo sentir, solo sentir, sin saber ni dónde estoy hasta perder la conciencia, esos momentos en los que harías lo que fuese por el placer, sin límites, sin nada que te detenga.

Esa sensación.

Esa.

90

Una vez más recorrieron a pie el camino que llevaba hasta el cementerio de Niebla, dejando a los lados los pequeños campos de cultivo ecológico. A pesar de estar próximo al pueblo, Silvia observó que no había casas en los alrededores del camposanto. Alguna construcción de techos de uralita para guardar los aperos de labranza. Nada más. No era fácil que alguien hubiera visto algo.

Los tres investigadores se acercaron a la tumba de Eva Santos, donde le habían vuelto a dar sepultura tras su fallido intento de desbloquear su teléfono mediante el Face ID. Hacía menos de una hora había aparecido el cuerpo de Gabriel sobre la tierra removida.

—No es culpa tuya. La culpa siempre es del asesino —dijo Daniel sabiendo lo que estaba pasando por la mente de Silvia.

—No me consuela.

—Lo sé, pero tenía que decírtelo.

—Gracias, de todas formas.

La Guardia Civil había acordonado el área, pero a diferencia de la actuación en el CAREX siete días atrás, en esta ocasión estaban esperando a que llegase la inspectora de la Policía Nacional y los agentes de la Científica. También habían partido desde Madrid, otra vez en helicóptero, el comisario Mendoza y el juez Vázquez de Mella, que apenas llevaban veinticuatro horas en sus despachos cuando se habían visto obligados a regresar para levantar un segundo cadáver.

El teniente Ridruejo salió al encuentro de los investigadores y apartó la cinta. Se miraron y no fue necesario añadir nada más. Todos estaban consternados por el nuevo crimen. Especialmente Silvia. Su mente no abandonaba la idea de que, si no lo hubiesen soltado esa mañana, no lo habrían asesinado. ¿Habría tenido la culpa el cruce con Adrián en la comisaría? Pensar eso era tanto como suponer que Adrián era el asesino de Gabriel.

—¿Sabemos la hora de la muerte? —preguntó Silvia al teniente estrechándole la mano al lado de la verja metálica.

—No. Debe de estar a punto de llegar la forense, pero no puede llevar mucho rato. Tengo entendido que esta mañana salió de la comisaría de Burgos.

—A las diez —precisó la inspectora—. Fue a buscarlo su padre. Debieron de llegar a casa como mucho media hora después.

—No hemos hablado con los padres —explicó Ridruejo—, pero ya los hemos avisado.

Silvia miró las sombras de los cipreses, que se iban alargando sobre las tumbas. La altura del sol estaba empezando a descender. Eran las siete y media de la tarde.

—Si encontraron el cadáver hace menos de una hora..., tenemos que saber qué hizo desde que llegó a casa hasta ese momento.

—Hemos preguntado entre los que tienen tierras cercanas y las viviendas del pueblo más próximas —explicó el teniente Ridruejo—, y nadie ha visto nada raro.

—¿Nadie lo vio llegar? —preguntó Rodrigo.

—No.

—¿No han visto pasar un coche o una furgoneta? —insistió.

—Nadie ha visto nada —repitió Ridruejo—. Piense que esta no es una zona de paso. Tan solo hay dos sembrados y aquel cobertizo de la curva del camino. Debió de ser a primera hora de la tarde, y hacía mucho calor.

Daniel recorrió el pasillo acordonado por los guardaciviles para no contaminar la escena del crimen con sus pisadas y observó el cadáver desde otro ángulo para formarse una primera impresión. Tras rodear la tumba, volvió sobre sus pasos y se acercó al grupo.

—Tiene los labios azules —dijo.

Todos se volvieron hacia el cadáver. Silvia se aproximó más y lo observó con detenimiento. Contuvo las lágrimas. Desde el primer momento había sentido pena por él, por su fragilidad. Sentía su desesperada necesidad de amor, el desequilibrio provocado por sus miedos delirantes. Con esa madre siempre alerta, una hermana egocéntrica y dominadora, y un padre ausente y temeroso de enfrentarse a la realidad familiar.

—Esto significa que, probablemente, habrá sido envenenado también —concluyó Daniel.

Silvia asintió y tuvo ganas de acercarse a tocar a Gabriel para calcular el tiempo que llevaba muerto.

—No podemos tocarlo —dijo Ridruejo como si intuyese su pensamiento mientras se acercaba a la inspectora.

—Habrá que esperar a la forense —aceptó Silvia.

—¡¡Ustedes tienen la culpa de todo!!

Este grito hizo que todo el equipo de investigadores se volviera hacia la entrada del cementerio, donde los guardiaciviles trataban de impedir que Julia Santos se aproximase a la tumba donde ahora yacían sus dos hijos. Rodrigo se adelantó al resto atajando entre las sepulturas.

—Señora, lo siento mucho, pero ahora no puede entrar.

—¡Han destrozado a mi familia! —gritó fuera de sí—. No me van a dejar ver a mi hijo, como tampoco pude ver a mi hija.

—No podemos tocar nada, hay que esperar al juez —intentó explicar el inspector.

—¡Ayer lo detuvieron acusado de asesinar a Eva y hoy está muerto!

—Tranquilícese, por favor…

—¿Tú me vas a dar órdenes? —bramó amenazando con un gesto a Rodrigo.

Silvia se dirigió hacia la verja y se situó al lado de su subordinado.

—Sentimos mucho lo que ha ocurrido —reconoció al llegar.

—Déjese de monsergas, ustedes no sienten nada —respondió Julia desabrida.

—Si le parece, podemos alejarnos un poco y hablamos con calma, sin toda esta gente —le sugirió Silvia.

La madre se la quedó mirando, evaluando su propuesta. Las palabras de la inspectora habían sonado sinceras y conciliadoras, y por primera vez bajó el tono de su reproche:

—¿De qué tenemos que hablar?

—Vamos a esa sombra —propuso con amabilidad la inspectora mientras señalaba un castaño próximo a la vereda.

Julia la siguió en silencio, todavía con desconfianza. A la sombra del árbol no hacía tanto calor. Incluso una ligera brisa se movía entre las hojas. La madre cruzó los brazos sobre su vientre, a la espera de las palabras de la inspectora. Silvia la miró a los ojos. No había atisbo de dolor en ellos, sino más bien indignación contenida.

—Julia —dijo con serenidad y respeto—, entiendo su reacción, y le aseguro que sentimos mucho lo que le ha pasado a su familia. No vamos a desviar la responsabilidad que hayamos podido tener en los hechos.

Julia abrió los ojos, algo sorprendida por aquella disculpa, y asintió solemnemente. Su semblante se distendió y las arrugas de tantas décadas de crispación cayeron frágiles sobre el rostro.

—Sería conveniente si pudiera usted contarnos algunas cosas —propuso Silvia al ver que estaba más calmada.

—¿Qué quiere saber?

—Nos vendría bien que nos dijera a qué hora regresó Gabriel de Burgos esta mañana.

—Lo trajo mi marido. Serían sobre las once menos veinte. Cuando llegó se metió en el baño y estuvo allí mucho rato. Después yo salí a la compra y cuando regresé ya no había nadie en casa.

—¿Y eso a qué hora sería?

—La una o así.

—¿Su marido estaba en casa cuando usted salió?

—No. Se había ido al bar. Se pasa allí todo el día desde que lo jubilaron —aclaró dolida.

—¿Y sabe si Gabriel había quedado o si lo llamó alguien?

—Mi hijo no salía mucho. Pero a la hora de la comida llamó Adrián al fijo preguntando por él. Entonces fue cuando me extrañó que no hubiera vuelto. No tenía que ir a trabajar y no suele estar tanto tiempo fuera de casa.

—¿Qué quería Adrián? Entiendo que habló usted con él.

—Sí. Dijo que tenía que venir a recoger algo que le había dejado a Eva. Que no lo había dicho hasta ahora porque comprendía que no era el momento.

—¿Le comentó a qué se refería?

—No.

—¿Qué hora era?

—Las dos y cuarto. Yo ya había empezado a comer sola.

—¿Sabe que su hija viajó a Tailandia con él hace un par de meses?

—¿A Tailandia? —repitió Julia incrédula—. Estuvo en Galicia. Mi hija no ha salido de España en su vida.

A Silvia no le extrañó el desconocimiento que tenía Julia sobre las actividades de Eva.

—Vamos a hacer una cosa, si le parece bien —propuso Silvia con cortesía—. Si Adrián quiere ir a su casa y a usted no le importa, dígale que puede ir mañana a buscar lo que le dejó a Eva y entérese de lo que es.

Julia miró a la inspectora durante unos segundos.

—De acuerdo —aceptó al fin—. ¿Cree que Adrián ha matado a mis dos hijos?

91

Había decidido no esperar la llegada del juez y del comisario en el cementerio, aunque había pedido que la avisaran cuando estuviesen cerca. Su prioridad era elaborar una teoría antes de que le preguntaran su opinión. Durante el breve trayecto hasta el despacho del cuartel de Niebla, Silvia dejó que condujese Rodrigo. Según se estrechaban las callejuelas de la parte antigua, el dolor de cabeza aumentaba entremezclado con una terrible sensación de fracaso. No habían sido capaces de detener al asesino de Eva Santos y ya tenían un segundo cadáver de la misma familia. No consiguió liberar su mente hasta tomarse por fin dos analgésicos y estar delante de la pizarra en la que vomitó los nuevos datos que conocían en un segundo cronograma. Ahora el de Gabriel Santos.

10:00 Sale de la comisaría en Burgos.
10:40 Llega a casa.
13:00 Ya no está en casa cuando llega la madre.
14:15 Llama Adrián preguntando por él (pide buscar algo en la casa).
18:45 Aparece el cadáver en el cementerio.
¿Qué hizo Gabriel en esas horas? ¿Alguien lo vio? ¿Qué hizo Adrián?
¿Dónde está Galder?

Daniel observó cómo escribía los datos sin hablar.

—En menos de una hora van a estar aquí Mendoza y el juez Vázquez de Mella, y nos van a preguntar quién creemos que es el asesino de ambos.

—Muy bien —aceptó el reto Daniel mientras se echaba café en un vaso de plástico. La noche iba a ser larga—. Posibles culpables de los crímenes. Aunque creo que vamos a estar de acuerdo.

—Por un lado, está Galder —apuntó Silvia cogiendo también un vaso.

—Ya hemos dado orden de búsqueda en todo el territorio. Ahora como sospechoso —especificó Rodrigo—. Tiene prioridad.

—Y la otra opción es Adrián. Reconozco que cada vez me inclino más por él —afirmó la inspectora dejándose servir.

—Puede ser —aceptó Daniel—, pero sigamos un método. Motivos de ambos.

—Empiezo por Adrián —advirtió Silvia—. Está claro que Eva lo dominaba. Ya tenemos bastantes pruebas de su capacidad de manipulación. A lo mejor ni siquiera estuvo enamorada de él en ningún momento. Sabía que tenía una joyería y lo embaucó para ir a Tailandia para traer ¿rubíes?

—Rubíes está bien —admitió Daniel.

—Los trae ella —prosiguió la inspectora— y tiene que expulsarlos del cuerpo. O sea, que los llevaba más bien en el estómago —puntualizó mirando a Daniel, que pilló la indirecta.

—Aceptado.

—Y claro, eso le da unas horas de margen. Le dice a Adrián que no va a hacerlo delante de él. Como fuera que sucediese, extrae las gemas en su casa y no se las da a su novio. Ahí empieza el mal rollo, el pago del dinero, que quizá estuviese pactado antes.

—Sí, eso es posible —concedió el asesor—, van juntos y reparten ganancias.

—Pero ella quiere más y no le entrega los rubíes.

—Empiezan las amenazas, cada vez más graves, hasta llegar a esa de «Eres una hija de puta. No me hagas tomar decisiones más drásticas» —citó de memoria Rodrigo.

Daniel, recorriendo el despacho de un lado a otro, valoró lo que habían deducido hasta ese momento y, tras centrar su hipótesis, tomó la palabra:

—Dos posibilidades —propuso deteniéndose.

—A ver —dijo Silvia.

—Efectivamente, decide matarla y es el tercero del trío. Encima, está cabreado porque le parece que ella lo engaña de manera habitual con otros. Recordemos que Eva Santos había bebido y también iba bastante drogada. Adrián lo tiene fácil para envenenarla con adelfa.

—Por lo visto, no es difícil extraer el veneno de las hojas —puntualizó Rodrigo.

—Gracias —respondió Daniel—. Eva no debió de morir inmediatamente. Así que a lo mejor le hizo chantaje: Si me dices dónde están las piedras preciosas, te llevo a un hospital. Y si no…

—Y ella no se lo dijo.

—Puede, Silvia, que no creyese que su estado era tan grave. Que no se creyera la amenaza —apuntó Daniel.

—O que estuviera tan drogada que no pudiera ni reaccionar —propuso como nueva opción Rodrigo.

—El caso es que muere —concluyó el asesor—. O muere incluso tras confesar.

—Y por eso Adrián quiere ir a su casa.

—¿Y lo veis capaz de matar? —preguntó Rodrigo poniendo en duda la teoría.

—Yo creo que sí —opinó Silvia tras dar un sorbo a su café—. Es un pasivo agresivo. Una personalidad débil. Agobiado por su padre, deseoso de demostrar que es útil, que tiene capacidad de solucionar los problemas por sí mismo. Y eso le hace peligroso.

—Los animales que se sienten débiles atacan, eso es cierto —puntualizó Daniel.

—Imagínate a su padre atosigándole todo el día: «Eres un calzonazos, te has dejado engañar por esa puta».

—No descartemos que el padre tenga que ver más de lo que pensamos —sugirió el asesor.

—¿Y por qué mata al hermano? —preguntó Rodrigo asumiendo el papel de escéptico.

—Hemos comprobado que su enemistad viene de muy atrás —explicó Daniel.

—Y la hemos podido fomentar nosotros con el encuentro en la puerta de la comisaría.

—Eso no podemos afirmarlo, Silvia —dijo Daniel quitándole hierro a su actuación.

La inspectora se acercó a la pizarra intentando que los vacíos que había en ella le devolvieran alguna idea razonable.

—Que no se nos olvide que el dinero estaba en la habitación de Gabriel —dijo Rodrigo.

—Adrián piensa que el hermano se ha hecho con la pasta, o tiene información que lo puede implicar —explicó Silvia buscando motivos para el crimen.

—¿Y lo asesina?

—No sé, no estoy segura. El que haya sido a la luz del día me descoloca. Es mucho riesgo.

—Sí. Pero es un hecho —afirmó Rodrigo con seguridad renovada por estar participando en las deducciones—. Ten en cuenta que Gabriel no sale mucho de casa, si consiguió quedar con él en alguna parte, no podía dejar pasar la ocasión.

—Muy bien —concluyó Daniel—. Hasta aquí, el novio. Vamos con la segunda hipótesis: Galder. ¿Qué motivos podía tener el noruego para asesinar a Gabriel? Porque a Eva, vale, puede ser. Está fascinado por las prácticas sexuales, digamos, prehistóricas.

—Por todo lo prehistórico —sugirió Silvia.

—Efectivamente —admitió Daniel agradeciendo la puntualización—. Todo resulta muy obsesivo. Trabajan desde hace años en excavaciones, leen libros sobre el tema...

—Hacen el Perdidos ese, solo que más extremo de lo que cuenta la propaganda —retomó Silvia la enumeración mientras se ponía un segundo café—. Practican sexo en cabañas o en cuevas..., o yo qué sé. Se bañan desnudos. Empiezan cazando conejos y terminan por matar un bisonte como si fuesen neandertales, o por asesinar a una chica después de algún tipo de ritual.

Se quedaron en silencio valorando las posibilidades.

—Me funciona como asesino de Eva —aceptó Silvia—. Pero ¿por qué mata después a Gabriel?

—A mí tampoco me cuadra. Si no huyó después de matar a Eva, ¿por qué huye ahora?

—¿Al decidirse a matar a Gabriel? —preguntó Rodrigo.

—Pero no tiene un motivo claro para asesinar al chico —negó Silvia—. Nada los une. Me inclino a pensar que se cargó al bisonte, eso sí.

—¿Mañana empezamos por Adrián, entonces? —quiso saber Daniel.

—Vamos a ver primero a su padre, yo creo que es lo último que se esperan.

El asesor sonrió por ese cambio de planes. A él también le parecía que era conveniente interrogar al joyero. Antes de que pudiera añadir nada más ninguno de los tres, sonó el teléfono de Silvia.

El juez y el comisario acababan de aterrizar en las inmediaciones de Niebla.

92

Unos grandes focos iluminaban el cementerio como si se tratase de un rodaje cinematográfico por el que deambulaba el personal de la Policía Científica y la médica forense. La Guardia Civil había cortado el camino de acceso y las luces de sus vehículos giraban provocando reflejos fantasmagóricos en las cruces y en los árboles de alrededor. No se había dejado acceder a la prensa, que estaba retenida a quinientos metros.

Silvia, seguida por Daniel y Rodrigo, llegó antes que el juez y el comisario para conocer las primeras impresiones de la forense, que ya había tenido tiempo de hacer un análisis preliminar del cadáver.

—Solo los titulares —pidió la inspectora—. Sin tecnicismos.

—De acuerdo. —La doctora sonrió por la puntualización, a pesar de las circunstancias—. Por la rigidez que presenta, debió de morir sobre las cuatro o las cinco de la tarde. Tiene los labios azules…

—Sí, eso lo habíamos visto —apuntó Daniel.

—¿Eres Daniel Velarde? —preguntó sorprendida la forense al verlo.

—Eh…, sí.

—Había oído que habías vuelto al cuerpo.

—Bueno, no. Solo como asesor.

—¿Intoxicado como el cadáver de su hermana? —los interrumpió impaciente Silvia.

—Probablemente. Pero hay una diferencia —señaló la doctora.

—No hay tierra roja alrededor —aventuró Rodrigo.

—Eso no es de mi competencia —aclaró—. La diferencia estriba en que el cadáver no ha sido movido *post mortem.* Eso quiere decir…

—Que murió encima de la tumba —completó la frase Silvia.

—Hablamos de un primer análisis, claro está —explicó la forense—, pero las livideces cadavéricas solo están en los puntos de contacto con el suelo. No hay livideces paradójicas en esta ocasión.

—Vale, para que no haya dudas —dijo la inspectora—: si hubiese muerto en otra posición, tendría livideces en distintas partes del cuerpo.

—Eso es. Cuando se deposita un cadáver sobre el suelo, la sangre se concentra en esos puntos. Si se mueve *a posteriori,* los diferentes apoyos se mantienen marcados al menos doce horas. Después de ese tiempo ya quedan fijados los apoyos finales en los que ha permanecido durante más tiempo.

—Tenemos que pensar qué nos indica eso, pero me resulta muy extraño —dijo Silvia.

—Intentaré que la autopsia definitiva esté en un par de días.

Silvia levantó la vista y observó que el juez Vázquez de Mella hacía su entrada en el cementerio de Niebla, seguido del comisario Mendoza, ambos deslumbrados por los reflectores.

—¡¿Podían girar un poco esos focos?! —ordenó el magistrado de mal humor señalando al que daba luz frontal al cadáver de Gabriel.

Silvia intercambió una mirada significativa con la forense y comprendió que no le quedaba más remedio que ser ella la que se acercase a los recién llegados para darles las explicaciones oportunas. Pero no le dio tiempo a alcanzar su objetivo. Vázquez de Mella la llamó desde la distancia.

—¡Inspectora Guzmán!

La voz retumbó en el silencio de la noche de Niebla. Todos los presentes miraron a la inspectora, que avanzó hasta la entrada del cementerio acudiendo a la llamada. Nadie se habría cambiado por ella en esa circunstancia. Daniel la siguió, acallando los murmullos que empezaban a surgir entre los compañeros, e hizo un gesto a Rodrigo para que los acompañase. No era momento de escaquearse. Silvia no tuvo tiempo de hablar.

—¡Este tema se nos ha ido completamente de las manos!

—No podíamos imaginarnos que algo así…

—Es que ha sido delante de sus narices ¡y a plena luz del día! —dijo el juez interrumpiendo a Silvia—. ¡Ni ocho horas después de soltar al detenido nos lo encontramos muerto encima de la tumba de su hermana! ¿Tiene alguna explicación, inspectora Guzmán?

—Señoría, todavía es un poco pronto para lanzar hipótesis sobre este crimen, pero tenemos bastantes datos que hemos ido analizando y creemos que hay dos posibles sospechosos.

El juez no siguió el razonamiento de la policía y avanzó varios pasos aplastando las amapolas que crecían desordenadas entre las tumbas hasta llegar a Daniel, que se había quedado en un segundo término.

—Señor Velarde —dijo Vázquez de Mella dirigiéndose a él.

—Señoría.

—Quiero conocer su opinión.

Silvia intercambió una mirada con Daniel. Este comprendió cómo se sentía al ser ninguneada por el magistrado.

—Creo que la inspectora Guzmán ha hecho un buen análisis de los datos que tenemos y debería ser ella quien se los explicase.

—No estamos para solidaridades entre excolegas, ¿no creen? —preguntó desabrido Vázquez de Mella—. Tan solo quiero un nombre. Un culpable.

—Dos nombres, señoría —puntualizó con firmeza la inspectora Guzmán sin desviar la mirada de su interlocutor—. Galder, el noruego que ya estuvo en la excavación anterior…

—¿Cree que pudo ser también el asesino de entonces?

—O al menos, un imitador que se quedó impresionado con los sucesos de Asturias —matizó ella.

—¿Y el segundo?

—El novio, Adrián. Aunque yo me inclino por Galder, de momento los hechos apuntan más al novio. Él sí podía tener motivo para asesinar a los dos hermanos.

—¿Y usted que cree, Velarde?

—No tengo nada más que añadir.

—Pues sí que ha cambiado en estos seis años... —dijo con sarcasmo Vázquez de Mella—. A lo mejor me he equivocado pidiéndole que viniera. Ya hablaremos de todo esto, ahora voy a levantar el cadáver para que los agentes puedan irse a descansar.

El juez lanzó una mirada seca a Silvia antes de marcharse hacia donde lo estaba esperando la forense con las primeras deducciones. Cuando ya se hubo alejado lo suficiente, Daniel se aproximó a su compañera.

—No es fácil ser mujer, creía que lo sabías —manifestó con media sonrisa.

—Si os parece que ahora está enfadado, tenías que haberlo escuchado durante el viaje en helicóptero... —dijo Mendoza poniéndose de parte de su equipo—. Y eso que no hay quien hable en esos aparatos.

—Lo siento, comisario, esto no nos lo esperábamos —confesó la inspectora a la vez irritada por el trato del juez y abrumada por los hechos.

—No le demos más vueltas. Sabes que confío en ti, Guzmán. Es verdad que tenemos a la prensa encima y al juez muy nervioso, pero es un caso complejo y tampoco conviene precipitarse.

—Gracias —respondió la inspectora aliviada por el margen de confianza que le ofrecía su superior.

—Lo importante es que ahora sabemos que Galder sí tenía una conexión con el hermano de Eva —explicó el comisario, que consiguió la mirada atenta de los investigadores.

Sacó su móvil antes de que le preguntasen nada y buscó entre las fotos recientes hasta encontrar la que quería enseñarles. Fue Silvia la que cogió el teléfono.

—Es Galder... con Eva Santos —anunció mientras se lo enseñaba a Daniel y a Rodrigo. En la pantalla se veía una foto de estética similar a las encontradas en el ordenador de la víctima, solo que en esta aparecía acompañada del noruego. Ambos guapos, brillantes, seguros de sí mismos—. Está hecha en el mismo sitio que las otras, en el cobertizo.

—Y ambos van vestidos con pieles y abrazados con una calavera entre sus manos —especificó el inspector.

—Sí —admitió el comisario—, parece como si perteneciese a una serie de fotografías sobre la prehistoria. La hemos encontrado en la tarjeta de memoria de la cámara de Gabriel.

—La última vez que hablé con él me dijo que las mirásemos... y ahora está muerto —se lamentó Silvia.

—O sea, que se conocían —concluyó Daniel—. Quizá el propio Gabriel nos haya dado la pista definitiva.

—Y hay algo más —añadió el comisario—. En el registro completo que hicimos del cobertizo encontramos el cráneo que sale en las imágenes. Es de una persona.

—¿Es de un ser humano? —preguntó Rodrigo asombrado—. No se me había ocurrido cuando vi las primeras fotos. Siempre pensé que era una réplica como las que hemos visto en la excavación.

—Creo que mañana estará el ADN. Aunque va a ser complicado encontrar a quién perteneció. Lo cotejaremos con la base de datos de desaparecidos por si hubiera coincidencia.

93

Eran pasadas las once de la noche cuando sonó el timbre en casa de Adrián Laguna. Se escuchaba una televisión de fondo, pero nadie se acercaba a abrir la puerta. El comisario Mendoza llamó por segunda vez mientras Silvia permanecía a su lado. Rodrigo y Daniel esperaban en el coche. A la tercera llamada, el novio de Eva Santos se asomó detrás de la puerta entreabierta. Iba en chándal y tenía mala cara, despeinado, ojeroso, daba la sensación de que había bebido. Su aliento confirmaba esa primera impresión. Se sorprendió al ver a esas horas a un señor de traje y corbata al que no conocía, pero enseguida comprobó que, tras él, estaba la inspectora.

—¿Adrián Laguna? —preguntó el comisario mostrando la placa.

—Sí —respondió desubicado, como si se acabara de despertar.

—¿Podemos pasar?

—¿Por qué? Es un poco tarde, ¿no creen? Y ya he estado esta mañana en la comisaría declarando…

—Queríamos volver a hablar con usted —explicó con firmeza Mendoza.

—No son horas y no estoy con mi abogado —respondió Adrián todo lo tajante de lo que era capaz teniendo en cuenta su estado.

—¿Dónde ha pasado la tarde?

—¿A qué viene esto?

—¿Dónde? —insistió el comisario.

—Salí del interrogatorio sobre las doce y luego estuve un rato en el despacho de mi abogado hablando.

—¿Y después?

—Vine aquí, no tenía ganas de hacer nada más —recalcó apático.

—¿El abogado nos podrá corroborar eso? —prosiguió indagando el comisario.

—Seguro que sí.

—¿Y a qué hora llegaste a tu casa? —intervino la inspectora por primera vez.

—No sé, sobre las cinco.

—¿Te vio alguien?

—No. Vivo solo, creo que eso ya lo saben, ¿no? Si no tienen ninguna otra duda, estaba viendo una película.

Adrián hizo un intento de cerrar la puerta, pero el comisario se adelantó para impedirlo con tan solo su presencia.

—Ha aparecido muerto Gabriel Santos.

Los dos policías trataron de escrutar la reacción de su interlocutor. No fue clara. No podría afirmarse si ya lo sabía o si tan solo estaba borracho y lento de reflejos.

—¿No tienes nada que decir? —le interrogó Silvia.

—¿Qué quieren que les diga? ¿Que lo siento?

—¿Lo sientes? —repitió inquisitiva.

—No me alegro de que maten a nadie, pero ese tío era un cerdo. ¿Saben lo que intentaba hacer con mi novia?

—Sabemos muchas cosas, Adrián, no lo dudes —afirmó Guzmán con dureza.

—Pues eso. No voy a llorar por él.

—¿Y se te ocurre alguien que quisiera hacerle daño… aparte de ti?

—No tengo nada más que hablar —concluyó Adrián, al que se le había pasado la borrachera de golpe—. Si quieren que haga una declaración formal, cítenme otra vez en comisaría.

—Muy bien. Lo haremos cuando lo creamos conveniente, no lo dude. Gracias por su colaboración.

El comisario se fue antes de que Adrián cerrase la puerta, dejándolo allí pasmado durante unos instantes en los que cruzó una mirada con la inspectora que el chico evitó todo lo rápido que sus mermados reflejos le permitieron.

Los dos policías entraron en el coche, donde Daniel y Rodrigo estaban ansiosos por saber su opinión sobre el encuentro.

—No tiene una coartada clara —anunció Silvia.

—Llamen mañana al abogado para concretar otro interrogatorio —ordenó el comisario—, aunque para entonces ya habrán hablado y tendrán la historia bien pensada.

—Pero lo importante es que, si volvió a las cinco como ha dicho, le pudo dar tiempo a llegar a Niebla y matar a Gabriel.

—¿Se ha sorprendido al escuchar que había muerto? —preguntó Daniel.

Silvia y Mendoza se miraron. La inspectora cedió el protagonismo a su superior.

—Difícil de precisar —dijo—. Estaba borracho. Tenía pinta de que se había quedado dormido viendo la televisión. Y de Galder, ¿sabemos algo?

—De momento no —contestó Rodrigo apurado.

—¿Estará intentando salir del país?

—No sé por qué, pero mi intuición me dice que sigue rondando por aquí —apostó Silvia segura de sí misma.

94

La terraza situada en la punta más elevada de Niebla era ya el sitio habitual de reunión cuando se encontraban fuera de las dependencias de la Guardia Civil. Tenían asignada una esquina con vistas a la sierra, y los parroquianos dejaban un margen de seguridad para no estar encima de ellos. No sabían si era por respeto a los investigadores o más bien por salvaguardar la propia intimidad frente a los que venían de fuera. En esta ocasión no había sido una elección acertada teniendo en cuenta lo que había sucedido a media tarde. El comisario había decidido cenar con los agentes antes de regresar a Madrid. Le pareció que el equipo necesitaba su apoyo. No pudieron evitar seguir con la conversación sobre los hechos, la actitud de Adrián, las circunstancias en las que había desaparecido Gabriel, y la tensión que se vivía en Madrid con este asunto. Mendoza había intentado que el nerviosismo del Ministerio del Interior no los afectase, pero ellos eran conscientes de que se estaban jugando mucho. Ya se había quedado sin resolver el crimen de la cueva de El Sidrón y ahora no podían permitirse fracasar de nuevo.

Cuando hubieron terminado de picar algo eran cerca de las doce de la noche, y el comisario quiso quedarse a solas con la inspectora. Daniel y Rodrigo lo entendieron, se despidieron de Mendoza y se fueron juntos hacia el hostal.

—Lo de Gabriel nos cambia la investigación —afirmó Silvia consternada una vez se vio a solas con el comisario.

—Todavía es pronto para valorarlo adecuadamente. Mañana lo veremos con más objetividad. ¿Crees que ha sido un error traerlo? —preguntó señalando a Daniel con la cabeza en el momento en que desaparecía entre las sombras de la callejuela que vertebraba el pueblo—. Tal vez debería haberme negado ante Vázquez de Mella.

—No, comisario. Es verdad que al principio me pareció que venía por cubrir el expediente, protestaba por todo, que si el menú a nueve euros, que si el hotel… Pero a partir de un punto ha cambiado de actitud. Ahora lo veo volcado en la investigación.

El comisario sonrió satisfecho.

—Ya te lo dije, un policía siempre es un policía.

Llevaban unos minutos caminando en silencio. Daniel notaba que el inspector pretendía hablar, pero no se decidía. No iba a ponérselo fácil, tal vez porque le daba pereza tener una conversación trascendente en un día tan largo, o tal vez porque pensaba que el joven debía espabilar y ser capaz de afrontar el diálogo, aunque le resultase incómodo.

Cuando llegaron a la bifurcación de la calle principal desde donde se veían las primeras luces del hostal, más por la tensión del silencio que por decisión propia, Rodrigo se decidió a sacar el tema que le martilleaba en la cabeza:

—Silvia se ha dado cuenta de que me ayudaste con los archivos, ¿verdad? —preguntó temeroso de la reacción de Daniel.

—Es que estás muy tierno, se te puso una cara de culpable…

—La he cagado.

Rodrigo miraba al suelo derrotado, y por un momento Daniel temió que se desmoronase allí mismo. No sabía muy bien cómo reaccionar ante estas situaciones.

—Todos cometemos errores. Tampoco te martirices por eso. Además, es tu primera investigación sobre el terreno, ¿no?

Rodrigo asintió con un leve gesto.

—Creía que iba a estar a la altura, que me iba a resultar más fácil. Pero ahora me doy cuenta de que fui un ingenuo, esto es muy complicado. Hay muchas cosas en juego.

—No me gusta el rollo ese de dar consejos, ni de policía a policía, ni nada de eso —le planteó Daniel deteniéndose—. Solo te digo una cosa: el éxito en esta profesión y en cualquier otra está en ser capaz de soportar las incertidumbres. Y vas a tener muchas en tu carrera. Mañana nos vemos.

—Espera un momento —le pidió Rodrigo.

Sacó una carpeta con el logo de la Policía de su mochila y le tendió unas fotografías impresas. Eran las huellas de unos neumáticos. Daniel las cogió sin entender.

—Esas rodadas estaban cerca de donde se desconectó el móvil de Eva Santos. En el cortado desde el que se ve toda la sierra. No son difíciles de identificar: un Aston Martin.

El expolicía se quedó atónito por la eficacia de Rodrigo. Fue pasando una a una las fotografías. Ciertamente, eran las marcas de su deportivo, de la noche que conoció a Inés.

—No te voy a preguntar qué hacías allí. No creo que tenga nada que ver con la investigación. Pero no quiero que esta pista te cree problemas.

—Gracias —dijo Daniel todavía sorprendido.

—Buenas noches —se despidió Rodrigo sin más.

Daniel lo siguió con la mirada mientras se alejaba por el camino adoquinado que llevaba al hostal. Se sintió mal porque Rodrigo lo considerase un héroe. «Si supieras qué clase de miserable puedo llegar a ser.»

Había refrescado y la noche estaba limpia y clara, se respiraba bien, y las flores de los balcones perfumaban el ambiente, ajenas a los acontecimientos que habían turbado por segunda vez en poco tiempo la tranquilidad del pueblo. Llevaba días sin salir a correr, sin hacer sus ejercicios y, por supuesto, sin jugar al pádel. Miró su móvil: 31 grados en Madrid y 35 en Gadamés. Necesitaba dar un paseo.

Según se bajaba de la parte alta del pueblo, llegaba un punto donde Niebla se iba ensanchando y su única calle adoquinada se bifurcaba en dos y después en cuatro, todas angostas y mal iluminadas. No era día de fiestas, por lo que no quedaba nadie por las inmediaciones. Sin pensar, puso dirección hacia el local al que había entrado la primera noche que llegó a la provincia de Burgos. Según avanzaba, le pareció oír unos pasos que resonaban en el empedrado. Sin darse tiempo a pensar, se encaminó hacia ellos. Al girar la esquina, descubrió una silueta a lo lejos, a contraluz. Decidió seguirla. No tenía nada mejor que hacer y aceleró el paso. Al ir acercándose, pudo comprobar que se trataba de una mujer. Por un momento fantaseó con que pudiera ser Inés. No había sabido nada de ella desde que se separaron en el río de manera precipitada cuando recibieron la noticia de que había aparecido el cuerpo de Gabriel Santos. Pensó en que debería preguntarle más claramente por Galder. Tal vez fueran amigos, o hubieran sido amantes, o simplemente él le daba miedo, algo comprensible considerando su comportamiento.

Según se acercó a la figura, ya más por curiosidad que por otro motivo, esta se volvió intuyendo que alguien la seguía. Un rayo de luna se reflejó en su rostro. Se trataba de Silvia.

Lloraba.

Daniel no pudo evitar que el corazón le diese un vuelco. No se esperaba ese encuentro. La había dejado hacía unos minutos con el comisario.

—Silvia —susurró.

Ella bajó la cabeza sumiéndola de nuevo en la sombra. Cuando Daniel se acercó y pudo contemplarla de cerca, ya no parecía que tuviese lágrimas en los ojos. Podría haber sido el efecto óptico del reflejo de la luna sobre su piel, o tal vez sí estaba llorando, pero no quería hacerlo delante de él.

—¿Qué haces aquí? —preguntó él extrañado.

—El comisario ya se ha ido y yo quería despejarme un poco dando un paseo.

—También yo. ¿Qué tal con Mendoza?

—No quería nada. Tan solo darme ánimos. Tiene una presión enorme. El subsecretario de Interior lo llama casi todas las mañanas, el presidente de Castilla y León le dice que hay que abrir el CAREX al público... Y ya has visto al juez. Yo creo que nunca quiso que me adjudicaran a mí el caso, por eso requirió que tú también vinieras.

—Es muy injusto por su parte.

—Lo importante son los hechos, Daniel, y de momento, no tenemos culpable.

El pelo ocultaba media cara de Silvia, que, desde su escondite, lo miraba con esos ojos grandes y vivos. Daniel no pudo evitar recolocarle el mechón que caía camuflando la mirada. Al hacerlo, se dio cuenta de que se había excedido y retiró su mano.

—¿Te importa si te acompaño en el paseo? —pidió.

—Me encantaría —respondió ella.

95

La noche era templada, las calles estaban desiertas y sus pasos resonaban al unísono por el empedrado de Niebla como si estuvieran acompasados. Dicen que los bostezos se contagian, que las menstruaciones de las mujeres se sincronizan como secuela inevitable de la necesidad de vivir en comunidad, de armonizar los ritmos, de fomentar la empatía. ¿Qué lleva al ser humano a ser gregario, a necesitar tanto a sus congéneres? Sin duda, es algo que viene del pasado más remoto, de la necesidad de sobrevivir como tribu y como especie. Algo que debió de funcionar desde hace miles y miles de años y que se mantiene hoy, en una sociedad mucho más compleja y teóricamente civilizada.

Caminaron en silencio hasta llegar a un balcón del pueblo desde el que se podían ver, al fondo, los enterramientos. Suspiraron también al mismo tiempo y eso les hizo sonreír.

—¿Estabas llorando antes? —preguntó él intentando que sonara amable.

Silvia lo miró con ojos tristes. Daniel la conocía bien. Antes, al menos. Tal vez no hubiera cambiado tanto a pesar del deporte, los estudios universitarios, el ascenso. ¿Se puede cambiar el carácter?

—Es posible —respondió con media sonrisa—. Me siguen afectando los casos de forma personal, por más que luche para evitarlo. Recuerdo que siempre me echabas la bronca por eso.

—Bueno, ahora lo veo un poco diferente. Es tu forma de ser. Creo que cada uno debemos admitir cuál es la nuestra. No sirve de nada engañarse.

—En eso estamos de acuerdo —aceptó Silvia.

Se quedaron de nuevo en silencio mirando la Sierra de Atapuerca.

—¿Tú crees que estamos destinados a cometer siempre los mismos errores? —preguntó ella como en un largo suspiro.

—Me gustaría pensar que tenemos el potencial para aprender de ellos, aunque no siempre lo hagamos. Tendré que preguntarle a Samuel hasta qué punto nos condiciona nuestra herencia genética o es el entorno el que nos obliga a adaptarnos.

—Hablas mucho con Samuel —dijo Silvia.

—Es un tipo apasionante.

Los ojos de Silvia brillaban como dos estrellas bajo la negra y silenciosa cúpula que cubría la sierra.

—También estaba pensando yo en eso —admitió la inspectora—. Y en lo diferentes que somos. Es que veo que para ti los crímenes tienen algo de juego. Estás contento por que haya pistas para resolver el caso, pero para mí no es la solución a un acertijo, es mucho más trascendente, es la muerte de dos personas.

—Me siento tan concernido como tú por este crimen. Es posible que sea más frío, y que para mí tenga algo de juego mental, es cierto. Pero sea por lo que sea, tengo claro que quiero resolverlo. No te voy a volver a dejar sola.

Se miraron. La luna iluminaba el rostro de Silvia de tal manera que la luz que se reflejaba en ella se proyectaba hacia él, iluminándolo en menor medida. Ese mismo resplandor era el que los atraía, como la gravedad de la Tierra lo hacía con su satélite, aunque ya no se podría afirmar como en otra época quién era el planeta y quién daba vueltas alrededor. Por eso, sobre el acantilado de Niebla, con la historia de la humanidad contemplándolos, se sentían más atraídos el uno por el otro. Porque eran iguales, con sus dudas, su pasado, sus debilidades, sus tristezas y sus errores. No pudieron evitarlo y se besaron. Los labios se juntaron con suavidad y parecieron fusionarse juguetones, tiernos y parsimoniosos. Los brazos atrajeron los cuerpos y se sintieron a través de la ropa: la respiración, todo lo que habían vivido y discutido juntos, el daño que se habían hecho, las humillaciones y los momentos mágicos, los sueños y las realidades. Y los fracasos. El beso duró unos segundos que parecieron toda una vida. Dos vidas. Sincronizadas.

Silvia fue la primera en separarse. Abrió los ojos y se cruzaron con los de él.

—Tal vez deberíamos evitar esto, ¿no crees? —dijo controlando sus emociones.

—Sí, perdona, no sé qué me ha pasado —se excusó Daniel.

—Es normal —admitió Silvia quitándole importancia—. Aunque ya no seamos los mismos, las circunstancias se parecen: un nuevo caso, una investigación similar…

—Y tú —concluyó Daniel.

—Y yo. Mañana nos vemos temprano, ¿de acuerdo?

Silvia se alejó sin esperar su aprobación. Daniel se quedó solo, frente a la parte más baja del acantilado, mirando al fondo la Trinchera del Ferrocarril una vez más.

—De acuerdo —balbució para sí—. Nos vemos mañana.

96

Concejo de Piloña. Cercanías de Pesquerín (Asturias)
Seis años antes (2012)

Llegaron al pueblo de Pesquerín desde la N-634 una hora y media después de haber recibido la llamada del comisario y sin haber decidido lo que iban a hacer con sus vidas en el futuro cercano. A partir de ese punto consultaron el mapa de la zona que habían comprado, que fue adentrándolos por unas carreteras cada vez más estrechas para guiarlos poco después por pistas de tierra envueltas en niebla. No estaba del todo claro que estuvieran siguiendo el camino correcto, que al final del recorrido fueran a llegar a la casa que estaba a nombre de la abuela del sospechoso. Iban eligiendo la opción que les parecía más adecuada con respecto a la que les indicaba el mapa. Más de una vez tuvieron que dar marcha atrás porque no se podía continuar por el sendero elegido, que se hacía demasiado estrecho como para recorrerlo incluso con el todoterreno. Sin apenas hablar, tan solo intercambiando las indicaciones precisas: «A la derecha», «Creo que no es por ahí». La tensión y los nervios iban a más, y cada vez se sentían más perdidos en la vida, en su relación y en la montaña.

Daniel no abría la boca más de lo imprescindible, pero Silvia sabía que en su cabeza la culpaba tanto por haber perdido el camino correcto como por haberse quedado embarazada. Casi era peor el silencio y las malas caras que un grito que desahogase la situación y le permitiese chillar también a ella y expulsar la rabia y el desconcierto que llevaba en su interior, junto a la criatura que había empezado a crecer hacía menos de seis semanas.

Un giro más, una nueva pista forestal. Y más niebla a pesar de lo avanzado de la mañana. Los recuerdos de ese primer beso, de su primera investigación juntos. Muchas noches de seguimiento compartidas, de confidencias y silencios llenos de una pasión cada vez más difícil de contener. El deseo irrefrenable de ambos, una vez que se dejaron llevar. Silvia se sintió fatal, culpable, sucia, y a la vez llena de una extraña energía que le crecía desde las mismas entrañas. ¿Sería por el futuro niño?

—¿Has visto eso? —dijo Daniel desgarrando el silencio.

Silvia no lo había visto, de tan centrada como estaba en sí misma, en intentar comprender cuáles eran sus sentimientos hacia su compañero, el futuro en el cuerpo de la Policía y en el suyo propio.

—¡¿Lo has visto?! —repitió Daniel fuera de sí.

—No, joder. ¿El qué?

—Humo. Ahí.

Silvia miró y, efectivamente, entre los árboles y la neblina, se vislumbraba una columna de humo que no habían podido divisar hasta ese momento por la altura del bosque y la perspectiva que tenían desde la parte baja del valle. Daniel aceleró. Según iban ascendiendo, se hacía evidente que el fuego debía de ser muy intenso. El policía condujo a la máxima velocidad que le permitía el escarpado terreno hasta llegar a la cumbre de la sierra, donde el bosque se terminaba y se abría una zona pelada en la que tan solo se veían algunos robles y matorrales bajos.

Y una casita de piedra y madera que ardía en mitad del paisaje. Daniel se acercó con el coche hasta una distancia prudencial y ambos se bajaron deprisa. Las llamas alcanzaban ya los cuatro o cinco metros de altura y el tejado ardía como una tea. En un primer momento, Daniel sintió la necesidad de apagarlo personalmente, de entrar en la casa para salvar algunas evidencias, pero tras notar el calor asfixiante del incendio, comprendió que era absurdo intentarlo. No había nada que hacer. El policía cogió el teléfono móvil y llamó al 112 para que los bomberos acudieran lo antes posible. No ya por las posibles pistas que se pudieran encontrar todavía en la edificación, sino para evitar que todo el monte cercano ardiera también.

Se volvió buscando a Silvia y la encontró sentada sobre una piedra sollozando. Y no supo qué hacer.

La casa abandonada ardía sin control. Y la columna de humo crecía en el cielo nuboso de la sierra, arrasando cualquier vestigio de vida.

Igual que su relación.

97

Día 9

Una vez más, la cueva oscura e interminable.

La ansiedad, el frío, la falta de oxígeno. De nuevo, los personajes aparecían y se transformaban en otros diferentes. Las imágenes confusas, ininteligibles. Caóticas. A las cinco y media de la mañana ya no pudo dormir más, y Silvia volvió a su costumbre de leer noticias en el móvil sin encender la luz y sin levantarse de la cama. Esa mañana todos los periódicos abrían con el nuevo asesinato en el entorno de las excavaciones de Atapuerca: Gabriel Santos, el hermano de la víctima anterior. Algunos artículos incluían una breve biografía que apenas reseñaba su trabajo en una tienda de informática en Burgos y la edad. No decían que le gustaba hacer fotos, que ahuyentaba así sus miedos y angustias. Ni que sentía un amor malsano por su hermana. Puro, pero equivocado. Prohibido por la sociedad, y fomentado a la vez que limitado por ella. Un amor castrador y erótico.

Unos medios se decantaban por citar que este era el tercer crimen de una serie, incluyendo el de la cueva de El Sidrón, mientras que otros preferían hablar de un imitador. Andaban más despistados que la Policía. Ninguna publicación citaba a Galder Vinter, y tan solo una al novio. Un periódico local aventuraba que el asesino estaba entre los militares de la base cercana al yacimiento y desarrollaba una peculiar teoría basada en la colaboración habitual de ambas instituciones, recordando que parte del terreno de la excavación está dentro de los límites de la base militar de Castrillo del Val. Se leía entre líneas que, a ese medio, no le gustaba demasiado el Ejército.

Silvia fue a dejar el móvil en la mesilla cuando se dio cuenta de que, entre los muchos wasaps de amigos y compañeros de profesión que le mostraban su apoyo, había uno de Daniel de la noche anterior, poco después de separarse en la calle, tras ese no tan fugaz beso. «Me gustó pasear contigo», decía tan solo. La inspectora no contestó. Se levantó agotada y con la cabeza dolorida, se desnudó y se metió bajo la ducha caliente a ver si conseguía que se relajasen sus músculos y sus pensamientos, pero el cadáver de Eva Santos invadió su mente.

Y luego el de Gabriel, desnudo y desvalido, sobre la tumba de su hermana.

98

Zumo de naranja, trozos de kiwi, piña y melocotón. Café bien cargado y una tostada integral con aceite de oliva.

Silvia trataba de reponerse mediante un copioso desayuno. La luz del amanecer parecía querer jugar con el cristal de la vajilla del bufet colocado en el centro del saloncito de piedra con vigas de madera. La inspectora releía el informe de la autopsia de Eva cuando entraron Rodrigo y Daniel. Este y Silvia intercambiaron una mirada que solo ellos entendieron sobre la noche anterior: «Mejor dejarlo estar, ¿verdad?», «Verdad».

Rodrigo llegaba con ímpetu renovado. Era posible que la breve charla con Daniel sobre la capacidad para soportar las incertidumbres lo hubiera espoleado. Había dormido poco, empeñado en sacarle todo el partido al móvil de la primera víctima, convencido de que aún contenía informaciones útiles.

—Buenos días, Silvia —saludó el inspector y, sin esperar respuesta, empezó a desgranar datos—: He comprobado que se hicieron cinco llamadas desde el móvil del padre de Adrián al teléfono de Eva —anunció.

Silvia levantó la cabeza interesada, y Daniel se volvió sin coger nada del bufet para escucharlo. Se había ganado la atención de ambos.

—Todas en los últimos nueve días antes de la muerte de la chica —añadió—. La primera, de diez minutos. Ya me diréis de qué tenían que hablar durante diez minutos esos dos.

—Raro, sí —aceptó Silvia.

—La segunda, de dieciocho segundos. Y las tres siguientes no fueron respondidas por Eva.

—¿Qué podríamos deducir de eso? —preguntó la inspectora.

—Que hubo una primera negociación larga —aventuró Daniel—. A lo mejor se hizo un primer pago entonces. Una segunda conversación donde se cuelgan porque no están conformes con el trato, y, a partir de ahí, ella no quiere responderle.

—Es posible, sí —admitió Silvia mirando a Rodrigo interrogativa.

—Yo he pensado lo mismo. No creo que hablasen todo ese tiempo sobre la familia.

—Es un dato que podremos manejar en el interrogatorio al padre. ¿Algo más?

—Sí —respondió Rodrigo orgulloso—. También hay fotos de Galder con Eva Santos en el Perdidos que hicieron juntos. Alguna de Galder desnudo, de espaldas, eso sí, bañándose en el río. También hay otras en las que se ve que el grupo cocina conejos en una fogata, como os contó el noruego.

Un camarero se aproximó a tomarles nota de la bebida. Rodrigo se recostó en la silla con un gesto de contrariedad.

—Un café —pidió Daniel, y se levantó para buscar su desayuno a las bandejas centrales.

Rodrigo pidió uno doble, deseando que la cafeína le diese la energía que iba a necesitar, ya que el día se preveía intenso. Una vez se marchó el camarero con la comanda, Rodrigo hizo un gesto al asesor para que volviera y les mostró unas páginas impresas.

—En la aplicación de notas del móvil, Eva tenía dos diferentes con apuntes que podrían ser económicos.

—¿A qué te refieres? —preguntó Silvia.

—Una se titula «Viaje» y contiene dos cantidades: 150.000 y 110.000. Y en la que nombró como «Calavera», una nueva cifra: 40.000. Entre todas suman…

—300.000 euros. Los que hemos encontrado escondidos en

el dormitorio de Gabriel, y de los que él dijo desconocer su procedencia —concluyó Silvia—. Da miedo, pero en el móvil tenemos nuestra vida entera.

—En este caso me alegro de que sea así —especificó Daniel.

—¿Por qué dos notas con dos conceptos diferentes? —reflexionó Silvia en voz alta.

—Parece lógico que «Viaje» se refiera a Tailandia y a las gemas. Pero es más impactante el otro: «Calavera».

—¿Se referirá a la que hemos encontrado y están haciendo el ADN? —cuestionó Rodrigo.

—¿A cuál otra? —respondió con otra pregunta Daniel.

—Joder..., el comisario dijo que creía que hoy estarían los análisis —recordó Silvia—, pero que iba a ser difícil encontrar su procedencia. Habría que mirar si ha habido muertes cercanas a Niebla que tengan algún tipo de componente violento y no se hayan investigado.

—Hay que tener en cuenta que, si es una calavera como la que hemos visto en las fotos, ha tenido que pasar un cierto tiempo desde la muerte. Yo me encargo de pedir estos datos —asumió el inspector.

—¿Dos chantajes diferentes? Es posible —admitió Silvia.

—¿Y quién podría ser la víctima del segundo?

99

Rodrigo tenía la sensación de que la investigación se había acelerado y estaba a punto de convertirse en frenética. Por eso, las decisiones que tomasen ahora serían esenciales para el esclarecimiento de los hechos. Su mente funcionaba a toda máquina, a pesar del cansancio, evaluando cada paso que tuvieran que dar a partir de esa mañana del noveno día. Trató de no pensar en el juez, la prensa y el comisario, que sumaban al caso un estrés adicional que no ayudaba a concentrarse.

Silvia había mencionado el día anterior que todavía no habían hablado con Pedro Laguna, el padre de Adrián, y que era conveniente que lo presionaran por si pudiera haber sido el inductor del asesinato de Eva Santos. Cuando se acercaban al coche oficial para visitarlo en la joyería que había abierto en Lerma, Daniel reconsideró su participación en ese interrogatorio y dio un paso atrás. Silvia se dio cuenta de que algo cruzaba por su mente.

—¿Qué piensas? —le preguntó.

—No voy con vosotros —dijo—. Si te parece bien, voy a volver a la excavación. Creo que saben más de lo que nos dicen.

Silvia sopesó su propuesta.

—¿Crees que podrían saber dónde está Galder?

—Déjame que lo averigüe. No me necesitáis con el padre.

—De acuerdo. Pero avísanos inmediatamente si descubres algo.

Daniel se dirigió a su Aston Martin. Después de varios días sin conducirlo, le pareció un elemento extraño en el pueblo.

No era un vehículo apropiado para una investigación policial. Ahora lo veía claro.

Daniel llamó con el manos libres a Inés nada más salir del pueblo. La coordinadora respondió al segundo tono.

—¿Dónde estás? —preguntó él sin saludar.

—Iba a bajar a la Sima de los Huesos. Pero a lo mejor me puedo escapar. ¿Tú?

—Cerca. Esta llamada es como asesor de la Policía.

Inés se quedó muda. Hasta ese momento nunca había escuchado esa inflexión de voz en su amante. Se percibía que no iba a tener ni el mínimo margen para tontear con él ni replicarle.

—Tengo la sensación de que ahí todos sabéis mucho más de lo que decís. Ya hay un segundo muerto, así que vamos a hablar en serio.

Y colgó.

Silvia puso rumbo a Lerma, que distaba sesenta kilómetros de Niebla, con Rodrigo callado a su lado. Tras veinte minutos de incómodo silencio, la inspectora miró a su subordinado.

—¿Quieres hablar de algo?

—Lo sabes, ¿verdad? —respondió Rodrigo temiendo la conversación inevitable.

—¿Por qué lo hiciste? —preguntó la inspectora sin denotar una crítica en su semblante.

—No podía desencriptar los archivos, Daniel me lo ofreció, es mi primer caso importante… —explicó citando una ristra de motivos que había repasado hasta la saciedad.

—Lo tenía que haber sospechado, ese día estabas buscando al taxidermista que disecó al lobo, no tuviste tiempo de trabajar con los archivos.

Rodrigo bajó los ojos evitando la mirada de su superiora.

—¿Te das cuenta de que podrían quedar invalidadas esas pruebas?

—Sí.

—Y más que eso, cualquiera del equipo de Daniel que haya visto esas imágenes podría filtrarlas a la prensa, por ejemplo.

—Pero Daniel controla a su equipo…

—¡Eso tú no lo sabes! —lo interrumpió alzando la voz.

Rodrigo sabía que había obrado de una manera temeraria e ilegal y, a pesar de que había dado un resultado positivo, decidió no continuar defendiéndose.

—No debería haberlo hecho. Asumo lo que tenga que pasar.

Silvia esperó para responder. Su mente debatía entre hacerle sufrir para que se diese cuenta de la gravedad de su error, o en hablar pronto para quitar hierro al asunto, al ver que el sufrimiento del joven policía era sincero. Se concentró en no intervenir con premura y dejó pasar un par de kilómetros.

—De momento, vamos a descubrir quién asesinó a los hermanos, y ya hablaremos después. Pero no te puedes ir de rositas.

Rodrigo asintió sudando frío.

100

A trescientos metros de la Trinchera del Ferrocarril y antes de que la pista confluyera con el antiguo trazado del tren minero, se podía girar a la izquierda por una vereda hasta la boca de entrada de la Cueva Mayor, donde se encontraba la Sima de los Huesos, uno de los lugares más emblemáticos de la sierra de Atapuerca. En 1976 encontraron allí los primeros huesos de homínidos de toda la zona, de más de 400.000 años de antigüedad. La excavación confirmó que se trataba de una acumulación intencionada de al menos veintiocho individuos de diferentes edades en los que se ha encontrado ADN mitocondrial. Y todavía quedaba por excavar un tercio del depósito, según le había explicado Inés la otra mañana.

El Aston Martin avanzaba con dificultad, entre campos de cereales, y cruzó por debajo uno de los puentes de construcción inglesa en desuso desde 1914. Los baches y las piedras golpeaban los bajos. Cuando llegó a un punto donde la pendiente se hacía mucho más pronunciada, comprendió que solo un cuatro por cuatro podría circular por allí. Aparcó lo mejor que pudo para seguir a pie hasta la Cueva Mayor. Empezaba a hacer calor. Dejó la americana en el coche y echó a andar en mangas de camisa. Observó la vegetación típicamente mediterránea de encinas y robles, madreselvas y endrinos. Era el mismo camino que había hecho con Inés dos días atrás, cuando ella conducía el todoterreno en dirección a la Galería del Sílex, donde tuvieron sexo, y él se quedó a oscuras, perdido, en mitad de la cueva.

A pesar de estar bien entrenado, Daniel llegó con la respiración entrecortada. Maldita cuesta. Echó la culpa a Rodrigo por no haberle dejado desayunar suficiente. La avalancha de datos que estuvieron manejando lo había distraído y no había prestado atención a lo que comía. Se detuvo para recobrar el aliento. Era una mañana limpia, a pesar de la calima. Estaba a casi mil metros sobre el nivel del mar, a sus pies veía los campos a punto de ser cosechados, la carretera de Logroño, el pueblo de Ibeas de Juarros, y hasta le pareció vislumbrar al fondo las agujas de la catedral de Burgos.

Retomó la marcha. Había dos todoterrenos aparcados en un ensanchamiento del camino. Los dejó atrás hasta llegar a la entrada de la Cueva Mayor, por la que se accedía también a la Sima de los Huesos y a la Galería del Sílex. Allí se encontró con Samuel, de pie al lado de unos matorrales, pertrechado con los aperos necesarios para descender a las profundidades de la cueva.

—Buenos días, señor Velarde —dijo el director—. Me sorprende verlo.

—Buenos días. He quedado aquí con Inés Madrigal.

—¿Algo de la investigación?

Daniel abrió las manos como pidiendo disculpas.

—Supongo que no me puede contar nada más.

—Así es —afirmó amable el expolicía—. Veo que iba a entrar.

—Estaba esperando porque no debemos hacerlo solos. Habitualmente llego muy temprano, pero unos asuntos a primera hora me han retenido.

—¿No le da pereza bajar…?

—¿A mis años, iba a decir?

Daniel fue a explicarse, pero el director del yacimiento se le adelantó:

—No es una cuestión de pereza, señor Velarde. Bajar tiene un componente de aventura, eso es indudable, de peligro. El eco de las paredes de las galerías cuando te mueves por ellas, la oscuridad. ¿Qué quiere que le diga? Algunos buscan emociones haciendo *puenting*, nosotros buscando fósiles.

—¿Y nunca les ha pasado nada?

—Ya lo creo. En el año 84, en nuestra primera campaña en la Sima de los Huesos, estuvimos a punto de morir por concentración de CO_2 en el fondo de la cavidad mientras escuchábamos música de Stravinski en un radiocasete. En esa época la cueva estaba sin excavar, apenas se cabía de pie. Un espacio tan cerrado, la bruma que se forma con la humedad, la llama del carburero, que era muy débil, siete personas trabajando... En esa semioscuridad no nos dimos cuenta de que se estaba acabando el oxígeno y nos quedamos adormilados poco a poco. Todavía no sabíamos bien cómo manejarnos en el interior.

—¿Y qué sucedió? —preguntó interesado Daniel.

—Tuvimos la fortuna de que un acorde más agudo de la canción espabilara a Eudald y se diera cuenta de lo que estaba sucediendo. El resto no llegábamos a estar desmayados, pero nos faltaba muy poco. Empezó a tirar de nosotros arrastrándonos sobre los tablones de madera mientras nos gritaba: «¡Vamos, fuera, fuera!». Lo recuerdo como si se tratara de un sueño. A retazos. Lo siguiente que tengo en la cabeza es que ya habíamos salido todos de la cavidad y estábamos en el conducto que lleva hasta el agujero vertical que nos podía sacar de la Sima de los Huesos. Era muy estrecho, pero al menos allí corría un poco más de aire. Solo en ese momento fuimos conscientes del peligro que habíamos corrido —explicó el director del yacimiento.

—Y a pesar de eso, volvieron a bajar.

—Sabíamos que allí había restos importantes y los queríamos encontrar. No somos científicos de salón, nos gusta el riesgo, la montaña...

—Ya veo —dijo Daniel con cierto asombro mirando al hueco de la roca caliza por el que iba a entrar Samuel. Sintió claustrofobia.

—La Sima de los Huesos —continuó el director de Atapuerca— es, probablemente, el yacimiento más rico en fósiles humanos del mundo, con ancestros de los neandertales. Nos motiva ser el que encuentre un nuevo hueso, un nuevo dato que pueda iluminar la historia del hombre.

—Impresionante. ¿Y las pinturas que se han descubierto atribuidas a los neandertales pueden cambiar la historia?, o, al menos, ¿lo que se pensaba sobre ellos?

—Con total seguridad que aportarán algo en lugares tan dispares como Cantabria, Cáceres y Málaga, y hace más de 60.000 años. Apasionante.

—Las pinturas dan a entender que ya tenían una mente simbólica —insistió Daniel.

—Dos especies separadas hace 800.000 años llegaron a conclusiones similares, pero no solo por las pinturas halladas este año. En la cueva de Bruniquel, al sur de Francia, hay construcciones circulares de hasta cuatrocientos trozos de estalagmitas rotas, ¿lo sabía?

Daniel negó con la cabeza.

—¿Pudieron hacerse de manera casual? No parece probable —negó Samuel contestándose a sí mismo—. Hay quien apunta que lo realizaron humanos más modernos. *Sapiens,* como nosotros. Pero lo cierto es que la cueva estuvo sellada hasta los años 90 del pasado siglo, y los restos han sido datados en 170.000 años gracias al método de isótopos de uranio... Perdone que le abrume con datos técnicos, pero esto da gran credibilidad a los resultados.

—Y entonces, ¿cuál es su conclusión sobre los neandertales?

—Quizá su cerebro no llegó a ser tan complejo como el nuestro. Tal vez no habrían sido capaces de llegar a la Luna, pero no me cabe duda de que habrían alcanzado una tecnología avanzada. Creo que podrían haber asistido a nuestras universidades.

—¿Y no piensa, y perdone que se lo diga, que estos hallazgos dificultan la teoría de que los humanos estemos hechos a imagen y semejanza de Dios?

—¿Qué quiere decir usted con eso? —respondió Samuel por primera vez a la defensiva.

—Todo parece indicar que ha habido hasta cinco especies que podríamos clasificar como poseedoras de inteligencia humana, ¿no? Los neandertales, incluso con un pensamiento casi tan sofisticado como el nuestro, como acaba de reconocer. ¿De verdad piensa usted que Dios creó al hombre? Al *sapiens,* quiero decir. ¿Por qué no al resto?

Samuel había entendido lo que apuntaba el asesor de la Policía, pero quiso ganar unos segundos.

—«Sois una estirpe elegida, sacerdocio real, gente santa, pueblo adquirido por Dios, para que pregonéis las maravillas de aquel que os ha llamado de las tinieblas a su admirable luz» —dijo al fin con un gesto un tanto teatral, más propio del sacerdote que era.

—¿Perdón? —respondió Daniel sin entender bien la frase.

—Primera epístola de san Pedro a los cristianos de Anatolia, capítulo 2, versículo 9 —especificó el sacerdote y director de la excavación de Atapuerca—. Este texto se ha querido interpretar en la historia como un mensaje a los primeros cristianos que estaban siendo perseguidos, pero ¿quién nos dice que su intención no se remonta mucho más atrás, 40.000 años antes, y que nosotros, los *sapiens,* somos esa estirpe elegida por Dios, ese sacerdocio real, ese pueblo de su propiedad?

—¿Lo dice en serio? ¿Quiere decir que nosotros hemos sido sus favoritos y no las otras especies humanas?

Daniel se había identificado con el director del yacimiento sin plantearse que para Samuel la fe era esencial en su vida y en su discurso, pero no le dio tiempo a seguir el debate, ya que Inés apareció en la entrada de la cueva acompañada por otro estudiante que la había ayudado a ascender.

—Aquí tiene a nuestra coordinadora. Yo los dejo.

Inés se sorprendió de ver charlando a Daniel con el director. Este se despidió dándole la mano y desapareció con el estudiante, devorados por la Cueva Mayor, bajo una gran roca caliza que parecía querer ocultar el pasado del hombre.

Los ojos de Daniel se clavaron en Inés, y ella le devolvió una mirada desconcertada. Llevaba los pantalones llenos de barro y la coleta desordenada en lo alto de la cabeza. Pero lo que más le llamó la atención no era su aspecto descuidado, sino la honda preocupación que se traslucía en su rostro.

101

La joyería se llamaba Carmen Laguna, una combinación del nombre de la madre de Adrián y el apellido del padre. Al parecer, era ella quien diseñaba y compraba, y su marido llevaba las cuentas y organizaba el negocio. Pero parecía que Pedro Laguna controlaba todo su entorno familiar y profesional. El local estaba situado en el mejor barrio de Lerma, con una fachada recién reformada que no casaba con la estética renacentista de la localidad. La entrada tenía un toque hortera, con unos escaparates rojos y dorados que llamaban la atención desde lejos. En el interior, unas columnas cuadradas y también doradas enmarcaban las vitrinas iluminadas con excesiva potencia, tanta que casi deslumbraban al que se agachaba a elegir una joya. El mostrador era negro, con un acolchado de cuero en el frontal y unas sillas altas tapizadas en marrón. Un vigilante armado no quitaba ojo a los inspectores mientras esperaban. Su aspecto se aproximaba más al de un mafioso italiano salido de una película que a un guardia profesional de seguridad. Rodrigo pensó que, si los miraba a ellos así, qué no haría con los curiosos que se acercasen a preguntar por un precio del muestrario.

Salió a recibirlos Pedro Laguna, vestido de traje sin corbata y con un llamativo anillo dorado en la mano izquierda. Los inspectores le habían anunciado su visita por teléfono.

—¿Quieren tomar un café? —dijo con forzada amabilidad al saludarlos.

—No, gracias —respondió Silvia—. No tenemos tanto tiempo. Preferimos ir directamente al interrogatorio.

—Pensé que solo sería una charla amigable —dijo.

—Eso esperamos nosotros.

El dueño de la joyería les indicó la trastienda, que no era menos lujosa, como si se reservara para los clientes más exclusivos. Quién sabe si para la compra y venta de joyas con piedras preciosas importadas ilegalmente. Había una cafetera de cápsulas y una selecta bollería dispuesta encima de la mesa.

—¿Tenía usted alguna relación con Eva Santos? —preguntó Silvia sin dejarle tiempo a sentarse.

—Poca. La normal en estos casos. Salía con mi hijo.

—¿Y eso le parecía bien?

—¿Desde cuándo a los hijos les importa nuestra opinión? Se ha quedado usted un poco antigua, inspectora —dijo intentando imprimir un tono de humor a su comentario—. No debe de tener hijos, ¿verdad?

La afirmación molestó a la inspectora, que, sin embargo, no se distrajo de su objetivo.

—En realidad, le quería preguntar qué tal le caía a usted Eva.

—Ah... Era una niña muy guapa.

—¿Señala que le parecía guapa por algo en especial?

—No. ¿Por?

—Como es lo único que ha dicho de ella... —aclaró—. Podría haber comentado que era lista, o ingeniosa, o mala gente, pero como ha dicho «guapa», igual tenía algo que ver con la relación entre ustedes.

—Creo que no le estoy entendiendo, inspectora. Pero le aseguro que, a feminista, a mí no me gana nadie.

—Estoy segura —respondió irónica—. ¿Sabe que su hijo viajó con ella a Tailandia?

Rodrigo tomaba notas mentales mientras observaba en silencio el modo de hacer de su superiora, sus rápidas preguntas, que apenas dejaban margen al interrogado para elaborar su versión.

—Sí, se lo recomendé yo —aceptó Pedro Laguna—. Es un viaje precioso. ¿Usted ha estado?

—No. Yo no. ¿Y usted? ¿Ha estado muchas veces?

—Algunas por placer, otras para ver el mercado de joyas de la zona. Resulta útil para analizar las últimas tendencias.

—¿Le comentaron que pasarían dos días por Birmania?

Pedro Laguna se encogió de hombros, pero se removió en la silla incómodo.

—¿Les recomendó ver algo por allí?

—No.

—¿Su hijo o Eva jugaban al golf?

—Que yo sepa, no —respondió el joyero descolocado.

—¿Y tiene idea de qué hacían en el club de golf de Mogok?

El padre de Adrián cruzó los brazos y se recostó sobre el respaldo de la silla.

—Ni idea —contestó tajante—. Pregúnteselo a él, habrá un buen restaurante o algo.

—Podría ser por eso, claro. ¿A la vuelta le contó detalles del viaje, cómo lo habían pasado...?

—Pues no recuerdo.

Rodrigo notó cómo el hombre se iba poniendo cada vez más nervioso. Silvia no le daba tregua, hablaba cada vez más rápido, más precisa, más agobiante.

—¿Hablaba usted a menudo con Eva?

—No.

—Pues la llamó cinco veces en los días anteriores a su muerte —afirmó llegando a donde quería.

Vio cómo Pedro Laguna buscaba una respuesta coherente en su cabeza mientras se la frotaba haciendo un molesto ruidito con el pelo.

—Estaría buscando a mi hijo, nunca coge el móvil —explicó tras unos segundos.

—Ya. ¿Y por eso habló en una ocasión con ella durante diez minutos?

—Sería con Adrián, sin duda. Nunca he hablado tanto tiempo con su novia.

A Silvia le pareció una desconsideración el tono empleado por el joyero.

—Sabe que tenemos el móvil de Eva, ¿verdad?

El joyero no respondió, tan solo esperaba a ver por dónde le podría llegar el siguiente ataque.

—Y que hemos encontrado una considerable suma de dinero en su casa —añadió la inspectora.

—No tenía ni idea.

—¿Sabe lo que creemos que pasó? Tenemos indicios para sospechar que su hijo y Eva Santos se trajeron algunas gemas de Birmania. Y, tal vez, ese dinero fuera el pago por sus servicios.

—¿De qué gemas habla? No tengo ni idea de eso.

—¿Usted cree que las encontraremos? ¿Todas las piezas de sus tiendas tienen sus papeles correspondientes?

—Puede pedir una orden judicial y comprobarlo cuando quiera —contestó el joyero levantándose.

—Lo haremos si lo creemos necesario. ¿Tiene algo más que contarnos, señor Laguna, o tenemos que seguir buscando en el móvil de Eva Santos?

—No tengo nada más que decir. Si me acuerdo de algo, no dude de que la llamaré —dijo sosteniéndole la mirada.

—Estoy segura —afirmó la inspectora mientras se levantaba también—. He visto que tiene mucha seguridad. ¿Ha sufrido robos, atracos...?

—Bueno, toda precaución es poca. Este país ya sabe cómo es. Mire lo que le ha pasado a esa pobre chica.

El joyero lo dijo con una frialdad absoluta, y Silvia creyó intuir una sonrisa maliciosa.

—¿Usted tiene licencia de armas?

—Sí. Me gusta cazar —reconoció Pedro Laguna—. Y él también tiene licencia, claro —especificó refiriéndose al guardia de seguridad—. Todo en regla. Pero además, ¿eso qué más da? A la chiquita la envenenaron, ¿no? Es lo que dice la prensa.

La estaba retando. La inspectora sintió cómo le subía la ira, aunque consiguió detenerla antes de decir algo de lo que hubiera tenido que arrepentirse. Estaba demasiado afectada por las dos muertes, por no tener claro todavía quién podría ser el culpable. Pedro Laguna le parecía un cretino capaz de cualquier cosa por sacar adelante su negocio, pero ¿eso lo convertía en el asesino de los hermanos Santos? Tras conseguir controlar la rabia, decidió hacerle una última pregunta:

—¿Y usted quién cree que puede haber hecho algo así?

—Esa gente de la excavación, sin duda —afirmó—. Por lo que me cuenta mi hijo, hay alguno que está completamente loco.

102

—Galder —enunció Daniel mirando a los ojos de Inés Madrigal, que todavía estaba de pie en la entrada de la Cueva Mayor.

—¿Qué más quieres saber de él? —preguntó ella con un suspiro.

—Inés, quiero que entiendas que encubrir a un posible asesino es muy grave. Tú y yo no nos deberíamos haber acostado, pero eso no cambia nada de cara a la investigación. Yo ya no soy policía, y es un problema mío, privado, lo que hagamos nosotros dos. Si sabes algo más del noruego, es hora de que me lo digas. Si no colaboras, no voy a poder ayudarte.

Por la cabeza de Inés pasaron una multitud de ideas desordenadas. Necesitaba un poco de tranquilidad para elaborar un discurso coherente que explicase por qué no había sido clara hasta esa mañana.

—Es que... no estoy segura..., y me cuesta hablar mal de la gente de aquí. A Galder lo conozco desde el año pasado. Es verdad que está un poco pirado, pero no pensé que pudiera llegar a esto.

—Cuando dices «llegar a esto», ¿a qué te refieres, exactamente?

—Bueno, lo decía por lo del bisonte —precisó la coordinadora—. Creo que lo mataron Galder y otros tres o cuatro chavales. Al menos uno de ellos era una chica, Paloma. Siempre van juntos. Son los que organizan los Perdidos. ¿Te acuerdas cuando lo interrogasteis en el Paleolítico Vivo? Yo me sorprendí de lo que os contó y estuve preguntando por ahí. Se les fue de la mano la actividad. Por lo visto, el fin de semana que vino Eva Santos fue una pasada. Ocurrió de todo: cazaron no solo conejos, sino algún jabalí; se acostaron unos con otros... Creo que lo tenían previsto desde hacía tiempo.

—¿Y pasó algo más esos días?

—No lo podría asegurar. Algunos dicen que hicieron rituales.

—¿Rituales? —preguntó sorprendido el asesor de la Policía.

—Enterramientos... —sugirió con precaución.

—No te estoy entendiendo, Inés.

—Por lo que me han contado, tomaron hongos alucinógenos combinados con drogas de diseño, bailaron junto al fuego, tuvieron sexo y enterraron *simbólicamente* —recalcó— a una de las chicas, que llegó a asustarse mucho. Pero no debió de llegar a mayores.

—¿Y piensas que pudieron quedarse con las ganas de hacerlo de verdad?

—No puedo sostener eso, Daniel. No lo sé. De verdad —afirmó turbada.

—¿Y todo lo que ocurre ahí no lo sabe el director de la excavación?

Inés no supo qué añadir al respecto. Estaba deseando que se terminase la conversación cuanto antes.

—¿Hicieron algo más? —preguntó Daniel sin darle tregua.

—Uf —resopló agobiada—. Sé que hablaron...

—¿De qué coño hablaron, Inés? —la presionó impaciente.

—De canibalismo.

Eso no se lo esperaba Daniel. No es que enterrar a alguien en vida le resultase poco dramático, pero hablar de canibalismo le parecía un límite difícil de superar.

—¿Y qué hicieron?

—El chico con el que hablasteis ayer en el río me dijo que nada. Hubo un punto en el que varios se acojonaron.

—Pero después de eso mataron al bisonte. Quiere decir que no se detuvieron ahí.

La coordinadora del yacimiento lo miró sin hablar, asumiendo que era cierto.

—Inés —dijo Daniel dando gravedad a sus palabras—, tú sabes dónde puede estar Galder con los otros dos que han desaparecido, ¿verdad?

103

Habían dejado el coche cerca del Mirador de los Arcos. A pesar de no sobrarles tiempo, Silvia quiso acercarse a contemplar el paisaje. Necesitaba que se le pasase el enfado tras la conversación con el padre de Adrián. El mal humor no la dejaba valorar debidamente la posible participación de Pedro Laguna en los hechos. Para pensar, necesitaba primero sentir, pero si las emociones eran excesivamente intensas, debía calmarse antes de sacar conclusiones. Su experiencia la avisaba de que no era trigo limpio. Aun así, tenía que reconocer que el que fuera un capullo mafioso no le hacía culpable de ningún asesinato.

Rodrigo la siguió en silencio hasta el final de la plaza de Santa Clara. Pasaron por debajo de los arcos, llegaron hasta la valla de hierro en la que había un pequeño mapa del área y se asomaron. A la izquierda se veían campos de fútbol, una piscina, algunas casas, cultivos, y un poco más allá se intuía, entre árboles, el río Arlanza, que debía de llevar poca agua en esa época del año. Al fondo, siguiendo la autovía del Norte, estaría la capital, y Atapuerca un poco a la derecha, aunque no se distinguía desde el mirador.

¿Qué se vería desde allí 800.000 años atrás? Por primera vez desde que llegaron a Burgos, Silvia pensó en los hombres primitivos. Pensó en la violencia, en si sería la misma de ahora. Tenía que preguntárselo al director de la excavación, como hacía Daniel. Quería pensar que no, que los primeros humanos colaboraban entre ellos, que se ayudaban, que no eran violentos con las mujeres, que formaban clanes bien avenidos; que la agresividad actual se debía a la pobreza, al exceso de concentración humana en un mismo lugar, la escasez de recursos, pero que no era inherente a su ADN.

A Rodrigo le sonó el teléfono mientras ella perdía sus razonamientos en el horizonte. Se alejó para contestar, dejando a Silvia el espacio necesario para seguir centrada en su meditación, intentando soñar con un mundo mejor, más igualitario, más humano.

Rodrigo volvió apenas un par de minutos más tarde. Tenía el semblante demudado.

—¿Qué ha pasado? —preguntó la inspectora temiéndose que hubiera aparecido un nuevo cadáver.

—Era el laboratorio. El cráneo…, ya saben a quién perteneció —explicó con la voz temblorosa.

Silvia lo miró asombrada. El comisario había dicho que iba a ser muy difícil esclarecer ese dato. ¿Cómo es que ahora lo tenían?

—¡¿A quién?! ¡Dime! —suplicó con agresividad.

—Al taxidermista de Asturias.

—¿A quién?

—A Carlos Béjar. Vuestro sospechoso de entonces.

Silvia trató de ordenar sus ideas. Su cerebro trabajaba a toda velocidad para evaluar el dato que le daba su subordinado.

—¿Gabriel tenía el cráneo de Carlos Béjar? Joder, eso es imposible.

104

El coche devoraba los kilómetros a toda prisa. El asfalto de la carretera pasaba cada vez más rápido por debajo de las ruedas, abrasando las llantas. 150..., 160. Silvia estaba deseando llegar a Niebla para compartir con Daniel lo que habían descubierto. Prefería decírselo cara a cara y no por teléfono para ver su reacción, por si ese momento podía ser revelador para ambos, por si pudieran entender qué hacía la calavera de Carlos Béjar en poder de Gabriel y Eva Santos. En sus fotos con estética prehistórica.

Rodrigo, a su lado, no podía parar de hacer elucubraciones. La inspectora apenas lo escuchaba.

—No es que estuviese desaparecido el taxidermista, es que estaba muerto. Esto une los dos casos. Pero ¿cómo? —se preguntaba el inspector. Al no obtener respuesta siguió reflexionando en voz alta—: ¿Y si fuera Galder la conexión…? Al fin y al cabo, él tenía el cráneo en su mano en las imágenes que hemos visto, aunque este apareciera en el cobertizo de Gabriel. Si fuera Galder el culpable del asesinato de los dos hermanos, ¿habría matado también al taxidermista? ¿Por qué? A lo mejor es que los dos estuvieron implicados en el crimen de la cueva de El Sidrón. Pudo ser una acción conjunta. Pero ¿se conocían en esa época? Cuando investigasteis hace seis años, ¿visteis esa posible relación?

—¿Qué? —preguntó Silvia dándose cuenta de que su compañero le había pedido un dato.

—¿Hace seis años os pareció que podría haber existido una relación entre Galder y Carlos Béjar? —repitió Rodrigo.

—El taxidermista tenía vínculos con la excavación, eso fue

evidente en su día —especificó Silvia—. Pero, en aquel entonces, Galder no nos llamó la atención. Era un chavalito mucho más infantil, no era la bestia que parece ser ahora.

—Porque si la que consiguió el cráneo fuese Eva —prosiguió Rodrigo con su razonamiento—, eso todavía lo complica todo más. Implicaría que ella estuvo también en la cueva de El Sidrón.

—Debía de ser casi una niña. Repasaré mis notas y las fotos que hice. Pero no estaba en la lista que nos dieron de los estudiantes del yacimiento asturiano. Me acordaría.

—¿Puedes mirarlo de todas formas? —le sugirió con amabilidad Rodrigo.

—Desde luego, nada más llegar al despacho. Ahí tengo los informes de ese caso. Hay que comprobar también si las fechas coinciden con el año que estuvo Eva Santos fuera del pueblo. El padre me dijo que, cuando vieron lo que pasaba entre los hermanos, la mandaron lejos un tiempo.

—Ya. Imagínate que coincide. Porque, si no, ya me dirás qué hacía ella con la calavera.

Sonó el teléfono de Silvia, era como si Daniel se adelantase a sus pensamientos. La inspectora respondió desde el manos libres y le anticipó que tenía nuevos datos.

—Yo también tengo algo importante, Silvia. Creo que sé dónde se esconde Galder. Me lo ha dicho Inés.

—¿Estás con ella?

—Sí.

—Joder —exclamó Silvia impactada por la noticia. Como intuía Rodrigo por la mañana, la investigación se estaba acelerando—. Te recogemos y vamos donde nos diga.

—Inés dice que es complicado llegar, que nos tiene que llevar ella.

—¿Dónde estáis?

—A trescientos metros más o menos de la entrada de la Trinchera del Ferrocarril.

—Vale, estamos ahí en quince minutos.

Daniel colgó el teléfono mientras se agachaba a mirar los bajos de su coche. Caía aceite del cárter. Había sido una locura entrar en la pista con el deportivo. Los bajos estaban destrozados. Lo primero que pensó fue en llamar a una grúa, pero lo desestimó. Tenían demasiada prisa.

Se limitó a exclamar «¡Mierda!», y se levantó, con los pantalones manchados del polvo del camino. Su mirada se cruzó con la de Inés.

—Hay otra cosa que no te he dicho —dijo ella.

—¡¿Qué?! —preguntó enfadado.

—Samuel…

—¡Samuel, ¿qué?!

—Que estuvo en la cueva de El Sidrón coincidiendo con la desaparición de aquella otra chica. Dando una conferencia.

—No me jodas, Inés.

105

Cuando Silvia y Rodrigo llegaron con el coche al aparcamiento de la Trinchera del Ferrocarril, se los encontraron discutiendo. La imagen era chocante: Daniel, con los pantalones sucios, en mangas de camisa y sudando, e Inés, vestida con pinta de espeleóloga, llena de manchas de barro y con un casco en la mano. Él parecía muy enfadado, a Silvia le dio la sensación de que el enfrentamiento tenía un trasfondo personal.

—¿Qué pasa aquí? —preguntó llegando a su altura.

—¡Es acojonante! Es que no nos ha contado ni la mitad de lo que sabe —explicó enfurecido.

—Comprendedlo —se excusó Inés—, para mí es una situación difícil. Trabajo aquí, son mis compañeros, Samuel es mi jefe, el que me ha dado esta oportunidad.

—Pero ¿qué pasa con Samuel? —preguntó Silvia sin entender el alcance del altercado.

—La hostia. Pasa que, por lo visto, también estuvo en Asturias cuando desapareció Teresa Yaner.

—¿Samuel Henares en El Sidrón?

—Fue a dar una conferencia, por eso no aparecía en los papeles que nos entregaron del yacimiento. No era personal fijo.

Rodrigo se bajó del coche al ver que la discusión se alargaba y se acercó al grupo.

—¿Y tú cómo lo sabes? —interpeló Silvia a la coordinadora.

—Porque hace poco le tuve que actualizar el currículum. Se lo habían pedido para una publicación, y vi el dato. Ayer lo contrasté con la web del yacimiento de Asturias y comprobé que siguen colgadas varias noticias sobre su charla.

—Eso quiere decir que pudo estar implicado en ese asesinato —dedujo la inspectora.

—No nos adelantemos —respondió Daniel—. Pero antes Galder, ahora Samuel…

La inspectora constató que Inés tenía una expresión asustada. El tema le venía muy grande.

—Inés, no deberías estar oyendo esto.

—Yo… Si queréis, me voy.

—No —la detuvo Silvia—. Vamos por partes. De momento, la prioridad es que nos lleves hasta el posible escondite de Galder. Después nos ocuparemos de lo de Samuel. ¿Vale?

—Sí, sí. Lo que digáis.

—Muy bien. ¿Nos seguís en tu coche? —preguntó mirando a Daniel.

—Olvídate de mi coche. Se ha estropeado. Vamos todos en este —propuso señalando el vehículo oficial camuflado.

A Silvia no le hizo gracia la opción de llevar en su coche a la coordinadora porque no iban a poder hablar de la investigación durante el trayecto, pero aun así era la opción más rápida.

—Muy bien, tengo que pedirte que apagues el móvil, Inés.

Ella obedeció de inmediato y Silvia se dirigió con prisas al vehículo.

—¿Por dónde se va? —preguntó.

—Hay que llegar hasta Ibeas de Juarros, y ahí coger la nacional 120 —explicó Inés siguiéndola—. Después, tenemos que tomar la comarcal que lleva a Santovenia de Oca, y desde ahí, os voy diciendo.

Silvia se puso al volante y Daniel se sentó detrás con Inés. Rodrigo se alegró de ir delante con su jefa. Nada más arrancar, Silvia lo miró. No tenían mucho tiempo.

—Tenemos que avisar a la Policía de Burgos para que nos ayude a cortar la carretera, y necesitaremos apoyo de varias patrullas. ¿Dónde podríamos citarlos, Inés?

—La población más cercana es San Juan de Ortega. Es muy pequeña, pero tiene una cantina y una placita.

—Quiero varias unidades allí de la mejor gente de la provincia en una hora, Rodrigo. Y avisa al comisario.

El inspector sacó su teléfono para hacer las gestiones.

Con una hábil maniobra, Silvia giró el coche hacia la salida de la Trinchera del Ferrocarril. Inés miró abrumada cómo se iban quedando atrás las instalaciones y aceptando que las próximas horas, pasase lo que pasase, iban a ser muy duras.

106

Pasado Santovenia de Oca, en lugar de ir hacia la carretera que llevaba al pueblo de Atapuerca, había que desviarse por la comarcal BU-701. A los pocos kilómetros empezaba, a ambos lados de la vía, una zona de bosques frondosos de *Quercus* y pinos con carteles de «Coto privado de caza». Silvia no podía evitar darle vueltas a lo difícil que iba a ser encontrar a Galder, a Paloma, su supuesta novia, y al otro estudiante desaparecido si de verdad estaban escondidos por allí.

Inés le indicó que siguiera hasta San Juan de Ortega. No quedaba mucho. Silvia observó por el retrovisor que tenía los ojos bajos y le pareció que cogía la mano de Daniel, y que este se la soltaba tras mantenerla agarrada unos instantes más de lo razonable. ¿Se la había cogido porque tenía miedo? ¿A un asesor de la Policía? ¿Tenían esa confianza? Silvia no dijo nada, pero las cosas empezaron a ordenarse en su cabeza. ¿Por eso había averiguado Daniel tanto sobre Galder? ¿Se lo había ido contando la coordinadora? Recordó la extraña llamada que no quiso hacerle desde su propio móvil, y que le pidió el suyo. Todo le resultó raro en esa conversación. Fue demasiado larga y juraría que escuchó a través del auricular cómo se reía Inés. ¿Habría algo entre ellos? Su intuición le decía que sí. Sintió cómo la poseía la indignación pensando en que Inés tenía tan solo veintidós años y era parte de la investigación. ¿Es que Daniel no podía contenerse ni una semana?

—Toda esta zona está llena de bosques —comentó Rodrigo mirando Google Maps en su móvil—. Si yo me tuviese que esconder, lo haría por aquí, eso está claro.

—Cuando lleguemos al pueblo —explicó Inés— veréis que hay dos posibles caminos. Son los únicos que tienen un arroyo con agua por la zona. Alguna vez los hemos recorrido en excursiones y hemos hecho vivac.

—Había un bar, ¿verdad? —quiso saber Silvia.

—Sí, una taberna. A la entrada del pueblo, cerca del monasterio.

—Pararemos como si fuésemos turistas y buscaremos un punto de encuentro discreto para reunirnos con las patrullas que vengan de Burgos. Después hablaremos con los vecinos para que se queden en sus casas.

—¿No vamos a llamar a los GEOS? —preguntó Rodrigo.

—Yo creo que no hará falta. Tendrían que venir desde Guadalajara… ¿Tú crees que Galder podría ir armado? —le preguntó a Inés.

—¿Te refieres con una pistola o algo así? No, no le he visto nunca con armas. Otra cosa es que tenga un cuchillo, flechas…

—Ya —respondió Silvia asumiendo que eso tal vez lo hiciese peligroso.

En otras circunstancias casi le habría supuesto una broma lo de las flechas, pero viendo al noruego y su inclinación a la violencia primitiva, ese dato no contribuyó a tranquilizarla.

—Estamos llegando —señaló Inés—. Es ese desvío de la derecha. Enseguida está el pueblo.

Silvia dirigió el vehículo por el camino indicado. San Juan de Ortega se encontraba a medio kilómetro, según señalaba el cartel. Las ruedas se agarraban al asfalto hirviendo, las hojas de los árboles apenas se movían. Los cuatro pasajeros compartían la misma sensación: Galder no se iba a dejar detener sin oponer resistencia.

107

A media tarde estaba todo preparado en las inmediaciones de la localidad de San Juan de Ortega, pedanía de Barrios de Colina. Al diminuto pueblo le había dado su nombre Juan de Quintanaortuño, religioso conocido con el mismo nombre del pueblo, y que había ayudado a los peregrinos que pasaban por ahí a principios del siglo XII siguiendo el Camino de Santiago, según apuntó Inés. Había construido un albergue para ellos, una capilla y un pequeño monasterio. Pero Silvia no tenía tiempo para datos históricos. Habían acudido cinco patrullas del CNP de Burgos. El comisario Mendoza les había asegurado que era personal de élite, capaz de resolver un problema como ese, y buenos conocedores de la zona. Otras dos patrullas cortarían las carreteras cercanas para evitar que nadie pudiera cruzar el perímetro sin ser detectado. Silvia y Rodrigo encabezarían la marcha junto a los demás policías nacionales. Inés y Daniel los acompañarían hasta un punto y después se quedarían con un agente a esperar acontecimientos, en previsión de cualquier circunstancia adversa. Silvia no se fiaba del comportamiento de Galder, pero tampoco las tenía todas consigo respecto a Inés. Tal vez pudiera ser más amiga del noruego de lo que confesaba y tratase de avisarlo. Por eso le había pedido que apagase el móvil. El resto seguirían por el camino hasta dar con los chicos.

Los investigadores habían tenido tiempo de hablar con la gente que vivía en las pocas casas de la localidad para explicarles su presencia y para corroborar que habían visto al grupo de jóvenes llegar la noche anterior. Habían estado en la taberna comprando pan y fiambre, iban equipados con bastante material en unas mochilas grandes y pesadas. La que había entrado al bar había sido Paloma Medina. La camarera la reconoció gracias a la fotografía de su expediente que les habían entregado en el yacimiento. Los dos chicos se habían quedado esperándola en el camino, pero un vecino afirmaba que los había visto. Un tipo como Galder llamaba la atención y no era fácil de olvidar.

Si habían llegado por la noche al pueblo, les había dado tiempo de matar antes a Gabriel. ¿Pero los tres habrían participado, o tan solo el noruego y después había embarcado al resto en esa aventura con la excusa de vivir una nueva experiencia que le sirviese a él para huir? Silvia se inclinaba por esta segunda opción.

Una vez confirmada la presencia de los fugados en las cercanías, y antes de ponerse en marcha, entraron en Google Maps para hacerse una idea del área por la que se iban a mover. Metieron las coordenadas en el ordenador portátil de Rodrigo: 42° 22" 33.12" N, 3° 26" 11.78" W. Eligieron primero la opción «Mapa», en la que solo figuraban los accidentes geográficos de manera sencilla y las carreteras y senderos amplios. Observaron cómo el arroyo de San Juan se bifurcaba en las cercanías de San Juan de Ortega. Inés les indicó que acostumbraban a ir más a menudo por el camino de la derecha, en el que el río transcurría más próximo al sendero, y que solían acampar en un claro que estaba como a dos kilómetros y medio del pueblo. Tras sopesar cuál iba a ser su recorrido, escogieron la opción «Satélite» para comprobar con una foto aérea lo que les estaba explicando la chica. Efectivamente, tras esos dos kilómetros y medio de bosques muy tupidos, había un claro sin árboles. Un lugar perfecto para montar unas tiendas de campaña, protegidos de la civilización, pero a la vez cerca de ella.

Antes de salir, Silvia dio instrucciones a otra patrulla de la Policía Nacional que todavía se encontraba en la capital para que se personase en la residencia donde se alojaban los tres estudiantes y, con la pertinente orden judicial, registrasen sus habitaciones. Ya habían comprobado que los tres habían apagado los móviles el día anterior, por lo que era posible que no los hubieran traído al bosque. El de Galder se desconectó incluso antes, aún en la residencia, la mañana en la que Gabriel había salido de la comisaría de Burgos.

Una vez estuvieron todos preparados para partir, Rodrigo recibió una llamada.

—Nada de móviles a partir de aquí. Tenemos que ir en silencio —ordenó Silvia.

Mientras todos comprobaban que tenían apagados los dispositivos, Rodrigo contestó al suyo porque era el comisario Mendoza. Silvia torció el gesto. Inés se situó detrás de Daniel buscando su protección. Silvia lo notó y estuvo a punto de hacer un comentario. Decidió que no era el momento de provocar un conflicto. Lo que no pudo evitar es que sus ojos se encontrasen con los del expolicía. Estaban una vez más a punto de localizar al culpable, y una vez más Daniel estaba con la cabeza en otro lugar. Tal vez no era ni había sido tan buen policía como todo el mundo pensaba. Como ella misma pensaba.

—Dice Mendoza que la forense ha empezado la autopsia de Gabriel Santos y que puede adelantarnos algunos datos —anunció Rodrigo tras colgar la llamada.

—¿Con qué lo envenenaron?

—Todos los indicios señalan que ha sido un suicidio.

108

«Pobre Gabriel, lo que ha tenido que sufrir», pensó Silvia. Encabezaba el grupo que salía del pueblo, abandonando el piso mal asfaltado y con gravilla y adentrándose por un sendero de tierra. La forense había encontrado restos de diazepam en el estómago de Gabriel. Por lo visto, eran las pastillas que le habían recetado días antes y que, según la madre, había comprado ella misma y que no encontraba por la casa. No sabía decir si su hijo las había cogido antes de salir. El suicidio también explicaría que no hubiesen movido el cadáver *post mortem.* Había llegado solo al cementerio, sin llamar la atención, y se había dejado caer encima de la tumba de su hermana, a la que tanto añoraba, para dejarse morir. ¿El suicidio cambiaba algo? Si Galder era inocente de la muerte de Gabriel, no quería decir que lo fuera de la de Eva. De hecho, simplificaba el caso. No habría que buscar un motivo para el segundo crimen. Ya no sería tan necesario encontrar la conexión entre el noruego y el chico. Aunque siguiese presente el cráneo del taxidermista como testigo mudo de esa relación tan extraña.

A unos doscientos metros, los esperaba el bosque. Ese bosque del que ya les había hablado Galder en aquella conversación en el Paleolítico Vivo, que debía de aterrorizar tanto al hombre prehistórico como para salir de él en cuanto pudo caminar erguido. La inspectora ya había experimentado esa soledad y ese terror bajo la lluvia a orillas del río Arlanzón justo antes de ser golpeada por Gabriel Santos cuando invadió su santuario.

Intentó desterrar esos pensamientos. Rodrigo caminaba detrás de ella sin perder de vista el dispositivo que llevaba en la mano. Entraron por fin en el bosque de *Quercus*. Primero dos agentes, tras ellos Silvia y el resto de los policías, protegiendo a Inés, que caminaba apenas un paso por detrás de Daniel. Silvia miró hacia ellos y la chica confirmó el camino a seguir. La inspectora hizo un gesto de silencio conminándolos a avanzar con tanto sigilo como les fuera posible. No sabían con qué Galder se podrían encontrar, si con uno confiado y hasta arriba de drogas practicando alguna suerte de rito ancestral, o bien con otro, ojo avizor porque temiese ser encontrado por la Policía.

Habían decidido llevar chalecos antibalas y eso dificultaba la marcha, a pesar de que entre la espesura el calor se amortiguaba. El sendero era muy estrecho y estaba invadido por ramas que complicaban el paso e impedían moverse en completo silencio. Silvia hizo un gesto a los que avanzaban por el flanco derecho para que se alejasen del camino y controlaran el riachuelo. Llevaba poco caudal, pero suficiente para saciar la sed de tres jóvenes que quisieran esconderse entre los *Quercus*.

A la inspectora le pareció oír un chasquido e hizo un gesto con el puño para que se detuvieran. Según el GPS, debían de estar a menos de cien metros del objetivo. Con todo el grupo detenido, se acercó a Inés.

—El claro está ahí adelante —susurró la coordinadora asustada—. No falta mucho.

—Daniel, quedaos aquí —ordenó Silvia, y miró a dos agentes para que los escoltasen hasta su vuelta.

Los otros ocho policías, Rodrigo y ella reemprendieron el avance. Inés dejó escapar un sollozo y se abrazó a Daniel, que se sintió incómodo, pero comprendió que a estas alturas no podía hacer nada sino aguantar el tipo sin demostrar ningún sentimiento.

—Tengo miedo —dijo ella.

—Tranquila. Todo va a salir bien —respondió Daniel.

Inés se abrazó más fuerte.

109

No encontraron a nadie en la zona despejada de árboles, ni rastro de que hubieran estado allí aquella noche. Ni tiendas de campaña ni marcas en el suelo que revelaran que las hubieran instalado y recogido después. Ni basura ni vestigios de fuego. Silvia ordenó a los agentes que se desplegasen en parejas para comprobar si alguien merodeaba en las cercanías. Ella se quedó con Rodrigo en el centro del claro.

Los policías cruzaron el arroyo y avanzaron hasta otros dos caminos que llegaban a las proximidades del calvero, pero tampoco vieron huellas del paso de los estudiantes. Cuando llegaron al arroyo de los Caños, descubrieron otro prado. No apreciaron señales de actividad humana reciente. El bosque limitaba con la carretera de Logroño. Más allá, los árboles daban paso a campos de cultivo, lo que imposibilitaba esconderse. Los agentes decidieron regresar al punto de encuentro.

Silvia y Rodrigo ya habían inspeccionado el camino de Pradoluengo sin éxito. Pensaron que lo más sensato era reagruparse. Volvieron a por los que se habían quedado atrás y encontraron a Inés más serena. Estaba sentada en el suelo esperando, mientras que Daniel y los dos agentes montaban guardia por si oían algo sospechoso. Una vez reunidos todos los integrantes de la partida, desanduvieron el camino hasta la entrada del pueblo, donde había mejor cobertura, e hicieron balance. Volvieron a cargar Google Maps en el portátil y alejaron la foto del satélite. Comprobaron que el claro apenas era un diminuto punto en la inmensidad de la vegetación que rodeaba el embalse de Alba, con el río Oca al este, la presa de Úzquiza al sur, y en el norte la carretera BU-701. Y que se podía llegar a las inmediaciones de Soria o incluso hasta La Rioja, tanto por la zona de Arnedo como por la de Nájera, sin salir del bosque. La búsqueda podía ser un trabajo ímprobo.

—Podríamos utilizar un helicóptero —propuso uno de los policías—. Aunque los árboles sean frondosos, podríamos avistar pequeños fuegos o campamentos.

—Pero también delataríamos nuestra presencia —afirmó Silvia desestimando la propuesta—. Sabrían que los estamos buscando.

—Tal vez un dron —apuntó el mismo agente—. Toman suficiente altura como para que no se vean desde tierra y no se oiga el motor.

—¿Tenemos de eso en la Policía? —preguntó escéptica la inspectora.

—No, pero ya hemos colaborado con algunas empresas para búsquedas de gente perdida.

—De acuerdo —aceptó Silvia—. Contactad con ellos, aunque de momento vamos a seguir nosotros. Si recorremos la zona que es abarcable caminando y no aparecen, nos plantearemos lo del dron.

El policía nacional asintió a la vez que Daniel se acercaba al grupo.

—Inés... —dijo señalándola— dice que pueden estar en el otro sendero. El río está más lejos, pero lo suficientemente cerca. Y lleva más agua.

Silvia se fue a buscar a la coordinadora, que la vio llegar con cara de pocos amigos y se levantó en un impulso defensivo sin fundamento. Seguía sucia, con la ropa de bajar a la Sima de los Huesos, la coleta, el chaleco antibalas que le pesaba y le daba angustia. Se sentía como pez fuera del agua.

—¿Estás segura de que pueden estar en esa parte del bosque?

—No, no estoy segura —respondió con recelo—, pero sé que a veces van de excursión por allí. Y está cerca. Si coges el camino de Villafranca de Oca, un poco más adelante hay una desviación de tierra que se acerca al arroyo de San Juan. En ese punto cambia el tipo de árbol. De una zona de repoblación forestal a otra más frondosa. No sé…, me parece un buen sitio para esconderse.

—Vale —aceptó Silvia—. Te vamos a hacer caso. Pero creo que deberíamos hablar un poco más tú y yo sobre Galder.

Inés asumió que no le quedaba más remedio que aceptar la propuesta.

—Y tal vez yo no sea tan benévola contigo como Daniel —añadió la inspectora—. ¿Has tenido algo que ver con Galder?

—Está a mi cargo, soy su coordinadora.

—¿Por qué lo elegisteis? Está fijo como personal de la excavación, y si era un tipo conflictivo…

—No es decisión mía. A Samuel le daba seguridad. Decía que era fuerte, decidido. Un líder natural.

—¿Samuel no veía que llevaba demasiado lejos todo lo relacionado con la prehistoria?

Inés hizo un leve movimiento de hombros.

—¿Tú no se lo dijiste?

—A ver, mi opinión tampoco es tan importante. Y Galder no parecía estar tan loco. Ha ido a más en los últimos meses. Antes era un tipo con demasiada energía, pero noble. Con una personalidad arrolladora.

—¿Te resulta atractivo? —preguntó la inspectora de sopetón. Le estaba costando conectar con la joven. ¿Sería por su aventura con Daniel?

—Sí, o sea, es guapo —admitió.

—¿Has tenido una relación con él? —preguntó la inspectora para confirmar sus sospechas.

—Fue un error. Nos acostamos una noche. Pero hace meses de eso.

—¿Y después?

—No significó nada. Pasamos muchas horas juntos, somos jóvenes.

—No me tienes que dar explicaciones si no tienen nada que ver con el caso. ¿Viste algo especial en su comportamiento? ¿Fue violento? ¿Te propuso hacer cosas inadecuadas?

—Es agresivo. Tiene un cierto grado de violencia que lo hace atractivo, pero conmigo no se propasó, desde luego. Tiene unas espaldas que impresionan, unos músculos…

—Ya te he dicho que no necesito ese tipo de detalles. Me refiero más bien a prácticas ancestrales, por llamarlas de alguna manera. A rituales. Hemos encontrado libros sobre el sexo en la prehistoria en casa de Eva.

—Lo sé.

—¿Por qué lo sabes?

La coordinadora miró a Daniel sin decir nada. Silvia se dio cuenta.

—Lo dijisteis en el interrogatorio a Galder en el Paleolítico…

—Sé lo tuyo con nuestro asesor, Inés —la interrumpió la inspectora.

Ella no pudo evitar ponerse roja de vergüenza y bajar los ojos para huir de los de su interlocutora.

—No me hace ninguna gracia. Velarde no debería haberse acostado contigo y ambos lo sabéis.

—La primera vez no sabíamos quiénes éramos —se excusó.

—La primera vez no lo sabíais —repitió la inspectora echando cuentas—. ¿Fue la noche que llegó él al pueblo?

—Supongo. Nos encontramos en un bar…

Silvia recordó que esa noche lo vio salir del hostal cuando abrió la ventana para intentar paliar el calor y pensó que Daniel se iba de Niebla, que no quería hacerse cargo de la investigación si ella estaba al frente. Pero a la mañana siguiente se lo encontró en la Trinchera del Ferrocarril hablando con Samuel. Y de mejor humor. Ahora creía saber por qué.

—Pero esto no es algo de lo que nos debamos ocupar ahora —explicitó la inspectora—. Volvamos a Galder. ¿Hasta dónde crees que podría llegar?

Inés inspiró todo el aire del que fueron capaces sus pulmones tratando de que eso la relajase. Le costaba responder a las preguntas, y la mirada inquisitorial de la inspectora no le dejaba mucho margen.

—Esto que te voy a contar… ni yo misma sé cómo interpretarlo —comenzó a decir—. Se lo he comentado antes a Daniel. Últimamente hablaba mucho sobre comer carne, como hacían los hombres del Paleolítico: cazada por él mismo, cocinada en una hoguera. Empezó con pequeños mamíferos, como conejos. Algún jabalí. Yo creo que por eso cazaron el bisonte, pero probablemente no pudieron llevar a cabo su plan completo.

—¿Y pensaba detenerse ahí? —preguntó la inspectora temiéndose algo peor.

—Estaba impactado porque había leído varios estudios sobre comer carne humana. —Hizo un gesto de asco, como si la idea le sonara todavía más terrible al expresarla en voz alta—. Nos había regalado a todos el libro ese de *Viven*. ¿Sabes cuál es?

Silvia recordó que Eva tenía en su estantería un ejemplar. No le dio importancia entonces, pero ahora podría tener relación con el crimen. Podía ser un regalo de Galder. Y a lo mejor también hablaba con Eva sobre canibalismo.

—¿Crees que de verdad quiere probar la carne humana?

Inés se echó a llorar.

—¿Por qué lloras?

—Una noche que estábamos en el monte haciendo vivac nos lo propuso —dijo entre sollozos—. Pensé que era por provocar. No le hicimos caso y, que yo sepa, no lo volvió a plantear. Al menos, no en grupo.

—¿Quieres decir que puede querer llevarlo a cabo?

—Yo… no quisiera ser Paloma, la chica que se han llevado al monte.

110

Empezaba a atardecer cuando el grupo llegó a la bifurcación que les había señalado Inés. A la derecha del camino de Villafranca de Oca salía una vereda que se adentraba en el bosque hacia el arroyo. Otro de los lugares habituales a los que le gustaba ir a Galder cuando quería perderse de la civilización. Pronto se haría de noche, y eso complicaría más la búsqueda, pero Silvia no quería retirar al equipo sin al menos comprobar esa zona. La coordinadora les indicó cómo seguir y dónde buscar, pero Silvia no creyó conveniente que los acompañase a partir de ese punto donde la maleza se espesaba. Si se encontraban con los chavales huidos, podría resultar peligroso. Inés se quedaría otra vez custodiada por dos agentes, además de Daniel, aunque este iba desarmado.

—No la perdáis de vista, ¿de acuerdo? —les ordenó Silvia—. A partir de aquí, en absoluto silencio —dijo al resto, y desaparecieron entre los *Quercus*.

Inés se sentó. Parecía agotada. Estaban siendo unos días intensos y terribles. Los policías que la custodiaban se separaron unos metros hasta la entrada del robledal para comprobar por dónde se habían alejado sus compañeros, y Daniel aprovechó aquel momento de intimidad para agacharse a su lado.

—Lo sabe. Y no le ha sentado muy bien —comentó ella.

—Ya me he dado cuenta —respondió Daniel intentando no añadir ninguna emoción a sus palabras.

—Tuvisteis algo en el pasado, ¿verdad?

—De eso hace mucho.

—El caso es que es una tía estupenda. Eso se ve. Fuerte, segura. Mira a todos esos hombres dependiendo de ella.

—Bueno, en eso consiste ser jefa de una investigación policial.

—Si fuiste tú el que lo dejó, te equivocaste —sentenció Inés con la mirada perdida en el camino—. Pasara lo que pasase.

Daniel se olvidó de dónde estaban y de qué estaban haciendo en ese cruce de caminos y se transportó a seis años antes, a la discusión en la que ella le dijo que estaba embarazada, en lo injustos que fueron sus pensamientos acerca de las intenciones de su compañera. Pero el pasado ya no se podía alterar. Ni el dolor producido.

—No te preocupes por mí, asumo mi papel —aseguró Inés sacándolo de su ensoñación—. Ha estado bien, la verdad. Dentro del horror de lo que ha sucedido, conocerte ha sido un soplo de aire fresco en este círculo cerrado en el que vivo desde hace demasiado tiempo. Cuando sea mayor me acordaré de este verano, y en ese recuerdo estarás tú como lo único que mereció la pena.

Daniel no supo si debía sonreír. El romanticismo adolescente lo descolocaba. Inés le había demostrado ser más que eso, más que una aventura con tres polvos originales. Él tampoco la iba a olvidar.

—Es posible que ahora encontréis a Galder y todo se acabe —añadió Inés—. Al menos, prométeme que podremos despedirnos.

Daniel asintió.

—Porque Galder está en este bosque —dijo la joven—. Noto su presencia…

Silvia daba órdenes mediante un sencillo sistema de signos para que los policías se desplegasen. Habían llegado al arroyo, que llevaba más agua de la que esperaban. Marcó dos equipos para recorrer ambas orillas. El sol había descendido y atravesaba ya las copas de los *Quercus* filtrando la luz anaranjada entre las hojas. Avanzaron en dos grupos hasta que, unos pasos más adelante, descubrieron unas bolsas de plástico en el suelo. Se detuvieron. No contenían nada, pero estaban limpias, por lo que no podían llevar ahí mucho tiempo. Silvia se concentró en escuchar los sonidos del bosque. Oía murmullos en la espesura, pero podían deberse a pequeños animales, incluso a una ligera brisa que se había levantado al descender la temperatura. El sol también bajaba cada vez más deprisa. Silvia dio la orden de continuar en absoluto silencio. Los tres estudiantes podían estar cerca y no sabían si estarían esperándolos.

Una mochila pequeña azul apareció en la orilla del arroyo. Rodrigo se agachó a mirarla. Contenía unas barras de pan. Podían ser las que habían comprado el día anterior en el pueblo. Entonces, algo se movió a su espalda. El sonido de ramas se hizo más evidente, como si un cuerpo se frotase contra ellas. Si era un animal, tenía que ser uno grande, lo que complicaba la situación. «Un jabalí, tal vez», pensó Silvia mientras levantaba la pistola apuntando al horizonte oculto tras cientos de troncos. Rodrigo la chistó bajito. Silvia miró hacia donde indicaba el inspector y le pareció ver entre la maleza un cuerpo que se movía. Hizo una señal para que todos se pararan y ella se acercó rodeando una mata de arbustos. Rodrigo la siguió. Oyeron con más nitidez unos gemidos entrecortados. Al apartar el ramaje, la inspectora contempló algo que la dejó paralizada: la chica a la que estaban buscando, probablemente Paloma Medina, desnuda y cubierta de sangre, avanzaba sin rumbo fijo, como si se tratase de una alimaña. Silvia miró a sus compañeros para que se preparasen por si Galder estuviera cerca y todos levantaron sus armas, controlando los 360 grados.

Silvia siseó bajito para llamar la atención de la chica. Esta la miró trémula. Sus ojos estaban idos, desorientados, y daba la sensación de que también sangraba por la boca. Silvia bajó su arma, miró a Rodrigo para indicarle que siguiera atento y abrió los brazos como invitando a la chica a acercarse. Esta rompió a llorar, o algo similar difícil de definir, y se abalanzó sobre la inspectora. Silvia la recibió contra su pecho, impregnándose de su sangre. La abrazó con fuerza.

—Ya está… —susurró—. Somos la Policía. Estás a salvo.

Le dio la impresión de que sus palabras surtían efecto y que se acurrucaba en su abrazo, pero, cuando más confiada estaba, la joven le lanzó una dentellada feroz buscando su cuello. Silvia reaccionó apartándola, por lo que la agresora solo alcanzó su hombro con la boca, pero lo mordió con rabia. La inspectora, instintivamente, la golpeó en el vientre, y Paloma se dobló sobre sí misma. Lejos de caer, se irguió y la atacó arañándola en la cara con furia, como si fuera una bestia imposible de contener.

Rodrigo asistía impactado a aquella escena: la chica completamente desnuda y ensangrentada, poseída, chillando y atacando a la inspectora, que la sujetaba como podía. Por fin el inspector reaccionó, la agarró por la espalda y tiró de ella derribándola. Ya en el suelo trató de inmovilizarla. Con la ayuda de Silvia, consiguió ponerle las esposas en las muñecas. Habían hecho mucho ruido; si Galder estuviera por las inmediaciones, habrían delatado su presencia.

El agente que había avanzado más lejos por la orilla del arroyo llamó la atención del resto. Estaba lívido. Silvia dejó a la chica en manos de un colega, que consiguió meterle un pañuelo en la boca para que dejase de gritar, y se acercó hacia la ribera. En una pequeña pradera vio una pira preparada para ser encendida. Suspendido de un árbol, a un metro de altura sobre los troncos apilados y abierto en canal, se encontraba un chico que no podía ser otro que el compañero de Galder. Le colgaban las tripas y sangraba.

Ya estaba muerto.

111

Un crujido de ramas llamó la atención de Daniel, que continuaba sentado al lado de Inés, ahora en silencio. Se levantó y trató de aguzar el oído. Los dos agentes también lo habían percibido y sacaron las pistolas, aunque las mantuvieron apuntando al suelo. Inés también se sobresaltó. Daniel la cogió del brazo y la colocó detrás de él, dispuesto a protegerla a pesar de no llevar su revólver. El sol se había ocultado, la penumbra empezaba a cubrir la vegetación y no era sencillo distinguir las sombras de la hojarasca de figuras animales o humanas. Uno de los policías se adentró unos pasos entre los robles, saliendo del camino, mientras el otro le cubría. En ese momento, un zorro surgió de los matorrales corriendo despavorido y atravesó el sendero a toda velocidad para ir a esconderse entre los matojos del lado opuesto. El sobresalto inicial se transformó en sonrisa entre los cuatro. El raposo estaba mucho más asustado que ellos.

—Es difícil ver un zorrito —explicó Inés—. Son muy esquivos, pero preciosos.

Daniel le hizo un gesto con la mano para que no hablase y ladeó la cabeza buscando si de verdad ese era el origen de lo que había oído unos segundos atrás. El policía que había entrado en el bosque regresaba al camino cuando una sombra fugaz arremetió contra él. El agente cayó a plomo. Daniel no había visto bien qué había sucedido. La zona era frondosa y oscura, pero el sonido se desplazaba con rapidez hacia donde estaban ellos. El segundo policía levantó el arma. No tuvo tiempo de disparar.

Una lanza artesanal con la punta de sílex atada a la madera se clavó en su muslo derecho y lo derribó.

Antes de que Daniel e Inés pudieran reaccionar, Galder, desnudo, con el cuerpo pintado y una expresión feroz, surgió de entre la maleza y se arrojó contra ellos. Daniel tuvo el tiempo justo de empujar a la chica para quitarla de en medio y recibir él la embestida del noruego, que estaba fuera de sí, bajo el efecto de las drogas. Galder y Daniel rodaron por el sendero. El impacto había sido brutal, y a pesar de estar en plena forma, Daniel acusó el golpe y se sintió mareado. Galder le empezó a pegar sin darle ni un respiro. Al tercer puñetazo, Daniel consiguió esquivar el ataque de su oponente, que chocó su puño contra el suelo aullando como una bestia. Daniel aprovechó la ocasión para voltearlo y levantarse. Seguía atontado y sangraba por la nariz, pero intentaba que su mente trabajara deprisa para valorar sus opciones. Con el noruego aún tendido, le lanzó una patada a las costillas que sonó a huesos rotos. A pesar de eso, Galder se incorporó. No sentía el dolor. Daniel fue consciente de que la pelea era desigual no solo por la envergadura de su enemigo, sino porque este estaba completamente fuera de sí. Era imparable. Le lanzó dos puñetazos cruzados que le hicieron mella. Al intentar colocar el tercero, Galder se lo desvió con el antebrazo. Eso hizo perder pie a Daniel, que trastabilló. Galder le golpeó el costado y lo dejó sin aliento, para después asestarle un puñetazo que lo derribó.

Inés chilló aterrada. Daniel tuvo un segundo para ser consciente del peligro que corría también ella.

—¡Vete! —chilló.

Galder rugía como una fiera mirando a su rival en el suelo, que continuaba aturdido y con la sangre que le caía sobre los ojos impidiéndole ver en condiciones. El noruego encontró una piedra de gran tamaño y la alzó para golpearlo. A pesar de su visión borrosa, Daniel se preparó para esquivarla. Tensó todos los músculos del cuerpo, decidido a seguir plantando batalla. En ese instante ambos oyeron una detonación seca, y Galder se estremeció dejando caer la roca sobre el expolicía, que consiguió que no impactase en su cabeza gracias a un ágil movimiento.

Galder se desplomó entre estertores, gruñendo como un depredador herido. Daniel se sentó. Lo primero que vio fue a Inés, a varios metros de distancia, que se daba la vuelta a ver qué había sucedido y miraba después hacia la entrada del bosque. Él también dirigió sus ojos hacia allí y vio cómo el agente que tenía la lanza clavada en la pierna había sido capaz de disparar al agresor con su arma reglamentaria justo antes de desmayarse. Daniel tomó aire intentando que el oxígeno se entremezclara con la sangre que manaba de su boca y lo ayudara a mover los músculos. Se levantó con gran esfuerzo. Miró a Galder, que parecía gravemente herido, atravesado sobre el sendero. Era la imagen de un hombre primitivo, salvaje. Después miró hacia el interior del bosque y gritó con toda la fuerza que le permitieron los pulmones:

—¡¡Silvia!!

112

Todo sucedió de forma vertiginosa a partir de ese momento. En el dispositivo que había preparado la Policía había tres ambulancias y enseguida llegó una cuarta. La primera, una UVI móvil, recogió a Galder Vinter tras conseguir estabilizarlo. Su destino era el hospital de Burgos donde había estado ingresada Silvia días atrás, para ser intervenido de urgencia. Rodrigo se montó con él, y dos patrullas de los nacionales los escoltaron. El inspector había llamado por teléfono a los agentes que habían registrado el dormitorio del noruego y que habían encontrado su móvil. Otro iPhone X. Rodrigo pensó en toda esa generación de jóvenes hambrientos de tecnología cuyas vidas a veces parecían girar en torno a sus dispositivos electrónicos, haciendo lo imposible por adquirir el último modelo. En cierta forma él, que solo les sacaba unos pocos años a esos estudiantes, era parte también de esa generación. Y tal vez estuviera tan obsesionado como ellos. Dio las órdenes precisas para que le hicieran llegar el móvil lo antes posible a la entrada del hospital donde debía ser operado Galder de la bala que tenía alojada cerca del corazón.

La segunda ambulancia transportaba a Paloma Medina al mismo hospital tras administrarle un calmante. El agente con la herida de lanza en el muslo sufría un corte feo y sangraba abundantemente, pero no había afectado a ningún órgano vital. El otro policía, el primero en ser atacado en el bosque, tenía una fuerte contusión en la cabeza, de la que estaba siendo examinado por el personal de la cuarta ambulancia, pero había recobrado el conocimiento y parecía orientado. Nada se podía hacer por el tercer estudiante, que esperaría colgado del árbol hasta la llegada del juez.

La cura de los arañazos en la cara de Silvia y las posibles lesiones de Daniel tendrían que esperar. No eran graves, aunque sí dolorosos. Peor pinta tenía el mordisco en el hombro de la inspectora, donde se veía claramente la marca de los dientes. Y sangraba. La pareja estaba sentada en los bancos del merendero para turistas situado en la calle de la Iglesia, enfrente de la puerta del monasterio de San Juan de Ortega.

—Ha estado cerca de la yugular —dijo señalando el cuello.

—Se lo iban a comer, Daniel —le respondió esta sacudiendo, incrédula, la cabeza—. Lo habían matado y lo tenían colgado de un árbol.

—Ahora bajaré a verlo.

—Créeme, te lo puedes ahorrar.

—Bajaré ahora —insistió él—. Quiero comprender por qué los seres humanos son capaces de comportarse así.

—Estaban hasta arriba de drogas.

—Sí, pero las tomaron buscando que les dieran las fuerzas necesarias para esta barbaridad.

A ambos les resultaba evidente que así había sucedido. Una elección libre de dos personas que habían engañado a una tercera hasta llevarla a un lugar recóndito donde asesinarla para probar la carne humana. Salvo que la víctima no iba a ser Paloma, sino el amigo. Lo tenían preparado desde hacía tiempo. ¿Cómo habría convencido Galder a la chica para que participara en algo así? ¿O ella misma había sido capaz por sí sola de tanta crueldad?

—Si muere Galder —dijo Daniel—, tal vez nunca sabremos exactamente lo que pasó, o si Samuel tuvo algo que ver. Será complicado de demostrar.

—A ver qué nos dice la novia del noruego.

—En cualquier caso, tienes a tu asesino. Yyo apostaría a que también mató a Teresa Yaner. Tal vez con alguna colaboración del taxidermista, de Carlos Béjar, al que mató para no dejar pistas. Y después quemó la casa de su abuela en mitad del bosque.

—Y conservó el cráneo, que no se te olvide.

Ambos se sumieron en sus propias meditaciones hasta que él se preguntó en voz alta:

—¿En qué punto de la evolución nos convertimos en asesinos?

No tenían respuesta para eso. Se levantaron y fueron hacia los coches patrulla aparcados enfrente del monasterio. Las tres campanas de la iglesia sonaron a coro. Eran las once de la noche.

—Tienes que curarte esa herida —recomendó Daniel.

—A ver si voy a coger la rabia después de todo…

Silvia intentaba mantener el buen humor a pesar de las circunstancias.

—Y ahora, cuando vuelvas a Madrid, ¿qué vas a hacer? —preguntó la inspectora.

—Tengo que ir a Ibiza a coordinar la seguridad de las vacaciones de mi presidente —contestó Daniel.

—¿Y no te da pereza?

Daniel pensó en el verano que le esperaba protegiendo a la cúpula de su organización: Ibiza, locales de lujo, yates desproporcionados, fiestas de la alta sociedad.

—Me da una pereza enorme —aceptó—. Pero hasta que lo has preguntado no lo había pensado. ¿Y tú? Seguro que te dan una medalla o algo.

—Pero será no pensionada —dijo con una sonrisa lacónica—. También tengo que tomar algunas decisiones sobre lo que quiero hacer con mi vida. Cuando vuelva a mi casa, Juan ya no estará. No sé todavía si lo voy a echar de menos.

Estaban agotados, doloridos, tristes, sobre todo por Gabriel, por el estudiante muerto y por los policías heridos, pero satisfechos por haber resuelto juntos lo que no pudieron esclarecer hacía seis años. Y por haberse reencontrado. Se debían a sí mismos terminar un buen trabajo sin discutir, sin odio, sin rencillas. Se debían un abrazo. Profundo.

Se lo dieron, aunque duró poco.

—Tal vez nos podamos ver algún día en Madrid —propuso Daniel al notar que Silvia se separaba.

—No lo fuerces. A lo mejor es preferible quedarnos con este recuerdo.

—Es posible —asumió Daniel mirándola a los ojos—. ¿Te arrepientes de lo que pasó hace seis años?

113

Nacional I, cerca de Madrid
Seis años antes (2012)

Quince días después de localizar el incendio en la sierra de Pesquerín en el que ardían las supuestas pruebas del asesinato de Teresa Yaner, los inspectores Daniel Velarde y Silvia Guzmán dieron por cerrada su investigación sobre el terreno sin poder encontrar al presunto culpable. El coordinador de la excavación de la cueva de El Sidrón, Guillermo Garrido, había sido puesto en libertad unos días antes y todos los cargos contra él fueron retirados por la inconsistencia de las pruebas. El máximo sospechoso del crimen se hallaba en paradero desconocido desde el día del incendio. El caso quedó abierto, y activada una orden de búsqueda y captura contra Carlos Béjar.

En el registro de la casita a nombre de la abuela del sospechoso solo pudieron examinar algunos muebles y objetos personales. Nada incriminatorio contra el desaparecido. De los numerosos animales disecados, apenas encontraron los cráneos: lobos, zorros, ciervos, gamos, jabalíes... También algunas rapaces, cuya caza estaba prohibida. Solo había quedado la estructura de una cama y de un sofá, varias bombonas de butano vacías, unas estanterías de acero galvanizado, una silla metálica rota, una vajilla y otros utensilios de cocina. En el exterior hallaron algunas cuerdas que los investigadores pensaron que podrían ser las mismas con las que ataron a la víctima. Pero los restos no calcinados no coincidían con las heridas de las muñecas y los tobillos que presentaba Teresa Yaner.

La chica del pueblo que había desaparecido había sido hallada en las fiestas de una localidad vecina tres días después.

—Silvia... —dijo Daniel unos kilómetros antes de llegar a Madrid de regreso en el vehículo oficial—. He decidido dejar la Policía Nacional.

La inspectora, que hasta ese momento había permanecido contemplando el paisaje otoñal y reprimiendo las ganas de llorar mientras pensaba en la víctima, se volvió sorprendida, pero no acertó a decir nada. Daniel completó la explicación que tenía preparada de antemano:

—He aceptado el trabajo que me ha ofrecido una empresa privada para hacerme cargo de la seguridad de su presidente. Llevan mucho tiempo insistiendo y he pensado que ahora es lo mejor que puedo hacer a nivel profesional.

—¿Y a nivel personal? —preguntó la inspectora.

—También. Creo que nos vendrá bien la distancia, tú podrás rehacer tu vida como quieras ahora que has tomado la decisión...

—No lo digas —pidió ella consiguiendo no llorar.

Daniel la miró sin comprender por qué no debía mencionar que no pensaba continuar con el embarazo. Tal vez no nombrarlo era como si no existiese el conflicto, como los animales que piensan que, si ellos no te ven a ti, tú no los ves a ellos.

—¿Y cuándo te vas? —preguntó ella.

—En cuanto entreguemos los informes a Mendoza. Ya he hablado con él. Por supuesto, ha intentado convencerme para que me quedara, pero lo tengo decidido.

—¿Y te apetece el trabajo?

—Lo veo como un reto. Y no te oculto que los sueldos no tienen nada que ver con los de inspector de Policía.

—Pero esto te gustaba, pensé que era tu vida.

—Lo ha sido muchos años, pero hay que aceptar las oportunidades que surgen, Silvia. Puede que no vuelvan a pasar. Tengo ya casi cuarenta años y es el momento de cambiar de aires. Aquí he resuelto la mayoría de los casos importantes que he investigado. No este último...

También a él le pasaba como a los animales, que esconden los ojos y no el resto del cuerpo.

No volvieron a hablar hasta la comisaría. Las últimas dos semanas en Asturias habían sido un infierno de reproches que se arrojaban el uno al otro en una agotadora búsqueda de culpables. Llegar tarde al incendio, no encontrar pruebas incriminatorias, perder los nervios, que el taxidermista hubiera desaparecido delante de sus narices. Un posible bebé. Un futuro para el que no estaban preparados.

No dijeron más.

Y pasaron seis años.

114

La ambulancia que llevaba a Galder giró en la rotonda de acceso al Hospital Universitario de Burgos. El equipo de Policía que había registrado su dormitorio de la residencia estaba esperándolos desde hacía unos minutos en la entrada de urgencias, en la que también estaba listo un equipo de sanitarios para intentar salvar la vida del noruego. La UVI móvil se detuvo y se abrieron las puertas. Los técnicos de transporte tiraron de la camilla, que automáticamente desplegó sus patas metálicas con un chasquido seco. Rodrigo se bajó con ellos y corrió al encuentro de sus compañeros, que le dieron el móvil encendido, pero bloqueado y metido en una bolsita de plástico. La camilla con Galder entraba ya en la zona de quirófanos. El inspector corrió con el dispositivo en la mano y les pidió que esperaran. La médica que se iba a hacer cargo del paciente no obedeció y el grupo traspasó la zona exclusiva para personal del centro. Rodrigo no se detuvo y los persiguió hasta alcanzarlos.

—¡Soy policía! Necesito un momento al paciente —dijo imperativo a la vez que enseñaba la placa.

—Está muy grave, no podemos perder tiempo —le respondió la doctora.

—¡Espere! —ordenó, y, ante el desconcierto general, colocó el móvil sobre la cara de Galder, que abrió los ojos en un estado de seminconsciencia durante un segundo.

El sistema identificador de Apple empezó a trabajar y el aparato se desbloqueó, dejando libre acceso a toda la información que contenía.

—Lo tengo —dijo el inspector ante la sorpresa del personal médico, que prosiguió su marcha en cuanto el policía se hubo quitado de en medio.

115

Silvia, con las heridas del rostro curadas y el hombro vendado, entró en su habitación del hostal sintiendo el vértigo de lo que había sucedido en las últimas veinticuatro horas. Habían detenido al asesino, pero el precio había sido muy alto: el suicidio de Gabriel, la muerte del compañero de Galder, que estuvo a punto de ser canibalizado, la gravedad de las heridas del propio noruego y el estado mental en el que habían encontrado a su novia. Por no mencionar la fea herida de lanza del policía, el traumatismo craneoencefálico del otro, los golpes que había recibido Daniel y ella misma. Y los padres de los hermanos Santos, que jamás se podrían recuperar de sus pérdidas. Pensó en un mensaje que le transmitieron en su día en la Academia: el mundo es complicado, pero tenemos que intentar que sea un poco mejor gracias a nuestra intervención. ¿Se había conseguido en este caso? Era probable que sí. Si no hubiesen detenido a Galder Vinter, habría seguido creciendo en su locura. Pero eso no la hacía sentirse mejor.

Temía quedarse dormida. Si ya solía tener pesadillas, no quería imaginarse lo que iba a pasar por su cabeza durante esa noche. Pero estaba tan cansada que se tumbó vestida en la cama, con la televisión de fondo.

Y se durmió. Sin pensar en Daniel ni en Juan. Tan solo con las víctimas en su cabeza.

Daniel estaba dolorido por la pelea con Galder. Por muy fuerte y entrenado que estuviera, la brutalidad del noruego le había resultado devastadora. Aunque te creas duro y seguro de ti mismo, siempre puede ocurrir algo para lo que sea imposible estar preparado. Una fuerza de la naturaleza. De eso debían de saber mucho los hombres prehistóricos. Pensó en Samuel, al que tanto había admirado esos días en Atapuerca, y le entraron dudas. No podía haber participado en nada de lo que había sucedido. No lo podía admitir, a pesar de las diferencias que habían tenido en su última conversación sobre la especie elegida. A la mañana siguiente lo habían citado para interrogarlo.

Y pensó en Silvia y en Inés mientras seleccionaba su ropa para ir metiéndola en la maleta. Después de que interrogasen a Samuel por la mañana había decidido marcharse de Niebla. Su jefe lo estaba presionando para que volase directamente a Ibiza a preparar el mes de agosto y los primeros viajes de septiembre a Caracas, 24 grados a esa hora, y al distrito autónomo de Janti-Mansi, 19 grados de máxima en julio. Cuando llegó a Niebla no pretendía quedarse, y menos con Silvia como investigadora principal. Solo quería quedar bien con el juez, volver a ver a su examante por curiosidad y después marcharse. Pero el día a día lo había ido transformando, y el silencio de la cueva le había recordado cuánto le llenaba la investigación, el descubrir quién lo hizo y por qué, completar el puzle, desentrañar la violencia del ser humano. Y redescubrir a Silvia, que le pareció una persona nueva con todo lo positivo que tenía la antigua, sumada una mayor madurez, una personalidad más fuerte, más decidida. La admiró. Él había hecho una carrera muy brillante fuera de la Policía, su jefe estaba contento con él, había ganado mucho dinero, pero había llegado un punto en el que su trabajo le aburría: más viajes a Argentina, Venezuela o los países árabes, más medidas de contravigilancia para evitar los intentos de escuchas de los competidores, más negociaciones con otros servicios de seguridad para pactar las condiciones de los encuentros.

Se miró al espejo y la imagen que le devolvió daba lástima. Objetivamente. Pómulo hinchado, ceja partida y ánimo cansado. Y entonces se acordó de Inés. No pudo evitar pensar que tal vez la hubiera utilizado. Se había equivocado acostándose con ella, pero cuando se la encontró la primera noche no podía saber quién era, ni si él se iba a hacer cargo de asesorar el caso. Eso se decía a sí mismo como excusa. Tenía que reconocer que la joven le excitaba, y había algo que le hacía sentirse conectado a ella a pesar de su juventud y de su inocencia. Le sorprendía por sus ganas de probar cosas, por su mente despierta, deseosa de conocimientos, por no tener nada que lastrase sus deseos. Por ser joven y no tener pasado.

O eso creía él.

Rodrigo entró en su habitación del hostal de Niebla nada más llegar del hospital de Burgos. Dudó sobre si debía avisar a sus compañeros de que había conseguido desbloquear el móvil de Galder, pero eran más de las dos y media de la mañana. Habían quedado a las ocho en el desayuno y podía esperar hasta ese momento para darles la noticia. Se sentía pletórico: al fin tenían al responsable. Después de tantos días de incertidumbre, comenzaba a sentir que todo encajaba, que merecía la pena. Aunque había presenciado horrores que jamás podría olvidar, como aquel chico colgado con las tripas fuera, el olor de las vísceras, la sangre sobre la tierra, sobre los troncos de la hoguera en la que iban a asarlo. Su primera investigación de asesinato había sido mucho más dura de lo que había previsto.

Pensó en las equivocaciones que había cometido, en si había merecido la pena tomar el camino fácil para descubrir los metadatos de las fotografías prehistóricas, y si eso le podía traer problemas disciplinarios. Lo desterró de su mente, ya tendría tiempo de preocuparse cuando regresasen a Madrid.

Y pensó en Silvia. Había querido trabajar codo con codo con ella desde que la vio en la Academia dando una charla en vaqueros y con la cola de caballo, y al fin lo había conseguido. Lo que no se esperaba era darse cuenta en el camino de que él todavía era un niñato y ella toda una mujer capaz de llevar un equipo en un caso tan complicado como había sido ese. Pronto volverían a la UDEV y se acabaría esta especie de burbuja en la que habían vivido los últimos días. ¿Volverían a trabajar juntos en algún caso así? ¿O se tendría que conformar con saludarla por las mañanas y, como mucho, compartir un café con ella en la máquina?

Por un instante deseó que el caso no terminase, que hubiera una nueva conexión, algún cabo suelto para continuar en Burgos junto a ella…

116

Día 10

A Daniel se le hacía extraño haber tenido que citar a Samuel Henares en la comisaría de Burgos para interrogarlo. Lo consideraba una eminencia. Antes de entrar en la sala en la que ya esperaba el paleontólogo, Rodrigo, que se había quedado toda la noche haciendo los deberes, les mostraba unos folios con el contenido de la conferencia que el director de Atapuerca había impartido en Asturias el día anterior a la desaparición de Teresa Yaner.

—La tituló «Los príncipes de la prehistoria». Habla de una época mítica para el ser humano, en la que dominaba la Tierra, antes de la llegada de la ganadería y la agricultura.

Silvia la hojeó curiosa. Después miró a sus dos compañeros de investigación con cierta solemnidad.

—En esta ocasión entraremos los tres al interrogatorio.

Ambos asintieron a sabiendas de que se trataba de un momento importante. Era un reconocimiento a que el equipo había funcionado a pesar de las diferencias iniciales.

Samuel los esperaba sentado en una triste silla metálica. Un neón, que parpadeaba sin una cadencia fija, iluminaba la sala. El director del yacimiento estaba sereno, nada hacía presagiar que temiese por su libertad. Tras saludarse con educación, Silvia fue al grano:

—No nos dijo que estuvo usted en Asturias hace seis años, coincidiendo con la desaparición de Teresa Yaner, la chica que luego encontramos asesinada en la cueva de El Sidrón.

—No lo consideré relevante, ya que no tenía nada que ver con lo que ocurrió allí —respondió con amabilidad el director de la excavación.

—Eso es algo que deberíamos decidir nosotros, ¿no cree? —preguntó la inspectora.

—¿Qué quieren saber?

—¿Conoció usted a Galder entonces?

—No, estuve solo veinticuatro horas. Quizá algo más. Y había mucho público en la conferencia. Aunque recientemente me dijo que él sí había asistido.

—¿Por qué cree que se lo dijo? —quiso saber Silvia.

Rodrigo y Daniel aguardaban en un rincón de la sala, silenciosos y expectantes, la respuesta del director.

—Se quedó impresionado con algunas cosas que conté.

—¿Como cuáles?

Samuel Henares se irguió en la silla.

—Hubo una época en la que los *sapiens* fuimos realmente especiales. *Los príncipes de la prehistoria,* los llamé entonces. Aunque realmente debí decir *los príncipes del Paleolítico Superior,* porque me refería al periodo comprendido entre el 40.000 y el 10.000 antes de nuestra era, pero quedaba demasiado largo.

—Tenemos su conferencia —aclaró Rodrigo.

Samuel Henares se sorprendió por el dato, pero tampoco le dio mayor importancia.

—Pues entonces ya conocerán mi tesis, también defendida por muchos otros expertos. En esa época éramos altos, fuertes, seguramente mucho más guapos que ahora. Con un físico brutal. Nos seducía la estética, decorábamos las cuevas, nos adornábamos el cuerpo. Temíamos a lo desconocido y lo pintábamos. Había misterio. Los antepasados difuntos convivían con nosotros a veces con naturalidad y a veces con temor, según la conciencia de cada uno. Vivíamos en armonía con el entorno, sin más límites que la propia naturaleza, cazábamos lo que necesitábamos, nos cazaban otras especies si podían. Era un mundo justo, sin necesidad de leyes y normas.

—Sin tablas de la Ley —apuntó Daniel.

La mirada penetrante de Samuel le hizo sentir cierta incomodidad.

—A partir del Neolítico todo se torció, señor Velarde. Estoy de acuerdo con las teorías que dicen que no fuimos nosotros los que domesticamos el trigo y las vacas, sino que ellos nos domesticaron a nosotros. Nos usaron para prosperar, para multiplicarse.

—También nosotros nos multiplicamos —expuso Daniel.

—Pero ¿a qué precio? Empezamos a necesitar leyes rígidas para convivir, prohibiciones, hoy en día imprescindibles; disminuyó nuestra estatura, empezaron las enfermedades endémicas, ya no había que ser imponente para subsistir, podía hacerlo casi cualquiera —el director de Atapuerca hablaba con pasión y con melancolía de una época que no había vivido, pero que idealizaba con los datos que había estudiado.

—Pero aun así continuamos siendo violentos.

—La violencia es fruto de la selección natural, contribuyó a traernos hasta aquí, aunque ahora nos avergoncemos de ella y no sepamos bien cómo manejarla. Pero la violencia está, literalmente, en nuestro ADN.

El silencio se adueñó de la sala de interrogatorios. El eco de las palabras de Samuel rebotaba en la mente de los investigadores, que trataban de evaluar la trascendencia de su hipótesis. ¿Podremos liberarnos algún día de esa violencia?

—Fuimos príncipes, señor Velarde —continuó el director de la excavación con su tono vehemente—, reyes, y ahora somos vacas amansadas. El precio de este supuesto triunfo como especie es la mediocridad. La falta total de libertad.

—Por eso le gusta Galder —dedujo el asesor de la Policía.

—Galder es diferente. Tiene la fuerza y la osadía de los *sapiens* de hace 35.000 años, de los neandertales.

—¿Sabe que ha resultado herido de gravedad?

—Sí, me lo ha dicho Inés. Espero que se recupere. —Traslucía que estaba afectado.

—¿Conocía lo que estaba haciendo? ¿Lo que iba a hacer? —preguntó Silvia mirándolo directamente a los ojos.

—No —respondió tajante.

—¿No cree que pudo inspirarse en sus teorías?

—Los mediocres necesitan límites. Normas que les muestren lo que está bien y lo que está mal. Nuestra sociedad trata de reprimir la violencia haciéndonos sentir culpables, en vez de conocerla y aprender a asumirla. Y Galder no es así. Él comprende nuestra naturaleza, la lleva en su sangre. Es un príncipe. ¿Quién puede juzgar eso?

117

Salieron muy confundidos del interrogatorio y no del todo de acuerdo entre los tres.

—Sabe más de lo que dice —se atrevió a afirmar Rodrigo rompiendo el silencio—. ¿Quiere que lo investiguemos más a fondo, jefa?

—¿Por qué? —interrumpió Daniel con ironía—. ¿De qué le íbamos a acusar? ¿De odiar a los mediocres?

A Rodrigo no le gustó el comentario, pero no se enfrentó al asesor. No quería romper el buen ambiente que había surgido entre ellos. Silvia les lanzó una mirada lacónica y suspiró con desgana.

—No hay mucho de dónde tirar. Quizá haya podido fomentar el comportamiento de Galder, llenarle la cabeza de ideas confusas sobre su superioridad, pero será difícil demostrar en un juicio que el contenido de ese discurso sea la razón del comportamiento del sospechoso.

A ella tampoco le había gustado la disertación de Samuel, pero no tenía claro que su predilección por el noruego lo hubiera impulsado a actuar. Sí, seguro que disfrutaba viéndolo moverse en esos parajes ancestrales como un príncipe del Paleolítico. Como una representación viva de lo que fuimos y nunca más seremos, como un mito reencarnado. Pero Samuel no era imputable por algo así ante un jurado. Y la responsabilidad que pudiera tener la viviría en su soledad o con su Dios.

En cuanto abandonaron la comisaría para acercarse al hospital a ver a Galder, se les aproximó un compañero a toda prisa.

—Inspectora…

—¿Sí? —preguntó Silvia.

—El chico noruego.

—¿Qué ha pasado?

—Ha muerto esta mañana.

118

Sobre la pizarra en la que tenían la cronología con la muerte de los hermanos Santos, Silvia y Rodrigo trataban de sacar las últimas conclusiones para presentárselas al juez antes de que Daniel se marchara. Ahora ya sabían que Galder no podría contarles nada sobre su posible implicación en los crímenes. Daniel, que estaba apartado leyendo los titulares de la prensa local que hablaban sobre el incidente del día anterior, se levantó para romper el hielo con las hipótesis finales:

—No dicen nada que no sepamos —afirmó con sorna dejando el periódico sobre la mesa, repleta de otros diarios.

Rodrigo se volvió hacia él. Cuando Daniel estaba de buen humor, se lo transmitía al resto.

—¿Qué tal os cayó el joyero? —preguntó.

—Un gilipollas —se atrevió a decir Rodrigo—, con perdón. Es posible que Pedro Laguna o su hijo se hayan beneficiado de la muerte de Eva, o tal vez no, tal vez siga habiendo algunas piedras preciosas escondidas en la casa familiar, pero no mataron a Eva Santos.

—Le podemos pasar los datos a la Policía de Burgos para que sigan investigando —propuso la inspectora.

—O lo filtramos a la prensa —añadió Daniel señalando los periódicos—. Seguro que algo encuentran.

—Centrémonos mejor en Galder. ¿Rodrigo?

El inspector sintió una punzada de satisfacción al ver que Silvia confiaba en él para establecer los hechos, para hilar los flecos que todavía pudieran quedar sueltos.

—A falta de lo que nos pueda contar la novia de Galder... Aunque yo apostaría a que desconocía su pasado. Veamos —dijo acercándose a la pizarra y escribiendo nombres a la par que explicaba la participación de cada uno—: Galder mató a Teresa Yaner hace seis años. Quién sabe si inspirado en la charla que Samuel dio en Asturias. Me inclino a pensar que contó con cierta colaboración del taxidermista, al que luego mató, conservando su calavera, una actitud que cuadra muy bien con este entorno en el que estamos desde hace diez días, y en el que todo parece vivirse de una manera tan salvaje.

—¿Y la aparición de Eva? —preguntó Silvia.

—Esa relación debió de empezar hace unos meses en aquel Perdidos que organizó el noruego. Se entendieron de maravilla, se acostaron, sin duda, y él le debió de contar de dónde provenía la calavera. Cuando ya habían conectado, Gabriel les pidió que posaran. Desde luego, hacían una buena pareja. Pero según lo que hemos ido comprobando, Eva no debía de ser una persona fácil de manipular, sino todo lo contrario. Yo diría que era ambiciosa y capaz de manejar situaciones complicadas. O eso creyó. No es lo mismo chantajear a su novio por las piedras preciosas que a Galder por el cráneo. Puede ser que, al principio, le diera algo de dinero para que se confiara. De ahí el apunte en su móvil.

—Y ella le pidió más, como a su novio —propuso Silvia.

—Y fue entonces cuando Galder decidió matarla aprovechando la cita en el CAREX. Ese ofrecimiento le tuvo que atraer. Podía más el morbo de la situación, el probar algo distinto... Primitivo —añadió Daniel pensando en Inés y las cuevas. Él mismo se había metido en la boca del lobo sin pensar en las consecuencias de sus acciones hasta que casi había sido demasiado tarde.

—A lo mejor no sabía que iba a acudir también Khaleesi. Eso pudo hacerle dudar —sugirió la inspectora.

—Pero cuando vio que estaba ida por las drogas, siguió con su plan, y tuvieron relaciones sexuales en la cabaña —concluyó Rodrigo.

—Sin penetración, según dijo la autopsia —especificó Silvia—. Lo cual tiene un punto extraño.

—Viendo que Khaleesi estaba ida, Galder aprovechó para matar a Eva, como ya hizo en Asturias con la otra víctima, y depositarla como si fuese un muñeco en la zona de enterramientos del parque. Suena coherente —concluyó Daniel.

Silvia no dijo nada. Se notaba que su mente trabajaba en algún aspecto del caso. Daniel se dio cuenta de sus dudas.

—¿No lo crees?

—Sí, sí. Desde luego, es muy posible —admitió—. Sin embargo, hay una cosa que me extraña. Con lo preciso que fue en ambos crímenes, sin dejar ninguna huella, ¿Galder fue a eyacular en el suelo de la cabaña? Recordad que se encontraron restos de semen *escandinavo,* por decirlo de alguna manera. Encarga el análisis de ADN cuanto antes, Rodrigo. Es muy posible que el semen que encontramos sea suyo, pero me queda un poso de duda.

—Sin la confesión de Galder no podrás cerrar al cien por cien toda la explicación, pero te aseguro que el juez te va a comprar la teoría. Y la prensa —dijo Daniel convencido.

—Y todavía nos queda mirar su móvil. Ayer conseguí desbloquearlo cuando entraba en el hospital, y hemos hecho una copia para analizarla —anunció orgulloso Rodrigo—. Me funcionó esta vez el Face ID.

Silvia recordó la conversación del día anterior. «Da miedo, pero en el móvil tenemos nuestra vida entera.»

119

Fue una despedida sencilla, intencionadamente poco emotiva. Tampoco seca. Ni tierna ni fría. Correcta. Amable. Tras la llamada al comisario Mendoza para explicarle las últimas conclusiones, un «hasta luego», «me alegro de que nos hayamos visto». Un abrazo que ambos intentaron que no se prolongase. Y Daniel salió del despacho sin mirar atrás, con un nudo de nostalgia en la garganta que le estaba siendo difícil de digerir. Ya en la calle recordó que no tenía coche, que tendría que alquilar uno para volver a Madrid y desde allí coger el avión para las islas. Un tema prosaico para ocupar sus pensamientos.

Silvia, todavía dolorida en el hombro, se enfrascó en preparar la documentación para hacérsela llegar al juez con la ayuda solícita de Rodrigo, sin darse tiempo a reflexionar en cómo había sido la separación.

Daniel hizo una llamada a Inés tras reservar el coche por teléfono en Burgos. Otra despedida anunciada, una noche de morbo. La última. En su lugar habitual, el Palacete del Obispo. Inés cogió el teléfono como si llevase veinticuatro horas sin poder beber en el desierto, con ansia, con necesidad de saber qué había sido de él tras la detención y muerte de Galder. Con temblor en la voz. Con deseo. «Pero no puedo hasta la noche.» «Te recojo.»

El día transcurrió veloz, Silvia y Rodrigo acudieron al hospital sorteando las cámaras de la prensa para enterarse de los pormenores de la muerte de Galder, que tras la operación había entrado en coma y ya no había recuperado la consciencia. Paloma Medina, su novia, estaba siendo tratada de la intoxicación con MDPV, la llamada *droga caníbal*, que había ingerido poco antes de ser detenida tras el asesinato de su amigo. Aunque los expertos decían que, en sí misma, la sustancia, similar a las anfetaminas, no impulsaba a comer carne humana, admitían que se habían dado otros casos de episodios muy violentos, con mordiscos incluidos. Ahora permanecía sedada en la UVI del Hospital Universitario de Burgos. Los médicos eran optimistas y creían que, a pesar de la gran cantidad de narcóticos que había consumido, iba a recuperarse y que podrían hablar con ella en uno o dos días. Silvia esperaba que su testimonio les permitiera cerrar la investigación, aunque no estaba convencida de que no quedase algún aspecto que no hubieran comprobado lo suficiente. En su cabeza daba vueltas y más vueltas a los argumentos que debería presentar a Vázquez de Mella.

Le habría gustado reservarse ese último día en Burgos para invitar a comer a Samuel Henares y comentar un montón de temas pendientes. Daniel tenía miles de preguntas sobre los homínidos, sobre la mezcla de crueldad e inteligencia del pasado, que se habían ido quedando en el aire a pesar de las múltiples charlas improvisadas que habían compartido. No le pareció oportuno citarse con el director de Atapuerca, dadas las circunstancias. No le pidió que le enseñase las excavaciones ni el museo con más tiempo que en la visita previa, en la que tan solo había podido ver lo básico. Perdió el día preparando su vuelta al trabajo, repasando la agenda de las próximas semanas. El vuelo a Ibiza salía al día siguiente por la tarde, por lo que tenía tiempo suficiente para dormir todavía en las cercanías de Niebla y desplazarse a Madrid por la mañana.

También pensó en llamar a Silvia, aunque se hubieran despedido. Para tomar algo, para invitarla a comer en el Cobo Vintage.

Pero no lo hizo.

Llegó la noche a Niebla, libre por fin del miedo a que los crímenes pudieran continuar. Daniel salió a pasear y sintió que el ambiente era distinto en el pueblo. Los vecinos caminaban por las calles, tomaban algo en las terrazas relajados, como si hubiesen despertado de una pesadilla que los había tenido aterrorizados. No haber sido ellos las víctimas era motivo suficiente de que se enterrasen las penas rápidamente: ¿acaso lloran las cebras al ver caer a su compañera en las fauces de un depredador? Más bien se tranquilizan, dejan de correr y vuelven a pastar encantadas por no haber sido ellas las elegidas para el festín. Pura selección natural.

Silvia llegó al hostal con el último rayo de sol persiguiéndola. Todavía hacía calor, pero se había acostumbrado. No lo notaba como en las primeras jornadas, no sentía esa presión, ese abatimiento. A lo mejor no había sido el calor. Era posible que, en realidad, la sensación de ahogo no fuese por la temperatura. Que ahora que se había liberado de la investigación, el tiempo le resultara incluso agradable.

En el hostal quedaba una habitación libre, la de Daniel. Silvia notaba que a la derecha de la suya se había producido un vacío, el lugar tenía menos encanto que en las noches anteriores. Más soledad. Al igual que había ocurrido en Vallobal, en la habitación en la que Daniel había impregnado su huella en el espejo, cuando bajó a meter las maletas en el coche dejando a Silvia llorando la pérdida y el fracaso. En esa ocasión se miró en el reflejo en el que ya no quedaba nada de la muestra de amor que se habían tenido.

Ahora no era así. Su rostro no estaba demacrado, ni triste ni abandonado. Pero sí mostraba desasosiego.

Una llamada de Rodrigo preguntando si quería ir a cenar la sacó de sus pensamientos, que empezaban a ser circulares. El inspector le comentó que después quería acercarse a ver el eclipse de luna.

—La llaman *luna de sangre* y dicen que va a ser increíble, se va a ver completamente roja. El eclipse más largo del siglo.

Pero no, Silvia no iba a bajar. Y no era por el crimen del yacimiento ni por la muerte de Gabriel. O tal vez sí.

En la carretera por la que Daniel conducía con Inés camino de una velada de pasión y despedida se podía contemplar ya el fenómeno astronómico. La luna llena se estaba tiñendo de rojo como la pintura que rodeaba el cuerpo de Eva Santos cuando la encontraron asesinada. Iban inquietos, sintiéndose culpables por todo y por nada, por ocultar su relación, que había sido descubierta; Daniel, por sentirse como el adolescente inexperto que ya no era; Inés, por pensar que estaba jugando en una liga que le quedaba grande. Una llamada de Samuel rompió el silencio. Inés no la cogió, solo dijo: «Qué pesado», y apagó el teléfono cuando salían de Niebla en el coche que había alquilado Daniel.

Silvia sacó el clon que habían hecho del móvil de Galder. Decidió mirar primero los wasaps y le sorprendió que el noruego no tuviera la aplicación instalada. ¿Un chaval de esa edad sin WhatsApp? Era posible que la hubiera borrado cuando decidió esconderse en el bosque cerca de San Juan de Ortega. La segunda opción fue mirar las fotos. Había muchas, pero no tantas como en el móvil de Eva Santos. Trescientas cincuenta y cuatro imágenes desordenadas, mezcladas, fuera de carpetas. La inspectora comprobó que el sistema de Apple proponía diferentes agrupaciones: por perfiles, por lugar, por fechas. Optó por esta última modalidad y empezó con las que podían estar tomadas en días cercanos al Perdidos en el que supuestamente había conocido a la víctima. Encontró veintitrés. De todo tipo, alguna con un conejo en la mano, despellejándolo. Otra en la que se veía a Eva y a más chicas con la piel decorada con pintura. También estaba la novia de Galder, Paloma. Había fotos de hogueras.

De cadáveres de pájaros.

Al entrar en la habitación del Palacete del Obispo, el eclipse estaba en pleno apogeo y la luna parecía arder en llamas cobrizas. Inés tomó una vez más la iniciativa y desnudó a Daniel, acariciando cada centímetro de su cuerpo, todavía algo dolorido por la pelea con el noruego en el bosque.

—Me salvaste la vida la otra noche —dijo ella.

—No pude con Galder… Si no hubiera sido por el policía que disparó…

—Pero me defendiste, te la jugaste por mí.

Daniel se sintió incómodo. Él no pensaba que hubiera sido un héroe ni mucho menos, y no le gustaba que ella lo creyese. Prefería no fomentar esa idea. Ya no veía futuro a la relación, si es que en algún momento lo había tenido. Su cabeza empezaba a estar más cerca de Ibiza que de Niebla, más próxima al yate de su presidente que a los huesos enterrados en cuevas. Pero se dejó hacer pensando en Silvia, sintiéndose un traidor.

Silvia prosiguió con la revisión de las fotos más recientes y encontró una de Galder con Inés. Era un primer plano hasta los hombros. Podían estar desnudos, ya que no se veía ropa. Buscó en las imágenes adyacentes impulsando la pantalla hacia la izquierda con su dedo índice. Había una serie de tres fotografías hechas con pocos segundos de diferencia. La última era la que abría más el plano. Efectivamente, estaban desnudos, al menos de cintura para arriba. Galder tenía las manos untadas de pintura roja y una de ellas estaba sobre el pecho de Inés. Mostraba la otra a cámara manchada también de rojo, y el pecho de Inés que quedaba al aire tenía la huella de la pintura impregnada sobre él. Ambos reían con ganas. Le sorprendió la actitud tan cercana de ambos.

Inés se despojó de la ropa lentamente, de una manera sexi. Cuando por fin mostró el pubis al bajarse las braguitas, Daniel comprobó que la chica se había depilado para estar como él, para sentirse iguales. No pudo evitar que le excitase. Inés se acercó reptando, frotando con suavidad su cuerpo contra el del expolicía, que reaccionó de inmediato. Ella se colocó encima. Con los dedos, tomó el pene de su amante para que la penetrase. No le costó esfuerzo. La vagina se ensanchó para succionar dentro de sí el miembro de Daniel con una ansiedad desesperada, e Inés comenzó a moverse encima mediante un movimiento rítmico de cadera. La vagina, lubricada, se envolvía alrededor del órgano viril, los músculos de las paredes se contraían cada vez más deprisa, el rubor sexual se extendió a los pechos. Daniel cerró los ojos. No quería pensar.

Silvia recordó la opción que daba el iPhone para buscar otras fotos de una misma persona. Colocó de nuevo el dedo índice en la pantalla y lo movió hacia arriba. En la parte inferior aparecieron seleccionadas las caras de Galder y de Inés. Se centró en la de la chica. Abrió el grupo de fotos en las que salía ella presionando con suavidad la pantalla de superretina HD. El sistema detectó trece imágenes. La mayoría eran de grupo en la Trinchera del Ferrocarril. Estaban también las tres de la pintura en las manos que ya había visto antes, otra de Inés en la orilla del río; parecía el mismo lugar en el que habían buscado a Galder el día anterior. Inés estaba desnuda, de espaldas, en escorzo, y miraba a cámara con una expresión traviesa. Las dos últimas volvían a ser imágenes de un grupo de estudiantes. Nada muy concluyente. Podía decirse que habían tenido una relación, pero eso ya lo había reconocido ella en el bosque antes del ataque del noruego. ¿Quién no habría pasado por la cama de Galder?

Silvia se sentía ofuscada y no pensaba con claridad, le molestaba el hombro. Ver las fotos de Inés desnuda, aunque fuesen hechas por Galder, le hizo imaginar a Daniel teniendo sexo con ella. Como una intuición. Un mal pensamiento.

Las paredes de la vagina de Inés comenzaron a contraerse de manera involuntaria, extendiéndose los espasmos al clítoris, incluso al útero. La presión sanguínea y la frecuencia cardiorrespiratoria empezaron a aumentar de manera considerable mientras se movía cada vez con más velocidad, sustentada por las pantorrillas que apoyaba sobre la cama a ambos lados del cuerpo de Daniel, que también intentaba moverse al compás, apretando los glúteos de ella contra sí con rabia.

En la ducha muy caliente, Silvia consiguió apartar los pensamientos sobre la investigación, y al relajarse, volvieron imágenes que había desterrado hacía mucho tiempo. El vapor de la ducha dibujaba formas abstractas sobre la mampara, y en una de ellas creyó ver una huella como la que dejó Daniel en el espejo de la habitación del hotel la primera vez que se acostaron en Asturias. La que imprimió con su sudor cuando ella lo empujó por detrás con violencia. Silvia se apoyó sobre el cristal. La silueta conformada por el vaho parecía estar viva, adaptarse a su cuerpo. Sintió de nuevo la piel, el rubor, la urgencia, el deseo, la falta de aire, el sexo de Daniel en su mano, en su interior, sincronizados, excitada como nunca. Sin darse cuenta, bajo el agua caliente, sus dedos volaron hacia el monte de Venus buscando el clítoris y acariciándolo de manera suave al principio, más frenética después, hasta que cogió el teléfono de la ducha y comenzó a proyectar el agua tibia hacia su sexo, cada vez más y más agitada.

Inés alcanzó el orgasmo con un grito ahogado e interminable, con un sollozo que mezclaba el éxtasis con el sufrimiento extremo, sintiendo ganas de llorar y de reír a la vez. Le temblaban todos los músculos y notaba cómo se le erizaba la piel. Se mareó, la cabeza no le respondía, no le llegaba la sangre, que se había acumulado alrededor de sus órganos sexuales. Los estertores finales le impedían controlar el cuerpo, por lo que cayó sobre Daniel, que la abrazó asustado de que se fuese a desmayar de nuevo.

Silvia, de pronto, detuvo la lluvia de agua cálida sobre su sexo. Su cabeza se había alejado del instante que estaba viviendo, del recuerdo nítido del cuerpo de Daniel, y solo veía a Inés, a Inés desnuda en el río, mirándola con picardía. Intentó controlar su respiración, pero jadeaba sin poder evitarlo. Notaba el corazón desbocado martilleando en su pecho. Cerró la ducha y salió empapada, trastabillando. Inspiró con avidez el vaho del cuarto de baño hasta que consiguió controlar los latidos y el ritmo de su respiración. Se quitó el agua de la cara como pudo y estrujó el pelo para que no le calase el resto del cuerpo, y salió desnuda, precipitada, hacia el dispositivo clonado del móvil de Galder.

El reflejo de la luna teñía la estancia de rojo. Silvia tuvo que serenarse y secar sus manos para no mojar el aparato. Los dedos le temblaban. Aun así, consiguió examinar la selección de fotos de Inés que le ofrecía el iPhone. Se fue a las dos últimas imágenes de grupo a las que antes no había prestado atención. Había algo inquietante en ellas. El fondo no era el mismo de las demás, no era la Trinchera del Ferrocarril ni el CAREX. No era Atapuerca. Era la entrada de una cueva diferente, aunque no sabía de cuál.

Buscó los metadatos del archivo, como le había enseñado Rodrigo. Lugar y fecha: «Concejo de Piloña, año 2012». Un pinchazo le recorrió la médula espinal. Sintió cómo se le erizaba el vello y su mente le dejó de obedecer por un instante debido al mareo. Cerró los ojos hasta que se le pasó. ¿Qué hacía esa foto ahí? Cuando sintió que retomaba el autocontrol, revisó la primera imagen. No vio a Inés en ella. ¿Por qué la había seleccionado el sistema? ¿Habría fallado el reconocimiento facial de la aplicación? La amplió con dos dedos y la fue repasando de izquierda a derecha. Reconoció a Zarzalejos, el director del yacimiento asturiano; a varios estudiantes; a Iñigo Barroso, del que llegaron a sospechar en algún momento; al propio Galder, delgado y juvenil; a un par de coordinadores, y, de pronto, a una chiquita menor de edad en el centro, riéndose mientras repartía barras de pan entre el resto. Y recordó que, cuando habían llegado a la cueva en el año 2012 para hablar con el director, los estudiantes estaban descansando mientras comían un bocadillo que les llevaba una chica del pueblo. Amplió la foto todo lo que le permitió el teléfono. La chica del pueblo era Inés, seis años más joven. Una cría.

Pero era Inés.

Inés había estado en la cueva de El Sidrón.

Con Galder.

PARTE VI

—

EL MAL

El mal es algo que reside en el corazón humano.
Y solo puede residir en el corazón humano.

Reverendo Roy Ratcliff

Ahora sé cuándo se despertó. Lo odio, pero también lo amo, porque me hizo como soy: fuerte, invencible. Única.

Desde los orígenes nos vimos obligados a matar para sobrevivir. La naturaleza nos hizo así para competir con hienas, leones, osos y con otras especies humanas, hasta exterminarlas. Eran ellos o nosotros. Devoramos hasta el tuétano de sus guerreros, de sus mujeres, de sus hijos. Los violentos sobrevivieron y transmitieron sus genes. Somos descendientes de la violencia.

Es el mal que llevamos dentro.

120

No sabía si estaba viva o muerta, si esa era la sensación de no existir. Escuchaba ecos de una respiración, tal vez la mía. Intenté abrir los ojos, pero no pude. Me sentía exhausta, y la cabeza parecía que me iba a estallar. El dolor indicaba que estaba viva, aunque no recordaba por qué me encontraba así. No razonaba bien. Era como si mi cerebro y mis músculos no me respondieran, como si se fuesen despertando diferentes partes de mi cuerpo y de mi mente de manera desordenada. Primero una pierna, después el oído, las emociones, los pulmones, el tacto, el equilibrio… Mi corazón latía de manera arrítmica y ese sonido de percusión se entremezclaba con otro más metálico, que no conseguía identificar; una especie de «yip, yip»…

No sé el tiempo que pasó, durante el cual me dormía y despertaba sin voluntad propia. Se me vencía la cabeza a pesar de mi intento por mantenerla erguida. Sufría un mareo permanente acompañado por ese sonidito de fondo cada vez que intentaba moverme, sin conseguirlo. «Yip, yip.» Al fin, logré entreabrir un ojo. Todo el universo a mi alrededor aparecía completamente deformado. Me daba la sensación de que entraba una luz intensa por la derecha para después volverse todo oscuro de nuevo y sumirme en un sueño desapacible, con imágenes de animales salvajes que surgían en cuanto abría y cerraba los párpados, entre pesadillas. Sudaba y tenía la boca seca. Paulatinamente mi visión empezó a ser más clara y empecé a identificar perfiles. Lo primero que me pareció ver fueron unos cuernos descomunales de venado en la pared de enfrente, aunque no estaba segura de si eran parte de mis alucinaciones. Una cabeza de jabalí. Y una vez más las tinieblas.

Cuando volví a recobrar la consciencia, me dio la sensación de que una de las figuras se movía en el interior de la sala en la que me encontraba, enfocándose y perdiendo foco unos segundos después. Era una sombra blanca y grande. Resplandecía. Podía ser humana. Más cuernos a la derecha, pequeños; una cabeza de lobo. ¿Pájaros? Y el «yip, yip» de mi cabeza. Concluí que la silueta correspondía a la de un hombre que entraba y salía de la habitación. Y que se acercaba. Brillaba porque llevaba unas ropas blancas que reflejaban la luz del amanecer. Era gigantesco. O eso me pareció. Yo no podía moverme. Tenía la frente ardiendo, los pies helados, y me dolían todos los músculos. Mi corazón latía sin control y mi cerebro me mandaba señales inconexas de peligro. Cuando lo tuve a pocos metros, pensé que me resultaba familiar. Y entonces lo reconocí. Era alguien del pueblo... que vivía cerca de mis padres. Un tipo raro. Obeso. Huidizo. No había tenido mucha relación con él, pero en una época, cuando era más niña, le acercaba el pan a su casa. Le pedí a mi madre dejar de hacerlo, porque me daba miedo entrar en el taller donde disecaba los animales que le traían los cazadores de la zona.

Al acercarse, se desprendió del albornoz blanco que llevaba, quedándose desnudo. Era la primera vez en mi vida que veía un hombre sin ropa tan de cerca. Con la vista todavía borrosa, no pude más que fijarme en su enorme barriga. Estaba sudorosa, y las gotas brillaban con la luz que entraba por una ventana. ¡Estaba en una cabaña! Fuera había árboles. Pensé que podría pasar gente cerca. Intenté chillar, pero mis cuerdas vocales no me respondieron, y tan solo surgió de mi boca un grito apagado. Él se aproximó. Mi vista se cruzó con su pene, más bien pequeño y casi oculto entre el vello que le bajaba del ombligo hacia el pubis, pero que según se acercaba se iba levantando, no sin esfuerzo. Vi cómo se lo tocaba con la mano, bajando la piel y dejando al descubierto un glande excesivamente rosado. Temblaba todo su cuerpo.

Empecé a ser consciente de lo que estaba sucediendo cuando lo tuve a escasos centímetros y traté de mover las manos; las tenía atadas a la silla de metal en la que estaba sentada. «Yip, yip», volvió a sonar. Sentí por primera vez el frío del hierro en la piel de la espalda. Un frío lacerante. Y fui consciente de que también mis piernas estaban sujetas a las patas de la silla. Las había amarrado lo más abiertas posible, de manera que mi sexo quedaba al descubierto, ofreciéndose a mi agresor sin que pudiera hacer nada por evitarlo. Él se metió un dedo en la boca y lo sacó mojado, con abundante saliva que goteaba sobre mis muslos. Con la mano temblorosa me tocó los labios de la vulva e introdujo levemente el dedo corazón en mi sexo sin ser violento, casi con curiosidad científica. No experimenté dolor, tan solo asco. Un asco terrible. Fue entonces, tras sacarlo, cuando se acercó más, hasta juntar su piel con la mía, restregándose. Su tripa quedó a la altura de mi cara, transmitiéndome su sudor helado. Sufrí un escalofrío que no pude controlar y empecé a temblar de miedo. Él se refrotó contra mi pecho, mi cara y mi vientre. Noté cómo su barriga rozaba contra mí y se movía palpitante, húmeda. Le oí jadear a la vez que me apretaba la cabeza contra su tripa. Percibí el sudor en mi boca. Estaba salado. Me costaba respirar, y él seguía presionándome contra su torso hasta que sentí sus estertores. Se corrió en menos de un minuto, sin tocarse, solo con el contacto de mi piel. Deploré la frialdad de su semen contra mi vientre mientras él resoplaba, trémulo. Después se separó y se sujetó con la mano el pequeño miembro acercándolo hasta mi boca. Goteaba.

—Si me muerdes, te mato. Ábrela —ordenó.

Lo hice, y lo introdujo entre mis labios. Estaba flácido, por lo que no me costó que entrase. Nunca había tocado un pene en toda mi vida. Noté una arcada.

—No vomites. Chúpala.

Obedecí. Sabía a urea, pero conseguí no vomitar. No podría decir cuántos segundos pasaron hasta que se separó de mí y se alejó. Entonces pude respirar por fin. Una bocanada de aire cálido penetró en mis pulmones junto con los restos de su fluido, que me hicieron toser repetidas veces. Intenté tranquilizarme. Mi corazón seguía despendolado y mi cerebro quería estallar. Sabía quién era él, le había visto la cara y conocía lo que le había ocurrido a la chica que había aparecido en la cueva cercana de El Sidrón. A pesar de que seguía atontada, mi cabeza me decía que no iba a tener muchas posibilidades de sobrevivir.

—Te voy a lavar —dijo Carlos Béjar acercándose otra vez.

Traía una palangana, un trapo, jabón y una esponja. Lo hizo con delicadeza. Primero, con el paño, quitó los restos de semen de mi vientre. Se entretuvo en el ombligo para que no quedase nada en el pliegue. Después limpió el sudor que me había caído sobre el pecho, la cara y las piernas. No quería dejar ningún rastro de su ADN sobre mi piel. Cuando llegó al sexo, lo miró de cerca. Noté cómo su respiración se agitaba de nuevo y volvía a excitarse, aunque no se empalmó.

—He terminado muy pronto —añadió—. Debo controlarme mejor. Me tienes que durar un tiempo.

Se alejó. Cuando pensaba que había concluido, cogió una manguera y la dirigió hacia mí, lavándome con un chorro frío que me impresionó, espabilándome. No me lo esperaba después de limpiarme con tanta delicadeza.

—Necesito descansar un poco —me explicó con frialdad, y se metió en el pequeño dormitorio que había al fondo de la cabaña, a mi espalda.

Me tuve que girar con mucho esfuerzo para ver qué hacía. Me dolía el cuello. También las muñecas y los tobillos a causa de las cuerdas. Todos mis músculos sufrían la tensión que estaba viviendo.

Me quedé sola de nuevo, mojada y aterrorizada.

Entonces tenía dieciséis años.

121

Día 11

Inés se despertó sobresaltada.

Tardó unos segundos en adivinar dónde se encontraba. Notó una respiración a su espalda, se dio la vuelta y vio a Daniel, que dormía a su lado desnudo. Ella también lo estaba. A pesar del calor del mes de julio, sintió el mismo estremecimiento que cuando Carlos Béjar se quitó el albornoz y avanzó hacia ella en la cabaña hacía seis años. Instintivamente, se tocó el vientre, el pecho, y subió hasta su boca. En ella no había rastro del taxidermista, sino del expolicía con el que había hecho el amor unas horas atrás.

A las seis de la mañana Silvia ya no pudo esperar. Había comprobado los metadatos cincuenta veces, revisado el resto de las imágenes, y se había enviado a su ordenador la foto de grupo para poder ampliarla y asegurarse de que se trataba de Inés. Salió de la cama sin haber dormido nada, se puso unos pantalones y una camiseta y se dirigió a la habitación de Rodrigo. Llamó, primero con cuidado y después con más energía. Le dolía el hombro debido al mordisco de Paloma. El inspector abrió la puerta todavía somnoliento. Cuando se acostó, lo había hecho confiado en que, a falta de algunos detalles, el caso estaba resuelto.

—¿Ha pasado algo? —acertó a preguntar mientras su superiora entraba en la habitación.

—Sí. Inés estuvo en el yacimiento de Asturias —explicó Silvia sin más preámbulo.

—¿Inés? Es imposible, hemos repasado esos listados cientos de veces.

Silvia le mostró el móvil clonado de Galder. Rodrigo escrutó la pantalla con sus ojos de sueño. Era ella. No había duda: más joven, más alegre, pero era Inés.

—Creo que era la chiquita del pueblo que les llevaba el pan y los bocadillos —expuso Silvia—. Me acuerdo vagamente de haberla visto en Asturias. Tenemos que comprobarlo.

—Vale —aceptó Rodrigo ya espabilado—. Voy a ver qué encuentro en Internet sobre ella.

—Habría que consultar su DNI, dónde nació y de dónde son sus padres.

Rodrigo sacó el portátil y se puso a trabajar todavía en camiseta de dormir y bóxer. Con las prisas con las que había llegado su superiora, no había reparado en lo poco adecuado de su vestimenta.

En quince minutos ya tenía una primera aproximación a la biografía de Inés Madrigal: su madre era de Vallobal, ella había estudiado en Cangas de Onís, a poco más de veinte kilómetros de donde vivía su familia.

—Pero no sabemos qué significa que Inés esté en la foto —dijo Rodrigo.

—Por lo pronto, que nos ha estado mintiendo todo el rato. ¿Tú te habías dado cuenta de que Inés tenía una relación con Daniel?

—¿Qué? ¡Joder con Daniel! —silbó Rodrigo—. ¿Y piensas que se acercó a él porque lo recordaba del caso anterior?

—Pues… eso no lo había considerado —reconoció Silvia—. Es posible. Pero ella le ha ido dando información a su conveniencia. Si no, ¿por qué sabía Daniel que Galder había cambiado tanto de aspecto físico desde entonces? Y no, no era por Facebook, porque el noruego no tenía —afirmó Silvia adelantándose a los pensamientos de su compañero.

—Se lo dijo Inés.

—Ella, de alguna manera, nos ha ido guiando hacia Galder.

—¿Quieres decir que el noruego no es el culpable? —preguntó Rodrigo descolocado.

—No, no digo eso. Desde luego, Galder era un psicópata, es obvio. ¡Mató a su amigo para comérselo, joder! Con eso tengo suficiente. Es muy probable que también asesinase al taxidermista y a Eva Santos, pero la presencia de Inés tiene alguna influencia. ¿Lo hicieron juntos?

Rodrigo suspiró agobiado.

—¿Y Daniel sabe algo de todo esto?

—No. Lo descubrí de madrugada, pero lo repasé cien veces para estar segura antes de contártelo.

—Habría que llamarlo.

—Ya debe de estar en Madrid, camino de su trabajo en la petrolera. Tenía que llegar hoy a Ibiza. Pero lo llamaré dentro de un rato —dijo consultando la hora.

Todavía no eran las seis y media de la mañana.

122

Lo oía roncar en la habitación situada detrás de mí. No lo podía ver desde mi posición, pero su respiración lo delataría si se despertaba. Eso me daba cierta tranquilidad. La mente me volvía a funcionar y repelió el asco que me había dado su cuerpo. Cuando te encuentras en una situación límite, no sabes cómo vas a reaccionar. Yo era muy joven entonces, pero decidí que iba a sobrevivir. Fue un momento de lucidez en el que surgió mi instinto, un impulso que probablemente tenía en mi interior desde siempre, pero que, en mi vida tranquila del pueblo, no había despertado. Según se pasaban los efectos de la droga que Carlos Béjar me había administrado, mi voluntad iba siendo cada vez más firme.

Me moví en la silla a ver si las ataduras resistían. Estaban prietas y firmes. No cedían a mis tirones ni lo más mínimo. Aun así, lo seguí intentando hasta que noté cómo la sangre manaba de mi tobillo y caía, tiñendo de rojo el suelo de la cabaña. Y sonó «yip, yip» al moverme. Forcé la postura y de nuevo el «yip, yip». Lo hice varias veces hasta que identifiqué qué producía el sonido: había un tornillo en la silla metálica que estaba suelto y rozaba contra la arandela. Eso me daba una posibilidad, aunque no sabía el tiempo que podía seguir durmiendo mi agresor. Deduje que él no sentía ningún peligro. Debíamos de estar en mitad del monte y por eso pensaba que mis gritos eran inútiles, si no me habría amordazado. Esa conjetura me decidió a no chillar y volver a centrar mi atención en el remache. Zarandeé una vez más la silla hasta que el pequeño cilindro se desenroscó y cayó al suelo.

El asiento adquirió mayor movilidad, pero no conseguí liberar ni las manos ni los pies. El corazón me latía a mil por hora. Había basado mi plan en que ese tornillo se desprendiera, y ahora que lo había hecho, mi situación no parecía haber mejorado. Respiré profundo, desde la tripa, como había aprendido en las clases de yoga. Mis pulsaciones seguían siendo frenéticas, pero volví a concentrarme en buscar mi libertad. El «yip, yip» seguía sonando en otro punto. Observé el resto del asiento y comprobé que otra pieza estaba suelta. Me revolví y el ruido aumentó. Tanto que llegué a pensar que mi agresor lo oiría. De hecho, su respiración cambió de ritmo por unos instantes. Pero fue una falsa alarma. Enseguida volvió a ser armónica. Tal vez no tendría mucho más tiempo, así que tomé una decisión que resultaría crucial.

Desencajé un poco más el asiento y cuando ya me pareció que había opciones de que cediese, decidí arrojarme hacia atrás con la silla deseando que el impacto contra el suelo terminase de romperla. Me balanceé con determinación, encogí la cabeza contra el pecho para no golpeármela y me impulsé hacia atrás con fuerza. La silla chocó con un objeto que no había advertido y cayó estrepitosamente. El asiento se desarmó, separando la silla en dos partes. Cuando me recuperé de la costalada, agucé el oído. La respiración de mi agresor había variado, ahora era una especie de tos seca. Podía estar despertándose, de modo que no tenía mucho tiempo para liberarme. Agité brazos y piernas como una loca, y las piezas terminaron por ceder. Seguía atada, pero podía moverme, incluso ponerme de pie. Comprobé que podía utilizar mi mano derecha, ya que el brazo de la silla había quedado liberado del resto, así que empecé a desatar las cuerdas que amarraban mis tobillos. Es ese punto, los ronquidos cesaron y le oí incorporarse con esfuerzo. ¡Pero yo podía andar!

Llevaba el respaldo de la silla unido a mi brazo izquierdo, pero podía moverme. El derecho, aunque también atado, lo movía libremente. Tan solo estaba entablillado con el reposabrazos metálico. Observé cómo mi agresor se levantaba de la cama todavía sin mirar hacia la sala donde me tenía secuestrada. Un escalofrío me recorrió el cuerpo desnudo y volví a sentir miedo. Pero mi determinación por sobrevivir era imparable. Corrí hasta la habitación lo más rápido que me permitieron mis piernas entumecidas.

Carlos Béjar me vio en el último segundo. Sus ojos no entendían qué estaba sucediendo cuando le pegué en la cara con el metal del brazo de la silla, una y otra vez. Él forcejeaba intentando repeler mi agresión, hasta que cayó al suelo produciendo un ruido sordo. Pensé en patearlo, pero estaba descalza y me habría hecho más daño que él. Sin embargo, tal era mi desesperación que me dejé caer violentamente con las rodillas dobladas sobre su barriga. Mi secuestrador expulsó el aire al sentir el impacto, aunque su tripa amortiguó el golpe. Estiró una mano para agarrarme la pierna, que sangraba a la altura del tobillo. Grité desaforada y salí corriendo buscando la puerta. Lo primero que encontré fue una ventana. La aporreé con la silla y el vidrio cayó hecho añicos, cortándome en el brazo. Sin pensármelo dos veces, salí por el hueco que había quedado a pesar de los fragmentos de cristales y empecé a correr por el monte. La luz me deslumbró. Era de día y el sol iluminaba el claro en el que estaba la cabaña, en lo alto de un monte. Entrecerré los párpados y pude ver los árboles a unos cincuenta metros colina abajo, y pensé que eran una buena opción para esconderme. Me dirigía hacia mi objetivo cuando oí que se abría la puerta del refugio. Me volví y lo vi salir desnudo y enfurecido. Era una visión espeluznante.

Regresó la imagen de su pene en mi boca y de su sudor húmedo en mi cuerpo. Corrí todo lo rápido que pude, a pesar de llevar aún atado a la espalda el respaldo de la silla. Él me siguió. Era muy obeso, aunque se movía con agilidad. Pero yo era más joven, y la adrenalina hacía que no sintiese el dolor de los pies al caminar sobre las ramas y las piedras del camino. Encontré refugio en el bosque y me dio la sensación de que perdía mi rastro. Me detuve a comprobarlo bien escondida. Me estaba buscando, pero se había desorientado. Vi que, por el sendero que yo había elegido, había un cortado. Lo más silenciosamente que pude me encaminé hacia él, mirando de vez en cuando a mi espalda por si me seguía. Hasta que me oyó. Sin querer, enganché la silla con una rama, y me oyó.

Me miró desde la distancia. Sonreía. Sé que sonreía. Pensé que le estaba excitando la persecución porque, según se aproximaba, comprobé que otra vez se había empalmado. No corrí. Utilicé la mano que podía mover para desatar la otra. Me costó, pero Carlos Béjar estaba lejos y tenía tiempo. Cuando me alcanzó, la había liberado y utilicé el respaldo para arrojarme contra él furiosa. Desnudos, caímos rodando ladera abajo hasta que una piedra nos detuvo. Sangrando y sudorosos. Pero ahora yo no estaba a su merced. No tenía atada más que una mano al brazo metálico de la silla, lo que me daba un ariete para agredirlo. Él ya no tenía el pene sobre mi piel, ni su semen me caía por el vientre. Sentí la fuerza de todas las mujeres de la historia que habían estado a merced de hombres como Carlos Béjar. Percibí la furia y el deseo de venganza, y lo golpeé en la cara repetidas veces. Era un tipo fuerte y, aunque se resintió de los porrazos, se giró con más agilidad de la que podía suponer y se colocó encima de mí. Otra vez su sudor sobre mi piel. Otra vez su miembro enhiesto rozando mis muslos, buscando instintivamente mi sexo para penetrarme. Estaba fuera de sí, como una bestia. Me manoseaba el cuerpo sin control. La sangre de su ceja, producida por mi ataque anterior, se vertía sobre mi cara. Pero yo iba a sobrevivir. Iba a hacerlo.

—¿Me quieres follar? —dije entre jadeos.

Él me miró, al principio sin entenderlo bien, babeando. Claro que quería hacerlo. Como una alimaña.

—¡¿Me quieres follar?! —chillé.

—¡Sí! —balbuceó levantando la cabeza para mirarme.

La situación era primitiva: el contacto de nuestras pieles, de nuestra sangre, de nuestros deseos contrapuestos: él, de sexo, y yo, de libertad.

—¡Pues fóllame! —grité, y con una maniobra de mi antebrazo conseguí golpear el abdomen de mi atacante con la vara metálica de la silla, que todavía llevaba atada a mi muñeca, y clavársela.

De un tirón la saqué de su barriga, de la que saltó un chorro de sangre. Él se quedó sorprendido con mi acción y le costó reaccionar. Calculé que si me caía encima no me iba a poder mover, así que rodé sobre mí misma zafándome de su cuerpo y dejando que cayese sobre la tierra. La embestida no había sido mortal, pero sí dolorosa. Pensé en las alternativas que tenía. El precipicio estaba cerca. O él o yo. Eso significa el deseo de sobrevivir. Uno muere y el otro vive. Desde siempre, desde que el hombre es hombre, desde que despertó su inteligencia para comprender el significado de la muerte. De la propia y de la ajena. Uno vive. Y otro muere. No hay opción.

Carlos Béjar se levantó con esfuerzo, se miró la herida y se arrojó como un depredador sobre mí. No utilizó la inteligencia en ese último momento, cegado como estaba por el deseo y la rabia. Como una fiera sin cerebro. Lo esquivé y perdió pie cayendo muy cerca del barranco. Se quedó atontado por el choque. Me arrojé al suelo guiada por una mezcla perfecta de inteligencia, instinto y crueldad. Sentí las piedras sobre mi espalda desnuda. No me despistaron de mi objetivo. Nada podía hacerlo. Fue un movimiento rápido y preciso. Medio tumbada, utilicé la fuerza de mis piernas para impulsar su costado y hacerlo rodar. Al principio me costó un poco, pero el odio me espoleó. En cuanto conseguí voltearlo una primera vez, ya no hubo quien lo detuviese. Dio varias vueltas movido por su enorme peso. Según su cara rotaba hacia mí, vi su expresión de pánico. Comprendió que iba a morir. Vi su miedo y eso me excitó. Me sentí pletórica. En el último instante cerró los ojos y su cuerpo se despeñó con un grito desgarrador.

Respiré. Estaba agotada, sangrando. Sentí un deseo irrefrenable de lamerme mis propias heridas, de sentir mi sangre y mi sudor. Si hubiese podido, en ese momento habría mordido a mi agresor. Le habría arrancado trozos de carne y me los habría comido sin dudarlo, en un arrebato de cólera. Entendí a los leones, que se pelean por su trofeo tras cazarlo, que luchan sin piedad, aunque sea contra sus hijos o hermanos.

Y aullé, aullé con todas mis fuerzas, como lleva haciendo desde hace milenios el ser humano cuando caza.

123

Una vez más abrió los ojos.

Estaba sola en la cama, no había rastro de Daniel, y los primeros rayos del sol se filtraban por las persianas. Un sudor pegajoso cubría todo su cuerpo, y los recuerdos del pasado no la habían dejado dormir. Las pesadillas, lejos de generarle asco, habían conseguido soliviantarla de una manera enfermiza y morbosa. Y la imagen de Eva Santos, todavía viva, se le hizo presente.

Tenía que reconocer que ella había sido una de sus mejores amantes. Había conseguido sorprenderla con su manera de besar, de acariciarle la piel; podía llegar a enloquecer con sus besos. Se había arriesgado demasiado con ella. Aquellas noches compartidas de sexo y drogas le habían hecho bajar la guardia, y Eva se las había ingeniado para que le revelase una parte muy íntima suya, para después utilizar lo que sabía sin piedad. Nunca debió confiarle su secreto, su historia pasada con el taxidermista. Cuando llegaron al pie del barranco, de Carlos Béjar solo quedaban los huesos ocultos entre unos matorrales. Habían ido a buscar juntas el cadáver, tal y como había sugerido Eva, y ella había aceptado aquel juego con un entusiasmo desbordante. Dicen que un asesino siempre quiere volver a contemplar el lugar del crimen. Y es cierto. En esos años había fantaseado con ello muchas veces, pero, hasta que Eva no la animó a ir juntas, lo había ido posponiendo. Aunque habían pasado más de cinco años, sintió una rabia indescriptible que la consumía por dentro al contemplar los despojos de aquel monstruo.

«Enterrémosle mirando al ocaso», propuso Eva, y ella se dejó llevar. Juntas cavaron una fosa con sus propias manos y metieron los huesos en ella. Pero antes de cubrirlos, Inés cogió la calavera, la levantó al cielo, miró el lugar en el que un día estuvieron los ojos que la habían visto desnuda y a su merced, y escupió sobre ellos: «Ahora te despertarás en el infierno de los hombres».

Jamás hubiese imaginado que el fantasma de Carlos Béjar todavía la perseguiría un tiempo. Tampoco que su amiga fuese capaz de engañarla, hasta recibir en su móvil aquellas extrañas fotos de Eva disfrazada con pieles y posando con la calavera junto a Galder. En un primer momento no le dio importancia, pensó que quizá trataba de ponerla celosa con el noruego. Pero luego leyó el pie de foto que había puesto Eva y se le heló la sangre: «Tu amigo el taxidermista y yo te saludamos. Nuestro silencio tiene un pequeño precio: 40.000, en metálico. Tienes diez días». No se lo podía creer. ¡Eva había vuelto al lugar del crimen y había desenterrado el cráneo!

Confiar en ella había sido un fallo imperdonable, una muestra de que su afilada inteligencia se había descontrolado. Se juró que no volvería a pasar, y para pagar su error se vio obligada a robar algunas piezas encontradas en la excavación para venderlas en el mercado negro de coleccionistas. Si Samuel llegase a saberlo... De nuevo se equivocó al pensar que Eva se quedaría satisfecha, la muy zorra quería más y más. E Inés no estaba dispuesta a permitirlo. Por eso la citó aquella noche en el CAREX. Pese a todo lo ocurrido entre ellas, a Eva le encantó la posibilidad de tener sexo en la cabaña. Para cerrar un nuevo pacto, como en los viejos tiempos. Se la notaba excitada por teléfono y le propuso pillar algo de ketamina para la ocasión. A Inés le pareció perfecto: la droga le facilitaría las cosas. Lo que no sabía es que acudiría acompañada por la estúpida de la amiga.

Cuando la vio, profundamente drogada y sin enterarse de lo que sucedía a su alrededor, pensó que tendría que suspender su plan, pero Eva le aseguró que Khaleesi desconocía la identidad del tercer integrante del trío. Iba a ser una sorpresa. Eva se acercó y comenzó a desnudarla mientras la besaba. Inés sintió de nuevo esa pulsión de venganza, el corazón se le aceleró, no por los dedos de su amante que buscaban su sexo, sino porque sabía que esa noche sería la última para Eva. Eso mismo fue lo que pensó en voz alta mientras la masturbaba hasta provocarle un orgasmo: «El último», algo que su antigua amiga, a punto de desmayarse por la excitación y el efecto de la droga, no entendió. Una inyección del veneno que había preparado y en pocos minutos todo habría concluido.

Esperó paciente junto al cuerpo de Eva, que se debatía entre los últimos espasmos de vida, a que la adelfa hiciese su efecto mientras vigilaba que Khaleesi siguiese durmiendo y repasaba los siguientes pasos de su plan. Cuando la vio muerta, sintió que no había habido violencia. Tuvo ganas de herirla, de ver brotar su sangre, y su corazón se disparó, pero su cabeza consiguió detenerla a tiempo. Tenía que ser fría. No debía dejar rastro. Tan solo colocarla en posición fetal espolvoreando la pintura roja para que recordase al crimen de Asturias.

Y así lo hizo.

Hacía seis años se avivó en Inés una pulsión que ya no era posible parar.

—¿Estás despierta?

La pregunta de Daniel, que salía del cuarto de baño, la sacó de sus evocaciones. Estaba desnudo, todavía con algunos moratones de su enfrentamiento con el noruego.

—Estoy despierta —respondió Inés acurrucándose entre las sábanas como un gatito indefenso.

—Me voy a duchar —dijo Daniel sin prestarle atención.

—¿Y luego te vas?

Daniel asintió, y se dirigió de nuevo al baño. No oyó la vibración de su móvil en la mesilla.

Inés sí.

124

—No lo coge —dijo Silvia mientras pulsaba el círculo rojo de la pantalla de su móvil.

—Vuelve a llamar y déjale un mensaje —le propuso impaciente Rodrigo.

Silvia miró al inspector y decidió que era una buena idea. Tal vez Daniel estuviese conduciendo de camino a Madrid, lo podría escuchar en cuanto se detuviera y seguro que les devolvería la llamada. Presionó de nuevo la memoria del teléfono y esperó hasta que saltó el buzón de voz.

—Hola, Daniel, soy Silvia. Llámame en cuanto puedas. Hemos descubierto algo sobre Inés Madrigal y lo estamos investigando. Llámame —repitió.

Y colgó. En ese momento sonó el móvil de su subordinado. A pesar de ser muy temprano, lo llamaban de la UDEV para comunicarle que el teléfono de la coordinadora del yacimiento se había apagado la noche anterior en las cercanías de Niebla y que permanecía sin conexión desde entonces. Se lo contó a su superiora.

—Uno no coge, la otra con el teléfono apagado. ¿No estarán juntos? —concluyó Silvia.

—Podría ser.

—¿Cuándo tenía que estar Daniel en Ibiza?

—Creo que hoy por la noche —apuntó Rodrigo.

—A lo mejor todavía está por aquí.

—Espera, Silvia. Creo que podemos localizarlo rápidamente.

—¿Cómo?

—Hace unos días le pedí amistad en Facebook.

A Silvia le sorprendió ese dato. Rodrigo sonrió un tanto avergonzado mientras tecleaba en su móvil.

—Ya ves… —dijo el inspector—. ¡Qué sé yo! Me hacía ilusión. Él dice que no lo usa mucho, más bien para investigar los perfiles de otras personas, pero puedo activar la opción de «Buscar amigos», a ver si él también la tiene activada en su teléfono. Tarda unos segundos.

Ambos se quedaron impacientes esperando a que la aplicación diera una respuesta.

—¡Aquí está! —señaló Rodrigo satisfecho.

—¿Dónde?

Rodrigo amplió el mapa en el que parpadeaba una banderita roja.

—En… el Palacete del Obispo —contestó entrando en la web del hotel—. Tiene buena pinta. Muy romántico. ¿A qué habrá ido allí?

Los dos se miraron intuyendo la respuesta.

Inés.

125

Inés terminó de escuchar el mensaje que había dejado Silvia en el buzón de voz de Daniel. Había conseguido desbloquear el dispositivo porque se había fijado en el código el día que Daniel lo tecleó delante de ella a la salida de la Galería del Sílex. Levantó la vista del móvil y oyó que se abría el grifo de la ducha. Borró el mensaje y limpió con cuidado sus huellas digitales del aparato. Se levantó sin hacer ruido y cruzó desnuda la habitación hasta el cuarto baño. Se asomó. Tras una cortina de poliéster de bonito diseño se traslucía el cuerpo masculino duchándose. Regresó a la cama con el mismo sigilo.

Daniel se estaba empezando a lavar la cabeza y tenía los ojos cerrados para evitar que le entrase jabón. El sonido del agua caliente resbalando por su cuerpo le relajaba y lo ayudaba a pensar en cómo le había removido este viaje y lo difícil que le iba a resultar volver a su antigua vida. ¿Qué era lo peor que podía pasar si llamaba a su presidente y le decía que renunciaba? Podía ser un espejismo, pero estos días habían despertado en él un deseo que no sabía que aún albergaba: volver a su antigua vida, investigar, pasar horas y horas metido en un coche con Silvia haciendo seguimientos, *tronchas,* como lo llamaban ellos, hablando de la vida, de sus inquietudes. Supondría estar juntos a todas horas, dejando que el tiempo actuara sobre ellos como la erosión sobre los cortados de la sierra de la Demanda. Supondría dejar de estar solo. Aprender por fin a hacer las cosas de otra manera. Aprender a pedir perdón, a ponerse en el lugar del otro. No sabía si era demasiado tarde para él. No podía cambiar el pasado, ni sabía qué podía hacer con toda esa rabia acumulada. No pudo evitar pensar en su madre, en todas las discusiones durante su adolescencia en las que ninguno de los dos había sido capaz de ceder. Cualquier mínimo conflicto se radicalizaba y se convertía en crónico. Habían vivido en una constante guerra de poder que duraba desde que él tenía ocho años hasta la actualidad, en la que ella ya no cumpliría los ochenta. Trató de recordar cuándo fue la última vez que se atrevió a visitarla o tan siquiera a llamarla por teléfono, aunque fuera para mantener sus breves y protocolarias conversaciones telefónicas: «¿Qué tal todo?». «Todo bien.» Daniel pensó que su madre ya no iba a cambiar. Quizá sí era demasiado tarde para ella. Pero él todavía estaba a tiempo y debería ser quien diera el primer paso, quien pronunciara un «lo siento» que sirviese para mejorar esa relación y su trato con el resto del mundo: con su madre, con sus subordinados, con las mujeres que se cruzaban en su camino. Sobre todo, con Silvia. Si al final se atrevía, lo haría por ella, aunque no llegase a saberlo.

Dejó que el chorro le resbalara por el pelo para aclararse el champú, y que continuara descendiendo por su cuerpo hasta perderse por el sumidero. Un pequeño chasquido metálico lo sacó de su ensimismamiento. Apartó la cortina movido por la curiosidad, pero el agua que le caía de la cabeza le impedía ver con nitidez. Cuando se fue a retirar las gotas de la cara, recibió un contundente impacto en la frente que lo hizo trastabillar. Tuvo que agarrar el grifo de la ducha para no perder pie, y volvió a levantar la vista sin entender qué había sucedido. Fue entonces cuando vio el semblante de Inés, con una expresión que le costó interpretar, ya que apenas un segundo más tarde recibió un nuevo golpe ejecutado con el atizador que había en la chimenea de la habitación, y cayó contra la bañera. El cráneo sonó a roto, y Daniel terminó de desplomarse en la porcelana blanca. De la ceja izquierda manaba abundante sangre que se entremezclaba con los restos del jabón a sus pies, diluidos ambos en el agua que seguía cayendo de la ducha.

Inés dejó el atizador en el lavabo para que la sangre de Daniel gotease allí, sin manchar el suelo. El corazón le latía veloz. Era una sensación que la arrebataba desde que empujó a Carlos Béjar por el precipicio. Esa emoción bestial de la adrenalina disparada que le generaba la muerte próxima de un ser humano no era fácil de eludir. Ahora, además, era capaz de controlarla. Las pulsaciones justas para activar su cerebro y la tranquilidad necesaria para tomar las decisiones correctas.

Inés seguía desnuda y algunas gotas de sangre la habían salpicado. Le pareció que Daniel daba los últimos estertores. No se iba a levantar. Entró en la bañera y se duchó sin retirar su cuerpo, limpiándose los restos de sangre y cualquier otro vestigio de su amante que pudiese quedar en ella. Una vez hecho, sin secarse, se inclinó sobre el cuerpo abatido y empezó a enjabonarlo con sumo cuidado. Casi con delicadeza. Como Carlos Béjar la había lavado a ella para retirar el semen de su piel. Inés le frotó las uñas para que no hubiese en ellas ni el más mínimo rastro de su ADN; después las manos, los brazos, y bajó hasta su sexo. Sujetó el miembro flácido, y con la ducha limpió a conciencia cada uno de los pliegues del pene que tanto goce le había dado en encuentros anteriores. Ahora lo miraba y parecía inerte, sin ninguna capacidad de dar placer. Enchufó el chorro hacia la boca de su amante, esta vez con menos cuidado, para limpiarle la lengua y los labios. Cuando terminó todo el proceso, salió de la bañera y se secó. Cogió la toalla y se la llevó al dormitorio, dejando a Daniel solo y empapado en la bañera.

Se vistió. Quitó la sábana bajera y la guardó junto con la toalla. No debía quedar ninguna huella de su paso. La noche anterior, Daniel había reservado la habitación mientras ella lo esperaba en el pasillo. Al guardar su móvil, todavía sin conexión, recordó que lo había apagado cuando la llamó Samuel, por lo que no había nada que delatase su presencia en el Palacete del Obispo.

Ya vestida, regresó al baño y, con cierta dificultad, colocó a Daniel en posición fetal.

Desnudo y sangrando.

Como muerto.

126

—

Algo más de cuarenta kilómetros separaban Niebla del Palacete del Obispo. El vehículo en el que iban Silvia y Rodrigo salió de la nacional I a toda prisa para tomar la carretera BU-720, atravesando cultivos de trigo, guisante y girasol, hacia Quintanilla San García, en la comarca de La Bureba, en donde se encontraba la casa rural en la zona de Las Lomas.

La inspectora conducía concentrada en cada curva a pesar de que un mal presentimiento recorría su cerebro. ¿Por qué no había cogido Daniel el teléfono? No podía dejar de especular sobre ello, y a la vez, no era capaz de avanzar en las posibles opciones, navegando en círculos de manera obsesiva. Desde hacía unas horas sentía que una fuerza invisible la ataba a él.

Tras tomar la última curva a la izquierda podían vislumbrar ya la torre moderna de la iglesia de Nuestra Señora de Aliende. En ese punto, un todoterreno blanco se cruzó con ellos. Iba excesivamente rápido para el tipo de vía por el que circulaban. Silvia se fijó en quién lo conducía.

—¿Podría ser Inés la del coche? —preguntó girando la cabeza hacia el vehículo que se alejaba en sentido contrario.

—No lo sé, no la he visto —respondió el inspector centrado en el mapa que tenía abierto en la aplicación del móvil—. Estamos llegando.

Silvia dio un frenazo brusco que sorprendió a Rodrigo.

—Voy a seguirla. Según el navegador, estamos a menos de un kilómetro del Palacete. Tú continúa andando hasta allí y busca a Daniel —ordenó la inspectora.

—¿Estás segura?

—No. Es un presentimiento. ¡Venga, rápido! Si el coche llega a la nacional, no voy a saber qué dirección ha tomado.

Rodrigo obedeció y se bajó del coche. Silvia reculó por un camino de tierra cercano para cambiar de sentido. Las ruedas patinaron en la grava hasta coger adherencia y salir acelerando en persecución del todoterreno.

Rodrigo se quedó solo en las cercanías de Quintanilla San García viendo cómo su jefa desaparecía en la siguiente curva. Giró sobre sus talones y echó a correr hacia el Palacete del Obispo mientras consultaba la aplicación que le indicaba el camino.

Silvia alcanzó el todoterreno justo en la entrada de la carretera nacional y siguió su mismo rumbo sin llamar su atención. No había duda, lo conducía Inés. Ahora que la tenía a la vista, podría dejarle bastantes metros de ventaja para que no sospechase que la estaba siguiendo.

Rodrigo abandonó la comarcal para adentrarse en las calles del pueblo. Estaba a menos de cien metros de la casa rural y aligeró su carrera para llegar cuanto antes. Silvia le había transmitido su mal presagio. Era temprano y no se veía a nadie por los alrededores, así que saltó el murete de una casa para acortar el trayecto y llegó hasta la puerta del Palacete, flanqueada por dos enormes tiestos. En la recepción no encontró a nadie. Llamó dos veces a viva voz y una mujer le contestó desde lejos que ya iba. Tardó en aparecer todavía unos segundos que al inspector se le hicieron interminables. Le enseñó la placa y le preguntó si estaba hospedado Daniel Velarde.

—Sí, en la suite. ¿Qué ocurre? —respondió asustada por la presencia del policía.

—¿Me puede llevar a la habitación?

La mujer asintió mostrándole el camino.

—¿Ha pasado la noche con alguien?

—Creo que no, llegó tarde y me pareció que venía solo. La verdad es que no le pregunté.

Subieron los dos tramos de escaleras lo más deprisa que pudieron y llegaron hasta la puerta. Llamaron, pero no oyeron nada en el interior.

—Necesito que me abra.

—Espere, voy a por la llave —dijo la recepcionista.

Rodrigo contuvo su impulso de gritar furioso a la mujer por no llevarla encima: transmitirle su nerviosismo no iba a ayudar. Siguió aporreando la puerta hasta que la recepcionista regresó jadeando por el esfuerzo de subir las escaleras de dos en dos y, tras coger resuello, abrió la puerta.

—¿Daniel? ¿Daniel? —llamó Rodrigo.

Nadie contestó, por lo que el inspector entró para comprobar si el asesor seguía allí. Miró en la zona del dormitorio y después en el saloncito blanco a la derecha. Estaba vacío. En ese momento oyó un grito a la espalda. Se volvió y contempló a la recepcionista, que se tapaba la cara con ambas manos en un gesto dramático. Miraba hacia el cuarto de baño. Le hizo una señal para que se apartase y entró. Lo que vio le dejó tan sobrecogido como a la mujer.

Daniel desnudo en la bañera, doblado sobre sí mismo, y sangrando.

Con toda la profesionalidad de la que fue capaz, se acercó y lo tocó: no encontraba el pulso. Le puso la mano delante de la boca. Respiraba muy débilmente, pero respiraba.

—Salga —ordenó a la recepcionista, y marcó el 112—. Un policía gravemente herido en el pueblo de Quintanilla de San García, en la provincia de Burgos. Manden con urgencia una UVI móvil al Palacete del Obispo.

127

Silvia seguía al vehículo que conducía Inés a una distancia prudencial. Había pedido a Madrid datos sobre la matrícula: se trataba de un coche de alquiler a nombre de Daniel Velarde. Lo había recogido el día anterior y había dicho que lo entregaría en el aeropuerto de Barajas al mediodía. Silvia recordó que el Aston Martin se había estropeado a unos metros de la entrada de la Trinchera del Ferrocarril.

Inés pasó de largo la desviación que la habría llevado a Niebla. La inspectora siguió detrás, extrañada de que no volviese al pueblo. Tal vez estuviera escapando, pero no tenía sentido. La coordinadora del yacimiento no tenía por qué saber lo que habían descubierto esa misma noche. Le sonó el móvil.

—¿Has hablado con Daniel?

—¿La tienes? —preguntó Rodrigo al unísono.

—Sí —respondió primero la inspectora—, la vi justo antes de tomar la carretera general. La estoy siguiendo. Se ha pasado Niebla. No sé a dónde va. ¿Y Daniel?

—Lo he encontrado —afirmó el inspector.

Tras su respuesta hubo un silencio que Silvia no supo interpretar, más allá de sentir desasosiego.

—Me estás asustando.

—Está muy grave, Silvia —explicó al fin Rodrigo—. Ha sufrido un traumatismo craneal severo. Podría haber ocurrido golpeándose en la ducha contra el borde, se veía un impacto. Claro que también podría haber sido atacado con algún objeto contundente antes de caer. Es pronto para asegurarlo.

El corazón le dio un vuelco.

—¿Está vivo? Dime la verdad.

—El médico de la UVI móvil ha conseguido estabilizarlo, pero está muy grave. Lo han tenido que reanimar.

—¿Ha estado mucho tiempo sin oxígeno? —preguntó angustiada.

—No, ha entrado en parada cuando ya estaba el personal médico con él. Un par de minutos a lo sumo. Lo están llevando al hospital de Burgos.

—Joder… Ha sido Inés.

—Eso pienso yo también, pero aquí no la ha visto nadie entrar ni salir.

—Qué hija de puta, qué lista.

Silvia se tomó unos segundos para hacerse a la idea de lo que le estaba contando Rodrigo, que respetó su silencio. No podía imaginar el mundo sin Daniel. Ahora que había vuelto a su vida, no quería pensar que no existiese la posibilidad de volver a encontrarse por casualidad en cualquier esquina. La inspectora tomó aire y aceleró, estaba dejando demasiada distancia con el todoterreno y varios coches se habían metido en medio. Ya no lo veía.

—Ahora te llamo, Rodrigo.

Colgó consternada. Tenía que centrarse en la persecución: el cambio de marchas, reducir para ganar potencia, acelerar después; fijarse bien en el tráfico, el coche azul se salía un poco del trazado en la curva, esquivarlo. Una vez lo sobrepasó, pudo aumentar la velocidad. A los pocos kilómetros vislumbró el vehículo de Inés adelantando a un camión y se acercó, tal vez demasiado. Debía serenarse y dejar la distancia justa para que no la descubriera. Cuando lo consiguió, marcó el número de Rodrigo y retomó la conversación telefónica tratando de centrarse en el caso:

—Te voy a compartir mi ubicación en tiempo real para que puedas ver a dónde me dirijo. Y me sigues en cuanto puedas.

—Voy a conseguir un coche y salgo para allá. Aquí con Daniel no sirvo de nada.

—Muy bien —aceptó Silvia mostrándose serena—. De momento, ha pasado Burgos y ha salido de la A-1 hacia la nacional 234. Es como si fuera hacia Soria. Luego te llamo, Rodrigo, que la pierdo otra vez.

La inspectora terminó la llamada y localizó de nuevo el todoterreno tras una curva. Había poco tráfico de salida de la ciudad. Todavía era temprano.

Pasados unos kilómetros, Inés se desplazó al carril de desaceleración para abandonar la nacional. Como señalizó la maniobra con bastantes metros de anticipación, Silvia pudo dejar que varios vehículos se situasen en medio. Salió tras ella camino de Covarrubias. En ese punto, Rodrigo volvió a llamarla. Daniel ya estaba siendo intervenido en el hospital. Él había conseguido un coche y conducía a la altura de Atapuerca lo más deprisa que le permitía la carretera.

Llegando a Santo Domingo de Silos, Silvia advirtió que su perseguida giraba a la derecha en una rotonda, dejando la comarcal 902 hacia Aranda de Duero. La inspectora estaba despistada. No sabía a dónde podía estar yendo. Inés no conducía rápido. El reloj marcaba las ocho y media de la mañana. Lo lógico era que tuviese que estar ya trabajando en la excavación. Valoró llamar a Samuel para preguntarle si le había hecho un encargo que pudiese justificar ese viaje, pero decidió no hacerlo. No confiaba en el director del yacimiento tras el interrogatorio en comisaría.

Transcurridos un par de kilómetros, la carretera comenzaba a ascender suavemente y el paisaje iba cambiando la llanura por una zona boscosa a cuyos lados se alzaban montañas cada vez más escarpadas. En las curvas, Silvia perdía de vista el todoterreno para volver a divisarlo en la siguiente recta. No había más tráfico que sus dos vehículos. Tras un nuevo giro, se encontró con un túnel. Redujo la velocidad para aumentar la distancia con Inés, que también había aminorado la marcha ante una señal de 40. Entró en el estrecho pasaje excavado en caliza. Las paredes estaban sin revestir y no había otra iluminación que la que entraba por ambas bocas. Silvia sintió que se estaba adentrando en el final de la investigación que duraba diez días desde la aparición del cuerpo de Eva Santos y seis años desde la muerte de Teresa Yaner, y que ahora podía concluir en minutos, en cuanto Inés detuviese el todoterreno y ella le diese el alto. ¿Se resistiría? A pesar de que la coordinadora había demostrado inteligencia y crueldad, no veía la manera de que pudiese evitar su arresto.

Al fondo vio una luz y tras ella otro túnel, en el que ya entraba Inés. Silvia siguió respetando el límite de velocidad. Le daba la sensación de que no podía perderla en ese punto, no había desvíos posibles en la carretera. Cuando salió al aire libre se quedó sobrecogida por lo primitivo del paisaje encajonado entre montañas. Era como si los riscos amenazasen con desplomarse sobre el asfalto. Al internarse en el segundo túnel, se percató de que Inés ya estaba saliendo de él. Le pareció que la distancia era la correcta para no levantar sospechas. Recorrió el subterráneo bajo las Peñas de Cervera, todavía más oscuro que el primero, y al salir, un golpe de luz la cegó. Tenía el sol de cara. Tuvo que guiñar los ojos para recuperar la vista a la vez que un resplandor iluminaba el espejo retrovisor. Le pareció un reflejo del sol.

Cuando consiguió centrarse de nuevo en la conducción, ya no tenía delante el coche de Inés. Aceleró por miedo a haberse confiado y siguió su marcha tomando una suave curva a la derecha, tras la cual se encontró en una encrucijada de caminos. Dudó qué hacer. Inés podía haber tomado cualquiera de ellos. Peñacoba a la izquierda, Caleruega recto, o incluso un sendero de tierra a la derecha, pero lo suficientemente ancho como para que un todoterreno lo transitase. Se detuvo sin saber cuál tomar. No podía haberle sacado tanta distancia como para no verla. Fue entonces cuando le vino a la mente una imagen que creía no haber registrado: al salir del túnel, justo con el deslumbramiento del sol, le había parecido ver una figura blanca en el lateral de la carretera reflejada en su retrovisor. En ese momento pensó que era un mero destello, pero ahora valoraba la posibilidad de que fuese un vehículo de color claro aparcado en el arcén. No se lo pensó dos veces. Aprovechó el cruce para recular y cambiar de sentido. Regresó hasta el pequeño aparcamiento de gravilla al lado de la embocadura del túnel y comprobó que allí estaba el todoterreno. Era el que conducía Inés, pero no la veía a ella.

Detuvo su vehículo justo detrás, cerrándole la posible huida. Decidió abrir la guantera para coger la pistola. No pensó que le fuera a hacer falta, pero por si acaso se la metió en la parte trasera del pantalón, tapándola con la camiseta. Al hacerlo notó una punzada de dolor en el hombro. La herida del mordisco había vuelto a sangrar y unas pequeñas gotitas se adivinaban bajo el vendaje. Contempló la montaña que se alzaba a la izquierda del ensanchamiento de la calzada. Se podía subir sin excesivo problema. Aunque era empinada, un camino de hierba seca la hacía practicable. No había rastro de Inés. Vio una pareja de buitres leonados que montaban guardia desde el cielo. Hacía calor a pesar de que era temprano. Aguzó el oído y percibió un murmullo sordo de agua. Podía ser un riachuelo. Al volverse hacia el origen del sonido, vio un letrero pintado sobre piedra en el que se leía «Bajada La Yecla». Cruzó la calzada y se asomó a la barandilla metálica que delimitaba la carretera.

El paisaje era sobrecogedor. Un desfiladero que cortaba la montaña con una línea fina de no más de dos metros de ancho por la que transcurría una pasarela colgante sobre el arroyo El Cauce. No pudo evitar pensar que se parecía a la Trinchera del Ferrocarril, aunque no hubiesen sido los ingleses los artífices del corte, sino el agua, que había ido horadando la caliza durante millones de años. Vio a Inés, que terminaba de bajar las escaleras andando deprisa y se internaba en la garganta.

Ahí estaban. Las dos solas.

Buscó el acceso para descender tras ella y lo encontró justo debajo del texto escrito en la boca del túnel. Empujó la verja que cerraba el paso y leyó un cartel que señalaba «Peligro de desprendimientos». Cuando empezó a bajar por las escaleras de piedra, ya no veía a su perseguida, que había torcido a la izquierda, entrando en el angosto desfiladero. Caminó lo más rápido que pudo y también giró. Inés volvió a desaparecer internándose por la pasarela en la claustrofóbica hendidura de la montaña, todavía más estrecha unos metros más adelante. No parecía haber notado la presencia de la policía, que aceleró la marcha. La temperatura bajó varios grados. En el corte, que llegaba a tener más de cien metros de altura, no daba nunca el sol. La roca caliza se erguía a ambos lados amenazante, y la plataforma de un metro de ancho la recorría en zigzag sorteando los salientes. El cielo, plagado de buitres, se atisbaba entre las rocas de las paredes verticales, que llegaban a tocarse en algunos puntos.

Silvia se raspaba con los escarpes de las peñas, pero no quería aminorar su paso. Giró a la derecha, después a la izquierda, de nuevo a la derecha, cada vez más acelerada. En una de esas vueltas, se encontró de bruces con Inés, que la golpeó con un objeto contundente. La inspectora rodó por la estrecha pasarela sorprendida por el ataque, pero enseguida se preparó para evitar una nueva agresión. No había pasado los últimos años entrenándose en defensa personal en balde. Pero no llegó la segunda embestida. Silvia miró a su oponente y vio que le estaba apuntando con un pequeño revólver. Eso la desconcertó. No esperaba encontrarla armada. Inés lo sabía y sonrió imperceptiblemente.

—Es de Daniel —explicó—. Estaba en su coche.

Silvia se había incorporado y la miraba sin saber muy bien qué esperar. ¿Iba a matarla?

—Al pasar Niebla ya me había dado cuenta de que me estabas siguiendo —aclaró sin dejar de apuntar—. Por eso te he traído hasta aquí.

Silvia reculó despacio, pensando en cómo sacar la suya sin llamar la atención.

—No lo hagas, creo que ya sabes que no me importaría matarte.

—Pero ¿así? —preguntó Silvia manteniendo la serenidad—, yo pensaba que preferías hacerlo de una manera más sofisticada.

—¿Qué sabrás tú de matar o morir? La mayoría de los policías os jubiláis sin tan siquiera haber disparado.

La inspectora levantó las manos en señal de sumisión, pero las mantuvo no muy altas por si pudiera alcanzar su pistola en un despiste de su adversaria. Si la cogía, era porque estaba dispuesta a usarla. ¿Lo estaba de verdad? Inés sí había sido capaz de matar antes, pero ella no se había visto nunca en esa tesitura. Eso le daba una clara desventaja. Consciente de su superioridad, Inés aprovechó un ensanchamiento del camino para situarse detrás sin dejar de apuntar hacia ella. La inspectora empezó a andar despacio mirando a su agresora a los ojos. Los notó diferentes. Apreció en ellos un brillo que no estaba los días anteriores, que había permanecido oculto.

Inés vio cómo sobresalía del pantalón la pistola de Silvia y se la quitó, arrojándola al río.

—¡Camina de frente! —le ordenó colocándole el cañón sobre el cuello y empujándola con violencia.

Silvia pensó que pretendía alejarse lo más posible de la carretera. Eso le daba tiempo para pensar una estrategia.

—¿Qué ganas con esto? —preguntó para tantear sus intenciones.

—Escuché el mensaje que le dejaste a Daniel en el buzón de voz y pensé que me habíais relacionado con la cueva de El Sidrón.

—Así es.

—Veo que habéis hecho bien vuestro trabajo, no como entonces. Claro que en Asturias estabais distraídos follando.

—¿Qué te ha contado Daniel? —preguntó sorprendida de que lo supiera.

—Muchas cosas. Ya sabes lo habladores que son los hombres en cuanto les comes la polla.

A Silvia le molestaron las palabras de Inés, pero no se permitió demostrarlo. Debía estar centrada en sobrevivir.

—Ha muerto por tu culpa. Por tu llamadita. ¿A que jode?

—No ha muerto.

—Cuando lo dejé tumbado en la bañera no tenía pulso —respondió sarcástica.

—Han conseguido reanimarlo —anunció la inspectora con tal convicción que le hizo dudar.

—No me vas a poner nerviosa, nadie me relaciona con él. No me vieron llegar, no hay pruebas de que estuviéramos liados, mi teléfono estaba apagado… Y aquí hay sitios en los que nunca encontrarán tu cadáver.

A Silvia no le quedaron dudas: su intención era matarla. Rodrigo sabía que estaba siguiendo a Inés y tenía localizado su móvil. Prefirió guardarse esa información y esperar a que la situación se pusiese más crítica. El teléfono era posible que no le salvase la vida, pero sí podía servir para localizar su cadáver e inculpar a la asesina del crimen que estaba a punto de perpetrar.

Siguieron avanzando por el pasillo elevado, cada vez más lejos de la civilización. Las paredes se estrechaban, y el río que transcurría por debajo resonaba en la garganta aumentando la sensación de aislamiento y soledad.

—¿Te acordabas de Daniel desde el principio? ¿Lo reconociste el día que te lo encontraste en el bar? —preguntó Silvia pensando que la conversación podía aplazar el final.

Inés sonrió.

—No, la verdad. Tuve suerte. No caí en quién era hasta que lo vi al día siguiente en la Trinchera del Ferrocarril. Me quedé bloqueada. Pero reaccioné bien, ¿no crees?

—Bueno, los dos estuvisteis raros ese día —afirmó Silvia—. Pero ya veo que no te fue difícil continuar con la relación.

—Folla muy bien —respondió Inés con frivolidad—, aunque eso seguro que ya lo sabes. No como Galder, que era una bestia, pero folla bien. ¿Te contó que tuvimos sexo en la Galería del Sílex?

Silvia no supo qué contestar. Por su gesto, Inés dedujo satisfecha que no sabía tanto como quería hacerle creer.

—Ahí me descontrolé, hubo un momento en el que creí que

me iba a descubrir. Pero me demostró que no es tan listo como él piensa. Le ocurre como a todos los hombres, que se creen que son tus protectores, y se confían.

—Ya veo, lo tenías todo planeado. Y con Galder muerto, esperas que lo inculpen de todos los crímenes. A nadie se le va a ocurrir que una mosquita muerta como tú sea en realidad la que está detrás de todo.

—Y no sabes hasta qué punto —respondió Inés vanidosa—. Lo de Galder fue fácil; él ya estaba obsesionado con la vida prehistórica y era un líder natural. Había algo en él… que desde que lo conocí supe que sería capaz de cometer atrocidades para sentirse como los primeros *sapiens*. Era como uno de esos príncipes de la prehistoria de los que hablaba Samuel. Solo tuve que poner su currículum el primero para que lo contratase en la excavación.

Silvia comprendió que, si ella desapareciese, no iban a poder demostrar las conexiones entre Inés y el asesinato de Eva.

—Tenías que haberlo visto cazando aquel bisonte —continuó la coordinadora con la mirada encendida—. No veas cómo se defendía el bicho.

—¿Así que tú también participaste?

Inés asintió entusiasmada.

—Lo perseguimos y lo matamos como lo hacían los primeros humanos. Esa mañana fue brutal. Llegué con tal subidón a la cueva en la que había quedado con Daniel…

—¿Y lo de comer carne humana también fue idea tuya? —la cortó Silvia, que no quería escuchar el resto de la historia.

—Ahí se les fue un poco la olla. Lo habíamos hablado, pero llegó un punto en el que Galder ya actuaba por su cuenta.

—Por eso nos pusiste tras su pista.

Ambas mujeres se miraron. A Inés le pareció que ya habían hablado suficiente.

—Te voy a llevar a un sitio muy bonito para morir —añadió, y la golpeó con el cañón en el hombro herido—. Tienes razón, la estética es importante. Y también es esencial que no se escuche el disparo desde la carretera —especificó con un macabro sentido del humor—. Tan solo los buitres se van a enterar de lo que te suceda. Debe de ser jodido pensar que tu cuerpo va a acabar devorado por unos pájaros. Me gustaría que lo visualizases. Y también a Galder comiéndose al otro chaval, si no lo hubierais matado.

Silvia no pudo evitar que la imagen de su cadáver picoteado por los buitres se le reprodujese en la cabeza. Cerró los ojos con fuerza y se concentró en no dejarse invadir por el miedo. Se podía aplazar. Al menos, de momento.

—¿Qué relación tuviste con el crimen de Asturias?

—Es asombroso el cerebro del ser humano, la curiosidad. Estás más preocupada por la investigación que por lo que te vaya a ocurrir. Es una manera de no pensar, ¿a que sí?

—Puede ser.

—Aunque no pudisteis demostrarlo, teníais razón: aquel taxidermista fue el asesino de Teresa.

Silvia se detuvo, giró su cuello y la miró. Inés levantó el revólver conminándola a seguir avanzando por la serpenteante pasarela. La policía lo hizo, aunque trataba de caminar despacio para retrasar el momento en el que tendría que enfrentarse a lo que estaba por venir.

—Y yo iba a ser su segunda víctima —explicó Inés.

Silvia acertó a ver en sus ojos un pensamiento que le ensombreció de pronto el rostro.

—¿Tú? ¿Llegaste a estar en la cabaña del monte?

—Sí. Unas quince horas. Atada, desnuda.

—La segunda chica que desapareció…

—Sí, pero volví como si no hubiera pasado nada.

—Escapaste. ¿Tú sola?

—No tenemos tiempo para los detalles, pero conseguí soltarme.

—¿Y Béjar?

—Lo empujé por un barranco.

—Por eso no lo encontramos nunca —dijo para sí la inspectora—. Y quemaste la cabaña.

—No quería que nadie me relacionara con él. Aparecí un par de días después en las fiestas de un pueblo cercano. Una joven que se va de juerga. Nada sospechoso.

—Ya. ¿Y qué tiene que ver Eva Santos en todo esto?

—Es una historia muy larga. Intentó hacerme chantaje con la calavera de Carlos Béjar.

—¿Por qué lo sabía?

—Se lo conté en un momento de debilidad —reconoció Inés con tono autosuficiente—, y fuimos juntas a buscar el cadáver. Ahí estaba, al pie del precipicio por el que lo tiré seis años antes, devorado por los animales. Y la hija de puta de Eva pensó que podía hacerme chantaje. Ella manejaba bien a los hombres. Aprendí mucho de su capacidad de seducción. Pero yo no soy hombre. Conmigo se equivocó. Nunca me vio venir. Pensaba que era inofensiva, y que incluso estaba enamorada de ella. —Inés hizo una pausa y se puso solemne—. Yo sé lo que se siente al estar próxima a la muerte. Y cuando sobrevives a eso, te conviertes en alguien invencible. El haber estado en el filo, el que tu mente haya aceptado que se trataba del final y ser capaz, a pesar de eso, de volver a luchar, de intentarlo a sabiendas de que va a ser imposible.

Silvia se identificó con esa actitud. Era lo que ella estaba sintiendo. Saber que iba a morir, que nadie la oiría, que Rodrigo, por muy rápido que condujese, estaría a treinta o cuarenta kilómetros de distancia. Pero quería vivir, estar atenta a cualquier opción que le diera su contrincante. Necesitaba ganar más tiempo. Comprobó que Inés se sentía eufórica narrando su epopeya. El punto débil de los asesinos es, en muchas ocasiones, su necesidad de contar los crímenes que han cometido, sobre todo cuando consideran que han sido inteligentes y no pueden compartirlo con nadie. El ser humano y su afán por comunicarse. Por no sentirse solo. Idéntico desde hacía milenios. Tal vez, desde que se reunió por primera vez en torno al fuego y contó una historia real o inventada. Hasta Facebook. Por eso, Silvia siguió indagando:

—Fuiste tú la tercera persona en la cabaña. No Galder.

—Fui yo.

—Y la envenenaste, como sucedió en Asturias —aventuró—, para que pareciera el mismo asesino. Conocías el caso de El Sidrón, y además eres bióloga. No te fue difícil.

—El veneno de la adelfa es parecido al de la serpiente, pero todavía más tóxico.

—¿Y la pintura roja alrededor del cuerpo? Querías que pensásemos que el autor no era un experto.

Inés sonrió de nuevo. Le estaba agradando hablar con la inspectora. Le gustaba comprobar cómo iba deduciendo todas sus estratagemas, ahora que era tarde.

—Y le expliqué esa teoría a Daniel. Seguro que te lo contó como si fuese un descubrimiento suyo.

En la expresión de Silvia se podía deducir que así había ocurrido.

—Antes de irme dejé semen de Galder por el suelo de la cabaña —explicó la coordinadora del yacimiento—. No sé si llegasteis a encontrarlo, pero me gusta pensar en todo.

—Lo encontramos. Muy inteligente. Supimos que pertenecía a un varón escandinavo. Nos has llevado por donde has querido.

Inés no pudo evitar sentirse orgullosa ante los halagos de Silvia.

—Sin embargo, te equivocaste de veneno. En Asturias fue tejo.

—Poco importa ya. Hemos llegado —sentenció.

Estaban en una zona en la que el despeñadero se ensanchaba un par de metros. Silvia supuso que sería para poder arrojar con facilidad su cadáver al río desde la pasarela. Comprendió que iba a morir. Su secuestradora estaba a unos metros, por lo que un ataque directo resultaría infructuoso; mientras se volvía y se lanzaba contra ella, le iba a dar tiempo de sobra a apretar el gatillo. La chocante sensación de que le quedaban tan solo unos instantes de vida la impulsó a tomar una decisión.

Silvia escuchó la naturaleza como lo habían hecho los antiguos humanos que habían caminado por estas montañas: *Homo antecessor, heidelbergensis,* neandertales o *sapiens.* Se encontró en armonía con la historia de las diferentes humanidades que habían poblado la Tierra. Sintió el graznido de las aves, el goteo del agua que resbalaba entre el musgo, el viento que recorría las paredes de la quebrada, el movimiento de los árboles... y el río que se arremolinaba bajo sus pies. Es ese punto sonaba más intenso. Y su mente voló. Esos escasos segundos fueron horas en su cabeza. No pensó, como suelen decir que ocurre en esas situaciones, en sus seres queridos, ni le cruzó toda su vida por la mente, sino que visualizó el agua, el revólver, el pecho de Inés cada vez más agitado por la respiración, la altura de la valla metálica que flanqueaba la pasarela. Y pensó en saltar. Sin saber qué le esperaría debajo, pero intuyendo que podía proporcionarle unos segundos más de vida. Saltar.

Percibió cómo Inés percutía el arma.

Y se arrojó al vacío a la vez que el revólver se disparaba a su espalda. El sonido del gatillo le dio el impulso necesario, el convencimiento de saber que le quedaba menos de un segundo en este mundo. Cayó a la derecha de la plataforma, que tenía un hueco más amplio, para no estrellarse contra las paredes de la garganta. Giró sobre sí misma en el aire de manera instintiva, animal, prehistórica. Regresó a la esencia del humano antes de serlo, de *Homo habilis,* de *Australopithecus,* del simio. La bala rebotó por los muros de caliza hasta perderse en el desfiladero.

Silvia sintió el aire frío en la cara durante la caída, en la que se iba rozando contra el lateral de roca hasta sumergirse en el agua helada. Tuvo suerte, su oído no la había engañado y, en esa zona, había una poza que embolsaba suficiente cantidad de agua. A pesar de ello, sus pies impactaron contra el fondo, se torció un tobillo y se hizo daño en la rodilla derecha.

Inés reaccionó y se asomó por la barandilla buscando a su víctima, que ya se movía con dificultad intentando esconderse debajo del puente colgante. Disparó y el impacto sacudió la espalda de Silvia a la altura del hombro, haciéndola caer por un pequeño torrente. El descenso por el río le permitió alejarse lo suficiente como para que su asesina no la localizase desde arriba. Cada vez más ansiosa, Inés corría tratando de ubicarla para volver a disparar. No podía saber dónde le había alcanzado la bala.

Silvia, maltrecha, se escondió en un hueco de la pared y se detuvo a valorar las lesiones: tenía los brazos despellejados por el rozamiento contra las paredes, se había hecho un esguince en el tobillo y la rodilla le dolía como si se hubiera roto el menisco. Se miró el hombro. El mismo del mordisco que le había propinado la novia de Galder. Orificio de entrada y salida. Le dolía mucho y le dificultaba mover el brazo, pero no se lo impedía. Sentía cómo le empezaba a subir la temperatura y tenía escalofríos. El cuerpo reaccionaba a los daños. Había ganado tiempo, aunque no podía estimar cuánto podría permanecer oculta en esa posición. A pesar de estar en verano, la temperatura era muy baja y el agua estaba congelada. Tomó aire. Profundo, hasta el vientre. Lo expulsó intentando calmarse. Sacó su móvil. Estaba empapado y fuera de cobertura. El puente, que se encontraba a tres o cuatro metros de altura, retumbaba debido a las carreras de Inés, desesperada por encontrarla.

Los pasos cesaron.

De pronto, una sombra cayó desde la pasarela hasta el agua. Silvia comprendió que Inés no iba a dejar que se le escapara la presa sin intentar cobrársela. Se aplastó todo lo que pudo tras un saliente de la montaña. Y volvió a escuchar. Inés salía del agua tomando una bocanada de aire. Y con un grito de dolor. Era posible que también se hubiera lastimado en la caída. Eso las igualaba, pero ella estaba herida de bala, su enemiga seguía armada y los revólveres pueden disparar, aunque estén mojados, debajo del agua. Se agazapó todo lo que pudo y aguardó.

Los pasos que avanzaban por el río delataban los movimientos de la coordinadora de la excavación, que se iba acercando. La inspectora decidió que era hora de atacar. Cogió una piedra suelta de la pared. Cuando le pareció que Inés podía estar a su alcance, salió de su escondite y le arrojó el pedrusco buscando la cabeza. Inés recibió el impacto en el mentón, desequilibrándola. Silvia se arrojó sobre ella y le quitó el revólver, que desapareció engullido por la corriente.

El golpe no había hecho tanta mella en su contrincante como le había parecido; sangraba por la barbilla, pero solo era un rasguño. Inés se zafó con facilidad de su sujeción y le propinó un puñetazo en la cara que la hizo tambalearse. Después la empujó contra la pared, golpeándola contra las rocas. La inspectora trató de reaccionar. Se percató de cómo le pesaba la ropa mojada y los zapatos, y de cómo eso ralentizaba sus movimientos. La rodilla le fallaba y el hombro le ardía. Le alcanzó un nuevo puñetazo, sin tan siquiera verlo venir. Y después otro. Y otro. Inés chillaba a la par que propinaba golpes a su oponente. Silvia ya no pensaba con claridad. Su agresora se lanzó al cuello cuando le pareció que ya no podía defenderse, y la hundió en el río. A la inspectora le dio el tiempo justo para coger una bocanada de aire antes de sumergirse en las aguas del Cauce. Inés, henchida de rabia, apretaba cada vez más. Silvia mantenía los ojos abiertos y veía, entre la turbulencia del agua que originaba la lucha, la expresión salvaje de su contrincante. Cómo disfrutaba del momento. Imaginó lo que habría sufrido en manos de Carlos Béjar y cómo eso había contribuido a despertar una crueldad que no podía reprimir y que ya había causado tanto daño.

El oxígeno se le acababa y braceaba sin control, intentando desasirse. El pensamiento se le nublaba; le quedaban, ahora sí, escasos segundos de vida. Vio a su madre, que aún vivía, aunque estaba mayor. La vio de joven, tal vez en su primer recuerdo: la casa familiar en la que había crecido, el huerto de los abuelos, el nacimiento de su hermana pequeña…, hasta que, de pronto, le brotó la imagen de su propio hijo, el que no había tenido todavía, y el que ya no podría tener si moría a manos de Inés. ¿Sería este su castigo por aquella dolorosa elección de hace seis años? No. Aquella decisión tuvo sus consecuencias terribles y humanas, pero fue su decisión. Ya se había perdonado por aquello, y tenía claro que su dignidad como mujer no podía estar condicionada por ser madre. Tenía una vida que quería seguir viviendo.

La reacción fue instintiva. No pasó por su mente consciente, no recordó las clases de defensa personal a las que había acudido. Tan solo surgió de alguna parte recóndita de su cerebro la decisión de actuar y el conocimiento de cómo hacerlo. No servía de nada bracear, sino juntar las manos sobre su pecho como si estuviera rezando y levantarlas con ímpetu a la vez que las abría, consiguiendo separar los brazos de su rival. Un sencillo gesto que sirvió para que su agresora la soltara, perdiera el equilibrio y cayera sobre la propia Silvia al agua. La policía reaccionó como una fiera y se giró hundiendo con ímpetu a Inés, que estaba de espaldas a la superficie. La empujó hacia el fondo ayudándose de todo el peso de su cuerpo, que había situado encima de su adversaria, haciendo presa con las piernas. Sentía un dolor terrible en la rodilla, en el hombro, pero no iba a cejar en el esfuerzo. ¿Qué pensaría ahora Inés? ¿Sentiría también que le quedaban instantes de vida? ¿Recordaría a Carlos Béjar y el daño irreparable que le había hecho? ¿A Eva Santos? ¿A Daniel?

La inspectora presionó hasta que dejó de sentir los estertores. Aguantó todavía unos segundos más y se levantó chillando como un animal dolorido. Gritó, y su bramido se perdió rebotando con eco por las paredes del desfiladero.

Estaba viva. Y podía decidir.

128

Día 17

Silvia abrió los ojos sorprendida por el canto de los pájaros. Por la musicalidad le pareció que podía tratarse de mirlos, como los que había en la casa familiar donde pasaba los veranos de niña. ¿Todos estos días habían estado ahí? ¿Por qué no los había oído hasta entonces? Se incorporó y pestañeó para acomodar sus ojos al tenue resplandor que ya se filtraba por los visillos que cubrían la ventana. Había dormido bien a pesar de que el hombro todavía le dolía y que le costaba moverse por el vendaje de la pierna. Desde que terminó la investigación, las pesadillas de interminables túneles habían desaparecido. Hizo un esfuerzo y se sentó al borde de la cama. Estaba inquieta; en una hora tenía que estar en el hospital para visitar a Daniel.

Según los detalles que había conseguido sonsacar a Rodrigo a regañadientes, hacía seis días que Daniel había sido operado de urgencia en el Hospital Universitario de Burgos por un traumatismo craneoencefálico severo, Glasgow 8. Tras practicarle un trépano para aliviar la presión de la sangre en el cerebro y evitar un edema mortal, había sido sedado e intubado, induciéndole un coma a la espera de ver cómo evolucionaba.

Silvia había tenido que digerir toda esta información junto a la incertidumbre del futuro de Daniel unas pocas horas después de ser intervenida, en el mismo quirófano que su compañero, del disparo que había recibido en el hombro y de la rotura de menisco. Tuvo que permanecer esa noche en la UVI, al lado de

Daniel, que se mantenía inconsciente por la sedación. Se sentía extraña allí, entre aquellas paredes blancas y frías que había visto tantas veces en el poco tiempo que había durado el caso. Estar en la UVI significa tener muchas horas para pensar en soledad, aunque el cerebro vaya más lento por la ingestión de antinflamatorios y analgésicos. En ese duermevela sintió que necesitaba terminar de colocar las piezas que se habían desencajado seis años atrás con el asesinato de Teresa Yaner. Se dio cuenta de que en este tiempo había superado el trauma mejor de lo que había llegado a creer, pero el choque con la realidad del encuentro con Daniel había sido necesario para contrastar si esa cura había sido real y profunda. Ahora, como en un Tetris, todas las piezas cuadraban. Daniel había significado mucho para ella. En el silencio de la sala de cuidados intensivos, mientras lo observaba dormir tranquilo en su obligado sueño, había sido capaz de reconocer que había estado irracionalmente enamorada de él y que su abandono podría haber destruido todo su mundo. Pero, igual que en aquella pasarela sobre el río, a punto de rendirse, había sabido reaccionar y sobrevivir. Todavía era joven, no había cumplido los cuarenta, y se sentía con energías a pesar de las cicatrices que surcaban su cuerpo. Esa larga noche se impacientó por levantarse, por salir del hospital, por recuperarse del hombro, por enfrentarse una vez más a la vida.

Pero sabía que debía tener paciencia, permitir que su cuerpo sanara y que su mente consiguiera serenarse. Si el proceso había sido positivo y lento, no por correr en el último tramo iba a terminar mejor ni más deprisa. Miró hacia la cama de Daniel. Los médicos eran optimistas y le irían bajando la sedación paulatinamente.

Y se durmió esa noche a su lado.

Ahora, seis días después del final de los acontecimientos de Niebla, el caso estaba listo para ser cerrado gracias a los informes que Rodrigo había presentado al comisario Mendoza, pactados con la inspectora Silvia Guzmán, que seguía de baja médica. Dieron por probado que Carlos Béjar había sido el asesino de Teresa Yaner. Se habían encontrado sus huesos enterrados en la ladera del precipicio cercano a la cabaña, gracias al testimonio involuntario que Silvia le arrancó a Inés. También dieron por demostrado que Inés, y no Galder Vinter, había asesinado a Eva Santos. La familia de Adrián Laguna podía estar traficando con gemas, pero no tenía vinculación con los crímenes.

Durante la investigación, Rodrigo creyó que los líderes eran Galder y Eva, y al cerrar las diligencias, se daba cuenta de que el detonante fue la ideología de Samuel Henares y su influencia sobre los estudiantes, sumada a la locura de Inés, capaz de atrocidades que no habían podido imaginar.

El juez Vázquez de Mella felicitó a todo el equipo y añadió que le gustaría hacerlo personalmente en cuanto Daniel se recuperase.

Al exinspector Velarde le habían ido retirando la sedación y, la tarde anterior, la ventilación asistida. Su cuerpo había reabsorbido el edema. Tan solo le quedaba un pequeño hematoma en el área motora del lóbulo parietal del cerebro que podía afectarle a la movilidad de una mano, pero la neurocirujana creía que sería recuperable con rehabilitación y fisioterapia.

Silvia se vistió nerviosa. Le costó concentrarse en escoger la ropa entre la poca que tenía en Niebla, y terminó por elegir unos vaqueros y una camiseta blanca, se recogió el pelo en una cola de caballo y salió de la habitación. Lo iba a ver despierto por primera vez desde que se despidieron, antes de que Inés lo dejara malherido en la casa rural.

No habría sido capaz de explicar cómo había sido el camino desde Niebla hasta el hospital, cuando se vio a sí misma recorriendo ya los pasillos que había cruzado los últimos días camino de la habitación 205. Había entrado unos minutos cada mañana y le había hablado a sabiendas de que no era seguro que la oyese, pero había elegido mostrarse optimista. Le había contado su vida de esos años, sus inquietudes, sus miedos. Iba a echar de menos esas conversaciones ahora que Daniel se había despertado.

Se paró en la puerta de la habitación seguida por la doctora, que le hizo algunas consideraciones sobre cómo debía dirigirse a él. Por fin se quedó sola y entró. Daniel tenía los ojos abiertos y, al oír la puerta, los dirigió hacia la entrada hasta encontrarse con los de ella. Ambos sonrieron.

—Daniel —dijo solamente. Y su nombre resonó en la habitación.

—Estoy bien —respondió él.

—Te veo bien.

—Gracias. Estoy vivo. Y parece que mi cabeza funciona medianamente. ¡Te he reconocido!

Silvia se acercó a los pies de la cama. Daniel no tenía mal aspecto a pesar de haber estado en coma inducido: la cabeza vendada, había adelgazado un par de kilos, pero era fuerte.

—Es toda una experiencia cerrar los ojos pensando que vas a morir… y abrirlos estando vivo —explicó Daniel emotivo—. Es la hostia. Hay gente que se deprime o se siente culpable por sobrevivir a accidentes. A mí creo que no me va a pasar. Me siento feliz. Acojonado, pero contento.

—No te va a pasar. Eso de sentirte culpable no va contigo.

—Los dos hemos estado a punto de palmarla. Recuerdo cuando se me cerraron los ojos en la bañera…, no entendía lo que había sucedido.

—Siempre tan mental —lo calificó ella sin poder evitarlo—. Te habría tranquilizado si lo hubieras sabido.

—Creo que, de alguna manera, sí.

—¿Qué recuerdas?

—¿Inés? —preguntó Daniel buscando una explicación.

—¿Te acuerdas de ella?

—Sí…

—Ya sé que pasaste la noche con ella en el Palacete del Obispo —aclaró Silvia para evitarle tener que contarlo.

Daniel asintió agradecido y un tanto avergonzado.

—Me levanté temprano. Tenía que volar a Ibiza esa misma tarde.

—Por cierto, tu jefe te ha llenado esto de flores —señaló Silvia mirando los cinco centros con plantas carísimas.

—Menos mal que no soy alérgico.

Ambos rieron para rebajar la tensión de verse vivos tras tanto sufrimiento.

—Esa mañana me estaba duchando —prosiguió Daniel— cuando oí un ruido y abrí la cortina. Lo último que vi fueron los ojos de Inés inyectados en sangre. Y llegó el golpe. ¿Fue ella de verdad?

—Sí. Te dejó tendido creyendo que habías muerto. En la bañera. Desnudo y en posición fetal.

Aunque se lo había imaginado, escucharlo en boca de su compañera le revolvió las tripas.

—Como a todos —dijo—. Como te dejó a ti Gabriel.

—Pero Rodrigo te encontró a tiempo.

—Tendré que darle las gracias al chaval —reconoció Daniel con media sonrisa.

—Te lo contaré con calma cuando estés mejor, pero Inés nos engañó a todos.

—Sobre todo a mí.

—Sobre todo a ti.

—El caso es que hubo un momento en que me lo planteé…

—En la Galería del Sílex —dedujo Silvia.

—¿Cómo lo sabes? —preguntó Daniel sorprendido.

—Ella me lo contó.

—¿La detuviste?

—Lo intenté —explicó con melancolía—. Inés ha muerto, Daniel.

El asesor se tomó unos instantes para asumir la noticia. Aunque habían pasado seis días, en su mente apenas habían transcurrido unas horas. Se había desmayado con la imagen de la última vez que habían hecho el amor esa misma noche y se despertaba con la noticia de que Inés Madrigal estaba bajo tierra, al igual que Eva, Gabriel y Galder.

—¿Cómo fue?

—La maté yo —explicó sin rodeos Silvia. Y de golpe, fue consciente de todo lo ocurrido. Le vinieron imágenes del incidente en el desfiladero de La Yecla: la pelea, el salto, la rodilla lesionada, el disparo, la caída por el torrente, las aguas que la engullían y su capacidad para defenderse en el instante final—. La maté con mis propias manos, Daniel. Era ella o yo.

La confesión lo dejó sumido en un profundo silencio. No se lo esperaba.

—He pensado mucho estos días sobre la violencia —dijo al fin Daniel—. Y algo he aprendido de los primeros humanos: no es lo mismo la violencia gratuita, cruel, que la que se ejerce por mera supervivencia. Esta siempre está justificada.

Silvia agradeció la reflexión, y por su rostro cayó una solitaria lágrima repleta de sensaciones contradictorias: de felicidad por estar viva, pero también de culpabilidad. Ella no era como Daniel. Le era difícil asumir que le hubiera quitado la vida a otro ser humano, aun en defensa propia; a una joven con futuro, que había luchado y padecido tanto como ella, una víctima que había acabado provocando tanto dolor como su agresor.

Daniel, con esfuerzo, tomó su mano y la apretó.

—Veo que has recuperado la movilidad —recalcó Silvia para cambiar de tema.

Sendas sonrisas saltaron a la vez en los rostros.

—¿Y tu brazo? —preguntó Daniel señalando el cabestrillo.

—Es el hombro. ¿Te han disparado alguna vez?

—Sí, pero no me han dado.

—Es como un golpe seco…

—¿Inés cogió mi revólver? —quiso confirmar él su deducción.

Ella afirmó con un movimiento de cabeza. Daniel se sintió culpable. Esta vez sí. Había vivido muchas circunstancias en su carrera, algunas muy complicadas, en las que no había sido capaz de ponerse en el lugar de la gente que lo rodeaba, pero no se habría perdonado la muerte de Silvia. Y menos si su arma hubiese sido la causante. Podría soportar la muerte de cualquier otra persona, pero Silvia se merecía vivir y ser feliz. Más que nadie. Eso lo tenía claro.

—Y ahora que veo que de esta sobrevives, ¿cuándo te van a dejar salir de aquí?

129

Día 25

El hombro de Silvia no le permitía conducir, así que era Daniel quien iba al volante del todoterreno recién alquilado por el Camino del Pajarillo hacia las excavaciones de Atapuerca. A pesar de que había recuperado casi toda la movilidad, todavía tenía cierta dificultad motora en la mano izquierda, pero había *olvidado* comentárselo al encargado de alquilarles el vehículo. ¿Para qué darle tanto detalle? Silvia había estado de acuerdo.

Las ruedas avanzaban sobre la grava mientras los laterales de la pista comenzaban a elevarse, lo que significaba que la entrada estaba próxima. Habían pedido estar solos, que nadie del yacimiento saliera a recibirlos, que tan solo les abrieran la valla. Era muy temprano y el sol aparecía tímido en la sierra de la Demanda, sin calentar en exceso. Aparcaron frente a la verja amarilla y el guardia de vigilancia les permitió el acceso sin decir nada. Lo agradecieron con la mirada y se encaminaron por el cortado que condensaba la historia de los últimos milenios de las diferentes humanidades. De sus sufrimientos y alegrías, que nunca conoceremos, pero que impregnan las paredes de caliza. Los anhelos, las luchas, las guerras, las tristezas, las pérdidas. La muerte, la desolación. El amor.

Caminaron en silencio oyendo sus propios pasos sobre la tierra entre los dos sectores de la montaña cortada más de un siglo atrás por el ferrocarril, teniendo presentes todas las muertes recientes. También la de Teresa Yaner. Silvia se detuvo antes de llegar a la Sima del Elefante. La trinchera permanecía en penumbra. Soplaba una ligera brisa que movía la melena de la inspectora.

—Dicen que, si la historia del universo se representase en un año, la del ser humano serían los últimos segundos del día 31 de diciembre —explicó Daniel.

Silvia sonrió sobrecogida.

—Y tú y yo, ¿qué seríamos?

Los dos solos frente a sí mismos y a los enterramientos de los homínidos que, como ellos, habían perseverado por sobrevivir ante cualquier peligro.

—¿Qué nos impulsa a seguir vivos y a no dejar de luchar? —preguntó ella.

—Tal vez el temor. El mismo que sintieron estos primeros humanos al ser conscientes de sí mismos —respondió Daniel señalando las excavaciones—. Tal vez siempre haya sido igual. Lo que nos da miedo en la vida es que se mueran nuestros seres queridos. Morirnos nosotros.

—Eso da significado a la religión, al arte. Incluso a la ciencia. ¿Por eso sentimos la necesidad de tener hijos? ¿Es puramente biológico?

—Samuel diría que a los animales les importa más reproducirse que la muerte en sí. La especie es lo importante. A los salmones les da igual morirse con tal de poner los huevos en el mismo lugar en el que nacieron, los machos de la mantis religiosa se dejan devorar para poder copular con las hembras y así tener descendencia...

—Pero los humanos somos un poco más complejos, ¿no? Deseamos vivir —recalcó Silvia.

—Dejar de existir, dejar de ser uno mismo —añadió Daniel sin contestarle—. Que todo continúe, pero no estar para verlo. Eso... me aterroriza.

Silvia sintió ternura por él. Tan fuerte, tan seguro de sí mismo. Y tan solo. Lo abrazó. Él se dejó abrazar. Lo necesitaba, necesitaba dejar de competir con el resto de la humanidad, necesitaba volver a sentirse merecedor de aquel afecto. La necesitaba. Silvia se sintió confortada, sin pensar en qué significaba ese abrazo, dejándose llevar, sintiendo, amando la vida. No solo su vida. La de todos.

Se separaron y se miraron a los ojos, emocionados por el lugar y por la situación.

Empatía y violencia, ambas presentes en nuestro ADN. El ser humano frente a su destino, frente a la muerte. ¿Es eso lo que nos hace realmente humanos?

UN MENSAJE DEL PASADO

Agencia EFE. Burgos, 18 de agosto de 2018

El equipo dirigido por el profesor Samuel Henares ha dado a conocer la noticia que había mantenido en suspenso tras los graves sucesos ocurridos en las últimas semanas en la excavación de Atapuerca, donde la aparición del cadáver de la joven de veintidós años asesinada, Eva Santos, obligó al cierre del CAREX hasta la resolución de la investigación.

El equipo de Atapuerca ha participado junto con el de El Pendo en el análisis de los huesos encontrados hace un año en esa cueva del valle de Camargo (Cantabria). Todo parece indicar que los restos hallados en un enterramiento común corresponden a dos individuos pertenecientes a especies humanas diferentes. Dichos restos podrían haber sido enterrados en origen en una misma fosa, con una clara intencionalidad simbólica. Ambos habrían sido depositados muy próximos uno al otro y rodeados de objetos personales. Los estudios llevados a cabo por los especialistas confirman que se trataría de un hombre neandertal y una mujer sapiens.

Este descubrimiento, puesto en duda por parte de la comunidad científica, dará mucho que hablar en los próximos meses. Puede deducirse del hallazgo que ambas especies convivieron al menos durante mil años en la cornisa cantábrica de la península ibérica. Los especialistas recuerdan que, fruto de diversos cruces genéticos ocurridos a lo largo de la prehistoria, el ser humano moderno occidental comparte entre un dos y un cuatro por ciento de ADN con los neandertales.

Como ya había adelantado Samuel Henares en la nota de prensa del mes de julio, «Nuestros ancestros nos envían mensajes desde el pasado y a nosotros nos toca interpretarlos. Entiendo que estas interpretaciones pueden resultar polémicas». En la comparecencia de hoy, el director de Atapuerca ha añadido: «Yo me inclino a pensar que pudo haber una época en la que, a pesar de la violencia presente en muchos enterramientos, los clanes de ambas especies convivieran en paz».

AGRADECIMIENTOS

A Atapuerca, por todo lo que significa en la historia de los humanos.

A Mónica Martín-Grande, por ayudarme a pensar en la estructura de la novela. A Victoria Dal Vera y a Tatiana Rodríguez, por preparar el primer proyecto con Mónica y conmigo.

A Emiliano Aguirre, por iniciar el estudio de los yacimientos en Atapuerca. A Juan Luis Arsuaga, por aquella comida juntos y por sus conferencias sobre la prehistoria. A Eudald Carbonell y Rosa M. Tristán, a Elena Bermúdez de Castro, a Susana Sarmiento y Eduardo Cerdá (Paleolítico Vivo). A Alfonso Benito (y su dron). Al grupo de espeleología Edelweiss, por su libro de fotos. Y a Marco de la Rasilla Vives (director de las excavaciones de la cueva de El Sidrón-Asturias).

Al comisario Ángel Galán. A los doctores Raquel de la Higuera Olivas, Javier Gil y Sylvia Lladó. A Carmen Costi. A Isabel Fuentes, por aclarar mis dudas sobre el ADN. A Juan Francisco de Dios, por un desayuno en Vip´s hablando de seguridad cibernética. A Alfonso y a José Luis. Al taxidermista José Antonio Masedo. A Javier Moreno. A todo el equipo que me ayudó con el vídeo para la presentación de la novela (Aurora Martínez, Cuco Segura, Cristian Amores, Anita Dorador, Juana Mula, María Fernández, Paloma Bosqued, Juan Carlos Arroyo, Sara Maldonado y, naturalmente, a Elisabeth Larena). A Manuel Valdivia, por dejarme su cámara para mi viaje a Atapuerca. A Fernando Marías (aunque al final no salga).

A Eva Cruz, por sus comentarios. A Emilio Albi. A Diana Collado. Y a Susana, por darme buenas ideas durante nuestro viaje a Cartagena.

A Raquel Gisbert y a Belén López, por su confianza en el proyecto desde el principio. Gracias.

Y, por supuesto, a José María Bermúdez de Castro (que no José Antonio), por enseñarme las excavaciones. Sin nuestras múltiples conversaciones en persona y por *email*, este libro no sería el mismo. ¡Muchas gracias!

NO HAY ANIMAL MÁS
PELIGROSO
QUE EL SER HUMANO

Un *thriller* vibrante y emocional